U0605799

— 半鱼磐 著 —

山海经·瀛图纪

之 悬泽之战

SPM 南方出版传媒 花城出版社 中国·广州

米 古阅读

图书在版编目（ＣＩＰ）数据

山海经. 瀛图纪之悬泽之战 / 半鱼磐著. -- 广州：
花城出版社，2017.10
ISBN 978-7-5360-8399-8

Ⅰ．①山… Ⅱ．①半… Ⅲ．①长篇小说－中国－当代
Ⅳ．①I247.5

中国版本图书馆CIP数据核字(2017)第183157号

出 版 人：詹秀敏
选题策划：程士庆
联合策划：傅晨舟
责任编辑：黎 萍 夏显夫 蔡 宇
特约编辑：徐晓佳
技术编辑：薛伟民 凌春梅
封面设计：李玉玺
封面供图：陈丝雨
联合出品：米古阅读

书　　名　山海经·瀛图纪之悬泽之战
　　　　　SHANHAI JING·YING TUJI ZHI XUANZEZHIZHAN
出版发行　花城出版社
　　　　　（广州市环市东路水荫路11号）
经　　销　全国新华书店
印　　刷　佛山市浩文彩色印刷有限公司
　　　　　（广东省佛山市南海区狮山科技工业园 A 区）
开　　本　787 毫米×1092 毫米　16 开
印　　张　19.75　　1 插页
字　　数　435,000 字
版　　次　2017 年 10 月第 1 版　2017 年 10 月第 1 次印刷
定　　价　39.80 元

如发现印装质量问题，请直接与印刷厂联系调换。
购书热线：020－37604658　37602954
花城出版社网站：http://www.fcph.com.cn

目　录

序　　　　　　　　　　　　　　001

第一章　　　　　　　　　　　014

第二章　　　　　　　　　　　042

第三章　　　　　　　　　　　068

第四章　　　　　　　　　　　099

第五章　　　　　　　　　　　114

第六章　　　　　　　　　　　136

第七章　　　　　　　　　　　166

第八章　　　　　　　　　　　201

第九章　　　　　　　　　　　216

第十章　　　　　　　　　　　237

第十一章　　　　　　　　　　251

第十二章　　　　　　　　　　268

第十三章　　　　　　　　　　281

第十四章　尾声　　　　　　　307

微信扫码，加入《山海经·
瀛图纪》书迷圈，与百万书迷
一起梳理剧中复杂人物关系和情节

序

一

维基解密上传过一份机密的文档。根据这份文档推断，这件奇事应该发生在罗布泊原子弹试验基地，时间是 1964 年 9 月初，也就是新中国第一颗原子弹引爆的前夕……

一天傍晚，罗布泊的戈壁滩上，一辆军用吉普离开戈壁深处的原子弹试验基地，沿着军用公路艰难地行进。军用吉普上有两个穿着旧军服的人，一个是 50 多岁的老头，另一个是 40 多岁的中年男子，两人之中只有老头一人知道，此行的目的就是去处理这件奇事。

在基地内部，老头子有一个化名，一个代号，代号是 5 号首长，5 号代表着他在基地内的领导排名。至于他的真实姓名以及身份，当时是属于保密级别的，不仅基地内部，甚至全国上下，知道的人不超过十个。中年男子是老头子的机要秘书，也有一个代号，叫机要 51，意思是 5 号首长下面的 1 号机要秘书。

机要 51 原来是 G 部门的一个科级干部。一年前，才带着一个绝密的命令，来到深处戈壁的军事基地，被分派到老头子的身边。

分派这个任务的是基地级别最高的 1 号首长。

1 号随意地介绍了一下基地的情况以及基地的战略意义。1 号的语调很平淡，机要 51 却听出了一身冷汗，他觉得自己正在触及新中国最核心的秘密，分量之重，已经超出了他所有的承受能力。

1 号把 5 号的情况，以及机要秘书的基本职责简单讲了下，特别补充了几句："安全第一。记住，不论 5 号走到哪里，你都得跟着，除了回宿舍之外。此外，他的一举一动、一言一语都是你负责的内容。这一部分内容，你直接向我汇报。"机要 51 心里一惊，但是 1 号说这句话时的严肃表情，让他不敢多问。

"从简历上看，你在部队里当过营级？"1 号问。机要 51 连忙回答是。

"那这个东西，你一定会用。"1 号拉开抽屉，取出一把小型的手枪，推到机要 51 的面前。

机要 51 不敢去接，手枪坚硬的质感刺激着他的神经。从刚才 1 号的交代来看，他自己的编制应该是文职，文职是没有配枪的权力的。再说，整个基地动用了当时所能够采用的最高级别的防护措施，根本不用担心文职人员的安全问题。文职人员配枪不仅多余，反而会增加潜在的风险。

从枪的制作来看，能够配发这样一把枪的人，级别应该不低，至少超出了自己即将就任的级别。1 号不仅给了他一把枪，而且给了一把超出他级别的枪，这是为什么？

"这是为了安全！" 1 号慢慢地说，"你可以自己决定开枪的时机……也包括开枪的对象。"

机要 51 听到此处，觉得一切都豁然开朗。

配枪的级别如此之高，就是因为它唯一有可能射击的对象，正是符合这把配枪级别的 5 号。机要 51 真正的使命，就在于此。在必要的时候，他有权决定是否要朝 5 号开枪。

机要 51 站起身来，敬了一个标准的军礼，说出一句军人味十足的承诺："请领导放心，保证完成任务。"

经过与 5 号一段时间的相处，机要 51 判定 5 号是个小心谨慎的人：每天都有严格的作息，甚至连在基地走动，似乎都有一条固定的路线，话也少，除了技术上的问题，一般不会轻易发言。

基地关于 5 号也有一些传闻，但是限于基地的纪律，这些传言都有头无尾，混淆不清。总结起来就是，老头在技术上是权威，但在政治上似乎还有一些不清不白的地方，由于老头是国内屈指可数的核能权威之一，这些事情都被有意无意地忽略了。

对自己身上这把枪的用途，机要 51 觉得，5 号似乎比自己还要清楚，尽管表面上看不出什么。

二

戈壁地带的天黑得特别慢，现在已经是北京时间晚上 9 点，但是天空依然明亮如昼，周围的戈壁也是清晰可见。机要 51 看着车窗旁边的戈壁景象，克制不住一阵紧张。依现在的状况，5 号是不可能告诉自己，前行的目的地是在哪里的。

机要 51 推测此次出行应该和基地监测部门的一份报告有关。

监测部门的主要职责是密切注意基地周围的一切动向，从天气状况，到有可能出现的敌情预警。

试验基地靠近当时已经敌对的苏联边境地区，处在苏联情报部门电讯监测的范围，因此，监测任务的重点也包括对敌方情报部门的电讯讯号监测，以推测对方是否已经掌握了基地的情况，以及基地内部是否会出现泄密的情况。

几个月前，监测部门提交了一份报告。

一般情况下，监测报告会作为当天简报的一个内容，发到基地的各个单位。但这份报告上交之后，立刻被封在了基地的高层，提交报告的人事后也是讳莫如深。不久，基地开始出现一系列异动的景象。首先是外围担任警戒的持枪部队开始增加，接着，每隔一两天，就会有一批侦察机从基地上空飞过。这表明：基地的警备级别正在悄悄升级。

基地内很快就有了传闻以及推测。一个比较被认可的推测是，那份报告可能提到，已经监测到了苏联方面关于基地的电讯讯号。具体内容之所以不公布，是因为这种讯号的出现，意味着基地内部可能潜藏着敌方间谍，公布报告就等于是给了还在潜藏的间谍一个信号，无异于打草惊蛇。

这个推测暂时平息了疑虑，取而代之的是人人自危。谁都不敢保证自己身边的亲朋、同事，甚至包括自己本人，会在某个时刻，突然被宣布为一个潜藏已久的苏联间谍。慢慢地，许多传言都把这个潜在的间谍分子和 5 号联系起来。

据说 5 号年轻的时候曾经在苏联待过一段时间，后来又去了美国，据他自述，原因是想脱离政治，专心学术。这种政治立场不稳的人，之所以能够通过政审，完全是因为他在国内首屈一指的核能物理水平。根据这段历史，如果说有什么潜在的间谍的话，5 号应该是最有可能的。

机要 51 也听到了这些传闻。由于自己够不上阅读这份监测报告的级别，所以跟这些传来传去的人一样，对这份报告的具体情况，他也只能猜。他不怎么相信，5 号会是潜在的间谍，因为 5 号一直都是属于能够看到这份报告的高层之一，和这份报告相关的会议，他都能列席。如果 5 号已经被怀疑，那么这种待遇肯定早就会被取消。

接到报告之后，基地的几个领导，包括 5 号，在 1 号的主持之下，召开过几次小型会议。会议是在紧闭的会议室里召开的，机要秘书们只能在会场外面的接待室里等候。所以关于会议的内容，机要 51 一无所知，只知道每次会议上似乎都发生了激烈的争吵。

最厉害的一次争吵就发生在今天，而且是在 5 号和基地最高领导 1 号之间。一向沉默寡言的 5 号似乎动了怒，声音很大，已经超出了保密的级别，连待在接待室的机要 51 都听到了。至于争吵的具体内容，谁也听不真切。印象最深的是，5 号大声地反复地喊着："要对生命负责！"话一出口，就掩盖在 1 号的厉声斥责之中。

会议结束后，机要 51 陪着神情疲惫的 5 号离开会场。5 号走在前面，一到自己的宿舍，他就把自己紧紧地关在里面，看样子今天是不打算从里面出来了。

机要 51 觉得自己这时留在这里也是多余。他回到自己的宿舍，拉紧窗帘，准备睡上一会儿。要在明亮如昼的戈壁夜晚，真正地睡上一觉，只能借助厚厚的窗帘。他躺在床上，临睡前还在想，5 号到底在监测报告上看到了什么，竟然会发起火来。

不知道过了多久，他觉得有只手正在推着自己。他睁开眼，看到 5 号就站在自己的床边。他连忙坐起身来，正要开口，5 号打断了他。

"不好意思，打搅你了。"5 号说，"我要去干一件事，没有你的帮助，我做不了这件事。"

他正想问，是什么事？

5 号又打断了他，问了一个让他觉得尴尬的问题："1 号是不是给过你一把枪？"他正愣着，5 号马上说了一句："记得带上。"

机要 51 带着枪，跟着 5 号上了一辆停在门口的吉普。他发现，这辆吉普不是 5 号常用的那辆，开车的司机也很陌生。5 号外出，一向是机要 51 开车，今天怎么专门出了一个司机？他还来不及表达自己的疑虑，就被 5 号推上了车。

吉普很快就开出了基地，机要 51 心里一惊，因为走出基地是要得到 1 号特批的，联想到会场上的那种状况，他很难相信这是一次得到 1 号特批的行动。

机要 51 摸了摸腰间的那把枪，想起基地最近关于 5 号的传言，不知道自己是不是正在接近 1 号所暗示的开枪时机。

三

试验基地的位置在戈壁深处，只有一条直通试验基地的军用公路。这条公路是一条高度警戒的公路，每隔数里，就设一道关卡，前后关卡都处在彼此可以观察的视线之内，这样就能够保证，每一辆从军用公路上经过的车辆，都能处在不间断的监测之中。关卡的任务除了警戒之外，还负责维护道路安全。限于条件，这条公路修得的确非常草率，风沙一起，就很难分辨哪里是戈壁，哪里是道路。

机要 51 不知道开了多久，他还没彻底摆脱半睡的状态。天空开始慢慢暗了下来，眼前的黑暗越来越浓，慢慢遮住了前面的关卡，只剩下一个接着一个发光的点……就在这时，军用吉普突然一拐，离开了军用公路，朝着戈壁开去。机要 51 吃了一惊，这是很明显的违反基地道路行驶规定的行为。5 号到底想干什么？念头一闪，机要 51 的一只手摸向了腰间的手枪。

"别慌。" 5 号用手按住他，"这次行动是经过 1 号特批的。我们现在坐的这辆车，就是 1 号的专用车，司机也是 1 号的专用司机。"

"可是……？" 机要 51 半信半疑地看着驾驶座上的司机。他记得 1 号专车的司机是个山东籍的胖子，前面的这个司机却又瘦又小。

"1 号有两辆专车，一辆负责外务，一辆负责内务。" 5 号耐心地说，"你经常见到的那辆，是内务车，司机是个山东胖子。我们现在坐的这辆是外务车，司机就是这位。1 号很少出外务，因为外务是由 2 号负责的，1 号基本上就放手了。他的外务专车一直闲着，司机也被调到后勤部门。今天要处理的这件事，虽然属于外务，但是超出了 2 号的权力范围，1 号又走不开，所以委托了我。这辆外务车，还有这个司机，第一次派上了用场。"

"把你叫上，也是 1 号的要求，" 5 号接着说，"待会儿，你要多看多听少说。回去之后，你要把自己看到的、听到的，尽可能详细地告诉 1 号。1 号的命令是，这次行动的记录仅限于口头表达，不得有任何文字记录。"

"我们这是去哪里？" 机要 51 收回手。

"你应该知道，监测部门监测到了一个电讯讯号。" 5 号说，"其实不止一个，而是成批地被捕获。这是个特别的电讯讯号，到底有多特别，得看你对电讯讯号了解多少了。你对电讯讯号了解多少？"

机要 51 曾在 G 部门工作过一段时间，基本的电讯知识还是知道一点。他把自己知道的那点电讯知识全倒了出来，什么波段、频率、莫尔斯密码等等。吉普车颠簸在戈壁沙砾之上，5号的身体随着车身上下颠簸，看上去就像在不停地点头一样，脸上的神情却是心不在焉。

机要51知道，自己这点知识根本进不了这个普林斯顿大学高才生的耳朵。5号大概想借此时机，思考一下哪些内容是可以告诉自己的。

机要51想到这里，就住了口。

"大自然中，有一种奇特的现象，叫作声呐定位，你听说过吗?"5号问，"海洋里的海豚，以及蝙蝠都有这种功能。它们在前进的时候，会释放出一种次声波，这种次声波遇到阻碍，就会原路返回，海豚以及蝙蝠的脑内都有接收装置，能够接收返回的次声波，并依据返回的次声波，断定前方阻碍物的距离，以及是什么物体，并以此决定自己的下一步行为。"

机要51有点明白了："你是说，这次接收到的电子信号，类似于次声波，具有声呐定位的功能。"

5号点点头："准确地说，应该叫电子信号定位功能。"

"这怎么可能?"机要51想起了自己仅有的一点电讯物理知识，那就是电子信号具有强烈的穿透能力。在一个空地发射电子信号，和在一个密闭的空间发射电子信号，并没有什么区别，另外，电子信号的运行似乎具有不可逆转的特点，不可能一遇到什么阻碍就返回。

他不是很自信，但是还是把这一点说了出来。

"我也不知道其中的原理何在。"5号坦白地说，"刚刚监测到这些信号的时候，就把它转给了密码破译部门。破译人员发现这些信号几乎是无法破解的，开始还以为它遵循的是一个非常尖端的密码系统。后来，密码破译人员终于发现了两点端倪。

"第一，这些电子信号的强弱似乎有一定规律，而这种规律似乎和天气变化有关，例如风沙开始的时候，这些电子信号会呈现出一种固定频率，天气晴朗的时候，电子信号又是另一种频率。他们依据这个线索，将所搜集到的信号分类，一一锁定，结果证实了不仅是天气变化，每一个电子信号都和一种物质或者是物质状态有关。

"第二，密码破译人员又发现每一个电子信号都会有一条伴生的回归信号。有种种证据表明，这条回归的信号，是发射信号遇到某种阻碍之后形成的变体。

"到了这一步，几乎就可以确认，这些信号就是类似于海豚、蝙蝠的次声波。它们发射的目的，就是依据这些电子信号的变化，来推断电子信号可能遇到了什么物体。

"1号和我，还有基地的其他几个高层，经过讨论之后，初步认定，这有可能是敌方新开发的一种电子装置，目的在于探测我方基地所在，以及基地的构造。但是这样的结论会面临一个问题。

"如果敌方发射这样的信号是为了测定我方基地的所在，那么一旦测定之后，对方发射的信号应该集中在基地上，这样才能从回归的信号里，获知更多的信息。

但从捕获的信号时段和分布来看，我方基地所在地似乎没有成为他们重点探测的对象。发射到我方基地的信号，就其时段以及频率来看，似乎没有什么特别的地方。"

军用吉普这时又颠簸了一下，5号不得不闭上嘴，机要51从座位上猛地一弹。虽然一时还摸不清周围的状况，但在此颠簸之后，吉普车似乎又上了一条公路，吉普车的行驶开始变得顺畅多了。

机要51对基地周围的状况非常清楚，在他的记忆中，除了直通基地的那条军用公路之外，这个基地似乎没有第二条公路。但与5号刚才所说的相比，这一点疑惑已经微不足道了。

等到路况开始稳定之后，5号接着往下说。

"从电子信号的发射规律来看，这种电子信号的信源似乎是一个不断移动的装置，而且移动的范围，居然始终没有离开我们基地的附近。基地划定的区域是5平方公里，也就是说，这个电子移动装置始终在5平方公里的区域里移动。

"为了找出这个电子移动装置，我们派出的巡逻部队从空中，还有地面，在这个5平方公里的地域进行了数月的地毯式搜索，结果呢？除了戈壁空地，一无所获。

"1号为此很苦恼，有一段时间，他竟然相信这个移动装置是一个隐形的装置，还郑重其事地把我叫了过去，讨论隐形电子装置的可能性。我说什么都有可能，但是马克思主义者是要尊重现实的，现实是在现有的技术条件下，这样的电子装置根本不可能存在。

"为了彻底解决这个问题，1号和我制定了一个捕捉方案。

"经过对电子信号的分析，我们发现，有一类电子信号，似乎特别吸引对方的注意。一旦这个电子信号出现，对方朝它发射的频率和速度就会更加明显，甚至从发射和回收的距离变化来看，一旦这种信号出现，那个电子装置就会朝着信号出现的位置移动。

"这个电子信号具体代表什么，我们也不知道，但是我们可以以此来制定一个捕获方案。

"具体计划就是：我们模拟出这样的信号，然后找一个远离基地的地方设置一个电子发射器，依照对方电子信号回归的模式，以更大的功率不断地释放这种信号，混入到对方回归的信号之中，这样一来，或许会吸引那个电子装置朝自己这里移动。

"这个方案只能是一个权宜之计，但是在没有更好的办法之前，只能抱着试一试的态度。

"几天之后的一个夜晚，我接到一个电话，是1号打来的。他告诉我，我们抓住了那个电子信号的移动装置。我正想松一口气，没料到1号接着说，但是结果令人吃惊。"

军用吉普在路的尽头停了下来，从车前窗看过去，有几排亮着灯火的小木房。5号不说话了，推开门，跳下了车。机要51推开车门，赶紧追了上去。两个人沉默着走到小木房前。小木房前面有一个临时搭建的门亭，一个持枪的士兵拦住了他们。

5 号首长拿出了一个证明文书。士兵看过之后，请他们稍等一会儿，依照程序，他还要电话确认一下。5 号点点头。

趁着这个等电话的时间，机要 51 问了一个问题："1 号首长说的令人吃惊是怎么回事？"

"哦，这个嘛，我们一直以为发射电子信号的信源是一个移动的电子装置。直到捕获的当晚，对这一点，大家都深信不疑。那晚的监测中，信号来回的距离一直在缩短，这显示了信源一直在朝着我们设定的圈套移动。

"等到那个装置终于落入陷阱之后，我们才发现，那不是一个电子装置，而是一个人。"

"一个人？"机要 51 叫了起来。

"应该是两个人。"5 号首长补充说，"不过，当时埋伏在周围的部队，都以为是一个人。他们看到一个人的影子慢慢靠近设定的发射装置，等到这个人影进入包围圈之后，就从埋伏的地方一跃而起，把这个人影团团包围起来，手电筒形成了一个光圈，照出了一个人。

"这人是个男人，胸前有一个挂囊，一个小女孩蜷缩在这个挂囊里，已经睡熟了。睡得真熟，手电筒的光照，还有抓捕队员的叫喊声，都没有惊醒她。"

这时，门亭的士兵已经打完了电话。一个干部模样的军人打着手电筒，从围绕着小木屋的黑暗中走了出来，走到两人面前，敬了个军礼。

四

干部模样的人陪着 5 号，还有机要 51，走进了一间小木屋。他自我介绍说，他是政审部门的，临时抽调来处理这个事件，他姓王，就叫他老王。机要 51 知道，这就是个化名。

这是一间临时征用的当地少数民族小木屋，屋内的空间低矮狭窄，到处都有烟熏火燎的痕迹。临时弄了一张桌子，还有一张床、几把椅子。一个人背对门坐着，听到有人进来的声音，转过身来。

机要 51 心想，这人大概就是被人看作是电子发射装置的那个人。

进屋之前，机要 51 的脑子里想象过一幅画面，大部分来自当时的敌特电影。一个潜入我方的特务，身上带着一个伪装好的电子发射装置，或者是一块手表，或者是一支钢笔。等到此人转过身之后，他才发现这样的想象一点也用不上，对方的样子和他想象的实在差得太远。

这人的相貌像是来自某个还不知名的少数民族，细看一下，他的额头正中有一个微微的隆起，像一个常见的括号。机要 51 不知道哪个少数民族的人会有这种体征。他在干部培训班学习人类发展史的时候，曾经看过几张远古人类的化石复原照片。眼前的这个人，无论从脸型，还是骨架，似乎更像是照片上的远古人稍加调整后的样子。

此人的服装也很奇异，看上去像是当地游牧民族的长袍，但是式样却不怎么相符。游牧民族的袖口是窄口、紧身的，这样才能行动方便，这个人身上的袍子却宽大招展，盖住了全身。

风沙地带的人基本上不会穿一套这么招风的服装。如果风沙一来，宽袍大袖就会像展开的翅膀一样，把人带到半空，风沙一过，就会重重地摔下来，到了地上不死也得半残。

被机要51视作异族的这个男子，静静地看着走进房间的几个人，神情专注。

机要51觉得他似乎对人的嘴特别感兴趣。他的视线似乎从来没有离开过几个人的嘴，谁一说话，他的视线就追了过去。

5号被那套服装吸引了。"僧袍?"他问，也不知道问谁。

机要51和老王对看了一眼，觉得这不太可能。不是没见过僧袍，只是僧人现在基本上已经绝迹了。当地居民原有的信仰是伊斯兰教，伊斯兰教阿訇的服装也不是这种样子。

"那个小女孩呢?"5号问。机要51也注意到了，房间里并没有一个小女孩。

"在别的房间里。我们觉得这两个人还是分开好，这样对方也许会更合作一点。"老王说。这人身上有一种政审人员特有的冷静。

5号又问了一下小女孩的现状。老王说，请领导放心，小女孩现在被照顾得很好，刚吃完东西，现在已经睡了。

"你们审过了吗?"5号问。

"审过，但是没有什么收获。"老王说，"他根本听不懂我们在说什么，我们也听不懂他的。不过有一点很奇怪，虽然听不懂我们问些什么，但是我们每问一句，他都会答上一句。"

"这有什么奇怪的?"5号问。

老王耸了耸肩："这种对话继续下去，感觉就像是他在审问我们一样。他比我们更想知道，我们会说出什么。"

机要51看了看那个人，事情好像的确是如同老王所言，对方一直都在认真地倾听，专注的目光始终没有离开过说话人的嘴。

"在他身上搜出什么了没有?"5号问。

"没有。特意搜了好几遍，里面什么也没有。"老王说。

"你们是……"5号用手比画了一下，感觉像是在摸一条挂在墙上光溜溜的鱼。

"是的。基地的医护人员做过全身检查，凡是能藏东西的部位都探测过了。"老王公事公办地说。

"那就奇怪了，没有电子装置的话，电子信号是怎么发出来的呢?"5号看着眼前的这个相貌奇特的人，对方也毫不迟疑地看着他，目光还是停留在5号的嘴上。

"我们估计是脑电波。"老王说，走到那个人的前面，用手指着那人额前括号一样的隆起，"通过电子信号测试技术，结果证明了这个位置，就是电子信号发出的地方，也是回收的地方。至于里面的结构，我们还无法着手，需要等待首长的进一步指示。"说到这里，老王看着 5 号，期待能听到什么。

"1 号告诉我，他没有得到过进一步的指示。"5 号说。

几个人陷入了沉默。机要 51 看了看坐在椅子上的人，心里想，这人如果能听懂我们说的话，会不会陷入恐慌，一个命令下来，他也许就会像一具尸体一样被人解剖，从额头那个隆起的部位开始。

"剖……解剖……接……下……来……的……命……运……就是……尸体……解剖，从额头……隆起……开始?"一个声音在沉默中响起，像是有人跟读磁带放出的外语录音，又像是一个刚识字的小孩，反应迟钝地，一个字一个字地读着黑板上的一行话。

几个人互相对看了一眼，然后把目光集中到坐在椅子上的这个异族男子身上。结结巴巴说出这番话的人正是他。

机要 51 心里一惊，这个人结结巴巴说出来的，正是他刚才在想的。这是怎么回事? 他又是什么时候学会说我们的语言的?

那人盯着机要 51 的嘴，继续用刚才说话的方式，一字一句都让机要 51 冷汗直冒："我是……什么时候学会说……你们的语言……语言的?"

五

以下为 1965 年机要 51 向上级有关部门汇报的内容，地点是在新疆维吾尔自治区 S 监狱。

G 局对曾经代号为机要 51 的犯人进行过多次审讯，并且都有记录，以这一次的记录最为详细。早期的记录基本上都是犯人的诉苦、抱怨，以及辩解，G 局真正想要了解的内容反而不多。只有这一次，他才算是第一次做到了有问必答，而且自称是如实回答。

原因可能在于，这次讯问正式开始之前，G 局的审查人员就明确告诉犯人，他的案子已经定性，他本人被人民法院认定为反革命叛国罪，依法判处终身监禁，而且被剥夺了一切上诉的权利。

我们当时都很惊奇。那个叫老王的政审人员一直在告诉我们，对方听不懂我们的话，但是，当着我们的面，他却说出了我们的语言。不仅如此，他还能看出我们心里所想的事情，不过，当时，我并没有把这一点告诉 5 号。

5 号首长先问他："你是怎么学会说我们的语言的?"

他开始说得结结巴巴，后来才逐渐变得流畅起来。

他告诉我们，与政审人员对话的过程，就是一个了解我们语言的过程，所以他总是不停地刺激政审人员，让对方不停地说话。我们在他面前说话的过程，也是他观察学习的过程。在此期间，他会一直盯着对方的嘴还有喉咙。通常，在听了对方一段话之后，他就大致能够知道对方的语音、句法，以及基本的语调。然后，他就可以用对方的语言跟对方交流。

5 号问他，这种本领是怎么学会的？

他告诉 5 号说，这不是学会的，这是天生的，是他的家族内部世代相传的一种能力。他的家族就是因为这种能力，才能在部落里面担任与神沟通的职务。这个职务叫作祭，不知道在你们的语言里，这个职务该叫什么。

5 号告诉他，现在没有这种职务了，历史记载上该叫司祭。他点点头，表示赞同。

5 号请他用他们的语言讲一段话。然后，5 号告诉我，他们语言的表达方式，很像甲骨文的表达方法，但是从语音和句法来看，似乎来自于一个比甲骨文更早的时期。中国历史上，比甲骨文更早的时期，就应该是传说中的夏朝，以及传说中的尧舜禹时代。

5 号知道这些也不奇怪，他在普林斯顿大学留学的时候，认识一位古文字专家。应该是这位古文字专家告诉了他这一切。

我相信，直到那时，5 号首长和我一样，都相信，眼前的这个人是来自一个至今还未发现的神秘部落。他们存在的历史也许要上溯到中国历史的传说时期。但是有一点疑惑：从遗传学的角度来看，世界上所有人种的遗传特征里，都不具有一种发射电子信号的能力。脑电波是存在的，但是脑电波的发射和回收是一种自循环的封闭系统，只会发生在人体内部，不可能成为一种外向扩散的电子信号。

5 号就这个问题，又对对方提出了询问，结果对方的解释没有什么变化，仍然是说这是天生的。

5 号首长询问对方，你的部落是什么部落，对方的回答我听不太懂，大概我们的语言里没有对应的词，所以对方是使用自己的语言来回答的。我只能说，从语音来听，好像是叫 yu？不知道汉字该怎么写。

5 号首长请他说说这个部落的具体位置，周围的景观特征，有什么大的河流，以及什么著名的高山等等。

对方说了一些，但是 5 号首长越听越皱眉头。我不太懂他们的语言，5 号首长应该懂得比较多，大概跟他的古文字知识有关。

我问 5 号到底是哪里，5 号只是看了我一眼，好像很奇怪这样明显的答案我都不知道。

5 号接着对那个人说，你描述一下到这里之前的路线，用你们的语言。

对方开始讲起来了。讲了一通之后，5 号首长问我，你能记得住吗？我摇了摇头，这些稀奇古怪的地名，我只能听到一些音节，至于正确的写法、写出来之后的含义，我都不知道。

我开始怀疑 5 号是不是有意捉弄我。他提到过我的任务是要把眼前看到的、听到的都如实汇报给 1 号，现在这种情况，真不知道该怎样才能完成这个任务。

5 号又问我，读过中国的什么古籍没有？

我说没有。

他表示遗憾，然后告诉我说，如果我读过一些古籍的话就知道，这个人所说的地名，和一本古籍所记录过的地名几乎是一样的。这可以印证他刚才的猜测：这是一个至今尚未发现的，至少是从传说中的夏朝一直延续到今天的部落。

我刚想问他那本古籍是什么，5号又转身问起了对方。

5号首长告诉对方，电子信号的监测表示，他已经在这个区域活动了很长的时间，但是我们所动用的任何监测手段，都没有办法找到他的踪影。最先进的电子探测技术，全区域的空中搜索，以及地面部队的地毯式的搜索，都没能把他查找出来。他是不是像其他能力一样，也有天生的隐身能力？

"隐身"这个词，他开始听不明白，我们给他解释了半天，他才大致知道一点，然后摇摇头说，这种能力是有，但不是他们具有的，具有这种能力的是一个奇人。这个奇人的名字叫"daizizhanqi"。我是用汉语拼音拼凑的这个词，我实在不知道跟这几个音对应的汉字应该怎么写。

5号首长说这就太奇怪了，如果你没有隐身的能力，我们为什么会侦测不到你的实体存在。

"因为我们不属于同一个世界，是两个世界的人。一道屏障隔开了我们，你看不到我，我看不到你。除非在某一时刻，这道屏障被某种神秘的力量揭开，另一个世界的人就这样出现在你的面前。"

我们被这段话惊住了，这是开始对话以来，他说得最流畅的一次。

5号问他，这是怎么回事？

他说，这段话是有人告诉他的，告诉他的时候，他不知道这是什么意思，那人只是说，会有一个时候，需要他说出这段话。

5号问他，那个人是谁？

他的回答是——你们那一侧的人。

5号请他说具体点，是不是他被我们捕获之后，他遇到的某个人。

他摇了摇头，我们继续追问下去，但他始终不肯告诉我们，他所说的我们这一侧的人是谁。

"那么，你是怎么闯过这道屏障的呢？"5号问。

对方结结巴巴讲了一大堆，大意是："我也不知道。我只知道，我一直在寻找一样圣物。我寻找的方式，按照你们的说法，就是不停地发出信号。如果信号接触到了圣物，圣物就会回传给我一个神圣的信号。就在前几天，我突然接收到了神圣的信号，我确信，它只可能来自那件圣物。

"我以为自己已经找到了方向，所以很长的时间里，我都在神圣信号周围徘徊，试图找到一个最确切地接近的道路。有一天，这种信号变得越来越强烈，而且发出的方位越来越清晰。我欣喜若狂，朝着这个信号奔去，结果呢，我就落到了你们的圈套里。至于这中间发生了什么，我也不知道。"

"你提到的这件圣物是什么？"5号问他。

"灯。"

"灯，什么灯？"

"我如果知道它是什么，就不会落到你们的圈套里了。我只知道，这是挽救我们部落的唯一的圣物。我们部落遭受了一场循难，只有靠着这件圣物，我们才能重新获得新生。"

"循难?"

"是的。我和我怀中的小小女孩是最后的幸存者。"

我想也就是从那个时候起，5号首长有了一个念头，要把小女孩解救出来。

后来的事，你们也就知道了，5号假借1号的命令，走到小女孩熟睡的那个木屋，把小女孩抱到车上。离开几幢小木屋之后，顺着原路返回的路上，5号借口窗边有情况，趁我转头，夺走了我的配枪。然后，用枪威胁我和司机，让车离开了军用道路，开进了戈壁深处。

他命令我们下车，自己一个人开着车，带着小女孩走了。

我和司机商量了一下，一定要尽快赶回基地，把这件事汇报给1号。没走多久，我们就迷路了。接着，就是戈壁上每夜都会有的风沙，我和司机失散了。我筋疲力尽，跌跌撞撞不知走到了哪里，然后一头栽在戈壁上。

找到我的是解放军同志。

他们正在基地四处进行搜捕，我和5号，就是他们的搜捕对象。但是，他们能抓到的只有我一个人。他们告诉我，5号失踪了。至于那个司机，他们说，没接到这方面的命令，他们搜捕的对象只有5号和我。

如果那个被捕获的异族男子真有电子信号定位能力，那么这个小女孩也一样会有。5号可能就是凭借小女孩的这种能力，逃避了我人民解放军的追捕，而且安全地走出了戈壁。

至于他和那个小女孩现在到了哪里，你们就别问了，我怎么知道?

六

这份记录的最后还提到：机要51问起了那个异族男人的情况。G局的审讯人员说，从基地调阅的任何材料，以及在基地人员中进行的各种询问和调查，都没有提到有这样一个异族男人被抓到过。1号也在一份签过字的记录里否认了此事。

关于电子信号的传言是有，但是后来都被认定为是一种失误。1号和5号有过争吵，但是争论的焦点，是对失误人员的处分问题。1号主张平息此事，但5号却要求枪决。5号说的要对生命负责，指的是基地人员的生命。他的意思是这样的失误如果再出现一次，基地可能会有灭顶之灾，毕竟基地的核心机密是核武器，基地的安全是靠精密的，没有失误的运作来保证的。当然这只能证明5号是一个彻头彻尾虚伪的，隐藏得很深的反革命分子。

1号还说，他只有一辆专车、一个司机。他从来没有给5号指定过你所说的任务，更不可能派出子虚乌有的司机和专车。你提到的那个司机，搜捕部队也进行过地毯式的搜索，并没有发现关于这个人的任何痕迹。基地的人员登记记录中，也没有找到过这个人的任何资料。

至于你说的那个小木屋，我们按你所说的方位进行了确认，发现那是基地所定的核辐射地区。原来有过几幢少数民族的木屋，为了避免核辐射的危害，在基地兴建之前，原有的木屋就已经被拆迁，相关人员也撤离到了几百里之外的县城，那里就成了一块空地。基地兴建以后，那里也不可能出现任何建筑。

即使真的有过这样几间小木屋，在核爆炸之后，现在也已经荡然无存了，包括你所说的那个异族的男子，如果这个人真的存在过。

"这么说，"机要51不甘心地问，"你们仍然相信5号首长是叛逃去了苏联，而我是他的协助者，我所说的一切都是为了替自己开脱，编造出来的谎话？"

G局的同志答复说："我们坚信人民法院的判决。我党一直以来的政策就是，绝不冤枉一个好人，也绝不会放过一个坏人。"

机要51冷笑了一声，明显是彻底绝望了："你们已经放过了一个人……那个异族男子说过一句话，你们应该注意到——你们那一侧的人。我可以肯定地告诉你，5号和那个小女孩，最终就是去找这个人，一个隐藏在我们这一侧的人。"

1965年，机要51死在了新疆S监狱，监狱的说法叫自绝于人民。一个晚上，机要51一条一条地扯下囚衣上的棉布，揉成一根绳，然后穿过牢房墙壁上方小窗口的铁质栅栏，做成一个套子，把头放进去，自缢而死。

对这种死法，监狱人员大惑不解。

死者被关押在特设的牢房里面，里面有一个通气的小窗，开口的位置有4米多高。死者身高1米7左右，加上臂长，不到2米。一般的情况下，没有垫脚的东西，或者是没有人协助，单靠他自己是不可能把绳子穿过窗口的铁质栅栏的。

这两种情况都不可能发生在一个守卫森严的单人牢房里。房间里倒是有张床，不过床脚都固定死了，事后检验，也没有发现有松动的地方，死者不可能是踩在床上，完成了自缢的全部过程。监狱方的调查也没有发现死者自缢的当天晚上，有人进出过这间牢房。

死者的牢房里，找到一张写了字的字条。犯人的房间里没有笔墨，字条是死者咬破指头，用血写成的，没头没尾的一句话："作为交换，他会指明，谁是那个那一侧的人。"

这句话的具体含义，监狱人员看不明白，只是觉得能写出这样一句话的人，死前肯定已经陷入了谵妄，做出自绝于人民的行为也不奇怪。

这张字条在转交的过程中，很快就失去了踪影。但在当时的犯人中间，这件事却被当作不可多得的谈资，人人都听说过，人人也都口耳相传过。

第一章

一

南方某城，有幢办公大楼毫不起眼地隐藏在日趋繁华的中心地带，门口挂着一个用了十几年的长木简——中国海洋工程研究二所。几年以前，房产开发热潮中，一个房产商以高出市面一倍的价格拍走了这块地产。据当时的报道，房产商的计划是将大楼拆掉，在原址上修建一座15层高的商住两用住宅。但是工程尚未启动，便传来消息，房产商因为投资失败，跳楼自杀。这块地产的归属一下子成了疑问。

几年以后，一个退休的电子工程师，跟着一个女人住进了这幢大楼。

电子工程师已经60多岁了，女人看起来也就三十岁左右，两人到底是什么关系，谁也说不清。父女还是夫妻，感觉都不怎么到位。随他们一起进去的，还有几卡车运来的各种各样的电子元件、电子设备，等到这些东西全部搬运完毕之后，他们找了一批建筑工人，把研究所的围墙加高了一倍，又把原来的铁栅栏门换成了两扇合页铁门，还配上了电子密码锁。

门、锁、墙，几乎彻底隔绝了与周围一切的联系，还有一切窥视的目光。

那个用了十几年的木简倒没摘，还挂在那里。

查水表的，还有收电费的，倒是有机会身入其境。综合他们的小道消息，里面弄得像个电子仪器厂，除了几个房间用来住人，其他房间里都装上了五花八门的电子设备，走廊里也铺设了长长的电线，在里面走上一圈，浑身就像被电压住了一样，只剩下一个想法，快点离开。

接待他们的总是那个女人，老头总是躲在一个房间里，操弄什么仪器。偶尔遇见，老头冷峻的眼神只会让他们头皮发麻，下一个眼神会不会就是两道高压电？……女人倒很客气，问什么就回答什么，虽然简单，有一件事却确凿无疑，他们合法地拥有这块地产的使用权，房屋的改建也是得到批准的。

如果没有下面这件事，这幢建筑也许一直就是这样，让人敬而远之。

几个月后的一天，有两个人急匆匆地走进当地的派出所。他们拿出一个文件，要求派出所立即派人协助，进入那幢大楼。派出所所长看完文件之后，脸上的表情一下紧张起来。他马上召集了几个干练警员，而且亲自出马。

几个警员连同那两个人一起，挤上了一辆警车。

一个干警偷偷地问所长那两个人的身份，得到的回答很简短："那是G局的。"

路上，所长向G局的人介绍了一下情况。大门安装的是电子密码锁，密码只有里面的两个人知道。外面的人想要进去，只能按密码盘上的 0 号键，打开通话器，里面的人确认来意之后，才会启动开锁装置。

等到几个人赶到那里的时候，发现这一点提示显得很多余。

门是虚掩着的，一推就开。有着刑事经验的人一下有了判断，意外往往意味着异常。几个人互相对视了一眼，都把枪掏了出来。所长迅速分派了任务，三个干警分别守住三个出口，剩下的几个人，包括 G 局的两个人，进了办公楼之后，立刻分头行动，每层楼两人，同时沿着楼道分别展开搜索。

一时间，楼道里只有奔跑的脚步声，还有"砰砰"房门被推开的声音……过了一会儿，二楼的通道里，响起了一个警员的声音："找到了。"声音很短促，一下就消失了，好像刚一出口，就被人掐住了喉咙一样，其他人顺着声音跑了过来。

在摇晃的视线中，那个警员直直地站在门口，好像在和里面的人玩对视游戏，而且已经到了沉迷的状态。几个跑来的人甚至怀疑，刚才那声叫唤是不是从他嘴里出来的。等他们跑到门口，朝里面一看，感觉就像一盆冰水从天而落，浇了自己一身。

G 局的人是最后赶到的，其他人让开了道，他们都是没买票的蹭客，最好的位置理所当然要留给 VIP。两个 VIP 走到门口，朝里面看了看，然后又对视了一眼。

"怎么样？你能确认吗？"一个人问。

"确认，我们要找的，就是这个。"另一个人叹了口气，那意思是看现在这个样子，找到也没用了。

那个眼神冷峻的老头，头对着门，跪趴在地上，脸半侧着。一只手屈肘支撑着头部，手掌半张着，贴近了耳朵，另一只手撑着地面，像是在倾听着从地面传来的什么动静，但在那张半侧的脸上，眼睛却直直地盯着门，眼神和生前一样冷峻。

那个女人的位置是在斜后方。她半跪着，上身直立，头微微仰起，一只手屈肘弯在耳边，同样也是一副侧耳倾听的样子。令人觉得怪异的是，那张微微仰起的脸上，一双眼睛同样也是直直地盯着门。

警员们就是被这直视的眼神给定住了。好像两个人正在进行什么仪式，由于自己贸然闯入，仪式被迫中断，沉迷于仪式的人于是把敌视的目光投向闯入的人。

G 局的两个人注意到的却是两人身边的那块空地，上面有一个不知是谁画出的符图。

二

几个月前，G 局情报部门监测到了一批电讯讯号，讯号指向的位置正是这座南方小城。

讯号一到本城，就消失了，可以推测，这个讯号是被本城某地的一个电子装置所接收了。

单独一批电讯讯号，也许不会引起大家的注意。但如果这样的电讯讯号曾经出现过一次，而且和某个至今未解的悬案产生了联系，事情就不一样了。G 局自成立之时起，对监测到的电讯讯号都是有记录的，讯号的基本特征，以及它所关联的相关案件的具体情况，统统都会被记录在案。记录的历史可以上溯到新中国成立初期。

20世纪90年代，电子计算机技术引入之后，这些记录统统都被以数据化的形式存储起来，成为一个数据资料库。以后，每接收到一个奇特的讯号，就会在数据库中搜寻，以确认类似的讯号是否出现过。这样做的目的，就是为讯号的解读多提供一些线索。

这一次也不例外。在数据库查找之后，发现20世纪60年代，这样的讯号出现过一次，而且涉及一个至今未解的高级领导失踪案。这个失踪案的内部名称叫作"5号—罗布泊失踪案"。名称包含了失踪案发生的地点、失踪者的代号。在G局，这个失踪案被认定为新中国成立以来，十大失踪悬案之首。

G局立刻启动了最高级别的监测系统。

G局的这套电讯讯号监测系统，采用了目前最先进的太空通信卫星侦测技术。

这套系统到底有多准，有个例子可以证明。恐怖巨头B，在巴基斯坦的一个偏远山区藏身十几年，任何搜索都无法找出他的踪迹，直到B犯了一个错误。他用一张一次性的移动电话卡，拨打了5分钟的电话。就在通话期间，电讯讯号立刻被飘浮在太空深处的卫星侦测到了。两个小时之后，美国空军的轰炸机飞临电讯讯号发出的位置，扔了两颗炸弹。

第二天，全世界的报纸都有了一个头条，恐怖巨头B被炸死在自己藏身的地窖里。

这次尽管采用了这套监测系统，但是结果却和六十年代的那次差不多。这批电讯讯号的发射装置和接收装置的具体位置，统统无法确认。

六十年代的那次还能依据电讯讯号的特性，设计捕捉方案。捕捉方案的依据是假设这批电讯讯号具有定位功能，遇到某个物体，会反馈回来。一旦遇到它所期望的物体，它的发射频率，还有反馈频率就会加剧。接收到这一反馈之后，装置会朝着这个物体移动。所以只要对符合这一特点的反馈信号进行确认、伪造，混入反馈的信号之中，就能诱捕信号的发射和接收装置。但是，现在接收到的这批电讯讯号，却并不具有这样的特点。

它们杂乱无章。同一把小提琴，既可以拉出井然有序的乐曲，也可以是一堆音符的胡拼乱凑。不过，即使差别如此之大，还是有一些最基本的东西提醒你，云泥之别的不同乐章，其实都是同一把小提琴拉出来的。

这一次，情报监测人员的感觉就是如此。这批毫无头绪的电讯讯号，和60年代的那批一样，出自同一种发射装置。

在没有任何办法的时候，唯一的办法，就是继续监听，等待着事情出现转机。情报人员之间逐渐形成了一种共识：没有任何频繁出现的电讯讯号会是完全无序的，之所以显得无序，很有可能是因为这批电讯讯号使用了一个加密系统。一旦能够破译出这个加密系统，那么杂乱无章的讯号就会被一一破解。

即使这一点得到证实，剩下的问题还有一大堆：这个加密系统是什么？加密系统是不是只有一重，会不会是两重，甚至多重？不过，情报人员一时也管不了这么多了，现在能做的只能是走一步看一步。

一个星期以前，转机似乎出现了。

情报人员开始监测到，有一种类型的电讯讯号开始重复出现，而且总是与其他电讯讯号同时出现，就像不同的信件，被装进了同一个样子的信封里。只要能拆开信封，里面的信件就会出现。这个信封，就是这个不停重复的电讯讯号。

情报人员开始相信，只要它被破译出来，它所携带的其他讯号，就有了破译的线索。

全国最有经验的破译人员开始被征集起来，进行了艰苦的破译工作。两天之后，破译工作有了结果。情报人员拿到破译结果的时候，不仅没能松一口气，反而觉得事情进入了更为混乱的地步，因为破译出来的，不是他们所期望的文字信息，而是一个奇特的图像信息。

严格地说，是一个符图。初看上去，像是一张气功团体经常使用的太极八卦图，再看一眼，就能看出邪乎的地方。

一般的太极图，是个圆形，中间用S形的曲线分为对等的两个部分，一黑一白，代表太极阴阳。又因为看上去像是两条首尾倒连的鱼，所以，人们又将这个符图称为太极双鱼。鱼头，也就是S线两个弯曲的地方，有两个小圆圈，看上去则像是鱼的眼睛。

现在破译的这张符图上，也是一个圆形，也是被S形曲线分为对等的两半，但是没有象征阴阳的黑白两色，对分的两半都是白色，而且，S形曲线也是粗黑浓重，说是线已经有点勉强，鱼的眼睛也被移到S形曲线的上下两端。这时的S形看上去像是尾巴衔接在一起的两条蛇。

为什么会传送这样一个符图呢？它是什么意思？能够以它为线索，解读出其他的伴生性信号吗？每隔几天，上级领导就会问一次讯号解读人员，讯号解读人员的回答一律是不知道。

几天之后，讯号突然停止了，监测部门再也接收不到了。

就在上上下下都心灰意冷的时候，一线曙光突然出现。

监测设施捕捉到了本地的一个电子装置，开始大量发射一个电讯讯号。这个电讯讯号破译出来，就是他们看到的那个符图。这就意味着，如果找到发射者，就有可能问出这个符图的真正含义，至少也能问出一些能够破解这个符图，以及符图所伴生的那些讯号的线索。

他们很快确立了这个电子装置的位置，然后，就发生了开头的一幕。

在本地派出所警员的配合下，G局的两个工作人员闯进了这个发射讯号的办公大楼。在一个房间的空地上，他们看到了一个一模一样的符图，但是唯一有可能解释这个符图真正含义的人，却姿态怪异地死在了符图的旁边。

两人的额头上各有一个枪洞。

派出所的警员，还有G局的两个工作人员搜查了整幢大楼，没有找到枪，他们估计是凶手带走了。

尸体被送到法医部门，法医发现，另外一样东西，同样也无法找到踪迹，就是打出两个枪洞的子弹。一般的枪击事件，如果没有射穿的痕迹，射出的子弹应该是停留在伤口里面的。但是用X线透射之后发现，死者的头部被枪击过的地方，只有子弹射出的弹道痕，弹道痕的末端却没有子弹。解剖之后的结果也是如此。子弹是怎么消失的呢？法医觉得难以解释。被人取走了？但是，伤口处并没有其他工具开挖的痕迹。法医鉴证人员搜查了整幢大楼，也没有找到两颗射杀了死者的子弹。

至于死者那副僵硬的死相，进入过现场的人都觉得不可思议——因为只有瞬间冷冻技术，才能达到这样的效果，但是搜索结果同样表明，大楼里面并没有发现任何冷冻装置。

三

G局的调查人员很快摸清了两个死者的真实情况。

男的叫王旭，女的叫钱小莉。王旭原来是电机一局的高级工程师，后来被诊断得了癌症。为了治病，参加了一个民间气功培训班。在那里，认识了钱小莉。当时，王旭并不知道，钱小莉其实是一个隐藏的神秘团体成员，经常利用参与各种民间气功培训的方式发展成员。几个月后，在钱小莉的引荐之下，王旭开始成为这个神秘团体的成员。

四年前，神秘团体被人告发了。告发神秘团体的人，就是王旭。据他说，他之所以会想到告发，是因为受政策感召。不过，从现在的情况来看，他的真正原因，是想带走一个女人：钱小莉。估计他当时加入这个组织，也是因为钱小莉。

神秘团体的隐藏方式非常高明。据王旭后来交代，他参加了这个组织之后，一直就徘徊在组织的外延，从来没有和组织的核心成员发生过联系，更别说最高头目。他和组织的联系都是通过钱小莉。但就是钱小莉，也说不清楚最高头目是谁，只是隐隐约约知道，最高头目是一个女的，被尊称为神，好像还是某个大学的教师。

神秘团体的教义，带有伪科学的特点，不同于其他野路子的胡编乱造，依据的是一个现在停留在假设上的科学理论，叫平行世界。

这个团体宣称存在着一个与我们平行的世界。这个世界会在某个时候，与我们所处的世界相遇。为了证明这个世界的存在，他们利用了一些看似客观、科学的证据。例如，现代科学还不能给出满意解释的一些事件，尤其是考古学的事件。在原始的遗址上，往往会出现带有现代科学特征的痕迹，这些东西，现代科学都无法给出满意的解释，就成为他们自圆其说的证据。

这个教义，大概能让充满挫折感的人找到安慰。最高头目每隔一段时间也会放话，说自己已经掌握了秘诀，马上就能打开那扇通往平行世界的大门，这样既能吊吊信徒们的胃口，也能增强他们的信心，维持整个团体的运作。

根据王旭的这些材料，抓获了几个外围成员、几个高级成员，包括钱小莉，但是核心成员基本上都逃掉了，也包括最高头目女神。

打击神秘团体活动结束后，王旭就带着钱小莉离开了。后来去过不少地方，总之是在东躲西藏。一年之前，他们来到了本城，躲藏在那幢名为海洋工程研究二所的办公大楼里面。

调查人员这时搞清楚了他们这样藏来藏去的原因。据说，王旭之所以会告发神秘团体，真正的原因，还不完全是因为钱小莉，好像是他获悉了神秘团体的一个秘密。借着打击神秘团体的时机，他不仅带走了钱小莉，也带走了秘密。

这个秘密，据说是这个神秘团体设在国外的银行账号和密码。王旭两人东躲西藏，应该是担心会被逃掉的女神追杀。

调查人员推断，凶杀案的最大嫌疑人应该是女神。

女神能够找到这两个人的藏身之地，很可能是因为王旭和钱小莉安装在大楼里的这些电子仪器。它们构成了一个功率强大的电讯讯号发射和接收装置。特别是最近一段时间，利用电子装置，他们不停地发射监测部门监测到的电讯讯号，大概就是这些讯号泄露了他们的藏身之地。

关于女神，调查人员目前没有一点线索。

法医在凶案现场发现了一系列脚印，并确认是第三者的脚印。但是，根据脚印，第三者不是女人，而应该是一个身材中等的男性。除了脚印之外，没有发现有其他人进入过凶案现场的痕迹。

调查人员的进一步推测是，有个不知其名的男子，受女神的派遣，杀死了这两个人。至于男子是谁，现在唯一掌握的线索，就只有一个脚印。

整个事件的线索，似乎一下就中断了，幸好，监测人员发现，在这个城市的某地，同样的电讯讯号又开始出现了。

四

陆离俞推开门，看到她坐在书桌前，正在看一个很旧的牛皮文件簿。

"从旧书摊上找来的。"她说，"一个瑞典的冒险家，叫斯文赫定的，留下来的一个文件夹，就是发现了楼兰古国遗址的那个瑞典人。听说过吗？"

陆离俞点点头。斯文赫定，深入亚洲腹地的探险家，现代考古学的先驱，他怎么会不知道。

"斯文赫定是个有记录癖的人，"她接着说，像一个女学者，"他留下的手稿，只有少部分编辑成书，大部分都被斯文赫定基金会保留，但也有少量手稿在市面流传。有些是文物贩子偷出来的，有些则是斯文赫定自己遗失的。当然，也有一些是伪造的。"

"这个牛皮夹子呢？"陆离俞问。

"20世纪40年代，有个中国大学生在美国普林斯顿大学攻读高能物理，从旧书摊上买到了这个。为了消遣，他用业余时间，把里面的几页手稿译成了中文。仅仅消遣而已，一直就放在自己的书箱里，没有想过要出版。"

"准文物啊，这是怎么到你手上的？"

"图书馆查资料的时候找到的。"

"里面讲了什么内容？"

"原文是瑞典文，我看不懂，我就看了下那个中国大学生的译文。里面讲了一件事，斯文赫定在罗布泊探险的时候，遇到了一个人。他同这个人交谈了几句，交谈的经过让他觉得很奇怪，对方总是以某种方式重复自己的话。不是一模一样地重复，而是用他说出的话里的单词，重组成一个句子。他们交谈得越多，对方的表达越是流利。这种本领既让他觉得新奇，又觉得怪异。"

"你好像也有这种本领。有一次，有个法国人来问路，对方不懂中文，叽叽咕咕地讲了半天。听了一会儿，你就开始用法语和对方交谈。当时也不觉得奇怪，后来，我想起来了，你好像从来没学过法文。"陆离俞说着，从后面抱住她的肩膀，晃了几下。

"乱说，我学过的语言多了，怕你自卑，不敢告诉你。"她笑着挣脱了几下，离开了陆离俞的手臂。

陆离俞叹了口气："后面呢？牛皮夹子里，讲了些什么？"

"斯文赫定问这个人是谁，那人说自己是夏人。斯文赫定开始以为夏是指西夏，因为有记载，西夏人曾经进入过这一地带，面前这个人可能就是他们的后裔。但随着交谈的深入，他发现，对方所讲的夏，好像不是那个西夏，而更像是远古传说中的那个夏朝。因为对方所谈的，都是那种玄荒怪异的东西，同他很早读过的中国古籍《山海经》很相似。他问对方，这些都是你们先辈的传说吗？对方的回答说不是，是他们正在经历的。"

"哦，有这种事，幻觉吧？"

"可能吧，反正一到那个地方，说不定就会遇到些什么。"

"后来呢？"

"没了。"她翻了几下手中的纸张，"交谈怎么结束的？结束之后，这个人去了哪里？斯文赫定的记录里没有提到，也许有记录，但是遗失了。这场交谈肯定让斯文赫定印象深刻。斯文赫定认为，这个和他交谈的人，似乎来自另一个时间维度，但却和我们共存在同一个空间的维度。"

"这是什么意思？"

"我也不清楚。"女人笑着说，"幸好这段话后面，有几句批语，估计是翻译的人自己加的。"

"那个普林斯顿的高能物理学家？"

"是的，他添加的这段话是这样的：斯文赫定的遭遇，大概就是后来被人们称之为平行世界的例证……平行世界的相遇……两个世界的人。一道屏障隔开了我们，你看不到我，我看不到你。除非在某一时刻，这道屏障被某种神秘的力量揭开，另一个世界的人就这样出现在你的面前。"

"平行世界！"陆离俞被这个词吸引了，"什么意思？"

"怎么说呢？"她把目光投向窗外，"按照这种理论，存在着与我们平行的一个世界。空间重合，但是分居于不同的时间维度。如果时间维度发生交会，这个世界很可能会出现在我们眼前。"

"你相信这个吗？"

她摇了摇头："我更相信亲眼目睹的东西。"

"亲眼目睹，我也想啊，但是能吗？"陆离俞笑着问。

"能啊，"她说得半真半假，"只要去一个地方。"

"哪个地方？"

"罗布泊。也就是斯文赫定领悟到平行世界的地方。"

"为什么？"

"在《山海经》里，罗布泊的名字叫幼泽，应该是游泽的讹音，意思是一座在空间游走的湖泊。一会儿出现，一会儿消失；一会儿出现在这里，一会儿出现在那里。但是也有人认为，罗布泊也可能是一座在时间维度上游走的湖泊，当它消失的时候，很可能就是去了另一个时间。"

陆离俞想了一会儿，想搞清楚这段话的意思，又嫌费劲，打算避开这个话题，但是对方的眼神一直盯着自己，他只好硬着头皮接下去："那就是说，到了罗布泊，我会有斯文赫定一样的奇遇，遇到来自平行世界的另一侧的人？"

她点了点头，样子还是半真半假。

"要真有这样的奇遇，我倒想问他一个问题。"陆离俞紧盯着她，觉得自己正在聚集全部的力量，然后折成两道具有穿透力的眼神，直指她的眼睛。他也不知道为什么，现在想来，应该是她身上的什么东西提示了他。

她低下了眼睛："什么问题？"

"接下来，他想做的是什么？"

"回去。从哪里来，回哪里去。"

"那是永别吗？"

"不是。"她摇了摇头，然后又抬起眼睛，直视着陆离俞，补充了一句，"肯定不是。"

"那说什么都得去一次了……"陆离俞避开了她的目光，就像避开一个承诺。等他回过头来的时候，眼前空空荡荡，女人的身影消失了……

陆离俞睁开了眼睛。

过了好一会儿，他租住的那个房间的轮廓，慢慢地从黑暗中浮现出来。酒后的晕眩开始从胃部扩散，头也随之开始疼痛起来。他按了按头部，心想，真是喝得太多了。他回味了一下刚才的梦，思考它反复出现的原因，是不是因为在他与这个女人交往中，这是最具决定性的一个片段，所以无论是白天，还是夜晚，无论是清醒，还是睡梦中，它都会反复出现。

这个片段里有一点似乎已经成为现实——永别。女人离开了，他找了很长的时间，一直都没有找到……这跟永别有什么区别？

陆离俞站起身来，走到书桌旁边，想弄杯水，解解残存的酒意。桌上电脑的荧屏还是黑色的，但是内存转动的滋滋声却持续不断。电脑还开着，只是为了省电，自动黑屏，里面还有程序正在运转。这个程序是他特意安装的，24 小时运作的一个程序。

他想用鼠标点开屏幕，查看一下那个程序运转的情况。

这时，半开的抽屉引起了他的注意，他拉开抽屉，借着窗口漏进来的灯光，看到了一把枪。

五

"今天是中国文化讲座的第三讲，主要讨论一下《山海经》这本典籍。"陆离俞站在讲台上，看着下面二三十个学生。学生周围是空了一大片的桌椅，逃课率又创了纪录。

"《山海经》。"陆离俞转身在黑板上写了几个字，"据说，夏的始祖禹巡游天下的时候，记录下沿途的山川、风物、怪灵，然后留下了《山海经》。我们今天一般认为这是一本以地理为轴，记录了大量远古时期的神话传说历史的典籍。

"对研究历史的人来讲，《山海经》最有用的一点就是能帮助我们了解一下夏的历史。

"夏这个朝代很奇怪。历史书都说夏是中国历史上最早的一个朝代，但实际情况呢，这个朝代是不是存在过，现在都有人会怀疑。因为任何朝代都会有文字遗存，商朝有甲骨文，周朝除了甲骨文，还有金文，都能帮助我们确认这些朝代的确存在过，但是夏朝却没有。到目前为止，夏朝是一个没有发现任何文字记录遗存的时期。"

"怎么可能？不是发掘过夏朝的遗址吗？"一个脸色阴沉的男生回了一句。

"考古方面，倒是发现过一些被认定为是夏朝的遗址，"陆离俞耐心地说，"例如河南偃师的二里头文化遗址，但是这些遗址只出土了一些器物，没有像样的文字记录。器物上有些符号，可以视作文字的雏形，但是具体含义很难确定，即使能确定，单凭这些符号，也没法还原一个朝代的历史。而且，二里头文化到底是不是可以归为夏朝，考古界现在还在争论。"

阴沉男不说话了，眼神仍然挑剔地看着陆离俞。陆离俞赶快避开了。

"所以，对夏朝的历史研究，只能通过后人的追述。即使是这些追述，也都是歧义纷呈，叫人难以断定谁是臆说，谁是真实。从历史研究来讲，唯一的选择就是最接近于那个朝代的追述，可能最接近真实。这就不得不提到《山海经》了。

"《山海经》成书的年代，虽然众说纷纭，但是应该不会晚于西周。虽然流传到今天，《山海经》里肯定会有很多篡改、错讹，但最基本的东西还是会保留，所以，研究一下这本据说是夏的始祖的手卷，找出最基本的东西，我们就能大致推测，这个叫作夏的朝代可能是什么样子。"

这时，教室后门开了，教务处的一个人领着两个人轻轻地走了进来，坐在最后一排。

这个三流大学一直在流传一个小道消息，省教委要对本校的教学进行评估，随机抽查听课，事先不通知，事后不交流，美其名曰，微服私访。教务处的人领进来的那两个人，会不会就是传说中的微服钦差？

陆离俞回过神，接着往下讲："不过，依据《山海经》上的记载，可以发现夏是一个奇怪的朝代。它更像是一个外来民族建立的朝代，不是黄河流域的本土民族建立的。上节课，布置过一个作业，大家先去图书馆把这本书找来看看，注意一下，里面出现得最多的一种动物，是什么？"

下面一片沉默，陆离俞敲了敲桌子："答案，有没有？有没有？"

有人举起了手："蛇。"

"对，蛇。《山海经》里所提到的神灵巫师，很多都有一个细节，就是佩蛇，也就是说佩戴的饰物上，有蛇的图腾。另外，《山海经》上所提到的怪兽，很多都可以看作蛇的变异体，都有蛇的特征；还有，里面的神灵，很多也离不开蛇的部件，或是蛇头，或是蛇尾，或是蛇鳞等等。这些都是证据，建立夏的民族很可能是一个外来的、崇拜蛇的民族。

"还可以再补充一个证据，就是被后人称作夏的始祖的禹这个人。这个人如果存在的话，肯定也会跟蛇有一点关系。因为'禹'这个字，最早的形态，就是一个人手持一条蛇。"

"那只能说，我们祖先早就有了对蛇的信仰，夏继承了这种信仰，这有什么奇怪？"阴沉男开口反驳。陆离俞心想，这孩子，上次少给他打了几分，记仇就记到现在。

"问题就在这里，目前的考古发掘，各种各样的史前遗址、史前出土，没有一件文物上面有蛇的痕迹……蛇的信仰仿佛是突然出现的。这种现象，只可能发生在有外来民族进入的时候。它们带来了本地没有的文化信仰。这位同学可以去看一下日本学者尺千太郎的有关著作。"陆离俞随口编了一个名字，果然把男生镇住了。

陆离俞朝坐在最后一排的那两个人看了一眼。蛇这个字眼，好像引起了他们的兴趣，他们低声交谈了几句。陆离俞心里突然有点紧张，这两个微服钦差已经看出自己是在胡诌？

"而且，还有一个奇怪的地方，"陆离俞接着说，"《山海经》里所记载的玄怪洪荒，似乎一下就失去了踪影。夏之后是商朝。按道理，在商朝的文字遗存中，应该能找到一点和《山海经》里记录有关的地方，但实际情况呢，找不到，现存的甲骨文中，找不到。神话、传说、史实，给人的感觉是似乎突然就消失了。类似的现象，历史上也有，大多发生在进入的外来民族突然消失之后，或者是撤出，或者是……"陆离俞突然不知道该用什么词了。

"老师，就算夏是一个外来民族，怎么可能说消失就消失？"阴沉男又开口了，"就不能和当时黄河流域的民族融合一下，成为我们今天民族的共同祖先？"

阴沉男的执着感动了陆离俞，他决定下次考试的时候，还要再多扣阴沉男几分。

"这位同学，大道理我就不说了，就提一点考古学的证据。比如禹，夏的始祖。今天能找到的关于禹的最早记录，是一个叫遂公盘的西周中期文物，上有一段铭文，第一次提到了禹。而在目前为止，出土的所有殷商甲骨文中，都找不到'禹'这个字。也就是说，'禹'这个字，以及它所代表的历史，可能消失了整整一个朝代，直到西周中晚期，才忽然被人提起。

"如果夏这个民族真的融进了黄河流域的文化，并且和殷商之间真的有过朝代更替，你想想看，这样的事可能发生吗？"

"那就可以说消失了？"一个女生不服气地说，她是阴沉男的爱慕者，陆离俞私下把她叫作幽怨女。

"说消失，也许有点绝对。"陆离俞说，"说不定，未来会有更确凿的考古学证据，证明其中有那么一支留了下来。关于夏的各种传说，也就是由他们传承下来。《山海经》里的种种怪异就是其中一部分。"说到这里，陆离俞的脑海里又出现了梦中那个女人的形象。

他摇了摇头，既像是安慰自己，又像是安慰那个幽怨女："谁知道呢？"

六

下课后，那两个微服钦差先走了，教务处的人走了过来，通知陆离俞跟他去一趟校长办公室。到了校长办公室，果不其然，两个微服钦差已经坐在里面了。

校长介绍了一下，年纪轻一点的姓李，老一点的姓张。是什么来头，他没讲，只是含糊地介绍了一句，兄弟单位。接着，一个秘书推开门，通知校长去参加一个会议。

陆离俞看着借故离开的校长，还有那扇轻轻关严的门，越来越相信，这两人就是微服钦差，盯上自己了。

老张拿出一张图，递给陆离俞："刚才听了陆老师的课，很受启发。我们来是想请教一些问题。有张图，能不能请陆老师解释一下，具体含义是什么？"

陆离俞看了一眼，放下图片，觉得有点喘不过气来，好像刚被照片上的两条蛇一前一后咬了一口。他没有说话，只觉得事情不可能有这么巧，考察他的学术功底的时候，刚好会用上这张图。

"是不是觉得很眼熟？"老张笑着问。

"他搞古代文化的，这样的图肯定经常见。"小李衬了一句。

陆离俞觉得自己跟正在面试的学生一样，感觉不好，也没办法，只好开口说了："这张图有人认为是太极图的雏形。另外也有人说，这张图就是传说中的河图。"

他看了对方一眼，然后继续说下去："你们应该知道，中国历史上有河出图的传说，据说发生在伏羲时代。黄河上，有一匹龙马浮现，背负着一张图。这张图，就被称为河图。

"河图的样子，历来都众说纷纭。有些人认为是八卦图，有些人认为是九宫图。不过，也有些专家认定了这张图。他们的前提是认为，图最早的含义应该是图腾的意思。图腾一般是指动物的造型，九宫和八卦都不合这个标准，这张图倒符合。"

"那这张图到底是什么意思呢？"老张问。

"据说，伏羲时代，有一场大洪水，人都差不多死光了，只剩下两个人，一个是伏羲，一个是女娲。于是，这两个人为了繁衍后代，决定结合在一起，华夏民族就此得以延续。有人认为，这张图反映的就是这个传说，伏羲和女娲的最早造像都是蛇的形状，这两条蛇，一个可能是伏羲，另一个可能就是女娲。图腾反映的就是他们结合繁衍的事情。

"河图的'河'字，其实指的就是这件事发生的时候，周围河水泛滥的场景。'图'这个字，刚才已经讲了，最早是图腾的意思。所以，'河出图'这句话，有人认为真正的解释，应该是指河水泛滥的时候，发生了一件后人以图腾的方式记录的事。"

"哦，这样啊。"老张和小李对看了一眼，开始仔细看起那张图来。

"是这样。"老张从图上抬起头来，"你刚才上课的时候，也提到了蛇。并且认为中国远古信仰中，并没有蛇的信仰，所以，跟蛇有关的传说，可能都是外来民族进入的遗存。伏羲、女娲的传说也算一种？既然他们都是蛇的造型。"

"是的。甚至洪水传说，也有可能是外来传说的遗存。伏羲的传说里有洪水，大禹的传说里也有洪水。出现这种现象的原因，有可能是的确有过两场洪水，也有可能是一场洪水的确发生过的，另一场则是外来的民族带来的。他们进入黄河流域的时候，把自己关于洪水的传说也带来了。于是就有了两个关于洪水的传说。

"现在也很难分清，远古传说中的两场洪水，哪一个是外来传说，哪一个是本土的历史记忆。"

说到这里，陆离俞看了看手表，心想，这么胡扯一通之后，两个微服钦差应该会认同自己的学术功底。

他越来越觉得对方是微服钦差。

刚才胡扯的时候，他已经注意到了，这两个人对他讲的其实没什么兴趣。他想，他们只是用些稀奇古怪的问题来拖住自己，麻痹自己，等到你放松警惕，他们才会发出致命一击，抛出一个让人魂飞魄散的责问："刚才上课的时候，有同学不专心听讲，在玩手机，陆老师为什么不管管？"追查这种鸡毛蒜皮，才是他们身为微服钦差的精华所在。

陆离俞心里冷笑了一声：跟我玩这套。

"《山海经》里，这样的例子多吗？能够被人用来证明外来民族到过黄河流域？"老张又问，明显没话找话。

"应该很多吧，例如……"陆离俞正想扯下去，老张身上的手机响了。

老张道个歉，拿起手机，跑到门外，嗯嗯啊啊地通起话来。

剩下陆离俞和小李两个人，陆离俞避开小李的目光，不停地看着表，期望着这件事早点结束。

过了一会儿，老张进来了，冲小李点了点头。

小李笑着说:"陆老师是不是有什么急事,总是在看表?"小李说话的样子,既像是好心,又像是汇报。

陆离俞突然觉得自己有一种被人监控的感觉:"急事倒没有,不过,两位有什么问题,能尽快问完,我会感激不尽的。"

老张也笑了笑:"还有一个问题,陆老师刚才解释了一个符图的含义,如果这个符图旁边出现了这样一个场景,是不是也意味着什么?"

老张从自己的公文包里,又掏出一张照片,递到陆离俞手上。

陆离俞接过照片,一对男女,一个奇怪的造型。他惊得站了起来:"你们到底是什么人?"

门外走廊上传来了急促的脚步声,老张、小李站了起来。

老张开口了:"现在正式介绍一下。我们两个是 G 局的工作人员。今天请你来,是想请你去协助一项凶杀调查。跟你拖了这么久,也是挺不好意思,因为相关的文件审批程序需要时间。"

门开了,秘书领着公安局的一个干警走了进来。老张从干警手上接过一张公文,递到陆离俞的面前:"这是相关的要求协助调查的文件,是你自己看,还是我给你读一遍?"

"我自己看吧。"陆离俞从老张手里拿过那张证明。

实际上就是一张拘留通知书。上面写明,因为涉嫌本市的一桩凶杀案,他被裁定拘留,接受审讯。上面还写明了,办案人员获批进入他的居所进行搜索。

七

陆离俞被带到拘留所。

第一天没有审问。一个法医进来,测了一下他的脚印、身高、体重、指纹,一一做了记录。接着,他被带到拘留室。进去之前,按照要求,他脱掉了所有衣物,换上了一套单薄的拘留服。管理人员包好衣物,然后告诉他,这些也要接受检测。

陆离俞想,也许就在此时,办案人员打开了他那个房间的门,然后,就会发现那把放在抽屉里的枪,还有一个插在主机卡口的 U 盘……

第二天,他开始接受审讯。

"看到这张照片的时候,陆老师的反应好像有点大,怎么回事?"老张指着照片问。

陆离俞没有说话。

"照片上的这两个人,你认识?"

陆离俞还是没有说话。

"你不说,只好我来替你说了。"老张是个有办案经验的人,知道在这种情况下,最好能让对方知道,一切都在我方的掌握之中,他能隐瞒的东西不多了。老张于是简洁地说了一下两人的情况,神秘团体、女神、平行世界、银行密码……说到平行世界的时候,他特意停顿了一下,目的就是想给陆离俞回味的时间。

"一年之前，他们出现在了本城，租用了一个尚未开发的地产，在里面塞满了各种电子仪器。据有关专家分析，这些电子仪器组装起来，就是一个功率强大的电子信号发射和接收装置。我们估计，导致他们死亡的，就是这个电子发射装置。有一段时间，这个电子装置不停地发射一个信号。这个信号，就是陆老师解释过的那个河图。他们的这个举动泄露了他们的藏身之所，最终惹来杀身之祸。

　　"有人接收到了这个信号，找到了发射的位置，然后杀死了他们。

　　"杀死他们的，是一把枪。就是这把。"

　　老张拿出一把枪，放到了桌面上："应该很眼熟吧，因为这把枪是在你的房间里搜到的。枪的弹道痕迹，证明打死这两个人的，就是这把枪。还有，指纹专家在枪上找到了你的指纹。现在，你有什么要说的吗？"

　　"单凭这把枪，你们就能认定是我杀死了他们？"陆离俞开口了，"说不定，这把枪是有人故意放在我那里的。"

　　"我们不排除这种可能。不过，目前的证据对你都不利。"说到这里，老张拿出一个微型的 U 盘。

　　"这个也很眼熟吧，"老张说，"这个 U 盘，也是从你的房间里搜到的。里面有一个程序，利用这个程序，能把电脑变成一个无线电子信号发射装置。根据电脑操作记录，最近一段时间，也就是在凶杀案发生之后，你利用这个程序，不停地向外发送这一个用密码加封的电子信号，破解出来同样也是那个河图。"

　　老张面色凝重，接着说："你要说这些都是巧合，我们是不会相信的。"

　　陆离俞脸上既没有什么惊慌的表情，也没有什么辩解的表示，还是沉默着。老张觉得一拳打到了棉花上。他沉思了一下，决定按照原定审讯计划，逼着对方摊牌："还有一个证据。你能说说，凶杀的当晚，也就是上个星期三晚上，你在哪里？"

　　"在一个酒吧喝酒。"陆离俞开口了。

　　"是一个叫零绝对的酒吧，对吧？这里有当天值班的服务生的证词。据他们说，当天晚上，你离开酒吧的时间是晚上 11 点。我们调查过全城的出租车司机。有个司机记得，11 点左右，有人在零绝对酒吧上车，目的地就是王旭藏身的那个地方。司机出发和到达的时间，出租车发票机上都有记录。我们查过记录，你到达的时间是 11 点 20 分左右。司机那时看着你下了车，走到了门口。"

　　老张拿出两张照片，分别是两个指纹印的照片，一张是一个电子密码锁上清理出来的指纹，一张是陆离俞昨天按法医要求留下的指纹。

　　老张指着照片说："门上的密码锁上也有你的指纹。"

　　"法医验尸表明，凶杀案发生的时间是在 11 点 30 分左右，也就是你到达那幢大楼十分钟之后。在死者的身边，发现了你的脚印。这就说明，凶杀发生的那段时间，你就在大楼里面，而且进入过凶杀现场。"

　　陆离俞脸上露出一丝震惊，老张心想，大概他是没想到我们的工作会这么高效。

　　"还有一个情况，也许能解释你进行凶杀的动机。你是一年前，才被本城的这所大学聘用的。录用的时间，正好是王旭住进这幢大楼的时间。如果是个孤立的事件，也许可以看作是一个巧合。但根据我们对王旭行踪的追查，再把你这几年的行踪做一对比，结论就不是巧合了。

"凡是王旭去过的地方，随后都会有你的身影。这是巧合，还是你一直就在追踪王旭？"

"追踪王旭？你们怎么这么肯定？"陆离俞笑了。

"你能提供相反的证据？"

接下来就是长长的沉默。作为一个有经验的审讯人员，老张知道，现在正是疑犯内心交战的时候。沉默是最好的添加剂，它能加剧疑犯内心的失衡，直至最后的崩盘。他紧紧盯着陆离俞的脸，看看崩盘的表情是否会在某个时刻出现。

"你刚才提到了平行世界。"陆离俞终于开口了，"虽然这是一个假说，但也提示了什么事都有其他可能，包括你们掌握的证据。那天晚上，我的确是去过那个地方，但我的目的不是去杀人，而是去找一个人。"

"谁？王旭，还是钱小莉？"老张对这个辩解并不吃惊，因为这正是他想要的。

"都不是。我找的那个女人叫郁鸣珂。"陆离俞平静地说，"有一点，你们搞错了。你们刚才提到，王旭和钱小莉东躲西藏，是因为带走了一个秘密。你们以为这个秘密是一个银行账户，一个密码？"说到这里，陆离俞信心满满，好像他才是审问者，正在给予对面的人致命一击，"我现在告诉你们，你们错了。这个秘密是一个人，一个神秘团体的女神。女神的名字，就叫郁鸣珂。"

陆离俞挺了一下肩膀，看着飞快记录的小李，有点担心对方跟不上自己的语速。

"她一直就在那幢大楼里面。"

八

陆离俞简短地讲了一下自己和郁鸣珂的事情。

"这么说，"老张听完之后问，"四年前，这个叫郁鸣珂的女人从你身边失踪，你找了她四年。四年的时间，表面上看，你是在追查王旭，但实际上你一直找的人是这个叫郁鸣珂的女人？"

陆离俞点点头。

"你是怎么知道郁鸣珂在这幢大楼里面的？"老张问。

"是那个死者，就是叫王旭的告诉我的。有天，我在酒吧喝酒，他找到我，然后告诉我，说郁鸣珂就在本城，想见我。地点就在海洋工程研究二所，时间星期三晚上 11 点左右。我答应了，然后按时去了，看到王旭和一个女人死在里面。"

"没见到郁鸣珂？"

"没有。"

"我们在里面彻底搜查过了，并没有发现你所说的有第四个人的痕迹，除了你、王旭、钱小莉。"

"那你们应该再查一遍，搞不好有遗漏呢？"陆离俞漫不经心地说。

老张和小李对看了一眼，一时无言。停了一会儿之后，老张开口了："这个你不用担心，搜查工作一直就在进行。现在，你回答一下这个问题，你能提供什么证据，证明里面还有一个叫郁鸣珂的？"

"我不能提供。"陆离俞说，"不是我没证据，而是我能提供的证据，在法律上都得不到承认。"

"这也不一定。你要相信法律，任何证据都会得到公正而客观的对待。"

"那好。"陆离俞脸上露出莫测高深的表情，"你们曾给我看过一张照片，是你们发现那两个死者时的造型，你们问我，有什么特别的含义？"

"有什么特别的含义吗？"

"它表达的是死亡与重生。"陆离俞好像又站到了讲台上，对着学生循循善诱。

"死亡与重生，这是怎么回事？"

"那两个人的造型，很显然是表达死亡。"

"重生那个部分呢？"小李本来在记录的，现在觉得自己有点记录不下去了，便停笔问了一句。

"这就需要看一下那个河图了。"

"你昨天说过了，这是图腾，表达伏羲和女娲交配生殖的意思。"小李说。

"那是骗你们的。"陆离俞一脸嘲弄，"如果你懂一点生物常识，你就会发现，它不是表达交配，以及相关的生殖，它真正表达的是重生。如果是交配生殖的话，两条蛇交会的部位应该是在尾部，但现在这张图的交会部位却是在腹部。哪种类型的蛇是这样交配的？"说到这里，陆离俞皱了皱眉，就像面前坐着两个怎么也教不会的二傻学生："这个图腾真正要表达的是一条蛇，正从原来的那条蛇里重生出来。"

老张和小李对看了一眼，小李看了看自己的笔录，然后开口了："地上的图腾表达重生，两个死者表达的是死亡，你说的是不是这个意思？"

陆离俞点点头。

"那么，死亡造型的两个人，为什么都是一副倾听的样子？"小李接着问。

"这个也跟伏羲的传说有关。据说伏羲与女娲结合的时候，很担心自己的所作所为会触怒天地神灵，所以要先听听天地诸神的动静。伏羲听地，女娲听天。用在死亡现场，这个造型就可以理解成，他们担心一个人的重生会触怒天地众神，因为那是违反众神给予我们的宿命。所以重生之前，他们先要替这个人听听天地众神的动静。这就是死者摆出倾听的样子的原因所在。"

"他们担心一个人的重生，谁的重生？王旭，还是钱小莉的？"老张听得有点晕。

"都不是，是郁鸣珂。王旭和钱小莉的死亡，是因为郁鸣珂需要重生。你们说找不到任何关于她的痕迹，那也很正常，重生带走了郁鸣珂的一切，不然，就不叫重生了。"陆离俞看了一眼老张，脸上带着嘲弄，"这就是我说的证据，法院会采纳吗？"

老张一时还不知道该怎么办："那重生后的郁鸣珂，去了哪里？"

"从哪里来，回哪里去……平行世界……"陆离俞肯定地说。

老张和小李互相望了望，不知道是不是该把面前这个人送到精神病院。有些疑犯倒是会用这些招数，装神弄鬼，自降智商，混个减刑什么的。

"那么，按照你的说法，郁鸣珂是凶手了？"老张问。

"这个问题应该我问你们，因为我也想知道答案。"陆离俞笑着说，笑得有点勉强，这也许是一个他不愿意面对的问题。

"假设郁鸣珂是凶手，"老张问，"她为什么要开枪杀死助她重生的两个人？仪式的一部分，还是其他原因？"

"我没法回答这个问题。我认识郁鸣珂的时候，她还不是凶手。"陆离俞简短地说。

"那么那把枪呢？假如是郁鸣珂去了平行世界，那这把枪怎么会出现在你的房间？重生不是带走一切吗？难道重生之后，郁鸣珂突然想起还要转移凶器，只好折回到我们这个世界，把凶器放到了你的房间？"

老张一连串地追问着，陆离俞的回答却让他颇感意外。

"那把枪是我自己拿走的。"陆离俞冷静地说，"看到那个死亡场景之后，发现旁边有把枪，就拿走了。"

"为什么？"

"这是她的要求。"陆离俞说。

"她，是指郁鸣珂？是她要求你拿走那把枪？"老张问。

陆离俞点点头。

"你是怎么知道的？她告诉你的？她不是重生了吗？你在此之前见过她？她这样吩咐过？"

"不是。是那个场景告诉我的。"

"为什么？"

陆离俞不说话了。老张和小李又对望了一眼。老张问："她要你拿走那把枪的目的是什么呢？"

"让我去我该去的地方。"

"那是哪里？"老张等了半天。

"我也想知道。"

老张合上打开的材料，觉得真是费劲："我只知道，有了那把枪，就算是最好的结果，也会让你进监狱。这就是她要你去的地方？"

陆离俞听了这话之后的反应是一笑。老张不太清楚这算不算默认。

陆离俞若有所思地说："看来应该是那里了，不然，还会是哪里？"

"在王旭和钱小莉死后，你为什么又不停地发送着同样的电子信号？"老张问。

陆离俞看了他一眼。

老张恍然大悟："哦，不用问了，也是她要求的，目的也是让你能够去你应该去的地方。这倒想得周到，因为有了这个电子信号，我们就能找到你，然后你就能进监狱，去她让你去的地方？"

陆离俞点点头："顺便说一句，那个安装程序的 U 盘，也是我从死亡现场拿走的，当时它和那把枪放在一起。"

"你怎么知道，这也是郁鸣珂要求你拿走的？"

"看看 U 盘上面的字母就知道了。"

老张打开刚才合上的材料，U 盘就夹在里面。U 盘和一般的型号倒没什么两样，比较特别的是上面有两个英文字母，用点隔开："O．S"。他一开始倒不觉得这个有什么特别，可能是生产厂家的名称。难道陆离俞看出了别的什么？

"是这个吗？"老张指着这两个字母问陆离俞。

陆离俞又不说话了，接下来问他这两个字母的含义，他的表现也是如此。

九

几天之后，老张和小李又对陆离俞进行了第二次审讯。这一次的审讯重点就是陆离俞提到的郁鸣珂。

情报部门非常关注这次审讯。上一次审讯的基本情况，已经通报给了情报部门，尤其是陆离俞对那个符图的解释。

他们的设想是，所有的信号都是随着同一个信号出现的，它们之间的关系就相当于信封和封存的信件之间的关系，只要打开这个信封，就能看到里面的信件。他们已经知道了，信封是一个符图，需要做的事，就是知道符图的含义。对陆离俞的审问有了一个让他们振奋的结果，符图的含义是"重生"。

他们开始尝试着以"重生"为线索，去解释他们接收到的所有的信号。但是，一番忙碌之后，结果却是此路依旧不通。他们面对的还是一团乱码。

只能期望这次审讯能获得更多的线索。

从陆离俞的话来看，郁鸣珂似乎成了破解符图的关键。

G 局上下都不相信有个叫郁鸣珂的女人重生了，基本意见是认为这个名字是陆离俞伪造的，用以掩盖他的罪行。

相信这个女人是真实的，只有一个人，这个人就是小李。

与其说他相信，不如说他期望。如果这个女人是真实的，那么必然会留下各种痕迹。陆离俞说重生带走了一切，可能是一种掩饰。只要耐心寻找，肯定会找出一些蛛丝马迹，顺藤摸瓜，也许就能破解围绕在这个女人身边的所有谜团，河图下隐藏的电子信号、神秘团体成员之死，甚至遥远的六十年代一位高级军事技术官员的失踪之谜……这些期望使小李不愿意放弃这个想法：这个女人是真实存在的。

由于小李的坚持，第二次审讯之前，G 局对陆离俞的住处进行了第二次搜查。小李和老张负责，重点是搜查与郁鸣珂相关的材料。搜查是在充满期待的情绪中开始，一天下来，却在两人的面面相觑中结束……老张两手空空，小李手里也就多了一张写满字的纸。

"就这个，没其他的了。"小李晃了晃手中的那张纸，说道，"这张纸的末尾有个签名，郁鸣珂。"

纸上其余的是一行一行抄录的古文。回到局里之后，小李仔细看了一下这些古文。去年评职称的时候，为了弄个文凭，他参加过一个中文专业的函授班，古文方面算是有了点基础。借着一本字典，他大致搞清楚了这十几行古文的含义：

女丑之尸，生而十日炙杀之。在丈夫北。以右手鄣其面。十日居上，女丑居山之上。

下有汤谷。汤谷上有扶桑，十日所浴。在黑齿北。居水中，有大木，九日居下枝，一日居上枝。

雨师妾……一曰在十日北，为人黑身人面，各操一龟。

——以上见《山海经·海内外九经》

东海之外，荒月支之中，有山名曰大言，日月所出。

荒月支之中，有山名合虚，日月所出。

——以上见《山海经·荒月支四经》

第二次审讯，就是从这张纸开始的。这一次主审的是小李。

"这是在你的住处搜到的一张纸。你上次提到了一个叫郁鸣珂的人，我们在你的住处找到一张纸，算是唯一能和郁鸣珂有点联系的东西。你解释一下纸上这些字的含义。"

"都是从《山海经》上摘录下来的文字。"陆离俞说，"第一行的内容，就是'女丑之尸'的那句，涉及《山海经》中的一个传说，十日并出的传说。其他内容则是《山海经》里关于日出日入之地的记录。"

"十日并出？后羿射日的那个？"小李问。陆离俞点点头。小李不想多问下去，这是不明智的。

"这段文字下面有个签名——郁鸣珂。"小李说，"但是纸上的字迹，连同这个签名的字迹，笔迹专家鉴定了，都是你的笔迹。"

"是我替郁鸣珂抄录的。"陆离俞说，"有段时间，郁鸣珂对十日并出这个传说很感兴趣，我替她摘录过一些材料，这张纸大概就是其中一张。"

"为什么末尾是她的名字？"

"我们经常互相替对方抄录材料，为了避免混淆，为对方抄录的，就署上对方的名字。"

"郁鸣珂为什么会对十日并出这个传说感兴趣？"

"一般的学术兴趣吧。她那时正在写一篇论文，从天文学的角度探讨十日并出传说的可信程度。我没看过那篇论文，因为还没写成，她就失踪了。"

小李看了看老张，老张的表情是再问问看。小李只好又开口了："现在先不管这个了。我再提醒一次，如果你不能提供有关郁鸣珂这个人任何真实可信的材料，我们只能认定，这个人是不存在的，是你为了逃避罪名，编造出来的。"

"我不可能编造一个名字，然后为此耗尽一生。"陆离俞干脆地说。

这次审讯就这样结束了。

随后几次审讯，就是关于那个符图，得到的结果还是一样。陆离俞对符图的解释仍然是两个字："重生"。情报部门听到这个结果之后，也只好是一声叹息。

疑犯身上找不到突破口，只好从外围入手。老张留守，继续审讯，小李外出，开始相关的外调工作。

十

几天后，老张在单位食堂碰见了小李，小李刚刚回来，正在吃工作餐。

"怎么样？"老张一边吃着盒饭，一边问小李，"陆离俞的背景，调查得如何？"

"一般。"小李说，"没看出什么特殊的。唯一比较特殊的，就是他父亲早死，是他母亲一手带大的。但是他父亲死亡的时间，和他母亲生他的时间，对不上。他母亲是在他父亲死了好几年之后才怀上他的，他母亲从来没有再婚过。据说，可能是交往过一个男的，但是怀孕之后，男的没有下落了。他妈也从来没有告诉过陆离俞这些事，还是按她原来的丈夫的姓，给他取了名字。所以，陆离俞一直认为自己的父亲是早死的那位。"

"这倒特别。"老张对这些不是太感兴趣，"后来呢？"

"后来，陆离俞在 C 城读的大学。如果真有郁鸣珂这么一个人的话，那他们的结识也应该是在 C 城，因为 C 城正是那个神秘团体最活跃的地方。"

"郁鸣珂呢？"

"没有这么一个人。我到处都查了，任何户籍登记上都没这么个人，或许真像陆离俞说的一样，重生带走了一切……"小李苦笑了一下，他真是很失望，"你这几天审讯得怎么样，有没有从他嘴里问出些郁鸣珂的消息？"

老张摇了摇头："还是没问出什么。一个连痕迹都没有的女人……他倒真是痴情。"

小李把吃了一半的盒饭合上了，看样子是受不了食堂的手艺："我最近一直在看那份六十年代的档案，《5 号一罗布泊》，就是跟我们这次调查有关的悬案。你记不记得，那里有个细节？5 号离开时，带走了一个小女孩。我在想，陆离俞所说的郁鸣珂，会不会是那个小女孩？都这么神秘。"

"怎么可能？六十年代的小女孩，到今天应该有 50 多岁了吧。陆离俞才 30 出头，怎么可能迷上一个大妈级的女神？"

"可是……"小李想了想，觉得这事是很荒唐，"还有一个细节，那份档案里也提到了。那里面发射电子信号的是个异族装扮的男人。他发射这个信号，还有接收反馈的目的，都是为了寻找一盏灯。你觉不觉得，这次我们监测到的这个不明信号，也是为了这个？"

"这个也只有陆离俞自己知道了。"老张对这些神神秘秘的东西没有兴趣，但是小李一脸犹豫的表情却在提醒他，他还有话没说完，"你是不是有什么特别的解释？"

"我倒有个想法，但是不知道成立不成立。"小李还是犹豫不决的样子，"那个档案里，提到这个异族人有一种本领，能够通过观察对方的嘴形和发音方式，迅速地学会对方的语言……这就可能会出现一个问题。如果他观察的对象是一个地方口音很重的人，他会不会学会的也是一种口音很重的语言？这样，他真正想要表达的，可能会被他学会的口音弄混。"

"你的意思是……"老张看来也被这种想法吸引了。

"我接触过一个Y城的人，在他们的口音里，'灯'和'人'其实是分不清的。当他说'灯'的时候，很可能他真正要表达的意思是'人'！如果那个异族人，刚好遇到了这么一个人，学会的是他的语言，结果会不会也是一样？他真正要找的，其实是一个人？"

老张半天不说话："一个人，陆离俞吗？找他干吗？……再说，这是没办法确认的，年代久远，我们没法找到当时与异族男子有过接触的人，然后一一查证他们的口音。"

小李叹了口气："我也知道……不过，你有没有想过，再这样下去，案子就得转给公安部门？我们失去的，不仅是查明这些信号的含义，还可能失去了最好的一个时机，查明六十年代那个失踪案的真相。"

"恐怕失去的还不止于此。"老张倒是一点也不在乎食堂菜的油腻，继续猛吃，"一旦转到公安作为刑事案件处理，陆离俞的精神症状就会成为一个减刑的依据。说话疯疯癫癫，到了律师那里很有用的，很可能会被认定是在精神错乱情况下的过失犯罪；再说，两个死人都是有潜在危害的神秘团体分子，有人除掉他们，说不定还会被看作是造福社会呢。那时候，最后的判决只是无期徒刑。"

小李叹了口气，觉得一切都成了徒劳。他问："那个OS呢，问出是什么意思没？"

"没有。"老张摇了摇头，"另一个问题也没有答案。陆离俞总是肯定地说，他之所以陷入到这个凶杀案中，是因为那个叫郁鸣珂的女人要他去他该去的地方。我问他，你为什么会这样想？郁鸣珂这个女人为什么要让他这样做？你猜他的回答是什么？"

"是什么？"

"他的回答是去了才知道。"

十一

不久，案子转到了公安部门，作为刑事案件处理。公安部门提起刑事公诉，案件转入法院判决程序。

陆离俞没打算要辩护律师，但是法院方面通知他，最近的司法改革强调要尊重疑犯的权利，尽管他无主动意愿，法院还是会给他委派一个。

第二天，委派下来的律师就同他会了面。律师问了他一系列的问题，陆离俞已经驾轻就熟了，有问必答。问到最后，律师把记录的笔一放，若有所思地说："这样的话，我恐怕帮不了你。……你懂我的意思吧？"

"不太懂。"陆离俞说。他的眼睛紧盯着律师腕上的那块表。

"这样吧，我把我问过的问题再问一次，你试着再回答一下。"说着，律师好像嫌身上的西服有点紧一样，双手伸了伸，好让袖口往里收收。陆离俞不知道他是不是有意的，因为这样一来，手腕上的那块表就能清清楚楚地被他看见，包括表盘的细节。

律师开口了："第一个问题……"

"不知道。"律师话一出口，还没说出问题是什么，陆离俞就飞快地接了一句。

律师看着他，停了一会儿，接着："那好，第二个问题……"

"不知道。"和刚才的情况如出一辙。

律师露出了笑容："很好，这样，我就能帮你了。"他站起身来，开始收拾东西。等到一切都收拾妥当的时候，他握了握陆离俞的手，说了一句话："放心，我会让你去你该去的地方。"

这一过程中，那块表若隐若现，但是上面的图样却被陆离俞一再看进眼里。那是一个圆盘的表面，表面的正中，是弯曲成 S 状的连在一起的两头蛇，合在一起，就是一个 OS。

接下来的辩护过程中，因为疑犯一直拒绝回答，所以辩护律师只能依据 G 局提供的材料。根据这些材料，律师尽量强调事件过程中犯人的精神状况。一个月后，法院裁决下来。公布的法院判决书上，将此事件定性为神秘团体成员之间，内部分赃而引发的过失杀人。陆离俞与钱、王两人的行迹相合，被解释为，陆离俞一直向钱、王追讨外国银行存款密码，钱、王拒绝。凶案当天，陆离俞进入凶案现场，又一次逼问，未果，于是凶杀案就发生了。

凶手的精神一直处在幻觉状态，总是在虚构一个叫郁鸣珂的女人，所以这一次凶案杀人，凶手应该不是正常状态。证据就是凶手进入那幢大楼的动机，被他一直解释成寻找一个根本不存在的女人。考虑到这一点，在量刑方面，做了更符合人道的处理，判为无期徒刑。

本地监狱没有无期徒刑的犯人，所以，依照相关条例，服刑的地点发到犯人的原籍。

小李作为参与案件调查的人员，旁听了判决。听到判决后，小李心里一惊。他在调查陆离俞背景的时候，查出了陆离俞的原籍是新疆。根据他对中国监狱的了解，新疆能够关押无期徒刑的监狱只有一座，新疆 S 监狱。20 世纪 60 年代，因为那件悬案，代号为机要 51 的人被判处无期，关进的也是这座监狱。这一点，他是从那份名为《5 号—罗布泊》的文件里发现的。

六十年代的悬案和现在的凶杀案又多了一个共同点，先是电子信号，现在又是同一座监狱。这里面的巧合难道只是偶然？他看了看坐在被告席上的陆离俞。

陆离俞一点也不吃惊，反而松了一口气的样子。他想起陆离俞讲过的一句话：

"她要求的。""让我去我该去的地方。"

十二

几个月后，陆离俞被转到新疆S监狱。

在开往S监狱的囚车上，陆离俞的脑子里断断续续地出现的，都是他和郁鸣珂交往的片段，那些片段，当初只是一些甜蜜的记忆，现在看来，一切都不是那么简单。关于S监狱，他倒没多想，也不吃惊。事件的一开始，他就隐隐约约地觉得这可能是结局。

他也不是第一次才听说S监狱的名字。事实上，这座监狱与他的身世密切相关，这件事他只对一个人提起过，这个人就是郁鸣珂。

他们的交往，开始于夏商周的断代工程。他和她被分配负责典籍整理研究这个部分，就是从先秦典籍中，找出与夏商周断代有关的记载。其中，他们谈论得最多的就是《山海经》，然后由此发展成恋人。

像一般的男女一样，他们的交往有一个决定性的时刻，决定了他们的关系开始发生变化。

待在囚车上的时候，他经常回忆这个时刻，当时以为，那只是一个亲密的开始，现在想来，这会不会是郁鸣珂期待的一个结局的开始？因为那一次，他第一次对她提起了一座监狱——S监狱。

"你这个名字取得真巧。"郁鸣珂一边说着，一边拿起陆离俞递给她的一个复印件，"离俞，是《山海经》里的一种怪兽哦。你妈取名的时候，是不是有预感，我儿长大以后会干这个。"

"这名字不是我娘取的。"陆离俞说，"我娘说，是我爹取的。不过，我从没见过这个人，不知道他取名字的时候，是不是有预感。"

"你爹？没听你说起过。"

"十几年前，"他说，"我还在读初中，一直就和娘两个人一起生活，根本不觉得自己有个爹。我娘说，我还没生下来我爹就死了。娘还说，我那个爹是一个什么局的科级干部，后来出了一次长差，去了哪里，去多久，她也不知道。我就是出差之前怀上的。几个月后，我呱呱落地，生身之父还没有回来，后来一直也没回来。

"一年多过去了，那个什么局的派人通知我娘，她的丈夫因公而亡，具体情况却没多谈。只是暗示，她最好把这个人从自己的生活中彻底抹去。那个时候，这样的暗示意味着什么，是不言而喻的。不久，我娘得到一个调动工作的机会，就带着不满周岁的我去了新疆。一路上，她都在怀疑，这次调动是不是和那个什么局的暗示有关。

"'文革'结束后，一个从S监狱刑满释放的犯人突然登门拜访。我娘终于了解到了一些情况。

"大概在我读初中的时候，我娘才告诉我，我爹是死在新疆S监狱，至于怎么死的，她没说。只是告诉我说，在监狱里，他给自己的儿子留了一个名字，叫陆离俞。"

他记得在讲完这段身世之后，郁鸣珂很感动，主动握起了他的手，然后问他："那你娘呢？"

"已经去世了。"陆离俞说，"临死前还在抱怨我怎么还不结婚。"

另一个片段，则是关于符图的。圆圈，S形的蛇。为了确证《山海经》的成书年代，他们收集了一些材料，其中就有这张符图。关于这张符图的含义，他们有过几次讨论。

"挺神秘，是吧。"郁鸣珂淡淡地说，"有人也许会说这是太极符号的最初雏形，也有人说它是传说中的河图，就是表现伏羲与女娲传说的那个河图，记得吧，前几天，我们还讨论过的。"

"记得。"他把图递还给了郁鸣珂，"关于这个图，我倒有另外一个解释。如果是一个与生殖有关的图腾，两条蛇交会的地方应该是在尾部，但是这两条蛇交会的地方却是在腹部……"他指着符图上两条蛇交会的部位，"它真正的含义，可能是一个由生殖衍变出来的含义……古文化常有这种含义衍变的类型……这方面的例子，你肯定比我知道得多。你可是博士，我只是硕士。"

"又提这个，烦不烦？"郁鸣珂白了他一眼，"那你觉得是什么意思？"

"可能是重生的含义。"他说，然后解释了一下，远古信仰中，有对蛇的一种迷信，来源于蛇的蜕皮现象。远古信仰将它视作一种重生的过程，并因此发展出了最早的对蛇的崇拜。

"重生？"郁鸣珂笑了一下。

"你笑什么？觉得不对？"

"不是，我觉得很对。"郁鸣珂说，"只是你以后要记住，对这个符图，你有过一个解释，重生。"

"干吗记这些？"他笑着问，"重要吗？"

"说不定用得上。"郁鸣珂半真半假地说，然后，对着符图，默不作声了很长时间，长得他都有点紧张了。

"怎么回事？"他问。

"没什么，其实关于这个符图，我倒听过另一个说法。那时，我还很小，"郁鸣珂皱了皱眉，人在提到不愿意提及的旧事的时候，大概都有这种表情。从这种表情来看，小时候的这段回忆应该是有所省略的。

"有一天，有个人走到我的身边，在一张纸上，给我写了这么一个符号。然后，又把这个符号拆开，像这样。"郁鸣珂拿出一张纸，用笔在上面写了几下，递给陆离俞，"拆开之后，是一个英文词组的缩写。圆圈是 O，中间的蛇是 S，OS，展开就是 other side。那个人告诉我说，这两个英文单词的意思是另一侧。或者，"她抬起头来，陆离俞不知道是不是错觉，她的眼神一下多了一层深意，"也可以理解成另一侧的人。"这层深意，一闪而过，她又恢复了矜持的状态。

"好像还少了一个 the？"陆离俞试探性地问。

"the 有特指的意思。我想之所以不用这个词，就是想表达这样一个意思：没有什么特指，这个另一侧的人，可能是任何人，任何一个你遇到的人……"

"跟你讲这些的人，是谁？"陆离俞问。

"不记得了。"郁鸣珂摇了摇头，"不过，我还记得他说过的一句话，也是关于这个符图的。他说，如果以后这个符图出现在你的眼前，你至少要知道它的含义。"她又看了陆离俞一眼。

这个片段反复出现，总是让陆离俞后悔莫名：自己当时应该读懂那一眼的深意。它就像一个已经陷入危险的人，依然尽力寻求着援助，即使她所寻求的人，是一个她无法确认能否从他那里得到帮助的人，那时的求助，其实是更接近于绝望……这种绝望的情绪从何而来，难道她正在受到威胁？……而且，自己却是他唯一的希望……

当时他没有懂。第二天，郁鸣珂就消失了。

此后，四年的时间，他在全国各地寻找着郁鸣珂。在漫长的寻找过程中，他一直设想着一个结局：他会找到郁鸣珂，然后告诉她一句话，一句和她那时的眼神有关的话。这个设想支撑着他，直到他心灰意冷，放弃了寻找，打算在C城落脚。

有一天，在C城的一个酒吧里，一对男女走近了他。男女的组合就让他吃惊，男的大概60多岁，女的大概30多岁，这是怎么组合起来的？他想。

他们交谈起来。聊到嗓子冒烟的时候，男的突然告诉他，郁鸣珂就在本地，可以约个时间见见。时间是第二天的晚上，地址就是原来的海洋工程研究二所。

"到了那里，我真的就能见到她？"陆离俞不太相信自己听到的一切，尤其是四年的寻找积压下来的疲惫，更是让他不敢相信，事情会这样轻易地有了结局。

"即使你见不到她，"那个叫钱小莉的女人微笑着说道，用自己手中的杯子轻轻碰了碰陆离俞的杯子，"你看到的一切，也会是一个暗示——她在哪里，你在哪里能够找到她。"

女人的微笑的确有说服力，两人离开后，陆离俞的反应是激动了一个晚上。

第二天，他在约定的时间来到那幢大楼前。为了平息内心的激动，天一黑，他就待在那个叫零绝对的酒吧里，直到约定的时间来到之前。

他敲了敲门，没人响应。他发现，门上有个密码锁，是字母键的。他正在想着，郁鸣珂既然约了自己，为什么不把密码锁的事情告诉自己？他怎么进得去？正在这时，他的头脑里一闪，然后，他抬起手，按下了第一个字母键O。那时，他已知道，密码应该是"other side"。

门开了。他走了进去……门后，是一个凶杀场景，但在他看来，却更像是一个暗示，一个他能找到郁鸣珂的暗示。他只能顺着这个暗示走下去，一直走到他现在身处的这辆囚车。

此时，身处在囚车中的陆离俞，似乎体会到了临近结局的解脱：如果这真是郁鸣珂暗示他去的地方，那么，那里一定会有一个结局……

律师手上的那块表上的图案，似乎暗示，这个结局不是幻想。可惜，自从宣判之后，他就再也没有见过此人。他也没有办法去当面询问对方，他跟郁鸣珂有什么关系？为什么他表盘上会有那样的图案？他觉得不管这是不是一种巧合，命运如此设计，也许就是朝着那个他一直期待的结局……

如果这个结局真的来临，结局一端真的站着郁鸣珂，他会告诉她一句话，一句他酝酿了四年的话：

你那时的眼神，我读懂了……现在，请你告诉我，为了你，我该做些什么？

十三

押往牢房的专车上，监狱方面专门派了一个人来协助。

这人是个老狱警，在监狱待了几十年了，破事儿知道得真不少，一路上都在跟陆离俞扯，其中有关于一间牢房的。

经常有关押的犯人汇报，说自己的房间里多了一个人。一觉醒来，一个转身，他们都会看到一个人，就靠在高高的窗口下面看着自己。把犯人吓个半死还不算，还会说一句莫名其妙的话。问是什么话，答案都是简短的三个字：不是你。

犯人们都说，大概就是以前那个在里面吊死的人，正在找替代呢。于是，犯人们都管他叫找替代。

说到这里，老狱警拍了拍陆离俞的手："找替代啊，你懂的，你要是住进去了，可得有思想准备啊。"

狱警的话不是白说的。陆离俞住进的牢房就是那间牢房。牢房四米高的墙，还有开在高墙上的小窗。陆离俞仰头凝视着窗口，在他看来，那更像是一个不为人知的出口。

在知道自己的判决之后，他向暂时扣留的监狱方面申请了一件事，要求利用互联网查阅一下 S 监狱的材料，理由是服刑期间，他打算继续从事自己历史地理方面的研究。

这个要求得到了批准。

从互联网上搜集到的材料表明，S 监狱与罗布泊处于同一纬度。《中国地理》杂志上的一篇论文也指出，从历史记录来看，这个地址应该是属于罗布泊曾经出现过的地方。现有的地质勘探，也说明这里有大量湖泊遗存的痕迹。所以，这个事实，可以证明罗布泊的确是一个漂移的湖泊。

这篇论文的作者叫离俞，这是郁鸣珂以前发表论文的时候一直用的化名。

这时，他又听到了那段不断在梦中重现的对话：

罗布泊。也就是斯文赫定领悟到平行世界的地方。在《山海经》里，罗布泊的名字叫幼泽，应该是游泽的讹音，意思是一座游走的湖泊。一般都认为，这是一座在空间游走的湖泊，但是，实际上，它很有可能是一座在另一时间维度上游走的湖泊。

你就认定那是两个世界最有可能发生交会的地方？如果到了罗布泊，我会有斯文赫定一样的奇遇，遇到来自平行世界的人？

这篇论文让他确信，这个地方，就是郁鸣珂希望他来的地方。接下来会发生什么，他就不知道了，只有等待。

等待似乎是没有结果的，很长一段时间里，陆离俞的生活都是白天服刑，晚上熄灯睡觉。偶尔，在极度疲劳之后，他会再次梦到郁鸣珂。

这一次，他们开始讨论起关于平行世界的问题。

"怎么跟你说呢，"郁鸣珂皱着眉头，每次遇到什么烦难的事，她就是这种表情。一到这种时候，陆离俞往往会忍不住替她着急。

"这样吧，就用我们这个房间做比方。这可是你智商的极限，要是这都明白不了，我也没办法。"郁鸣珂轻轻地敲了一下陆离俞的头，然后接着说，"想象一下，我们看到的，和我们经历的是一个房间，但是，我们没看到的，没法去经历的，其实还有一个房间。这个房间正完完整整地和我们这个房间重合在一起。而且，它是一个属于另一个时间维度的房间，唐朝的，清朝的，还是什么别的，说不定，更久……"

"我懂了。"陆离俞盯着郁鸣珂的眼睛。

"这是做什么？"郁鸣珂回盯了过去。

"我想说，如果我能真正懂得这一切，不是因为别的什么，完全是因为你的眼睛。"陆离俞厚着脸皮，说了一句青春电影里的老套台词。

郁鸣珂不为所动，毫不畏惧地继续回盯。

陆离俞赶忙说下去："任何物体的存在都有两个维度，一个是时间，一个是空间。这样，物体之间，存在的形式就有四种：时空分离，时空重合，时合空分，还有时分空合。平行世界大概该是第四种。"

郁鸣珂笑着点点头："不错，是这个道理。不过，不要说得像禅宗的偈语一样。"

"那么，下一个问题就是，如果另一个房间存在的话，"陆离俞的视线停留在郁鸣珂房间的门上，"我怎样才能进入另一个房间呢？"

这个套房是他们合租的，里面有客厅、厨房、卫生间、两个房间。两个房间一个是陆离俞的，一个是郁鸣珂的。没有郁鸣珂的许可，她的房间是不能随便进入的，至于陆离俞的房间，她是想进就进。郁鸣珂坚持这样，陆离俞也没办法。

他现在的目光停留在郁鸣珂房间的那扇门上，其中的意味自然不言而喻。

"很简单。"郁鸣珂鼓励他，"走过去，推开那扇门，你就能看到另一个时间维度的房间。说不定，另一个世界的我，也在里面等着你。"

陆离俞站起身来，朝那扇门走去。等到靠近的时候，他伸手推了一下，门开了。

接着，他被自己看到的东西镇住了。

郁鸣珂井然有序的布置不见了，扑鼻而来的是一股山洞的潮气，然后他看到闪烁不定的焰光，一个长发的男子被绑在一根石柱上。离这个男子不远，有一个石床，床上躺着一个用衣袖蒙住脸的女子……

即使是在梦里，他也觉得不可思议，这事，真的发生了，就这么简单……

他转过头来，和所有梦结束时一样，房间里没有郁鸣珂的身影。

在白天服刑的时候，陆离俞仍然会回味这个梦。这个梦让他明白一件事：即使到了牢房，他和他期待的结局之间，还差一个门。那个门在哪里？

他想起了那个老狱警跟他讲过的找替代。他从不觉得这是个很荒诞的传闻。

十四

一个深夜，陆离俞躺在床上，仰视着牢房的天花板，周围是牢友的打鼾声。他听到了一阵奇异的动静，来自墙边。他翻过身来，朝声音发出的地方看了看。

一个人出现在房间里，那人站在高高的窗口下面。

陆离俞下了床，朝那个身影走过去。还没走近，他就确定了这个人就是犯人们传说的找替代。那人穿着六十年代的囚服，两眼放光，大概是看到了他一直想要找的替代。

他慢慢走近那个身影，心里倒没什么恐惧。找替代靠墙站着，后面不像是有门的样子。他有点失望，不过，倒是可以问问另外一个问题。

他想起自己的父亲，也是死在这座监狱里，是不是可以问问这个人，有没有见过一个自己父亲模样的犯人？他从来没有见过自己的父亲，连模样也说不清楚，一时还不知怎么跟对方打听。这时，他想起他母亲讲过的一句话，这话是在临终的病榻上说的，好像一句遗言一样。

"你长得越来越像你爹了。把你养成这个样子，我也算对得起他了。"

他已经走近了那个找替代，一时恍惚，因为感觉另一个自己就站在自己面前。这是怎么回事？他正在发蒙，一个声音响起来了：

"你是我交换来的，作为交换，你会指明，谁是那一侧的人。"

那人没有开口，但是陆离俞却听到了这样一句话。

第二章

一

不知道过了多久，陆离俞猛力一睁，终于抬起了眼皮，结果发现跟没睁开一样，甚至可能更糟，他置身在更为深邃的黑暗里面。眼前的找替代、牢房里的光亮，还有曾经让他心烦的打鼾声，都被黑暗一口吞掉，一丝也没剩下。眼前的黑暗，就像是岩石一样密不透风地立在他的眼前。

另一个世界？他想。

他的脑子里还回旋着找替代说过的话：交换，那一侧的人……一阵紧缚的疼痛感从胳膊上传来，随即弥漫到了整个身体，他条件反射地想要挪动一下身体，但是疼痛感却变得越来越清晰，越来越紧迫。他扭动了一下胳膊，这才发现，自己的双臂已经被什么东西紧紧地反缚住了。他又做了几个动作，总算搞明白了现在的状况。

他的双手被反缚，上半身也被紧绑，两者一起被牢牢地系在身后的一根石柱上面。一根粗砺的石柱，表面不光滑，上下都是突起，硌得他上下都难受。腰部以下，倒是没什么束缚，屁股还能坐在地上，两腿也能平伸。只有脚踝上的感觉，告诉他双脚也被什么东西缚在了一起。

他开始以为是脚镣，还觉得有点不可思议。老犯人告诉过他，现在是人性化管理，镣铐什么的早就废了。早就废了的东西，怎么用到了自己的脚上？接着，那种粗硬的质感，让他想起了一种更为古老的刑具——木枷，古代牢房里常见的木枷。扣住他双脚的应该就是这个。

他暗自叫苦，脖子不由自主挣了一下，这是他身上唯一能够活动的部位，结果头皮一阵撕痛。那是头发被人撕扯，快要脱离头皮时才有的剧痛。后面有人用力抓住了自己的头发？这个判断让他毛骨悚然，他左右扭头，想要证实一下背后是不是有个人。

剧痛稍缓之后，他终于发现了原因所在：他的头发变长了，而且被当作绳子，紧紧系在了背后的石柱上面，打成一个牢牢的结。头部稍微扭动一下，头发就会撕扯着头皮。

这一切都似曾相识，进牢之后做过的梦，那个他和郁鸣珂讨论平行世界的梦。在梦里，他推开门，看到一个反绑在石柱上的男子。原来那是他自己，他看到的就是他进入另一个世界之后的样子？

眼前的黑暗似乎没有刚才那么深沉了，他的辨别能力开始慢慢恢复，慌乱之中忽略的动静现在隐约可辨。他的鼻子开始闻到一股潮气，像是一个山洞，接下来，他感到有什么东西正在从背后靠近他，然后又离开他，断断续续，来回重复。他的背部开始抽紧，因为这是一种气息起伏的声音，它暗示着，在他后面不远的地方，可能潜伏着什么生灵。

他想起自己问过学生："《山海经》里，提到的最多的动物是什么？"

"蛇。"

蛇？脑子里刚转过这个念头，一个冰凉的东西就顺着他的后脖子轻轻地滑了下来。蛇信？蛇身？他的背部被刺激得往上一耸，头皮随之一阵刺痛。

刺痛驱走冰冷的感觉，他听到水滴入水坑的声音。

他松了一口气，刚才应该是从洞顶滴下的水滴，滴到了自己的脖子上面。

那阵气息还在持续，来自他的身后。他慢慢辨认出来了，是一个人的气息。

在背后的某个地方，还有另外一个人，潜伏着、窥视着，目光穿过黑暗，直逼着自己……

"喂！"他终于忍受不住了，大声叫了起来。声音一出口，就让他震愕，他吓得不敢再喊一次。不是自己的声音，不是他熟悉的语调，那是一种完全陌生的语言。他震惊的是，他完全不知道自己是在什么时候，储存了这样一种陌生的声音，现在还能脱口而出。

就像意识内部有一个语言选择按键，有人重新替他设置了一种语言。

"喂！"他尝试着低声喊了一遍，试图用自己的语言，但从嘴里出来的，还是那种陌生的语调。他开始哆嗦起来，这个意识内的语言按键不是一个选择按键，而是一个替换按键，他的语言被替换了。

周围的黑暗逼迫着他，他横下一条心，该放弃的就放弃吧，能用得上的先用着吧，现在的状况，还操心哪门子语言问题啊。

"喂！"他壮起胆子，喊了第三声。这下效果好多了，陌生的感觉好像消失了。他暗暗提醒自己，这不是什么陌生的语言，这就是他自己的语言。几次自我暗示，他感觉自己离表达自如只有一步之遥了。

"有人吗？"他继续喊，连喊了好几遍，喉咙越来越粗，信心越来越足，"这里有人吗？有人吗？这是哪里？到底有没有人？"

"没人！"终于，从黑暗里的不知什么地方，传来了一声回应。是一个女子的声音，带着怒气，透着不耐烦，好像有人睡得正沉，却被他的一通乱叫吵醒。

就这样，陆离俞终于听到了来自另一个世界的声音。经过刚才的替换程序之后，他对这声音一点也不陌生。

在他和郁鸣珂讨论平行世界的梦里，在被反绑着的男子周围，睡着一个女子，用衣袖遮着面部，现在听到的声音，是不是来自这个女子？

《山海经》里有一段文字，和这个女子的形象有关，也就是陆离俞替郁鸣珂抄录的那段文字："有人衣青，以袂蔽面，名曰女丑之尸。"

他曾和郁鸣珂讨论过这段文字，郁鸣珂说，这可能跟玄荒时代的什么仪式有关，具体什么仪式，那就人各有见，没法得出一个定论。她比较认同的一个看法是，这是一个用女巫活祭的仪式。玄荒时代，如果部落遇到什么灾难，大概能有的唯一的办法，就是把女巫当作祭品，活活地献给上天。

女巫被放在烈日下的石床上面，活活晒死。过程之中，忍受不了阳光的酷热，所以才会有以袂蔽面的场景。

说到这里，郁鸣珂半真半假地问陆离俞，如果她是那个女子，陆离俞会不会不远千里，冒死相救？……

想起这些，陆离俞心存侥幸，现在听到的声音，会不会就是郁鸣珂？会不会是郁鸣珂安排了这个场景？在进入平行世界的一刻，让他回味一下，他们交往过程中的那些曾经发生的小把戏，小小的恶作剧……为他们即将到来的永恒厮守制造一点小小的曲折……

"鸣珂？"他大叫了一声。

"又是鸣珂。"一声冷笑，听上去挺无奈的。

陆离俞判断出了声音的方向，头部朝那个方向偏了偏，头皮上残存的撕痛提醒他，不能用力。

有人起身的声音，那边大概真有一张石床，然后是双脚着地的声音，还有摸索着什么东西，器物发出碰撞的声音，接着，陆离俞听到一阵脚步声，正朝着自己的这个位置过来，然后，停在了自己的前方。

衣物窸窣的声音，触到他脸上的气息，还有梆梆梆的清脆响音。他很快有了一个判断，这个人正蹲在自己前面，在敲打什么东西……

面前出现了几粒火星，一个埋头蹲着的女子在火星里若隐若现，接着，出现了一个火焰的焰头。焰头突然涨大，陆离俞周围出现了一个光圈，一张陌生女子的脸。隐约的焰光照出了女子的容颜，还有身上的服装，甚至一些小配饰……都是陆离俞从没见过的类型，不知道该怎么形容，一个词突然出现在他的脑海：玄荒时代。

"看清楚了，"那个女子说，"我不是那个你一直想着，念着的鸣珂。都好几天了，怎么还这样？"女子叹了口气，站起身来，带着焰火。

陆离俞以为这朵焰火是来自某个灯盏，现在却惊奇地发现，那朵焰火其实是飘浮在女子的手掌上面。

女子把手掌移到自己的唇边，那朵焰火随之移动。她冲着焰火，轻轻地吹了一口气。就像蒲公英的花絮一样，那朵焰火，散开飞离，变成更小的焰火，浮动在两人的周围。

陆离俞目瞪口呆，女子却一脸淡然，转回头来，看着陆离俞，很不屑的样子："怎么，没见过啊？"

二

"可惜，我现在只能做到这一步了。"那个女子跪坐在陆离俞对面，看着浮动在周围的焰火，怅然若失，"就是这一步，都费了我数年的工夫……哎……"她叹息了一会儿，然后回过头来："你一直在叫鸣珂这个名字，是个女人的名字吧？她是什么样的？说说看？"

"我一直在叫这个名字？"陆离俞有点摸不着头脑，因为这似乎只是一瞬间的事，"一直"两字从何说起，"我在这里待了很久？"

"不长。"女子说，"按我的算法，只是瞬间，要按你的算法，那就难说了……记得自己是怎么进来的吗？"

"我当然记得。"陆离俞很想摇摇头，然后告诉她，片刻之前，他还是一个在新疆监狱里服刑的犯人，遇到找替代之后，就到了这里。头皮的撕痛提醒他，这样做，就是活受罪。再说，这件事也解释不清。

"那你说说看？"

陆离俞冲她翻了个白眼。

"这是什么意思？"女子问。

"你不会明白的。"

"为什么？"

"你缺一样东西。"

"什么东西？"

"智商。"

女子想了一会儿，点头称是："这个我是没有，名称都是第一次听说。智商是什么？禽、兽、木、草、器、药、石……"说了一大串，陆离俞面无表情地听着，然后，咧了一下嘴。不是想笑，是洞顶漏下来的水滴，刚好滴到了他肩膀上的伤痕上面，那种冰冷的痛感让他咧开了嘴。

他这才发现，到了另一个世界的这具身体，除了一身捆绑，还有遍体鳞伤。这次穿越可真是亏大了。

女子停下念叨，看着他在疼痛里隐忍的样子，一点同情的表示都没有："算了，你不想说，那就不说了。名字呢，记得自己的名字吗？"

陆离俞被她盯得很不耐烦："不记得了，麻烦你替我回忆回忆，我叫什么名字？"

"你叫离俞。"女子接着又补充了一句，"现在，你该知道，自己为什么会被绑在这里了吧？"

"为什么？"听到对方准确地说出了自己的名字，陆离俞只剩下了好奇，"这个名字有什么特别？"

他曾在各种文献里，查过"离俞"这两个字的意思。得到的答案却是模棱两可，可能是一种兽，也可能是一种禽。至于这种禽或兽为什么叫这个名字，答案是含义不明。唯一一种特别的解释是自鸣，意思是这个名字的依据是这种兽，或这种禽自己发出的声音。

眼前的这个女子能说出什么特别的解释？

"俞是舟的意思，"女子说，"离是别的意思。离俞的意思就是一艘离别人世的小船。人死之后，会把死人放在船上，然后顺水漂流，直到天际之遥。这种船上，往往会落上一只鸟，就算这艘船消失在天际，这只鸟都不会离开，好像是护送死人一样，所以，我们就把这种鸟叫作离俞。当然，也有人说，这种鸟之所以不愿意离开，是因为它们都是以死尸为食。"女子抿嘴一笑："我也不知道哪种说法对。我从没见过，也从没死过。"

"可是，我……就因为我叫这个名字，就该被这样捆着？这是打算做什么？叫我变成鸟，还是被人放在水里，弄成一艘船？"陆离俞问。他心想，这么说来，把我带到这里来的找替代，就是女子所说的离俞。他应该是一直就被捆在这里，像我现在的这个样子。既然我成了他的替代，他遭受的一切，我只能照领。

"当然不是。"女子说着，伸出手去，一朵焰火落在她的指尖，她轻轻一掐，那朵焰火就灭了，"你要做的，可不止这些……等到天亮，你就什么都知道了。"

"天亮是不是会发生什么？"

"开始的时候，你会得到一件衣服……"女子慢悠悠地说。

陆离俞觉得能有件衣服换换倒也不错。他刚才低下眼睛，扫视了一下裹在自己身上的物件，找替代留给他的这身，真是破烂。来到一个新的世界，应该有几件全新装备。

"衣服什么样？"

"到时候你就知道了，比你身上这件好多了……穿的时候注意一点，别穿反了。"

陆离俞心想，好啊，现在连穿衣服都要人来教了。

"接下来呢？"

"接下来……我就不知道了。"

女人站起身来，连续掐灭了好几朵焰火。有几朵还掐得特别凶狠，给陆离俞一个暗示，事情不是换件衣服那么简单，之后，等着他的会是何等滋味。

等到周围的焰火寥若晨星的时候，她停住了，问了一句："杀过人吗？"

"要是手能松开，我现在倒能杀上几个。"陆离俞开始怀念那把曾经留在自己抽屉里的枪了。

"那就是没杀过了。兽呢？你杀过吗？"

"我明天是得去杀人，还是杀兽？"陆离俞问。

"看样子，也没杀过。"女子若有所思地伸出手去，一朵焰火停留在她的指尖，她用两只手指轻轻地拈弄着，"你不想说说那个叫鸣珂的女人吗？今晚不说，可能以后再也没有机会了。"

"你能帮个忙吗？"陆离俞问。

"什么忙？"

"替我松松身上的这些东西，被这些东西捆着，我什么都不想说。"又有水滴滴到他的背上，而且似乎专门瞄准了他的痛处。

"这，我可办不到。"女子笑着说，"不是不帮你，的确是没办法。捆绑你的东西，都是十巫的法器。"

"十巫？什么东西？"

"十巫是神巫门的十个宗师，你连这个都不知道？把你捆在这里的就是十巫啊。"女子一脸诧异。

"先别管这个了。"陆离俞急急地说，被一身的疼痛给逼的，"你先把我解开，我们再来讨论十巫这个问题。《山海经》上是有十巫的说法，我写过一篇这方面的论文，还被 CSI 收录过呢。神巫门是什么，我倒不知道，待会儿你给我讲讲……你快点帮我解开吧？"他满脸巴结地说着，心里在想：这么说来，找替代是被这个什么神巫门的十巫捆在这里的。

"你这人，真是。都跟你说了，我没办法。十巫的法器，除了十巫，别人别说解开，碰一下都会坏事。你要不信，我倒可以试试。"说着，女子伸出手去，指尖在陆离俞身上的每一根绳子上划了一下。陆离俞只感到那圈绳子朝肉里又紧缩了一分，就像刀子在他那个部位割了进去一样。他一点准备也没有，疼得咧开了嘴。

女子收回了手："现在，信了吧？用你的智商，想想吧。哼，还真以为我不懂，智商！"

"这是十巫的法器，还是你的法力？"等到那阵痛感消失之后，陆离俞问。他一直以为女子是这个玄荒时代的，现在看来，对之前世界的了解，女子好像知道得并不比我少，她到底是什么人？

女子懒得搭理，继续伸出手去，看样子要把剩下的十几朵焰火一一掐掉。

"能不能告诉我，我现在是在哪里？这是什么朝代？"陆离俞赶忙问。

"什么叫什么朝代？朝代是什么，禽、兽、木、草、器、药、石……要知道，我可是没智商的人呢！"女子又是一脸愚痴。

陆离俞心想，装啊，智商都晓得，朝代倒不知道了："算了，明知故问。那我现在是在哪里，这个总可以告诉我吧。"

"这倒可以。"女子豪爽地说，"这是南次一经箕尾山上的一个山洞。"

"南次一经，箕尾山……我明白了。"

《山海经》分为山、海、荒三个部分。其中山部，是以南西北东中五个方位，记录了每个方位上排列的山系。每一山系的名称都以方位为开头，以次为名，分别称为南次、西次、北次、东次、中次，然后依其序列，分别以经为排序。

所谓南次一经，就是南方山系中最南的那一列山系。

《山海经》上，这列山系的收尾就是箕尾山。

陆离俞心想：看来我现在所处的，的确是那个我在图书馆里反复翻阅过的山海玄荒世界。难道我就要在这里寻找郁鸣珂的下落？这样一个玄荒世界，我能做什么？

他想起自己看过的穿越剧，每次穿越进入的都是一段完整清晰的历史。但从《山海经》里，能寻到的历史始终是若隐若现。就算有点鳞爪，也是斑驳脱落、筋骨错搭。要想从中理出一段有头有尾的历史，连最厉害的神话考据学家都自叹无能。

进入一个连一点历史的影子都摸不到的时代，我能做些什么？《山海经》上那些奇形怪状的人类，不是人头蛇身，就是一目长耳，有些还只有半边身子……跟这种半兽在一起，我能做些什么？

陆离俞正想着，脸上的表情被女子捉了个正着。女子好奇地问了一句："在想什么呢？你，一会儿笑，一会儿又皱眉。"

"没什么。"陆离俞赶快遮掩了一下，"我在想箕尾山，据我所知，这座山应该是在海边，书上有记载：'箕尾之山，其尾崒于东海。'"

"是在海边，"女子点点头，"现在是满月潮涨，你闻一下，就能闻到海潮的气息，听一下，就能听到海潮的声音。"

陆离俞听了一下，果然如此，只是无论海潮的声音，还是海潮的气息都是非常隐约遥远，不注意，真是听不到、闻不到。

"平时肯定听不到，今天例外。"女子说。

"为什么？"

"今天满月涨潮。"

"这个洞，离海面很远？"

"应该不近吧。有一次，一个人从洞口跌落下去，一个晚上才到底，是死是活都不知道……跟你讲这些，是想提醒你，好好待着吧，不要想着能够离开这里。"

"那你叫什么名字？"陆离俞问。

"这个不重要，自己知道自己是谁就够了。"女子冷了他一句。

焰火又熄灭了几朵，闪现在焰火中的女子一脸陶醉，大概待在山洞里，这位妙龄少女能娱乐自己的，就剩下这个了。偶尔，她会停下来，抽抽鼻子，好像在捕捉空气中的什么味道。陆离俞好奇地模仿了几下，没闻到什么特别的。

他问女子闻到什么了，女子简单说了一个字："血。"

陆离俞赶忙问，是不是自己身上的？女子又冷了他一眼，算是否认。

三

"你这招是跟谁学的？"周围的焰火只剩下几朵了，好在焰力不弱，感觉没黑多少。

"什么？"女子住了手，问道。

"就是这个……该叫什么呢，凭空取火？我开始还以为你是敲打了什么石头，刚才看了一下脚下，没有石头啊？"

"哦，这个啊，是跟两个厌火国的人学的。厌火国，听说过吗？"

陆离俞想了一下，《山海经》里是有一个厌火国。他点了点头："听说过，里面的人据说都会口中生火。"

"这个都知道，"女子有点佩服，"倒是可以让你们见见，那两人就在不远……不过，还是算了。"

"为什么？"

"这两个人马上就会死的。"女子叹息了一声，"说起来，跟你还有点关系。挺

048

可惜的，我觉得挺不错的两个人。小的那个，倒是诚恳君子，老的那个就……"女人突然嗤笑了一声，好像想起什么事，怪不可言，只能付之一笑。

陆离俞问她，跟自己有什么关系，女子鄙视地看了他一眼："说了你也不懂，没这智商，就不要多问。"

陆离俞心想，"智商"这个词真是得罪人啊，尤其是女人。

"那你留在这里是做什么？"陆离俞问道。

"陪你啊。你的智商真有缺陷啊，连这个都不知道。"女子叹息一声，看着陆离俞茫然的眼神，然后，摆出一副心肠一软的样子，开始一本正经地讲起来了。

"每一个离俞都会得到一个少女的陪伴。据说，离俞都有一种妖性，会在半夜的时候逃遁，逃遁到谁也不知道的地方。遁身无迹，谁也不知道他是怎么逃掉的。所以，需要借助少女的纯阴之体，才能克住这种妖性，让一个离俞始终待在这里。我听说，有人为了得到这种陪护，宁愿被人当作离俞，送进这个山洞。你不会也是这样吧？"

"我还真是这样呢。"陆离俞冷笑一声，"我从另一个世界穿越到你们这个世界，就是想让你陪陪我。既然你是来陪护我的，我们是不是该干点什么？你有智商，这个应该懂吧。"

最后一句话引得女子一声嗤笑："省了吧。看你这个样子，我们什么也干不了。还是趁此夜长，多歇歇吧。你要觉得闷，可以跟我谈谈你的鸣珂。不想谈，也可以，我唱首歌给你听吧。"女子一脸卖弄。

"先别说唱歌这回事了。"这时，陆离俞的脖子上又是一凉，他皱了皱眉。和女子谈话的时候，他的脖子上已经挨了好几下。冰冷的感觉真是让他难受，特别滴的部位又是他的伤处。他又避不开，头稍一扭动，头皮就会撕痛。"这个洞顶一直在漏水，能不能弄个东西在我的头上遮一下，少点折腾？"

女子吃惊地看着他："漏水？"随即恍然一笑："你以为那是水滴？"

"那是什么？"陆离俞神经一紧。

女子拈起一朵焰火，这次没有掐灭，而是轻轻一弹。焰火飞过陆离俞的头侧，飞到了陆离俞的脑后。过了一会儿，这朵焰火又从陆离俞的头侧飞了回来。准确地讲，不是飞了回来，而是被什么东西衔在嘴边，送了回来。

当那个东西滑过陆离俞的头侧之后，陆离俞斜眼一看，看到了一个衔着焰火的蛇头，还有不停伸长的蛇颈，直到女子上托的掌边……

女子从蛇的嘴边接过焰火，蛇就从陆离俞的头边迅速地退了回去，像条冰冷的鞭子一样擦过陆离俞的脸颊、脖颈。

"蛇涎……"陆离俞喃喃自语，只剩下了出气。

身后的这个柱子上方，原来一直盘旋着一条蛇。他以为是水滴的东西，都是这条蛇滴下的恩赐。蛇大概盯了他整个晚上，现在还在他的背后……从蛇嘴边滴下的毒涎，不停地滴到脖子上面，顺着脖颈滑落下去……一个晚上下来，他的整个身体都会流满毒液。毒性腐蚀，等到明天，估计他身上已经没有一张完整的皮了……

"有条蛇？"他屏住呼吸，现在做什么都不安全，连呼吸这么细微的动作在内。

"两条。"女子纠正他。

"都在我后面的柱子上？"陆离俞浑身如同电击。

"另一条不在。它吃得太饱了，还没到时候，现在在里面歇着。"女子耐心地说。

陆离俞只剩下了一脸惊恐。

女子没理会他，任他一个人担惊受怕。她低声唱了起来，一边唱，一边开始掐灭剩下的焰火。

> 陟彼悬泽兮，我心窃折，匪心窃折兮，子意未决。
> 陟彼河源兮，不能旋还，女子善怀兮，我思尚远。
> 陟彼高岗兮，我马离殇，匪马离殇兮，我意无往。
> 噫哉汪洋兮，一灯浩茫，携之云门兮，与子徜徉。

女子掐灭了最后一朵焰火。

歌声持续，史前的黑暗扑面而来。陆离俞想听到女子离开时的脚步声，残存的歌声似乎隔绝了他的听力，同时也隔绝了他的恐惧。它曼妙地回旋在他的耳边，充满着一种平息一切的魔力。

慢慢地，他不再觉得背后的石柱硌着他的背，也忘了上面正盘踞着一条蛇，还有滴下的蛇涎。身上的疼痛，伴随着疼痛的恐惧，似乎正在消失。睡意正慢慢袭来。即使是这种僵硬的姿势，也无碍随着歌声一起袭来的沉沉睡意。

在他开设的中国文化讲座中，陆离俞曾经做过一个关于古代的诗歌的讲座。大意是：通过流传到今天的诗歌，大致可以推断，世界各地最早的诗歌题材，基本上都是以人神相恋为主。大概最早的诗歌作者，就是司祭巫师一类的人物。这一点东西方的差异不大。

差异在于，中国的人神相恋大多是表达一种失望的情绪，很少有西方诗歌的那种激昂的欢悦。用鸿儒钱穆的话来说，就是"侍神而神不至，祭神而神不临"。至于为什么会这样，他就讲不清楚了。

女子现在所唱的，好像就是他这样提到过的。人神相恋充满失望和期待，不知道来自相恋的哪一方，人还是神？即使是最后的欢愉，听起来也更像是一种渺茫的期待，不像是身临其境的欢愉。

有一阵子，他觉得这首歌就是唱给自己的。他对郁鸣珂的感情，一直就是在失望与期待中挣扎……

这首歌似乎是在向他揭示，即使到了另一个世界，情况还是如此……

他似乎听到了女子幽幽的声音："不管你来自哪里，也不管你将遇到什么，你都不要忘记，你来到这里的目的……"

他很想回答一句："开始的时候，我是知道的，现在，就很难说了……找替代把我带到这里，他好像是托我找什么人——另一侧的人，还没讲清楚到底是谁，我就到了这里。"

昏沉的睡意使他开不了口，接着，好像什么东西钻进了他的衣服，从背后狠狠地咬了他一口。

剧烈的疼痛之余，他还能清醒地判断出来：石柱上的那条蛇，终于咬了他一口。这下彻底完了。那条蛇的头是菱形。所有的蛇之中，最毒的就是这种。看样子，还没怎么开始，这次穿越就要结束了……

四

这座山，被称为箕尾之山，形状像是一个倒扣的簸箕。箕口斜下，一直插到前面的海水之中。孤月高悬，湖水浩渺无涯，三面环抱着簸箕。

现在劲风鼓动，磅礴的湖潮顺着斜形的簸面上冲，势如万马。快到箕顶的时候，又哗然而下，然后，回潮撞击来潮，激起巨大的水幕。飞溅的水沫铺天盖地，伴着响彻百里的轰鸣。

箕顶的位置上，是一个直耸的方台形立岩，岩高百仞，直插天穹。贴着岩壁，是一条陡峭的上下台阶。

鬼方派的几个修行者提着灯笼，正一步一步地向下走着。

台阶很窄，只够下脚，在满耳的潮声里，修行者小心翼翼地起脚、落脚，眼睛始终盯着下面。海面劲厉的潮风吹紧了脸皮，也不敢伸出袍袖遮挡一下。

行到中途，小方士偶尔抬起眼睛，仰望一下岩顶。满月辉映之下，一条阔大的屋檐。屋檐横贯了整个岩顶，伸展到岩顶两侧之外，像在虚空里左右展开的巨鸟翅尖，暗示着那里有一个巨大的建筑。

巨大的建筑就是鬼方派的法方之———箕尾方所在。

每到涨潮之夜，箕尾方就会派出几个方士四处巡视，目的是阻挡海中的妖物随潮上岸。

海中妖物叫女盐，据说乃是海中的盐精化身。平日涵混汪洋，不施变化，但在满月的时候，变化之能，就会达到极致。一到这个时候，箕尾方的修行者，就会莫名其妙地失踪一个，是死是活也不知道，因为连尸骨都找不到一根。地面上只能看到多出的一摊水迹。用手指沾上一点，就会尝到海水的咸味。

由于这个缘故，不知道从什么时候开始，一到满月之时，箕尾方就会举行一个仪式，保住方里修行者的安全。

派出几个年轻的修行者，就是这个仪式的一个部分。他们的任务就是在山海相接之地安放各种法器、符文、咒图，然后，还要对着海水，烧掉箕尾方的一件法衣。

法衣上面有斑斑血迹，每个在箕尾方修行的人都献上了自己的一滴。献上鲜血的人，就能获得法衣的守护。从箕尾方失踪过的修行者来看，女盐的口味好像不拘一格，老少俊丑，都不挑剔，遇到什么，就是什么。因此，辟邪之术，也只能求全，凡是在箕尾方修行的人，概不例外。

一大早，仪式就开始了。箕尾方前的空地上就放了一个青铜盂盆，里面是取自山下面的海水。因为女盐是海中的女妖，所以，这盆海水就代表了女盐。

从箕尾方的门师，到刚刚入门的初士，大家排着队，刺出指头的一滴血，滴入盂盆，然后取出箕尾方的法衣浸在里面。

等到满月初升的时候，几个年轻的修行者带着这件染血的法衣，走下箕尾之山，开始接下来的仪式。仪式的结束，就是烧掉染有血迹的法衣。

据说，女盐闻到血衣的味道之后，就会心满意足，不会上岸作乱。事情好像真是如此，自从有了这个仪式之后，每到月圆之夜，失踪的事情好像就变少了。

正从台阶上下来的几个修行者，就是来履行这个仪式的。

季后是这几个修行者中的领头。他好像是一生下来，就被送入方内修行，已经待了约二十年了。去年才从氐士升为方士。

按照鬼方派的门例，入门一级，只能被称作初士；七年之后，才能成为氐士；再过七年，才能成为方士；之后，才有资格前往鬼方圣地——招摇方，觐见鬼方宗师鬼厉子。

这次觐见，就会决定一个方士有无资格升入鬼方门师，成为鬼方的师辈中人。

如果觐见之后，宗师的意思是此人不堪造就，此人的余生，恐怕都得终老士门，只能以一个方士的身份行走于天地之间，因为觐见的机会，从来只有一次，错失一次，就等于错失终生。

如果觐见之后，宗师首肯，此人就会被留在招摇方，悉心栽培。日后，不仅能够成为门师，还可能成为更高一级的末师。成为末师之后，不仅能分掌鬼方四方其中之一，甚至还会有机会成为宗师指定的继位之人。

鬼方后辈提到这次觐见，半是期待，半是畏惧。

自从鬼厉子执掌鬼方以来，历年参与觐见的人大多惨然而归，能得到宗师首肯的，寥寥无几。

惨然而归的人，因为自觉此生无望，又不堪同门小人借机奚落，往往自暴自弃，甚至自行了断的也不乏其人。

箕尾方数年之前，曾经派出过一个方士前往觐见，结果却被宗师斥回。去的时候，意气风发，回来的时候，就成了一个疯子。他整日疯疯癫癫，胡言乱语，引得方中同门摇头叹息，对觐见之事，更是视若畏途。

在同辈之中，季后已经被视作翘楚。大家公认同辈之中，以后能前往招摇方的，大概只有季后一人。季后也隐隐以此自许，虽然一想到方里那个疯疯癫癫的身影，内心也不免胆寒。幸好，他才刚刚升入方士，离觐见之期还有七年，暂时还不用为这些事操心，眼前还是静心修行为本。

对待季后，门师一直就有磨炼之意。像这样的关系到全方安危的事情，由他来领队是再合适不过了。

在清冷的月光之中，季后领头，几个人小心翼翼地走下台阶。到了山海相接的地方之后，就按照门师的嘱咐，开始在各个方位安设法器、符文、咒图。

在做这些事的时候，小初士都是急急匆匆的，一方面是因为潮水、海风鼓动的寒气，另一方面则是对海中妖物的恐惧。他们刚入方的时候，就听说过这件事。虽然从没见过，但是口耳相传，听起来似乎真有其事，让他们的心悬起之后，始终就落不下来。

季后负责的事，就是找到一块潮水尚未浸湿的空地，用朱砂笔在上面的岩壁上画一道符，这是整个仪式最关键的一步。

潮水尚未浸湿的空地，很有可能会成为妖物上岸的地方，将符画在上面的岩壁上，可谓恰到好处。符是门师亲自传授的，具体含义季后就不得而知了。他要做的就是按照门师的吩咐，从右起笔，在左收笔，保证符图的大小正好能够镇住那块空地。

门师提醒过季后，符图之术，也有其命门所在。据擅长符图之术的天符门的人讲，其中之一就是破符。符图的一角、一笔、一画，如果被毁掉，就叫破符。符图因此残破不全，不仅不能制邪，反而可能会被邪所制。

自从举行仪式以后，箕尾方还是免不了隔几年会有一次失踪的事，事后一查，都是符图受损所致。受损的原因，往往是因潮水濡染。所以，这一次出行之前，门师特意叮咛季后：画符之时，一定要选一个潮水无法濡湿的地方，如果被潮水冲掉一笔一画，后果不堪设想。

季后写完最后一笔，退后几步看了看。在月光的辉映之下，好像看出了一点端倪。

整个符是一个长方形。长方形的框里，有一个字的形状。他揣摩了一下，感觉这个字像是一个"遁"字。但是组成这个字的笔画，却又像是两个器物的象形。他说不清这两个器物到底是什么。上面的"盾"字看上去既像是一只鸟的形状，又像是一个反手被缚的人；下面的"辶"，看上去像是一只船，又像是一根竖在地上的柱子。

"后兄。"季后正揣摩着，有人走到季后身边，叫了一声。这是一个入门六年的氏士，叫氏宿。他已经放好自己的法器，现在走到了季后身边。

鬼方派的弟子，凡是氏士一级的，名字都以氏开头。升为方士一级之后，就将"氏"字改为"季"字。光听名字，大致就能知道，叫这个名字的人现在已经修行到了哪个级别。季后也是如此，去年还被人叫作氏后。

氏宿跟季后关系最好，平时说起话来也无所顾忌。这么恶劣的天气，他更想和其他人一样躲在房间里面烤火，现在却被门师下令来吸海风，心里多少有点不乐意。趁着其他人还在忙，就走过来发点牢骚："这事想来，也真是蹊跷，海妖之事，我方中流传已久，事到如今，却连个模样都没见过，要说子虚乌有，应该不算妄言。子虚乌有的东西，大家还这么郑重其事，不是滑稽吗？长久下去，我鬼方派的体面何在？"

"你话里有话啊。"季后笑着说，"到底想说什么，干吗不明讲？"

"这事也就只能跟后兄讲。门师面前，我可没胆。"氏宿说，"天下奇术，分为神鬼天地四派。神巫、鬼方、天符、地炼，各有所能。我鬼方一派，最擅长的就是捉鬼制妖，其他几派，敬我畏我，也是因为这个。如果真有这种妖物，应该是我箕尾方的本领所在，早早将它制住才对。结果呢？从传言有妖物开始，到今日你我行法之时，应该也有几十年的时间，我箕尾方不仅不能制住这个妖物，反而年年都被这个妖物牵制。绵延多年，竟然无能为力。提到此事，其他三派不知会如何想，恐怕是白白做了他们的笑料。”

“这个嘛，尺有所短，寸有所长。我鬼方一派，制鬼之术，已近极境。之所以不能制住妖物，不是我鬼方无能，只能怪我等学艺不精，不能尽显所长，才使鬼物猖狂，年年不绝。你我应当以此自勉才对，怎么能以此自贬，自辱师门，自乱分寸？”季后一脸正色。

“你这话，好像也没分寸。这样一说，不是把门师也包括进去了吗？”氐宿笑着提醒季后。

季后一想也对，箕尾方有两大门师，对海妖也是无可奈何，要说学艺不精，门师不是也在其列吗？

“你这小子，就会捣这种小心思。平时修行，怎么没见你用过？”季后骂道。

“后兄别生气。小弟不正是向你讨教吗？”氐宿倒一点也不害怕，两人平时就是这副德行，“还有一事啊，我也想不明白。神鬼天地，各有所能，也各有所不能。我鬼方制鬼，一向都是以拆骨移形、禹步星诀为主，最不擅长的就是咒诅符图。现在，后兄想想，我们所做的，不正是弃我所能，而用了我们所不能吗？咒诅符图，不正是天符一派喜欢搞的东西吗？我们镇妖，竟然要用天符之术，这里又是什么道理？”

氐宿这样一说，季后也有点明白了。他想：对呀，自己平时怎么没想到？氐宿看了看左右，突然又凑近了一点，几乎是贴着季后的耳朵：“我听那个疯方说……”疯方指的就是那个被宗师斥回，整日在方里疯疯癫癫的前辈。他的本名叫季清，自从疯了之后，除了门师，本名就没人叫了，大家都叫他“疯方”。

“我听疯方说，之所以这样，是因为女盐海妖，和我箕尾方的从未露面的末师有点什么瓜葛。据疯方说，末师和海妖……”话说到这里，另一个氐士正朝这边走来，氐宿赶紧住了口。

那个氐士一边搓手取暖，一边喊着：“后兄，都弄好了，是不是该烧法衣了？”

“是啊，是啊。”氐宿赶紧替季后应了一句，然后扯了扯季后的衣袖。季后还愣在氐宿没说完的话里，因为他是第一次听到。氐宿扯了一下他的衣袖，又给了他一个眼神。他才回过神来，先瞪了氐宿一眼，意思是你刚才讲的话，只能让我一个人知道。氐宿赶快点点头。

季后领着几个小氐士，面朝黑暗的海潮，一字排开站着。季后走到最前面，举起了法衣。氐宿递来一个火把。季后用火把把法衣点着，看着法衣慢慢燃烧起来。几个小氐士开始一起低声念咒。这咒也是从天符派学来的，据说是控制风向的。

季后向上一抛，燃烧的法衣被海风卷到空中。

小氐士们的咒声，好像真有什么魔力。海风是朝向箕尾方的，但是燃烧的法衣竟然逆风而行，慢慢飘入前面的海空。燃烧的法衣，就像一个悬在海水上面的灯盏一样。火焰持续未歇，即使周围鼓动着凛冽的海风。海风之中，季后仿佛看到火焰之中飘落下来的灰烬，落入海中。

海潮似乎真的平息了一些。

正在这时，季后突然隐隐约约地听到了一个女子的歌声。歌声好像来自海面。他觉得奇怪，因为门师交代了所有可能发生的情况，就是没有提到这个。他正想仔细辨别一下，却什么也听不到了，潮水又开始蠢蠢欲动。染着血迹的法衣已经熄掉了最后一点焰火，全部成了灰烬。

季后松了口气，正想招呼同门打道回府。一转身，发现大家都背着他，朝着远处望着。

"喂，看什么呢？"季后问。氐宿回过头来，没说话，只是用手指了指目光所视的方向。

箕尾方修在箕尾山突起的石岩之上。在它的后面，还有一个突起的石岩，形状相似，不过更加陡峻险峻，高出不少。两相比较，箕尾方盘踞的那块石岩要矮上一半。

两个石岩相距大概有十几里。平日修行的间隙，季后也会远远地朝那里看上一眼。那块石岩的半腰，有一个云雾缭绕的山洞，除此之外，也无甚可道之处。偶尔出行经过，季后只能看到高耸入云、光秃秃的石壁，周围没有任何可以攀爬的东西，连棵草都没有，看上去就像块精铁。就算最调皮的同门，恐怕也会断了一探究竟的想法，何况季后这样一向谨守师命的人。

门师也很少提到这个地方，即使提到了，也是轻描淡写。季后也没多加关注。

如果现在他们所在的位置，正对着箕尾方盘踞的石岩，视线就会被完全遮住，但他们现在所在的，是在岩侧，一个错位，正好可以把目光投向那个石岩。

顺着氐宿所指的方向望去，季后看到那块石岩的半腰，也就是那个山洞的位置，出现了一团光。好像有人在山洞里点了一盏灯，焰火虽然不大，但在浓黑的夜色衬托之下，还是很显眼。季后的目光被那团光吸引住了。

几个同门纷纷议论起来。

"怎么可能？门师说过，那里只是个山洞，周围无处攀缘，人根本上不去！莫非有什么妖物？"

"赶过去看看？是人，是妖，看看不就知道了吗？"

"说说容易，就我们几个的本事，上得去吗？"

"搞不好周围有什么山道，四处找找看，说不定能发现一条。"

几个小初士一副跃跃欲试的样子，季后连忙喝住了："不得妄动，我们赶快回去，告诉门师，门师自会安排。没有门师的命令，今晚的事，谁也不准乱说。"他再一次把目光投向氐宿，然后一招手，带着几个人急急地沿着原路，爬上了台阶。

<h2 style="text-align:center">五</h2>

回到方中，季后又叮嘱了一遍，尤其是氐宿，然后就叫他们回房歇息，自己一个人急急地前往门师的住处。

他领着几个同门所做的，只是这个仪式的一半，仪式的收尾还得由两位门师来完成。大概一个时辰之后，门师中的一位就会独自下山，此后发生的事，据说属于箕尾方最高的秘法，究竟如何就只有门师自己知道。门子们都待在自己的房间里，不得外出。门师中的另外一位，会站在台阶顶端，观察着箕尾方的动静，哪个门子敢在这个时候探头探脑，结局就是三个字：杀无赦。

季后现在要做的，就是复命，告知布置完成，然后退回自己的房间，等着门师完成剩下的部分。

一路上，季后的脑子里都在想着两件事情，一件是氐宿刚才讲的，一件就是山洞里的光。

箕尾方是鬼方四方之一，其他三方分别是亶元方、即翼方、砥山方，都修建在地势险峻的山上。这四方加上宗师尊居的招摇方，就是鬼方一派的全部所在。五方沿着南次一经一字排开，招摇为首，箕尾为末，首尾相连，一脉流转。

当初，大宗师太子长琴修成异术，划为神鬼天地四部，然后分别传授给了四个弟子，命令他们依东西南北四个方向，择地修行，自成基业。得到鬼部的弟子就是鬼方宗师鬼惕子。他领了师命之后，就南下择地，最后选定了箕尾山，创建了箕尾方。此后，才慢慢扩展，形成了今天的五方。后来又因变故，鬼惕子自己又移居招摇方，把招摇方当作五方之首，其余四方就分给了自己的弟子安置。

有了这么一个渊源，箕尾方的地位在四方之中显得非常特别。毕竟是鬼方宗师最早的修炼之地，所以名义上虽然与其他三方无异，但在名分上始终应该是高出一头的。不过，事情蹊跷也就在这里。名分高出一头的箕尾方，却是四方之中最为残缺的一个，方室破旧，子弟稀少，里面连一个真正执掌的末师都没有。

鬼方的修行之处，都是按照士师的格局设定。士分初士、氐士、方士，师分门师、末师、宗师。宗师自然只有一个，尊居于招摇方。因为天下异术的创建者太子长琴被尊称为大宗师，所以他的弟子以及传人，练到最高一级，都只敢自称宗师，不敢僭称"大"字。神鬼天地，皆是如此，鬼方一派自然也不例外。

自鬼惕子起，鬼方一派，宗师之下，就是一个末师和两个门师带着弟子，分居在四大名山之中，其中，任执掌之职的是末师。其他三方皆是如此，唯有箕尾方例外，门内上下从来没有人见过末师，甚至连末师的名字都无人知晓。季后初到之时，还不知厉害，曾就此事问过几个年长的，结果遇到的不是沉默，就是嗔怪，似乎就连提及"末师"这个词，都会被视作禁忌。

季后本来就谨慎，自此更不敢多言，只是有时候还是忍不住要琢磨一下，觉得此事肯定另有内情。今天，听氐宿的意思，似乎这内情已经超出了他的想象。

季后正低头想着，一不小心，就撞到了一个人的身上。他赶忙抬头，箕尾方的那个疯方正站在他眼前。四周都是凛冽的潮风，疯方的身上还是破衣烂衫，飘飞如同败叶。

他刚想致歉，发现疯方的眼神并不在自己身上。

疯方目光炯炯，直视自己的身后。季后还没来得及回头一探究竟，疯方突然大喊一声："循圣之功，今夜告成。"然后拔腿跑了起来。箕尾方依山而建，这样跑起来煞是危险。

季后正想大叫小心，背后传来一声叹息："算了，让他去吧。一到满月就发狂，谁也治不了的。"

季后忙转过身来，低头施礼："门师赐教，门子谨领。"刚才说话的是箕尾方的门师之一——门余。

箕尾方的门师共有两位，一个叫门器，一个叫门余。按照鬼方的惯例，凡是门师，取名都以"门"字开头。

门器和门余两人据说来自偏远的厌火国，执掌箕尾方已有二三十年了。厌火国之人，皆擅长弄火之术，据说能吐口出火。不过季后在方里十几年了，都没见两位门师玩过。两位门师嘴里出来的，最厉害的也就是几句骂人的话："混账""滚""再这样，下次抽死你"之类。能烧木成烬的火是从未见过一回，也不知道传言是真是假。

季后自入门起，两位门师都没怎么斥责过他，反倒是特别呵护，重的话从没说过。季后感激之余，有时候不免会想：按道理，两位门师执掌箕尾方几十年了，一直兢兢业业，都有成为末师的资格。箕尾方末师又一直空缺，两位中的一位为什么不去填补？是宗师忘了，还是两人不屑？看两人的样子，好像都能安于现状，对箕尾方的末师一职，绝无进取之念。季后难得其解，有时候也注意到了两人脸上的怅然之色，就会想，说不定事情没那么简单。

"怎么样，该做的事都做了吧？"门余问。两个门师之中，门余年纪较小，所以一切杂事，都由他来出面。季后赶忙把刚才做的事情一一上报，那些异常的事就省了，他还不知道该不该讲。听他讲完，门余点了点头，正要开口，身后传来一阵脚步声，门余回过头，招呼了一声："门兄，你也来了。"来人就是另一位门师门器。鬼方一派自称或是互称，都以"门"字开头，如门兄、门子、门弟之类。

门器应了一声，问道："刚才疯方来过了？"

门余点点头："是来过，惊扰门兄了。"

"又来纠缠些什么？还是老样子？"门器闷声闷气地问。

门余叹了口气："魔障已深，肯定不是一成不变。今天又有些新花样，特意跑来跟我说，后面山洞里的明灯已现，自己循圣之事，成败就在此时，要我无论如何都要助他一臂之力。我胡乱答应了，他就欢蹦乱跳地跑出去了，叫也叫不住。"

门器也叹息了一声："这也难怪，当初选他招摇觐见，据说一路顺利，最后就是毁在循圣一事之上，现在人虽然疯了，这件事倒还念念不忘……哦，季后在这里做什么？"

门余替季后回了一句："他来说说今晚起法的事。"

"哦。"门器点点头，"事情完了吧？完了就去歇着吧，顺便守着你那些同门，今晚剩下的时间，都规规矩矩的。"门器一脸淡然，几十年的历练，对这些事实在是没什么兴趣。

季后抬起头："门子有一事，不知道该不该讲。"

六

待到季后讲完半山洞火一事，两个门师神色突然紧张起来。季后也紧张起来，门师修行已有数十载，一般的妖孽之事，应该都能淡然处之，现在这种表情，足见他们也有平生未遇之感。难道那个山洞里真有什么特别之处，出了一点妖异，就让他们紧张成这个样子？疯方师刚才大喊的循圣，又是怎么回事？

两位门师抬起头，朝山洞的方向望去。

箕尾方是依岩而建。这块石岩像一个座椅，椅面上建方，背靠的巨岩就像椅背。季后说起的那个山洞，现在就在椅背的后面。两个门师现在的位置，是没法看个究竟的。

"门兄，"门余略一沉思，就对门器说，"我跟季后下去看看，到底是怎么回事？顺便收收尾。方中之事，就得你来尽心了。特别是……"最后两个字说得很轻，季后隔着一段距离，没法听清，只能看到门余说这两个字的时候，朝着大殿望了望。门器也朝大殿望了望，点点头："放心，这里有我。"

季后走在门余的前面，手里执着一个火把，再一次走下台阶。门余不停地催促他走快一点，好在季后上下过多次，步子快一点也没什么要紧。

他有点兴奋，因为门师刚才提到了收尾之事，他的理解就是指今晚仪式的结束部分。这里面究竟如何，平常他只能妄加猜测无缘得见，今晚，闪现在洞口的灯火好像提供了一个机会。听起来，门师的意思是要带他一起去收尾？他这样期盼着，又不敢确认，也许门师查看了灯火之后，把他赶回方中也不一定。

两个人很快就下完了台阶。季后引导门师走到刚才看到灯火的地方。两人抬眼望去，月光悬照之下，只看到巨岩黝黑瘦劲的身影，闪烁的灯光已经不见了，重重海雾聚集，连山洞的形状都看不分明。

门余静静地看了一会儿，那里也没有出现什么异动。他吁了口气，心想：自己现在所为，只能说是自扰清净，都是被那个疯方搞的。下次满月之时，应该弄个房间把他关起来。

门余转过身来，对着季后说："看来大家都多心了。就算是有光，估计也是什么夜鸟之类。我见识浅薄，怪异罕见，自然难言其详。不过宗师提过，箕尾山上，有一异鸟，名叫朱鸟，习惯衔火夜飞。刚才你们看到的，也许就是这等异类。你们也不必担惊受怕，此鸟虽异，倒也与人无害。"

季后点头应是，然后一脸忐忑，他很担心接下来门余会不会叫他打道回去。

门余想了一下，又说道："本来该叫你回去的，因为剩下的事，不是门师之职，是不能参与的。不过，你既然陪我下来一趟，总得有所教诲，才不负你辛劳。你就再陪我走走吧。"

门余授徒的风格一向如此，越到紧要，越能显得若无其事，不像门器，什么事都要大张旗鼓，声色俱厉。所以，两位门师之中，季后总是更愿意与门余亲近。现在，听到门余这样一说，季后心里一阵激动。话里的意思很明显，门余已经打算把仪式剩下的部分尽相传授了。他连忙答应了。

门余命季后引他一一查看各种驱邪法器安置的地方。一边查看，一边把法器的功用告诉给他，为何如此安排，也附带说了一遍。然后，他命季后引他到符图所在的地方，仔细查看起来。在火把的照耀之下，符图看上去好像更加鲜明。魅厉之气透过怪异的笔画弥漫出来，在焰光中每一个笔画似乎都在颤动。

季后趁着这个机会，觉得有一事倒可以一问，便告了一个冒昧。门余的心思都在那张符图上，只是点了点头。季后便开口了："符图之术，乃是天符一派擅长的制邪之术，怎么会到了我鬼方的手里？"

"他人之长，能为己用，即是一番成就，何必多此你我之心？"门余说，"再说，此等之事，已成惯例，为何如此，大概只有定这规矩的人才能了然。我辈所为，只能循规而已。能够平安过了今夜，就是大好。其他的事，多想无益。"

说到这里，他话头一转："我看你画的这张符还好，到现在还是完整无缺。朱砂性严，尤其是笔落石上，要想毁掉，就很难了……"说到这里，门余的话突然断了。季后一直低头听着，不知究竟，便抬起头来，只见门余直直地盯着那张符图，好像发现了什么，眉头又皱了起来。季后也赶紧朝那张符图看去，心想，莫不是自己写错了笔画，被门师发现了，那就罪莫大矣。

门余神色略显张皇地伸出手去，用手指在符图的笔画上拈了一下，手指上沾了一点涂料。他把沾了涂料的手指送到鼻端，嗅了一下，回头看着季后，说了两个字："破了。"

"怎么会？"季后慌张起来，看了看岩壁上的符图。笔画完好，图形完整，没有任何受损的地方。但是，就在这一瞬间，他闻到了一股特别的气息，从符图上传来。他好像明白了什么，也伸出手去试探着沾了一下笔画上的颜料，然后学着门师，举到自己的鼻端。

"门师，这不是朱砂，这是人血。有人用人血重新写了这道符。"季后哆嗦着说，不只是海风吹的，还有被自己的发现吓的。门余点点头，眼神警觉起来，四周衬着潮声与夜色，现在的感觉真是有点异样。季后觉得周围的夜潮一下变得狰狞起来。破了，就意味着，那个叫女盐的海妖，已经上了岸，或许现在已经选中了方中的目标……

"别慌。"门余厉声说，"我们分头四处看看有没有什么异常。"

季后答应着，还没分开几步，突然站住了，一个白晃晃的影子从黑暗中顺着潮风飘了过来，然后慢慢跌落在自己的身前。等到那件东西完全落下的时候，季后已经确定了：这就是那件被他亲手烧成灰烬、送入海潮的法衣。

现在，它完好无损地躺在他的面前，一点被火烧过的痕迹都没有。尽管这样，季后还是能确认，这就是刚才自己烧掉的法衣，唯一的区别就是上面没了斑斑血迹。

季后愣在那里，不知道该怎么办。门余察觉到了异动，赶快过来，看了看，然后走了过去，捡起那件法衣，塞进自己宽大的袖袍里。

季后呆呆地看着，不知何意。他觉得奇怪，门余捡起那件法衣的时候，反而是一副松了口气的样子。

"门师，门子失职……这是不是彻底败了？"季后有点语无伦次，完全没了平日的条理。门余平时对待门徒虽然都很亲切，但在这个时刻，季后不知道门余会怎么斥责自己。

门余没有说话，面沉如水，叫季后搞不清楚下一步会发生什么。

"谁破的呢？"季后大着胆子，哆哆嗦嗦地问，"邪物？"

"不是邪物。"门余肯定地说，"符能制邪，不能制人。破掉这张符的，肯定是一个人。"

"那，女盐是不是已经……？"季后话还没说完，就听到一声惨叫，声音就来自头顶上方的箕尾方。两人不约而同，转身拔腿，朝着箕尾方跑去。

季后已经听出来了，喊声出自门器之口。

七

方门前的空地上，箕尾方的弟子神色慌张地围成了一个圈。等到门余和季后赶到的时候，他们赶快闪避，露出一具躺在地上的尸体——门器仆倒在地，头朝着箕尾方的大殿。门余呆立着，看着门器的尸体。他和门器两人惨淡经营十几年，没想到是这么个结局。

季后的脑子反而清醒起来。他立刻蹲在门器尸体旁边，仔细查看起来。门器的胸前有几个明显的锐器刺戳的痕迹，背上还有一下。应该是门器与人搏杀，身前挨了几下之后，突然想起了什么，转身就往大殿里跑，结果，还未跑到大殿，就被人从后面击杀在地。

季后的脑子里想起了一件事，就是他和门余下山之前，门器和门余提到大殿时候的眼神。他突然明白了门器转身冲入大殿的原因，大殿里肯定有什么至关重要的东西，他要拼死保护。

季后站起身来，连忙清点了一下，看看箕尾方是否还有其他受伤的。结果发现箕尾方里的人基本都在，就是少了氐宿和疯方两人。

"氐宿，还有疯方师呢？"季后赶忙问。

"大殿。"一个入门不久的小初士指着那座矗立在黑夜里的大殿说。另一个年纪大一点的初士赶快补充了几句："我们出来的时候，看见疯方师冲向了大殿，氐宿跟在后面。看到我们出来，氐宿喊了一句，你们守着，别让人跑了。估计两个人都是追杀凶手去了。"

"你们为什么不追进去？"季后厉声问。几个门子不敢应答。季后知道这些同门都是资质平庸之辈，遇到这种变故，肯定不敢出头。幸好氐宿果敢，估计现在已经在大殿里，和疯方师一起与凶手厮杀。

季后一跺脚，心急如焚，拔腿就想朝着大殿奔去。鬼方修行分为四门，分别为器合辟厉。季后一直修炼的都是器门，还没到更具厮杀能力的合门。但是现在也顾不了这么多，他的脑子里全是氐宿的安危。氐宿和他亲如兄弟，道行还不如他，现在都敢身处危境，他怎么能袖手旁观？

门余好像回过神来，一把紧紧拉住季后，还没来得及开口，从大殿的方向传来了跌跌撞撞的声音。一个人搀扶着另外一个人，从大殿的阴影里出现了。季后一见，一阵欣喜，原来是氐宿搀扶着疯方。

一时之间，他也顾不上礼节，甩掉门余的手，赶快拔腿跑了过去。氐宿看来气力已经用尽。季后刚一赶到，他就瘫倒在地，手上的兵器掉到地上，刚才搀着的疯方顺势一个仰趴。

季后跑到跟前，先摸了摸疯方的脉息，已经是一具死尸。他赶快扶起正在喘息的氐宿，喊了几声："氐宿。"

氐宿艰难地睁开眼睛："门兄，那人已经跑了……"

"是你赶跑的？"门余这时也过来了，看着喘息的氐宿，问了一句。

氐宿艰难地摇了摇头："不是，是疯方师拼力保住了我。可惜，他老人家也难逃一击。门子也将送命，幸亏门师和门兄赶到。来人自料难敌，才匆匆离去。"

"这么说，来人应该还在这里。我和季后刚才从台阶上过来，什么都没看到，那里是箕尾方唯一的出路。现在应该藏在什么地方……"门余冷静地分析起来。

箕尾方不大，一座大殿配着两个偏殿，还有几个供人歇息的后房。现在黑夜深深，真不知道来人离开大殿之后，会藏在哪里？门余蹲下身来，查看了一下疯方，然后又看了看氐宿身上的伤痕。氐宿疼得叫了起来。门余拿起氐宿刚刚掉落在地面上的刃器，仔细看了看上面的血迹，血迹几乎染满了整个刃面。

"看清来人是谁吗？"门余放下刃器问。

氐宿艰难地摇了摇头："只看得出是个女的，出手凌厉，门器师死在她的手里。只有疯方师能够敌她几下，门子也趁机夹击。那个女的招架不住，退往大殿，我和疯方师追杀过去。没想到那个女的是以退为进。到了大殿，格局狭隘，疯方师施展不开。女人倒是身体灵巧，闪身一击，疯方师躲闪不及，倒在地上。门子性命也在旦夕，幸亏门余师赶到，那人匆匆跑出殿后，否则……"氐宿又喘了几下，看来没力气说下去了。

"你刺中她了？"

"氐子本事薄弱，只能刺……我刺了她几下，不知道有没有刺中要害。"氐宿痛得嘴咧了一下，话也开始颠三倒四。

门余赶快扶住氐宿，点了点头："果然不是邪，是人。只是一时之间，恐怕难觅此人去处。明天天亮，顺着血迹找找。季后，你扶起氐宿，其他人一起跟我来。不到事情水落石出，任何人不得离开。"

季后赶忙搀扶起氐宿，跟着门余快步走进了大殿，只见一片狼藉。季后很担心大殿里会有什么危险，那个女人是否真如氐宿所说离开了大殿。就算离开了大殿，万一又回来了呢？但看门余急切的样子，知道此时多说无益。

大殿有个偏门。偏门之后，就是两个门师修行的密室，平时只有两个门师可以出入。门余推开偏门，偏门里面是个小隔间，后面还有一扇门。

门余叫季后把氐宿带进去，其他人跟在后面。门余命季后把氐宿安放在里面的一张床上，又查看了一下氐宿的伤势，然后低声安慰了几句，神色比刚才体贴多了："你在这里，先静养片刻。我和你门兄去里面那个房间商量一下。估计那个女人还没走，你要小心。"

氐宿感激地点点头。

门余拿起氐宿的那把刃器，又叮嘱其他人守在床边细心照看，没有他的命令，不得离开此地，一有动静，马上叫他。几个门子答应了。

门余领着季后推开后面的那扇门。等到季后进门之后，门余紧紧关上了门。门里一片漆黑。季后心想，刚才怎么忘了带个火把进来？这么黑，怎么说话？耳边突然听到几声清脆的声音，挂在壁角的一个灯盏亮了起来。他恍然大悟，因为突然想起来了，门余师是厌火国人，到了哪里都不缺火用。只是刚才太黑，看不到那几声清脆里面，到底有何玄秘。

门余正注视着灯盏上的火，一言不发。季后正想说话，门余止住了他，拿起那个灯盏，走到门那里，用灯焰在门上画了一个避符，然后叹了口气："有了这道符，里面不开门，外人就休想进来。"

季后正想问门余为什么要这样，门余说的一句话，却把他震得心思全无。

"我已经搞清楚了，杀死门器兄，还有疯方的人是谁。"

"门师认识那个女人？"季后赶忙问，心想，这下好办了，知道找谁报仇了。

"什么女人？"门余冷笑一声，"杀我门器兄的，现在就在门外的床上躺着。杀死疯方的也是他。"

"氐宿？"季后还没叫出声来，就被门余的神色吓住了。门余神色前所未有地严峻。

门余看了看门："此人来历肯定不会寻常，估计不达目的，不会罢休。我能稳住他片刻，不能稳住他长久。你我时间不多，有一件事，我得马上告诉你。你听后，不要惊慌，立刻按我的吩咐，离开此地。"

八

"可是……"季后还不敢相信门余说的话。

门余拿起他从氐宿那里拿走的那把刃器。"你看看刃器上的血。我问他刺中那个女人没，他开始想说没刺中，后来又改口说刺了几下，就算刺了几下，一个女人身上能流出这么多血？"他指着刃器的刃面，上面的血几乎涂满了。

"还有，我看过三人的创口。门器身上的，疯方身上的，和氐宿身上的创口一样，都是出自同一把刃器，就是这把。"门余盘腿坐下，刃器放在膝上，"这把刃器当时就在氐宿手上。氐宿不是凶手，还会是谁？氐宿先杀了门器，被疯方发现，疯方转身就往大殿跑，大概以为我在里面，想要报信。正在这时，门子们跑出来查看究竟，只看到氐宿跟在疯方后面，再加上氐宿喊的那句话。他们自然不会想到，氐宿其实是在追杀疯方。"

话到如此，不由得季后不信了。他一时惊在那里，不知该如何作答。

门余叹了口气，继续说："我估计此人潜身箕尾方六年，只为得到一样东西。可惜，他隐忍六年，却始终没有弄清这件东西到底藏在哪里。今日之所以大开杀戒，估计是自认已经有所发现，正想有所动作，没想到被门器兄发现，此后杀意顿起，一发不可收拾。"

季后正想问是什么东西，但是被门余用眼神止住了，他知道事情紧迫，不能多言，于是就屏息静听下去。

"你入门长久，应该看出，我箕尾方少了一个末师，就我们两个门师主事。宗师一向善于人事，不可能疏忽至此，如此作为，其实是他苦心安排。我兄弟受命之时，宗师就曾密告我两人。末师其实一直都有，而且就在箕尾山的某个地方。不能现身的原因，宗师说了事关修行，而且不是一般的修行。

"宗师说，太子长琴毕生的绝学除了神鬼天地，还有无上一门。太子长琴一心想寻得一人，然后传授给他。但是尽其一生，都未能如愿，所以太子长琴将此术封存在一个绝密之地，并且立下一言，能够找到此术所在之地的人，就是能够修成此术之人，我神鬼天地都得奉其为主，供其驱使。宗师说，自太子长琴去后数百年，只有一人，找到了此术所在之地。这人就是我箕尾方的末师。

"末师寻得此术之后，并未声张，而是密报了宗师。宗师念及今日神鬼天地已非太子长琴初立之时，如今的神鬼天地，皆是正邪难分，如果此事泄露，邪人起意，可能此术尚未炼成，修行人已经遭遇不测，所以，宗师与末师定下一策，此事隐而不发。末师自此隐身箕尾山，独自修行。宗师则对外称末师已经失踪，箕尾方因为无人可为，末师一职，暂且告缺，静待能者。此后，宗师故意冷落箕尾方，箕尾方日渐破落，即使最愿进取之人，也不愿意接手此地。这样，谁也不会想到，一个这么破落的地方，竟然会有无上之法正在秘密修炼。

"知道这件事的，除了宗师、末师，就是我弟兄二人。箕尾山既然为末师修行之地，就需要可靠之人护持。宗师知我兄弟两人可靠，择为护持，对外是箕尾方的门师，真正的使命其实是末师的护持。

"宗师授命之时一再嘱托，修行隐秘，事关重大，少一人知道，多一分胜算，不到万不得已之时，不得将此事告知他人。"

说到这里，门余紧紧地盯着季后，神情甚是惶急，因为不知道季后是否明白其中的托付。季后低下头，想起门师一向处事从容，现在却有山穷水尽之态，不觉黯然泪下。

"我兄弟惨淡经营，就是等着他修行成功，来日重掌箕尾，现在，没想到功尚未成，我箕尾方已到了灭绝之时。"

说到这里，门余叹息了一声，季后担心门余悲伤难尽，赶快问了一句："氐宿乱开杀戒，目的是想要知道末师的所在，毁掉末师的修炼？"

门余点了点头。

"末师在此修炼，这么机密的事，氐宿怎么会知道？"

"我也在想这件事。"门余朝门口看了一眼，"末师修行之事，举世之间只有宗师和我们兄弟知道。宗师自然不会外泄，我兄弟更不可能。末师平日都是箕尾独处，除了七年朝觐，几乎不与他人来往，包括同门在内。偶尔招收几个门徒，也是为了遮掩门面，避免他人猜疑。末师在此修行的消息是如何走漏的，我也不知道。"

门余说到这里，站起身来，提着刃器，走到门口，听了一下。季后从他脸上的表情来判断，外面的氐宿应该还没什么动静。然后，他回到刚才坐下的地方，心事重重的样子。

季后觉得事情紧急，不能拖延，赶快问道："门师既然受托护持，那肯定见过末师？"

门余摇了摇头："没有。我兄弟护持末师几十年，从未见过末师一面。关于末师的一切，都是宗师所说。"

"这样说来，末师修行一事，我箕尾方上下只有门师知道，至于末师何处修行，连门师也很惘然。氐宿就算杀我全方，又有何用？他想知道的，还是不能知道。"

"箕尾山不大，要想发现末师修行所在，倒不是难事。你想想看，末师现在正在何处？"

季后突然想起，两位门师听到那个山洞有异动时的表情："那个山洞？"

门余点了点头："就是那个山洞。我兄弟谨奉宗师的命令，自然不会去一探究竟。就算有此想法，想要身入其中，也没那么容易。壁立如刃，周围无处攀缘，自成险阻，更何况就算是能够借助其他器具攀缘上去，估计也会身遭不测。疯方就是这样疯掉的。"

"疯方师不是……"

"那是我兄弟放出的幌子。真实的情况是，疯方虽然觐见失败，但是被斥回的时候，神志还是清醒的。我兄弟劝他安心，他却另有主意，不知从哪里得到了末师修行的消息。一天晚上，也是我们兄弟疏忽，他自己靠着两把雪刃，用雪刃作梯，一步一步地爬了上去。结果，等我们兄弟发现他的时候，他躺在岩壁底下，摔得不轻，后来就疯了，嘴里反复说着两个字：'明灯、明灯……'不知道他在里面到底看到了什么。"

正在这时，门余住了口，凝神静听，一面却提高了声音："氐宿伤得如此之重，恐怕你我今晚得小心守候。"

季后立刻会意，马上应了一句："门师放心，氐宿是我门弟，门子一定会尽心，等到天明，再另做打算。"

"那好，你快把这些药检点下，先给氐宿用着。我还得谋划一下怎么找到那个女人。"

"估计骗不了他多久了。"门余又听了一会儿动静，然后说。

"既然那个山洞是进不去的，氐宿又能怎样呢？就算杀了我全方，他也进不去啊。"

"他想找的就是这个，一件能让他进入山洞的东西。"门余走到门前，看着门，现在不敢离开一步，看上去好像就是对着门说话一样，"一件法器。"

九

正在这时，门外传来了氐宿的叫喊声，还有几个门子乱作一团的喊叫声。喊声此起彼伏，听得季后一阵揪心，他不知道外面发生了什么。他不敢妄动，门余站在门口，看上去好像就是为了防住他一样。片刻之后，喊声只剩下了氐宿一人的，其余的叫喊声只剩下了抽泣声。

氐宿喊道："门师，快开门吧，那个女人已经杀进来了，我抵挡不住了，几个门兄已经被她杀了。"

门余静静地听着："他已经知道了我在骗他，正在大开杀戒，不知道杀了几个。"

季后冲到门口，但是被门余严厉的眼神止住了。季后隔着门，似乎都能看到门外的情景。氐宿一边装号，脸上却带着嬉笑，手里拿着利器，脚下是几个已经倒下的同门。剩下的同门只能无力地哭泣。氐宿一边喊叫，一边又用利刃抽击着同门的身体，目的是让他们抽泣得更厉害一点。

"门师，我们不能留在这里，我们得出去啊。同门已经……"季后想到这里，难过得说不下去了，伸手就去拉门。

门余一把拉住他的手："出去又能怎么样？我箕尾方道行最高的就是疯方。门器兄和我只能练到辟门，疯方已经是厉门中人。他连疯方都能杀掉，你我出去，还不是送死？死不足惜，负了宗师所托，才是根本所在。"说到这里，门余松开了手，继续倾听着外面的动静。

"咚"的一声，有什么东西砸到了门上。门余和季后交换了一下眼神，两人都明白了，那是人头碰到门上发出的声音。氐宿切了一个人头，扔到了门上。

"老混蛋，"氐宿一招不成，懒得装了，直接骂起来了，"在你这里待了六年，这'混蛋'两个字我可挨了不少，尤其是门器那个老瘪三，简直骂上瘾了，今天挨了几刀，还不能住口，临死还送我一句'混蛋'。这些年我受过的混蛋，现在一个一个还给你。一句混蛋，一个人头，要再不开门，天亮之后，你箕尾方只剩下没头的尸首了，老混蛋。"说着，又是"咚"的一声，另一颗人头又砸了过来。

与此同时，一个门子的喊声响了起来："门师，弟子侍奉门师多年，从来不敢懈怠，万望门师怜惜，马上出来，救我等一命。"

喊声之中的门余越发冷静，静得让季后心寒。

门余继续说道："疯方的遭遇让他知道，不能硬闯，必须借助什么法器。他在我箕尾方隐忍六年，就是不敢重蹈疯方的覆辙。现在，我就把那件法器交给你。你带上它，进入山洞找到末师，然后带着他赶快离开，前往宗师的招摇方。我估计氐宿敢如此作为，肯定是有人指使。今天是他一人，明日到我箕尾方的，就很难说会是何等神圣。"

"咚"，又是一颗人头。

"那件法器是什么？"季后期望门余能够快一点把话说完，然后能冲出去，和氏宿搏命一杀。门外的声音让他发疯。

"你比氏宿还急，他能忍六年，你连这片刻都不能吗？我修行之人，不经此等大劫，怎知修行艰难？"门余厉声说。

季后从未受过这等斥责，被震得待在一边。

门余转向门口，这一次又像是对着门外的氏宿了："可惜，你不知道，这件法器其实离你不远。你不仅亲眼见过，而且亲手摸过。只是你从来没有想到，这件东西就是你隐忍六年，一直想要找的东西。"

门余说着，从自己的袖子里掏出一样东西，递给了季后。季后接过一看，的确是出乎他意料，这件能够进入山洞的法器，竟然就是那件刚才从海边捡来的法衣。

"我兄弟护持末师，所要做的其实就是一事——守住法衣。"

"可是，这不是驱走女盐的法衣，不是被烧掉了吗？"季后问。

"那是我兄弟设下的一个幌子。每一个修行者都有他的命门，如果破了他的命门，就等于灭了这个人。我箕尾方末师的命门就是这件衣服。要想进入那个山洞，靠的也是这件衣服。宗师当时交代说，我箕尾的末师就是裹着这件法衣出生的，所以这件法衣才会成为他的命门所在。

"宗师将法衣交到我兄弟手上的时候，就严令要确保法衣不会落入他人之手。我兄弟当时甚觉难办，即使藏在六尺墓地之下。也难免被人盗取。幸好门器兄想到了一个办法。

"我兄弟来自厌火国，擅长用火，从小就知道火浣之术。在我们那里，一件衣服脏了，去污都不是用水，而是用火。被火烧成灰烬的东西，到我兄弟手里，不过是我兄弟崭新复原的一步。

"现在，你应该知道，我箕尾方的画符镇妖，到底是怎么回事。你们烧完了的衣服，我兄弟去取的时候，就是一件完整的衣服，今天也是如此。这件法衣能够存到今天，靠的就是这个障眼之术。本来想找个机会教你此术，可惜……"

门子的叫声从门外传来，一声惨叫，再加上最后一声绝望的叫喊："门师，快来救我等啊，再这样下去，箕尾此后无人啦。"然后，"咚"的一声。

"人快杀光了。"门余催促着季后，"你快穿上法衣，朝着墙壁直接走过去。墙壁上有个洞，你顺着走下去，就能到达末师所在的山洞。拜见末师之后，赶快带他离开前往招摇方，就说我兄弟护持失败，有负宗师。"

"门子不能。"季后已经跪在地上，满眼是泪地推托着。他觉得门师大概是急疯了，刚才进门，他就借着焰火扫视了一下四周，严严实实的墙壁，哪里有什么洞？他一向视门余如父，现在万难之时，门师的样子又疯疯癫癫，怎么能说走就走："门子之道，不能弃师不顾。请门师披上法衣，氏宿小人，就交由季后应付，也算对得起你老人家这么多年一直关爱季后。"

"不必了。"门余一脸哀伤地说，"我兄弟早该有此报应。那几个在满月之夜失踪的门徒……"

门余犹豫了一下，最后还是说了："其实都是我兄弟杀掉的，目的就是让大家都相信女盐海妖真有其事。今日遭遇，也算洗我兄弟罪孽。还有，今夜死在门外的，归根到底，也是因我，我想用他们拖住氐宿……快穿上。"

这时，传来踢门的声音，门余赶快把法衣从季后手上夺过来，要往季后身上套。

季后仍然死命推托。

门外，氐宿一边踢着，一边骂道："妈的，人头还真不够用了。老混蛋，你胜了，你箕尾方的人头，真是够不上我挨骂混蛋的次数，现在就得用你们里面的两个凑数了。别以为有了避符，老子就进不了你的门。老子忍了六年，学会了一件事，就是破你这个符。"话音刚落，门上的避符开始像泥渣一样往下脱落……

门余加大了力道，几十年的修行都用在这一刻了，几下之后，就给季后套上了法衣。不等季后做出反应，门余就揪住季后的衣领，揪得季后脚跟离地，然后往墙壁上用力一推。劲道奇大，季后感觉自己离地飞跃，随后身体沉重地撞上了墙壁。他被撞得头昏目眩，感觉自己就要从墙上滑落的时候，墙壁上好像开了一个口子，他落了进去。

真有一个洞，他惶急地想，然后，还听到了两个声音：房门被撞破的声音，还有门余喊出的声音：

"记住，末师尊称离俞。"

第三章

一

"末师。"陆离俞睁开眼睛,一个二十多岁的男子跪在面前。看到他睁开眼睛,那个男子脸上的表情既急切又期待,又叫了一声:"末师?"

还没睁开眼的时候,陆离俞就听到有人叫他,脑子里的第一反应是,老师?谁在叫我老师?睁开眼睛,看到跪在眼前的这个男子,他差点想问对方:"你是哪个班的,好像没见过你?干吗穿成这样?COSPLAY?"话还没出口,马上就醒悟过来,现在是什么时候,不穿成这样,还能穿成怎样?转眼又觉得奇怪,这个时期,怎么知道叫我老师?

"你刚才叫我什么?"陆离俞问。

"末师。"对方脸上略显诧异,看样子,他此时真正想说的不是这个。

"哦,原来是末师,不是老师?"

"我鬼方派没有老师这个名号,只有门师、末师、宗师。末师连这个都忘了!"年轻男子有点失望。陆离俞觉得原因可能在自己身上——自己让这个年轻人失望了。他有点莫名其妙,自己初次穿越,除了昨晚那个稀奇古怪的女人,再也没有见过别人,年轻人的失望是从何而来?

想起那个女人,陆离俞马上又想起了身后石柱上的蛇,赶忙问年轻人:"小哥、亲、年兄、足下……哎,真不知道你们这个时期是怎么称呼对方的,书上都没讲过……那个什么,麻烦你看看我的后面,蛇还在不在?"

年轻人看样子本性淳朴,虽然对陆离俞有点失望,还是有求必应。他朝陆离俞后面看了看:"禀末师,门子没看到后面有蛇。"

"没有?那就惨了,会在哪里?衣服里?难道真的钻进去了?"陆离俞动了一下身体,衣服里好像没蛇,接下来的一个念头让自己毛骨悚然:不在衣服里,难道钻到身体里面去了?他赶快问了下一个问题,清除一下这个恐怖的想法,因为太荒诞了:"我后面的石柱呢?"

"末师可以自己回头去看。"年轻人现在大概失望升级了。

陆离俞正想耐心地回他一句:"回头,我也想啊,想了一个晚上了。可是,我现在这样子,能吗?"

突然觉得身体的感觉有点异样,束缚的感觉没有了。他低头一看,紧紧捆在身上的绳索、脚上的木枷都不见了,他早就处于可以自由活动的状态。他赶紧回头,担心不证实一下眼前发生的一切，一切就会恢复原状。

折磨了他一整晚的石柱，还有蛇，都不见了。他赶快动了一下身体，痛感全无。

"咦，石柱呢？蛇呢？"陆离俞看着年轻人，话里的意思是难道是你干的，总不可能是昨晚那个女人吧？她哪有那么好心？

年轻人伸出手，从陆离俞的身边捡起一样东西，递给了陆离俞："末师说的石柱和蛇，是不是指这个？"

陆离俞接过一看，一根瘦长的石杖，上面刻了一条盘旋的蛇。他把石杖反手靠在背后，扭动肩膀在上面蹭了几下，看上去就像用老头乐给自己挠痒。他想找回昨晚的石柱带给他的感觉，以此来确认石杖就是那根石柱。很快，他就放弃了，收回石杖。

年轻人一直盯着他。

"我不敢说这根石杖就是昨晚我捆在上面的石柱，感觉不一样。"陆离俞脸上露出歉意的微笑。刚睁开眼看到年轻人的时候，他的表情还是有所欲求，交流下来，年轻人的样子已经是信心全无。陆离俞不明所以，只好一脸歉意。

"我鬼方异术，有器门一支，末师应该记得。"年轻人耐心地说，样子就像是希望陆离俞能想起什么，"能够幻器为具，末师遇到的可能就是这个。石杖是器，石柱是具，有人把石杖变成了石柱，把石杖上雕出来的蛇，变成了一条真蛇，这就叫幻器为具。此术虽然玄幻，但也有其所限，一般只能持续几个时辰。几个时辰之后，幻术就会自破。"

"你们鬼方还挺厉害的啊！"陆离俞听得睁大了眼睛。

"器门之术，只是我鬼方四门最初一门。入门七年，就能熟练，有何厉害可言?!"年轻人突然发起狠来，声音里还带着哭音，显然是气愤到了极点，话都说不利落了，"末师修行长久，难道会连这个都不知道？你……我箕尾方已到灭顶之时，你……竟然连这个都不知道？"

陆离俞听得害怕起来，感觉下一步就会被年轻人指着鼻子痛骂一顿。他越加惶恐了，因为实在搞不懂现在的状况。灭顶指什么？他知道这里是箕尾山，箕尾方又是何物？年轻人的身子本来是跪直的，说到这里的时候，突然瘫软下去，好像全身的力量都用完了一样。

陆离俞赶快伸出手去，拍拍他的肩膀："抱歉，抱歉，我真不知道是怎么回事……我刚到，什么都不熟……书上也没讲过……哎，你是怎么进来的？是那个女人让你进来的吗？干吗一直管我叫末师？"

"因为你答应了。我第一次叫的时候，你就答应了。"年轻人恨恨地说。

"我以为你是在叫老师。"陆离俞解释说，"你应该是来找什么人的吧，可能认错了，把我当成他了。"

"那么敢问老师，尊名为何？"

"离俞吧。"陆离俞想那时候的人应该都是没姓的。从史书上看，姓真正开始成为身份的标记，应该是在春秋时期，再上面一个时期，基本上都只有名，没有姓。所以，他回答的时候，就把自己的姓省略了，暗自还得意了一下，觉得自己考据学知识还能有点用处。

"门子进山洞，想找的那个人是我箕尾方的末师，他的名字也叫离俞。"

"这个，肯定有点误会……你找我的目的……"陆离俞正想问下去，从洞口传来了一阵脚步声。年轻人听了片刻，突然站了起来，一脸惊觉地望着洞口。

陆离俞只好中断，开始安慰他："别怕，那只是个喜欢逗人的女子。我跟她处了一夜，还算有点交情，待会儿引你们俩见见。"同时，他四处张望了一下，想找找那个女人的踪迹。刚才一直在跟这个年轻人交流，一时还来不及想起那个女人。

"什么女人？"年轻人轻蔑地看了陆离俞一眼，"那是个男人。"

从开始的满脸期待，到现在的一脸轻蔑，陆离俞心想，这差距得多大。他尴尬地一笑："哦，男人，他来干什么？也来找我？"他继续朝山洞里望着，如果来人不是那女人，那现在她会在哪个疙瘩后面藏着？

他还没来得及看个明白，就被年轻人拉着站了起来，躲到山洞洞壁边上一个突起的岩石后面。起身的时候，年轻人的另一只手拿起了那根刻着蛇的石杖。

"不只是找你，是来杀你。"年轻人简短地说，看来已经对陆离俞彻底死心了。陆离俞心想，这倒好，不是等着被蛇咬，就是等着被人杀。

"奇怪。"年轻人盯着声音传来的方向，一脸困惑，"他是怎么进来的？门师明明说过……"

"门兄，你在哪儿啊？我氐宿上来一趟不容易啊，出来聚聚。"伴着脚步声的，的确是一个男子的声音，另外还有一种声音，唧当唧当，像是刀尖敲打着岩石的声音。

"可能你修炼已久，忘了最初……"年轻人对陆离俞说，压低了声音。

陆离俞倒松了口气，因为对方已经不管他叫末师了，开始你我相称了，他觉得这样才对。

"不过，门师既然舍命送我到了这里，他老人家的托付，门子就得尽力。你听着，不要说话，跟着我，我怎么做，你就怎么做。"

二

年轻人踮起脚，尽量不发出声音，转身退到岩石背后。陆离俞这时才发现，岩石后面有一条缝隙，仅容一人经过。他跟在年轻人后面，穿过缝隙。

他想问问这个年轻人叫什么名字，但又担心，刚才年轻人的脸色实在不怎么好看……另外一个问题也省略了，那个叫氐宿的人，干吗要杀我？

穿过缝隙之后，就是一个圆形的石龛。里面不大，空空荡荡的，什么也没有，环形的石壁上只有突起的岩石。年轻人带着陆离俞走到环形的石壁前，四处摸敲，遇到有什么感觉的部位，年轻人就用手推推。陆离俞看着，只觉得好奇，这是做什么？

巡视一圈之后，年轻人皱起了眉头，盯着岩壁，好像突然明白了什么一样，开始脱去身上的袍子。

陆离俞刚才就注意到了这件外衣，式样古怪。

年轻人把脱下的外袍递给了他。

"要我穿上？"陆离俞问。昨晚那个女人说过，他会得到一件衣服，指的就是这件？

"想离开这里，就得穿上。"年轻人斩钉截铁。

"好，我穿上。"陆离俞穿上衣服，到了此时，只能听之任之了。正想问一句"接下来呢？"，年轻人已经抓起他的领口，"喂，想干吗？"陆离俞的呵斥还没出口，人已经被重重地推到石壁上面。用力之重，陆离俞感觉自己的后背都要裂了。

折磨了他一整夜的痛感又出现了，他哎哟一声，从突起不平的岩壁上滑了下来，重重坐到地上。后背的感觉就像在锯刃上划过一样……与此同时，他觉得胃好像被唤醒了，一阵恶心直冲喉咙，他忍不住张口一吐，吐出来的竟然是白色的涎液。他吃惊地看着……还没等他看清是什么玩意儿，五脏六腑就像被扔进了搅拌机，每一个器官的搅拌都牵扯着一根神经。他忍受不了紧绷到快要断裂的痛感，就地到处打滚。

年轻人吃惊地看着，没想到他这一推会有这么严重的后果。

过了好一会儿，陆离俞身体内的痛感才算稍微平息，成为弥漫全身的隐痛。他大汗淋漓，全身虚脱，两眼翻白，无力地看着年轻人："你这是做什么？"

"怎么回事？刚才我就是这样进来的。"年轻人一脸茫然。

"你就是这样被人砸进来的啊？"陆离俞气愤地问，声音却连一点力量都没有，听上去像是哀告。

年轻人没回答，蹲下身来，从后面架起陆离俞的胳膊，往后拖了几步。一边拖，一边自言自语："大概得从门师推我的地方开始，应该是离门三尺左右。"

"别别别……"陆离俞急忙叫道。年轻人的力气倒不小，就算自己身体健康，也不见得能够摆脱，何况现在这副模样，但是他没其他的办法，只好尝试着摆脱了几下，自然是挣脱不开。他只好继续哀告："先放开我，我们一起想想，弄清楚是怎么回事。"

"恐怕来不及了。"年轻人的语气倒是透着真诚，还有一丝焦虑，"估计再过一会儿，氐宿就会发现这个缝隙，到时候，我就保不住你了。"

好像为了证明此话不假一样，外面那个男子的声音又出现了："季后兄，你不会是躲在哪个缝隙里了吧？我开始一个一个地找了。还是自己出来吧，念在往日的交情，我会放你一条生路的。你把另外一个人留下就行了。"

年轻人架着陆离俞的胳膊，把他从地上拉了起来。

陆离俞心想：真不知道该怎么评价此人现在的作为。一般人这个时候，肯定会想着把我交出去。这位年轻人倒是一心想救我，如此心肠，可堪"侠义"二字。只是这方法……也只能用上"狭义"二字了。

"你真的想救我？"陆离俞问。刚才折磨他的剧痛现在已经消失了，他却懒得挣扎了，听任年轻人扳转自己，让自己面朝着墙壁。年轻人点点头。"那好，你先把我放下。人不会两次踏进同一条河流。同样的方法，大概也只能用一次。这个道理，"他拍了拍年轻人的肩膀，"几千年来都没变过。两个世界之间，应该也不会有什么区别。我们是不是应该想想别的办法？"

年轻人大概也没把握，刚才一时冲动提起的决断，现在也被陆离俞给卸了。他松开手。"如果留在这里，你我都只有一个'死'字。"他颓然地说了一句。

"这人这么厉害？"陆离俞看了看年轻人的骨架，虽然算不上高大威猛，但也精悍，应该能打几下。

"不厉害，我会躲着他吗？"年轻人算是承认了自己不是外面那人的对手，"此人若一进来，门子无能为力。末师修行数载，大功未成，难道甘心就死？"

陆离俞想先从年轻人的救命之术里脱身再说，刚才的那下痛楚，他真不想再来一次。他赶快说："你可以出去啊，告诉他我在里面。听他的话，好像他找的人是我，不是你。"

年轻人看了他一眼："我会出去的，但是得在把你送走之后。此人毁我箕尾，杀我门师。我为门子，负此深仇，不杀此人，不得了断……不是他死，就是我亡。"

"知道、知道，"陆离俞点点头，"这样好了，看样子，这个人要找到这个缝隙，还得要一段时间。我们不如先聊聊，用我们那边的话来说，就是黄泉路上，寻个旅伴。黄泉的意思是……算了，先想想怎么活下来吧。你叫什么名字？季后，是吧？"年轻人点头之后，陆离俞又问了一句："季后，好，我们就算认识了。接下来，你把你到这儿之前发生的事情，拣紧要的跟我说说……"

"可是……"季后看了一眼那个刚才进来的那个缝隙。他担心氐宿会从缝隙里钻过来。

果然有声音从缝隙里传来，"后兄，你放心，我不会伤你性命，只要你交出那个叫离俞的人就行了。"看样子，那个叫氐宿的人已经站到了缝隙的另外一侧，并且确认两人就在缝隙的后面。

听到声音的季后看了一眼陆离俞。

"不怕。"陆离俞明白他的意思，"待会儿，你我分守在缝隙的两边，只要他一露头，我们就一起动手，不是有根石杖吗？你把它给我，看，拿在手上，我们现在就去那里守着。只要他一露头，我就狠狠地敲他一下……"

陆离俞为了套近乎，说话的时候，真诚地看着季后，鼻子几乎贴到了季后的脸上。话还没说完，就看到季后脸色大变，伸手狠狠地推了自己一把。他还来不及吃惊，后仰的视角里，一把寒光样的东西，薄如叶片，擦着自己的鼻尖飞了过去，鼻尖上突然凉了一下。接着，一滴血从鼻尖落了下来，正落在自己手握的那根石杖上面。

是片薄刃，陆离俞的脑子转了一下……片刻之后，那片薄刃直直地插入石壁。力道之猛，连石壁都能击破，自己的脑壳能硬得过石头吗？

"叶刃？"季后看着插入石壁的刃器，低低地叫了声，"完了。"

陆离俞也慌了："叶刃，什么东西？怎么完了？"

072　　　"神器。"季后看着缝隙两侧，说，"出手如电，折道如风。"

陆离俞虽然不太明白，不过看季后的意思，就算两个人站在缝隙的两边，估计这个叫叶刃的东西也会插到自己身上。折道如风，难道是说这个叫叶刃的会改变飞行方向，甚至是直角改变？……

季后拉过陆离俞，自己挡在陆离俞的前面，眼睛绝望地盯着缝隙的出口……陆离俞一阵感愧，这是他在那个世界从未享受过的待遇———一个陌生人愿意为他献身。在他出发的那个世界里，他能得到的只是不断地被排斥……

他拍了拍季后的肩膀："别慌，别慌……"这只是那个世界残缺的习惯，其实现在的处境，他也不知道该怎么解决……他倒没什么死的恐惧，只是对年轻人充满了歉意……

正在这时，他突然想起，昨晚那个女人说过的一句话："穿的时候注意一点，别穿反了。"他看了看身上被季后强套上去的衣服，突然恍然大悟，难道是这个意思？……

"别慌。"他又拍了下季后的肩膀，语气坚定多了，"我们能活着出去。"

三

氐宿手里拿着一把青铜开刃，站在缝隙的入口处。

刚才，在洞里巡视了一圈，没有找到季后，还有传说中的末师。他隐忍了六年，不可能最后的结局是连个人影都见不到，那样的话，为此付出代价的就不止他一个。

氐宿突然发现了一个突起的岩壁后面，有一个可容一人侧身的缝隙。刚才巡视了整个洞里，这是唯一可以容身的一个缝隙。他想了一下，觉得季后和那个叫离俞的人应该就躲在里面。但是，想从这里进去，会有一点妨碍。侧身是一个没法攻击，也没法防御的姿势。如果侧身进去，季后和那个叫离俞的人守在缝隙的两旁，他一现身，就有可能受到重重的一击。

他不由得一阵心急，又喊了几声："后兄，你放心，我不会伤你性命，只要你交出那个叫离俞的人就行了。"喊了几声，只听到洞里的回音。

他想了一下，就从身上摸出两把青铜叶刃。

叶刃，轻薄如叶，所以叫作叶刃，是他往日取人性命的利器。他对叶刃的使用已经到了出神入化的境界，百步之外，无人能够逃脱。据看过他用叶刃杀人的人讲，叶刃一出他手，不仅能迅疾如飞，而且能像风一样改变方向。想躲也躲不掉，因为你拐弯，叶刃也会拐弯，而且力道更猛，直到插进你的要害。

所以有这样的传言："出手如电，折道如风。"

传言玄虚，只有氐宿自己知道是怎么回事。

第一把叶刃扔出的时候，他会查看一下对方的动向。如果对方开始转变逃跑的方向，他就会扔出第二把叶刃，用力更为迅疾，能够追上第一把还在飞驰的叶刃，并且恰到好处地击打在第一片叶刃的某个部位，不仅能改变它的飞行方向，而且能使第一把叶刃获得一股更为迅猛的力道。

片刻之后，就能直插对方的要害。

一切都发生在瞬息之间，不明就里的人，自然会有误解，觉得氐宿能让叶刃转弯。

现在氐宿就想用上这招。

他离缝隙稍远几步，找准最好的发力位置，先扔了一把。目光紧随其后。这一次只是想观测一下叶刃飞过缝隙的速度。等到叶刃彻底穿过缝隙之后，他对一切已经了然于心。

接下来，他连续扔出了四把叶刃。在他的设想中，四把叶刃中，有两把会分别被另外两把改变方向，一把向左，一把向右。如果有人此时守在两侧，结局只有一个：立刻毙命。

他等待起伏的惨叫，但是没有听到。叶刃落地的声音倒是一下一下，清晰入耳。这就证明，对方并未分守在两侧。

他迅速从缝隙侧身钻了过去，青铜开刃握在手上。即使估算失误，这把青铜开刃持前，应该也能挡上一阵。

等完全进了里面之后，他才发现自己小心得多余，里面根本没人。

"人呢？"他绝望地想。突然从缝隙入口处传来了动静。难道在那里？

他转过身来，左右袖口滑出两把叶刃，落在手上。

一个戴着青铜面具的人站在缝隙的入口处，怀里还抱着一只鸟。

氐宿盯着青铜面具。六年前，就是一个青铜面具，把他逼到了箕尾方。

四

六年前的一天，有人跟氐宿提起了一件事。他觉得对方可能是找错了人。虽然对方出价很高，他还是打算推掉。但是几次见面之后，对方出了一个狠招，他终于扛不住了。

"车停在门口的时候，有个女孩正好出门。那是谁，你妹妹？"这个来找他的人，听声音是个中年男子，每次见面的时候都戴着一个青铜面具。

"你这副怪样子，没吓着她吧？"氐宿盯着青铜面具问。

"没有，我是等她走了才下车的。"青铜面具下，真不知道说这话的人，此时是什么表情，"我希望她这一辈子都不会看到我这张脸，外面的这张，还有里面的这张。"

"我也希望。"氐宿说。

青铜面具点点头："这就是了，见或不见，都不取决于我，而是取决于你。外面的这张还好点，习惯就行了，里面的这张，那就不一样了。像你妹妹这样娇弱清丽的女子，我估计……"青铜面具摇了摇，剩下的话就留给氐宿自己去想了。

"前日所托之事，现在应该有七成意愿了吧？"停了一会儿之后，青铜面具问道。

"为什么选中我呢？"氐宿问。

"你无方无归，非你莫属。"对方说。

"我又何能，能受此重托？对方既然是个末师，修行肯定超我百倍。"

"这个倒不用担心。"对方的声音透过青铜面具，听来闷沉如蒙，"修行之人，玄神闭寂，筋骨自锁，心血彻冷，百脉全息。说得明白点，就跟具活尸一样，只比活尸多口气而已。你能找到，进入，剩下的事，就是尽力刺上一刃。对着一具活尸，刺上一刃，不难。"

"我听说修行之人，皆有护持，日夜守护。一刃之事，的确不难，难的倒是护持这关。"

"这个也不用担心。此人何地修行，何人护持，皆已一一查明。地方倒是隐蔽，两个护持却是平庸之辈。不过能够进入修行之地的方法，就在这两个平庸之辈的手里。这就得委屈你了，要给两个糟人当几年学徒，直到得到进入修行密地的方法。怎么样？"

氐宿沉默着。青铜面具等了半天，只好又开口了："看你年龄，也就二十左右。怎么一邑之人谈起你来，即使巨奸豪猾也都会惨然色变！什么缘故？"

"没办法，杀人早，杀人多。"氐宿恶狠狠地说。

"我这就不如你了。我杀人晚，杀得也少。太强的，少壮如君，我也不敢碰，只敢杀些老弱妇孺，例如像你妹妹这样的。"

青铜面具后面的眼睛此时应该紧盯着氐宿，氐宿觉得脊梁骨一阵寒意。青铜面具后面的话又让这阵寒意弥漫了全身。

"有时候遇到特别好看的，我还下不了手，只好把她送到骘民国去。骘民国之人都是以何为生，最后，又都会是什么结局，想必你也清楚。为了发泄精力，那个地方，你可是去过不止一次。"说到这里，青铜面具站了起来，"天色已晚，你妹妹大概快回来了。我这副怪样子，还是先躲开吧。三日之后，我再来。记住，愿与不愿，那都是最后一次！"

氐宿盯着青铜面具消失的地方，盘腿愣了半天。直到他妹妹回来，看到他这副样子，叫了他一声，他才回过神来。

"姁儿，"他叫了一声，"你收拾一下，我们要换地方了，现在，马上。"

"又要换？！这才住多久啊？"女姁正在把刚刚采来的一束花摊到屋前的空地上，听到哥哥这样一说，直起身来嘟着个嘴，一脸不乐意，"我还想着把花晒干，用来熏衣服呢！"

"什么花？"氐宿问。

"熏华草。只开一天，朝生夕死。傍晚的时候去采，香气最烈。快死了嘛，肯定是精华尽出。"女姁说着，弯腰捧起一把，脸埋进去，深深地嗅了一下。

"哇，真香。"她回过头来，看着氐宿，一脸乞求，"再待几天吧，至少等花晒干吧？"

"不行！"氐宿简短地回了一句，看到女姁脸上的怒容之后，又换了一副口气，"你放心，我会帮你带上这些破烂的。等到了新的地方，你爱晒多久，就晒多久。"

氐宿带着女姁，在一个叫互人的地方藏了起来。互人这个地方，商贸之人聚集，各国之人混杂，来去不定，众声喧哗。凶徒奸诈之徒、循难在身之辈，都将其视作隐身之地、亡命之所。氐宿寻思了半天，觉得自己能去的地方大概只有这里。

他和女姁在这里藏了一个多月。

女姁整天都不能出门。白天想出去看看热闹，都被氐宿拦住。女姁感觉自己快要闷死了，一有机会就冲着氐宿发火。等到氐宿真的火起，女姁赶忙躲回房间，把门关上，等着氐宿火消。

一到晚上，氐宿就拿着青铜开刃，袖口还藏着十几把叶刃，守在门口。直到天色微明，才敢合眼休息一会儿。

自己这样小心，应该能躲过此循，那时再另做打算。

一天，也是天色微明，他疲惫不堪地站起身来，离开守了一个晚上的门口，走到女姁的房间前，敲了敲门。门里没有任何动静，他开始以为是女姁任性，又敲了敲，然后果断地把门一脚踢开。

房间里空空荡荡的。他在女姁的床上，发现了一把已经晒干的枯花，旁边还有一个青铜面具。

他拿起那把枯花，嗅了一下，的确是香气四溢，浓烈鲜明，跟女姁的性格一样。然后，他又拿起青铜面具。

几天之后，他就出现在箕尾方里，随身携带着青铜面具给他的一简招摇符。符是一道木简，刻着鬼方密文，字形古怪，纠结成团。他问青铜面具这是什么意思，青铜面具说，他也不知道。不过，这不是问题，因为这道密文属于鬼方最高心诀，只限宗师代传，能够确知其形其意的只有鬼方宗师。

青铜面具告诉他，鬼方圣地招摇宫有时会选取一些门子，派往各地修行，这些门子的身上，都会携带一简这样的图符，以表明身份。因为此符隐秘，无人敢于模仿，鬼方各地，一见此符，也都不敢另有疑虑。

"有了这简符，你就可以顺利进入箕尾方了。这道符还能证明，你已在鬼方修行七年，进入氐士一级。你的名字，按鬼方惯例，应该叫作氐宿。"

青铜面具还做出保证，女姁会安全地待在一个地方，不会受到任何伤害。至于是什么地方，答案就得等到他做完他该做的事。

"我怎么确认山洞里的那个人，就是你想要我除掉的人？"他最后问了青铜面具一个问题。

"若见灵蛇护身，就是此人无疑。"青铜面具说。

五

六年过去了，女姁会是什么样子？如果不能做完青铜面具交代的事情，此生要想再见，不知道要到何时。氐宿看着青铜面具，心想。

青铜面具没有说话，一边摸着怀里鸟的头，一边打量着鸟。鸟只有半边头、一只翅膀，还有一只鸟爪。一只眼睛圆睁着，只有半边的鸟脖子冲着他一伸一伸，半边鸟身下的一只脚，一蹬一蹬。

"我真想知道，这只鸟下地之后是怎么行走的。"氐宿看着鸟，若有所思地说。

"估计你是看不到了。"青铜面具下传来的声音，不是他印象中的中年男子，而是个女人的声音，"你不会不知道，这只鸟一辈子只会下地一次，那就是它死的时候。不过，我现在还不想让它死，没它的帮助，我们下不了山。"说到这里，戴着青铜面具的女人对着鸟用声音逗弄了两下："比翼。"于是鸟伸长脖子，发出了同样的声音："比翼……"

氐宿发现，声音充满了整个山洞。

女人伸手摸了摸鸟毛："不错，还能叫，刚才一进山洞，就一声不响，我还以为它哑了呢。"

"你就是靠这只鸟上来的？"氐宿问。

"不是，我是打算靠这只鸟出去。你呢，你是怎么上来的？"青铜面具下的声音听起来娇柔妩媚，氐宿想起女婌，一阵心痛。

"你是怎么上来的，我也是。"氐宿说。

"进洞之后，你就一直追在那个叫季后的身后，到了这里？"

"不是。"氐宿说，"我就站在这个洞的洞口，季后却是在里面。好像上来之后，我们走了不同的路。这里面有何玄机，我也不清楚。神巫门的法术，和鬼方门的法术，总该有所不同吧？"

"你已经知道了，让你上来的是神巫门的人？"

"是的，我有一件事想不明白。既然神巫门已经有了入门之术，为什么还要让我隐忍六年？"

"可能是因为，"青铜面具说，"当初派你来的时候还不知道，你要除掉的人，要到六年之后，才会出现在山洞里？"

氐宿没有说话，看着空荡荡的山洞。

"你是什么时候发现，进入修行之地的法器就是那件法衣的？"女人问，顺便用手摸了摸只有半边的鸟，它一叫就停不下来。人不说话，它就叫一两声来掺和。

"知道女盐的传说后，我一直就奇怪，仪式剩下的尾巴到底是什么。"氐宿说，"我一直在寻找机会，去年的那天晚上，我终于寻得了机会。我顺着大殿后面的走廊，藏在一根栏柱的后面，朝下俯瞰。看到门余从海雾里收回了一件法衣。我看清楚了，法衣就是我们之前烧过的那件。

"那时，我就想到了仪式真正的目的是什么，就是保住这件法衣。遮遮掩掩地烧掉，又收回，真正的原因只有一个，能够进入山洞的法器就是法衣。

"此后，我一有机会，就在大殿里寻找法衣，但是门余藏得很好。后来我想，与其去找，不如去等。等着下一次仪式，法衣自然会重新出现。"

"难为你，又等了一年。不过，还是没用啊，人还是没找到。季后，还有那个末师，现在都没影啊。"女人嗤笑了一声。

氐宿倒不在意："我已经想到了他们会在哪里——箕尾方，季后是个谦谦君子，门余一向又待他如亲生儿子，他不可能不埋掉门余就离开的。我们别浪费时间了，赶快去箕尾方。那个人，就是你们要我除掉的，叫离俞的，应该也和他在一起。"

女人一想也是。于是，两人一前一后，从缝隙里钻了出来，然后离开山洞。

站在山洞前面，朝下一望，壁立千仞的岩壁直插下去，似乎看不到底。氏宿站在岩边，身上的袍服被上冲的气流卷起。他退了几步，理了理袍服，然后对女人说："现在轮到你来了，不然，我们两个只能终老此洞了。"

女人抱着鸟走到前面，把鸟往空中一抛，叫了一声："比翼！"那只鸟到了空中，一只翅膀拍着，"比翼、比翼"地哀叫着，顺着气流，像是陀螺一样离地旋转，然后身体奋力，成为平直，一只翅膀使劲扑棱着，朝山外飞去，没飞多久，就好像撞到墙壁一样，平直的身体竖了起来，半边头朝上，像块石头一样往下掉……

"这就是你的本事？"氏宿冷冷地说。

"修行之地，都有气障护持，它是碰到气障了。"女人说，"不过，你别急，这才开始呢。"

远处，出现了一个飞翔的黑色影子，像箭一样迅疾。伴着这支箭的，是氏宿刚刚习惯的鸟叫声"比翼"。随着叫声临近，一只一模一样的鸟飞了过来，也是缺了半边。不过，氏宿看得很清楚，飞来的这只，缺的是另外半边。

飞到刚才那只鸟跌落的地方，好像遇到了同样的障碍。这半只鸟停了下来，停在空中，不停地叫着，不停地扑棱着。

"天下异术，最怕的就是阴阳相合。阴阳相合，异术自破。来鸟为阴，正待我阳……"女子慢悠悠地说道。还没等她把话说完，那只刚刚跌落下去的鸟，重新扑腾了上来，明显受到上方来鸟的鼓励，拼力飞升，朝着来鸟现在停留的位置。

"看好了，等它们相合的时候，就是异术被破，脱身无碍的时候。记住，到时你就跟着我，一起跳上鸟背……然后，你就去箕尾方，做完你该做的事。"女人说。

话音刚落，刚才跌下的鸟已经升到来鸟停留的位置。两只半边鸟不约而同地侧转了一下，半边的鸟身刚好对上。氏宿还没看清怎么回事，一只完整的鸟就出现了。这只整鸟稍微摆了一下身体，马上就是一个打算向外飞行的身姿，与此同时，它的身体好像大了几倍，大到可以承受人的重量。

女人纵身一跃，轻灵如风，落到鸟的身上。氏宿赶快跟上……

六

箕尾方里，季后正悲痛欲绝地打理着门师和同门的尸体。陆离俞叫他快点走，但是季后就是不理。陆离俞当然不敢一个人离开，他对所处的地方全无一点把握，唯一能够依靠的就是眼前的季后了，就算这个人对他再如何不客气，他也只能跟着。

季后查看了一下几个同门的尸体，发现几个同门人虽然死了，但是头还在。他想起，他和门余待在密室里，门上传出让他惊魂的咚咚声，不知是从何而来。不过，人既然是死了，头有没有被砍掉，有什么区别。季后对氏宿的仇恨不会减掉

一分。

他把几个同门的尸体安排在大殿神位的下面，然后，把门器和门余的尸首放在最前面。疯方的尸体，则放在另外一边。

季后告诉陆离俞，神位供奉的是异术的大宗师——太子长琴。陆离俞以为上面应该有张神像，但那上面只有一个青铜样的石块，上面刻着几个看起来像文字的东西，不知道是不是"太子长琴"几个字。

他没见过这样的文字，但是可以断定，肯定早于金文、甲骨文。

他很想走过去，把石块取下来仔细查看一下，研究一下那个文字的特点，顺便考察一下这块石头的质地。

有一段时间，在进入大学教书之前，陆离俞曾在一个博物馆里实习过，学到了一点有限的考古地理学知识——石块的外表很像他在博物馆里看到过的一块陨石。

不过，好奇归好奇，现在的情况下，最好不要激怒身边的年轻人。

季后把尸体一一放好之后，就开始对着尸体分别施礼。同门是长揖，对两位门师，则是叩首长拜。陆离俞心想，这种礼节倒是跟他所了解的历史一致。从这种礼节来看，他现在所处的时期应该不会晚于春秋时期，不过，历史书上的春秋时期，哪有其他的那些玩意儿。

他到底是到了哪个时期？《山海经》所记录的时代应该是在夏朝，难道现在还是夏朝，那个只存在于后人追述，但是从无出土的朝代？

太子长琴，《山海经》里倒有此人，记录很简短："祝融生太子长琴，是处榣山，始作乐风。"听起来是个风流倜傥的人物，不知道和自己听到的这个，是不是同一个人。

季后完成了礼节，心事重重地走出大殿，一屁股坐在台阶上发呆。

陆离俞跟了过去，也坐在他的旁边，手里还拿着石杖，就是刚才在洞里的有蛇缠绕的石杖。刚才一连串的事，他还没来得及仔细查看，现在没事可干，正好可以打量一下。他觉得奇怪，石杖的样子，好像跟他初次看到时不太一样。他记得刚看到石杖的时候，是一块质感十足的硬石，现在却变得好像有点莹白，石体的内部隐隐能看到一点脂红……这是怎么回事？

他突然想起刚才在山洞里，自己的一滴血滴到了石杖上面。

远处传来了一声凄厉的鸟叫。他看着远处的天空，一个飞翔的影子吸引了他的注意。那是一只鸟，他没有见过飞得如此迅捷的鸟。等到那只鸟高高地掠过他的头顶，他以为自己看走眼了。世界上怎么会有只有半边的鸟？他扭头想察看确认，但是那只鸟很快就不见了。

"这只鸟的叫声真怪。"离俞心想，从来没有听过这么凄厉的叫声。

"门子觉得，你应该就是末师。"季后突然开口说，"不然，你怎么会知道离开山洞的方法？"

"真不是我想出来的方法。"陆离俞说，"是有人暗示我的。我也是情势所逼，抱着试一试的态度，没想到就成了。"

"暗示你的就是你说的那个女人？"

"是的，你给我套上那件法衣这件事，女人前一天晚上就已经告诉过我了，说我会得到一件衣服。然后，她又讲了一句话，叫我不要穿反了。我那时还以为是逗趣，刚才在山洞里，我才突然想到，这会不会是一个反过来的暗示。这件法衣要发挥作用，就得反穿，所以，我就试了一下，没想到竟成了。"

"不是你想到的？"年轻人半信半疑。

"不是，是那个女人。说不定，那个女人才是你要找的末师。我进去的时候，感觉她就在山洞里，待的时间应该比我久。"

"门师倒没说末师是男是女，只说了个名字，就是你的名字。门师会骗我吗？"季后忧伤地说，然后摇了摇头，"不管怎样，既然门师说要把你带到招摇方，那我就一定要做到。我鬼方宗师神明无比，上下天地，无所不知。也许他能解开这个谜。我们还是离开这里，前往招摇方。"

"我们得赶快。"季后站起来了，"氏宿不可能一直待在里面。"

陆离俞马上答应着。没想到，季后一转身就往大殿里跑，陆离俞以为又是钻山洞，马上跟在背后。季后跑到大殿的神位面前，也顾不上礼节了，抓起太子长琴的牌位，三下两下用神位旁的布幔包裹起来。

"这个牌位，是当初宗师立方之时留下来的，我一走，箕尾无人，不能因此落入他人之手。"季后说。

然后，他伸出手去，揭开牌位下面的一块木板，从里面掏出一样东西。陆离俞没看清，感觉像是什么卷轴一样的东西。季后把这件东西塞进包裹，又想了一下，跑进殿旁的一个侧门里。等他出来的时候，手里多了一样东西。陆离俞叫它木剑，但是季后纠正了他："不叫木剑，我们这里叫木削。"

正在这时，两个人都听到殿外传来凄厉的鸟叫声，和陆离俞刚才听到的一样。季后判断了一下，发现叫声是冲着自己这边的，心想情况不妙。鬼方门子所习异术里，有候风辨声一项，这声音明显是恶兆。他招呼了一声："快跑。"

两人冲出大殿，以最快的速度跑下石阶，就是前晚举行仪式走过的石阶。季后开始还担心，末师会不会走不惯，从石阶上摔了出去。没想到陆离俞跑得比自己还溜。陆离俞自己也觉得惊奇，不过情况紧急，也来不及研究了。

他们跑下台阶，拐弯跑进箕尾方后边的丛林里。这个时候，正好看见一只庞大的鸟，从高处飞往箕尾方，一边飞，一边发出凄厉的叫声。上仰的视角限制了他们，他们看不到鸟身上坐着的两个人。

那只鸟飞临箕尾方，在离地几尺的地方盘旋起来。氏宿跳了下来，戴青铜面具的女人叫了声"比翼"，鸟便升空离去了。

氏宿在箕尾方里搜寻了一遍，没有发现季后还有其他人的身影。他叹了一口气，因为这意味着他六年的隐忍几乎白废。他想了一下，就弄出一个火把，朝着大殿走去，大殿里有季后摆好的尸体，他刚才就看到了。

他一手拎着火把，一手抽出佩在身上的青铜开刃，在尸体堆里找到门器，用青铜开刃狠狠地剁了几下，又踢了几脚，然后他举着火把，把大殿上能点燃的东西一一点燃。

片刻之后，他就站在大殿外面，欣赏着自己亲手制造的大火。

此时，季后和陆离俞正在离此之外的坡顶上，朝着箕尾方望去。

看到烟起，季后知道，箕尾方那里已经是熊熊大火。他心中悲伤，沉默不言。自己好像是一生下来，就被送进方里，此后几乎没有离开过。自己认识的人，也仅限于箕尾方。箕尾方一毁，等于此生无归了。他眼睁睁地看着一切发生，却无能为力，要想报得此仇，不知要到何时。想到这里，他颓然跌坐。

陆离俞走了过去，安慰他一句："别难过，你不是还有宗师可以投靠吗？"

季后摇了摇头："我从未见过宗师，招摇方位于何处，也只是听门师讲过一些。据说是在西海之侧，至于怎么去，我一无所知。按我鬼方的门例，要到七年之后，我才有机会觐见宗师。那时招摇方会派人巡视各方，选取觐见人才，汇集之后，带往招摇宫。"他看了陆离俞一眼，叹了口气："本来想着……"

陆离俞知道他话里的意思，这孩子本来以为自己就是末师。听他的意思，按他们鬼方的门例，末师都是要经过朝觐的。所以，如果我真的就是他的末师，我应该知道招摇宫的去处。可现在的情况是，连他自己都不怎么相信我会是他鬼方的末师。难怪他这么失望。

"那，你打算怎么办？"陆离俞小心翼翼地问。他真怕季后就此和自己分手。看样子，季后已经看透了他，要是现在扔下他就走，这个连历史书上都找不到影子的地方，他一个人怎么去面对？……

"如果你不是我鬼方的末师，你怎么会出现在山洞里呢？"季后问。

"我也不知道。"陆离俞说，"我只是一直在找一个女人，结果，我就出现在那个山洞里。这中间的曲折，我也跟你讲不清。"

"女人！"季后哼了一声，一脸蔑视。

陆离俞在大学里经常接触些青春期少年，年纪大多与季后相仿。他知道这种年纪的人，一般都是轻视女人的，但是最后，一个骨瘦如柴、眼神胆怯的女孩，就能把他弄得死去活来。

刚进大学的时候，他做过一段时间的辅导员，经常被安排去辅导这些心理受损的少年才俊，因为他们是祖国的未来、民族的希望。让他奇怪的是，虽然被女孩弄得死去活来，提到女人的时候，这帮才俊的表情却能做到一成不变，始终如一。

"女人，哼！"才俊们哼了一声，一脸蔑视。

"是很丢人。"陆离俞现在的想法是尽量得到年轻人的好感，"不过，到我这把年纪，你就会知道，有些事、有些人真是没法放弃。"

这句话好像达到了目的。季后叹了口气，开始仔细寻思起来。

季后说："我鬼方一共有五方，离我箕尾方最近的是砥山方。到了砥山方，也许就能恳求砥山末师，派人带着我们去觐见宗师。"

"好主意。我们赶紧去吧，看样子，天快黑下来了。"陆离俞催促道。

季后摇了摇头："我从没去过砥山方。"

陆离俞心想，还聊个甚啊，这也没去过，那也没去过。

"那就边走边问吧？"陆离俞说。

"恐怕没那么容易。我鬼方修行之地历来隐蔽，非方内人士，往往莫知其踪。

不过，"季后又想了想，"倒是有个地方，也许可以找到些痕迹，可以把我们带到砥山方。那个地方我倒去过，是个商旅集中的地方。商旅走南闯北，什么地方都知道。我们去那里待几天，到处打听打听，说不定会遇上几个认路的。"

"也行。那个地方是哪里？"

"互人。"季后说。

"那我们就走吧，你带路。"陆离俞赶忙站起身来。大概用力过猛，一阵眩晕突然冲上头部，他还来不及摇晃下身体，人马上跌倒在地上，顺着山坡滚了起来。

季后吓了一跳，连忙追了上去。

陆离俞躺在坡地上，又一次体会到了来自胃部深处的恶心，他爬起来，开始剧烈地干呕起来，然后艰难地吐出一些白色的涎液。与此同时，五脏六腑里面，那种撕扯的疼痛又开始了，好像比上一次更为剧烈……他像一把弓一样蜷缩起来，两条腿使劲地蹬着，好像这样就能把身体里的疼痛蹬到一边……

"怎么又这样？"季后手足无措地站在一边，"这次我可没推你。"

"不关你的事。"陆离俞咬着牙，"这东西一下一下的，一点预兆都没有，我也不知道怎么回事……等一下它就自己过去了……"片刻之后，陆离俞吁了口气，身体舒展开来。

"过去了。"他慢慢地翻起身来，觉得全身虚脱得像摊泥。他看了看刚才吐出的那团白涎，心想："什么玩意儿，怎么又吐出这样的东西？"

"你没事吧？"季后担心地问。

"没事。我们走吧。"

七

一路上，季后都显得提心吊胆，陆离俞知道自己刚才那样子，把他吓到了。他很不习惯这样，便问了些轻松的话题。他告诉季后，以后不要管自己叫末师了，他受不起。他不是这个世界的人，再说，他来的世界也没有这么称呼人的。

季后说这个他决定不了，一切要待宗师裁决。在此之前，他只能视其为鬼方末师，以末师相称。

陆离俞问，他们鬼方都是做什么的。

季后的回答是，如果你是我鬼方的末师，自当明白，无须我多言。如果你不是我鬼方的末师，则鬼方门规有令，鬼方秘术，非鬼方中人，不能道也。凡鬼方门子，执此始终，终身不得违背。

陆离俞只好作罢，问一些其他的，例如这里的人管自己生活的这个地方叫什么。我们那边是叫世界。世者，古今往来，界者，上下左右。这边呢？

季后说，我们这边叫"瀛图"。天地之大，尘埃之微，玄荒之元，极往之变，皆在瀛图之中。

陆离俞听了，觉得自己真长知识。

"互人是什么地方？"陆离俞问。

这个季后倒愿意倾囊相授："互人是一个个分散在这一世界各地的商旅贸易场所。海里的、山里的、洞里的、水里的、陆地上的各色异珍，都会在这里交换，然后发往其他地方。之所以叫互人，是因为这些场所的建立者都是来自互人国。"

陆离俞翻阅一下自己脑子里的存货，《山海经》里对互人之国的记录："有互人之国，炎帝之孙，名曰灵恝，灵恝生互人，是能上下于天。"他把这段话的意思告诉了季后，季后听了觉得很惊奇。

"我在鬼方修行数年，史地之类，也算浏览过。你之所言，俱在所习之中，互人之由来，的确如你所言。只是，你一直宣称来自彼方。彼方之地，怎么会有我们这边的历史？"他说。

"不能说完全有。"陆离俞说，"我现在所经历的，好像在历史书上就失去了影子。你们现在应该是什么朝代，叫夏朝吗？当政的是不是禹的传人？夏启、太康，还是少康？"

"朝代是什么？"季后问，看起来和山洞里的那个女人一样无知。

"朝代就是，一个当政者建立了一个政权，立了一个国号，然后代代相传，统治了一段时期，之后由于天灾人祸，政权被另一个人所取代。在我们的历史书上，就把这个政权统治的时期，叫作朝代。朝代的名称，就以这个国号为名，例如唐宋元明清等等。"

看到陆离俞言之凿凿的样子，季后的好奇心也起来了。

"世界的历史，是这样的？"

"瀛图的历史，不是这样的？"

"不是。"

"那是怎样的？"

"我们的历史叫作循。你不要问我什么意思。知道这个意思的，只有十巫。"

"十巫是什么？"陆离俞第一次听到这个名字的时候，还是在山洞里，从那个女人的嘴里。那时，他的身上还捆着不知道什么的东西，女人说，这是十巫的法器。

"据门师讲，天下异术分为神鬼天地，十巫就是神巫的宗师，共有十位，所以称为十巫。"

"哦，这样。你以前说过，你们神鬼天地四大异术，都是出自太子长琴，那么，彼此关系应该非常密切了？"

"互不来往。"季后回答得斩钉截铁。

"什么原因？"

"如果你是我鬼方的末师，自当明白，无须我多言。如果你不是我鬼方的末师，则鬼方门规有令，鬼方秘术，非鬼方中人，不能道也。凡鬼方门子，执此始终，终身不得违背。"季后一板一眼地说。

陆离俞没有再问了，心想，另一个问题也不用多问了：神鬼两派，既然是互不来往，有一件事，就很奇怪了，我穿越到的地方是鬼方派的山洞，但是把我困在山洞里的却是神巫的法器。老死不相往来的两派，在我身上有了交集。我到底有啥

"神圣"之处?

"这么说,现在不是夏朝?"陆离俞问。

"不能叫朝。夏这个名字倒是有。"

"它是指什么?"

季后说:"我们这里有一个国家,叫一目国,就是只有一只眼睛的人,我们都把它们叫作夏人。这样一群人,平时我们都不怎么看得上。没想到,到了你们那里,却成了了不起的朝代名称。"

陆离俞想起来了,自己曾经研究过"夏"这个字的起源。在甲骨文中,"夏"这个字看起来就像是一个人的侧面简笔画,特别显眼的是该画脑袋的地方,只画了一只眼睛。他觉得很奇怪,不知道这个造型代表了什么。一个原始部落为什么会用这样一个名称来指代自己?现在倒是有一个解释,夏人最早的含义,可能就是只有一只眼睛的人。

《山海经》上的确有大量关于一目的记录,动物有一目,灵怪有一目,甚至稀奇古怪的国名中也有以一目命名之类。当初研究古文字的时候,怎么也不会想到,这些看似荒诞的记载,可能正好解释了"夏"字的真正含义。

一目民是怎么成为我们的祖先的呢?

"这个国家的人为什么只有一只眼睛?"陆离俞问。

"他们是刑人。"季后说。

"刑人,是不是受刑之人的意思?"

季后点点头:"这种刑罚,在我们这里叫作半刑。人若触此刑律,必会失去一目、一臂、一足,甚至失去半边身体。这些人,据说都会被流放到一个地方,就是夏。"

"动物也有这样的吗?"

"你看到什么了?"季后好奇地问。

"一只只有一半的鸟飞过我头顶的天空,当时,我还以为自己看错了。现在一想,既然人都只有半个,动物也会有此一类吧?"

"有是有,那是半刑之人,转生而成。你看到什么样的?"

"没看清,只是那声音很特别,听起来就像是'比翼'。"

"那就叫比翼。"季后说,"门师说过,这种鸟,一半之身的时候,始终不会落地,一辈子都在寻求自己的另外一半,一旦找到,便会合在一起,然后寻一再生之地,比翼陨落。"

"难怪叫声这么凄厉。一生寻求的就是一个'死'字,合便是死,死便是合。"陆离俞笑了一下,觉得跟自己的遭遇很有几分相似之处,他的情感就跟比翼似的,一直在寻找另一半。

停了一会儿之后,陆离俞问了一个他一直想知道答案的问题:"既然没有朝代,我现在所处的这个时期,你们是怎么称呼的呢?"

"循啊,刚才不是讲了嘛,你我都在一个循里。"

陆离俞心想,瀛图是这里的地理总称,循是这里的历史总称,记住了。

"我们离最近的互人还有多远？"陆离俞问。

八

在到互人之前，一路上都没有歇脚的地方，风餐露宿，煞是辛苦。因为担心氏宿会发现他们的踪迹，所以一路上都不敢生火，只能吃些季后随身带着的干粮。陆离俞倒是借此机会了解了一下这个世界的饮食习惯，和历史上的氏族时期没有什么区别。

一到晚上，因为都是空旷地带，也不敢生火，只能找点树叶简单地铺在地上。

这么折腾下来，还没看到互人的影子，陆离俞已经支撑不住了，一头昏倒在地上。

折磨过他的怪症，已经不是一下有一下没，而是频繁发作。每次撕扯内脏的疼痛之后，都会吐出一些白色的涎液。陆离俞心想，是不是这些白色的涎液在作怪？既然如此，干脆一次吐完算了。他弯着身，使劲地干呕起来，结果一点用也没有，呕出的都是胃酸。这些白色的涎液好像是定量按时一样，每次只能呕出一点点。

陆离俞虚弱成这个样子，剩下的道路，基本上都是季后扶着陆离俞在走了。

要是行到半路，遇到下雨，周围一无遮蔽，那就惨了，只能一块儿淋了。季后解开外套，遮在两人头上。

有好几次，陆离俞一眼闭了过去，以为自己要死了，没想到一睁开眼，发现自己还被季后拖着、背着、扛着……

陆离俞心想，这小伙真实诚。

几天之后，终于听到季后说了一声："到了。"

半昏半醒中的陆离俞，精神一阵振奋，努力睁开了双眼，看到了高高低低的几十幢木屋围成的一个小小的聚落，心想：跟我想的倒差不多，典型的史前风格。

季后背着他走到一个地方，把他放了下来，让他靠着一堵残破的墙，然后不知道跑到什么地方去了。

不久，季后就拉来了一匹稀奇古怪的四足动物，把他扶了上去。

季后说："这是旄马。"陆离俞看了一下，觉得跟那个世界的马一样温顺。不太一样的地方，就是四只蹄子上长着长长的毛。

"以后走路就靠它了。"季后说。

马身上的感觉真是不错。陆离俞一上去就紧贴住不放，巴不得自己变成马脖子上的一块皮。

季后拍了拍旄马。它就跟在季后的后面，驮着陆离俞慢慢走着。

过了一会儿，他们来到一个泥巴围墙的院子前面，里面有几间小木屋。季后推开院门，来到其中一间小木屋的前面。

季后停住了马，推开了门，把陆离俞从马上扶了下来，搀了进去。

陆离俞在房间里的地板上昏睡起来。

等他醒来的时候，季后正端着一碗不知是什么的汤水，跪坐在他的枕前，打算喂他。他无力地摇了摇头，突然觉得鼻子里一阵腥味，什么东西流了出来。

"哎呀，血……"季后慌忙放下碗，准备找点什么替他擦擦。

陆离俞嫌麻烦，自己伸出手去抹了两把，手上黏糊糊的感觉不佳，他想顺手在铺盖上抹抹，又担心给季后添麻烦。幸好，季后把那根石杖放在他的身边，他顺手就把血抹在上面。这几下动作又让他吃不消了，他眼一闭，又睡着了。

又不知道过了多久，他又醒了一次。这一次，感觉好了一点，就朝自己住的地方看了看。

自己躺在靠墙的一张地铺上，墙的对角，季后躺在那里，两张床之间的空地上，立着一盏油灯。

屋子里有什么动静，他顺着动静望了过去。

一条蛇正在房子中间爬着，慢慢地爬向季后。

陆离俞朝季后那里轻轻叫了两声"季后""季后"，不敢大声，担心惊动那条蛇。季后一点反应也没有，这几天的奔波大概让他筋疲力尽，他睡得很沉。陆离俞轻轻地动了动身体，浑身还是没什么力气，但是眼下情况危急，他不能看着季后就这样死在梦里。

他想起那根石杖，倒是一个趁手的工具……不知道季后把它放到哪里了。幸好他想起来了，刚才起身的时候，身边好像有个东西硌了他一下，想必是石杖。他盯着蛇，伸出手摸到了石杖。他用石杖撑起身体，动作很小心，蹑手蹑脚地朝蛇走去。

离蛇只有一步的时候，他挥起石杖，就要劈下去。

就在这时，蛇的脖子突然直立起来，扭了过来，两只蛇眼的寒光直射陆离俞。

陆离俞一下就愣了，这眼神……

蛇迅速扭转身体，蛇头连着蛇脖往后猛地一收，然后朝着陆离俞飞身一跃，如箭出弦。鲜红的蛇信就是箭头，直刺陆离俞的眼睛。

陆离俞慌忙举起石杖，打算遮挡一下。

近在咫尺，箭一样的蛇影……陆离俞的内心是绝望的，靠着一根石杖，哪能挡住一条完全进入攻击状态的蛇？……

季后醒来的时候，天已经大亮。他匆忙爬起身，朝陆离俞躺着的地方看了一眼，没看到人。他心里奇怪，这人病得都要死了，能到哪去。

他走到门口，才发现陆离俞坐在门口，手里拿着那根石杖，做着一件他一直就不以为然的事——挠痒。听到动静，陆离俞回过头来，脸上带着含蓄的微笑，挠痒的姿势却没变，石杖上上下下地动着。

"今天好多了。"陆离俞对季后说，"这几天都劳烦你了。要不是老弟，我都不知道自己会抛身何处。要是死在这个世界，那就太惨了。那边世界里的人，连个死讯都没法得到。"

季后看着陆离俞的旁边有一团白涎。一路上，陆离俞都在吐着这种玩意儿，看样子，刚才又吐过一回。

"没事。"陆离俞安慰他说，"我们那边有句俗语，叫吐着吐着就习惯了。今天，陪你出去走走吧。在里面待得太久了，外面什么样子都不知道。"

季后想了想，说："算了。这里太乱。你还没好透，路也不熟。出去我还得顾着你，大家都不方便。你还是待在房间里再歇歇吧。"

"找了这么几天，问到什么人了吗，可以指点一下道路的？"陆离俞问。

"问人大概是没指望了。"季后说，若有所思地盯着门。

"那该问谁？"

"商旅。"季后的样子显得心不在焉，盯着那匹正在吃草的旄马。

"商旅，商旅不是人吗？"陆离俞觉得这话真可笑。

季后也意识到了，冲着门口哑然一笑，然后站起身来出去了。

九

陆离俞坐在门口，百无聊赖，只好看着院子，还有院子里的旄马，打发时间。旄马的脚下是一堆草，陆离俞走过去，扯下一丛，就往马嘴里送："吃、吃、吃啊。"旄马用鼻子嗅了嗅，移开了嘴。陆离俞试了几次，结果都是如此："嘴刁啊，你想吃什么呢？"他拍着马脖子，训了几句，然后扔下草，回到门口，继续看着院子发呆。

院子是一个三折尺形状，一个正房带着两边的厢房。陆离俞现在就坐在正房的门前。他观察了一下，发现这些房屋都是用石头垫起来的。

旄马除了四蹄有长毛以外，与另一个世界的马倒没什么区别。旄马这个名字，不仅《山海经》里提到过，据说是记录西周的穆天子巡游的《穆天子传》里，也有这种马。当时的名字叫豪马，以后就寂没无闻。

既然这匹马就出现在自己眼前，从相关的历史来看，他现在所处的时期，应该是介于《山海经》时代和西周穆天子时代之间。可季后的一番话，已经否定了夏朝，那么是商朝？那就更不可能了，商朝的历史他可是很熟，这里却一点影子都看不到。

他想起之前和季后的谈话，感觉黄帝炎帝之类的东西，季后好像也知道，只是态度没有他想的那么虔诚，似乎缺少玄古民族应有的、对已经神话的祖先的崇敬。难道黄帝炎帝之类，不是他们的祖先？……

然后，他又想起自己现在的处境，季后是好人，但是这样一直跟着走下去，什么时候他才会找到郁鸣珂？

旄马突然伸出脖子嘶鸣了一声。一个人从院子外面走了进来。陆离俞抬起沉思的头，感觉院子里暗了下来，因为，他的视线完全被来人遮住了。

陆离俞吓了一跳，不仅是因为来人身材高大，体型超常，而且是因为来人的脸上，只有一只眼睛，现在正圆睁着。"一个夏人……"陆离俞站了起来，手中的石杖一松，掉到了地上。

来人没有理他，直接走了过来，一手推开陆离俞，迈步进了屋子。他一踏进屋子的时候，陆离俞感觉屋子带着自己一起颤抖。

"喂，夏人……"陆离俞叫了一声。

夏人没有理他，在屋子里转了一圈之后，走了出来。走到陆离俞面前，夏人伸手就把他扯起来了拉到院门口。陆离俞想抗议两声，看到夏人脸上一脸狰狞，心想，还是先吃点亏吧。

夏人低下头，雷鸣一般地低声说道："夏启禀，已察，无人。"话音刚落，一个女人的身影出现在了院门口。

"夏启，禹的传人，夏朝的建立者，中国历史世袭制的开创者，就这副样子。"陆离俞听到这个名字，脑子里的存货一下就颠了。身边这个自称夏启的人，哪有一点开创天下的伟岸之气，怎么看都像是一个奴仆。

女人已经走到他的面前，冲他躬了躬身。

看样子，刚才女人一直站在院门外，叫启的夏人就是替她来查看情况的，一切无碍，她就进来了。

女人年纪不大，看上去也就二十出头的样子，柔弱如柳，明媚如花，身边却跟着这么个怪兽一样的东西，"怪兽"对她还特别恭顺。女人一进门，怪兽就把头低下，等到女人走过去，才把头抬了起来。

"打扰了。"女人对陆离俞说。陆离俞注意到，女人的手里拿着一束花。"六年前，我在此地小憩过几日。今日路过，突然想来看看，不知主人可否将就？"

陆离俞心想，有一个"怪兽"跟着，还问什么可否？他赶快说，"你请便。"

女人道谢之后，就抱着花进了屋子。陆离俞迈开步子，想在后面跟着，尽一点二房东的义务。"怪兽"那边，一道狠光从独眼里射了出来。陆离俞只好讪笑着止住了脚步。

从窗口望去，陆离俞能看到女人在屋子里逡巡的身影。屋子不大，女人却流连了很长的时间，好像屋子里的每一个地方，都有让她回味的东西。陆离俞的腿站得都有点发酸了，女人才恋恋不舍地走了出来，手里的花不见了，大概放在屋子里的什么地方了。

陆离俞心想，是不是这个时代的礼节，进了别人的屋子，就要留一束花给主人？

"有件事，想讨教一下。"女人客气地对陆离俞说。

陆离俞赶忙问是什么事。

"六年前，有个男人住在这里，不知道最近有没有回来过？"

"我住进这里，还不到六天。"陆离俞抱歉地回答。

"哦，"女人有点失望，"才六天。这么说来六年之中，就算是他曾经来过，你也一无所知了。"

"他是你什么人？"陆离俞问。

"我唯一想见的人。"女子惆怅地说，"六年前，我们一起住在这里。后来，……就剩下他一人了。现在这么多年过去了，不知道他去了哪里，是不是还记得我。"

这话里的惆怅，陆离俞听得都心酸，一直以来的情怀也被隐隐触动。他想，自己和这个女人一样啊，都找不到自己想找的人。郁鸣珂现在在哪里，他不知道；郁鸣珂现在是什么样子，他也不知道。重生后的郁鸣珂，会不会完全是另一个人呢？那时，就算自己站到她的面前，能不能认出对方，还未可知。到了那时，要说什么做什么，才能让彼此都能恍然：眼前的这个人，才是我此生唯一想见的人……

想到这里，陆离俞赶忙说："你不如在这里待上几天，说不定碰巧，你想见的那个人正好路过此地，也想重温一下旧事。"

"能等下去自然是好，"女人说，"可惜事不由人。今天到这里来，也是偷空，待会儿就得离开。旅人是欲往何方，在这里还能住上几天？"

"打算从此向西，去一个叫砥山的地方。我看你的样子风尘仆仆，应该去过不少地方，知道去砥山的道路吗？"

"听过这个名字，好像是鬼方修行的地方，但从没去过，未知何处。"女人说，"不过，从此往西，恐怕多是恶途，尤其是这段时间。旅人小心。"

"这段时间？"陆离俞忙问，"有何险恶？"

"玄溟首领无支祁，正在攻打周边的地区。你不知道吗？"女子好奇地问。

陆离俞心想，难怪季后不让我出门，看样子外面是挺乱的。玄溟又是什么东西？他想再仔细问，女子却是行色匆匆的样子，看样子也没法细细长谈。

"本欲与君长谈，奈何此地不便久留。"女人看了看一直静默在一边的"怪兽"。"怪兽"点点头，就出了门，大概又是替女人查看动静去了。

女人转过头来，继续说道："临别之际，有一事相求，还望行个方便。"

陆离俞赶忙答应，女人满脸愧意："我在你的屋子里留了一束花，花名熏华。不是给你的，是想转托于你，能否将此花留住几日？如果几日之内，我想见的那个人正好登门，见到此花，定知其中含义。"

陆离俞这才明白，女人为什么会把花留在屋里。

"那时劳烦君为我代言，我已前往朱卷之国，若有相见之念……"女人说到这里，犹豫了片刻。

陆离俞心想，可是两人之间，女方自觉有负心之处？故有此犹豫。

女人叹了口气，继续说："若有相见之念，可往彼处相寻，若无……"

女人沉默不语。

"可是，"陆离俞受不了女人的沉默，赶快想换个话题，"一束已经离根的花，还能存活几时？就算碰巧此人重现，那时能看到的，恐怕不过是一束枯花……"

女人好像明白了陆离俞的意思，赶快说："此花性奇，离枝之后，遇水即存。劳烦旅人每日洒上一二即可。如嫌劳累，也可任其枯尽。此花性烈，枯尽之时，反生奇香。"女人一脸殷切，指望陆离俞无论如何，都能将花留在屋里，陆离俞赶忙答应了。

这时，夏启出现在了门口，又禀告了一声无碍。女人点点头，向陆离俞道了声谢，就匆匆离开了。

等到女人离开，陆离俞进了屋子，顺着香气，找到了那束花。他闻了闻，香气浓烈，令人疯狂，把这样一束花放在屋子里，两个男人估计整晚都会睡不安稳。于是，他拿起花走出屋子，打算把花插进吊在檐下的一个水漏里。

水漏是一个束口平底的陶瓶，专门用来承接从屋顶滑落的雨水。

陆离俞取下陶瓶，晃了晃，有水晃动的声音，大概是剩下的往日积水。他把花插了进去，把陶瓶吊了起来，然后远远地站着，嗅了一下，发现即使隔着很远的地方，香气依然清晰可辨。

天快黑的时候，季后从院子外面进来了，一脸沮丧，看来还是没有问出什么。走到屋檐下的时候，他被一阵浓烈的香气冲了一下，眼睛都睁圆了。

"这是什么？"季后看着陶瓶里的花问。

陆离俞哈哈一笑，慢慢地告诉他刚才发生的事。提到那个女人的时候，季后忍不住又朝陶瓶里的花看了几眼。

等到陆离俞把话讲完，季后叹了口气，说道："此言不虚。这几天，互人商旅都忙着离开此地，据说玄溟的军队已经攻了过来。目的倒不是互人，但是兵锋所及，留下来就是灾难。我们再留两天，还是没有消息的话，估计也只能暂时离开此地，另想办法。"

说到这里，季后看了那束花一眼，这一眼停留的时间有点长。

陆离俞问："玄溟是什么？"

季后忙说："我瀛图之地，大小众部林立。最为大者，共有四部，分居海、荒、泽、河四地。玄溟就是靠海一部，在北；临泽的则是雨师妾部，在东；靠河的是河藏部，在中；最偏远的就是荒月支部，在西。这也是听门师所说，我自己一部都没有去过，究竟如何，也难言其详。"

"我们所在的地方，是靠近哪个部？"

"雨师妾部。不过，离它正式的部土，还有一段路程。"

"玄溟部为什么会攻打雨师妾部？"陆离俞问。

"传闻甚多，这几天一出门就能听到，莫衷一是。最多的一种说法，就是玄溟部的首领无支祁想要迎娶雨师妾部的女洎长宫，遭到拒绝，于是就发兵相挟。不过女洎长宫抵死不允，估计是要恶战到底了。"

"长宫是什么意思？"

"就是雨师妾帝的第一个女儿。"

十

《山海经》里，是有雨师妾这么一个国家。和《山海经》里所有关于国家的记录一样，雨师妾这个国家也只有短短的一句话："雨师妾……一曰在十日北，为人黑身人面，各操一龟。"他之所以会记住这句话，是因为这句话里提到了"十日"。郁鸣珂当时正在研究"十日"，陆离俞替她摘录了大量关于这个传说的文字，关于雨师妾的这句话也在其中。

他记得自己把这段文字抄录给郁鸣珂的时候，还附赠了几句："黑身人面，这不是非洲人吗？《山海经》里怎么会有非洲人？"

郁鸣珂说："黑身不一定是指非洲人。黑有黑色的意思，也有可能是动词，染黑，使之黑的意思。为人黑身人面的意思也有可能是说，雨师妾这个国家的人，替人黑身人面。古人入葬，或许有一种仪式，就是全身裹黑，然后在头部饰以人面。就像古埃及的人，法老下葬的时候，是全身裹白布，然后，头部戴上青铜的面具。"

"勉强说得通。"陆离俞说，"各操一龟，又是什么意思？"

"这也可能是入葬仪式中的一种。"郁鸣珂解释说，"可能雨师妾的人相信，人死之后，要经过一条冥河，才能到达冥界。所以，在死者入葬的时候，会在他身边安放两个龟。龟是两栖动物，能够由陆地进入水中，雨师妾的人也就相信龟能引导陆地上的死者，顺利地穿越冥河，进入冥界，然后等待重生。"

陆离俞不说话了，若有所思地盯着郁鸣珂。郁鸣珂被盯得不好意思，问了一句："怎么，这个解释有问题吗？"

"为什么要放两只龟呢？"

"一阴一阳谓之合，在一个死者的葬仪中，当然得有两只龟了，一个阴，一个阳……"郁鸣珂笑着说，"根据这段文字的记载，雨师妾更像是古埃及人。这也证明了《山海经》所描述的，不太可能是局限在黄河流域的那个远古时期。黄河流域的远古文化中，可能有冥界这个概念，但是没有冥河的概念……"

当郁鸣珂如此自信的时候，陆离俞是没有勇气去表达不同意见的。他赶快转换了一个话题："雨师妾这个名字也很奇怪。《山海经》所涉及的国名当中，这是唯一一个以女性的宗族身份来命名的国家。大部分国家，都是以国民身体的特异之处来命名的，例如穿胸国、拘缨、长胫，或者是以奇术异能为名，例如枭阳国、不死国等等。"

"总得有例外。"郁鸣珂说，"不过，我倒挺喜欢这个名字。名字的背后，可能隐藏着什么传说，可能属于神恋系列，也可能属于人神系列……雨师是一个神，妾是一个神，也可能两者之中，只有雨师是神，妾是人。雨师妾这个国家，就是他们人神恋的结果。一般人神恋的故事都是以哀怨收场的，我估计雨师和他的妾之间，也不会例外。……不过，我也是猜测，到底是什么，恐怕只有身处《山海经》时期，才能明白。"

现在，陆离俞就在这个时期，而且靠近雨师妾这个国家。郁鸣珂把这个国说得这么哀婉，陆离俞不太相信，他总觉得这种解释太女性化了，幻想多于实情，真实的情况，也许就是一个蛮荒气十足的氏族部落。

而且，一想到"黑身人面"这个词，他就失去了一探究竟的兴趣。哪怕有"长宫"这个词罩着都不行，虽然长宫是公主的意思。氏族时期的公主，大概是穿着草裙，手持一根石矛，脸上涂满了矿石颜料，一遇到什么，就又跳又叫……何况还有战争这事闹着。他还是尽快离开这里吧。

要想找到郁鸣珂，活着才有可能。看来，接下来的这段时间，他还得跟着季后。

晚上睡觉的时候，陆离俞发现季后睡得很不安稳，隔一会儿，就会偷偷起身，蹑手蹑脚地走到屋檐下面。这下轮到陆离俞来觑视了。

陆离俞翻了一个身，大声哼了一句："哼，女人！"

季后赶快从屋檐下面溜了回来。

十一

第二天，陆离俞还没醒，季后就出了屋子。他想找个店铺，买点路上要用的东西。市面上看起来倒是很热闹，但却是一种慌乱不堪的热闹，路上都是匆匆忙忙打算逃离的人。

季后走遍了大半个互人城，都没见到一家开张的铺子。他想再走一会儿就回去了，看看那个算是末师的人有没有好透，要是能走的话，今天就动身了。早在听到战事消息的时候，他就想着马上动身，但是末师好像病得不轻，他只好打消了念头。接下来的路，一个病人是受不了的。门师当时的嘱托是一定要把末师带到招摇方，如果死在半途，岂不是有负师嘱？

季后正走着，晃动的人影中，他好像看到了熟人的身影。他慌忙避到一堵墙的后面，仔细查看了一下，没错，这个人就是氐宿。

氐宿走在匆忙逃难的人中，方向刚好相反，别人都是往城外，氐宿是往城里。季后的第一个判断是他发现了自己的藏身之地，但是又觉得事情没有这么凑巧。一路上，自己都非常小心，几乎没有留下任何痕迹，氐宿怎么会找到自己？

他远远地跟在氐宿的后面，期望自己判断错误。但是，氐宿的行走方向却让他不得不相信自己的判断，因为氐宿行走的方向，已经越来越逼近自己的住处。氐宿已经发现了自己和末师藏身的地方？

季后加快了脚步，想要赶在氐宿之前。幸好，这几天四处打听情况，他已经熟悉了自己住处周围的道路。他抄了一条近路，还加快了脚步，等到靠近住处的时候，他发现自己还是晚了一步，氐宿已经到了门口，一步迈了进去。

陆离俞醒来，季后的床空着，大概又出去问路了。陆离俞想，再歇一天，无论如何，今天也得去外面走走。他拿起石杖撑着走路能省点力气。正在这时，他听到门外的旄马一声嘶叫。陆离俞以为季后回来了，便走到门口，顺手把石杖放在门边。

院门里站着一个人，但不是季后。

此人的目光正盯着檐下的插在陶瓶里的花，看到陆离俞动了动嘴，似乎想开口问些什么。

这时，季后的身影匆匆出现在门口。

看到陆离俞，还在门口的季后赶忙大喊了一声："快跑，氐宿。"陆离俞明白了，来人就是一直追杀他的氐宿。

陆离俞马上转身，就觉得脑后一阵劲风……还没迈出一步，人就"哎呀"一声，仆倒在地。

跑到来人身后的季后愣住了。完了，他想。刚才他看见氐宿手一扬，然后是一道寒光，陆离俞就倒在了寒光之下。

季后走过氐宿身旁，走到陆离俞身边。陆离俞俯趴在地上，一动不动。看到这个样子，季后的脑子里只剩下一片空白。他转身走到氐宿面前，盯着他。

"季后兄。"氐宿说，"你们跑得真快！下一步打算去哪儿？"

"招摇方，我箕尾方惨遭灭顶，"季后压住满腔怒火，慢慢说道，"现在只剩下我一人。事非寻常，我得告知宗师，请他定夺。灭我箕尾之人，应该如何处置，也得请他老人家明示。"

"我想也是。"氐宿抬头看了看天色，"天色不早了，季后兄就快点上路吧。我还有一事，不能远送。日后有缘再见。"说着，氐宿看了看季后的身后。

不远的地方，那个人还趴着，四肢摊开，一只手上还抓着一根石杖，石杖上还刻着一条蛇。氐宿以为自己看错了——那人倒下的时候，明明手里什么也没有，现在怎么有根石杖？我刚才看错了？

"若见灵蛇护身，就是此人无疑。"这是青铜面具说的。他说的灵蛇，会不会是指石杖上刻出来的石蛇？

"此人得留下。"氐宿指了指季后身后的陆离俞，刚才自己扔出的叶刃，大概击中了此人。虽然青铜面具说过修行之身并无厉害之处，但是完结得这样干脆，也是有点出乎意料。一片叶刃飞过，鬼方末师就成了尸体？有这样不经杀的末师？……不过，此人手中握着的石杖，又好像符合青铜面具所说的认定是否末师的标志。

他想，就算是具尸体，也得把他带走。此人是与不是，由青铜面具自己去决定。

氐宿打算绕过季后。

氐宿一步刚出，季后跨出一步，就想这样继续挡着。没想到，氐宿被挡住之后，突然停住了脚步，看着季后身后，一脸吃惊。季后也觉奇怪，一扭头，刚才还趴着，死尸一样的陆离俞已经站起身来。

"没事。"陆离俞走了过来，轻轻地推开季后，和氐宿面对面，说话的时候，嘴里还含混不清，"几天前，我就弄明白了一件事，不过一直没告诉你。有这根东西在手，他没法把我带走。"他举了举手上的石杖。

季后好像什么也没听进去，只是吃惊地看着陆离俞。从他跟陆离俞见面的时候开始，从来没有见过陆离俞脸上出现过这样的表情。这种表情让他想起一条蛇，就差咝咝的声音了……

陆离俞的脸上有血。刚才突然摔到地上，陆离俞好像是鼻子先碰了地，鼻孔出血。现在，血还在鼻子下面。陆离俞抹了一把，顺手涂在手上的石杖上……然后，他手里拿着染血的石杖，盯着氐宿，突然嘴巴一张，舌头一努，接着一把亮晶晶的东西出现在舌尖。季后看在眼里，感觉就跟蛇吐蛇信一样。

氐宿心里一惊，那是他刚才扔出去的叶刃，现在到了这个人的嘴里。

这人用嘴接住了我的叶刃。

做了这件事的陆离俞似乎并不高兴自得，脸上的表情反倒像是绝望。他吐出叶刃，开始一直说个不停，像是自言自语："我接住了你的叶刃。你想知道是怎么回事吗？哈，你好像是很想知道？"

"不想。"氐宿摇了摇头。眼前这个人的表情提醒了他，事情有点变化。他袖口一松，两片叶刃落到手上，然后暗暗地退了几步。这个距离，既有利于发力，又能避开对方石杖的挥击。一根石杖，大概只能做到这个吧。

"不过，有人肯定想知道，我可以带你去见他。"氐宿说。这句话的真正目的是分散对方的注意力，顺便可以再后退几步。

空出的距离正好能让陆离俞上前一步。他走上前去，把手中的石杖用力一插。石杖的一端是尖的，能够插到地上，但是很不稳固。陆离俞看到空地上有块石头，捡了起来，蹲在地上，一手扶着石杖，一手举起石头，勤勤恳恳地往地里砸了起来。

陆离俞一边砸，一边愤愤地说起来了，就像受了天大的委屈一样，弄得氐宿和季后一时忘了现在是什么状况，面面相觑起来："整整一个晚上，那条蛇用嘴咬住我的背，一直就没有松开过。我一直就在想，这是做什么呀？后来，我把这根石杖放在后背细细体验了一下。我好像搞明白了蛇咬我的背是什么意思。再后来，我看到房间里有了一条活蛇……我是有智商的人，事情总能搞明白的。"

石杖砸了几下之后，站稳了。陆离俞伸手试了试，然后才松手，站了起来，用手拍了拍手上的土，大声喊道："刚才，我一张嘴就能衔住你的飞刃。不信，你可以再试试。"陆离俞一脸挑衅。

"你只有一张嘴。"氐宿一点也不慌，他的左右手上已有两把叶刃，有什么好慌的。

陆离俞举起了两只手，晃了晃。

"哦，差点忘了，你还有两只手。肯定也是灵敏如嘴了。"氐宿的袖口一松，又有两把叶刃落到了他的左右手上。他左右手一举，四把叶刃发着寒光："我这里有四把。你一张嘴、两只手，能接我三把。剩下的一把，你觉得我应该对准哪个部位？"

陆离俞双手放下，认真地考虑了一下："就三把吧，这样公平！"

氐宿朝后又退了几步，同时扔出四把，没有发力的距离是不行的。他说："那得看你接不接得住。要能接住三把，没办法，只能再送你一把；要是三把都接不住，我就送你一个公平，省下一把。"

"三把都没接住，我还能活吗？"陆离俞笑着说。

话音未落，三把叶刃就离开了氐宿，朝着陆离俞飞来。片刻之后，陆离俞的嘴里、两手，已经各有一把。氐宿毫不迟疑，马上扔出了第四把，就算是陆离俞立刻吐出扔掉，空出两只手、一张嘴，都敌不过这迅疾飞来的第四把……

叶刃急速飞过刚才插到地上的石杖，石杖后面就是陆离俞。

陆离俞好像也没招了，一点动作都没有。

石杖上的那条刻着的蛇，突然脖子一伸，嘴一张，衔住了叶刃。

几乎就在同时，陆离俞嘴一吐，双手一扬，三把叶刃朝着氐宿迅疾地飞了过去，后面还跟着蛇吐出的第四把。陆离俞一点也不担心自己的出击会偏离方向。他有限的动物学知识告诉他，蛇的出击一向是以精准著称。

氐宿彻底震惊了，根本来不及躲避。片刻之后，四把叶刃齐齐插在身上，每一把都是致命的部位。他摇晃了几下，就倒在了地上。

十二

季后冲到氐宿跟前，一刃插了下去。他担心，四把飞刃还不能结果对方的性命。等他松手的时候，他觉得自己这一刃，插得好像有点多余。

氐宿的身上已经插着三把叶刃，还有一把飞过他的脖子。季后一刃之后，氐宿只能无力地躺着，喃喃自语，不断重复两个字"意外"。他一出气，脖子上的血就喷得更快。

"什么意外？"季后本想斥责一番，但是被这话搞糊涂了。

"他不是来找我们的，所以意外。"陆离俞已经走了过来，听了一会儿，好像听明白了。他手中已经拿着石杖，石杖上的蛇又恢复到了石雕的状态。

"那是……"季后还不明白。陆离俞便伸手指了指檐下的花。

季后恍然大悟。氐宿大概是被花的香气吸引到了这里，没想到刚好遇上了他要杀的人。难道他知道花的意思？

"我今早出门，半路上就发现了他，随后发现他朝着我们住的地方走来，我当时还想，他怎么会发现我们，原来……"

陆离俞蹲下来，用一块帛布扎住氐宿脖子上的伤口。氐宿一点道谢的意思都没有，抖动的手指着屋檐："熏华草，谁送来的？"

"你想见的人。"陆离俞说。

"她说过什么？"氐宿继续问。

"她想见你。"陆离俞说。

氐宿眼神发愣，看来死期不远了。他从身上拔下一把叶刃，颤颤巍巍地递向陆离俞。陆离俞接过来，点了点头："放心，一有机会，一定转交。"

氐宿转眼看着季后："箕尾血债，非我所为，另有其人。后兄若想雪仇，请记此言。"

"不是你……那是谁？我想起来了，是一个女人，对吗？"季后本来还有点怜悯，这时只觉得此人无耻到了极点。事情一开始，他就宣称有个女人，先是谎称这个女人杀了门器，杀了疯方，然后还谎称那个女人刺伤了自己……到了这个地步，还死不认账。

氐宿点点头："是一个女人，戴着青铜面具。"

季后气得无语了："死到临头了，还在狡辩，现在又来一个青铜面具！门器师不是你杀的，门余师，还有疯方师以及其他门子，都不是你杀的？"

"门器倒是该杀，疯方不该发疯，鬼方循圣，什么玩意儿？"氐宿说完这几句谜一样的话，眼睛就闭上了。季后气得想要揪起氐宿，但是被陆离俞拦住了。

陆离俞摸了摸氐宿的脖子，简单说了两个字："死了。"

两人在氐宿的尸体旁边静默了片刻。季后站了起来："我们赶紧离开这里吧。今天早上得到一个消息。玄溟的部队刚刚遭受重创，现在四处抓人。互人的商旅已经空了。我们也得抓紧。"

陆离俞答应了。两人匆匆挖了一个坑，把氐宿的尸体扔了进去。

陆离俞想，既然氐宿是被一束花吸引到这里来的，那就把花也扔下去，就算是替他陪葬……他刚想到这里，就发觉自己迟了一步。季后已经走到檐下，取下插着花的陶瓶，走到坑边，举手想要扔进去，犹豫了一下之后，又收起来了。

"这是干吗？"陆离俞问。

"此人虽然酷苛，杀人如芥，但也算是一有情之人。此花乃其故人之情，回归故人，应该是其所愿！"季后喃喃了几句，然后避开陆离俞的目光，陶瓶连花一起装进了包裹。

十三

季后牵着旄马，背着一个包裹，里面主要是他从箕尾方里带走的神位石，也就是供奉太子长琴的神位石，现在又得带上花。季后担心花会枯死，所以连陶瓶一块，他晃了晃陶瓶，里面还有水，也就没再加了。陶瓶和神位石没法放在一起，季后把包裹改成了一个褡裢，搭在肩膀上面。前面是装花的陶瓶，后面是神位石。

陆离俞记得离开箕尾方的时候，季后还拿走了一块卷轴一样的东西。季后打点包裹的时候，他蹲在一旁看着，没看到卷轴。他正想提醒一下季后，是不是丢在什么地方了，能找到的话，最好找出来带上，免得以后后悔今天这么匆忙。但是看着季后神色紧张的样子，觉得自己问什么都是多余。

季后理好包裹，牵着旄马，吆喝一声，走出了院门。陆离俞拿着石杖，跟在后面。

互人已近空城。出了城之后，连神色仓皇的路人也看不到了，除了在他们前面的不远处，不紧不慢地走着的一队人。可能就是季后所说的，正在离开的一队商旅。

"现在该怎么走？"陆离俞问。

"跟着前面那队。"

"他们知道路？去你说的砥山方的路？"

"不清楚，不过，跟着他们至少能知道下一步可以歇脚的地方在哪里。"

陆离俞心想，也对，商旅走南闯北，熟悉地理人居。即使是史前时期，大概也不例外。外人看似险恶的道路，在他们归里，其实就是一条隐僻的通途。

考古的证据表明，最早进入北美大陆的不是哥伦布，而是四处寻找财路的商人。从现有的各种证据来看，商人进出北美大陆的次数，已经远远超出人们原来的估计，开始的年代，也远远超出了人们的预期。考古学家得出的结论是：在北美大陆和欧亚大陆之间，一直存在着一条隐秘的商业通道，它的历史甚至可以上溯到史前时期，但是，这条道路的具体行进路线，只有某个商人团体知道……

陆离俞的畅想被季后打断了。他问陆离俞："你口接叶刃的本领哪里学来的？还有那条蛇是怎么回事？"这个问题，让陆离俞重新意识到现在的处境。

陆离俞告诉了他是怎么回事。在山洞的时候，一个女人告诉他，他的身后有条蛇，洞里还藏着一条蛇。关于藏着的蛇，女人还讲了一句话，他印象深刻："它吃得太饱了。"

后来睡着的时候，他感觉有条蛇咬住了后背。此后，他一直在想，蛇干吗咬住自己的后背？他要找到答案，只能靠石杖。因为季后告诉过他，幻器为具。季后觉得他在挠痒，其实是他一直想复现当晚蛇咬他背的情景。

"终于，有一天，我的智商告诉我，那条蛇不是在咬我，它是在吸我的血。"

"不过，对这个发现，我并不满意。"陆离俞接着说，"后来我又很困惑。吸了一个晚上，我的血应该干了吧，那我还能活吗？但我为什么一直活着？虽然病得要死。然后，我想起那个女人讲过的一句话，另外一条蛇吃得太饱了，我这才真正明白，那天晚上其实有两条蛇咬过我的后背。

"一条蛇咬我，吸完了我的血；另外一条蛇咬我，则把身上的血全部捐给了我，现在我身上再也没有人的血了。"陆离俞举起手，看了看手上的血管，"都是蛇血。"

"我现在的身体已经灵敏如蛇，不知道这是鬼方的什么异术？"他转过头去，询问的眼神看着季后。

"我鬼方好像没这么一种邪术。"季后听得两眼发直，喃喃地说。

"哦，"陆离俞有点失望，"总之，那条蛇已经与我合为一体了。"

"所以，你才会不停地吐出白涎？"

"是的，我的身体能接受蛇的血，但是接受不了蛇的毒，只好一口一口地吐掉。我吐出的都是蛇的毒液……这是哪门的法术？还真是能折腾呢。"

"可是，石杖上的蛇？……"

"怎么活过来了，是吧？很简单，我把身上的蛇血涂在它上面就行了。"陆离俞说，"发现这一点，是有天晚上，我看到一条蛇在屋子里爬，爬向睡得正香的你。我就把它引过来，等它朝我冲来的时候，我举起石杖想要抵挡一下。石杖举到我眼前的时候，我突然发现石杖上的蛇没了。下面的事，还用我多说吗？后来我想了一下，那天睡觉前我流了一点血，然后把血涂在了石杖上面，石雕上的蛇就成了活的蛇……现在清楚了？"

"血一干就不行了，看，又成石头了。"陆离俞发现季后的注意力不在自己的话上，"你在想氐宿死前的话？"

季后叹了口气，没有否认。

陆离俞问："人之将死，其言也真。现在想想，氐宿所说可能是实情。你想想看，你箕尾一门，惨遭灭门，是你亲眼所见？"

"没有。"季后说，一路上，他都在仔细回忆，结果发现了一个他忽略的事实。他从没有看见氐宿杀过一个人，只是听门余推断。门余推断说，氐宿杀掉了门器和疯方，然后，他和门余关在密室里，听到咚咚的声音，那时，也是门余告诉他，氐宿正在大开杀戒。重新回到箕尾方，看到门余已经是一具尸体。谁杀的，他也未能亲眼目睹。难道真是如氏宿所言，另有其人，一个戴着青铜面具的女人？

陆离俞说道："氏宿临死之前，特意告诉你这个，我觉得不是为了洗清自己，而是另有担心。他大概是担心你为了复仇，会找上那个女人。"

"哪个女人？"季后一时没明白过来。

"熏华草。"陆离俞提醒他，"他担心你会去找那个送来熏华草的女人。"

"哦。"季后点了点头。

"你和氏宿相处那么久，没听他提到过什么女人吗？我觉得他和那个女人之间，感情很深。"

"好像提到过，说他有个妹妹，但是多年未见。熏华草，恐怕就是了。"

"哦。"陆离俞想起怀抱熏华草女人的样子，然后又问，"氏宿死前那句话，什么门器该杀之类，是什么意思？你们鬼方有什么内情？"

季后狠狠地看着他。

陆离俞尴尬地一笑："如果你是我鬼方的末师，自当明白，无须我多言。哈哈，听你说了这么多遍，我都会背了。不过呢，恕我多言，就算我非你鬼方之人，听了这话之后，也不得不想：你们鬼方，的确是有些隐事密情……"

第四章

一

此后几天，季后、陆离俞一直跟在那队商旅的后面。他们是徒步而行，成一纵列，身上都穿着罩头盖脚的长袍，远远看去，就像一条扭动的长黑线。这条长黑线移动得不紧不慢，但是和两人之间，却始终保持着一段不远不近的距离。

陆离俞厚着脸皮，一身舒坦地骑在旄马上面，石杖就横放在前面。他觉得自己亲手除掉了氐宿，论理应该有骑在马上的待遇。季后拖着一双腿，在后跟着，肩上背着包裹，包裹头露出那束花。

"你也上来吧，"陆离俞虚情假意地劝道，"这匹马的体力好，上两个人应该没问题。"

季后虽然疲乏，但一想到两个大男人挤在一匹马上就觉得别扭，不管陆离俞怎么劝，他的回答都是摇摇头。

陆离俞松了一口气，说："是你自己不想上来，我就没办法了。"

听到这句话，季后真想回他一句："我不想上去，你可以下来啊。"

陆离俞骑在马上，看着前面商旅慢慢前行的背影。他想跟近一点，看看究竟，跟商旅套套近乎，顺便聊聊，就用腿夹了夹马腹，想让旄马跑得快一点。没想到，一夹马腹，旄马的反应只是摇了摇头，甩了甩脖子，步子不仅没变快，反而在原地站住了。接下来，就像定住了一样，陆离俞怎么踢，怎么吼，怎么哄，它都没反应。

"喂，季后。"陆离俞招呼跟在后面的季后，"你去折根树枝，狠狠地抽这畜生几下。"

"抽它干吗？"

"我想走快点，赶上前面那队，跟他们聊会儿。"

"不用了。"季后懒懒地说，"就这样走吧，太快了我跟不上。"他伸手拍了拍马的屁股，"吁，走。"那匹马抖了抖脖子上的毛，这才开始迈起步子来。步子跟刚才一样，不紧不慢。

"它好像就听你的话。"陆离俞尴尬地一笑。

虽然不知道那队商旅是些什么人，不过，跟在后面走，似乎的确是一个非常安全的选择。几天下来，一路坦荡无阻，既没有遇到传言里让人担惊受怕的溃兵，也没有嗅到一丝战火的气息。一到傍晚降临的时候，这队商旅总会找到适合落脚的地方，或是一座破败的房子里面，或是一个隐蔽的山坳里……

不过，一路走来，陆离俞还是觉得有点异样：除了前面那队商旅之外，他和季后没有遇到过其他任何一个人。陆离俞还想着，能多认识几个玄荒时期的人类，多聊聊这里的事情。季后是个深山修行的方士，除了鬼方的事情，其他的也说不出多少，仅有的一点存货，陆离俞三下两下就问了个精光。要想知道更多，只能找找其他人了。但这一路，走到现在，陆离俞连个活物都没看到。

陆离俞心想：这队商旅走的这条路，到底有多偏僻啊？

一到停歇下来，这群商旅就围成一团，中间不知什么时候已经燃起了一堆火。

等到商旅一停下来，在离商旅还有一段距离的地方，季后就会拉住马，叫陆离俞下马，然后找个地方坐下来。两人生吃了点干粮，喝了点水。几天下来，都是这样，陆离俞有点受不了了。他们带的水所剩不多了，两人一路都得省着喝。陆离俞想跟前面的商旅要点，但是每次都被季后拦住了。陆离俞看着季后口干舌燥的样子，心想，德行，你就死撑吧。

水的问题，暂时可以放在一边，有就行了。老吃冷的干粮，陆离俞可受不了。他想弄点火出来，吃点热的。很小的时候，他就知道，原始社会是钻木取火的。以前学考古专业，在博物馆实习的时候，他专门研究过氏族时期。其中的一个任务就是制作模拟场景，有一个就是钻木取火。有了这么一段经历，钻木取火的操作，他基本都清楚，现在正好试试。

他从周围找了一块干燥的原木，然后拿起氏宿交给他的那把叶刃，削了根硬的树枝，去皮，削尖一段，又在原木上钻个小坑，把削尖的树枝插上，两手合着树枝，开始搓了起来，直搓得两臂酸痛，两眼发直……

"这是干什么？"季后看了半天，终于忍不住了。

"弄点火啊，我们吃点热的。"陆离俞热情地说，"来，帮我一把。我已经弄得差不多了，你再来几下，就成了。"

"哦，是这样啊。"季后打了个哈欠，躺了下去，"你自己慢慢弄吧。弄好了，记得叫我一声，我就盼着能吃点热的。"

陆离俞一脸不放弃的表情，又搓了半天，直到累得再也动不了了，才扔掉树枝，骂了句："Fuck！一点都不灵啊。"一计不成，又生一计，陆离俞望着前面商旅围着的火，他拿起树枝，站了起来。刚一迈步，衣服就被季后扯住了。

"不能去。"季后简短地说。

"为什么？"陆离俞搞不明白了。他坐了下来，季后松开了手。

"商旅在外，都不喜欢别人去借火。"季后解释说，"商旅携带的火种，是从最早那代传下来的。商旅能否顺利，就靠它来保佑了。他们相信佑神就在火里，须得小心守护，一旦分火给外人，佑神就会怒其不忠，然后弃他们而去。"

陆离俞听得半信半疑："有这样的佑神，够小气的。"

季后脸上的表情很坚决。陆离俞只好放弃了，躺到冰冷的地上。一会儿之后，他忍受不了地面透上来的寒气，翻起身来，朝商旅那边看去。

100 那堆火真是有什么奇特的魔力。冲着火堆，这帮人围坐成一圈一动不动。看样子，是想坐上整整一晚。那堆火远远看去，不太像一般的火焰，焰色有点奇怪，清冷泛蓝，又带点莹白，不知道是不是距离太远的缘故。要是走近去看看……

陆离俞正想着，季后突然在他背后敲了一下。

"别敲啊，真是的。睡了，马上就睡了。"陆离俞无奈地躺了下来，被什么东西硌了一下。他赶快把那个东西拿起来，是石杖。他放到一边，心想，这东西有灵啊，每次都要硌我一下才会舒心。

"我们就这样跟着，跟到什么时候？"陆离俞问。

"快了，应该走到头了。"季后说。

"最好这样。"陆离俞说，"再走几天，粮也绝了，水也尽了。我倒没什么，就是你带的那束花，可能要倒霉了。渴得要命的时候，只能喝陶瓶里的水了，水一喝完，养了那么久的花可能就得枯死了……"说到这里，陆离俞就支持不住，睡过去了。

季后被提醒了。他解开包裹，拿起陶瓶晃了晃，里面有水晃动的声音。一路上他都很小心，束缩的瓶口也能防止外溅，所以一路颠簸，陶瓶里的水看来没少多少，估计再支撑个一两天应该没问题。他把陶瓶放在远一点的地方，避免自己翻身会碰到瓶子。

入睡之前，季后使劲闻了一下花香，脑子里浮现出一个模糊的影子，就是氐宿妹妹的影子。陆离俞跟他描述过带着熏华草的女人的模样。为了挑逗他的胃口，陆离俞描述的部分中夸张多于写实。

小方士听完之后，好不容易才控制住了自己的方寸所在，给了一个含义不明的回话："哦，是这样一个人啊。"

此刻，季后沉醉在花香里，想到的却是氐宿临死前的眼神。

自己和氐宿毕竟有过一段同门之谊，看到他死的样子，自然也有难受之处。另外，虽然此人善恶难辨，箕尾方的血案是否真如其所说另有其人还很难说，而且，人既然死了，就算他被确认为我箕尾方罪人，又能怎样，难道能把他的尸体从土里刨出来，再杀一次？反倒是氐宿死前所托，自己应该尽力完成。氐宿死前尚在担心，若被误为凶残，就会累及姊妹，足见其人天良尚存，箕尾方血案或许的确非其初衷，而是有人逼迫………

想到此，季后也是睡意昏沉。

半夜时分，好像来了一阵夜风一样，原来直立的陶瓶突然倒了下来。花枝散乱在瓶口，瓶里的水流了出来，好像源源不断一样。如果季后醒着，肯定会吃惊，因为一个一手就可以握起的瓶里，怎么可能流出那么多的水，更让他吃惊的也许会是下面的事情——流到松软地面上的水，就像流动在一张帛布上一样，一滴都没有渗到土里……季后和陆离俞都睡熟了，所以更不可能看到接下来的一幕：从瓶口流出的水，慢慢凝聚上升……一个女人的形状，慢慢出现了。

等到女人完全成型，她站起身来，轻柔地伸展舞动了一下身体，就像要甩掉身上最后一些没有化尽的水滴一样。但实际效果却刚好相反，那些残存在地面上的水流，反而像遇到了磁铁的铁屑一样，离地而起，化成女人头上的一缕云鬓，女人眼

101

里的一丝莹润，女人袍服上的一线折痕……

等到一切停当，女人移步走到熟睡的两个男人跟前，目光停留在陆离俞的衣服上。

陆离俞身上还穿着那件法衣，不是他喜欢，而是实在没什么其他的可穿。和氏宿搏命的时候，法衣上染了几滴血，他嫌法衣上的血迹太污，所以在离开互人的时候，他就把法衣洗了洗，幸亏血迹不多，几下就洗干净了。

女人盯着法衣看了很长的时间，然后蹲下伸手，从陆离俞的身边取过一样东西，就是那个石杖。她举起石杖，用手顺着摸了几回。每摸一回，石杖就缩小一号。几回之后，石杖大小就如一根钗子。女人把钗子插入发髻，还特意用手按了按。

她又转身走到季后的包裹旁边蹲下，掏出一直装在包裹里的神位石，然后如法炮制，很大的神位石缩小到就如环佩。她一张嘴，把它含了进去。

那群围火而坐的商旅吸引了她的注意，她转身，朝着那里走去。

围火而坐的商旅背对着陆离俞这边，所有的注意力似乎都集中到了火上，似乎一点也没注意到，有个女人朝他们这里移动。

女人移动的脚步轻柔无痕，几步之后，就来到了这些人的后面，她伸出手，按到了离她最近的一个人的头上……

二

第二天，陆离俞醒来的时候，那队商旅已经出发了，还是出现在不远不近的地方。陆离俞起身，习惯地伸出手去摸石杖，一阵摸索之后，突然叫了一声："糟糕，没了。"

叫声惊醒了季后。季后赶忙问："什么没了？花没了，水没了，还是连瓶一起没了？"说着，季后一翻身，连忙朝昨晚放陶瓶的地方爬去，瓶在，花在，他晃了晃里面，水还在。

"我说的是石杖没了。"陆离俞看着季后慌乱的样子，慢慢地说。

"哦，"季后的表情是松了一口气，"那是麻烦，以后遇到有人扔出四把叶刃，你就只能干挨一把了。"话一说完，他的目光投向自己的包裹，觉得包裹的样子有点异样，昨晚入睡之前，还是鼓鼓囊囊的，现在怎么瘪了下去。他站起身来，跑到包裹那里一摸，脸色大变："糟糕，没了。"

"你也没了？你有什么会没了？学我说话，好玩啊？"陆离俞一脸恼怒，看着季后。季后拎起包裹，抖了抖，什么也没掉出来。陆离俞明白了，神位石也没了。

两人四处搜寻起来，忙乎了一阵之后，还是两手空空。

季后叹了口气，眼神黯然地说道："丢了大宗师的神位石，见到宗师，真不知道怎么交代。"看到季后如此惨然，陆离俞只好放下自己的损失，劝了几句。

季后看了看前面那队商旅，已经有走出自己视线的样子，只好站了起来，牵过旄马说："可能是昨天丢在什么地方了。回去找也不是办法，说不定会遇上什么倒霉的事。还是先跟上前面的商旅要紧，不然的话，今天晚上还不知道哪里可以落脚。"

陆离俞点点头，站了起来，一低头，又叫了起来："哎呀，怪事！"

"又出了什么怪事？"季后忙问。

陆离俞指着自己的衣服："这里怎么有摊血？我记得在互人的时候，我已经洗干净了。一路上都没打打杀杀，怎么血又出来了？"

季后走过来仔细查看了一下，的确有了一摊血："是你自己弄的吧？"

"没事我弄摊血干吗？"陆离俞没好气地说。

季后不说话了，抓起陆离俞的手，举到陆离俞的眼前，叫他自己看："是你自己弄的吧？"

陆离俞看到自己的一根手指上有个割伤的口子："什么时候弄的？一点印象都没有。"

一路上缺水少粮，这摊血是去不掉了。这还是小事，这摊血肯定是别人弄的。万一弄出这摊血的人，真正的目的是想要他的命呢？

会是谁呢？不太可能是季后，难道是那群商旅，用这种方式警告跟在后面的人，别跟了？

陆离俞把自己的推测告诉了季后。季后懒得理他，指着马背让陆离俞上去。陆离俞摇了摇头。季后不明究竟："今天不骑了？"

陆离俞说，自己想走走，丢了唯一可以依靠的神器，法衣又被污了，沮丧的心情一时还难以摆脱，还不如走走。

走过昨夜商旅坐的地方，陆离俞停了下来，仔细查看了一下。他以前都没怎么留意，今天因为法衣有血的缘故，对商旅的一切多了一份警惕。这一查看，真是觉得很惊奇。

商旅待过的那块地上，他没有看到任何灰烬。火是怎么来的？难道真像季后所说，他看到的只是火种？

有一个坐人的地方好像有一团没晒干的水迹。他正看着，季后也发现了水迹。季后走过去，蹲在地上，手指抠了一点带水迹的泥土，放进干得冒泡的嘴里……

"你这是干吗？"陆离俞叫道，"我们有水……"他以为季后渴得受不了了，所以沾点水的东西，都要往自己嘴里塞。

季后没理他，皱着眉头品了一会儿，一口吐到地上，眉头皱了起来，说了一句："咸的。"他站起身来，心事重重地朝四周望着。

陆离俞问他怎么回事，他也懒得搭理，只是看了看前面的商旅，说："走吧，再不走就跟不上了。"

接下来的两天，都是这样。陆离俞看着不远不近的商旅的身影，心想，这队商旅也是克制，我们一直跟在后面，他们怎么一点反应也没有，也不派个人来聊两句？难道，这也是商旅出外的规矩，在到达目的地之前，绝不和其他的路人接触？还有不解之处，是让他持续至今的：这么多天走下来，除了前面那队商旅，他再也没有见过其他的人。这事也太怪了，这条路到底有多偏僻？

103

两天内，路过商旅曾坐过的地方时，陆离俞一点探究的兴趣都没有了，反倒是季后变得婆妈起来，总要留在那里，看上一会儿，拈起一点湿土往嘴里送，嚼嚼……

"你是怎么找到这么一队人的？"陆离俞问，用手指着前面那队商旅，他们就快要走出两个人的视线了。

"不是我找的。"季后吐出嘴里的泥，说，"找到这队人的，是它。"季后指了指陆离俞胯下的旄马。

听季后这样一说，陆离俞跳下马，把马拉住，仔细看了看，然后问季后："这匹马选了谁，我们就得跟着谁？"

"要想逃脱兵难，找到砥山方，这马选了谁，我们就得跟着谁。这是最好的选择。"

"有什么道理？"

"商旅在外，肯定万分小心，不近危墙，不履薄冰，何况是兵火循难之地。你看，我们这一路走得多顺，什么坏事都没遇到。"

"那砥山方呢，跟着他们也能到？"

"这个就很难说，不过，如果不跟着他们，我们可能早就在死人之列了。"

"那真得谢谢这畜生了。"陆离俞冲着旄马鞠了一个躬。旄马仰了仰脖子，摇了摇尾巴，一副受之无愧的样子。陆离俞直起身来，拍了拍马背："我一直就想问你一个问题，这匹马是你从哪里找来的？"

"一时半会儿也说不清。"季后看了看空荡荡的马鞍，"你是不是不想骑了？你不想骑的话，我就上了。"还没等陆离俞回话，季后就纵身上了马，甩了陆离俞几步。陆离俞赶忙跟了上去。他觉得季后是不想再让他东问西问了。

三

到了晚上，商旅停了下来。季后远远地停住了马，陆离俞跟在后面走了半天，也累得够呛，随便找了块地就躺下了。睡到半夜，突然被季后推醒了。

"做什么？"陆离俞很不高兴地问。

季后没说话，朝前面努了努嘴。陆离俞顺着努嘴的方向看去，不远处，就是商旅围坐的地方。一看之下，觉得有些异样，但也说不清异样在什么地方。他回过头来，询问地看着季后。

"又少了一个。"季后说。他这样一说，提醒了陆离俞，围在火堆旁的人，比起昨天晚上显得更加稀少。他脑子里一直没有注意到的变得清晰起来，几天来，商旅的人一直在减少。

"好像不止一个？"陆离俞说。

"每天都会少一个，我一直数着。每天早上，天一亮，他们的人就会少一个。"季后说着，眉头皱了起来。

104　　陆离俞听得有点害怕，又不好意思在季后面前露怯，只好故作轻松："你真沉得住气，现在才说。这帮人也真沉得住气，自己人少了一个，一点也不声张。我们跟在他们后面，这么长的时间，人每天都在少，他们真是一点动静都没有，每天都跟上了定时发条……哦，你肯定不懂发条是什么意思。"

季后看了他一眼："我以前还不怎么相信，现在完全相信了，你的确不是我鬼方中人。"

"多大的发现哦。"陆离俞做了个夸张的表情，"知道就好了，知根知底，以后大家也好相处。"

"我的意思是，因为你不是我鬼方中人，所以你才会以为那里坐着的都是人，一路走来，没有半点疑心。"季后笑着说。

"不是人，那是什么？"陆离俞心一颤，腿一抖。他有个答案，不过他来自一个科学昌明的世界，不太相信这种事情，答案就在他心里，就是不敢说出口。

"我说了你也不信。我们一起过去看看就知道了。"说着，季后站起身来，朝着那堆人走了过去。陆离俞心里害怕，但是更觉好奇，也跟在后面。这段日子，一直跟在这队人的后面，他的好奇心已经到了极点，每次想看个究竟，都被季后拦住了，现在能看个究竟，再大的风险他也能挺着。

两人走到那堆人的后面，几步路的距离。坐在火堆前的人还是一动不动，好像被中心的火摄走了心魂，一点也没注意到周围的动静。陆离俞反而止住了脚步。越靠近这些人，他越能体会到慑人的氛围。季后也停住了脚步。陆离俞心想，怎么回事，难道你也怕了？季后把他往旁边一推，说道："你退远一点。待会儿，我做什么，你别作声；发生什么，你也别怕。有我在这里，你不用害怕。"

陆离俞退后了几步。只见季后全身直立，伸手解开脑后的发髻，一下就成了摇滚歌手的长发造型。陆离俞心想，要是来阵风，配点强光，社会叛逆的感觉就更到位了。

季后从身上抽出那把他一直随身携带的木削。从离开箕尾方之日起，木削就一直佩在他身上。陆离俞曾经好奇地问过木削的来历，季后开始都是用如你是我鬼方末师之类的话来搪塞，后来纠缠不过，就简短地回了一句："若木削。"

熟读《山海经》的陆离俞自然知道若木是什么了。《山海经·荒月支北经》："荒月支之中，有衡石山、九阴山、洞野之山，上有赤树、青叶、赤华，名曰若木。"据经文，若木木色为赤。现在季后就拿着一柄赤削，屏息直立了一会儿，然后他迈开左脚，开始舞起来。

在参与考古学系的一次田野调查的时候，陆离俞曾经看到武当山的道士玩过类似的舞步。

武当道士把这种违反人类行走顺序的舞步叫作禹步，据说源自大禹。大禹治水，日夜操劳，导致右腿偏瘫，所以每次走路的时候，都是左腿拖着右腿前行。后来就发展成为道家的驱邪降魔的"禹步"。

禹步的行走顺序，据武当道士讲，是按照二十八星宿的位置以及运转来设计。因为二十八星宿的运转是每日都不一样，所以行走的顺序也得因日而异。

陆离俞听罢，问了一个问题："这样走一圈，有效吗？"

道士的回答是："没效。"

陆离俞笑着说："大师倒是实诚。"

道士回答说："不是实诚，是没削在手。"

问要什么削，答案是若木削。陆离俞当时以为是道士的托词，现在看来，玄荒时期，还真有此灵物。

季后走完了禹步，突然半蹲下来，手臂平直，与削一体，直指商旅，然后，他慢慢地站起身来，削上像有千钧重物一样，起身的过程中，削身连同手臂一起颤动。

陆离俞看到围火而坐的几个人，慢慢地站起身来，动作、节奏竟然和季后的动作完全一致。等到几个人完全立定的时候，季后猛地一个转身，持削的手绕了一个半圆。随着这个动作，那些人也猛地转过身来……

陆离俞虽然有所准备，但还是吓得不轻。他看到了几张僵硬的死尸一样的脸……

他刚想发问，眼前发生的一切却让他来不及开口。从僵尸的袍服上面，开始渗出液体状的东西——水。几乎就在瞬间，快得连眨眼的时间都没有，僵尸就像加热融化的冰块，全部变成了水。陆离俞感觉自己听到了水向下轻微流动的声音，等到陆离俞从水流声里摆脱出来，他的眼前已经没有了僵尸的身影。原来僵尸站立的地方，只剩下几摊还留在地面上的水渍。

陆离俞想起一个场景，季后抓起这样的泥土，往嘴里塞……这时，他才发现，季后也随之消失了，只剩下一团离地孤悬几尺的萤火，清冷、莹白。

陆离俞心里一阵恐慌：如果季后也化成水了，留下他一个人，那可糟了。石杖没了，能依靠的难道就剩下那匹马了吗？说不定旄马也化成水了呢？他赶快四处看了一下，还好旄马还在。

他觉得旄马也够怪异的。别的马走了一天，都得吃点什么，喝点什么，这匹旄马好像从没这么做过。不骑它的时候，就算是站在草丛窝里，也没见它埋头去嚼一下。上次想喂它一把，它的反应是理也不理。

想到这里，他自己也不知道哪根筋搭错了，突然拿出氐宿交给他的叶刃，走到旄马跟前，狠狠地刺了它一下……

旄马一点反应都没有，刺进去的部位没有一丝血迹。从刃上传出的感觉很特别，就像刺进一张硬壳的纸一样。他拔出叶刃，好像还能听到纸的切口刮着刃面的声音。

一进一出之间，旄马和善的眼里，没有一丝疼痛的惊慌，眼神依旧沉静，只透出一丝疑惑，好像在问他：你在做什么？

"你在做什么？"有人在背后问他。陆离俞转过身，季后站在他身后，手里还拿着若木削。

他的身上到处都是泥，脸上也有划破的痕迹，摇滚英雄的长发里面，现在多了几根残枝败叶。看样子，他刚才提着木削，追着什么东西跑了一大圈。

四

"你在做什么？"陆离俞回问了一句，"那队僵尸是怎么回事？"

"我弄来的。"季后收起了若木削，"你记得不？我曾说过，要找到砥山方，靠人是不行了，只能靠它们了，可惜现在它们也没了。"他叹了一口气，把木削插回到腰间。

陆离俞想问得详细一点，但是又担心得到的还是若你是我鬼方末师之类的搪塞，一阵犹豫。

幸好季后开了口就不想停了："虽然还不确定你是不是我鬼方末师，但这件事，告诉你也没关系。当初大宗师太子长琴创立神鬼天地四方，每一方的设置也如其名，神方设置为神道，鬼方设置为鬼道，天方设置为天道，地方设置为地道。神道者，意为神方修行之所，乃是神之经行之地；天道者，意为天方修行之所，为通天经行之地；地道者，意为地方修行之地，为入地经行之地；我鬼方所设则为鬼道，乃尸鬼之行经之道。

"我鬼方四方，连同宗师所在之招摇方，都是尸鬼必经之道。所以，人找不到的去处，尸鬼却能，只要寻出一队尸鬼，跟在后面，不要说砥山方，就连招摇方，也可以追随而至。

"还有一个好处。"季后继续说，"一路走来，靠这群尸鬼，我们都能免除战事的侵袭。平常的一条路，人走就是人间道，尸鬼一走，就是尸鬼道……走在尸鬼道上，绝无一点人间烟火，遑论人间战火。"

"哦，我明白了，"陆离俞说，"难怪你不让我生火。"

"生也生不着。"

陆离俞有点半信半疑，不过想起那队商旅转身之后的模样，还有当着他的面变成了一片水渍的场景，觉得自己不信都不行。正在这时，他注意到周围出现了异动，就是有了种种杂音，是这一路都没听到过的。其中有一种声音，听起来特别凶险难测，来自他们所处的这个山坳之外，好像兵刃交加、群兽嘶吼、人声惨叫……

"这是战争的声音。"季后解释说，"出了这个山坳，就是雨师妾与玄溟交战的战场。双方夜战正急。我们一路走来，所经之处，其实都是战事靡集之地。能够安然至今，靠的就是这批尸鬼引道，走了一条尸鬼道。"

"那你是怎么找到僵尸的？"陆离俞问。

季后招了招手，旄马身体一偏一颠地走了过来。以前膘肥体壮的一匹，现在感觉风一吹就倒，这都拜陆离俞一刃所赐。旄马一走到季后身边，就把头靠了过去，哀嚎了两声，含冤的眼神直射向陆离俞，好像在责问：为什么刺我？我出了这么多力，你还刺我，有没有良心？

季后拍了拍马头："我以前也跟你说过，我鬼方有器合辟厉四门。器则幻器为具。这匹马不是真马，而是我以器幻化所成，专为寻尸所用。此马既然幻化而成，则有邪魅之气，同气相引，所以有寻鬼之能，凡马难比。"

"你幻出此马，用的是什么神器？"陆离俞问，避开了旄马责难的眼神。

"你见过的——那个卷轴。"

"哦。"陆离俞想起来了。当初逃离箕尾山的时候，季后取下神位石，还揭开神位石下面的木板，取出了一个卷轴。当时，他没来得及问，后来也没见季后拿出来过，所以也没机会问。季后清理包裹的时候，他没发现卷轴的影子，心里还想，肯定是弄丢了，更不好意思去问。原来，这东西早就变成了旄马，陪着自己走了这么久。

"卷轴乃是宗师鬼厉子所赐的一件神方器物。门余、门器两位门师受命执掌箕尾方的时候，宗师知道此去寥落，特意以此神器相赠。箕尾方知道此一神器的，除了门器、门余两位门师之外，就只有我季后一人了。离开箕尾的时候，我特意带上了它。"

"本来还可以再用它一次，可惜，被你一刃给坏了，什么用场也派不上了。"说完，季后叫了一声"敕诀"。陆离俞眼前的那匹马开始慢慢变扁，扁成一张帛，在夜风里飘了起来。季后把它接住，招呼陆离俞过来一看。帛布上有一匹画出的旄马。刚才陆离俞刺中的部位，现在变成了帛上的一个割痕。

季后折好帛，塞进自己的袖口。

"不能再画一张吗？"陆离俞建议道。

季后摇了摇头："要画此马，需丹穴黑砂、言山明帛，还得从渊之水调和……我现在什么都没有，怎么弄？就算有了这些东西，没有宗师的神明贯注，估计也是徒劳。"说到这里，季后看了一眼陆离俞。陆离俞自觉理亏，一时之间，也不敢乱搭话。

停了一会儿，陆离俞问道："每天死掉的人，何止千万，怎么我们眼前只有这么几个？其他的呢，走在这条鬼道上的其他尸鬼呢，在哪里？"

"就在你身边呢，成千上万的尸鬼，正从你身边经过。你想看吗？我念一个鬼方秘诀，你想看多少就有多少。"

"不用了。"陆离俞赶忙拒绝。

季后哈哈一笑，说："你还当真了。别以为那队僵尸是你我看到的。能看到那队僵尸的，只有你刺中的旄马。它能看到多少，我们就能看到多少。现在它没了，走过你身边的僵尸再多，你我也是一无所知。"

"那就好。"陆离俞实在不敢想象自己走在一堆死尸里的感觉，尽管他看美剧《行尸走肉》的时候，那种群尸密布，游走街头的场面，总是让他看得津津有味。

季后走到僵尸消失的地方，陆离俞跟了过来。季后伸手取过那团飘浮的火，托在手上。

陆离俞好像又回到了山洞里那一刻，那时，也有一个女人，这样托起了一团火。

"这团火是怎么回事？"

"天下火术，无非出自厌火国，这就是门器师传授的定火之术。此火一出，群鬼皆息。"季后说，"如果不用此火将尸鬼定住，他们就会没日没夜地走下去。

你我凡身肉躯，哪里受得了这个？所以，一到夜间，就得用此火定住他们。等到天明，此火自会消歇，你我也歇息完毕，尸鬼移步，我们正好追随。"

"我真没见你是怎么玩出火来的，能不能再玩一次？"

"此等神术，岂是游戏之类，说玩就玩？"季后冷眼斥道，然后接着说，"我跟随门器师多年，受教良多。可惜，我连杀他的人是谁都不知道。本以为是氐宿，现在看来，的确可能是另有其人。"

季后看着留在僵尸消失的地面上的水渍："我门师曾言，只有一妖能化身成水。所以每到满月之时，我箕尾方都得兴法，以避此妖。我一直以为真有其事，但是，门器师临死之时，又言此言不真，乃是为避法衣被窃，故作此言，以保法衣无失。现在看来，门器师以为假的，其实是真。这个化身成水的妖，其实的确存在。"

"这妖是谁？"

"寄身海中的一个妖物，名曰女盐。我箕尾方往日作法，都是假托欲镇此妖。没想到因假成真，此妖年年被我箕尾方镇住。直到今年，我箕尾方的辟邪符图被破，此女妖因此得以乘潮上岸，为害人间。"

"女妖上岸，那你箕尾方的众人，是不是皆为这个女妖所杀？"

"不是，杀我箕尾方众人的应该是另有其人。鬼怪伤人，不可能有刃器的痕迹。鬼怪杀人，皆依其术，哪有借助人间刃器的道理？"

"你都注意到了。"季后的手轻轻向下划了一下，那团飘浮在他掌上的灯火也开始下划，停在离地一掌的距离，清冷的灯光照出了清晰的水渍，"这摊水渍，就是女盐所为。女盐来自海中，所以她能用来化解人身、尸身的水，肯定也是海水。你可以拈起一点水渍过的泥土试试，里面有海水的咸味。"

陆离俞这才恍然大悟，难怪季后会把泥土塞进嘴，原来是这个原因。

"我箕尾方众人，皆有刃伤，肯定都死于一人之手。这人肯定也是坏我箕尾方密符，引渡女盐上岸之人。"

"自我们离开箕尾方开始，这个女妖一直就跟在我们后面。每过一个晚上，她就会化掉一个僵尸。今天被我发现之后，干脆来了个全套，把所有剩下的僵尸都化了。"季后苦笑了一声，就像对面就站着一个任性的女妖一样。

"那她现在在哪里？"

陆离俞的心情并没有因为季后的表情变得放松。从季后嘴里说出来的变幻莫测的女妖，比起山洞里的那个女人来更叫他害怕。山洞里的那个女人，感觉就像一个机灵善变的少女，有一点整人的心眼，但是多半是出于娱乐，害人之心是看不出来。而季后说的这个妖，片刻之间，就能把他面前狰狞的僵尸化成海水。

季后摇了摇头："我刚才绕着周围跑了一圈，都没发现这妖的踪影，大概她有什么隐形之术。要破隐形之术，须得我鬼门的辟术。我只学了器门，就算知道此妖真的能隐形，我也无能为力。"

"这妖为什么跟着我们？"陆离俞好奇地问，"想害我们？为什么不早动手？趁我们睡觉的时候，一点防备都没有，为什么不趁此机会，把我们化成两摊水？"

"我估计，她不害我们的原因，也就是她跟着我们的目的。没达到目的之前，她应该不会害我们。要么就是想跟着我们去找一个人；要么，就是已经找到了这个人，现在就跟在这个人的后面。"说到这里，季后看了陆离俞一眼。

"又是我。"陆离俞笑着说，"我在那个世界可没这么受人待见，那里都是我找别人，但是别人连个上门的机会都不给。到了这个世界，感觉还真不一样。"

"不是找你。"季后一句话就破了陆离俞的自我陶醉。他指着陆离俞身上的法衣，慢慢地说："要找的是这件法衣真正的主人。门师说过，这件法衣属于我箕尾方末师。既然你不是，那么这末师肯定另有其人。女妖应该是想顺着法衣找到我箕尾方的末师。"

"为什么呢？"陆离俞问。

"以前有个人好像知道，他跟我提起过，海里的女妖和我箕尾方的末师之间，好像有过什么。可惜，当时我叫他不要乱说，现在，也没机会请教了。"说到这里，季后朝着插花的陶瓶看了一眼。陆离俞想，这个人肯定是氐宿了，不然，他怎么会想起去看花瓶？

季后看了看陶瓶，眼神就再也拔不出来了。

"你说的这个人是不是氐宿？"陆离俞提醒他。

季后好像没听见一样，继续盯着陶瓶发呆。陆离俞再问他，他突然站了起来，朝着陶瓶走去。一边走，一边抽出了木削。社会叛逆、长发摇滚的形象，又在陆离俞眼前出现了，搞得他也紧张起来。

他很想问问又怎么了，怎么跟一个陶瓶斗起气来？但是就在一瞬间，他突然想起，陶瓶里的水好像从来就没干过……

他从来没见人换过里面的水。他自然是没有，季后也没有，因为每次摇晃陶瓶的时候，里面好像都没空过。他们都以为对方已经添过水了，所以，那里面的水还是熏华女人求他照顾花时陶瓶里的那点水。

想到这里，陆离俞觉得事情已经清晰得不需要结论了，挂在檐下的陶瓶就是海盐女妖栖身之处，他们带着装了女妖的陶瓶走了一路。

那团萤火跟着季后，季后走到陶瓶面前，摆了一个造型。

陆离俞看过一部日本电影《浪客削心》，据说还是日本电影史上票房最高的电影。里面的主演，一个洗剪吹，身材精悍瘦小。每次出大招的时候，都会摆出类似的造型。这个造型应该取自速滑运动员起跑的姿势，加上一点变化。上身前伸下压，压得很低，几乎贴近地面；持削的手，也跟起跑的速滑选手一样，是向后伸出，胳膊伸得更直更斜；另一只手，则屈肘，悬摆在下压的下巴下面。

陆离俞不知道这种造型有何攻击效力，不过，现场画面倒是因此显得冲击感十足。

等季后一削挥出的时候，陆离俞甚至指望着能听到立体混响效果的碎裂声，伴着高速镜头特写，水珠呈凝结状的运动过程。结果呢，真让他失望。

干巴巴的噼啪两声，陶瓶不是被劈开，而是被砸开。只有一个完全干透了的陶瓶被砸烂的时候，才会发出这样的声音。里面的水早就干了，花刚才还是鲜艳滋润，现在立刻萎败如同枯草。正如那个女人所言，枯萎之时，香气浓烈，站在远处的陆离俞都能闻到。

"跑了。"季后被花香熏了一下，好不容易才站住了。

他朝四处看了看，现在已近黎明，周围的一切开始显出轮廓，要想找出女妖藏身之所已经不可能了。那团萤火这时显得微弱不堪，闪了几下之后，就消失了。

五

"接下来该怎么办?"陆离俞问。现在的情况让他很着急。有僵尸带路，他们还可以避开一路的战事纷扰，而且还能找到鬼方的修行地。

虽然，他不是很盼望找到宗师，但是，有一个目标，哪怕是别人强塞给自己的目标，都要好过没有任何目标。现在这个处境，目标就像是归属，给他属于这个世界的存在感。突然间，这个目标变得虚无缥缈起来……因为僵尸没了，没有避开战事的方法，也没有到达目的地的途径。

更糟糕的是，又多出一个叫女盐的女妖。女妖还看上了他身上的法衣，估计一时半会儿是不想离开他了，他却连她在哪里都不知道。

"不能留在这个山坳里，等到战事消停吗?"陆离俞提了个建议。

季后想了想说："暂时留一个晚上也可以，明天一早就不可能了，还是继续往前走吧。刚才我跑了一圈。我们现在所在的位置，是一条连接通道的山坳，通道两边都是山。穿过这个山坳，走到通道的尽头就是战场。估计双方都注意到了这条通道，战事一消停，占上风的一方肯定会派人占住这条通道。如果是敌方逃兵想要通过，可以截杀;如果是敌方援军，可以阻击。我们待在这里，迟早会被发现。"

"你还挺懂这方面的。"陆离俞满心敬佩。

季后打了个哈欠："不过是鬼方所学之一，算不上有多懂。"

"不能回头避避?"

"我们的来路是和这条通道相连的，估计早就被其中一方截断了，向前向后区别都不大。"

陆离俞突然想起身上的法衣。当初，靠着法衣从箕尾山的山洞一下就到了箕尾方的一间密室。现在是不是可以如法炮制? 他对这一点不是太有把握。这几天，他的身上一直就穿着法衣，好像什么法力都没有，女盐不是一直就跟着? 一件连祛邪的功能都没有的法衣，应该是彻底失效了吧。

"这件法衣呢，不能用吗?"陆离俞提示季后，心想季后也许能找到什么办法，让法衣法力重现。

"不能了。我这几天不是没想过这事。自从发现僵尸少了一个开始，我就想着能不能用法衣镇住。我记得法衣是要染血的，所以，你睡着的时候，我就在你衣服上涂了一点血。第二天早上一数，僵尸还是少了一个……血染法衣这招已经没什么效果了。"

"那摊血原来是你弄的啊!"陆离俞恍然大悟。

"当然是我，不仅是你的，我的血也试过。都没效果，僵尸还是一天少一个。

我开始也不知道怎么回事，后来我仔细回想了一下我箕尾方镇邪仪式的整个过程，这才发现法衣的功效，其实来自门师的火浣之术。其他的染血之类，都是遮眼之术，用来迷惑外道的。

"至于火浣之术究竟如何，只有门余、门器师懂得其中门道。我等已被障眼，难知其详。如果依样画葫芦，只是白白烧了法衣，但却不能让法衣完好如初。"

说到这里，季后突然想起什么，开始自言自语起来："法衣好歹也是我箕尾方末师的法物，明天要是毁在战火之中，岂不可惜？"

陆离俞怕他再说下去，就会说出叫你脱下衣服之类的。他身上就这一件衣服了，季后手上也没多余的，那不就得光着了。

幸亏季后脑子没往那边转，只是说："算了，现在，我们抓紧时间休息一会儿吧，累了一个晚上了，明天什么样，也只有等天明才知道了。"季后说完就睡了。

陆离俞睡不着，战事的喧嚣越来越清晰。他很想顺着那条通道走到头，看看战事发生的场景，不过，他的人生信条是，觉得危险的事，能拖多久就算多久，现在还不是放弃这个信条的时候。

到了好奇心实在强烈难以克制的时候，他站起身来，走到空阔的地方。那是可以一眼看到周围山顶的地方。他朝着战事喧嚣的地方眺望，眺望的视线被高耸的山峰遮挡。这时，他发现两侧的山顶上出现了寥落的火光。开始时不多，后来越来越多，布满了两侧的山顶，然后突然一起熄掉。

根据他有限的军事学知识，他有了一个判断：两边的山顶上，已经有了两支伏兵。他们伏击的对象，就是明天会从这个通道经过的军队。他估计埋下伏兵的应该是战事处于上风的一方，处于下风的一方是没有余力想到这个的。就不知道处于上风的是哪一方，雨师妾部，还是玄溟部。

六

天亮的时候，季后和陆离俞分吃了最后一顿干粮，分喝了最后一点水。

季后站起身来，顺风听了听山坳后面的动静，然后问陆离俞："你听到了没有？"

陆离俞点点头："听到了，还在打。"

"好像一方已经弱了下来。"季后说，然后回过头来，对着陆离俞，"一旦进了战场，生死皆不由己。你我若能自救，全身为上；若能相救，莫忘出一援手。"季后神色庄重，像是在发誓一样。

陆离俞笑了一下："这话应该是我对你说的。相处这么久，你也应该知道，我自救尚且不能，遑论出手相救。我只求你，自救之余，能顺便解脱一下我的危难。你千万记得，我现在能做的只有一件事，就是同时接住三把叶刃。战场上的叶刃，同时飞来的，应该不止这个数……"

他这么一说，季后也觉得自己说得可笑："我也不用多说了。一声珍重还是应该的，接下来的情况危急，有些话还是该说到前面。"

"这个我同意。"陆离俞点点头，"珍重……"他觉得这个告别的场面太沉重了，就想开个玩笑缓解一下，"现在，你应该知道，我不是你要找的什么末师了吧？"

"这个本来应该是由宗师来决定的……不过，你的确不是我鬼门末师。"

陆离俞哈哈一笑，就从自己怀里掏出一件东西，递给了季后。

季后接过一看，是氐宿交给陆离俞的叶刃。

"你会找到她的，"陆离俞说，"我不能。"

季后点点头，把叶刃放进自己的怀里，放在一起的，还有昨晚枯掉的那束花，然后，他的眼神落到了陆离俞身上。

陆离俞心想，到这个地步了，他还惦记着自己身上的法衣，大概觉得这是鬼方圣物，不能落入他人之手。想到这里，陆离俞不禁面作难色："这个……还是我穿着吧，身上实在没有多余的了。好像现在也没什么法力了……"

季后没说话，拿起叶刃突然抓起陆离俞的手，在上面飞快地划了一下。陆离俞还来不及冒火，季后就在划口上抹了一把，然后又在陆离俞的法衣上抹了一把。法衣上有了一块血迹。

陆离俞看着血迹，这时才明白了季后的用意。

"你说过，你身上的血都是蛇血，避妖不灵，避人也许正好。别弄坏了，这可是我鬼方法物，以后记得还我。"季后在身上擦了擦带血的手，说，"走吧。"

他们一前一后，顺着一条狭窄的山道走出了山坳。

刚出坳口，眼前的一切还没看清，数以千计的石矢就朝着他们飞来。陆离俞心想，这也太准时了吧，我们刚走出来呢。

接下来，他才明白，石矢不是冲着他们的，而是冲着一支正在溃逃的部队。

溃逃的部队想沿着通道逃往山坳，后面的飞矢就追赶而来。

溃兵像潮水，一下把两个人裹挟进去，接着，埋伏在山顶的伏兵也开始万弩齐发……

陆离俞被溃兵挤得气都喘不过来。片刻之后，他一抬头，已经看不到季后的身影了。他身边都是狂喊乱叫、血污斑驳、面目狰狞的史前士卒。

第五章

一

陆离俞被发往新疆 S 监狱，一个月之后，G 局的小李得到了陆离俞越狱的消息。

那时，神秘信号事件也已草草收场。

自从陆离俞被捕之后，为了追查这个信号，陆离俞安装了信号发送软件的电脑在原地保持不动，始终处在开机状态。三个监控人员三班倒监视着电脑的屏幕，期待上面会出现什么异动的迹象。他们守候了一个月的时间，一无所获。

监控人员已经疲惫不堪了，但是 G 局领导的计划是坚持。他们相信一句话，不要在黎明来临之前跌倒，再坚持一段时间，奇迹就会出现。监控人员只好死心塌地地重回原来的位置，开始了一模一样的工作。心里已经没有大干一场的激情，脑子里想的就只有一件事：什么时候才能结束？

结束的时刻终于来了，一个不知来源的病毒突然发作，整个系统立刻崩溃，那个能够发送信号的软件再也无法修复。

这个病毒来得蹊跷。监控人员是得到过严格的指令，除了打开那个软件之外，他们不能用这台电脑做其他的任何事情，包括网络连接。除此之外，有可能引起网络连接的工具，如手机、平板、笔记本，以及其他的电脑，一律都不允许进入现场。

这台电脑处在绝对断网的状态。

这样做的目的，就是担心网络一旦开通，就会有不知名的病毒进入，毁掉整个系统。

千防万防，电脑的操作系统还是毁于不知从何而起的病毒。

G 局的电子工程师彻底检测了电脑，得出了一个结论：这一病毒不是外来的，是很早就被设置在发射电子信号的程序里面。它是一个定时病毒，到了设定的时间就会发作。即使没有外部网络连接，只要电脑的程序处在运转的状态，它就会发作，然后毁掉整个系统。

毁坏的程度极其严重，能够发射信号的程序已经无法复原。

G 局的推断是：病毒的设置者，只能被认定是陆离俞。因为事件的整个过程中，陆离俞是目前能够发现的，唯一的真实存在的人。总不能说，是子虚乌有的郁鸣珂吧？

小李的推断：这个病毒是谁设置的，结论不要下得太早。如果是陆离俞，会有一个说不通的地方——陆离俞为什么要设置这个病毒，目的是什么？既然陆离俞的目的只是想被抓住，然后被送往新疆的 S 监狱，那么，设置一个毁掉整个程序的病毒，会不会显得多此一举？

如果不是陆离俞，那么，就意味着陆离俞之外，还另外有人！陆离俞知不知道这个人？知不知道这个人干的这件事？

他觉得顺着这个线索，还可以再查下去。最好能得到上级的允许，他能前往新疆的 S 监狱，就这一问题，对陆离俞再次进行审讯。

小李就把自己的设想向 G 局的领导做了汇报。领导听完之后，说了一句话，毁掉了小李的满腔热情。

"陆离俞已经越狱了。"

"越狱了？"小李有点不敢相信自己的耳朵，"他才进去多久……那座监狱的警戒水平到底有多差？"

"跟监狱方面好像没什么关系，监狱方面对他一直就是重点看护。怪就怪在这里，即使这样监护，这个人还是在一夜之内，突然蒸发了，一点痕迹都没有。

"公安部门已经向全国各地都发出了通缉令，包括所有的旅店、酒店、陆路、水路、空港等等。互联网时代，几分钟之内，各地的公安部门就能收到通缉令。但是，从通缉令发出到现在，大概又有一个多月的时间，没有任何消息。公安的通缉有一个黄金时间段，一般是一个星期。过了这个时段，基本上可以说，这个人已经失去了踪迹，即使还在世上，可能也找不到了。"

小李的心凉了一截，心想既然这样，这件事大概也只能这样了，作为人类历史上的又一个未解之谜。以后闲得没事的时候，可以去天涯的灵异事件调查圈里发发帖，让广大网友有个操练键盘的题材。

他正想站起身来，却被领导叫住了。

领导脸上一副这事还有得商量的表情，不过，最好只有我们两个人知道。

"有一个人，你可以去调查一下，说不定能查出点什么。"领导说着递过来一份材料。

材料的第一页上，有一个人的照片。

"是这个人啊。"小李叫了一声。

"你认识？"

"这不就是替陆离俞辩护的律师吗？"

"对，就是这个人。你如果注意一下陆离俞在法庭上的表现，就可以发现他的态度有一个变化。虽然很微妙，但是不容忽略。陆离俞在受审期间，除了我局的人员、公安部门的人员之外，唯一接触过的人就是这个律师。我推断，陆离俞的态度变化，应该是和这个律师有点什么关系。"

小李拿起材料，翻看了一下，上面提到了律师的名字——刘鼎铭，还有他任职的律师事务所的名字——天鼎律师事务所。材料的内容很简单，大概是从哪个人事部门转过来的。从这些材料上，看不出什么特别的地方。

"有一个情况。"领导说，"这里没有提到。这个律师业余生活好像还很有档次。他是一个民间科学组织的成员。公安部门曾经怀疑这个组织会不会是伪装的神秘团体，几次调查之后，发现这个组织就是一个很普通的民间团体，只是对某些神秘事件有着特殊的兴趣。"

二

天鼎律师事务所看起来并不起眼，尽管它位于城市的中心地带，但是它却能把自己隐藏得很好。小李问了好几个人，才终于在一个摇摇欲坠的旧楼层看到一个挂着的木简——天鼎律师事务所。他看了看楼道上的公司分布牌，然后爬上了三楼，这幢楼连个电梯都没有。

在三楼通道的尽头，一个两隔间的办公室里，律师刘鼎铭接待了他。

小李说明来意之后，刘鼎铭摇了摇头。他开诚布公地说，自己与那个叫陆离俞的人，除了公事接触之外，并没有其他的接触。为陆离俞辩护这件事也不是他个人的意愿，而是一次抽签的结果。

本市的律师成立了一个公益性的法律援助协会，专门为无法支付律师费用的人提供援助，免费代理法律方面的各种事务，包括免费应对诉讼等等。这种事情不是人人都愿意去做的，所以每遇到尽义务的时候，都会采用抽签的办法。

陆离俞的案子就是这样到了他的手里。对这件案子，他已经尽到了一个律师应尽的职责，其他的，他就无可奉告了。

小李早就知道会有这么一番推托。他并不着急，从自己的公文包里拿出一张照片，递到刘鼎铭的面前："刘律师认得这个吗？"照片上是一幢楼房，楼房前的那块木简很显眼。

刘鼎铭看了一眼，然后说："认识。这幢楼原来叫海洋工程研究二所，里面发生过一件谋杀案。我代理的那个案子的嫌犯就是陆离俞，法院最终判定他是凶犯。你来这里的目的，是想重查这个案子？"

"这个不重要。我们经过调查发现，你跟这幢房子有联系。"

"什么联系？"

"这幢建筑原来属于海洋工程研究二所。后来研究所改制，由军工改为民用，成为从事商业船只设计和修建的一家集团公司。由于经营不善，这家公司不得不出让一批集体资产，以换取生产资金。这幢大楼就在出让的范围内。

"购买它的是一个房地产商人。但在买下这个房产之后，商人突然自杀了，据说是投资股票破产。此后，几经转手，这幢房产就归到了死者钱小莉和王旭的名下。"

说到这里，小李又拿出了几张复印的材料："我们调查过了所有的房产转移记录，结果发现，每一次房产的转让所涉及的法律事务，都是由你们这个律师事务所负责的。这几份材料上，都有你的签名。你同这个房产的关系如此之深，能说一下原因吗？"

"巧合吧。"刘鼎铭想要辩解一下，"我擅长的业务范围，就是集体资产的转让。这样的律师在我市好像没有几个。这还是客气的说法。实际上，能知道这里面的相关法律手续，打通所有相关渠道的人，大概只有我一个吧。"

"你在为陆离俞做辩护的时候，知道这个房产是涉案地点吗？"

刘鼎铭没说话，看着小李，大概在推测眼前的这个人水到底有多深。看了好一会儿，才开口说道："事前不知道，事后才明了。我的代理人犯下凶案的地方，竟然是我参与过的一幢房产。这又是一个巧合，不过，这不能成为我退出的理由。我觉得也没必要。"他看了看小李，"你不会觉得我和这桩凶杀案有什么联系吧？你可不要忘了，我是律师，光凭猜测是不能让我信服的，证据才能说明一切。你的证据呢？"

"现在还没有。"小李笑着收起了材料，"不过，刘律师看了这些东西之后，现在应该会更合作一点吧。"

"那是应该的。"刘鼎铭热情起来，还给小李泡了一杯茶。

"有件事你大概不知道。"小李说，"你所代理的那个犯人，就是叫陆离俞的，现在已经从监狱里逃脱了。说逃脱好像还不太准确，逃脱还有踪迹可循，他是连一点踪迹都没有。我们现在正在找他。具体原因就不方便透露了，找你就是希望你能提供一点线索。"

"我能提供什么线索？他要越狱的时候，也没通知我。"

"我们想知道，在诉讼期间，你和他交谈过什么。希望你毫无保留地告诉我们你们交谈的内容，我们期望能从你们交谈的内容里，找到一些线索。"小李说着，掏出了一个笔记本，做出一副认真倾听的样子。

刘鼎铭想了想说："我们交谈的主要内容是围绕着他和这个案子有关联的。这些内容都出现在我所拟的辩护词里，待会儿，可以复印一份给你。你回去慢慢看看。"

"好的。"小李表示感谢，"那么，辩护的内容之外，有没有什么特别的内容？"

"辩护词的内容之外嘛，让我想想。"刘鼎铭认真地想了想，然后说，"有一个交谈的主题，涉及他说的一个理论。我觉得很奇怪，他为什么会相信这种东西。这个理论听上去像是妄想，所以我的辩护词里，就没有采纳。不过，我觉得他好像是真的很相信这种东西，每次我去见他，他都会同我讨论一遍。"

"平行世界吗？"小李问。

刘鼎铭吃惊地看着他："你也知道这个！这个东西，他跟我讨论了很久。我听他的意思，大概是说，真的有这么一个世界，而且他所爱的人现在就到了那个世界，所以，他会尽一切可能去那个世界寻找她，包括被送进监狱。"

"他有没有详细谈过这个理论？比如，他在什么时候接触到了这个理论？他对这个理论的基本理解是什么？还有，就算存在着这样一个世界，他能到达那里的方法是什么？"

"这个倒没有。"刘鼎铭说，"我感觉，他对这个理论的理解大概只有一个名字。具体的东西，大概超出了他的学识范围，虽然他讲了很多，但是我感觉都像是

117

胡诌。”

　　说到这里，两个人陷入了沉默。

　　“刘律师，你自己呢，对这个理论，刘律师有什么理解？”小李问。

　　刘鼎铭不信任地看着他，说：“我先要搞清楚一件事，你是来调查我的呢，还是作为朋友来交流的？”

　　“有区别吗？”小李说。

　　“有，如果你是来调查我的，请出示正式的公文，我会配合的。”

　　“那作为朋友交流呢？”

　　“我也会配合的。不过，配合的方式不太一样。这样吧。”刘鼎铭站起身来，“我就当你是朋友了，关于平行世界这个问题，知道得最透彻的并不是我，而是我认识的一个人。你要有兴趣的话，约个时间，地点还是我这里，我们一起聊聊。”

三

　　几天之后，小李又来到了刘鼎铭的办公室。

　　刘鼎铭之外，里面还有另外一个人，看上去像是一个民间科普人士。小李知道这种人都有异能，能够把阴阳八卦和相对论扯到一起，并且能证明西方的一切，早就出现在老祖宗的著作里了。

　　刘鼎铭给两人做了介绍，民间科普人士叫吴博夏。吴博夏告诉小李：他最喜欢别人叫他虚博生。这是他给自己取的一个名号，有古意，从别人嘴里出来，能帮助他超脱世俗。小李笑着答应了。

　　寒暄了几句之后，虚博生就开讲了，主题就是关于平行世界。

　　他拿出一块木板，对小李说：“理论方面的东西，一一讲来，太复杂了，我估计你也听不明白。

　　“爱因斯坦提出相对论的时候，也遇到过这种情况，很多人会去问他，相对论到底是什么意思。爱因斯坦的解决办法是通过比喻。他说，想象一下，两种情况。第一，你和一个陌生人坐在火炉边，坐上十分钟。第二，你和你所爱的人坐上十分钟。是不是一回事？不是，前面那种情况，你会觉得十分钟很长，后面那种情况，你会觉得时间很短。一个比喻，就能告诉我们。时间因此就不是固定的，而是相对的。

　　“这就是一个解释复杂理论最好的办法。比喻，直接就能让一般的人知其然，而省略了费力费神的所以然。一般人的兴趣其实也就仅仅停留在这个层次，知其然就够了。我今天对你，大概也只能做到这一步了。”他的目光充满了诱导。小李感觉自己碰到了一个能包治百病的膏药大师。

　　虚博生把木板放到小李面前：“你看到的是一块木板，但你可能没有想过，一块木板实际上是一个时间和空间的结合体。它存在于时间之中，也占有空间。运用一下逆向思维，既然一块木板是一个时空结合体，那么，反过来，你也可以把一个时空结合体想象成一块木板。

"两个平行的世界也就等于是在这块木板的两面，分别画上的两幅画。"虚博生拿起笔，在木板上画了起来，一面是一条鱼，另一面是一个装满水的鱼缸，"这样，就出现了两个世界，一个鱼的世界，一个水缸的世界。它们虽然各自不同，但是它们都存在于同一个时空结合体上，平行地分居在时空结合体的两个平行面上。这样讲，你明白了吗？"

小李不得不赞赏这种比喻的方式，抛弃掉了繁杂的数学论证，将结论直观地展示在自己面前。但他觉得自己还有一个疑问需要解决："既然是两个平行的世界，那么它们应该没有相遇的一天。两条平行的线无论怎样延长，都不可能交会。两个平行的世界，应该也是如此吧？"

"你那是几何学的理解方式。我们理解这个，最好用物理学的方式。你想一下，当这块木板突然发生了一个物理上的变化，比如变成了一块玻璃的时候，情况会怎样？"

说到这里，虚博生将手按在木板的上方，离木板有一定的距离，刚好能将木板从小李的视线里遮去，然后，他的手沿着木板的位置，悬空移动了一遍。

小李吃惊地看到，那块手下的木板，慢慢变成了一块玻璃。

"你先别管这个。"虚博生看出了小李的惊异，他把玻璃举起，平举在小李的眼前，"你看当时空结合体变成透明的时候，会出现什么情况？装满水的鱼缸和鱼是不是形成了一个叠影，看上去像不像两个世界交会了？"

小李点点头，那块变化出来的玻璃上，一面的鱼，和另一面的玻璃缸，好像真的重合在了一起。

"你再想想，如果这种透明的玻璃又发生了变化，变得像时空本身一样虚无缥缈，情况又会怎样？"说到这里，虚博生将玻璃横放下来，两手端着，举到自己的嘴边，冲着那块玻璃吹了一口气。

更让小李觉得不可思议的事情发生了：那块玻璃像空气一样消失了，玻璃一面的鱼掉进了玻璃另一面的鱼缸里。接下来还有更神奇的一幕：砰的一声，一个水里有鱼的鱼缸，出现在虚博生的手里。

"两个世界就这样交会了。"虚博生端着鱼缸，"鱼缸里有鱼，鱼在游。"

小李转过头看着刘鼎铭："刘律师，这人是个魔法师？"

"什么魔法师，"刘鼎铭见怪不惊地说，"其实是个没有事业单位编制的魔术师。杂技团改制，他被刷了下来，整天靠些小魔术去蒙人骗点生活费。要是魔法师，应该改变世界，怎么会连杂技团的几个猪头都应付不了？"

"是的，我就是个玩魔术的江湖艺人。"虚博生点头承认，一点都不在意刘鼎铭的奚落，"我玩的这种魔术叫作无障魔术。比别的魔术神奇的地方在于，别人的魔术都是要借助某种遮掩，我就不用了。两只手就行。"说完，他把玻璃缸举了起来，放到一个更安全的位置，然后对刘鼎铭说："这个就送给你了。"

"你刚才看到的都是魔术，"虚博生转过头来，对小李说，"不过是为了让你理解一下什么叫作平行世界的交会。我们一般都没有意识到时空是一个实体。我们总感觉那是看不见、摸不着的东西，所以就很难相信，时空是一种实体的存在。

"和任何实体一样，时空既能成为某些东西的依附，也会成为某些东西之间的阻隔。而且，和任何实体一样，时空其实有存在，也会有消失。

　　"一旦消失之后，依附于这个时空实体的两个世界，就合成为一个同一的世界。"

　　"我还有一个疑问，"小李说，"时空这种实体，在什么情况下会消失呢？"

　　"可能是法力强大的某个咒语，某个部落延续至今的一件法器，或者是伟大神灵的一根骨头。"魔法师一本正经地说，一点也看不出是在开玩笑，"我这样讲，你肯定不会相信。

　　"科学的解释是，时空的消失，可能有两种情况。

　　"一种是时空自身的衰老，导致它实体状态的结束，就像一棵树一样，迟早会变成一无所有的东西。还有一种可能，是来自一种加速的运作，产生脱离。

　　"还是以木板为例。两个画面之所以会和一块木板保持依附关系，原因很多，其中有一种原因，是它们和木板都保持着同样的速度。现在你想象一下，如果，时空这种实体，也就是这块木板的速度，突然超过了依附在它之上的两个世界的速度，后果会怎样？"

　　他目光真诚地看着小李。

　　小李说出了自己也不敢相信的话："它会从两个依附于它的世界之间消失，原来被它阻隔的两个世界就此重合在一起。"说完之后，他的脸色一片惨白。他觉得自己已经越来越接近于一个人的精神状态了，就是那个叫陆离俞的人。他有点担心，自己会不会挣脱不出来？

　　虚博生赶紧安慰他："据我所知，到目前为止，这样的事情只存在于理论假设，真实发生的概率很小，至少，在你的有生之年，不会出现。"

　　"除非，你想亲眼目睹。"一直坐在一旁的刘鼎铭开口了。他半天没有说话，突然冒出这么一句。虚博生和小李都把目光转向他。刘鼎铭的目光盯着虚博生送给他的鱼缸，刚才那句话，好像是对鱼缸里的鱼说的。

　　"也就是说，它会发生，对吗？"小李松了一口气，感觉就像逃过了一场灾难。他听过不少类似神奇的预测，但是从没有哪一次的体验会像今天这样，给他一种压迫的感觉。他想，这大概是因为就他所遇到的事情而言，这种事件已经不是概率，而是真实发生过的一个事件。陆离俞大概就是这样消失的。

　　"任何概率都有可能成为现实。"虚博生说，"但是，可怕的不是概率，而是有人在寻找这种概率成为现实的办法。

　　"举个例子而言，就像一个赌场。任何赌场都会有一个最小的概率，就是能够得到最大一笔奖金的概率。这个概率本身是不可怕的，可怕的是，为了把这个概率变成现实，人们去做的一系列的事。

　　"我记得美国有一个案子，报纸上登过。一个男人进赌场之前，把自己的老婆杀了，因为有人告诉她，只有杀了他老婆，他才有可能中到大奖。所以说，可怕的不是概率，而是导致这些概率变为现实的各种方法。"

120　　"这个好像没法类比，"小李说，"赌场上中大奖的概率会有人相信吗？不过，在这件事上，会有人为了这个……"小李有点没把握了，心想，即使神秘团体人士恐怕也不会相信这个。神秘团体人士更愿意相信具有实体感的东西，一个耶稣的神像，或者一尊观音菩萨的瓷像……一个完全构建在尖端物理学理论上的东西，用来蛊惑人心，再神秘团体的人士也会缺乏自信。

时空消失，谁会相信这个？

"我还是用赌场上的例子来提醒你。"虚博生说，"赌场上有哪些人会相信这个概率是有可能成为现实的呢？而且是坚定不移地相信？大概只有一种人，亲身经历过这个概率成为现实的人。别人是疯狂，他们是确信。我刚才讲的那个例子，还有个尾巴，那个杀掉他老婆的人，就是曾经中过一次大奖的人。"

"你是说，有人经历过两个世界会合这样的事情？"小李问，"什么时候？哪里？"

"这个我可说不清。"虚博生露出高深莫测的神情，"不过，你想想看，我们流传至今的文明，到底是从何而来的。为什么有些事情，从我们的文化遗存里，就是找不到源头？它好像是突然出现，然后突然消失了一样。这是不是可以说，这是两个世界交会之后产生的遗存？然后，在接下来的发展中，成为我们文明开始前的混杂不清的部分？"

小李听得很耳熟："有一个人好像讲过类似的话。"

"谁？刘律师的那个代理人？"虚博生说着，看了一下刘鼎铭。

刘鼎铭目光离开鱼缸，点了点头。

"这人现在在哪里？"虚博生饶有兴趣地问，"我想跟他聊聊。"

小李还没开口，刘鼎铭就代他回答了一句："已经失踪了。"

四

陆离俞前面，那群溃兵齐齐倒下，刚好挡住了第一批射来的石矢。几支剩下的石矢朝着他的面门飞来，他口一张，居然接住了一支，剩下的几支就攥在两只手上。

"这功夫还在啊。"陆离俞心想。还没来得及庆幸，后面的溃兵又如潮水一般涌来。陆离俞感觉自己就像进了人肉堆里。奇怪的是，每一具冲向他的肉体，和他之间，似乎都有一个一指宽的缝隙，冲向他的肉体，都会沿着缝隙的一侧滑了过去……缝隙看上去好像充满了透明状的什么液体。他伸出手指去拈了一下，手指上有一层冰冷的液体。

他的脑子里想起一条在草丛中滑行的蛇，蛇的身上就有一层薄膜一样的黏液……染血的法衣生效了，我又成了一条蛇了。

陆离俞浑身一哆嗦。为了摆脱这一想法带来的恐惧和厌恶，他开始全力冲刺，迎着刚刚扑上来的又一批溃兵。这批溃兵的人数大概有数千人之多。以前的溃兵可以说像是一堵堵的墙，现在这批溃兵就是一团裹在狂风里的沙阵，还没冲进通道，自己就先纠结起来。

121

陆离俞迎头冲了过去……

停下脚步之后，陆离俞发现自己已经置身在一个开阔地带，周围是一大堆倒下的尸体。他的身后，则是正在相互刺杀的士卒。这次冲刺，他直接冲过了交战地带，进入到了一个缓冲地带。他以前也曾经涉猎过一些介绍古代战争的书，知道在缓冲地带的后面，应该是作战一方的指挥中心和预备部队。

他抬眼望去。不远的地方，有几个人正对着他，朝着这边探望。再后面，就是一片空阔。他预想中的指挥中心和预备部队，不知道藏在什么地方。

那批人当中，有两个人是骑在马上，其他几个人则侍立在一旁。陆离俞不知道这几个人到底是谁，他和这群人之间有没有什么可以遮蔽的东西，除了脚下的死尸堆。

陆离俞想着再冲一把，冲过去算了。他冲了几步，感觉就有点异样，一直围在他身边的那道缝隙好像没有了……他又往前冲了一段距离，终于绝望地想：这玩意儿，原来是有一阵没一阵的啊。

那几个人已经看了他好半天。陆离俞的冲击已经拉近了他们之间的距离，现在他们之间的距离大概只有几百米。

"逃兵……"其中一个人指着陆离俞这里大叫。

话音刚落，其中一个骑者就策动脚下的坐骑，飞跑过来。其他几个人，马上跟着也跑了过来。

陆离俞呆立在原地，不知道该怎么办，心想，逃兵……哦，都是刚才冲的那几步闹的，后面的厮杀衬着，我拼命前冲的样子，怎么看都像是个逃兵。怎么办，钻进死尸堆里装死人？……

前面，马连同马身上的人，身影越来越清晰。陆离俞看到那个骑在马上的人，已经从身上抽出一把开刃……

这是来砍我的啊。陆离俞转身就跑。还没跑出几步，脑后就是一阵劲风，对方已经扔出了开刃，力道之沉，虽然比不上出手如电的氐宿，但是也是挟着一股猛力。

就在这一瞬间，陆离俞的两脚突然离地一跃，一股神奇的力量从体内迸发，在离地跃起的同时，他还能扭转脖子，然后一张嘴，飞驰的开刃就被他衔在了嘴里……

这简直成了我的本能了，想都不用想……

陆离俞瞬间就完成了一系列的高难动作，内心一阵快感。还没来得及细细回味，头顶上便挨了狠狠的一鞭。这一鞭子迅雷不及掩耳，陆离俞立刻仆倒在地……

来人跳下了马，走到陆离俞身边，一脚踏了上去，抽出佩身的一把小开刃，就要插下去。后面一个声音连忙喝住了："住手！"

来人这才松开手，好像很不解气，狠狠地踢了陆离俞一脚。陆离俞从地上坐了起来，吐出衔住的开刃，这才算看清了几个来人。

刚才想插他一刀的是个女子，年龄不大。止住她的是个中年男子。两人都是衣着华贵。几个跟上来的，穿着就要简朴得多，看来是些侍从。

"败局已定，杀一逃兵，又有何用？"中年男子说，"还是放他一条生路吧。"

"我方数日鏖战，眼看胜局已定。若非有人贪生，突然撤阵，何至一败至此？"那个女子恨恨地说，"败我大局的，非此辈逃兵莫属。不杀此辈，何以警示其余？"

"贪生乃人之本性，无须责备。要怪也就要怪我等领兵之人，谋划不周，察势不明。胜机在前，不能乘胜，反而错手；败机已现，又全无对策。一错犹可，怕的就是一错再错……今日之事，也就只能如此了。"男子的语气似乎暗含责备，隐隐有责怪女子轻举冒进的意思。

女子重重地叹了口气。

一个侍从赶快上来，劝解道："帝言极是，长宫也无须多想。好在此战虽败，我方主力尚存。帝后的援兵明日应该抵达。依臣属之意，还是赶快回兵，等待帝后援军到达，再谋胜局不迟。"

"按理，帝后援军昨天就该到了。"女子还是有点愤愤不平，现在找到了话头，赶快发泄起来，"如果按时赶到，我方战局何至落入以一敌十的地步？今日败局，也是兵力不足所致。右翼临败之时，手下竟然没有一兵一卒可用，右翼怎么不会奔溃？玄溟右部突破，转而攻打我方左翼。左翼之兵，本已攻破敌阵，就待右翼合围，哪里能料到右翼已经溃败。结果围人不成，左翼反被玄溟所围。如果右翼将溃之时，我方有一援军可用，战局何至如此不堪？"

听到这里，陆离俞才算明白了，眼前这几个畅谈军事谋略的人，到底是战事的哪一方。

那个男子，应该是雨师妾的帝。陆离俞还不知道这个帝该叫什么，一路上都没向季后问过，估计问了也不知道。至于那个女子，应该就是此次战事的中心，玄溟帝想娶的雨师妾部长宫。陆离俞好像记得季后说过，长宫的名字好像叫什么女汩。

陆离俞正想仔细看看长宫的模样，一个侍从就一脚踢来："大胆，帝子前面，怎敢如此放肆？"

陆离俞想起来了，史前时代，应该有此礼节，未经许可，帝王及其戚属臣仆之辈，一律不得仰视。他还停留在粉丝见偶像的模式里，难怪要挨上一脚。另外一个侍从跟了上来。两个人一人架着一只胳膊，把陆离俞拖离了帝和帝子的跟前，命他一旁跪着，等候发落。

陆离俞低头跪着，脑子里还留着那个长宫一脸肃杀的模样，心想，那个玄溟的什么帝也是，大动干戈，就是为了娶这样一个女人……

雨师妾部的帝看着满地的尸首，露出惨然之色，然后又看了看前面的战况，慢慢地说："无支祁用兵，一向粗猛。今天好像不太一样。按照他粗猛的路子，无支祁肯定会全力死拼中路，不会想到中路佯攻，分兵备后，等到我方显出薄弱之处，便出其后备，趁我不备，攻我薄弱，然后左右合围。此等用兵，可谓善战。据某对玄溟无支祁的了解，这一策略应该不是出自无支祁之手，难道另有其人代为谋划？"

一个侍从赶忙回答："的确不是。据前日捕获的玄溟士卒交代，真正替玄溟谋划的，其实是个女人，无支祁身边的一个女刺。"

"哦。"帝沉思着。这时,一匹快马从前面跑了过来,上面坐着一个满身血污的史前战士。一靠近帝骑,就从马上翻了下来。两个侍从赶忙上去扶起了他,扶到帝的前面。

帝不带任何期望地问了他一句:"战局如何?"

"已溃。"

帝点点头:"下去吧。"然后,他对另一个侍从说:"放鸟吧,能收回多少,就算多少。"

陆离俞这时才注意到,一个侍从的怀里一直抱着一只鸟。侍从把鸟往空中一抛,这只鸟在空中鸣叫了几声,声音穿透原野。原野四周,立刻千鸟群飞,原野一片哀鸣。

陆离俞被扔在一旁,生死未卜,好奇心却还是控制不住。他心想,听说过鸣金收兵,到了这里,是不是得改成鸣鸟收兵?

这些鸟飞到帝前的时候,陆离俞的眼前,出现了一幅他想也想不到的奇景。鸟一落地,身上的羽毛尽失,一个一个都变成了满脸血污,断手断足的士卒。

陆离俞心想:"原来这个叫雨师妾的部落是靠鸟打仗的啊,打得了就打,打不了就飞。"

其中一个好像是领头的,走到帝前,跪下请罪:"精卫军败回,有辱帝意,请帝斥责。"

帝说:"有劳,非汝之罪,乃我谋划有误,且率军先退。本帝还要在此迎候其他部众。"

那个人退下了,一声呼啸,倒在地上的士卒又变成鸟形,呼啸而去。

接下来,一队一队的败兵,开始从战场上撤退下来。等到最后一队走完,帝命令他身边一个侍从:"凿天,你去看看,敌方可有追意?"

凿天领命,纵身一跃,跳到半空中,朝着远处观望。陆离俞想,这人是叫凿天,看来是有升天之术。再戴上凿子、榔头,他真是能把天空凿个窟窿。

凿天看了一会儿,然后降落下来,跪在地上,禀道:"启帝,敌方也已收兵,一时看不出来有无再进之意。"

帝点了点头:"杀敌一千,自伤八百,我方虽败,敌方亦疲。走吧,回去再从长计议吧。"

"这个人呢?"长宫指着跪在一边的陆离俞,提醒帝。

"就交给你吧。"帝说,"你问明他是哪一部的,就发回原部。此人也是我血战之士,只是一时惜命。你训斥一番即可,切勿苛责过度。"说完,帝叹了口气,然后就策马离去了,看样子是拿长宫没有什么办法。

等到帝的身影消失,长宫叫了两个侍从:"把这个逃兵带上,送到我的营里。"

五

陆离俞被两个侍从押着,跟在骑马的长宫后面,走向雨师妾的军营。

到达之前，他想象军营应该是穹庐群集的样子，安扎在一个开阔地带。等到近了军营之后，他的眼前却是萤火闪烁，拔地而起，似乎直入夜空，这时，他才发现，雨师妾的军营是一个布满洞穴的孤山。萤火就来自像蜂巢一样密集的洞穴，雨师妾的部队就分散在里面。

陆离俞心想，这得多累啊，打了一天的仗，还得爬这么高的一座山才能歇息。为什么不把军队安插在山下的开阔地带，弄出堆帐篷，军队休整起来也容易得多？转眼一想，史前时期，哪里来那么多布匹满足一个军队的需求，一个布满洞穴的山峰应该是个不错的选择。

通体萤火的巨山，看起来宏丽幽深。陆离俞禁不住停下脚步，打算细细欣赏，脚拐子就被人狠狠打了两棒，扑通就成了跪姿，头也被按了下去。

陆离俞正在诧异，这是作甚，等听到长宫下马的声音时，他才恍然大悟——礼节。

长宫吩咐了一句："把这个人带到我的住处，我要仔细问问。"

陆离俞听罢，人都要瘫了，一路被人当奴才押着不说，接下来，还要爬这么高的山？

他计算了一下山的高度，真爬的话，一个晚上才能到半山腰，真是累死个人了。转眼一想，我爬，长宫看样子也得爬，难道叫侍从背着她上去？

他正想着，就听一个侍从张嘴叫了一声"凫奚"，从灯火闪烁的巨山里，一个巨大的鸟影飞了出来。

陆离俞偷眼张望了一下，看到一个人首鸟身的家伙蹲在长宫的马边，身体大小看起来几乎和马一样。等到长宫在凫奚身上坐正之后，凫奚耸身展翅，鸟足蹬地，双翅一展，很快就飞了起来。

"原来这就是长宫上下洞穴的起降机啊。"陆离俞偷眼看着，心里想，"我会不会也有这么一辆？"

两个侍从推了他一把，陆离俞只好面对现实，开始爬山了。

洞穴之间是长长直直的台阶，把高下左右的洞穴连在一起。幸好长宫住的那个洞只在半山腰的地方，爬了没多久就到了。两个侍从在外面通报了一声，一个侍女从里面走了出来，吩咐道："叫他在洞口候着，长宫待会儿再见。"

陆离俞一个人在洞外待了一会儿，然后，一个侍女走了出来，踢了他一脚："起来，进来。"

陆离俞都懒得去计算这一路下来自己挨了多少脚了，他困得要死，心里想着，快点完事算了，史前时代的娘们，怎么说话都带脚，不踢上一脚，就不能好好说话了？

他正在暗自抱怨，脚一跨进洞门，一个白色的影子挟着劲风，直朝他面门扑来。陆离俞还没想明白是怎么回事，头就条件反射似的往后一仰，嘴一张，咬住了飞来的影子。咬到嘴里，他才明白过来，是一把飞刃。

"看，"长宫对身边的两个侍女说，"就是我跟你们说的，这人能口接飞刃。"

陆离俞嘴里衔着飞刃，这才有机会第一次看清楚长宫的模样。刚才在战场上见到的时候，长宫一身戎装，回到自己的洞里，就换上了女装。

陆离俞盯着换上女装的长宫，心里一惊，有点不太敢相信自己的眼睛：怎么这么像郁鸣珂？难道这就是他和郁鸣珂在平行世界的第一次相遇？

看到陆离俞用嘴接住了飞刃，两个侍女马上活蹦乱跳："我也要试试，我也要试试。看看他还能接几把？"

"试吧，"长宫宽宏大量，看来彼此之间闺情甚浓，"不过，别把人弄死了，我还留着有用呢。"

两个侍女答应着，一人一把飞刃，就扔了过来。片刻之后，两把飞刃就到了陆离俞的手上。三个女人面面相觑，表情带着极大的满足，好像完成这一系列动作的人不是陆离俞，而是她们。

陆离俞吐掉嘴里的飞刃，心想是不是把手里的两把扔回去，扔到这几只叽叽喳喳的麻雀身上，我这都成什么了，马戏团的杂耍？我大概是太想念郁鸣珂了，稍微像个人样的，都会被我当成是她的化身。

"你们觉得，把这个人带在身边如何？"长宫问两个侍女。

两个侍女叽叽嘎嘎的，一个说好，一个说不好，估计也是闷得太久了，好不容易有个乐子，都在尽情发挥。

"好了，别说了。"长宫打断了两个人的谈话，转过头来问陆离俞，"你是哪个部的？我去跟你们的部首说说，明天把你要过来。以后你就跟着我，下次打仗的时候，你就是我的侍卫。"

"我不知道我是哪个部的，"陆离俞说，"我只是从战场上经过，结果，就被你们当作逃兵抓到这里来了。有人一见之下，就想一刀要了我的命……我能活到现在，可能是因为我有口接飞刃的本领。其实，我的本领不限于此，只是少了东西，没法施展……现在东西都在我手上，不让长宫见识见识，就太可惜了。"说完，陆离俞左手信手一挥，手上的飞刃脱手而出，擦过长宫的鬓角，直直地钉入长宫身后的洞壁。

长宫惊得两眼发直。

"刚才那把，只是让长宫见识见识我扔得有多准。下一把，我想让长宫见识见识我扔得有多狠！"

长宫站起来了，脸上尽是怯色，两边的侍女吓得一动不动。陆离俞懒得管了，打算一扬手，就让飞刃直穿长宫的脖子。至于此后的事，他就把希望寄托在身上法力有一阵没一阵的法衣上面了。

扬起的手还没来得及发力，长宫发白的脸又映入了他的眼帘。此时的长宫，竟然又让他想起了郁鸣珂，这是怎么回事？……

扬起的手被人狠狠地攥住了。陆离俞一回头，看见帝已经到了自己的身后。

帝的身躯看起来清瘦，一攥却让陆离俞动弹不了。帝再一侧身，那只攥着陆离俞的手往后猛地一扯，陆离俞就仰天倒下了。

帝夺过飞刃，直起身来，训斥了长宫一句："不是叫你不要为难此人，怎么就是不听？你们，"他招呼几个随身的侍从，"把这个人带到地牢去。"

"哪个地牢？"一个侍从赶忙问。

"死牢。"帝还没回话，一直呆立着在原地的长宫，突然脱口就说了这个词。这个词一出口，她才算从刚才的惊吓中苏醒过来。侍从赶快扭住陆离俞，推着往外。陆离俞奋力挣扎着，拼命扭头，主要是想确认一下刚才的感觉是否属实。可惜，不管他怎么用力，他再也看不到长宫的脸。

两个侍女相互看了一眼，吐了一下舌头："这人到了这个地步，还是眼神灼灼，泽光烈烈，一看就是个贱字，活该扔进死牢。"

六

雨师妾部的帝叫丹朱，也被称为帝丹朱。他看着侍从押走了陆离俞，叹了口气，然后走向女汩。女汩低头站在正座的旁边。帝丹朱坐到正座上，也叫她坐下，然后开导起来。刚才发生的事，他不想多讲了，本来想戏弄一下逃兵，结果反而被逃兵吓得脸色发白，这样的事，偏偏发生在女汩这样好强的女子身上，就算稍稍提及，估计也会让女汩难堪难言。

"汩，"帝丹朱说，"我一直期望你能做一个温婉的女子，没想到你总是这么任性。偶尔任性，倒也无关紧要，可是军国大事，还要视作儿戏，那就祸莫大矣。此次战事，若非你轻急冒进，过早暴露我方薄弱所在，敌方也无可乘之机。若能相持到最后，虽然胜负难料，也不至于一败至此。"

"女汩之责，女汩自会承担。"长宫女汩红着脸说，"可是，帝后的援军……"

"你好像总跟帝后过不去。"帝丹朱轻轻一笑，"帝后对你好像也是磕磕绊绊。奇怪的是，你小的时候，你们之间好像不是这样的吧，她还是挺疼你的。"

"帝父的意思是，帝后的寡恩，全是因我而起了？"女汩一脸委屈。

"倒不是这个意思。可能你长大了，她不知道该拿你怎么办，才会故生事端。你以后记得多让着她一点。"

女汩点点头。两人沉默了一会儿。女汩抬起头，面带忧虑："我方兵力也就只能再作一战。如果再战再败，我方就算倾国所有，也再难敌玄溟长驱直入。到了那时，帝将作何打算？会不会改变初衷，为保国土，将女汩嫁给那人？"

"不要想得这么糟。帝后的援军，最晚两日就可赶到。援军一到，我方还可一战。只要谋划得当，未必输的是我。最坏的打算……"帝丹朱说，"就算败了，也非到了绝境。我雨师妾与河藏一部自来就有盟约，还可以向它借兵。河藏之帝想必应该知道，雨师不保，河藏亦险，不可能坐视不顾。"

"河藏一部如果愿意出兵早就出了，何必要等到我雨师国土将破之时？"女汩腾地站了起来，冲着帝丹朱，"女汩只是想求帝父一个决断，国土将破之日，是否就是将女汩送于玄溟之时？"

帝丹朱还没来得及答话，女汩拔出开刃："我先在帝父前面立下一誓，若到那时，女汩只会自求一个结局，一个字，死。"

"死什么死？"有人正从洞外进来，听到这句话，就轻蔑地接了一句。是个女人的声音。女泪听到声音，已经辨出来者是谁，便低头站回到帝丹朱的一侧。

帝丹朱站了起来，一脸欣喜："姬月，你来了，我还以为要再等两天。"

"晚了一天，就差点被人背后骂死，还要晚两天？"来人正是雨师妾的帝后——姬月。

姬是帝后的尊称，月是因为她的故知国，叫女和月母国。女和月母国以浴月之地著称。那里的女子，得水月晶华，个个都是清丽明婉。雨师妾国的帝后，历来都是娶自那个国家。帝丹朱出了悬泽之后，就命巫师前往女和月母，迎娶了排名第一的美女，并称其为姬月。

姬月一身戎装，看来也是刚刚赶到："我带的队伍已经到了，都是我哥哥危其的部队。他死活不肯出兵，我费了好大的劲他才肯来。路上出了点事，所以耽搁了。帝不会责备我吧？骂我几句可以，给我弄个什么刑，我可受不了。"

帝丹朱笑着扶住姬月，说："我也受不了。一路都辛苦吧？危其兄呢，怎么不过来见见？"

"他在安排住处呢，几万人马，都得住下，够他忙一晚了。"姬月说，全身都靠在帝丹朱的身上，好像真的累瘫了一样，"几万人，最好省着点用。我听说今天一仗，败得可真叫一个惨啊。不知道我带来的这些够不够你们两个去填坑。哟，这里还多出一张凳子，是给我坐的吧？"

帝丹朱赶忙安慰姬月："帝后何出此言？一路鞍马劳累，还是赶快去歇息吧。"

"哟，刚到就赶我走，行啊，我走。其实我也没打算到这里来。刚到的时候，去了一趟你的洞府，没见着人，我想你就在这里。本来不敢来打搅，后来听侍从讲，你来了有一段时间了，我想你们的贴心话应该也谈完了，所以过来打声招呼。原来还是我冒昧了，你们还有话没说完呢。好，我走！"

"女泪不知帝后此言，是何用意？"女泪抬起眼，看着姬月，两眼都是泪。

姬月诧异地看着，正要开口，就被帝丹朱挡住了。帝丹朱连推带哄，把姬月拉回了姬月的山洞。

"她哭什么？"姬月卸下戎装，换上便装，坐在妆台前，笑问帝丹朱，"我不让她嫁人了，还是让她嫁人了？要说，这样年纪的女子，也该嫁了。我嫁给你的时候，比她还小一两岁呢。她就这么嫌弃无支祁？好歹也是玄溟之主啊，委屈她了？干吗抵死不嫁？"

"你以为就这么简单？"帝丹朱心事重重地说，"我恐无支祁之意，不在女泪一人，应该是别有用意。求女不过是个借口而已。帝后试想一下，我若将女泪嫁给了无支祁，无支祁就可以迎娶为名，率部入我雨师妾。那时，他要干些什么，我能防一，不能防二。再说，女泪到了他的手上，以无支祁之淫，是何处境，可想而知。此女此世，仅我一父，我不爱惜，谁来爱惜？此乃人情，望帝后体谅。"

"人情，你不是神吗？"姬月笑着说，"我还以为你真心疼惜你的女儿呢，原来也是另有打算。我明说了吧，是不是担心无支祁以娶女为名，潜入雨师妾，然后找到通往悬泽的秘路？这个悬泽，没嫁给你的时候，就听人说起。嫁给你这么久，我还从未见过。什么时候你带我去看看？"

"帝后，你明明知道，要想见到悬泽，只有一个可能。"

"我不知道啊，什么可能？"

"就是我死。你想我死吗？"

姬月不说话了。两人沉默地坐了一会儿，姬月开口了："今天真倒霉，听来听去都是个'死'字。算了，我也累了，也该歇了。"她站起身来，靠着妆台，脸上突然一阵怯色，"你是留在这里，还是……？"

帝丹朱站起身来，有点歉意："你带来的援军，我还得去查视一下。帝后先歇着吧。"

姬月看着帝丹朱离去的身影，呆呆地站了半天，然后转身坐下，又对着妆台上的镜子，呆看起来。一个青铜面具出现在了镜子里面。

"你来了？"她对着镜子说。

七

女汨披着一件狐皮外套，在洞里走来走去，脑子里乱七八糟，一会儿想着帝后的刻薄，一会儿想着今天的败局，一会儿想着来日再败，自己该怎么办……说是死，但是自己做得到吗？……一阵烦乱之后，她决定到外面走走。整个山体的洞穴是分层排列，每一层都有一个通道。她在自己洞府前的通道走来走去，两个侍女也懒得去叫了，叫了也没用，不如自己一个人走走，散散心。

她正走着，愁绪万端。一个影子在她一侧出现了，低着头绕过她，走在了她的前面。女汨现在心里正烦，看到此人如此无礼，不禁大为恼怒，冲着背影呵斥了一声："站住，看见长宫，为何没有礼数？"那个背影站住了。女汨快走了几步，打算扳过肩膀，就是一个耳光。没想到，还没走近，那人突然开步走了起来，而且越走越急。女汨觉得不对劲，呵斥了一声，那人马上大步奔跑起来。

女汨猛追了上去，那人一拔腿，也跑了起来。两人在山间的通道上，开始追跑起来。女汨大喊起来："来人，堵住他。"那人几个纵步，就到了通道的尽头。

通道的尽头就是山崖。那人站在尽头前，转身朝着女汨。女汨吓了一跳，因为她看到一个青铜面具。还没等她明白过来，那人纵身就往山崖下一跳。

女汨心想，不要命啦？下面可是深渊。

她往下一看，一只巨大的鸟从崖底飞起，接住了跳下来的人，然后，消失在夜雾之中。

"什么事？"帝丹朱带着几个侍从匆匆赶到。

女汨把事情经过讲了一遍。

帝丹朱朝深渊里看了一眼，回头问女汨："你看清了，那个人脸上戴着一个青铜面具？"

女汨点头。

"这就怪了，青铜面具乃是天符门里的饰品。神鬼天地，历来不涉人事，怎么会跑到我雨师妾的阵营里来了？难道天符一门已经与玄溟结盟，一起来对付我？

129

……那就真的难办了。"

想到这里，帝丹朱的眉头皱了起来。

"那只鸟，"他问女汩，"你看清模样了？"

"夜色太浓，没怎么看清，好像是一种叫毕方的巨鸟。"女汩犹犹豫豫地说。

<h1 style="text-align:center">八</h1>

帝丹朱命人将女汩送回，然后下令部众严加看护。女汩离去之后，帝丹朱又想起一人，姬月帝后。刚才的一番闹腾，会不会把她也惊动了？想到这里，帝丹朱赶快带着几个亲信，赶往姬月住的那个山洞。洞门口，是姬月的两个侍女。看到帝丹朱带人过来，两个侍女赶忙跪下迎接。

"帝后呢？"帝丹朱问。

一个侍女回答说："已经睡下了。睡前吩咐过我们，没有急事，就不要去打扰。"

帝丹朱看了看两个侍女，心想，果然是姬月调教出来的，眼里大概只有姬月了。

另外一个侍女看出了帝丹朱心中的不悦，赶快接了一句："要不要进去通报一声，就说帝来了？"

帝丹朱想了一下：看样子姬月这里没受到什么打扰，现在把她叫醒，搞不好又要抱怨一通，还是算了。他摇了摇头，吩咐了两个侍女几句，转身带着几个亲信就走了。

路上，有一个亲信问："此地森严，来人竟能出入自如，没有内应，怎能做到？请帝速速命人勘察一下，以清内患。"

帝丹朱想了一下，摇了摇头，说："来人能乘鸟而去，恐怕也是神鬼之类。神鬼行踪，即使查明，尔等又有何术可禁？以后多加小心就是了。"说完，他就命几个亲信，四处增兵，若有异动，立即来报。

安排妥当之后，帝丹朱回到自己的洞中，进了密室，盘腿坐下。

闭目凝神片刻之后，他一张嘴，吐出一颗青色的珠子。帝丹朱把珠子托起，往空中一送，珠子旋转起来。珠子逐渐变成液状，然后不断地膨胀，慢慢地，整个密室就成了一个水室。

帝丹朱坐在群水环抱之中，凝神看着。直到他盘腿坐着的对面，出现了一个和他一模一样的人，以同样的表情面对着他。

"青铜面具，是怎么回事？"帝丹朱问。

"你知道的，那是天符门的饰品。"一模一样的人说。

"神鬼天地从不涉及人事，天符门的饰器怎么会出现在我这里？"

帝丹朱这样说，是有来由的。据说天下异术的大宗师，也就是太子长琴，临去之时，给神、鬼、天、地四门弟子立下了几条遗训，其中一条，就是四门弟子都以修行为务，不得擅入人事，坏了人世定数。至于为何如此，太子长琴并未多言，几个弟子也不敢多问。太子长琴到了修炼末期，已入孤境，所言所行都非弟子能知解。

自此以后，神鬼天地都尊师训为本，不但不涉人事，而且修行隐秘。如非修行中人，概莫能知。虽然几代之后情况有些变化，但大致来讲，除了少数败类外，神鬼天地的大部分修行之人，还是能遵照太子长琴的几条遗训，一般都不会轻易涉及人事。

帝丹朱深知此一缘由，故而有此一问。

"勿急，"另一帝丹朱说，"待我神思。"

他闭目凝思了片刻，才说："奇怪！"

"怎么回事？"帝丹朱问。

"察气观色，来你这里的，除了天符门，还有地炼门！"

"地炼门？"帝丹朱听到这里，有点焦虑。因为地炼门曾经与雨师妾之间，有过一次交恶。虽然那是发生在帝丹朱即位之前，不过，此番交恶也是后果惨烈，帝丹朱虽然没有亲历，但也有所耳闻。神鬼天地，要说真正能让帝丹朱心生警惕的，只能是地炼门了。

"他们是联手而来，还是各自行事？"帝丹朱问。

"各自行事，好像都不知道对方已经到了这里。"

"到我这里来做什么呢？"帝丹朱很担心这个问题。

"来者道行莫测，已经超出了我能凝神查看的范围。我只知道一点，天符地炼，之所以会到你这里来，只是因为这里有一件他们想要的东西。"

"什么东西？"

"一件法衣。"

"法衣？"帝丹朱听到这里，松了一口气，如果就是为了一件东西，那就让他去找好了，"只是我这里，怎么会有天符、地炼想要的法衣？"

"不只是天符、地炼。"另一个帝丹朱说，"神鬼天地四门弟子，现在都在找这件法衣。为找这件法衣，神鬼天地虽有长琴遗训，恐怕也要开始涉足人事；虽为一门四派，彼此之间恐怕也难免大开杀戒。"

"为了一件法衣，值吗？其中有什么玄奥？"

"太子长琴的平生所学，可堪传授者，分神鬼天地四门传之；不可传授者，为无上之学，据说都藏在一个隐秘的地方，留待以后。此训门下弟子皆知，只是'留待以后'这几个字，大家都误解其意，以为太子长琴的意思是，留待以后的有缘之人。这就低估了太子长琴的用意之深。"

"太子长琴的真正意思是……？"

"他的真正意思是，想把这门无上绝学留给自己的儿子。"另一个帝丹朱说到这里，想到太子长琴这样道行卓绝之人，竟然也有此等私念，与凡间父母何异，不禁发笑。

帝丹朱等他笑完："可是，听说太子长琴终身都是独自一人，哪来的儿子？"

"太子长琴之所以终身独自，不过是难遇知己而已。并非因其道行高绝，能将

131

男女之事彻底断绝。我估计，太子长琴离去之时，深昧平生，抱憾至深者，非此莫属。所以，临去之前，太子长琴就起了一法，以补此憾。由于此法，一件法衣就成了神鬼天地必争之物。"

"太子长琴所起之法，是以一件衣服为依托?"

"是的。太子长琴取下一件身上的法衣，将自己的无上之学所藏之地，写在衣服上面，然后运起火诀，将其焚尽。平日之火，焚尽之后，尚有余烬。此火诀唤起之火，却能做到空其一切，连同灰烬在内。名为火焚，实为火封。太子长琴是将此法衣封存在一团火里。封好之后，太子长琴又起一诀，说，若遇我太子长琴心爱之人，此衣就将从火中再现，若一世未遇，此衣封存火中，一世漂流；若尽世不遇，则尽世漂流……"

"到了我这一世，就是法衣出世之时?"

"应该如此，不然，为什么神鬼天地突然抢起一件法衣来了?"

"这中间的经过呢? 使法衣再现的那个女子是谁? 她拿到了法衣? 就在我雨师妾营中?"帝丹朱一连串地问着。眼前这个液状的自己，正在慢慢凝结、收缩，这就意味着玄珠的法力快要到尽头了。

"你问的这些，我也不知道……"液状的帝丹朱摇了摇头，这就是他还形为珠之前的最后一个动作。不久之后，帝丹朱的眼前，就只有一颗飘浮在半空的珠子。

帝丹朱伸手取过珠子放进嘴里。

帝丹朱出自悬泽之时，口中即含有一颗玄珠，这也是雨师妾人认定他是始祖化身的依据。此玄珠一入其口，即化为体内玄气，无形无碍。

玄珠有灵，但是也有其限，帝丹朱每用一次，即离大限靠近一步。非到紧急之时，帝丹朱一般都不使用。今天就是紧急之时，玄溟已占强势，若再得异术相助，雨师妾部必败无疑。

帝丹朱不得不拿出玄珠一问。

他走出密室，回到自己的洞中，招来几个侍从，命他们各处传令勘察一下最近是否有异人出现，若有，即将此人带来，他要亲自仔细查问。几个侍从答应一声，准备出去，又被帝丹朱叫住了。

帝丹朱补充了一句："尤其是要留意衣着奇异之人。"

九

陆离俞被扔进死牢之后，一时顾不上许多，开始昏睡起来。他太累了，

等到他醒来的时候，他才发现，死牢是个山洞。他把自己看到的长宫，和记忆中的郁鸣珂反复对比，始终不能确定。转眼又一想，就算她是郁鸣珂的化身，又能怎么样? 就算我认定她是郁鸣珂，她会承认吗? 一见面就想杀我，然后踢我、斥我、欺我，现在又把我扔进死牢。

他看了一下周围，发现关进这个地牢里的，除了自己以外，还有几十个人。

看到他醒来，几十个人看着他，一副同病相怜的样子。其中一个人叹道："又

来了，一个死士。"

"死士，是什么？"陆离俞已经饥肠辘辘，但从这些人的表情来看，"死士"这个词，好像性命攸关，还是先别管吃饭了。

一个靠墙而坐的人开口了。此人年纪蛮大，须发斑白，长脸皱皮。陆离俞感觉此人的长相犹如一张老树皮，后来才知道，自己的感觉很准确，大家就是把他叫作老树皮。

老树皮慢慢地说："雨师妾作战，必要先祭始祖，祈求始祖保佑。死士就是用来生祭始祖的人。前次开战，已经生祭了一批。我们这批人，估计也就只能活到下次开战了。"

此言一出，其他几个人也唉声叹气起来。

陆离俞想知道得更多一点，就问："我们会怎么死？活埋，还是砍了头再埋？"

所有人的回应是面面相觑，但似乎是在暗示，要像你这样说的死法死掉，那还算祖先有德了。

"难道是分尸，或者是活剐？"依陆离俞对古代刑罚的了解，这大概是最严厉的两种刑罚了。一刀一刀把人活活地割完，除此之外，还能有什么奇招？

"你不是雨师妾的人？"老树皮问。

陆离俞摇了摇头。

"哦，那自然是不知道了。"老树皮拍死了一个飞到胳膊上的史前飞虫，拈起来看了看，然后接着说，"雨师妾的祖师是葬在悬泽之中，据说，只有生马的精魂才能上去。我们的死法就是裹在一张马皮里，然后放在火上，活活地烤死。雨师妾的人相信，只有用火慢烤，才能把生魂烤出来，随着烟气一道升向悬泽。"

"悬泽？"陆离俞一时还担心不到裹马皮这件事，吸引他注意的是"悬泽"这个词。

他记得在那个山洞里，女子给他唱过一首歌。这首歌的第一句就是："陟彼悬泽兮……"当时没有多想，以为就是一种远古文学的修辞手法，难道还真有这样的所在。他赶忙问："悬泽？是什么样子的？是悬在空中的一个泽地吗？"

老树皮摇了摇头，说："没人知道，也没人见过。"

陆离俞说："肯定有人见过吧？死士不都是献给悬泽上始祖的吗，肯定是要在悬泽附近进行了？"

"不必。"

"为何？"

"始祖不在悬泽那里，就在这里。"

"就在这里？始祖难道从悬泽起身，随军来到这里？"

"不，"老树皮还是摇了摇头，"始祖仍在原地。"

陆离俞摸了摸老树皮的脑袋，确定老树皮没有发烧，然后一作揖："你这话我该怎么听啊，又在那里，又不在那里，玄荒时代的人，说话怎么会这么绕？"

老树皮这才把事情的原委讲了一遍。

据说，部落之所以叫作雨师妾，是因为守护部落的神，是名为雨师的远古帝王的妾。雨师本身有掌管天地云雨变化的神力，死后就葬身悬泽。

雨师临死之前，留下遗嘱。为保帝王的血缘完整不变，他生前的两位妃子，一个叫霄明，一个叫蒸光，也须随他一起沉入悬泽。此后，两位妃子环绕帝身，日夜守护。

直到有一天，帝王的尸身会裂开，从中升起一个新生的帝。这个帝就是始祖的重生，始祖完整之身的重生。重生的帝就会被两位妃子护送出悬泽，并成为雨师的继任。等到一天，重生的帝老去，就会主动地沉尸悬泽。一个新的帝又会从雨师的尸首上再生。

听到这里，陆离俞总算是明白了："这么说来，现在的这个帝，就是始祖的一代化身。要祭始祖，只要当着化身的面，把我们塞进马皮，活活烤死，也就等于是祭献始祖了。"

老树皮点点头："是这个意思。"

陆离俞心想，这样一来，我就算晒成渣，也见不到那个叫悬泽的所在。

"这样说来，能见到悬泽的，大概只有一个人了，就是当今的雨师妾帝。"陆离俞继续想。

"现在这个雨师妾帝，叫什么？"陆离俞问。对方告诉他，叫帝丹朱。

"那个长宫呢？"

"你见过她啦？"老树皮看着陆离俞急切的样子，呵呵一乐，"是不是血统高贵，仪态万方？虽然我的贱命可能就会因她而亡。如果她答应嫁给无支祁的话，这场战事也就免了，我们也就不会被人抓来做死士了。不过，无支祁这个人，真是荒淫无道，后宫养着一大批美女不说，还想着到雨师妾来捞一个……"这人一扯起来就没边了。

陆离俞不得不打断了他："我只是想问问长宫叫什么名字。"

"女泪。"老树皮说。

"哦。"陆离俞得到了答案，后面老树皮讲了些什么，他再也听不进去了。

他一直不清楚自己所处的这个时期到底是什么时期，现在还是如此。在他所知道的神话中，帝丹朱实有其人，两个妃子和死于水中的帝王也有类似，只不过都和今天听到的不太一样。帝丹朱是传说中尧的儿子；死于水中的帝王，远古神话里也有，就是大名鼎鼎的舜。传说中，完全是两个人。

今天听到的，好像是把他以前知道的都揉碎了，然后按照另外一种模式，重新又拼接起来，人虽然还有，但是前后上下的关系完全变了。帝丹朱成了舜的化身？这是怎么回事？

陆离俞正想着，一个注意了他很久的人善意地提醒他："你好像挺操心些你不该操心的事，何必呢？趁着现在还有时间，多吃点多睡点。想什么都多余，最后，还是马皮上身。"

陆离俞心想，也对，还是靠着牢壁歇会儿。

他刚进地牢的时候，实在是累，什么都没留意。现在一靠着石壁，一种特殊的感觉从背后传来。他转过身来，盯着他刚才靠过的部位。视觉的观察也许有偏差，但是触觉是不会骗人的。他伸出手去摸了一下，基本能够确认，刚刚靠过的墙壁不是石壁，而是一块水泥……

水泥，这可是他所来的那个世界才有的东西……他的脑子里，刚刚理好的顺序又乱了。他躺不下去了，顺着水泥往前摸，看看能不能摸到些另一个世界的更多痕迹。让他失望的是，摸到地牢的尽头，能发现的痕迹就只有一处，就是刚才自己身后发现的那块水泥。

他打算放弃了，抬头四处观望，却又发现了另外一个不同的地方，就是地牢本身。

他一直以为地牢是一个天然的洞穴，但是仔细观察之后，他觉得这个判断是错的。天然的洞穴内部本身的形状，应该是不规则的。这一洞穴的内部却接近于一个完整的拱形。不规则的地方也有，但是拱形的轮廓还在。之所以会显得不规则，很有可能是长期的水汽侵蚀，使得原有构筑拱形的材料剥落流失，最后完整的拱形就只剩下一块残破的水泥……

在原先的世界里，有什么建筑会接近他想象出来的拱形呢？

他的第一个反应，就是防空洞……如果这个拱形的所有残缺部分统统弥补完整的话，现在关押他的这个地方，就可以说是一个完整的防空洞了。

这怎么可能？他想。在一个史前的人神混杂的时期里，怎么会出现现代社会的痕迹？

他走到老树皮跟前，问他："你知道，关我们的这个山洞是怎么回事吗？"

"什么怎么回事？关我们的地方啊。"

"这是从来就有，还是人力所为？"

"这个怎么说呢，我倒是听过一个说法，说这些山洞不是从来就有，而是离耳国修建的。"

"离耳国？"

"就是耳朵很长的人，长到搭在肩膀上。据说他们和天神打赌，赌的就是他们能否在一夜之间修好遍布整座山的山洞，结果，离耳人赌赢了。一夜之间，他们就修好了大大小小的山洞。当他们向天神讨要赌注的时候，天神却反悔了，于是一把天火降下，把他们全族都烧死了。现在瀛图之中，再也没有离耳人的痕迹了。"

陆离俞还想再问，雨师妾的一个士卒站在洞口吆喝一声："死士，食。"听到这声吆喝，老树皮就顾不上搭理陆离俞了，和洞里的其他人，一起朝着洞口跑去……

第六章

一

玄珠所说的，虽然带着不祥，但是帝丹朱仍然松了一口气。

天符门、地炼门出现在这里，看来只是为了一件法衣。法衣再怎么玄异，也是异术修行者才会关心的事情，与他现在正在操劳的战事之间，看上去没有什么直接瓜葛。虽然，玄珠警告他，为了法衣，神鬼天地开始涉足人事，但是帝丹朱觉得，既然法衣不在自己手上，所能涉及的人事，大概也与自己无关。

帝丹朱决定，暂时将这些事放在一边，所思所虑，只集中在与玄溟即将到来的战事之上。

当务之急，是如何安抚激励自己这一方的部首士卒。

此次战事，雨师妾部一方，除了雨师妾自己的部众之外，还有与雨师妾国结盟的其他小国。前来的小国，一共有白民国、肃慎国、羽民国、歧舌国、长臂国、玄股国、毛民国、精卫国等等。

这些小国之所以会与之结盟，主要原因是雨师妾部掌管了江水的流转，而这些小国，就分布于江水流转的泽国地带。雨师妾的帝祖，也就是埋藏在悬泽之中的那位帝，拥有使江水运转的神力；守在他身边的两位妾，则是保证江水丰润有度的神灵。彼此之间的厉害关联，自不待言。

小国的部首都知道，此次战事的原因，表面上看来是拒亲，实际上涉及的却是整个泽国的安危。

一旦雨师妾战败，无支祁就会率军攻入雨师妾的首藏之地——苍梧。苍梧再破，悬泽就会危矣。悬泽一旦攻破，那就后果惨烈了，江水泛滥，一发不可收拾，江泽之国，都会尽成鱼虾之地。

有了这番利害瓜葛，战事一开，各个小国部首都知道，自己也只有参战一个选择了。雨师妾的使者一到，各国纷纷应允发兵前来。再说，帝丹朱平日也是仁厚为本，对待属国一向关爱有加，所以，小国部首也愿意为其效命。

战事刚刚开始的时候，雨师妾这边还屡有胜绩。直到上一战之后，才初尝败绩。虽说是初尝败绩，但是这一败，就等于是抵消了前面所有的胜绩。参战的各国都损失惨重，士气低落。提到日后的战局，各部部首脸上都是愁云惨雾，默然不语。

安抚激励士气，成了帝丹朱必须着手的第一要务。

除此之外，还有一件事，帝丹朱也得略费心思。

参与这次战事的，除了这些小国之外，还有两个特殊的客人，分别是来自河藏、荒月支的两位使者。河藏、荒月支与雨师妾之间，都有结盟之谊。战事一开，两部的使者就赶到了军中。说是盟友之谊，但是明显是来查看事态的。帝丹朱的军队开赴战场的时候，两位使者也跟着来了。

帝丹朱想，指望这两位客人是不太可能了，唯一能做的，就是让他们相信，战局还有挽回的余地，两位客人最好能静观其变，不要添乱。

来自河藏部落的使者，名叫柏高，据说是河藏帝元图最信任的人。

帝元图命他作为使者前来战场，一方面是向帝丹朱表达支持之意，另一方面，也是致歉。

河藏与雨师妾之间，世代结盟。按照盟约，其中一方与他国开战，另外一方都将同时参战同仇敌忾。不巧的是，河藏国最近出了点乱子，自顾无暇爱莫能助。

柏高对帝丹朱说，我河藏国出的这个乱子，想必丹朱帝也知道。这次叛乱是我元图帝的弟弟须蒙挑起来的。叛乱闹得很大，我帝元图不得不动用举国兵力，一时之间，抽不出手来相助盟友。只好先派柏高前来，说明情况，并且向丹朱帝保证：一旦须蒙之乱平定，河藏的军队立刻会挥戈南下。

关于须蒙之乱的实情，帝丹朱也有耳闻，但都不是从柏高那里听来的。柏高嘴皮子很严，说的都是套话，不可能告诉帝丹朱实情。帝丹朱能知道的实情，都是传自河藏的各种流言。

作乱的须蒙，和河藏帝元图虽为兄弟，但是兄弟关系一向不顺，后来就愈演愈烈。据说河藏旧帝临死之前，真正想要传位的，其实是弟弟须蒙，而非元图。一番曲折之后，位子还是传给了元图。两人之间，自此更成水火。

须蒙之乱不知道是由于哥哥的猜忌，还是弟弟的野心，总之是已经打得不可开交。

也有人说，须蒙犯上作乱的原因，还不仅仅是为了帝位，更重要的目的，是想夺回一个心爱的女人。这个女人，据说是河藏的一名女祭。女祭本来是须蒙的女人，结果，帝元图利用权势，从须蒙那里夺走了此人。须蒙本来看哥哥就不顺，抢了帝位还能忍，抢了自己的女人，他就忍不下去了。于是，兄弟干戈就由此而起。

帝丹朱听到这些，只能叹气。这样毛躁的盟友，就算来了，估计也成不了什么事。

来自荒月支部的使者叫漪渺。

荒月支部世代都为女主，到了这一代，女主的名字叫帝女魃。不过，荒月支的通例，成为女主的人，只能深居在昆仑虚中，国内国外大小诸事，都由他人代劳。因此之故，帝女魃是什么样子，除了昆仑虚中之人，外人概莫能知。

这一通例，源渊奇特。据说荒月支始祖本为昆仑女神之一，后来因为叛逆，被其他众神罚出昆仑。当其罚出昆仑之时，女神发誓，一定要再造昆仑，再造之后，此昆仑就仅为自己所有。

再造的昆仑因为全部都依照原来的昆仑，所以被称为昆仑虚。虚者，不真也。

女神依托昆仑虚，开始建国，名为荒月支。此后，又以荒月支为基础，四处开拓，成为大荒诸国的共主，统称为荒月支部。

成为女主的过程一向神秘，外人也是难知其详。

每过十年，就会有一批适龄的荒月支国的女子（荒月支国将年满十六的女子称为适龄，因为这是嫁人的年龄），接到从昆仑虚中发出的一支符文。

她们得到符文的方式千奇百怪，不一而足。

有时候，一觉醒来，枕头上便出现了一张写着符文的帛布；有时候是去互人交易，得来的找头明明是几枚海贝，结果回到家里，海贝却变成了一张帛布，帛布上也写着同样的符文。有些女子的父母非常担心钟爱的女儿会遭此厄运，选入昆仑虚中，一到适龄，就会把自己的女儿锁在家里。结果，有一天，门会自然打开，女儿会从里面出来，手里拿着一张写了符文的帛布……

没人敢模仿帛布上的符文。即使模仿，也是自找了结，而且是最坏的了结。

真正的符文，有一种灵性，来自昆仑虚中的灵性，它会唤起得到符文女子的神性。接到符文的女子，马上就会相信，自己已经命定，被选入昆仑虚中。

模仿的符文永远做不到这一点。

得到模仿符文的荒月支女子的第一反应就是厌恶，然后一般都是上告。部众头领就会去查，查出是谁闲得没事，然后当众宣告罪名，一刀砍死。就算没人上告，擅自模仿符文的人也会神秘地死去，死法都一样，两只手被剁掉。

真正得到符文的女子，就会进入昆仑虚中，此后的事情就发生在昆仑虚中，从不对外泄露。

直到有一天，昆仑虚里会派出一个女使。这个女使会在一个月内，走遍荒月支全境，目的就是通告全境，旧主已去，新主继位。

没有人敢怀疑这一通告的真实与否，有所怀疑的人最好藏在心里，不要公开表达。一旦公开表达，和摹写符文的人一样，也会神秘地死去。如果掰开死者的嘴巴，里面能看到的，就是空荡荡的喉咙，因为舌头已经被拔掉，连舌根都看不到。

因此通例，帝女魃成为荒月支首领之后，就深居昆仑，基本上就无人见过。替代帝女魃处理一切的，都是她派出的使者。

漪渺就是其中之一，和柏高之于帝元图一样，据说也是帝女魃最信任的一个。

漪渺来雨师妾的目的，就是代表帝女魃向帝丹朱表明：荒月支虽然无意参战，但是女主一心只愿最后的胜者是雨师妾。

玄溟部身居北海，一直就想占领西海之地，最后统领五海，成为诸海之帝。荒月支正好临近西海，因其野心，历年都受其困扰，所以女主一心所向肯定是雨师妾，而非玄溟。

战事一开，两位使者一前一后就来到了帝丹朱的军营。帝丹朱听了来意之后，立刻明白，这两位使者真正的目的，是想来查看一下战事的进展，如果看到雨师妾一方败局已定，估计这两部就不是参不参战的问题，而是会想着如何利用这个机会，从快要战败的雨师妾手里，捞取最大的好处。

财帛子女、领土疆域，似乎都不是两部的兴趣所在。他们的兴趣大概也同无支祁一样，都是通往悬泽的方法。

帝丹朱有一件事想不明白，这些人是从哪里知道悬泽隐藏的秘密，远远不止一个能分身的帝王尸体，以及两个沉泽守护的侍妾……

二

数日之后，帝丹朱召集部众，讨论接下来的战事。帝后姬月、长宫女汨都身着戎装，分坐在他的两边。

那个能腾空的凿天，站在帝丹朱的身后。凿天生下来的时候，因为长相怪异，被人遗弃。帝丹朱出巡，偶然遇到，便将他收留抚养。长大之后，才发现他天生的腾空之术，于是就将他作为侍从，随时带在身边。

部众分坐在下面，一片愁容惨色，即使帝丹朱告诉他们帝后所率的援军数量已经远远超出了预期，也没让他们的眉头舒展起来。

帝丹朱说道："上次一败之后，玄溟没有追击，估计也是损失惨重，不得不停战休整。再过几日，恐怕又将是一番恶战。料事在先，才能成事在后。今番召集各位，就是为此。恶战在前，我方如何谋划才能有胜算？军国事急，各位不必顾虑仪礼，己所欲言，尽所畅言。"

半天没人开口。帝丹朱只好又催促了一句。

"某先起一言，就算给各位开个头。某以为，谋划下次战事之前，不妨弄清此次战事的败因所在。能知覆辙，即能避免重蹈。"

"还有什么好磨叽的？"姬月看众人半天都不开口，冷言冷语地说了一句，"我听人说，此次战事，败在右翼，下次再战，右翼换个人，不就行了？"

众人一听，就知道这话所指，就是女汨无疑。女汨是负责右翼的，战事溃败，也是从右翼开始的。女汨默然不语，因为事实俱在，辩无可辩。

歧舌国的部首兀析开口了。

歧舌国的得名，据说是因为他们的舌头是分叉的，跟蛇的舌头一样。歧舌人都很仇恨这种说法，听见谁说，就揍谁一顿，揍完之后，歧舌国人还会伸出舌头在那人脸上舔一下，然后问那个人："看清楚了，我们的舌头是分叉的吗？"

据歧舌国人自己解释，他们之所以叫作歧舌国，只是因为他们的始祖是一条蛇，所以才会有此误传。这条被他们奉为祖宗的蛇，现在就画在他们的部落旗上。

歧舌部族距离雨师妾最近，所谓唇齿相依，关系密切，虽为盟国之属，实有同袍之分，亲密程度超出一般。玄溟攻击雨师妾的时候，这一部族出兵最早出兵最多。两位部首之间的关系也因此亲密，往往不拘礼节，遇事也敢直言。帝丹朱对女汨的慈爱，歧舌部首兀析一向也是心领神会。

现在听到姬月这样明显地为难女汨，兀析觉得自己应该开口了。

"此次兵败，看似右翼溃败所致，但右翼溃败，究其原因，也是因我方后备匮乏。如果后备充足，何至一溃之后，右翼就会势如决堤，几乎没有挽回的余地？"

"看看，又扯上我了。"姬月冷笑了一声，"我率军日夜兼程，中途受阻，不得不停留一日。此乃意外，谁也说不准的事，能怪我吗？最多也只能怪我出发之前忘了弄张马皮，塞个死士活活烤了，献给大神，求他保佑一路无灾。可惜，你们军令催得那么急，我还顾得了这个？"

兀析觉得这话太放肆了，竟然冒犯悬泽大神，马上就想回击几句，但是一看到帝丹朱苦闷的眼神，只好闷头不语。

姬月乘势又追了一句："就算我有延误之责，但也请兀析部首想想：各位如果谋划得当，多扛几天，何至于在乎我这一天两天？"

气氛一时僵持起来。帝丹朱也一时无着。

当初让女汨负责右翼，一来是女汨奋勇争先，跃跃欲试；二来，当时，已经判定敌方左翼薄弱，不堪一击。女汨虽然是一女子，但平时行事果敢有胆略，颇有男子气概，让她试试也无不可。为了慎重，还特意调派老成持重的肃慎部首钦录来协助。

帝丹朱以为自己的安排已经万无一失，没想到，溃败就从右翼开始。

白民部的部首司泫开口了。这一部之所以叫白民，是因为他们白身披发，故而得名。

司泫肤白如雪，披肩长发，看上去性格温和，待人有礼，不过，发起狠来也是举世难匹。只是，此次战败，他也是损失惨重满脸沮丧，下次发狠不知道会到什么时候。现在，他正处在性格温和的时段，一心只想做个和事佬。

"依部属所见，"司泫说，"此次战败之因，既非右翼冒进，也非援军误期，致使我方力寡，而是另有其因。我方虽然人少，但也曾以少胜多，原因是我方握有利器，完全可以以一当十。故而人数多寡，不在根本。"

说着，他站起来了，拿起随身携带的两把长弓，一把是青木，一把是白木。

"青色，这把是我方所持之弓，取自我方成侯之山的峋木，名为峋木弓。白色的这把，是玄溟一方所持之弓，取自敌方敖岸山上的支木，名为支木弓。峋木硬韧，支木硬实。一韧一实，用箭之人都知道，箭之射距，在韧不在实。因此韧性所长，峋木弓的射距远远超出支木。有请飞髯兄演示一下。"

长臂部首名为飞髯，站了起来。长臂部以臂长见称，个个也是以善射见长。长臂部首之所以得名飞髯，据说，是因为他能一箭射中空中飞扬的一根髯须。熟知射术的人都知道，这有多难。

飞髯先拿起一支白弓拉满，对着远处射了一下，然后又拿起青弓拉满，对着远处射了一下。众人都看清楚了，青弓射出的那支箭，远远地超出了白弓射出的那支。

"这就是往日交战我方能以少胜多的利器。两军对垒，一般都是以箭开道。我方的箭距超出对方十步，则我方能胜敌十步。敌方进入我箭距之时，我方开弓，敌方也只能开弓迎战。敌方之箭，尽力之后，也会远我十步。我方一射，箭箭直入敌阵。结果如何，诸位可想而知。

"所以往日开战，我方即使人少，但是靠此利器，至少开战之初，总能略占优势。两军交战，开局的态势最为重要。开局一胜，则士气大振，优势即成胜势。此后，只须按照事先所谋，依次攻击，只要不出差错，胜势即成定势。"

说到这里，司泫看了一眼女汨。女汨脸一红，把头低下来了。

她知道，司泫此言是在为她开脱。战事一结束，大家都把战败的责任归因于她的轻举妄动。司泫却在提醒众人，女汨右翼出兵，完全是事先计划，虽说有冒进之嫌，但是绝无失策之处。败就败了，怎么能全怪一个弱女子？

"司泫说的这些，我何尝没有想到。"帝丹朱说，"布阵之时，就已经留出了一段，刚好是我方箭矢能够抵达敌方，而敌方箭矢不能达到我方的距离。我也想不明白，为何刚一开阵，我方就会显出败象？"

"部属也在想这个问题，所以，昨晚特地去勘察了一下。"司泫说，"敌方已经撤离，战场尚未清理，交战旧迹还能一一寻觅。结果发现，我方射出的距离和敌方射出的距离竟然一样。没有了距离之长，只能比人数的多寡，敌方射手多于我方，我方开战即败，也在情理之中了。"

"司泫此言，认为此战之败，是某之过了。"玄股国的首领束亥站了起来，这一部族是以精于测算而著称。据说玄股的始祖，曾经完成过测量天地相距的伟业。玄股始祖因为操劳此事，累得几乎断了双腿，后来，神人出手相助，换了一双永远走不累的长腿，代价是腿的肤色自此之后变为玄色，而且代代相传。这一部族，因此就被称为玄股。

传到束亥这一代，测量天地距离的本领是没了，不过精于测算的本领还在，所以每次战事之前，都由玄股国来测定布阵何处。这一次也是这样。战事开始之前，束亥已经设置好了标记，标记是旁人不易察觉的玄石阵，由看似零散的几堆石块组成，但却包含着巧妙的设计。

陆离俞后来成为雨师妾国师之后，对这个巨阵的巧妙之处，用现代的术语做了更准确的解释，写在自己的穿越日志上。

这个玄石巨阵就是一个巨型的等边三角形。

三角形的底边与玄溟部队的驻地平行，顶点则是雨师妾盟军的箭阵。两条斜边的距离长短，取决于太阳日照的方向和角度。这样，当敌军走到三角形的正中点的时候，正好处在雨师妾盟军的箭距极点的位置。

这一位置也能保证，迎面而来的太阳的光线正好与地面形成45度斜角。45度斜角是举弓射箭，使箭距达到最远所必须的角度。这就意味着，敌方即使想举弓反击，也会被45度直射而来的阳光刺花了眼睛，难以瞄准方向。

三

"束亥兄，误解了。"司泫接着说，"我想束亥兄一向精细，战事重大，更不可能马虎从事。战事开始之前，束亥兄已经在敌方所经之地做好了标记，标记也无误。我方也有严令，敌方没有到达标记之处，决不开发一弓。而且，我问过飞髦兄，他是得到凿天的指令，才下令开弓的。"

飞髯点点头，他是负责箭阵的："帝也知道，我部箭士，除我之外，虽有长臂之能，但是目测之力，也同一般人无异，所以为保精准，敌方是否已经到达我方箭距，都是由凿天来监测的。凿天有腾空之术，目力超凡，从空中观测，最为保险，最为精准。昨日一战，我是看到他在空中挥手，直指敌方，我才下令放箭。"

帝丹朱回头望望侍立在自己身边的凿天。凿天点点头，躬身说道："飞髯部首所言无异，我的确是从空中看到，玄溟的箭阵到达束亥部首设定的标记之后，才按照事先约定，朝敌阵挥手。"

"司泫，你的意思是……？"帝丹朱问。

"部属的意思是，我方战前，于用箭一事也可谓千算万算，就是少了一算，最不可能的一算……"说到这里，司泫目光炯炯地把在座诸位都扫视了一遍，这是即将宣布重大发现的目光，"在开战的时候，敌我之间的距离被人缩短了。"

他看了看众人的反应，然后接着往下说："标记还在，但是与我方的距离变了。原来只有我方的箭力能够到达的距离，现在被人缩短了，成了双方都可以箭射对方的距离。"

"缩地术。"一个部首叫了一声。其他的部首也面面相觑，觉得不可思议。

司泫不说话了，他回到自己的位置上，皱着眉头坐了下来。他的目的已经达到了。

部首们相互议论起来，觉得此事虽然稀奇，但是好像是唯一的解释。昨天战事一开始，他们以为十拿九稳的开局，结果竟然败了。只是没人会想到，竟是这个原因。

"玄溟一方，肯定有异术相助。"肃慎国的部首，叫钦录的，这时也想起一件事来。

钦录和女汨一起负责的是右翼，也就是最薄弱的右翼。他们的任务是趁着中路敌军溃败的时候，从右翼包抄。战败之后，他也和女汨一样，到处被人指责，所以这次会议打算沉默到底，别人说什么闷头听着就是了。没想到竟然有一个替自己脱责的可能，马上抓住了。

"部属也很好奇。我部从右翼攻击的时候，突然起了一阵大雾。等到雾散之后，我才发现，我方已经陷入敌方的包围圈里。雾起之前，凿天侦测，千步之外皆无敌军，正好适合迂回包抄。但是雾散之后，敌军却突然在我方周围出现。敌军好像是乘着雾突然而至。部属一直就想不明白，这阵雾是怎么来的？"

"那阵雾来得的确蹊跷。"精卫族的部首衔木说道。

精卫族，就是传说中填海的精卫的后代。据说精卫终身填海，衔木不已，所以，后来的部首都以衔木为名。因为是精卫的后代，他们也有变化之能，能够腾空为鸟，落地为人。

一般是战事僵持的时候，才把他们派上用场。空中降下一支奇兵，尚思一战的敌方，立刻魂飞魄散。没想到此次战事，精卫部也是死伤惨重，奇兵成了哀兵。

衔木现在想起还很痛心："凿天挥手之后，我等即飞入空中，结果也遇怪雾扑来，迷失方向。原来落下的地方，应该是敌方的背后，但是等到落下之时，发现处在重重包围之中，我方落入的正是敌方兵力最强的正中。"

"凿天，这是怎么回事？"帝丹朱回头看着凿天，眼神严厉，"你自小生长在泽国，水雾之性，应当了然于心。水雾之起，必有其兆。怎么会不察其兆，怎么不速速禀报？此战之败，自有他因，但你不察之责，该当何处？"

凿天扑通跪下，低头不敢自辩一言。

"不是凿天失职。"沉默了半天的女泪开口了，她和凿天从小一起，怎么忍心看到他现在这样，"凿天只能察到水雾。昨天雾起之时，我正在雾中，据我所辨，根本不是水雾。水雾之气，清湿滋润，凿天怎会不知？昨天那阵雾，却是干竭枯蒙，与水雾之气全然不同，里面皆是硫黄丹石焚烧之味。就算是来有其兆，凿天怎能察知？"

"不是水雾，那是……？"帝丹朱问。

"丹雾。"女泪说。

其他人听罢面面相觑。丹雾是指烧炼丹药之时，从丹炉之中挥发出来的雾气。

帝丹朱若有所悟，马上转身问姬月："帝后刚才说，途中意外，致使延误，是什么意外？"

"哦，"姬月若无其事地说，"路过少咸山的时候，路旁的一座山突然崩了，碎石堵住了通道，清理了一天，才算完事。"

"缩地、丹雾、崩山……这是地炼门的异术啊。"帝丹朱对自己说。他想起那日玄珠的一番话，玄珠提到了，天符门、地炼门都在我雨师妾军中。现在看来，玄珠的话只说对了一半。地炼门不只在自己这里隐藏起来，而且已经在玄溟部大动起手脚来。难道真如玄珠所说，为了一件法衣，神鬼天地，已经破了长琴遗训，开始涉入人事？

帝丹朱不敢把自己所想告诉众部。神鬼天地之事，一向为人敬畏，现在军心涣散，再将此事说出来，估计士气涣散的程度，几乎无可收拾。

众人见帝丹朱眉头如锁，也纷纷低头。一时大洞之内，沉默如坟。

帝丹朱见此，也只好宣布散了，回去各整部众，以备来日再战。

四

帝丹朱一直在想，玄溟部很显然得到了地炼门的帮助。

他与神鬼天地都无交涉，但是为帝以来，为明世情，各方的事情他都会去了解一点，包括人人敬畏的神鬼天地。玄珠在身，微服私访，加上臣子上情，七凑八凑，总算了解到了一些皮毛。

据他所知，神鬼天地四门，更完整的说法是，神巫、鬼方、天符、地炼，每门名称后面那个字，就是每门异术的特异所在。神巫的巫，则是指巫术；鬼方的方，则是指方术；天符的符，则是指符术；地炼的炼，则是指炼术。至于这些术到底是指什么，那就不太了然了。神鬼天地一向修行神秘，其术如何，很少外传。偶有流言，也是猜测居多。猜测之言，大半都会流于众说纷纭，听得越多，越让人糊涂。

唯有地炼一门，算是例外。帝丹朱知道，地炼门的法术是以太子长琴所传的地炼法为根基。所谓地炼，是指将地中的金石之类锻炼熔烧，最后结成还丹。由于所炼者皆为地中所产，所以称为地炼。除此之外，其他各种杂辛秘术，非其门中之人，不能尽道。

能知缩地、丹雾以及崩山之术，还是因为地炼门曾经与雨师妾之间有过一段过往。

帝丹朱之前的先帝叫帝丹玄，雨师妾部诸帝的命名是以丹为头，另一个字就是按玄朱离黄洪武朱雀的顺序，一帝取一字命名，用完一遍，又从头再来。

帝丹玄在位时，地炼门曾经违背太子长琴的遗训，开始涉足人事，暗助先帝手下的一个叛臣谋反。虽然谋反未成，但是也将地炼门的法术泄露了一些。雨师妾诸臣及其部众都略知一二，例如缩地、丹雾、崩山之类。不过，地炼门经此一败，又回归隐秘，人间之事，不再涉足。因此，除了上面这些之外，外人所知也很有限。

帝丹朱想到此处，突然有了一个主意。他找来一个侍从，吩咐了几句，命他将白民部首司沄唤来。

不久，司沄匆匆赶到。施礼完毕，寒暄几句，帝丹朱就把司沄带到后面的密室。

"司沄部首，"帝丹朱说，"雨师妾部众之中，唯君深思善谋，能思他人之所不能思，谋他人之所不能谋。战局至此，不知司沄有何良策？"

司沄一脸平静，他这人一向如此，除非到了发狠的时候。他说："事已至此，思之已尽，谋之无用。若只限玄溟一部，司沄以为尚可一战，现在加上奇门异术，司沄不知如何能敌？司沄受雨师妾重恩，只能率部力战而已。"

帝丹朱点点头，他想司沄不至于绝望至此，只是话还没有说开而已。

帝丹朱说："我知道白民一部皆是忠勇，面对险境，也能不改始终。只是对方有异术相助，力战一策，无异投木扑火，投之越多，焚之越猛。丹朱不忍诸位部众之士，忠勇始终，只落得个焚尽成灰，还是应当另谋他策。司沄平日博识多闻，可知相助玄溟的诸等异术都是出自何处？"

司沄说："想必帝也应知，天下异术，能起缩地、丹雾、崩山者，应该是神鬼天地的地炼门。欲破玄溟，自然得先破地炼异术。欲破此地炼异术，自然得先知此术如何而成，或是何人所为。二者能知其一，其术皆有可破之策。"

帝丹朱点头称是："司沄所言，皆是我之所想。请尽言。"

"策之一，天下异术，有破有立。能知其所以立，即知其所以破。只要知道缩地、丹雾、崩山之术是如何而成，逆思演绎，即可知道破解之法。知水能结冰，则知火能融冰，因为水火之性，相逆也。策之二，如果不知破立，也有对策。天下异术，皆是人为。只要能够找到行术之人，就是一种破法。道理很简单，除掉此人，此术即破。"

帝丹朱叹了口气，说道："部首所言极是，丹朱也这样想过。只是神鬼天地向来修行隐秘，此术如何而成，我方一无所知；此术何人所为，我方也是惘然。即使能知其人，玄溟一部肯定重甲守护，我方岂能近其方寸，快刃除之？"

两人沉默了一会儿。帝丹朱突然问道："某自为帝以来，于先帝功业，也曾尽知其详。有一段先帝旧事，司沤知不知道？"

司沤自然知道，不过看帝丹朱正在话头上，就自谦了一句："不知。"

帝丹朱说："先帝手下曾有一重臣，其名为贰负。在先帝魂归悬泽之际，突然起兵反叛。先帝博爱仁厚，人人敬之，此人竟然兴兵叛逆，实在出人意料。后来查明，此人叛乱乃是地炼门中的孽徒尽力撺掇的缘故。这段旧事，司沤可知？"

司沤点点头。

帝丹朱接着说："先帝其时，本已静其思虑，只待魂归悬泽。遇到这场叛乱，不得不回视人事，领兵平逆。亏得先帝神勇，几次恶战下来，平了叛逆，擒住了逆臣。只剩地炼孽徒，未能追到。但经此一事，地炼门从此隐入群山。我雨师妾一国安然之后，先帝方才魂归悬泽。旧事重提，原因所在，司沤可知？"

"明白。"司沤点点头，说，"此乱既因地炼门而起，叛乱之中，肯定有地炼诸术相助。先帝既能平定此乱，肯定也有破除地炼诸术的秘法。如果能知其详，即可用于此次战事。"

"是这个意思。"帝丹朱脸上却一点高兴的样子都没有，"平逆之事，虽有典籍记录，但是所记甚略，难知其详。欲知其详，只能去问问参与过这次战事的人。可是，先帝旧臣虽然还剩一二，但随先帝出兵平逆的，已经一一故去。其余旧臣，估计也未必了然。现在只能去查查当日士卒，是否还有尚在世间之人。今日找来司沤，目的也是为此。"

"领命。"司沤听到这里，全明白了，他站起来说，"十日之内，成与不成，必有结果。"

"司沤，"帝丹朱苦笑了一下，"现在的局面，还有十日之闲吗？"

"那帝的意思？"司沤问。

"三日。"帝丹朱说，"成与不成，都只有三日之期。"

司沤答应了，领命而出。

五

帝丹朱看着司沤出去，松了一口气。正想歇息片刻，女汩款款地走了进来。她身上穿的是一件宽袍便装，看上去有点飘飘凌风的感觉。

"哦，你来了。"帝丹朱高兴地说，"这几天忙着处理军务，没顾得上去看你，都在忙些什么？"

女汩走到帝丹朱的面前，屈身坐在帝丹朱的腿下，两手枕在帝丹朱的膝上，头靠了上去："没忙什么……刚才出去的是司沤？"

"是的。你遇见了，有没有当面谢谢他？那天议事，他肯出言，替你脱责。"帝丹朱理了理女汩的头发。

女汩摇了摇头："他好像有什么急事，就打了个招呼，我想谢他都没机会。是什么急事，你派的？"

帝丹朱没有回答。沉默了片刻之后，帝丹朱突然说："我觉得你还是回苍梧算了。你执意要跟我出军，恐怕是不想和帝后独处。现在帝后来了，你们又得整天见面，还不如回苍梧，正好，又可以躲躲。"

"我干吗躲着帝后啊？"女汨笑着说，"再说躲来躲去，能躲到几时？免不了终有见面的时候。大家都省点事吧，是怎么样就怎么样吧。放心，我会让着她的，不会让帝父为难。"

帝丹朱也只好一声苦笑，继续劝道："以后战事险恶，待在这里，后果如何，毕竟难测。当初带着你来，除了避开你的帝后，还想让你历练，以后老成一点，能帮着我处理一些国事。现在，你也算有所历练了，再留下来，估计你自己也会觉得乏味，毕竟不是女孩儿待的地方。再说，帝后一走，苍梧那边，已近空虚，无人掌管，只有几个旧臣，昏庸老迈，我还真不放心。你去替我料理一下，如何？"

"行啊，等到打完这一仗，不管胜负，我都会走。胜了，我就回苍梧；败了，我就求漪渺女使，带我去昆仑虚。无支祁应该不会去昆仑虚找我吧。荒月支之地，烈日暴晒，他一海怪的后代，不怕被晒成一摊泥？"女汨一脸淡然，说的时候，还顺便编了几条辫子，突然又想起了什么似的，把编好的辫子往肩后一甩，问道，"帝父，你跟我讲讲，你是怎么从悬泽里出来的？一直就想问。"

帝丹朱看来特别纵容这个女儿，别人不敢问的，她就敢问。帝丹朱笑着说："你还真敢问。不过，这也不是什么大事，说说也无妨。我雨师妾的苍梧泽旁，有一座神祠，平日紧闭，亦无司祝之类。先帝去后，司祝就会群聚祠前，虔心祈告静待门开。门开之后，新帝就会出现在里面。我就是这样出来的。"

"哦。"女汨说着站了起来，"悬泽真是神秘，据说，走遍雨师妾国境的人，都没有见到过它。到底是什么样子，你从那里出来的，一点印象都没有吗？"

"没有，我第一次睁开眼睛的时候，就是在神祠。在此之前的事连同悬泽，我一无所知。"

"你不好奇吗？你的生身之地是什么样子？"

"我当然好奇。不过，命定如此，我从那里出来，回到那里的机会却只有一次，那就是我死之时。此事雨师妾人人皆知，想必你也清楚……"

帝丹朱说着，看到女汨的手上有点污迹，不知道刚才玩了什么，就拿起身边的一块帛布，轻轻地擦了起来，一边擦，一边继续说："不过，有一些事你是不知道的，因为没人知道，除了我之外。我归悬泽之时，是有预兆的，据说会有一只异鸟出现，此鸟名为离俞。等到此鸟死去，我也就该魂归悬泽了。到时，我会全身裹着黑色的尸布，然后司祝会在我的面上放置一个青铜的面具，我的手边会各放一个龟壳。然后我会被移到一艘木舟之上，木舟顺着苍梧之水漂流，不久，离俞鸟的精魂会跳到舟上，此后的道路，只有此鸟的精魂知道了。它会护送我的遗体一直流到悬泽之地……"

说到这里，帝丹朱发现女汨的双眼含泪，便安慰道："哭什么呢？此乃天命，再说此事尚在遥远，还不到伤心的时候。"

女汩抹了一把眼泪："不知道，想起这事就觉得难过。"她站了起来，"我还是出去走走吧。"不等帝丹朱回应，女汩就出去了。

帝丹朱看着女汩的背影，心里一阵怅然。如若再败，自己可能再也无法保护这个身影了。帝后姬月肯定会逼着自己把女汩嫁给无支祁，他再想反对，恐怕也无能为力了。

姬月带来的援军，是女和月母的援兵。女和月母现任的部首是姬月的哥哥危其。危其此次愿意出兵，是应姬月之求，但是也只肯出兵一半。他是自有打算，如果战胜，靠着一半的兵力，他能占据头功；如果战败，剩下那一半的兵力，几乎就是雨师妾部唯一能够倚仗的军力，到时雨师妾部就是姬月兄妹的天下，帝丹朱空有帝位，也只能听之任之。那时候，第一个受害的人，必是女汩无疑。

危其表面上对帝丹朱还算客气，但是骨子里一直就有股骄横之气。这次虽然已经领兵前来，但是却另选了一个驻地。前几日的议事，危其就借口远途行军，劳累过度，神思涣散，议事无能，容他鞍马歇息，以后再做商量。此后几日，一到请他前来，都是这种态度。帝丹朱明白，这是要他亲自上门去请，他才肯动窝的意思。

帝丹朱倒不是放不下架子，只是实在抽不出时间，这几日整顿旧部，商讨对策，真没时间去危其那里送面子。现在，一切都算停当，就等司沄的消息了。有了这个空，正好可以去给危其送面子。

帝丹朱想了想，叫了一个侍从，命他去给帝后姬月传话，就说打算宴请姻兄危其，帝后可愿代为操办。

侍从不久就回来了，带回来了帝后的答复，可以代劳，不过宴请的地点要改，改在危其的军营，时间是三日之后。虽然不出意外，帝丹朱还是忍不住冷笑了一声，然后命侍从回话："准了。"

六

女汩在山上的通道走了一会儿，左思右想：如果再败一次，帝后肯定是容不了她了，肯定逼着自己嫁给无支祁，到时候，怎么办？这还不是关键，关键是无支祁得到自己之后，下一步肯定会想着怎么弄死帝父丹朱。

她想无支祁的野心肯定不限于得到自己，最终的目的，很有可能是想找到通往悬泽的道路，而要知道通往悬泽的道路，只有弄死帝父丹朱。虽然她还不知道无支祁为何非要知道这条道路。她只是确信，无支祁真正的目的是在悬泽。

一般的婚嫁，都是男方遣使来聘，然后遣使来迎。无支祁却是坚持自己来聘，自己来迎，聘迎之间，应有一年左右。这一年之内，他想做些什么，会做些什么？女汩初闻此事，就有这番疑虑，只是还没有想到悬泽。后来，经人暗示，她才想到原来真正为的还是悬泽。提示她的人，就是来自荒月支国的女使潋渺。自此，她对潋渺颇有好感，虽然知道对方也非全然之善。

女汩在通道上走了几个来回，突然有了一个大胆的想法，干脆嫁给无支祁算了，利用玄溟帝后的身份，想尽办法阻止无支祁的野心，然后伺机除掉无支祁，一了百了。

　　这个想法一起，就让她不寒而栗。据说，无支祁的身边有一队贴身的女刺，每个陪无支祁过夜的女人，都有女刺护送。说是护送，其实就是监视。每个女人，都要经过女刺的搜身，从头到脚，几乎每个毛孔都不放过，然后送到无支祁荒淫无度的床上。

　　即使身为帝后，也不例外。无支祁很早就有过一个帝后，无支祁好像还很喜欢，几乎每晚都召见。最后逼得帝后自缢身亡，她实在无法忍受一天就来一次的搜身。

　　无支祁听到帝后的死讯，只是淡淡地说了一句："入殓之时，免了洁身。卿之所求，至此应该无憾了。"所谓洁身，就是入殓之前，需要对死者洁净全身。免了洁身，自缢而死的帝后就是一具一身污秽的女尸。

　　这位帝后，生前名为女瑊。因为她的尸首是以这样的方式被埋掉，后来又有了另外一个称呼，叫"女丑之尸"。这个称呼自然是无支祁叫起来的，此后，玄溟上下，无论愿与不愿，都得这样称呼以前的帝后。

　　听到这个消息的人，都觉得无支祁对待自己的帝后真是狠毒。

　　那位帝后据说出自欧丝之野，是瀛图著名的丝绸产地。丝白如雪，那里的女子，都喜着丝物，崇尚洁净。帝后尤其如此，青春正盛的时候，就被玄溟部众视作皓月美人，清净无邪。结果到了无支祁的手里，这位崇尚洁净的女子，不仅落得个一身污秽，葬入地下之后，还要背上一个洗不掉的"丑"字。

　　这些传闻，早就传遍了瀛图各部。女泪每次听到，都会面红耳赤，渐渐地，连提到这个名字都不可忍受，何况近其左右。就算这样才有机会除掉无支祁，她也觉得难以着手。

　　女泪想到这里，突然觉得胸口奇闷，便叫了一声"凫奚"，那只人头的鸟便飞到了她的身边，她跨了上去，吩咐道："带我到山后走走。"

　　凫奚平时生活在不庭之山，因其形状怪异，所以被视作恶兆，一旦出现，就会被人打死。女泪有次出猎的时候，救下一只，从此以后就养在身边。此兽虽具兽形，口不能言，心不能思，但却颇有灵性，始终忠诚，白天随着女泪四处奔走，一到晚上，就趴在女泪的房前。

　　凫奚驮着女泪转到山后。

　　山后是一片开阔地带，平日为练兵之所。这几日休整部众，此地一时清静起来。开阔地带的一处，有一队士卒正在给几十匹死马剥皮。

　　远远地，有一个女人看着。

　　马匹都是从战场拖回来的，被剥得尸肉横陈，味道连很远的地方都能闻到。那个女人大概担心自己受不了，所以还特意蒙了一块白色的丝布。

　　女泪认出来了，蒙着丝布的女人就是荒月支国的使者漪渺，便拍了拍凫奚的头，飞了过去。一停到漪渺的身边，女泪便跳下凫奚。

　　漪渺转过身迎了过来，解开丝布露出笑脸："刚才看到你在天上飞，心想，下来聊聊多好。没想到，你还真下来了。"

女泪也笑着问她："你在这里看什么？"

"看你们剖马。你们把马皮剥下来做什么？蒙在鼓面上，还是做成上阵的甲皮？"

"都不是。"女泪说，"这些马皮剥下之后，就会晒干，晒干之后，就会用来裹人。"说到这里，女泪突然想起来了，前几日在战场上抓到的那个逃兵，还想朝她扔出飞刃，他的结局就是开战之前被裹进马皮，活活地烤死，不禁心中大乐。

她拉起漪涟的手说："算了，别管这个了，这里味道太重，你跟我上来，我们换个地方聊。"漪涟点点头。两人一前一后，上了凫奚，然后飞回了女泪的洞穴。

漪涟自从来到雨师妾的阵里之后，一时也无事可做。她和女泪同龄，自然容易亲近，所以偶尔也往来几回。女泪久闻荒月支神秘，开始还担心漪涟难以接近。见过几次之后，才发现传言有误，至少表面来看，漪涟和一般的适龄女子差异不大。不过，虽然亲近漪涟，也都知道彼此的身份，所以女泪和漪涟谈的都是些琐事，一到军国大事，即使偶尔提到，也会立刻避开。

回到洞里，分宾主坐下。女泪问："女使打算在这里逗留几日？"

漪涟说："须等青鸟使来。我昆仑虚中，女主身边，常有三头青鸟，乃为女主信使。女主若欲召我，定会遣出青鸟。青鸟信来，即是漪涟回归昆仑虚之时。"

女泪一直对昆仑虚充满好奇，但也知道昆仑虚内的众多禁规。好在几天相处下来，她也知道界限何在。有一个问题就是在这界限之内，不如趁此机会问问。

"听说，能够进入昆仑虚的女子，都是适龄之时，被符文相招？"女泪问。

"是的。这事人人都知道。"

"我倒有一事不知道，不过，不敢问，怕被人剁了手拔了舌。"女泪捂住嘴，做了个害怕的表情，然后哈哈大笑起来。

漪涟笑着说："我荒月支国又不是屠宰场，整天以拔舌剁手为业。问与不问，皆在长宫心愿。答与不答，皆在我昆仑虚规。可以答的，我有问必答。不能答的，长宫问了也没用，我也怕被人剁了手，拔了舌。"

女泪心想，果然是个得宠的亲信，别人一谈就色变的事，她能做到看似等闲，内有尺度。

"那我就斗胆一问了，"女泪说，"那个符文，是什么样的？那么多的传言，但是从来没人说起过，到底是什么样子？"

"长宫想要看吗？"

女泪点点头。

"那好，说也说不清。我还是画一幅给你吧。我荒月支国内，能画此符的人，比比皆是。不过，敢于出来示人的大概就我一个了。还得有劳长宫，此符事密，只可自藏，不可传示他人。还有一言：以后发生什么，也请长宫记住，莫思今日，莫责漪涟。"漪涟说出这些话的时候，神色很慎重。

"放心。"女泪对外的事情上都是挺有男子气概，她的女子气似乎都只留在了帝丹朱的膝下。

女泪拿出帛布，还有砂笔，催促道："画吧。"

漪渺拿起砂笔，就在帛布上画了起来。漪渺从容娴雅，画起符来也有此番风韵，都是缓缓出笔，细细勾勒。

大概半个时辰，她把笔一放："好了。"

女汨眼前出现了一幅奇怪的图。

一个圆圈里，中间是两条上下结成 S 状的蛇，两条蛇缠结的部位是在蛇腰。

"这是什么意思？"她抬起头，想问问漪渺。但是漪渺的神色却在告诉她，这是不能问的。

七

陆离俞被关进名为死牢的山洞里面，已经过了好几天了。

陆离俞刚进山洞的时候，他摸到的水泥，还有防空洞一样的山洞，还能给他些许惊奇。几天下来，惊奇已经荡然无存。管那么多干吗？他想。

吃不好，睡不好，还得忍受史前时期各种说不出名字的，奇形怪状的昆虫叮咬。陆离俞心情烦躁不堪，心想，即使他搞明白了水泥的来历，也于事无补。他不得不忍受的一切，并不会因此改变。

陆离俞掸了掸身上衣服上的土。他不知道衣服到底出自何人之手，看起来和一件普通的衣服也没有区别，不过，现在身上能有一件衣服裹着，真是万幸。史前时代的人大概没有囚服的概念，所以关进死牢的人，如果自己身上没有一件衣服，那就只能光着胳膊等死了。

他慢慢发现了衣服新的神奇之处。衣服上的血迹，好像会自行消失。进入战场之前，季后在他身上涂了一掌血。进了死牢之后，他还在担心，死牢里没水，上面的血怎么洗得掉，结果几天之后，血竟然消失了。

不过，法衣也有让他失望的地方。有几次，趁着大家都熟睡的时候，他抹了一点血在上面，然后朝着石壁冲去，结果只是头上多了个包而已。他倒没灰心，法力一阵一阵的，这个他有经验，每天都试一次，说不定就撞大运了，一撞之后，就是一个完全自由的境界。

这种尝试不得不中断，因为一个人。

有一天晚上，他刚刚碰壁完毕，揉了揉头上的包，回头，就看见老树皮目光炯炯地盯着他。

"你在做什么？"老树皮问。

"你在看什么？"陆离俞没好气地回了一句。

自此之后，这个夜间碰壁的活动就没法进行了。老树皮好像盯上他了，睡觉的时候，还特意挨着他。每次陆离俞一动念头，立马跟出来的，就是老树皮那双夜里炯炯闪亮的目光。

"老瘪三，人都快死了，好奇心还那么重。"陆离俞恨恨地、沮丧地想。

这几天，他最想念的人就是箕尾方的季后了。对他而言，郁呜珂依然是虚无缥缈的，她到底藏在这个世界哪个地方，他都不能确定。那个长宫片刻之间曾让他恍惚遇到了郁鸣珂，但是几天之后，他认为这完全是个错觉。他脑子里有的只是长官的戏弄、斥责……要是郁鸣珂的史前化身是这个样子，他还是不认为妙。

他漂流到这个世界后唯一一个认识的人，就只有季后了。说得残酷一点，如果他死在这个世界，唯一一个有可能为之感到伤感的人，大概也只有季后。直到有了这种想法，他才第一次意识到死亡的恐惧。

季后会在哪里？是不是和他一样，也被关在这个到处都是洞的山里面？每次有人来给死牢里的人送饭的时候，他都会问送饭的士卒，这个地方的死牢有多少。士卒一句话就让他死了心："就这一个。"

他还指望着，季后也被雨师妾的军队抓起来，关在另一个山洞里，那就有见面的机会。

不在这里，那应该在哪里？陆离俞心想，最好的结果是季后逃离了战场，最坏的结果是他被玄溟部落抓起来了。

他向老树皮打听，玄溟是一个什么样的部落。

老树皮告诉他，玄溟是北方的一个海上部落，散布在北方的海岛上。

据说是烛阴神的后代创建了这个部落。烛阴神，又名烛龙，是一条龙，藏在北海深处，船帆难及，日月不照，四周全近漆黑，唯一隐约的光，就来自龙嘴里衔着的一根蜡烛。烛龙神是一条盲龙，这根蜡烛，就是它的眼睛。这根蜡烛上的光时阴时明，因为眼睛是一会儿睁开，一会儿闭上的。

"玄溟的首领是怎么产生的呢？"陆离俞问，感觉自己又回到了伪学者时期。那时，他曾做过一系列的田野调查。这些田野调查大多选在风光优美历史久远的地方，所以，名为田野调查，实际上就是游山玩水。钱快花光的时候，就到田间地头，找几个闲得发慌的老头老太太问问、听听、记记。回去查查资料凑成一篇论文，一次田野调查就算结束。

他想，这也不错啊，临死之前，能重温一下自己的伪学者经历，套用一下网络时代滥熟的说法，就算是对郁鸣珂的致敬，因为这条伪学者的道路也是郁鸣珂引导的结果。他开始考古学、历史学的研究，完全是为了能和郁鸣珂多一些共同话题。

"据说烛龙神本来不是龙，是一个人，一个男人。玄溟部的首领，都是这个男人的后代。"老树皮咂了一下嘴。陆离俞心里一凛，田野调查时，那些访问对象也是这副样子，咂一下嘴，然后接下来讲出的话，就不知道是胡侃，还是海扯。

"北海海边部落有四个大姓人家，分别为巴氏、相氏、羡氏、无支氏。四姓人家各有儿子长大成人。那时，海上的部落都是粗野无文，一点小事就起争端大打出手。又无君长之类可以出面裁决，往往闹到大动干戈，才算告一段落。后来有人就说，这样不行，再这样下去，大家都会变成仇人，得想个办法。于是，大家就决定，推选一个君长，来统领部落，以后有什么纷争之类的，就由君长负责解决。

"谁来当君长呢，有人想了一个办法。

"北海上有一座岛，岛上有一块巨石，巨石亘古以来就被称作穿刃石。

"因为石上有一个长窄口，就像抽掉开刃的刃鞘一样，据说来自远古海上的巨人时代。巨人航行途中，都是以此孤岛为休憩之地。为了歇息得更舒服，他们往往会解下随身的兵刃。有些巨人的兵刃无鞘，解下之后顺手就插在石上，等到离开时随手一拔，就留下这么一个口子。大家就把这块石头叫作穿刃石。

"有人建议说，大家站在穿刃石百步开外，朝着那个口子投掷开刃。谁能把自己的开刃直直地掷进口子，而且刃身全部埋入，谁就是他们的部首。

"大家都同意了。于是，大家乘船来到了孤岛，站在巨石前。结果，巴氏、相氏、羡氏三家的儿子都把开刃直直地掷进了那个口子，刃身完全没入。接下来，该怎么比？

"最后一个还没扔的，就是无支家的孩子，叫无支忌。他说，不要担心，我会替你们解决这个问题。等我扔过，大家都会奉我为帝。此言一出，三家孩子怎么会服气，都说：'就算你能掷入口子，也和我们一样。最多重新来过，再比几次，直到把掷不进的淘汰掉，剩下最后一个人。凭什么说，你这一掷之后，都得奉你为帝？'

"无支忌说，你们看着。说完，他就猛力一扔，开刃直直地插入，刃身完全没入。"

"一样啊！"有人叫了一声。陆离俞这才发现，洞里几十个死士都聚集在周围，听得津津有味。陆离俞觉得自己正在经历氏族时期，最具有娱乐性质的氏族活动——听老人家讲故事。

"还没讲完啊。"老树皮搓了搓胳膊上的泥，"这样的事情大家已经看过三遍了，一点也不惊奇。这时，无支忌说：'现在，你们一个个去拔一下，看看谁能拔出开刃。只要是谁能拔出来，其他诸氏我不敢保证，我无支氏在此立下誓言，一定世世代代奉他为帝。但是，如果没有一个人能拔出开刃，那么，这是天意，我无支氏世世代代都为诸海部落之帝。'

"大家于是依次去拔，结果，真的没有一个人能从石中拔出那把开刃。自此开始，部落就奉无支忌为帝，而且相约世代沿袭。此后，无支忌率部渐渐横行海上，逐渐拥有北海十六座大岛、三百六十座小岛，成为延续至今的玄溟部。"

陆离俞听到这里，觉得很耳熟，好像听到了英格兰的亚瑟王故事的前传。

关于亚瑟王的系列传说，史学界称为圆桌传说。圆桌传说中，亚瑟王成为英国君主，是因为他拔出了石头里的一把长剑。长剑据说自远古时期起就插在那里，没有人知道剑是怎么来的。现在看来答案找到了，是玄溟部的始祖无支忌扔的。

说不定事情真是这样，陆离俞心想，英格兰的位置，相对于中华大地而言，就在北方。

"这跟烛阴神又有什么关系？"陆离俞问。

八

老树皮接着说："事情是这样的。无支忌的目标不限于北海之地，而是成为诸海之帝，也就是东海、西海、北海、南海、渤海这五海之帝。成为北海之帝以后，他开始率船队向西海进发。结果，船队快要进入西海领域，就来了一阵怪风，把船队吹到了一座孤岛上面。

"这是一座北海女神的孤岛，北海女神的名字叫作女献，据说，海中所有的盐，都是她的化身……"

"不是女盐吗？"陆离俞一愣，他第一次听到海盐化身的女神，还是从季后的嘴里，那时听到的名字，叫女盐。

老树皮点点头，说："女盐是南海女神的名字。五海中的四海都为女神，分别是女献北海、女盐南海、女州东海、女直西海，唯有渤海例外。渤海之神是个男神，叫禺强。扯到哪儿了？哦，无支忌的船队被怪风吹到孤岛上，其实那阵怪风，是北海女神女献刮的，目的是要灭掉无支忌。等到无支忌逃上孤岛之后，女神却改变了主意。当天晚上，她就化身为一人间女子，走上孤岛，开始与无支忌共居同眠……"

说到这里，洞口又传来送饭的声音。老树皮活到这种境界，人生的目标大概就只剩下一个"吃"字了。他不理会陆离俞殷切的渴求知识的目光，连滚带爬地朝洞口跑去。

陆离俞吃了几天牢饭，这时也吃出感觉来了。一天就这么一次，这次要抢不到，一天都得饿着。于是，赶快也跟着冲过去。

一顿推搡怒骂之后，陆离俞终于拎回来了一块肉。闻着有点臭味，不过，现在也顾不了这么多了，他已经很长时间没吃到带荤味的东西了。

"这是什么肉？"他问老树皮，记忆中，他从来都没吃过这样的肉。

"马肉。"老树皮说，"接下来的几天，我们都有马肉吃了。"

"为什么？"陆离俞问。

"雨师妾会把战死的马匹搜集起来，马皮剥了晒干，剩下的马肉就分给死士。这样做的目的，就是把马肉存进我们的肚子里。等我们吃光了马肉之后，我们就跟一匹马差不多了。那时塞进晒干的马皮里面的人，就等于是一匹马了，正好放在火上活活地烤死。"

一个年纪很小的死士哇地叫起来了，把吃了一半的马肉扔到地上，旁边一个死士马上捡了起来。

陆离俞这时一口也吃不下去了，他曾以为非常遥远的结局，刚才就一口一口地吃进了自己的嘴里。烛阴什么的，他再没兴趣去问了。他把剩下的马肉递给了老树皮，算是付了刚才那场脱口秀的出场费。

洞口又出现几个士卒，开始走向这群死士。来者气势汹汹，盔甲佩刃喊嚓哗啦。几十个死士听在耳里，吓得两眼发直，好像怕冷一样，开始挤在一起。

士卒走到这堆人前，开始伸手扒拉，手推脚踢。陆离俞闭着眼睛。"你，"一个士卒抓起他，向外一推，"到洞口去。"这一推就把他推到了洞口。

洞口已经有一两个人了，过了一会儿，又推过来了好几个，其中就有老树皮。

老树皮被人拎着衣领双脚离地，手里还舍不得那块臭马肉。

"这是干吗？"他惊慌地叫着，"马肉还没吃完啊，就要裹马皮啦？"

话音还没落地，又推来了一两个。

"糟了。"陆离俞心想，自己肯定是被选中去祭神了，马上就要被塞进马皮，活活烤死了。他用手抓紧自己的衣服，心想：幸好还有法衣，待会儿弄点血涂在上面，一有机会，就朝石壁上冲。这好歹也算一个脱身的机会，说不定到了绝境，法力就满血复活了。

他悄悄地退到人后靠近洞壁，伸手在洞壁上用力磨着，心里暗暗祈祷：快点，快点，磨出点血来……

"够了。"一个站在洞口的，看样子是领头的，止住了里面几个揪人的士卒，"这几个人够了。"然后，他叫几个人站好。陆离俞这时已经磨出了一点血，趁着站队的机会，悄悄地抹到了衣服上面。

领头的看了看几个人，然后朝洞口外面一招手。

几个士卒拎着一桶水，还有几套衣服走了进来。

"把这些死鬼的衣服全部扒了，用水把他们冲干净，换上新衣服。"

"不行啊！"一声惊叫突然在人堆中响起。陆离俞马上捂住嘴，这一声是他脱口而出的。法衣被扒了我还有救吗？还有，以后怎么跟季后交代？到了这一步，他分不清轻重缓急了，居然觉得季后的责备比生死还严重。

"刚才谁在叫？"领头的眼光立刻凶狠起来。

几个站在一起的死士一点同牢情谊都没有，都转头看着陆离俞。老树皮还嫌不够尽心，满脸堆笑地伸出手来拉住陆离俞，往前推了推，然后一脸巴结地对着领头的说："是这个人，这个人叫的。"大概觉得这样一来，或许就能免了马皮烧烤之苦。

"那好，就从他开始。"

两个士卒立马把陆离俞拉出人群，几下就把他剥得干干净净。在此过程中，陆离俞的眼光始终没有离开过自己的衣服。他拼了老命，挣扎撕扯，结果被一拳打倒在地，又挨了几脚。

一个士卒问："这堆破衣服怎么办？"

领头的一点也不犹豫："烧了。"士卒答应一声，朝洞口走去。

陆离俞被按在地上，艰难地抬起头来，眼睁睁地看着法衣被点着。

他想，完了，还不如当初脱了，还给季后呢。

"让开。"那个领头的喝道，手里拎着一桶水，跃跃欲试。

按住陆离俞的士卒松开了手。陆离俞站起身来，跌跌撞撞地就朝洞口奔去。火还不旺，说不定能救回来。结果，一桶凉水迎面而来，他承受不住，一屁股坐到地上，浑身是水，只好张嘴大喘气。

领头的放下水桶，命令士卒："照我刚才这样，把这几个死囚弄干净。换上新衣服，带到危其部首的营中。今夜，帝和帝后要在危其部首营中宴请危其部首。这几个人就是杂役。"

九

"杂役都准备好了?"帝后姬月问。

前来禀告的士卒躬身答道:"是,已经发往危其部首的营中。"

"那就退下吧。"姬月说。等到士卒退下,她转过身,对坐在旁边的一个男人说,"军中草率,诸事不备,让柏高使者见笑了。"

坐在身边的男人,正是河藏的使者柏高。

柏高自入雨师妾以来,一直是一副莫测高深的样子,除了必要的礼觐,偶尔出现在帝丹朱面前之外,几乎是深居简出。今天出现在姬月的洞里,也是姬月邀请,非他主动求召。

"帝远征,不备礼乐,诸事从简,欲与将士同其甘共其苦,此乃仁君之象,柏高不胜钦敬。"柏高说。

"这也是无奈之举。"姬月说,"本来想着从军中找几个士卒,暂时充当一下。只是这样做了,估计雨师妾众部都不会给我好脸了。姬月虽然不贤,也不愿帝因此犯难。我想着,可以请我兄危其出些人手。不过,好像也不太妥当。我兄既为客,又是宴请之人,按照礼节,一切都得我方操办,怎么好去跟客人要人?想来想去,总算想起来死牢里还有几个死士。把这意思跟我兄说了,还好他倒不嫌弃死囚,一口答应了。"

"帝后辛苦。"柏高听着这些婆妈唠叨,还是一副莫测高深的样子。

"帝的意思是,这次宴会名义上是宴请我兄,其实也有犒劳诸部之意,所以各部部首也在宴请之列。另外,两位使者连日受累,也请光临,略作休息,聊洗征尘。使者至此,本应尽礼,奈何时势不与,只望两位使者知我难处,因陋就简,体谅我雨师妾一番心意。"

"柏高敬谢,一定叨扰。"柏高面无表情地说。

"那就虔心恭候了。"姬月说完,欠了欠身,暗示对方该告辞了。她实在不想跟这张木头脸再扯下去。柏高这边完事了,她还要去跟漪渺客套。两个使者她都不喜欢,柏高一脸死相,漪渺又和女汨走得太近。

她看着柏高,发觉对方一点起身的意思都没有,不禁大为诧异。

柏高看了看四周,眼神充满了暗示。

姬月便对侍女说:"你去回禀帝一声,就说河藏使者柏高已经应允赴宴,请帝勿忧。"

侍女领命出去,洞中就只剩下姬月与柏高两人。

柏高便说:"日前偶出,于一山脚之下,偶然拾得一物。某想,此物稀奇,唯知者能言其所以,所以一直携在身边,不敢示人。今日帝后相召,闻帝后所言,忽有所悟,所谓知者,莫非就在眼前?"

"你捡到的东西,是我掉的?"姬月问。

柏高没有说话,只是从自己的长袖之中拿出一样东西,放在姬月身边的桌上。

155

姬月一看，是一个青铜面具。她看了半天，方才淡然说道："帝好像一直在找这个东西，柏高使要是能送到他的面前，说不定会有奇用。"

柏高说："柏高刚刚说过，此物稀奇，唯知者能言。柏高和帝皆非知者，柏高是不敢，帝应该是不愿。"

"我也不知。"姬月说。

"那就留在帝后这里吧。帝后欲知其来历，可以自寻知者。"

"那好啊，就留在我这里吧。我仔细琢磨琢磨。再到处问问，看看能不能找到个知其来历之人。"

姬月说着，拿起青铜面具翻来覆去地看了看，突然忍不住地笑了一下，大概想起什么跟青铜面具有关的时刻。她倒是一点也不顾忌柏高在她身旁，不仅不顾忌，反而眼神回转暗含春意，流向了柏高，态度比刚才亲切多了："柏高使者留在此地长久，两边战况，应该了然于心。依你看来，此番战事，何者可胜？"

"柏高卑微，不敢妄言军国大事。此次所奉之命，只限传递盟国同心之谊，除此之外，皆为越职之举。此责此限，想必帝后也知道。"

"知道。只是奇怪，同心之谊，早已传达完毕，你怎么还留在这里？未奉帝命，擅自延长出使时间，难道不算越职？是不是还有什么事没做？"

"被帝后说中了。某奉帝命，其实还有一事。本应敬禀丹朱帝，但是，时势不允。现在这种情况，这件事说出来都算冒犯，只好转求帝后。"

"你说吧。"

"长宫女沮，清华绝世，有母仪天下之风。我河藏帝一向仰慕，久有迎娶长宫，奉为河藏帝后之心。所以，此次前来，帝有密令，寻一良机，表达姻缘之意。想必帝后明白，河藏、雨师妾若得此姻缘之利，就是同盟之谊，兼具翁婿之情，两部之系，定如山河永固。"

"这是河藏帝元图的意思？"姬月一字一字地问。

"的确是出使之前，帝私见某于密室，对某诚恳言之。"

"哼。"姬月冷笑一声，"我看是你的意思吧。整个瀛图都知道帝元图真正想要的女人是谁，除了这个女人，别的女人他都不放在心里。我听说帝元图和他的弟弟须蒙开战，真正的目的，好像就是为了这个女人。现在那个女人还没完全到手呢，他会很诚恳地托你去找别的女人？"

"这都是妄言流语。"柏高一脸正色，"须蒙垂涎帝位，已非一日。此次叛乱，也是早有所谋。所谓女人之类，不过是须蒙叛逆寻一借口而已，意在蒙污我帝，掩其不轨。我元图帝即位以来，励精图治，日夜操劳，以至整衣无暇……"整衣无暇，就是连身上的衣服皱了、脏了，都没时间去整理。柏高的意思是，连这个时间都没有，哪有时间去跟不忠的弟弟抢女人？

"行了行了。"姬月听到"整衣无暇"四个字，就打断了柏高，"你这套话，留着宴会的时候，说给帝丹朱听吧。你跟我说说那个女人，听说是一个女祭，她什么样，到底有多美，能让兄弟反目。"

156　　　"帝后所问，某皆不知。"柏高说着，又恢复到了莫测高深的样子。

姬月哈哈一乐，站起身来："我也不是特别想知道，一时起兴而已。那么说定了，危其营中，宴请之时，帝与姬月恭候大驾。"

"那姻缘之事……"柏高提醒她。

"这个你放心。一有机会，我会跟帝提起。不过，帝很心疼女泪，不愿意她离开。如果愿意，玄溟、雨师妾之间何至一战。现在战事正紧，提这些事，也不是时候。等到战事结束再说吧。胜了，此事尚可一议；败了，就请你的帝去跟无支祁抢吧。那时候，女泪肯定已经到了他的手上。"

十

柏高回到自己的洞府。他的洞府位置偏僻，一如其人。柏高静坐了片刻，过了一会儿，一个女子的身影，从洞府深处走了出来。

这是一个身穿青衣的女子。她走到柏高的面前，一言不发地低下了头。

"那件东西已经到了她的手上了。你要小心，她肯定会派人去查的。"柏高说。

女子点点头，柏高向来话就不多，说完这句之后，就示意她赶快离开。不过，女子尚有依依之意，还是留在原地不动。

柏高只好继续说："我知道你五百年修炼所求何物，只是现在还不到时候。你且回去，时候到了，你之所求，自会如愿。"

女子于是抬头问道："女青敢问一句，什么时候，才算到了时候？"

柏高摇了摇头，说道："我就是因为不知道，所以才会暂留此地。当初，此物出现的时候，据说是在悬泽之地。我想，应该是等我找到通往悬泽之地方法的时候。"

女青默然不语。

柏高走了过去，用手搂住女青的肩膀："天寒地冻，你要少出来走动，有事我自会去找你，放心，回去吧。"

女青抬起头，想要说点什么，终于摇了摇头，缓步走了出去。

走到无人之处，女青摇身一变，变成一只青色的狐狸，在夜色中奔跑。她的想法很简单，四条腿比两条腿跑得要快一点。

跑过一处草丛的时候，她停了下来，因为听到草丛里面好像有什么动静。

她想了一下，转身朝着另外一个方向跑去了。才跑没多久，她就听到身后一阵马蹄的声音，有人追上来了。她不敢往草丛里躲，刚才听到的动静表明，草丛里有人，周围肯定布满了机关陷阱。她只好猛力前奔，争取跑得比马还快。

一支箭从后面追了上来，正好射中她的后腿。

她不敢停下来，反而更加发力，五百年的修行终于让她腾空一跃，带着那支箭消失在夜雾里面。

马上的骑手跳了下来，看着夜雾。后面还有几匹马，也跟了上来，纷纷停下，上面的人也跟着跳了下来。

"帝后，你射中了？"一个侍女样子的女子的声音。

那个射手点点头，正是姬月。

"你能确定是这个妖狐？"姬月问侍女。

侍女点点头："确定，一直就盯着呢。这几天，就是这只妖狐，夜深人静的时候，出入柏高使者的洞府。"

"要不要追过去？"问话的是姬月的另一个侍女。

姬月摇了摇头："不用了。她会去哪里，我一清二楚。剩下的事，就交给危其部首吧。"

十一

危其站在自选的山营前面，带着一队部众整装肃立，静候帝丹朱的到来。

女和月母国与雨师妾国之间的结盟，开始于始祖时期的婚姻。始祖身边的两个侍妾——霄明、嬴光，据说是女和月母之祖的两个女儿。姐妹两个一块嫁给了始祖，始祖归入悬泽之后，两姐妹也一块沉泽守护。由此，就形成了两国之间世代姻缘的关系。

由于两国相距遥远，虽有姻缘关系，实际上彼此关系并没有到相互依存的地步。两者之间所以世代姻缘延续，是两部人都相信，这是不可更改的神意。

此次玄溟进攻雨师妾，危其只想隔岸观火，不想引火烧身。就算玄溟军攻进雨师妾的都城苍梧，与他何干，最多派队人马把姬月接回来就是了。战事一开，每隔几天，雨师妾的使者就会来到女和月母国，转达帝丹朱的请求，他都拖延过去了。直到最后一个使者出现，他才不得不改变主意。

这个使者就是姬月。危其看到姬月，自然是高兴，他们兄妹的感情还是不错的。刚一开始，他还以为姬月回国是来避难的。等到姬月开口要他出兵的时候，他的高兴就变成了吃惊。

"你也要我出兵？"危其吃惊地问。

"是的。"姬月说。

"这是怎么回事？你不是挺恨帝丹朱的？巴不得他早一点死掉。怎么啦，改变主意了？不想他死了？"

"没有，我还是期望他死，"姬月果断地说，"只是得死在我的手上！"

既然妹妹露出了这样的意思，危其只好答应出兵。答应了还不算，姬月一直就留在这里，整日催促着出兵，甚至还担心危其借故拖延，非要随军不可。有了这么一个压阵的狠妹子，危其只好日夜兼程。如果不是突如其来的山崩，前次大战之前他就能赶到。

一路上，危其看着嫁出去十几年的妹妹，身材依然柔软如少女，觉得真是不可思议。他听到一个传闻，帝丹朱似乎不怎么喜欢和自己的妹妹同床，所以身为帝后的姬月基本上都是一个人独守空床。宫闱事密，他也难知其详，姬月好像从来也不说。危其只能这样想，帝丹朱是不是瞎了眼，我妹这么一个大美人，他能做到不动心？

他想，这大概是出自悬泽的缘故，帝丹朱有悬泽的神性，所以不愿与人间女子述情。后来一想，也不一定。悬泽代代帝王中，皆有婚配，也能与婚配的凡间女子尽一番云雨之欢，只是无生育之能。这一点，人人都知道。悬泽所出，乃始祖化身，一旦有了子女，如何处置？所以走出悬泽之人，皆奉神谕，有云雨之力，而无生育之能。

帝丹朱的前任帝丹玄，就婚配一女。按照宗谱，这个女人还算他和姬月的一个远亲。帝丹玄魂归大泽之后，按照惯例，此女回了女和月母，成为浴月之地的一名女祝。

姬月出嫁之前，还曾去拜会过女祝。女祝脸上洋溢着平静，看不出一点岁月虚度的痛悔。姬月被这张脸感召，然后下了决心，接受帝丹朱的婚聘。没想到，会是这种结局。

后来，危其听到了另一个流言，似乎能解释姬月空床至今的原因。

帝丹朱收养了一个女孩，怎么收养的，谁也说不清，总之，一个女孩就出现在帝丹朱的身边。按照这个流言的说法，似乎是这个女孩挤走了姬月在帝丹朱心中的位置。

危其第一次听到这种流言的时候，觉得可笑之至。直到有一天，他去雨师妾参加诸部会集。帝丹朱将这个女孩叫了出来，算是给各部众引荐一下，危其才发现流言也有几分可信之处。

危其第一次见到比他妹妹还美的女孩，一旦这个女孩真正长大成人，该是何等倾国倾城。

他想，难道真如流言所说，帝丹朱将此女收留身边，就是等着这个女孩长大？

危其正想着，帝丹朱的车队已经在远处出现了。他赶忙迎了上去。

"丹朱兄，你可别是来骂我的啊。哈哈。"危其扶住刚刚下车的帝丹朱，热情四溢。

十二

双方一一见过，施礼完毕。

帝丹朱带来的人，除了姬月、女汨、一班部首之外，就是两个特意邀请的使者。

危其特地跟女汨打了个招呼。女汨还不太习惯和帝丹朱之外的男人表达亲切，虽然气度不减豪爽，但还是有羞怯之态，跟危其打完招呼之后，就靠到了帝丹朱的身边。

危其赶忙做了个请入的姿势。一个部下一声长啸，十几只雪白的巨鸟飞了过来。这是女和月母国的乘鸾，专门为贵客准备的，出自浴月之地。危其引导贵客上了鸟背，鸟背平稳如毯。

姬月上鸾之前，低声问了一句危其，危其正扶着她："叫你找的人，找到了？"

危其点点头："找到了。你打算什么时候上？"

姬月坐正了身："看我的眼色。有人想要挟我，我倒要看看，谁能要挟谁！"

宴会的气氛还算热闹。

帝丹朱之所以要叫上两个使者，就是想让危其明白，这次宴会是一般的礼仪宴会，不会有什么关于战局的商讨。危其好像也明白这个意思，所以宴会一开始，大家就在相互客套中度过了。

危其坐在客座，上位就坐着帝丹朱，旁边是姬月和女汨。危其每次敬酒的时候，都会看一眼姬月。姬月神态平静，一点异动都没有。他有点搞不明白，三天前，姬月心急火燎地要自己去做一件事，目的到底是什么？虽然从小就一起长大，但他从来都摸不透自己这个妹妹。

危其向帝丹朱、姬月各自敬了一樽之后，出于礼仪，又斟满一樽，举向女汨："河泽海荒，部落之众，无人不言长宫女甥明艳。往日一见，就知此言不虚。今日再见，更是越发清绝。浴月之地，有此一裔，可谓得天独厚。危其粗拙，但好歹也生长在浴月之地，深知如月皎质，难耐浊污。"说到这里，他停顿了一下，看了一下女汨。女汨恭敬地站在危其对面，低着眼睛，脸上微红。

危其心里赞叹了一句，接着说："危其虽然不才，忝为长辈，肯定尽全力护持之责。长宫勿忧，请尽饮一樽。"

女汨虽然性格豪爽，但是听到危其这一番话，也不禁有点脸红。第一是因为危其夸她长相绝美；第二是危其的话里暗示了，此次出兵的目的，完全是为了她个人的私事。虽然说得很客气，但是人人都听得出来。她红着脸，朗声答道："多谢危其长舅关爱，女汨愧领了。"说完，一口气饮完了一樽。

危其领着众部首齐声叫好。

女汨回头，叫一个侍女又斟满了，然后，向两边一一躬身之后，举樽说道："女汨此樽回敬危其长舅，以及各位部首。因女汨的私事，连累各位远途奔波，日夜操劳，实在是有愧于心。只能以此一樽，敬谢各位，护持之恩，此生不忘。"说完，又满饮了一樽。

危其又领着各位部首叫了一声好。

女汨正待坐下，危其赶忙说："长宫且慢。刚才一樽，只能算是回报了危其，危其心领。要论操劳，其他部首远远高于危其，岂能一概而论。危其愧领一樽，其他部首也当一并如此，一一敬过才是。"说完，危其就哈哈大笑起来。

其他部首觉得这可没法跟了。女汨好歹也是帝子，刚才那一番敬辞，已经给足了自己面子，现在危其又要她一一来敬，把女汨当成什么了，陪酒的女司？再说，女汨毕竟是一女子，酒量有限，一圈喝下来，会是个什么样子？危其这样说，不是明显叫女汨为难吗？

女汨微微一笑，态度比刚才要沉静得多了，刚才是有点女儿私情，现在则完全是一派帝子风范。

她说道："危其部首所言极是。只是女汨女流，加上年幼，实在难耐酒力，如果一一敬过，最后不免失态，伤了帝家礼仪。此宴乃是为危其部首而设。既为迎宾，应当尽礼为上。若因女汨不胜酒力之故，宾主败兴，难以成礼，女汨之罪，何以赎之?"

这样一说,危其脸上自然一脸尴尬,无言以对,只好呵呵笑着。

女汨又是一笑:"不过,危其部首所言也对。各位部首日日杀伐,全为女汨,女汨虽然不能一一奉樽,也当另有回谢。这样吧,女汨曾陪祭悬泽,习得祭歌一首。各位如不嫌弃,女汨就以此奉献各位。一来此歌清逸,能够稍缓耳中的杀伐之声;二来军旅在外,思念故土,此为乡音,正好劳慰各位的故土之情。"说完,她命身边的侍女取出一张木琴。

侍女一直站在女汨身后,抱着一个长长的丝囊,现在解开丝囊,取出里面的木琴。

女汨接过木琴,盘腿坐下,置琴膝上,流目四周,然后浅浅一笑:"望各位先恕女汨冒昧自献。"开始朗声吟唱起来:

> 陟彼悬泽兮,我心窈折,匪心窈折兮,子意未决。
> 陟彼河源兮,不能旋还,女子善怀兮,我思尚远。
> 陟彼高岗兮,我马离殇,匪马离殇兮,我意无往。
> 噫哉汪洋兮,一灯浩茫,携之云门兮,与子徜徉。

刚一唱完,就听到有人"噫"了一声。声音短促,好像刚一出口,就硬生生地收了回去。

女汨听出来了,声音竟是来自宴座一侧的杂役,不仅暗自诧异。她知道,这帮杂役都是从死士中挑出来的,心想:死士里面,谁敢这么大胆?暂且放下,回去再查。

她按下心中的疑惑,含笑下视。众人皆是一脸陶醉,等到女汨目光下视,众人连同危其在内,齐声叫好,然后尽皆满饮一樽。

帝丹朱面带欣喜,看了一眼刚刚风头出尽的女汨,然后对众人说:"小女浅陋,各位厚爱。要论歌艺,河海泽荒,部落之众,皆推浴月之地。浴月之地,所当推者,非我姬月帝后莫属。"说到这里,帝丹朱看着姬月。

姬月笑着接了一句:"帝的意思是,我也得唱?"

帝丹朱还没答话,下面的众人马上一哄而起。大家都知道姬月平生最得意的是什么。

刚才女汨一曲,姬月一直默然不语。帝丹朱自然知道其中何意,所以赶快把话头转向姬月,免得大家接下来的颂扬之声都送给了女汨,冷落了帝后。

姬月微微一笑:"那好啊,反正也是尽兴。各位远道来此,一为小女私事,二来也是为我雨师妾的体面。姬月忝为帝后,自当也有奉答之仪。我浴月之地,倒有一曲,献神之时,往往吟唱。我也冒昧一次,不知道各位听不听得进去?"她欠了欠身,打算站起身来,又像想起什么,坐了下来:"不过,姬月不像女汨,有备而来。此曲得操琴而歌,方显其中意蕴悠长。这样吧,姬月就借女汨的琴用用。"

姬月身边的侍女赶忙移动脚步,打算去女汨那里取琴。刚一动步,就被姬月用

161

眼神制止了。姬月曼声斥道："女汨身为帝女，当知奉迎礼节，用得着你来多事。退下！"侍女赶快退了回去。

女汨连忙站起身来，取过琴，低头离座，双手举琴至眉前，躬身，一步一挪，走到姬月座前，行了一个跪礼："女汨奉琴。"

姬月接过琴，笑了一下："有劳你了。"也不说"回座"二字。女汨只好原样跪着。

众人见此，一片沉寂。帝丹朱也是一脸无奈。

姬月调了调琴，然后满意地点点头："这首曲子，乃是思神之曲，神今不在，真是不知道，姬月该唱给谁听？"众人面面相觑，心想，神今不在，这是何意？

帝丹朱皱起了眉头。他当然知道姬月此言的真正用意，只是没有想到，姬月会如此无忌。几天之前，已经有人密报：青铜面具的事情，已经有点眉目了。那晚，有人看到一个头戴青铜面具的人，从帝后的洞府里走了出来。只是还没查明那人是谁，待在帝后的洞府里做些什么？

帝丹朱听了之后，半天没有说话，只是严令密报之人：此事不得外泄，否则立斩无赦。现在，听到姬月说出"神今不在"四个字，帝丹朱心里就是一颤——一个青铜面具的影子浮现在脑海……

姬月抬头，好像刚刚发现女汨跪在前面的样子，轻声一笑："怎么还跪着？回去吧，有劳你了。"

女汨站起身，施礼完毕，低头回到自己的座上，一脸寡欢。

危其看到这幅场景，心里暗自发笑，心想，这场争斗真是女人才能想得出来。

姬月左手按住琴弦，右手一拨，琴声飘出，跟着就是姬月的吟唱之声：

> 三月江离，欣发初期，惜我佳人，莫置我衣。
> 四月采靡，悲莫知己，归我佳人，莫浣我席。
> 近黍如旅，远黍如荠，知我佳人，行行未已。
> 采采狩鲤，来奉久侣，念我佳人，琴瑟无依。

唱到最后一个音的时候，姬月弹弦的手突然发力，嘣的一声，弦应声而断。

姬月又是一笑："糟了，用力过猛。女汨勿忧，回去之后，换一张好的给你。这张我先收着。"说完，她把琴递给了自己的侍女。

女汨只好起身道谢，然后怏怏坐下。帝丹朱拍了拍女汨的手，算是劝慰。他知道姬月如此作为，其实是有深意的，因为姬月弄坏的这张琴，是他送给女汨的。

众人赶紧举樽，满座皆是颂扬之声，姬月含笑领受，然后吩咐杂役上菜。

众人知道，到了这个份上，再不弄点场面出来，就太对不起帝丹朱的一番苦心了。女汨长宫、姬月帝后都一一献歌，自己能做的，就只剩下卖力地喝、卖力地吃、卖力地一片喧哗。

片刻之后，觥筹交错，笑语欢谈，已是不绝于耳。只有女汨一脸寡欢，如坐针毡，巴不得早点结束，回到自己的洞里做点什么，发泄下心中的闷气。

柏高和漪渺作为使者，都坐在靠近帝丹朱的位置，正对着危其。

柏高始终很沉默，对周围发生的一切不闻不问。

漪渺倒是热情，尤其是跟危其。她好像对浴月之国这个名称很感兴趣，不停地向危其打听。危其告诉漪渺：所谓浴月之国，是传自始祖，据说始祖之妻，名为常羲。常羲生下了十二个月亮。月光皎洁，如同出浴，所以，这一地方又被称为浴月之国。

"既然是十二个月亮，"漪渺好奇地说，"为什么现在只有一个？难道跟十个太阳一样，有九个都被禳解之术去掉了？"

"这个我也不知道，大概也是有禳解之术吧。"危其说，"事涉远古，我也难知其详。"

"事涉远古，你们不算远古，谁算？"

喧闹的宴会中，突然有人问了这样一个问题。众人都觉惊愕，一下子静了下来。大家循声望去，结果发现，声音竟来自站在一旁的几个杂役之中。杂役负责上酒上菜，到开吃开喝的时候，就退到一边，大家一直都当他们不存在。没想到，里面竟然会有人来插上一嘴。

"大胆！"危其站了起来，"刚才是哪个胆大的奴才肆意出声？"

一阵静默之后，有一个人被人猛地推了出来，踉跄着到了宴席的正中。

女汩睁大眼睛，叫起来了，总算找到一个可以发泄的对象了："这个死囚，怎么到这里来了？"

帝丹朱这才认出来，这人就是打算朝女汩扔出飞刃，后来被他下令关进死牢的那个人。

姬月的态度很直接："推出去，斩了。"

帝丹朱连忙制止："今日欢宴，不能妄加杀伐。这人叫得蹊跷，我们先问问。你叫什么名字？"

陆离俞刚才一直低着头给各位贵人端酒送菜。法衣被烧，他慌乱到了极点，什么都没主意，脑子里满是季后的责备。等被人赶出洞口，脑子里才有了一个更恐慌的念头：裹马皮，活活烤死……

直到走进危其的军营，他才得知自己只是被选为杂役，松了一口气。

今天晚上，按照事先的训令，上完菜，端完酒之后，陆离俞就退到一侧，等着负责宴席的人的下一道指令。

女汩吟唱完，他不由自主地叫了一声，因为他初入这个世界，就在那个山洞里，听到一个女人对他唱过同样的一首。他想，怎么会这么巧，于是，不由自主地叫了一声。等到声音一出口，他才反应过来事情不妙。幸亏没人注意。他正在暗自庆幸，回头一看，老树皮正在偷偷地打量他，虽然立刻低下了头，依然掩盖不住那一脸老皮贼相。

陆离俞狠狠地瞪了他一眼，这么想阴我，到底有什么好处？

接下来的事情，陆离俞也都亲眼目睹了。女汩快快不乐，很明显姬月帝后是想要打压女汩。以前对女汩蛮横的记忆好像也冲淡了不少，陆离俞有些同情起她来。

等到觥筹交错、宾主言欢的时候，陆离俞出于好奇听了一段，越听越觉得难以理解。他到现在都无法确定自己到底到了哪一个时代，就想从这些人的嘴里找到一点答案。他已经能确定的是，这是一个远古时期，不能确定的是，是远古时期的哪一个时期。

当他听到危其嘴里出来的，竟也有远古之憾的时候，不禁叫了起来。因为这就意味着，坐在这里的人，竟然会和他处于同一起跑线上，同时面对着同样远古的、同样的传说。

一出口，他就后悔了。然后，他就被人推到了宴席中央，他不用回头就能知道，做事这么绝的只能是老树皮了。

帝丹朱问他名字的时候，他想，赶紧抓住这个机会，帝丹朱从女汨手里救过他一次，说不定还能再救他一次。

"离俞。"他赶紧说。

"什么？"帝丹朱有点不相信自己的耳朵，不由自主地站了起来。

女汨也不相信自己的耳朵，也站了起来，扶住了帝丹朱。其他人倒是都听清楚了，但是不明白帝丹朱为什么会这么大的反应。在场的人中，只有帝丹朱和女汨明白"离俞"这两个字意味着什么，他们相互看了一下。

"你把自己的名字再说一遍！"帝丹朱说着，坐了下来，顺便轻轻地推了推女汨的手。女汨点点头，松开了手。

"离俞。"陆离俞又说了一遍。

"这个名字倒还奇特。"帝丹朱说，"有什么讲头吗？"他想尽力掩饰刚才的失态。姬月已经把怀疑的目光投向了他。

"我也不知道。"陆离俞想起了洞中那个女人的话，正好拿来一用，便说，"离者，火也；俞者，舟也。据说是一只鸟的名字。这只鸟会出现……"

"住嘴！"女汨喝道。

"干吗，你为什么不让他说下去？"开口的是姬月，她觉得这里肯定有问题，虽然不知道是什么问题。

女汨一时无言，幸亏帝丹朱接了下去："这是几天前的旧怨了，女儿心性，总喜欢纠缠些小事，念念不忘。好了，以前的事就别提了。"他给女汨递了个眼色。女汨只好低头坐下。

帝丹朱转头问陆离俞，神态恢复了平常的仁厚："你叫离俞。刚才出声，什么原因？"

陆离俞心想，这哪里解释得清，但不说又不行，只得硬着头皮，胡扯一通："某来地偏远，不通此地诸事，遇事即惑，惑亦难解，愁困郁积，难以自制，所以才有此一声。确非故意，祈请帝恕。某一死士，岂有肆意冒犯之心？"

"哦，这也是了。"帝丹朱点点头，"你是从哪里来的？"

陆离俞又犯难了：我从哪里来的？中华人民共和国？他想了一下，忽然想起一个名称——禹国。

他想，以前以为自己是穿越到了夏朝，现在到了这里，才知道，夏是一帮只有一个眼睛的人，根本就不是一个朝代。殷商，也不对？西周就更不可能了，只能从夏朝往上推，然后承接炎黄的，应该是大禹治水那段时期吧，历史书上好像是叫禹国。

"禹国。"陆离俞大着胆子说。

"胡扯。"歧舌国的部首兀析叫了起来，"十日竟出之时，禹国之人，一夜皆没。现在哪里来的禹国人？这人妄托虚无，看来非傻即癫，还是推出去斩了，世间还能少一个妖逆。"

"也不见得事无可能。"危其的一个部下开口了，他不是存心要保陆离俞，而是存心要跟帝丹朱的部下较劲，"也有人说，禹国之人，只是迁离他处，并非一夜皆没。"

帝丹朱见纷端将起，赶快说："今日欢饮，不必为此疯癫之士坏了心情。来人，把这个人带下去，带回我的洞里。待会儿，我要好好询问一下。"

帝丹朱的侍从赶快把陆离俞带走了。

陆离俞经过几个杂役身边的时候，狠狠地瞪了老树皮一眼。老树皮若无其事地站在那里，一副厚颜无耻的样子。陆离俞想不明白，将死之人，阴人不已，有什么乐趣可言。

第七章

一

陆离俞被押走以后，帝丹朱的心思再也没法留在宴会上了。

女汨也没心情，她本来就不怎么习惯这样的场合，被姬月一闹之后，已经兴味索然，满脑子已经是想着快点离开，现在出了离俞，更是如坐针毡。

帝父曾经说过，他的死是有预兆的，就是会出现一种叫离俞的鸟。虽然眼前叫离俞的，不是一只鸟，而是一个人，但是，万一是帝父记错了，离俞就是一个人，不是一只鸟，或者，离俞虽然是一个人，但是却具有变化之能，能够变成一只鸟，那不是应验了帝父说过的，离俞一现，丹朱即亡？

宴会一时冷清下来。帝丹朱强打起精神，又喝了一会儿，然后，站起身来，向危其致歉，因身体不适，只得暂时先退。

帝丹朱起身打算离席，女汨和其他部众纷纷站了起来，只有姬月还坐着不动，说是要留下来和兄长叙叙旧事。帝丹朱觉得奇怪，两人一起走了一路，还没叙够？转眼一想，这样也好，免了晚上的麻烦。每晚，他都得在姬月的洞里待上一会儿，因为两人久不同床，这不长的一会儿，对两人都是煎熬。他想，姬月的想法应该也是这样。

柏高也想跟着帝丹朱一块离开，但是没走几步，就被姬月的一个侍女留住了："帝后请柏高使者留步。"

危其送完帝丹朱转回来，发现柏高还在原处，不禁大为诧异。

姬月远远地发声了："留下柏高使者，只是有点小事。我大哥最近弄到了一样东西，举世罕见，唯知者才能言之。我想柏高使者应该是知者之一，所以特地留下柏高使者，替我们讲讲这样东西的来头。"

危其听到此言，方才明白姬月留下柏高的用意。他大笑了两声，拍拍柏高的肩膀，把他推到刚才的座位前。

柏高听到姬月的话的时候就有点失态，这番话正是搬弄他白天对姬月讲过的那番话。不过，他很好地控制了自己。他坐下的时候，脸色已经恢复到了平日的莫测高深。

危其也坐回自己的位置，朝着姬月点了点头，然后拍了拍手，命人把昨天捕到的那样东西带上来。

166　　那不是一样东西，而是一个身着青衣的年轻女人，脸上有刀刃划过的伤痕，看样子是经历过一番挣扎。她站在三个人的中间，眼神苦楚，直盯着前面的姬月，好像根本没有注意到两个男人。

姬月蛮有兴趣地看着，开口问道："你叫什么名字？"

"女青。"女人低声说道。

姬月转身问危其："这个女人，大哥是怎么找到的？"

"附近的一个山洞里。找到她的时候，她好像已经受伤了，躺在山洞里。我们进去的时候，她瘸着一条腿，想往洞外跑。那条伤腿估计是被什么人用箭射伤的。"危其递给姬月一支箭，"射她的那支箭，就放在她的身边，大概是她自己拔出来的。"

姬月接过那支箭，看了看。箭看起来很轻巧，箭尾两面用丹砂描出了一个字。

姬月把箭递给了柏高："柏高使者认得出这是谁的箭吗？"

柏高接过箭，看了一下，递回给了姬月："箭尾一面描出的这个字，是'姬'字，另一面，是'月'字。这是帝后的箭。"

"哦，我的箭。"姬月夸张地看了看这支箭，"我的箭怎么会到一个女人的身上？我这几天倒是用过一回箭，不过，我记得这支箭是射在一只青狐的身上的。"

她一脸歉意地望着眼前的女人，然后转回头问柏高："现在到了一个女人的身上，柏高使者知道这是怎么一回事吗？"

柏高的身体开始颤抖。等到恢复到平静的状态之后，他对姬月说："帝后想知道的，应该不是这个。"

"可我想知道的，就是这个。"姬月说，"柏高使者善知来历，今天还指教过我，真是让我大开眼界。现在遇到这样的事，怎么可能一无所知？姬月觉得，应该只是不愿意说而已。既然柏高使者不愿意说，那就只好另想办法了。大哥有什么主意？"

危其说道："我听说有些青狐有变化之能，能变成女人。这个女人大概也是这样。"

"是这样啊，"姬月赞叹一声，"她是怎么由一只青狐变成一个女人的呢？"

"想要知道这个，只要逼着眼前这个女人变回青狐就可以了。"危其说。

姬月笑了："倒是个办法。不过，怎么才能让她变回青狐呢？她自己肯定是不愿意。"

"听说过一个办法，从没试过。据说青狐能变成女人，是因为她的体内含有一颗灵珠。灵珠浑灏流转，所以才有变化之能。一旦吐出这颗灵珠，她就失去了变化之能，只能退回原形。"

"有什么办法，能让她吐出灵珠呢？"

"好像是挖一个坑，然后把女人埋进去，只露出她的头。女人口渴的时候，就灌她海水。每灌一次，它就会吐上一次，连着体内的东西。等到它把身体里的东西都吐完之后，再能吐的，就是灵珠了。"危其一边说，一边看着女青。

女青脸色惨白，既是因为还未愈合的伤口，也是因为危其说出的这些话。

"办法不错。美中不足的是，好像挺费时间的，得多长时间？"

"如果烈日之下，好像得暴晒几日吧。现在这天气，阴爽宜人，那就不知道要多少时间了。"

"太长了，等不起。就算能等下去，也没兴致了。"姬月想了一下，转头问柏高，"有没有能省点时间的办法，柏高使者？"

女青本来是面朝着姬月，这时也随着姬月把脸转了过来。

柏高的脸色也开始发白，不过他的声音倒是没有什么变化："柏高不知。"

"又是不知？"姬月一脸诧异，"使者开导我的时候，好像知道得挺多的啊。现在是怎么回事？"

危其拍了一下桌子："据说狐变之迹，终于尾闾。即使变成了人，尾闾之上还是有狐尾的痕迹。察看一下就知道了！"

"尾闾，好像是背骨的尾端？那不是得扒了她的衣服？"姬月掩唇一笑，"这我可做不到。"

她看了看柏高的神色，心想，跟我斗！现在这个局面，看你还怎么跟我斗："不过，你们两个大男人，倒是可以做到。我暂且回避一下。你们只要把结果告诉我就是了。"说着，姬月站起身来，朝洞口走去。

危其立刻站了起来，绕过桌子，就朝女青走去。一到女青身边，伸手就搭上了女青的衣领。女青挣扎了几下，无奈危其力大，几下挣扎，一点效果也没有，反而让危其的手能够顺势，试探得更加深入。

女青只能继续挣扎，脸上的表情都有点扭曲，越来越有狐形的轮廓。危其一点也不着急，就像在放任女青挣扎。他一只手反扭着女青的两只胳膊，另一只手稍微用力，哧啦一声，女青外面的袍服就被撕开了，露出了里面的亵衣。亵衣的颜色朱红，特别刺激人的眼睛。危其的呼吸有些急促，脑子里盘旋着一个想法——再用点力，把这件也扒掉……

柏高则好像被钉住了，一动不动地坐着，看着眼前发生的一切。

女青见挣脱不过，转起脸来，一口唾沫狠狠地吐到危其的脸上。危其一愣，松开了手，一脸羞愧。姬月察觉到了异样，停下脚步转过身来朝着这边看。

"怎么停下来了？"姬月问。

"好歹也是一部之首，"危其说着，用手擦掉了脸上的唾沫，"干这种事，是不太体面。"

"那就算了？"姬月微笑着说。

"怎么能算了呢？"危其说，"这种事还是叫下面的人来干吧，我一旁看着就行了。"他一声吆喝，几个面目狰狞丑怪的士卒跳了出来。

"你们，"危其指着女青，对几个士卒说，"把这个女人剩下的布片都扒了，等我看过之后，你们就带走吧，想干什么，我都不会过问。"

这几个士卒都是长途奔波，一路烦累苦闷，现在有了这么一个机会，马上冲了过去，一下就把女青围住了，七八只手开始扒拉起来了。女青拼命挣扎着。

"真是看不下去。"姬月转身又要走了。

"慢着，"女青突然一用力，从一个士卒手里挣脱了出来，然后狠狠地一推另一个抓住她亵衣的士卒，跑了几步，说，"帝后请留步。"

姬月转过身来，朝着女青走了几步，一挥手，几个士卒赶快退到了一边。

女青双腿一跪，声音又急又颤："帝后捉拿女青至此，肯定不是想查明女青之身到底是狐是人，肯定另有打算。请帝后立即明示。女青敢言，三日之内，帝后所愿之事，必能兑现。如若不信，帝后可扣押女青三日。三日之后，若无兑现，女青任凭帝后发落。"

"你能保证，三日之内，我之所欲，必能兑现?"姬月半信半疑的样子。

"能!"女青狠狠地说。

"那好，三日之内，我要一个人离开此地。"姬月说道。

"不必三日。"一直默不作声的柏高突然站了起来，说，"柏高现在就向帝后辞行。只有一个条件，"他朝姬月施了一个大礼，"请帝后蒙准，容柏高带走此女。"

"哦。"姬月有点吃惊。她原来以为，依柏高的心性，不会这么轻易地让步，肯定会搞点什么花样。刚才说三日之内，就是给自己一个应对的时间。没想到，柏高这么快就认输了。

"临别之前，柏高使者，要不要跟帝话别?"姬月问。

"不必。柏高已经言尽，我河藏也有要事，不能逗留。烦请帝后代为辞行。"柏高又施了一礼。

姬月点点头："那好，你把她带走吧。我就不送了。"

柏高离开座位，捡起被危其撕下的袍服，走到女青身边，伸手扶起了她，把袍服披了上去。女青先推了几下，突然又放弃了，半靠在柏高身上，一手攥紧袍服的领口，一步一步地走向洞口。

姬月后面看着，慢慢地，脸上竟有了羡慕的表情。

危其走到她身边，也一起看着。等到两人的身影消失在洞口，危其就问了一句："你这又是唱的哪一出?"

姬月叹了一口气，说道："我在想，要是我遇到这样的事，会不会有个男人也像这样，为我出面，然后扶着我一路走下去?"说到这里，她看了一下危其的手，骂了一句："手贱!"

危其哈哈一笑："你要的不就是这个吗? 我哪有兴趣下手，什么都没摸到，就摸出一手狐臊……"

姬月不理他了，继续看着洞口，突然又来了一句："男人怕手贱，女人怕心贱。这个女人就是心贱，遇到柏高这样的男人，估计会被骗到死无葬身之地。五百年的修行，说到底，也敌不过一个'贱'字。"

危其笑了笑，他承认，从来都搞不明白这个妹子的想法，现在也是如此。他朝外面喊了一声，打算叫人安排姬月回去，却被姬月制止了。

"今晚，我就住你这里了。"姬月说。

"住我这里? 干什么?"危其问。

"等一个人。"姬月说。

二

帝丹朱心事重重地走在回营的路上。女汩跟在后面，看着被士卒押着的陆离俞。

快到军营的时候，女汩突然策马，赶上帝丹朱。"帝父，"她叫了一声，"我有一样东西落在危其舅舅的营里了，我去取回来。"帝丹朱自己心里有事，也没多想，就答应了，只是吩咐几个侍卫跟着。女汩于是掉转马头带着侍卫，又朝危其的营里跑去了。

女汩说有东西落下，其实是个幌子。她真正的想法是，去查问一下那几个还留在危其营中的杂役，看看这个叫离俞的人平日和他们谈过些什么。如果从离俞的嘴里，他们知道了他们不该知道的事，那就只好把他们统统都杀掉。

帝丹朱当然不会想到这些。回到自己的洞府，他命人将陆离俞仔细看管起来，日后再询问。

战事临近，他不想为了这个分心。他担心的是，如果有人知道了离俞出现，乃帝亡之兆，然后再散布出去，本来摇摇欲坠的军心，就会更加不可收拾。出于这样的考虑，他才会把陆离俞带走。

帝丹朱现在更操心的是另外一件事。

三日之前，他命白民部首司泫去打听先帝平叛的老兵，看看能否寻到些破除地炼异术的线索。三日之期，现在只剩下了一日，司泫还没踪影。明天是最后一日。如果司泫还没有回来，那该如何是好？战事紧急，用什么样的办法才能破掉地炼门的缩地、丹雾、崩山之术？

帝丹朱想到这里，叫来一个侍卫，命他前去司泫营中彻夜守候，只要看到司泫的影子，立刻把他带到这里。帝丹朱担心司泫回来，不会先到自己这里，而是直奔他自己的营地。

有传闻说，此次出征，司泫将自己婚配不久的妻子也带来了。他的妻子化装成一个随身的侍从，就藏在司泫的营中。

帝丹朱初次听到这个消息的时候，觉得有点难办。按出行规定，除帝丹朱之外，其他部首都不允许擅带眷属。若犯了此律，当以军法从事，虽然不是什么严格的处罚，但肯定会让受罚者脸面全无。雨师妾各部首里面，帝丹朱一向倚重的就是司泫。他不仅为人忠勇，而且思虑周全。如果因为这种事情而被查办，对帝丹朱来说，无疑是自折一臂。帝丹朱也不愿意因为此事，毁了自己在部首之中的声誉。

所以，得知传闻之后，帝丹朱只是命人暗地打探了一下，看看情况是否属实，然后再做打算。打探来的消息是，的确有此传言，但是难以查明从何而起。司泫的营中，也未见有女子乔装。如果传言属实，司泫应该是将新婚妻子藏在别人都不知道的地方。

帝丹朱心想，既然是藏在别人都不知道的地方，那么传言又是怎么来的？于是命人再查，很快又查到一条传闻。有人的确看见过一个戎装的青年，深夜时分，悄悄地离开司泫的军营。虽然身着戎装，但从其身姿步态来看，更像是个女人，大概就是传言里所说的，司泫新婚的妻子。

传言如此不一，帝丹朱觉得此事难以决断，还是不理为妙。此次战事，若想取胜，司泫乃一必不可缺之人。新婚恩爱毕竟难舍，就算司泫带来了新婚妻子，也算常情。

帝丹朱现在担心的是，如果传言属实，司泫外出三日，肯定思念不已，或许会把军情放置一边，先去见妻子，款款一番之后，才会来到自己这里复命。

之后，帝丹朱又叫人前去通知各方部首，明日聚众议事。他想，明日议事，危其应该会到。今天的晚宴算是给足了他面子，他不可能不领情。明日如果司泫回来，带来了他想要的消息，最好；不好也没关系，反正雨师妾与玄溟的下一战是躲也躲不掉的。

做了安排之后，帝丹朱开始专心考虑一件事：如何准备即将到来的第二次战事？这次战事会在何日，他还不知道，但是，他知道，如果雨师妾再败，后果将不堪设想。

帝丹朱正谋划着，女汩走了进来，身上还穿着赴宴时的服装。

"帝父，"女汩叫了一声，"你还没歇？"

帝丹朱抬起头来："哦，你回来了。怎么去了这么久？怎么样，东西找到了？"

"找到了。"女汩说。

"那就去歇着吧，今晚你也够累的了。"

"我从危其舅舅的军营里出来，好像看到了……"女汩迟疑地说。

"看到了谁？"帝丹朱心不在焉地问。

女汩抬头，看到帝丹朱一脸愁苦的样子，赶快露出了笑容："没看到什么。很晚了，帝父也早点歇着吧。"等到帝丹朱点了头，女汩就离开了。

帝丹朱看着女汩离开的身影，心里一阵纠结。

司泫新婚之时，帝丹朱略感意外。他一直以为司泫想娶的人是女汩。虽然没有明言，但在帝丹朱面前，司泫一直有此暗示。帝丹朱觉得可以成全，只是得等女汩也有此意愿，自己才能顺水推舟，成全这段好事。不过，对于男女之事，女汩好像一直处在天真无邪的状态之中，尤其是在帝丹朱面前，这让帝丹朱总是觉得时候未到。没想到，他还在等待时机，司泫竟然放弃初衷，另外寻了一门亲事。

趁着礼送贺仪的时机，帝丹朱问了一下司泫。他这才知道，这段婚事，搭桥的原来是帝后姬月。

帝丹朱心想：或许是司泫不愿违背姬月的好意，才不得不放弃自己的初衷。想到这里，帝丹朱一声叹息，为女汩错过的好姻缘。

看着女汩离开的身影，帝丹朱想，要是当初一狠心，不管女汩有无意愿，都把女汩嫁给司泫，或许就少了战事。

三

帝丹朱在自己的房里左思右想的时候，女泪也是坐卧不宁。她脑子里想着刚才去危其军营的时候，看到的事情。

她带着几个侍卫，策马赶到危其军营的时候，一路故意耽搁了一会儿，因为她不想和姬月碰上。

宴会散场的时候，她记得姬月说过，要和危其叙叙旧。现在赶去，说不定正碰上危其和姬月一起。不如先耽搁一会儿，估摸着姬月离开了，再进入危其的军营，然后，找到危其索要杂役。杂役本来就是帝丹朱死牢里的死士，估计危其也不会反对。

等到把那几个杂役带出危其军营，她就找块空地，一个一个地审讯。查出什么不对劲的，就叫侍卫动刀，反正几个死士，死了也没人追问。

这样想着，她就带着几个侍卫，去了危其军营旁边的一个小山坡上。距离危其军营大门有点距离，从这个位置，可以看到危其军营的动静。如果姬月离开，这里也能发现。

不知道过了多久，一直没看到姬月出来，女泪正有点不耐烦，忽然看到通往危其军营的道路上，一个人急急地策马跑了过来，直冲危其军营。到了军营门口，那人急忙跳下马来。女泪吃了一惊，从身影看，很像是司泫。

司泫怎么会到这里？他不是被帝父派出去了吗？女泪隐隐有点不安，虽然也不知道为何。她看着司泫走进危其军营，然后就消失了。过了一会儿之后，一队人从危其军营了走了出来，她认出来了，那是姬月的队列。

一个侍卫过来问她："长宫，帝后已经走了，我们可以过去了吗？"

女泪想了一下，突然改了主意："不用了，我们回去。"

司泫肯定是去见危其了。现在自己进去也要去见危其，两个人说不定就会碰到。她知道司泫曾经对自己有爱慕之心，大概就是这股爱慕让她觉得，最好还是不要遇见。不是不喜欢司泫这个人，至于其他什么原因，她也说不清。

一路上，她都在想，司泫去危其那里做什么？忙完帝父委派的要事，他应该先去帝父那里回命才对，怎么会跑到危其那里？难道已经回过了？就算回过了，他去危其那里干吗？

走到帝丹朱洞府口的时候，正好听到他在吩咐侍卫赶往司泫的军营。

女泪心想，这么说来，帝父还没见到司泫。这样一想，她反而犹豫了，不知道该不该把看到的告诉帝丹朱。司泫的做法，明显有不顾军情紧急的嫌疑，可能会招来处罚。她不想给司泫带来麻烦。

在帝丹朱面前，几经犹豫，她还是决定，这件事就她一个人知道。

由于司泫的出现，她没法进入危其军营询问几个杂役。这个叫离俞的人，是不是知道自己的出现，是一个和帝父生死有关的征兆？这个事情不搞清楚，她会彻夜难眠。

想到这里，女汨叫出一个侍女。两人一起走向关押陆离俞的地方。

关押的地方，是帝丹朱的侍从休憩的一个房间。比起死牢，最好的改变是有了一张床。陆离俞迫不及待地躺了上去。

陆离俞睡得正沉，一个侍从把他拉了起来，叫他跪下。

女汨和侍女一前一后地走了进来。侍女看着陆离俞，叫了一声："哎呀，怎么又是这个人？"

陆离俞听到这个声音心就凉了一截，心想，这两个女人大概闲得无聊，又来消遣自己了。

女汨坐下之后，命陆离俞抬起头来，问了一句，口气温和得让陆离俞感动："你说自己是禹国人？"

陆离俞点头称是。

女汨又问："据传言，十日竟出之时，禹国之人，全数被灭，我瀛图之地，从此皆无禹国之民。你这个禹国是从哪里来的？"

陆离俞也不知该如何作答，本来就是编出来的。他做教师的时候，也会遇到这种情况。明明是一通胡侃，结果有些学生竟然认起真来，一下课就揪住他问："老师，不对啊，你刚才讲的，其他书上不是这样说的。"遇到这种情况，陆离俞的做法一般都是反其道而问之，然后指出其他书上的说法是不对的，既然其他书上的说法不对，自己的说法，不用证明也成了对的。

想到这里，他便问道："既然是十日竟出，那么瀛图之地，皆不能免。为何只有禹国之地，才会全数尽灭？长宫细思其理，是否有不妥之处？"陆离俞的意思就是说，要灭全灭，凭什么你们都活着，我禹国人就该一个不剩？他现在已经开始以禹国人自居了。说谎的人就是有这种魄力，坚持到最后，连自己都信了。

女汨说道："瀛图之地，自然是都不能免。但是，有一禳解之术，如果能照此行之，就能解除十日竟出之灾，不行此禳解之术的，就难逃此灾。禹国之君，不肯行此禳解之术，所以才招来了一场灭顶之灾。此事，我瀛图之地，人人皆知。"

陆离俞问道："不知长宫所说的禳解之术，指的是什么？"

女汨心想，这人是不是装傻，连这个都不知道，要在往常，对着这样一个身份低微的人，她是没有耐心的，现在情况不一样，她要从这个人的嘴里得到确切的答复。

于是，女汨说道："所谓禳解之术，就是将一女巫，置于日下烤晒至死。瀛图之地都这样做了，所以免了灾难，只有禹国之君不肯照此行事，最后一国灭顶。"

"我禹国之君，为何不肯行此禳解之术？"陆离俞听到这里，自己都好奇起来，完全是学术上的。

他想起来了，自己与郁鸣珂曾经讨论过的《山海经》里有烤女巫的记载，但是好像没这一段。另一个想起来的，就是他的一个梦，在梦里，他看到一个女巫，躺在一块巨石之上，用袖子遮住了自己的脸。这是一个烤晒女巫的场景。

"据说禹国之君与本国女巫有私情，所以不肯以之禳解。"

"后来呢？"陆离俞听到这里，跟看琼瑶剧一样，还有这剧情？

173

"十日竟出之时，禹国的民众纷纷请愿，请王交出女巫。王不答应，反而一意孤行，将女巫藏之宫中。后来死伤渐多，群凶并起，禹国的民众开始围住王宫，逼着禹王交出女巫。禹王仍旧固执，不过，那个女巫感王之诚，私自走出王宫，把自己献给了禹国凶民。禹国凶民抓住了女巫之后，就把她捆绑起来，放在烈日之下，烤晒至死。

　　"女巫死了，但是灾祸仍然不减，于是又有传言，说王与女巫已育一女，欲除十日之灾，必须连同此女一并烤晒。众人于是又围住了王宫，要王交出此女。数日围困，王宫寂无声息。众人等不下去了，就一起发力，破门而入。王宫里面空空荡荡，只剩下几个饿得快死的侍从。

　　"他们抓住一个侍从，追问起来，这才知道，禹王携女离开了王宫，并立下一毒誓：禹国之人，连一个幼女都不能相容，有何面目再存于瀛图之中？这一毒誓，后来竟然成真，禹国之人，尽数皆灭，至今无一遗存。"

　　"除了王和那个幼女？"陆离俞听到这里，总算有点明白了，"长宫以为，我就是他们其中的一个后人？"

　　"你说你的名字叫离俞？那你应该知道，离是火的意思，也是日的意思；至于'俞'字，有人说是舟的意思，舟即有行的意思。离俞，即日中逃走的意思。那位逃走的禹王，后来就被人叫作离俞。有一种鸟，我从没见过，据说也是从日中飞逸而出，所以，我们也把它叫作离俞。"

　　陆离俞心想，这真让人长了见识。如果自己的来历的确是这样，那倒不失为一件幸事。至少可以解释自己为什么会来到这里。祖先遗留的福利啊，我在这个叫瀛图的地方，还是有来历的，以后再也不用自叹孤苦无依了。可他自己也不太相信，这种福利，会是一个关在新疆死牢里的老囚犯，留给自己没见过面的儿子的。

　　他对女汩说："我不想骗你。'离俞'这个词，是我母亲给我取的。她说是从一本书里找到的，至于什么意思，估计连她也不知道。"

　　"书？书是什么？"女汩大概第一次听到这个词。

　　陆离俞心想，她应该是不知道这个字的，我自己到了这个世界，从来没有见过这样的东西。

　　"书嘛，"陆离俞想到了一个解释的办法，"就是用来记录东西的，记在一张纸上，很多张纸，最后装订成册，我们就把这种东西，叫作书。"

　　"纸，又是什么？"

　　这下陆离俞真的为难了。纸是东汉时期发明的东西。从现在他所处的环境来看，好像离东汉时期还差一截："你们这里，如果想要记下一件事情，一般会采用什么办法？"陆离俞问，有点循循善诱的样子。

　　"我们是用丹砂，写在一张帛上。"

　　"那你就想象一下，把这些写满了字的帛，装订成一个小册子，那种东西，就叫作书。"

　　"哦，你们禹国人都是这样？"

174　　陆离俞点点头。

女汩半信半疑地看着他："你说自己是禹国人，也是你母亲教给你的?"

"不需要，我们那个世界上的人都能知道这一点。从小，就会被人教育，我们的祖先的历史就是来自一个叫禹的人建立的国家。不过，这一点到了这里，好像变得不太一样。"

"怎么不一样?"

"怎么讲呢，有一段历史，好像我们是一样的，但是，这段历史结束之后，我们的历史就分开了。我们好像走的是不同的道路。这两条道路应该没有相会的时候，但是，很奇怪的，我却走到了你们这条路上。"

女汩觉得这话难以理解，不过，这也无关紧要，谈到这里，她已经认定，此人并不知道，"离俞"事关帝丹朱的死亡之兆。

她站起身来，对负责关押的侍卫讲："这个人，你要好好看护，不要出什么意外。"

她又对陆离俞说："以后，我会照管你的。不管发生什么情况，我都会照管你的。"

陆离俞从她眼神里读出了一层意思——只要有她在，他的生命一直就是安全的。

这眼神让他放心不少，等到女汩离开，他就躺到床上，放心地睡了起来。入睡之前，女汩讲的禹王的故事在他头脑里回旋了一会儿。这真是个孤苦无依的故事，他好像看到，一个远古帝王带着一个小女孩，踽踽独行……

四

第二天，帝丹朱召集部众开了第二次会议。

他、女汩还有其他部首都已经到位的时候，还没看到姬月和危其的身影。昨天晚上，临睡前，他去了一趟姬月的洞府，侍女回禀说，姬月留在危其部首的营里，明日一早才会回来。

等到鼓响三通，姬月和危其才缓缓出现。

危其忙着向各位道不是。姬月却款款而进，脸上带着月晕一般的柔光。

帝丹朱觉得吃惊。他只是在新婚之夜里，从姬月的脸上，见到过这样的柔光，然后，也是同样的夜里，他见到柔光消失之后的失落。他想，自己的余生都会笼罩在亏欠里，因为他知道柔光来自怎样的情意，他也知道这样的失落，对一个女人而言意味着什么。但他无言以告无能为力，只能终生都沉溺在深深的亏欠里。

柔光再次出现，帝丹朱觉得自己的心仿佛被什么东西狠狠地刺了一下。他不愿意想起的事情，就这么刺目地出现了。

姬月走到自己的位置上，高傲地看着前面，似乎一点也不在意自己没有按时赶到。

危其一脸谦卑地坐着，脸上的表情却很明白：我能到这里来，你就谢天、谢地、谢祖宗吧。

帝丹朱沉默了一会儿之后，询问各位部首：几日以来，部众整顿如何？敌方所能之术，我方如何应对？

关于第一个问题，各位部首都相继作答，大都回复已经整顿完毕。

对第二个问题，大家都沉默以对。过了一会儿之后，束亥才说出了一个方案。束亥说，敌方能够缩地，肯定是已知我方箭阵的开弓箭距。能知我方箭距，肯定是已知我方箭阵的位置，甚至也可能知道我方为敌方箭阵行进设定的标记。不然的话，异术再奇，也难保不会出现差错。

束亥话音一落，众人皆言极是。

可能开战之初，已经有人将我军的布阵情况，偷偷地通报给了敌军，当务之急，应该是先查出内奸，然后才能保证我军的布阵位置不会被敌人知晓。

帝丹朱想了一会儿，说道："现在只是猜想，究竟有无此事，还很难说。就算有这样的事，数万部众一一勘查下来，等到有结果，要到什么时候？我军现在的情势，可有此等空闲？还是先把内奸之事放在一边，当务之急大家想想，怎么能破掉敌方的各种妖术？"

帝丹朱的话音刚落，一个侍从跑到帝丹朱的身边，耳语了几句。

"来了几个人？"帝丹朱听罢，问道。

"一个。"

"男的？"

"女的。"

帝丹朱点了点头："两军交战，不辱来使，你让她进来。"然后，他对众人说："迎敌之事，暂时先放在一边。玄溟方已经派来了一个使者，大概是来谈条件的。我们一起听听。"

进来的是一个神色清冷的女人。

刚一走到洞口，就被侍从拦住了："卸刃，通名。"这是帝丹朱特意叮嘱的，以示雨师妾一方虽然败了一阵，但是气势还在。

女人暗骂了一句"多事"，还是照着侍从的话做了。等到她把佩刃交给侍从，侍从手捧佩刃，高喊了一声："玄溟使者女朴，入幕觐见。"

叫女朴的女人走过长长的通道，通道两旁都是诡异的目光。

玄溟帝无支祁好淫，众人皆知。据说，连他的贴身护卫都选了一帮女人，名为女刺。没想到，派来商谈和战的，也是一个女人。刚听到丹朱帝说起使者一事，大家都以为来者可能是个男的，或是老成持重，或是桀骜阴厉，没想到来的竟是这样一位。

女朴来到帝丹朱的座前，弯身鞠了一躬。

"怎么不跪？"女汨怒声斥道。她现在看玄溟女人的眼光，就跟听人说起鸷民国的女人一样。众所周知，鸷民国的女人都是做什么的。她想，无支祁这样淫乱的男人，身边的女人能像样到哪里，肯定也是一样的淫贱。

"不到时候。"女朴说，迎着女汨的目光。大概一路走来，都是这样的目光，她也不怎么当回事了。

176

"什么时候，才是时候？"帝丹朱问，用手按住了正准备起身呵斥的女汩。

"败我玄溟之时。"女朴说，"或是，女汩长宫成为我帝后之时。"

女汩心想，这女人竟然还想着让我成为玄溟帝后，我若成为你玄溟帝后，第一个就灭了你。

帝丹朱笑了一下："那就不勉强使者了。前者嘛，以目前的态势来看，暂时无望；后者嘛，恐怕小女会一直让你失望。凿天，领座。"

凿天还没走下来，女朴就躬身婉谢了："奉我帝命，特来相扰。所相问者，只有两事。第一件事，还没出口，丹朱帝的答案就有了，那就不必再问了。现在请教丹朱帝的，是第二件事。奉我帝命，特来相询，为免战事拖延，民生凋敝，猎乘之事，三日后重启，可否？"

"猎乘"一词，在瀛图之中，是指会战的意思。乘是指一种灵兽，名为乘黄。此兽状如巨狐，背上长有双角。据说，能乘此兽者，可以得寿两千岁。所以，瀛图四部，都把获得此兽当作一种祥瑞。不过，此兽因其灵瑞，也很罕见。一旦出现，四部之间，为了争夺此兽，往往会大打出手。由此缘故，逐渐地，四国交涉时，一遇战事，都以"猎乘"一词取代。

女朴说完之后，帝丹朱的部众都怒不可遏。

女朴的意思很明显，如果不能立刻达成婚约，三天之后，就将开战。话里的威胁意味明白无误，一直扎到部众的心里：如若再战，你们这些人，必败无疑。

一遇到这个时候，跳出来的往往都是兀析。歧舌国，舌头分叉的祖先的后代，一副舌头，肯定不会只是用来吃吃东西。

兀析站起身来，冲着女朴喊道："听说，玄溟每战，都是女人临阵。无支祁自己一个人躲在后面，抱着几个侍女，歌舞取乐。请问使者，你是替他临阵的那位，还是供她取乐的那位？"说完，他自己就先哈哈大笑起来。

其他的部众也跟着附和大笑。不一会儿，所有的笑声都停了下来，只剩下一个人的笑声，还在继续，就是女朴的笑声。

众人取笑的心思刹那就没了，大家都被这疯魔的笑声给镇住了。

女朴笑完，一脸正色："女人临阵，毕竟不好，不过，男人临阵，还会败在女人手上，各位又作何感想？"

兀析被这一呛，半天都说不出话来。

束亥赶忙跳出来，嗓门比兀析还高："无支祁要是个男人，就别躲在后面。靠女人去打仗，算什么本事？"

"瞪着眼问我干吗？"女朴回眼一瞪束亥，"那是他的事，想知道答案，你去问他。"

"行啊，你叫他出来，我问。"束亥想也没想，脱口而出。

帝丹朱来不及制止，心里替这几个笨嘴的盟友着急，这样说话，不是摆着让这个女人涮吗？

"我叫得出来吗？"女朴笑着说，"不急，三天之后，你就会有机会，不过是被人绑着，跪在我玄溟帝面前。那时，我会替你求个面问的机会，不然，你会死不瞑目的。"

"三天我是等不了了。"一直坐在帝丹朱旁边，欣赏这出闹剧的姬月开口了，"现在还算方便，不如现在。请女使代劳，代我问玄溟大帝一个问题：有个叫女浸的女人，他还记得吗？"

此言一出，使者女朴脸色煞白。

姬月微笑地看着，等候着。

众人也觉得奇怪：一听到这个名字，刚才这个傲气十足的女人，一下子变得拘泥紧张起来，好像听到了一个她最怕听到的名字。女浸，会是谁？

女朴点了点头："帝后所托，一定带到。"

"那好，先谢了。记得一定要把回话带给我啊。"姬月殷切地说。

女朴躬了一下身，默然不语。

帝丹朱见此情况，知道已经被帝后挽回一局，心想趁此机会把女朴打发走。于是，他说："除了帝后所问，也请将我的回话一并带到。猎乘之事，何日开启，在我不在他。如果无支祁一味欲战，三日之后，我会在乘黄之地等他。"

这也是瀛图迎战的套话，所谓乘黄之地，指的就是战场。帝丹朱没有明言，但是大家都知道，下一个战场，肯定只有一个地方，就是离苍梧最近的开阔原野，名为都穆之野。

女朴躬了一下身，然后掉头而去。走到洞口的时候，要不是门口的侍从提醒，差点连佩刃都忘了拿。她大概想着，越快离开这里越好。

五

女朴走了以后，帝丹朱看看众人的脸色，知道都在担心三日之后的战事。

如果仅是双方力战，犹可一搏，加上帝后的援军，筹划得当，说不定还有几分胜算。但是，上次战败的原因，已经一清二楚，对方有异术相助，这叫人如何着手？想到这里，人人都是脸色惨淡。

帝丹朱见此，知道无法再议，劝勉几句之后，就命大家各回各部，整顿兵马，准备三日后的大战。

众人相继离去，帝丹朱还坐着沉思默想。

姬月问了一句："你不走？"帝丹朱摇摇头。

姬月看着女汩，说："你留在这里陪一下。"女汩连忙答应。

姬月走了几步，又转回身来，对帝丹朱说："有一件事，差点忘了告诉你。河藏使者柏高昨晚宴会之后，因有要事决定返回河藏。事出紧急，来不及告别，他托我转告。"

帝丹朱点点头。他对这个消息倒不怎么着急，河藏部的态度已经清楚了，现在留在这里，也于事无益。他只是觉得有点奇怪，一部使者临行之前，应当跟自己告别才对。不知道河藏到底有什么紧急要事，难道是元图与须蒙之间的战局有了变化？

等到姬月的身影消失在洞口，帝丹朱对女汨说："你也走吧，我一人留在这里想想。"

女汨告别离去，帝丹朱注视着她离开的背影。背影消失在洞口，但是帝丹朱的目光依然持续，好像所有解决问题的办法，都会在洞口出现。

大概过了半个时辰，一个身影在洞口出现。这个身影让帝丹朱眼前一亮，他期待的就是这个。

他激动地从位置上站了起来，叫道："司泫。你总算回来了。快说说，有消息了吗？"

司泫急忙走到帝丹朱面前，躬了下身。

帝丹朱连连催他："别讲什么虚礼了，赶快坐下，有什么消息赶快告诉我。"

司泫于是急忙把自己几天来打探的消息说了一遍。

他的本意是想查找几个尚存于世的先帝士卒。几经周折之后，竟然一个都找不到。

他又找了先帝的几个旧臣，他们的回答是，据说先帝那一仗，打得十分惨烈。先帝从苍梧引兵，据说有数万之众，最后回来的只有数百之众，可谓惨胜。这数百之众，也都伤痕累累气息奄奄，回到苍梧之后，好像很快就一命呜呼，一个都没剩下。

有人还嫌司泫失望得不够，又讲了一些情况，关于那残剩的几百个士卒。

这些士卒到了苍梧之后，很多人都被他们奇特的相貌惊呆。他们看上去都具人相，但回到家中，家人都不敢接近。他们回到苍梧，好像只有一个目的，就是等死。有些出征士卒的家眷登门拜访，结果他们的样子，让家眷们连靠近的勇气都没有。

"为什么？"听到这里，帝丹朱也觉得好奇。

"他们说，这些人身上有一种让人受不了的味道。"司泫说，"好像是死尸的味道，而且是死了好几天的死尸的味道。"

"你是说，先帝用死尸打赢了这一场仗？"帝丹朱苦笑着想，这我可没办法了。活人都打不过，靠着一群死尸，能行吗？他想，有些流言真是荒唐。

司泫叹了口气："部属开始也不当一回事，没想到打听到的情况却更加可怖。"

"据说，先帝所带的数万人马，其实早已死亡殆尽。后来，先帝朝向悬泽，以身相舍，终于得到了悬泽女侍的帮助。悬泽女侍从已经死掉的士卒中间，唤醒了一批。先帝就靠着这批人终于打败了叛贼，但是先帝与悬泽女侍相约，这一批人只是作战，不是还生，所以，这批人回来之后，就开始散发臭气，慢慢变成死尸。"

"传言往往如此，真假难辨。"帝丹朱有点失望，如果司泫忙碌了半天，就是打探到了这样一个消息，那就只能说于事无补了，"如果传言为真，司泫，那就等于说，我现在要打赢这一仗就得去学先帝，祈请悬泽女侍，赐我起死之术吗？"说到这里，帝丹朱神色变得惨淡起来。

"部属也觉得此事难行。"司泫说，"另外，关于这一传说，部属也觉得有不可思议之处。"司泫看了帝丹朱一眼，有点犹豫，因为接下来的话，会涉及帝丹朱的隐私。

帝丹朱看出来了，就鼓励他："司泫，现在军情紧急，你无须拘于常理，有话尽言。"

司泫于是接着说道："我雨师妾部欲与始祖神通，只能通过祭祀一途。据部属所知，悬泽女侍只是悬泽始祖的配妾，不在我祭祀之列。所以，先帝如要与悬泽女侍相约，无法使用祭祀的方法，唯一的方法就是……"说到这里，他又看了帝丹朱一眼。

帝丹朱点点头，完全明白了："亲临悬泽，才能够与悬泽女侍相约。"

司泫沉默不语。

帝丹朱心想，接下来的话，还是我来帮你说完吧，要你来说，也够你为难的。

"可是，司泫，你应该知道，整个雨师妾部也应该知道，帝君要想回到悬泽，只有一个可能，就是帝亡命之日。先帝平逆之时，尚健在人世，怎么可能去悬泽之地，与悬泽女侍相约？如果真有相约之事，他一定早就绝了回苍梧之路，直接留在悬泽了，怎么会有后来的平叛？"

帝丹朱说到这里，眼神显得空洞。司泫看在眼里，把头低下来了。帝丹朱的意思很明显，要想得到悬泽女侍的起死之术，大概只能逼得帝丹朱以命来换了。

"属下也是这样想的。"司泫不忍作此想，赶快用其他的话引开，"所以，属下心想，既然如此，暂且断了此念，与玄溟一战，还是力拼为上。既然想定，司泫就起了归心。没想到，就在此时，又得到了一个消息。有了这一消息，司泫此行，也算没有白跑一趟。"

"什么消息？"帝丹朱现在有柳暗花明之感。

"先帝平乱之后，大家都说叛臣，也就是那个叫贰负的，被诛于战场。但是，有人却告诉我，贰负叛臣其实并未被诛，而是被先帝生擒，只是生擒之后，秘密关押起来。所以，外人一直以为此人已经被诛。"

帝丹朱听到这里，突然生起一点希望。如果找到这个叛臣，是否可以诱逼他说出那一战的始终，然后从中发现破敌之术？但是转眼一想，先帝平乱至今，已经十几年过去了，这人现在是死是活，都不了然，如果已经死了……想到这里，他赶紧问："那个叛臣还活着吗？"

他紧张地看着司泫，担心司泫会说出一个"死"字。

没想到，司泫点了点头，说出两个字："活着。"

"太好了。"帝丹朱差点跳了起来，"他在哪里？你把他带来了？"

"押在一个地方。部属带不过来，没有这个能力。"司泫无奈地说，"只有请帝自走一趟。"

六

司泫领着帝丹朱，离开作为军营的这座山。他们快马加鞭，十几里之后，在他们面前出现了一座险峻狰狞的高山。这座山叫作狱法之山，就是关押重刑犯人的地方。他们到了山下。几个面目狰狞的狱卒赶快过来迎接。司法挥手命狱卒退下，然后前面领路，引着帝丹朱走进开在山底的一个通道。

通道看样子是直插地下，显得十分陡峭幽深。

"你查明了此人现在就在这里？"帝丹朱问。

"已经查明了，此人就在此地的死牢之中。"司法说，"一直就关在这里，关押了十几年！"

"这就怪了。"帝丹朱说，"丹朱自即位以来，一向关心刑罚之事，大小狱事，过往至今，大多一一查勘，不曾记得死牢里关押过这么一位。"

"叛臣罪重，罚的是天刑，不入帛册。"司法说。

所谓天刑，是自始祖设定的最严厉的一种刑罚。按照始祖时传下的遗训，天刑非人间之刑，只能由帝执行。执行的方式，也只有帝一人知道。凡是遭遇天刑的人，也不会记入狱事典册。

司法只知道天刑，但不知道具体的刑罚内容是什么。帝丹朱倒是知道天刑是怎么具体执行的，但是限于戒律，他没有办法跟司法深入交流，而且，如果天刑是出自他的前任之手，他也不会知道受到天刑的人是谁。雨师妾帝的传承方式决定了，他不可能与回归悬泽的前任有任何交谈的机会。

走了千余步，出现了一个向里拐的天然深洞。洞口又低又窄，说是一个洞，更像一个低矮的拱形通道。通道的顶上和两壁，都有渗出的水珠。

离深洞门口百余步的地方，司法停住了，躬身退到帝丹朱的后面。天刑之事，乃帝之专事。承受天刑之人，也只有帝一人能够察看。

"守卫呢？"帝丹朱问。

"这里一直没有守卫。此洞百步之外，无人胆敢踏入一步。帝应知此例。"司法说。

"的确如此。"帝丹朱说，"那好，你现在就守在这里，任何人都不能进入。"

帝丹朱抬脚就想进去，忽然又犹豫了："里面是什么状况？"

"禀帝，此乃天刑，现在是什么状况，司法也不知道。"司法说，"看样子，此洞几乎直穿山体。司法一部，曾在类似的山洞里关押过一个死犯。就在这样的一个洞的尽头，捆在一根石柱上面。洞中潮气湿重，几天之后，将他从洞中押出的时候，他的上半身还算完好，下半身已经完全溃烂了……"

"他还能说话吗？"帝丹朱更关心这个问题。

司法点点头："还能，神志也还清醒……"

帝丹朱听完之后，就低下头，一个人走了进去。

里面果然如司法所言，湿气潮重，光线暗淡，有一段还黑得几乎看不见路。幸亏远处有一个亮处，可以作为指路的标示。帝丹朱朝着亮处小心地移动着脚步。渐渐地，亮处越来越亮，洞里的景象也越来越清晰，帝丹朱开始听到一丝喘息的声音。

他朝着喘息声望去，果然看到了一个人状的物体，捆在一根石柱上面。

帝丹朱走了过去，那个人已经是模模糊糊的一团，头发和脸上的胡须几乎缠在了一块，身上的衣服和皮肤也黏结在一起，搞不清楚哪里是衣服，哪里是皮肤，都是混杂在一起的碎片。

估计在天刑中，此人身体上下都是伤口，衣服的碎片也就粘到了伤口里面。复原的时候，伤口连同衣服碎片一起愈合，就这样衣服和皮肤纠合在了一起。

帝丹朱没去看他的下半身，肯定是不堪入目。

他站着，不知道怎么开口。还是那团人样的东西，发现有人站在自己面前，从纠结的须发里，睁开了两团微微发亮的东西，应该是这个人的眼睛。

嘴部纠结的须发动了一下，看样子，那人艰难地动了一下嘴唇："你是当今的帝？"

"是的。"帝丹朱看着这个样子，不知是该怜悯，还是厌恶。

"那你应该知道，把我搞成这个样子的人是谁？"

"我知道。"

"我被捆在这里，每过五日，就有一次天刑临身。然后，给我五日的时间复原。五日之后，一切又重新开始。你身为帝，应该知道，这是天刑的哪一种？"

帝丹朱没有回答他的问题，虽然他知道，这是天刑之中的桀刑。受此刑罚的人，会被无形的开刀片片割开，但是片片都不离骨。那时，全身的骨架，就成了一个开满肉花的树杈。

他想先帝一向仁慈，就算是叛臣，也不用下手如此狠重。这里面，是不是还有连先帝的仁慈都无法释怀的仇怨？

"没有期限吗？"帝丹朱问。

"有，只是我不知道而已。"

"哦。"帝丹朱心想，都成这个样子了，知道了又有什么用？

"帝，临此处，可是救我危难？"来人不抱希望地问。

"你明明知道，此等天刑，不是我能解脱。能解此刑者，只能是施此酷刑之人。你应当知道，他现在所在的地方，我活着的时候，永远都去不了。"

"那是，只有他死了，你才能诞生。"来人抬起头，嘴角露出一丝微笑，从须发纠结的地方显露出来，"可是，即使他活着，也没有办法将我从这种天刑中解脱出来。"

"为什么？"帝丹朱觉得这话实在稀奇，便问了一句。

对方没有回答，两人沉默地对视着。

帝丹朱又开口了："先帝一向视你为重臣，可你却与叛逆为伍，谋害先帝，妄图断其回归悬泽之路。这就是你的报应。刑之于你，乃你应得，你可思之，悔之，不得怨之，诽之。"

"帝来此处，不是为了来教训我吧？有什么事，微臣可以效劳？"

对方现在正处在酷刑之后的恢复期，虽然遍身苦楚，但不是无法忍受的地步，叛臣的桀骜之相开始隐隐浮出。帝丹朱很想就此斥责一番。但是，想到自己欲知之事，还得看眼前这个人高兴还是不高兴，只好暂且忍耐一下。

"倒是有一事。"帝丹朱说，"听说，你当日图谋先帝之时，曾经联络过神鬼天地中的地炼门，试图借助他们的力量。可有此事？"

"你想知道的，只是这个？"叛臣须发纠结，却依然掩饰不住眼神之中的诧异。

帝丹朱想，我不问你这个，问你什么？就在这个时候，帝丹朱若有所悟，仿佛一下明白了对方眼神的意图。他怒不可遏，也不顾自己的帝王之尊，冲上去揪住叛臣的脖子："对，我想知道的就是这个，我问什么，你答什么。其他的事，你管好你的嘴。你想什么，我管不着，你若胡言乱语，应该知道，我手上还有其他的天刑，酷烈之重，百倍于你现在所受。"

叛臣诧异的神色没了，须发纠结的眼里，竟然是神色哀凄。帝丹朱猛吸了一口气，总算恢复到了表面的平静。他想：自己这团怒火来得无可名状。自己这么隐秘的事，一个深藏死牢、不见天日的逆臣怎么会知道？

帝丹朱尽量语气平静地问："再问一遍，我刚才所问的，你和地炼门联手，可有此事？"

"有。"叛臣点点头。

帝丹朱松开了手："现在，玄溟一部正在攻打我部。战事至此，有一变数，已经超出了我能力所及。玄溟一部，似乎得到地炼门的帮助，能以缩地、丹雾、崩山之法，败我箭阵、阻我援军、困我精锐。我与神鬼天地素无交涉，更无利害，不知什么原因，地炼门要暗助玄溟？所以，想来问问你，当初地炼一门，愿意与你结盟，所求者都是何事？"

"当时所求的和今日所求，都是一样的。帝有玄珠，何必问我？"

"玄珠告诉我说，是一件法衣？"

"那就是了。"

"地炼门和你交涉的时候，有没有讲过法衣的样子？"

"我怎么会知道？估计地炼门也不知道，他们只知道法衣何在，在我雨师妾部，所以愿意与我结盟。"

"哦。"帝丹朱略有点失望。

他找到此人的目的之一，就是想弄清法衣到底是何物。

天符门、地炼门都在这里出现，就能说明法衣就在此处。如果知道法衣是什么样子，全军上下四处搜寻一下，说不定就能找到那件法衣。找到法衣之后，也许就能拆断玄溟与地炼门的联系，甚而言之，还能获得一个使唤地炼门的工具。

现在看来，这一切都不可能了。不过，还有另外一件事，现在倒可以再问问。

"当初，你联手地炼门，企图害我先帝。想必地炼门为了助你，一定是法术全出。先帝是怎么破掉这些法术的呢？"帝丹朱急切地问。大战在即，如果不知道这个，必败无疑。

"帝之属下没人知道吗？连先帝的那些老臣在内？"那团模糊的像个脸的玩意儿上竟然有一丝微笑，有点鄙视的感觉。

帝丹朱摇了摇头："当初，先帝率领一队人马与你在都穆之野决战，先帝获胜，你的部众全部覆灭。我所知的只有这些。先帝所率部众，大多无存，就算能活到今天，也无人能言。查来查去，能知其详的只有你一人了。你能不能告诉丹朱，先帝是用了什么方法，或者是得到何人相助，最后打败了地炼门的众多法术？"

"微臣可以，"对方慢慢地说，"但是，有个条件。"

"什么条件？"帝丹朱说，"除了解脱你的天刑之外，其他的，若在我的所能之内，都可以谈谈。"

"帝能寻访我一女的下落吗？"对方问。

"你还有一女？"帝丹朱吃惊了。

"我起兵之时，就将家人遣散。当时想着，起兵若成，召回不迟，起兵不成，还能留一血脉。此事先帝也知，估计也曾四处查找，目的应该是一刀斩尽，不知是否已经心愿达成。我多年天刑，已目空一切，只有血脉之情难以根绝，现在还想知道她是死是活，如果是死，葬在何处，如果是活，人在哪里？"

"这个倒可以。"帝丹朱说，"你把她的名字告诉我，我会叫人查找的。"

"一女，名为婳。"那个人说。

"婳。好，我记下了。现在说说，先帝是怎么破掉地炼门的法术，最后打败你的？"

"容微臣慢慢道来。"那个人慢慢地说着。

帝丹朱一边听，一边皱着眉头。

七

玄溟使女女朴回到自己的营中，骑马穿过列在河岸边的玄溟阵营，到达岸边，下了马，直奔玄溟帝无支祁的大船。

无支祁身居北海，本来就是以船为家。率领军队从北海出发，一路上乘风破浪，靠的也是舟楫之利。现在要进攻的是一个陆地上的部落，不得不弃船上岸，但是，还是舍不得船上的颠簸。

战事一旦开打，无支祁会移驾到岸上；战事结束，无支祁又会回到船上，只是命令部下沿岸布阵。

无支祁的座船形制大小，完全仿照漂流在烛阴之地的一艘隐船。

这艘隐船来历久远，据说是玄溟始祖无支忌流落荒岛的时候，与北海女神女献有情，临别之时，女献以此船相赠。

此船的特点是遇厄则隐，无厄则行。一遇到什么灾难性的天气，或者什么难以抵御的凶险，此船就会自动隐遁。

北海乃海流险峻之地，从古至今，沉船溺人无数。女献穷极无聊，便以此变化消遣，集沉船之精华、溺人之幽灵，制成此船。因为所取之材，皆是幽隐之物，所以此船也有幽隐之能。

女献制成此船之后，即凭此船，悠游北海。

据说，她与无支忌的一段情缘，也就是在悠游之中开始的。

无支忌遭遇女献亲手唤起的海难，舟伍尽失孤身流落在孤岛。女献见而怜之，化身为人间女子与其依恋。等到情缘已尽分手之时，女献便以隐船相赠。无支忌乘此船重回故地，此后又借此船横行五海。等到无支忌老去的时候，便登上隐船，向着北海深处漂流而去，化身为玄溟部落的烛阴之神，隐船也就不知下落了。

关于此事，其实说法不止一种，上面这个说法来自无支家族。无支家族之外，说法就不尽如此了。陆离俞在山洞里，听到的就是一个版本。陆离俞虽然还能没听完，但就他听到的部分，已经跟无支家族散布出来的大不一样了。

无支祁即位以后，即下令仿制隐船。形制大小虽然完全一样，但也是徒具其形。隐船之隐，乃是因其制作之材都为幽隐之物，才能具有遇厄则隐的能力。

不过此船倒也不凡，所用之材也是五海精华，所以制成之后，形制十足，一眼望去，也有森严魅影之感，好像真的能够随时隐身而去。

女朴登上隐船，朝着中央的舱位走去，那是无支祁平日待的地方——战时议事，平日宴饮。

女朴还未走近，就听到几声弦乐，女朴冷笑了一声，怒气冲冲地推开舱门。里面就只有几个试弄乐器的女乐，无支祁人却不在里面。

"人呢？"女朴怒问道。

"我怎么知道？"一个摆弄乐器的女乐说，"我们也在等呢。一早就把我们叫来，说是要看一段，结果，到现在还没来。也不知道是想看，还是不想看，又没叫我们走……"

"估计是不会来了。"另一个女乐站了起来，试了试舞姿，看看一个弯腰能不能弯到甲板上，"不过，帝不下令，我们谁敢走人？哎，老是这样，真让人受不了。"

女朴丢下这群怨艾自怜的女人，转身出了舱口，直奔后舱，后舱是无支祁的卧舱。

女朴一边走，一边想，这人躲到哪里去了？

她停住脚步，想了一下，转身轻手轻脚地回到中央那个舱位，隔着半开的舱门，侧耳听了起来。里面现在已经是一片嬉闹之声。女朴听出来了，那是有人在学她刚才的样子。她没有作声，继续听下去。

果然，一个女乐开口了："她还真以为帝没有来过。人太得宠了，就是这样，觉得什么事都不用想。"

另一个女乐立刻接了一句："不过呢也奇怪了，帝为什么害怕这个女人，连睡个女乐也要躲着她？"

第三个女乐跟着说："我听说，是这么一件事……"

女朴听到这里，就把舱门推开了。

里面的几个女乐看到女朴脸上的表情，知道刚才的话被她听见了，都沉默地看着她。

女朴扫了几个人一眼，然后问道："刚才忘了问你们了，你们来的时候有几个人？"

几个女乐面面相觑，终于有一个人开口了："9个。"

女朴伸出手指，一个一个地点了起来，然后说："现在只剩下了8个。剩下的那一个人呢？她是谁？"

几个女乐打算继续沉默，终于敌不过女朴凌厉的眼神，把名字说了出来，女瑟。

女朴听后，转身打算离开，突然又转回头来："你们那张嘴，是用来唱的，不是用来说闲话的。记住了！再瞎说，我会叫这张嘴里塞满海里的深泥。"

女朴离开隐船，朝着隐船后面的十几艘小船走去。帝无支的女乐就在这些船上，有着隐船的遮蔽，岸上的士卒就是想偷看几眼都很难。

女朴踩着小船之间的踏板，来到一艘小船前。舱门紧闭，门口也没有守卫。女朴一拉，就拉开了舱门。舱里的一张床上，无支祁躺着，一个女乐，就是叫女瑟的，哆哆嗦嗦地站在床边，两眼惊恐地看着一步跨了进来的女朴。女朴刚一跨进，她就跪了下来，神色慌张地看着无支祁。

"她怕你，比怕我还厉害。"无支祁躺在床上，头也不回地说道，"真是奇怪。我跟她说，别怕，有我，可她还是怕得要死。"

他坐了起来，穿好戴好，然后拍拍女朴的肩膀，说："走吧，她那么怕你，你待在这里真不合适。"说完，无支祁就跨出了舱门。

女朴也跟着出去了。出去之前，回头看了一眼已经哆嗦成泥的女瑟。

八

片刻之间，曾经的女乐之地，就变成了玄溟部首聚议之地。

无支祁此次出军，带来的北海部众有以下几国：犬封国、穷奇国、塌非国、林氏国、列阳国。这些部落大多邻近北海海域，自无支忌时代起，就已经归附玄溟。玄溟出征五海，这些部落也纷纷跟从，但是一遇到死战，玄溟部首更相信的还是自己手下的三大家族，也就是掷剑传说中，曾与无支忌一起争夺过部首之位的三个家族——巴氏、相氏、羡氏。

无支忌靠惊天一掷，成为玄溟部首，三个曾和他争夺过帝位的人，成为他最得力的三个手下，半是部属，半是盟友。这种关系一直延续下来，直到无支祁即位。

无支祁此次出征，就是以这三个家族为主力，带着一帮周边小国从北海出发，南下南海，然后开进江水的入海口，沿江作战攻入雨师妾。雨师妾部因为久疏战事，所以战事一开就成崩溃之势。

无支祁的部队于是得以沿江登陆，随后，帝丹朱的军队就赶到了。双方的战事就在沿江之地展开。几场下来，本来胜负难分，直到上一场战事。

上一场战事之前，地炼门的一个术士突然夜投玄溟，与无支祁相约，许以三种地炼异术。玄溟部终于取得了一场压倒性的胜利。

地炼门术士与无支祁相约的内容是，他会帮助无支祁攻进苍梧，无支祁得到最想要的东西，就是雨师妾的长宫女汨，作为回报，无支祁则要帮助他得到通往悬泽之地的方法。

当日，无支祁听到这个条件之后，笑着问道："这不是得弄死帝丹朱吗？谁都知道，能够进入悬泽的人，只有一个，就是从悬泽里出来的人。弄死帝丹朱，倒不是难事。难事在于，我弄死了帝丹朱，他的女儿会把我当成什么？一旦我被她看成是杀父仇人，我从她那里能得到的又会是什么？"

地炼门的术士便说："不必担心这个。我地炼门熔炼万丹，无所不有。其中就有女媚一味。此丹一旦服下，即使千年冷女，也能起媚人之心。有此在手，何愁此女不会屈膝帝前，展尽欢颜。再说，帝之所图，本来就不止此女。悬泽何在？应该也是意图之中。我不过是促成帝功，然后求得一个方便而已。"

"我为什么要知道悬泽在哪里？"无支祁笑着说，"世人皆知我无支祁，唯以荒淫为务。悬泽里面，哪里有我的兴趣所在？那具沉溺水中的僵尸，还是那两个绕着他转来转去的女人？转到现在，这俩女人得多少年纪了？恐怕荒淫如我，也激不起对她们的兴趣。"

地炼术士哈哈一笑："我知帝之本意，无非以荒淫为遮掩，其实自有打算。最终之意，当然不在悬泽，而在悬灯。"

最后这两个字，地炼术士是以耳语说出来的，产生的效果却远远大于雷电之声。无支祁的气势突然凌厉起来，此时的他，才是真实的面目，地炼术士却是一副老神在在的样子。

"你是怎么知道悬泽里有找到悬灯的方法的？"无支祁问。

"知道这个的不是我，而是我异术四门供奉的大宗师——太子长琴。"

"太子长琴？"

"帝应该知道，我神、鬼、天、地四门，皆出自太子长琴。世人不知的是，太子长琴除了神鬼天地四门之外，还有一无上之学。这无上之学，其实就是悬灯之学，里面包含着寻到悬灯，然后如何使用的秘密。不过，这一无上之学却一直没有外传，太子长琴只是将它深藏在一个密室之中。"

"哦，"无支祁点点头，"如果我有什么好的东西，我也会这样做的。"

"通往密室的方法，据说写在太子长琴的一件法衣里面。这一秘密，太子长琴一直深藏若虚，直到弃世，都没有告诉任何人。不过，既有此事，总会有些风影在外。我地炼门的宗师考亨子，就捕捉到了这些风影。

"宗师考亨子，于太子长琴弃世之时，一直就侍奉在太子长琴近侧，直至其弃世而去。那时的太子长琴，总爱拆卦自娱，临终犹不能息，弃世之时，手中还握着一把卦具。我地门宗师伺候在侧，将其所演各卦一一暗记在心。太子长琴弃世之后，我宗师将卦象终日反复演算，终于发现了一个秘密：所有这些卦象其实都是在测算一件法衣的去向。"

"这么说来，"无支祁问，"宗师自此之后，知道了太子长琴的无上之学，是藏在一件法衣里？"

地炼术士点了点头，脸上的表情却在暗示无支祁，你既然知道，就请你继续说下去。

无支祁于是继续说道："这些卦象大概一直就在你们地炼门里，代代传承？"

"还有演卦的方法、卦象的破解。我们地炼门里，将它叫作法衣卦，专门测算法衣的去向。"地炼术士补充说。

"到了你这一代的宗师，通过演卦，发现法衣就在雨师妾这里。既然这样，你去找法衣就是了。上面既然是悬灯之学，必然也有找到悬泽的办法。"

"事情照此，当然顺理成章。"地炼术士说，"可惜，宗师测得法衣的去向之后，又算了一卦，结果让他大失所望。这次卦象说明了一件事——法衣被人烧了。要想找到悬灯，只能走悬泽这一条路了。"

"为什么？"无支祁问。

"玄溟帝是明知故问啊，"地炼术士说，"你举国之力，都攻到这里了，难道还不知道悬泽与悬灯之间，有何关联？"

无支祁哈哈一笑，他倒挺喜欢眼前这个地炼术士一脸无耻的样子。

此后，无支祁就与地炼术士达成了密约：地炼术士会用地炼法术，帮助无支祁攻入苍梧。无支祁在攻占苍梧以后，也会弄死帝丹朱，然后随同帝丹朱的死尸一起，前往悬泽之地。

临别之前，无支祁问了地炼术士一个问题："世人皆言太子长琴，未知其出身如何。我河海泽荒四部，每一部的帝君血脉，都有记录。此人名为太子，应该也是帝王家世。但是查遍四部帝王家谱，均未见有哪个帝王后人有叫太子长琴的。太子长琴，究系何人？"

地炼术士答道："世人被'太子'一词搞混了，以为太子就是帝王之子，有承继帝王之位的权力。其实，'太子'一词，还有一解，意为太之子也。太者，无上至尊也。无上者，旷古太一真气也。太子者，太一真气所化之子也。"

"哦，"无支祁点点头，"那'长琴'二字，又是从何而来？"

"事情是这样的。旷古太一真气因感一长琴之声，幻为人身，开始了人间修炼，因此缘故，所以自名为太子长琴。"

"这么说来，太子长琴既为太一真气所化，应该寿齐天地，怎么也会有人间生死之事？"

"幻化有情，自有期限。太一真气，幻化人形，也不例外。天地之数，以九为尊，重九为极。太子长琴的幻化期限，也就定为重九之数，即八十一年。八十一年一到，太子长琴就只能回归太一真气。就算心愿未能达成，也只能说气数已尽。"

"太子长琴有什么心愿？"

"太上渺茫，术士不敢断言。不过，依我推测，既然是感一琴声，太子长琴心愿也许就是想知道琴声从何而来，弹出琴声的会是何人。还有没有其他的想法，术士就不知道了。"

"最后呢，他知道了吗？"

"应该是不知道。不然就不会有无上之学了。太子长琴以人身修炼八十一年，最后大概明白了一件事：这琴声并不来自瀛图，而是来自悬灯之中。所以，才会有寻找悬灯的无上之学。可惜那时他已气数殆尽，只好将寻找悬灯的无上之学，写在一件法衣上面，算是了了一场心愿。"

188　　地炼术士说完这些话之后，就告辞了。

九

　　无支祁没有将这件事告诉任何人，只是在第二天聚事的时候，做了一个特别的规定，部队按原定计划进行攻击，但是他不会出现在战场上，代他临阵的是女朴。

　　他给女朴的命令是，战事一开始，只准前进，不准后退，如果谁敢后退一步，一律格杀勿论。

　　部众听完之后，纷纷不解。经过前几次的战事，大家对雨师妾的部队颇有敬畏之心。尤其是长臂部的箭阵，以及精卫部的羽民，更是让他们难办。几次战事，都是败在这两支队伍的手中。如果没有想好怎么去解决这两个麻烦，最好不要草率出兵。

　　三大家族中，巴氏一族最有深谋，所以，随同无支祁作战的巴氏部首还献了一策：

　　开战之初，我军分为四部。一部埋伏在船舱之中，两部隐藏在岸边左右，剩下一部佯攻，然后诈败，将雨师妾的部队引至岸边。这时，埋伏在船上的士卒，可以实施攻击。由于有船体的掩护，不仅能阻挡雨师妾箭阵的攻势，还能将雨师妾的军队置于我军箭阵攻击范围。同时，埋伏在两岸的士卒可以趁此从两边合围，雨师妾的主力必败无疑。

　　众人都觉得此计甚好，只有一个人表示反对。

　　女朴站起来，表示反对：第一，雨师妾的战略是以防御为主，不会主动进攻，所以，一旦发现我军败阵，肯定会收兵观望，不会再主动进攻。第二，河岸之上皆是平地，我军伏兵藏在何处，敌人才不会发觉？

　　众人听罢，皆有愤懑之状。原因却很奇特，因为女朴讲得句句在理，他们辩无可辩。

　　两下顿时争执起来，无支祁坐在其间充耳不闻的样子。部属看这样子，知道是没法打动无支祁了，说不定女朴的话都是无支祁指使的。于是，他们改变主意，请求无支祁一定临阵，免得士卒以为无支祁怯阵，败了军心。

　　无支祁听了之后，想了一下，说："这倒是个问题。只好这样了，谁要觉得我不临阵就是怯阵的，可以与我一搏。我若死于他的刃下，无支家族的帝位及其一切，包括她，"他指了指站在自己身边的女刺女朴，"都是他的。"

　　这样一说，众人都不敢再开口了。他们宁愿在战场上拼死，也不愿与无支祁比试刃术，结局还不如被人在战场上砍死。与无支祁比刃的结果，往往变成了屠宰场上的剥皮剔骨。

　　结果，第二天一战，玄溟部大胜而归，一路追杀数十里才告收兵。他们最害怕的箭阵，轻而易举地就一冲而过，能从天而降的羽民精卫，似乎失去了方向感，一落就落到了自己的阵中，还没等到他们收起羽毛，就已经被四面的长矛刺出一排窟窿。

　　玄溟部大小数战，以前都是败得不明所以，唯有这一仗，称得上是胜得不明所以。

　　军队回到营地，无支祁带着几个女刺，站在营门口迎接。部众一见无支祁的身影，纷纷跪拜，大喊："帝神明，帝英武。"只有一个人例外，就是压阵的女朴。她不仅没下马，反而马鞭一抽，从无支祁的身边冲了过去。

　　因为有前车之鉴，这次聚事众人也没有多说，因为已经胜券在握。唯一提出要求的是几个属国的部首，就是犬封国、穷奇国、塌非国、林氏国、列阳国各部的部首。上一场战事，赢得如此轻松，他们开始有想法了。

　　战争刚开始的时候，这几部都担心会被先推到前面，成为肉盾，所以，不愿主动求战。好在无支祁拉着他们只是来装装门面，并不期待他们有什么作为。

　　现在，这几个部首心想，看样子不论怎么打都是胜，不如去抢个前阵。胜利之后，若论功劳，说不定自己就是头功，那时候，他们就可以向无支祁提出请求，就是免了从他们部落招收女刺的命令。

　　无支祁身边的侍卫都是女人，称为女刺。这些女人都是各个部属每年进献的，无支祁的要求很严，必须是贵族之女。属国的贵族们实在不甘心自己的女儿成为无支祁的玩物，但是一直没有胆子反对。如果战事获胜，无支祁看在他们出了大力的面子上，或许就会答应了。

　　无支祁好像看出了他们的意图，还没等他们开口，就宣布了进攻的阵势。

　　属国之兵为中军，进攻对方的中央部队；无支祁自己的三个族姓军队待命两翼，等待时机；无支祁本人带着后备部队，随时支援。

　　部队明日整队，后天开往都穆之野。

　　都穆之野是雨师妾的都城苍梧最后的屏障，一待玄溟的部队进驻，雨师妾的部队也必然会开进。

　　都穆之野上，数百里的平原，是攻入苍梧的最后一个战场。

十

　　会议结束之后，女朴带着利刃，走到女瑇的小船上。

　　推开舱门，女瑇穿得整整齐齐地跪在地上，大概看到她一上船就跪着了。

　　女朴有点吃惊，这种样子还是第一次见到。她仔细看了一下，眼睛差点看花。满脑袋的首饰，各色各样的衣服，估计这个女孩把全部家当都穿戴上了，看起来真是滑稽。

　　"你这是干什么？"女朴问。

　　"姐姐是来杀女瑇的吧？女瑇也没地方可逃。"女瑇一脸哀怨地说，"女瑇心想，反正都要死了，那就求一个好死吧。这些心爱的东西，能穿着戴着，死也死得好看一点。"

　　女朴走到她的面前，从她头上扯出一根钗子，看了看，然后递到她的眼前，问："这就是你心爱的东西。把这样的东西插在头上，你能好看到哪里？"说完，女朴两手夹着钗子的头尾，用力一掰，啪，钗子断成两截。女朴随手就扔到河里去了。

女瑟眼睁睁地看着，差点就控制不住，叫出声来。

女朴从自己的头上拔出一根钗子，比女瑟那根精致百倍。女朴蹲了下来，伸出纤长的手指，扶住女瑟的发髻把钗子插了进去，左右看了看。

"这才叫好看呢。你那根都什么破烂？"她站了起来，"带着你这堆破烂，跟我走吧。"

她们上了岸。女朴走在前面，经过了一片空旷之地，尽头有一条通往远处的路。女朴在路口停住了，转身看着女瑟。女瑟心想，大限已到了。她是个认命的女人，到了大限，她一点挣扎的想法都没有。

女朴的眼神一投向她，她就跪在地上："女瑟该死。临死之前，只求姐姐两件事。第一件，女瑟死了之后，请姐姐烦心刨个坑，让我有个葬身之所。我是夏国人，我们那里死后都是土葬的。"

"你是夏国人？"女朴问，"夏国人，不都是独目吗？你明明是两只眼睛。"

"我开国国君是独目，其他的子民不全都是，姐姐听到的都是流言。"

"哦。"女朴从没去过夏国，关于这个国家，都是道听途说，"好的，我答应你。第二件呢？"

女瑟从头上拔出女朴插进去的钗子，双手捧着举过头顶："这件东西，请姐姐收回。女瑟只愿死后，随我入葬的，都是我心爱的东西。这件东西虽然好，但不是我的。"

"你身上的东西，哪一样是你的？"女朴笑道，"好了，你起来吧。我带你出来，不是要杀你，是要你去做一件事。这根钗子，就算是我送给你的酬金了。"

女瑟听了，甚觉意外，依然跪着，两眼茫然地看着女朴。

女朴伸手把她从地上拉了起来。

"真的放我走？"女瑟还不敢相信自己的好运，"可是，她们都说……"

"她们说的，你就别信了。是无支祁要睡你，又不是你想睡他。我想杀，也得先杀了无支祁，杀你有什么用？"女朴拿起钗子，重新插回到女瑟的发髻上面，"被我杀掉的女人，其实，都被我这样放走了。"

"哦，"女瑟的反应还是很迟钝，"姐姐要我去做什么事？"

"很简单，"女朴指着眼前的道路，说，"你顺着这条路走，走足三天三夜，你就会看到一座房子，然后，你就在房子里面等着，有一个人会进来。等他进来之后，你就向他提一个问题：'用什么办法，才能见到一个死去的人？'如果他提出什么要求，不管什么，你都要答应他。他说要先睡你，你就说，知道答案之后，你就会陪他睡。怎么样？"

女瑟一副不知如何作答的样子。

"每个我放走的女人，我都会跟她讲上这么一段。可惜，我至今还不知道答案是什么。"女朴一脸惆怅地说，"有些人是没有问出来，大概舍不得和那个人睡上一觉；有些人是根本没进屋子。没办法，到了这一步，我只好真的杀了她。"

女瑟这才明白，女朴放她的真正目的是什么。传言看来没有差错，那些女人是死了，不过都是因为没有完成女朴的任务。

"如果我问到了答案，怎么回告姐姐呢？"女瑺看着路问。她本来期望就不高，自己不过换了一个死法而已。

"不需要回来。我会找上门来的，不管你去了哪里，我都会找到你。就问你那件事，有没有答案？"女朴说着，把女瑺拉了起来，往路上一推，"现在，你就走吧，替我去找到答案。"

十一

第二天，玄溟部队浩浩荡荡地开往都穆之野。开拔的过程中，远处的天空，看到一个站在半空中的人。玄溟士卒拉弓射了几箭，箭还没到，那人转身踏空而去。

"这个人叫凿天。"一个士卒收起弓箭，对周围的人说，"是来查探我军动静的。"

凿天回到雨师妾的阵营，把查看到的情况报告给了帝丹朱。帝丹朱命令军队立即开拔，要抢在玄溟的部队之前赶到都穆之野。一日之后，双方的军队在都穆之野集结完成，就等着第二天天一亮，立刻开战。当天晚上，雨师妾的部队分外紧张，从部首到士卒，都还没有摆脱上次战败的阴影。

帝丹朱目睹此景，脸上的表情益发显得坚毅。他将部首招至阵中，一一安排。

既然箭阵已经难以抵御敌方的第一波攻击，那么，箭阵撤销不用，改用一种防御的阵形。歧舌国的部队携带重甲，做第一防御阵形，目的是阻挡对方的箭阵。等到对方的箭势稍弱的时候，歧舌国的防御阵形，就改为进攻阵形，一手持盾一手持刃，冲至敌军前阵，厮杀一阵之后，随即后撤，将敌军引至我军箭阵所在。

这样一来，即使敌军再起缩地之术，也会应对不及，因为敌军的位置移动，完全为我军掌控。

歧舌之后，则是长臂的箭阵。等到敌军被歧舌的部队引入我军箭阵之后，长臂军就群箭齐发，形成第二道防御阵形。

与此同时，左右两翼分别由钦录和束亥率领部众开进，随身携带硫黄丹汞之类。到达束亥测定的地点，就以火烧之。待到雾起，则在不远处隐蔽。左右两翼敌军见到雾气，以为是地炼丹雾，不待分辨就会发起进攻。这时，敌军左右两翼都会因丹雾所诱，进入我方的包围圈。左右两翼被破之后，我军两翼迅速合围中央。

围困一旦形成，帝丹朱将带领白民部和危其的军队，从中央发起最后一波攻势。

"此时，最棘手的缩地和丹雾均已告破，剩下的战局就靠各位奋勇力战了。玄溟的部队虽然凶狠，但毕竟是北海妖孽，不擅陆战，一入陆地章法全无，各自看来虽有勇力，但是全体观之一盘散沙。我军须注意以多击寡，三人为组逐一攻之。"

帝丹朱讲完上述战略，众人脸上皆有得色，觉得帝丹朱谋划至详，明日不是不可一战。

帝丹朱最后站起来，对诸位部首说："此战之重，无须丹朱明言。一旦都穆之野失手，苍梧难保。苍梧若破，则玄溟为君，我等皆为臣属，我等妻女，皆在玄溟取予之列。辱身尚可，辱及妻女，各位何以自处？如不愿意妻女成为玄溟妖孽的掌中玩物，明日就请力战至死。"

众部首也站起身来，一起高喊："为帝前驱，不惜死力！"一连喊了三遍。

随军的一个司祭走了上来，大家都知道，这是战前祭仪的开始。大战前一夜，都要举行一次，目的是求得悬泽始祖的保佑。

司祭手里拿着的一把若木剑，据说是始祖传下来的，两边各有一个侍童，手里高举着旗幡，旗幡上面有两个女子的拓像，只能看到婀娜的形体，但是看不到具体的面目。木剑代表了始祖，两个女子的拓像则代表了始祖的两个侍妾。

仪式开始之前，这几样东西一举，就代表始祖的神魂和两个侍妾的神魂一道，已经光临此地。

接下来要做的，就是跟着代表始祖的神幡，来到空阔的地带。有五百个死士等在那里，将被人塞进马皮烘烤至死。

司祭引导众人走到空地上面，开始念出祭词。周围是列好阵的士卒，陆离俞也在里面，不过，他身处的是女泪的侍卫队。

女泪心里的想法是，明天大战一开，无论如何都得看着这个人，不能让他死去。她现在对传言的态度是宁可信其有，不可信其无。帝父的生死既然和这个人的生死息息相关，那就得步步看着。

陆离俞站在女泪一侧，和女泪一样，目光专注地盯着眼前发生的一切。

陆离俞到现在还不知道自己是不是属于雨师妾这一方，他还没有改变自己旁观者的心态。不过，他想脱身已经不可能了，不论是从身体，还是从心理上。

女泪骑着马，朝着后面的天空看了看。昨天晚上，荒月支的女使漪渺特意向她辞行。漪渺说她已经接到三青鸟捎来的女主传文，命她即刻返回昆仑虚。明日一战，她是无缘目睹了，只能祝愿雨师妾能够全胜而归。女泪心想：这个时候告别也好，明日一战，凶多吉少，她也不愿漪渺有什么不测。

道别之时，女泪突一声长啸，平日驯养的人头飞鸟凫奚出现在面前。女泪拍了拍凫奚的脖子，对漪渺说："前几日，你送我一张符图，我无物回赠。这头凫奚也算心爱之物，还请女使笑纳。昆仑虚离此路途遥远，凫奚可以作为女使的坐骑。此鸟虽然长相怪异，但是性情温和恭顺，只要你待它如子。"

凫奚颇通人性，一脸的不舍。女泪又拍了拍它的脖子："我不是不要你了。明天一战，肯定惨烈，我恐怕照看不了你，若是落入玄溟手中，你的性命就难保了，你还是随着漪渺女使离开为好。"说到这里，摸了摸凫奚的头，眼睛却看着漪渺，"拜托了。"

漪渺笑着说："如此爱物，漪渺也不敢接受，只是代为长宫收养几日。"

现在，女泪看着后面的天空，实际上是想看看有没有凫奚的身影，结果什么也没有看到。大概雨师妾部队一离军营，漪渺就骑着凫奚走了。她不担心凫奚会有什么不测。漪渺每次见到凫奚，都是赞不绝口一脸羡慕，应该会不吝善待。想到这里，她回过头来，全身心地准备着即将到来的恶仗。

仪式进行到此时，就是司祭领唱祭神军歌的时候。

司祭声音浑厚悠长，吟声一起，四面应和，天地之间，似乎都被歌声充满了：

> 龙战于野，泣血玄黄，为我故垒，何舍四方
> 若木炳章，灵幡飞扬，壮士被甲，执戈煌煌

司祭唱完之后，一挥手大喊开祭。五百名浑身捆绑得牢牢的死士被推了上来，其中就有老树皮，个个都脸露仓皇。

正当士卒一前一后，就要把死士塞进马皮的时候，突然被帝丹朱喝住了。

帝丹朱朗声说道："此死士也，亦我雨师妾诸部子民也，也堪一战，何必酷虐致死？先帝之灵，宅心仁厚，岂能因此污渎之举，而降福于我？"此言一出，众人皆惊，但是慑于帝丹朱的庄重，不敢复置一词。

帝丹朱下令，把这些人的捆绑去掉，肃立成行，然后说道："你们被押送到这里，都是因为犯下了血衣之刑。本应断手、剁足、剔目，甚至砍头，但因此战事，需要死士为祭，丹朱不愿尔等受此酷虐，愿意给尔等一个体面的死法。明日开战，尔等可愿为敢死之士，冲在最前面，即使因此战死，也好过被塞进马皮，活活烤烧至死？"

帝丹朱话音刚落，老树皮就呼天抢地地高喊起来："谢帝免了我等酷烈之刑，给了我们一个报效先灵的机会。某虽老朽残躯，厮杀乏力，但感帝洪恩，愿为头阵，誓死沙场。"

他这一道谢，其他的死士也跟着齐喊："感帝洪恩，愿死沙场。"毕竟这一死法，死得像个人样，于是，老树皮一叫，他们也跟着喊了起来。

帝丹朱点了点头，说道："丹朱在此，先谢谢各位了。沙场惨烈，有去无回者十之八九。我丹朱在此立下誓言：如果各位能够沙场生还，不仅免去以往罪过，还会另有赏赐。如果不幸战死沙场，我丹朱必定给诸位立碑墓葬。"说到这里，帝丹朱喊了一声："司祭。"

刚才吟唱祭歌的司祭马上跑了过来。

帝丹朱命令道："你把他们的姓名生辰一一记录下来，分别写在两块木简上，一块佩在各位项上，一块珍藏在我的手上。他日，检点沙场死战之士，立碑表记，都以此简为证。"

帝丹朱这样一说，死士们突然有了一种崇高的感觉。在雨师妾，非功勋之士不能立碑纪念。明天，就算他们战死在沙场，也会被雨师妾部视作功勋之士。

司祭拿着木简，引导他们走到一侧，准备一个个地准备记录他们的名字、生辰。老树皮走到司祭面前自我推荐，要替司祭书写。

刚才发生的一切，司祭本来就觉得于古礼不合，只是碍于身份不敢反对。司祭的笔本来只能用于记录部落大事，现在却要替卑劣之辈记录，实在不怎么乐意，有人愿意代劳，自然就愿意顺水推舟，但此事还要帝丹朱允许。

司祭向帝丹朱禀报之后，帝丹朱一声赞叹，马上就答应了。他叫人把老树皮领过来，然后命身边的侍卫端来一个青铜器皿，皿里装满了琥珀状的酒液。

"赐!"帝丹朱说。老树皮恭恭敬敬地接过器皿，一口喝完；恭恭敬敬地还给帝丹朱。帝丹朱又亲手倒满了，然后对老树皮说："死士，待会儿，木简写完之后，我会将你的木简挑选出来，放入这个器皿里面。望你生还，能够再尽此樽。"

老树皮庄重地回了一个礼，然后开始记录。他神色严肃，一个一个地问着，一块一块地写着。每次，按规定写完两块之后，老树皮还看一看，觉得满意了，才亲手把其中一块木简套在死士的脖子上，然后，把另一块收集起来，最后，一起交到司祭手里。

司祭将收集完的木简放在一个青铜皿中，恭恭敬敬地双手奉送到帝丹朱的面前。按照帝丹朱的要求，老树皮的那块特意选了出来。帝丹朱看了一下，木简上的名字是"黔荼"。

帝丹朱吩咐侍从收好其余的木简，然后下令赐死士一人一樽，以壮行色。

等到一切都结束，帝丹朱登高一呼，战鼓擂动，雨师妾的部队一拨一拨地朝着都穆之野进发。

女汩，还有姬月，都守在帝丹朱的旁边，看着队伍前进。

女汩突然发现，白民部首司泫不在这里，好像一个晚上都没看见司泫的身影。她觉得奇怪，司泫是帝父最为器重的手下，这么重要的时刻，怎么会缺席？她悄悄地问帝丹朱："司泫呢？怎么没看见司泫？"

帝丹朱简短地回答说："另有安排。"

姬月在一旁应该听到了，一脸不在意的样子。

危其的军队开了出来，经过帝丹朱的身边。帝丹朱朝姬月看了一眼，姬月点点头，策马冲了过去。她要承担的使命是监督这支部队充当后援。大概能叫得动危其的，只有姬月了。

危其的军队之后，就是精卫军，这是帝丹朱将要亲自率领的部队。

女汩一策马，打算跑进阵中，却被帝丹朱叫住了："汩儿，你听着，现在有一件重要的事，要你去办。事关此战胜败，我只相信你一人。你一定不能马虎。"

帝丹朱拿出刚才收来的木简，特别是写了"黔荼"的那块，一起递给女汩。女汩接过之后，不明所以地看着帝丹朱。帝丹朱用手搂过女汩的肩膀，冲着她的耳朵，低声说了几句。

女汩脸上还是疑惑，问道："这件事非得我去做?"

帝丹朱点点头："你若有误，我军必败无疑。"

女汩就不再问了，点点头。她装好木简对着自己的两个侍女，还有陆离俞喊了一声："跟着我，走。"然后，策马转身，朝着帝丹朱的营地跑去。

陆离俞跟在两个侍女的后面，费力地跟着。女汩已经吩咐过他，不要离开她半步。不知道为什么，陆离俞觉得即使拼尽全力，他也要死守这道命令。

不久，他们就跑回了帝丹朱的大营。下马之后，女汩立刻冲进帝丹朱的洞府。

在洞府的空地上，女汩拿出帝丹朱给她的木简，分到陆离俞和两个侍女的手中。陆离俞从女汩的手中接过木简的时候，不小心触到了女汩的手。他有一种奇异的感觉，自然不敢流露。女汩则根本没有注意到这个，她心里有更紧急的事。她急急地发完木简，判断了一下方向，然后命令道："现在，把这些木简一一排列起来，排成一个'回'字。记住，木简的上端，朝着玄溟军队的方向，就是南方。"

令出即行，没有多长时间，一个由木简组成的"回"字就出现了。女汩又拿出一块，放在这个字最前端的正中位置。陆离俞看了一下，上面的两个字，好像是"黔茶"。

女汩命令道："我们四个人，分四边坐下，盯着这些木简，直到战事结束。帝父回营之前，任何人不能离开自己的位置。"说完她就带头，坐到了南端。

陆离俞想了一下，打算坐到北端，正对着女汩。但是被女汩叫住了："你，坐到我的左侧。"陆离俞十分诧异，不过还是听话地坐到女汩的左侧。

两个侍女交换了一下眼神，吐了一下舌头，分坐到了另外两侧。

女汩盯着由死士木简组成的"回"字，用心听着几里之外战场上的动静，这也是帝父特意嘱咐过的。过了大概一个时辰，她听到了遥遥传来的凿天的声音："死士迎敌，冲！"凿天除了能腾空，还能传声，声音一出，十里之外都能听到他的声音。

女汩稍等片刻，就把放置在面前的写了"黔茶"的木简翻了个。其他三个人，不明究竟地看着，只见女汩神色庄重，看着用木简组成的"回"字，好像等待着什么。片刻之后，一件奇怪的事发生了：所有组成"回"字的木简，统统自动翻了一面。

陆离俞和两个侍女都紧张地睁大了眼睛，女汩却松了一口气，她想，司泫是不是跟我一样，也被帝父安排着去做了类似的事？

十二

就在帝丹朱的部队举行开战仪式的同时，司泫带着几个精锐，早就登上了离战场百里之遥的一座高山。

此山名为少言山。少言山地处山脉深处，高峻险挺，一般人如果没有当地人引导，几乎难见其踪，即使能够身临其下，看到险峻的山势，也会断了登攀之心。但是，帝丹朱却命令司泫一定要登上这座高山。

山顶上有一座神祠，这就是地炼门五大法门中的地相门的所在。

地炼门分有、无、相、生、化五门，分别居于五座名山，分别为少华山、大华山、少言山、大言山、皋涂山。地炼五门只是地炼宗师下的五个大弟子的修炼场所，地炼宗师则自居在大时山中。

和鬼方门一样，地炼门门内规制也是太子长琴亲手定下。太子长琴当初允许五门弟子自立门派，但是规制之事，只能照其所训。因此地炼门也分为师、士，但历经演变，地炼门下已经变成了二师五士。

师为宗师、门师。士则按有无相生化排列，最低一级为有，最高一级为化。

当初，太子长琴传给地炼门的方术要诀，概括起来，就是八个字："有无相生，有无相化。"

地炼门依此要诀，从中分离出有、无、相、生、化五个阶段。最低一级为有，最高一级为化，依此顺序，门内众弟子分别安置在五座名山之中，各有门师统领，分别为：有之门师、无之门师、相之门师、生之门师、化之门师。这样一来，五座名山，就是地炼门的五个等级。

司泫现在要去的少言山，就是地相门所在的名山。级别虽然不高，但是却与即将进行的战事有着密切的关系。这是帝丹朱告诉他的，而帝丹朱又是由身受天刑的叛臣告知的。

"地炼异术，臣属所知者，只有地相一门，"叛臣说，"因为当日与臣属密谋叛逆的，即是地相门的门师。据他所言，地相一门，所炼者乃地出之相、地藏之相、地表之相三种。崩山乃是地表之相，丹雾乃是地出之相，缩地乃是地藏之相。此人所言只有这些，其余的，事涉门规，即使微臣尽心利诱，他也不肯多言一句。"

地炼门的修炼到底是怎么一回事，帝丹朱没有兴趣，他关心的是怎么破这些妖术。下次战事，对方肯定会故技重施。

"先帝当时是怎么破掉这些的呢？"他问。

"先帝当时亦无破敌之策，后来向悬泽求告，方得到破敌之法。"

"他是怎么求告，才能与悬泽女侍沟通的？"帝丹朱急切地问。

叛臣脸上露出一丝诡异的微笑："这个叛臣不知。"

"那你知道什么？"

"我知道如何破敌。"叛臣说，"地炼的地相是以相生相。前面一个相是模相，即模拟之相，是虚；后面一个相是实相，即实成之相。虚实之间，能够转化，皆在一个'似'字。如果某处有缩地之事，必定另有一个地方，有人在虚演此相。

"曾有一件事，河藏部的一座神祠，毁于无名火中。河藏司刑四处缉捕，终于在百里之外的一个住所找到了元凶。在元凶的住处，还搜出了一个已经烧坏的房子模型。模型的形制和神祠完全一样，甚至烧坏的部分也完全一样。这就叫以虚相生实相。帝知道了这个，要破掉地相门的异术应该不会困难吧。"

"那是，只要找到地炼门的术士，还有他设置虚相的地方就可以了。可是四部之内，我到哪里去找呢？"

"这个就是地炼门的命门所在。地炼门的异术因炼级不同，而有距离之别。有门最低，只有百里，然后一级一百增加，到相门，其法力所施的范围，应该是在三百里。"

帝丹朱觉得这个范围，还是太大："方位如何？"

"方位在施法之地的正北。太子长琴当日遗训四徒，定下了各自的异术方位所在。神东、鬼南、天西、地北，所以地炼门的方位肯定是在正北。帝只须派一亲信，率数名精锐，于战事三百里之处，直入其地灭掉此人，即可破掉对方的异术。"

帝丹朱听到这里，心神略安，但是转眼一想，虽然异术可破，但是战局未必能够改观。前次战败，雨师妾损兵折将，清算下来，现在人数大概只有玄溟军的一半。即使异术被破，玄溟军队靠着多出一倍的兵力，胜算明显高于雨师妾。

想到这里，他继续问道："先帝当初破了异术之后，就一战而胜？"

"哪有！"叛臣说道，"异术虽破，无改大局。异术未破之前，先帝能战之士，已经折损过半。若无尸军相助，胜败在谁，实在难说。"

"尸军相助？"帝丹朱想起司泫说的回归到苍梧、浑身尸气的士卒，"先帝是怎么得到尸军相助的呢？"

"这个吧，你得先有一群死人，必须是临战之前死掉的人……"叛臣看着帝丹朱，慢慢地说。

十三

司泫他们登上少言山的时候，已经是夜半时分。幸好当晚明月朗照，山路依微可辨，还不至于迷路。

司泫临走之时，帝丹朱就告诉他，大战可能是在两天后，必须在大战开始之前，找到地炼门的术士除掉。司泫算着路上就用了一天，无论如何不能再拖过今晚。所以，他督促属下加快脚步向山顶的神祠进发。

终于，山路的尽头出现了高高的神祠。

司泫担心会遇到截击，命令属下拿出武器。另外他也告诉大家，此地为异术门师所在地，里面除了地炼门师之外，应该还有几个修炼的相士，这些人也各有异能，大家千万小心。

这一番话说完，加上山风夜影，纵然几人都是身经百战的士卒，此刻也毛骨悚然。

他们小心地走到神祠前面，第一眼的印象就感吃惊，这里好像根本不是住人的地方，门垣残破，枯叶积地，从山间刮过的怪风，把破门吹得噗叭噗叭响。

司泫心想，帝是不是搞错地方了？这不像是一个常年有人修炼的地方。转眼一想，修炼之人大多行踪诡异。外表残破，里面或许大有玄机。

他把几个士卒安排了一下，自己带着一个走在前列。其他几个分成三组，两组沿着两道垣墙分别搜寻，剩下一组守在门口，充当后援。哪一组发现了异动，立刻发出警报，后援立刻奔赴警报发出的地方。

安排妥当之后，司泫用刃尖推开祠门走了进去。里面是一个景象更为荒凉的空庭，寂寂无人，只有落叶被风吹动刮擦地面的声音。司泫在空庭里停了一会儿，心里更加疑惑不定。到现在为止，还没有发现人影。

跟他一起进来的那个士卒，扯了扯他的衣袖，指着中央的大殿。司泫凝神细听，果然听到大殿里有些动静。他蹑手蹑脚地走过去，走得很轻，走得很急。

大殿里有一丝亮光，司泫进殿之后，就朝着亮光奔去。地炼门的两个小炼士正围着亮光取暖，根本没有注意到有人进来。还没等到他们反应过来，司泫已经冲了过去，士卒跟在后面，三下两下就把两个人收拾了。

"虚相演练的地方，在哪里？"司泫问。两个小炼士还想装傻，但是连揍几下之后，就老实多了。他们指了指大殿旁边的一个偏间。

司泫冲了过去，命令士卒把两个人也押过去。他推开门，吓了一跳。一个人正背对着他，坐在桌子面前。刚才那么大的动静，这人竟然还一动不动。

他走过去呵斥一声，那人背对着司泫，还是一动不动。司泫觉得奇怪，急忙走到他的面前，仔细查看起来。那人脸上的表情跟死掉了一样，唯独两眼还有神光，盯着桌上。

桌上有一个泥土杂木堆积出来的场景。司泫看了一下，正是都穆之野的场景，不过缩小到桌子大小，现在看不出上面有什么动静。

僵尸一样的人两道活着的眼光却紧紧地盯着泥木场景，看上去真是诡异。

士卒押着两个小炼士走了过来。其他几个士卒也听到信号，跑了过来。

"这是谁?"司泫问。

"门师。"一个小炼士说道。

"死了吗?"司泫问。

"没有。"

"怎么会这样，跟死人一样?"司泫问，士卒们也好奇地凑过来看看。

其中一个士卒看了，说了一句："这人好面熟。"他皱着眉头，大概在拼命地想，在什么地方见过这个人。

"门师躯壳已去，元神还在。"一个小炼士答道。

"躯壳已去? 躯壳去了哪里?"司泫问。

两个小炼士交换了一下眼色，不说话了。司泫催促了几下，小炼士的嘴就跟上了锁一样，就是不开。司泫命令先把两个人吊起来拷问一番，他们嘴还挺严，惨叫声不断，只言片语却没有。

司泫想，事情到了这一步，是完成了，还是没完成呢?

正在这时，桌上的泥木场景突然有了动静，发出万马群奔、士卒涌动的巨大声响，代表都穆之野的空地开始微微抖动，僵尸两眼更亮了。

司泫心想，不好，这是要缩地了。他想到的唯一能解决的办法，就是立刻拔出刀来，一刀砍下了那人的人头。

人头滚落到地上，两只眼睛闭上了。

司泫劈过去的时候，感觉有点怪异，好像劈在了木头上面。

"我想起来了。"刚才念叨面熟的士卒叫了起来，他跑过去，拿起了人头，举到司泫面前，"我见过这个人，是死牢里的死士，长得像老树皮，死士们都管他叫老树皮……"说到这里，他突然疑惑起来了，看着手上的人头，"死牢里的死士，怎么会在这里?"

"躯壳已去……"司泫的脑子里想起小炼士刚才讲的。

正在这时，咣当两声，两个吊起来的小炼士，一先一后，掉到了地上。

几个人循声望去，大叫不好，掉在地上的根本就不是人，而是两块木头。

司泫也觉得大事不好，地相门的门师一直就在我军阵营里，这事能好吗?

他正想着，扑通一声，被劈了头的老术士，突然也跌倒在地上，同样也是木头砸到地上的声音。

"又是木人？"司泫脑子里的念头一闪，马上就听到举着头的士卒大喊："木头，木头做的头。"士卒怕了，手一松，司泫又听到木头砸地、滚动的声音。

"快，下山，去战场，揪出老树皮。"司泫说完，转身冲出了神祠。

他想，可能晚了，天色已经大亮。空寂的尘空里，仿佛传来远处的厮杀声。

司泫常年激战，知道战事进展的势态。他估计了一下：砍下老树皮头的时候，可能是大战开始的时候。他现在距离战场三百里之外，怎样才能及时赶回战场？……正在犯难的时候，一只巨大的鸟从远处飞来。司泫一见鸟的身影，一阵欣喜。

大鸟很快就飞到了司泫面前，收翅下落。

"毕方，"司泫跨上鸟背，拍了拍鸟的身体，叫着鸟的名字，"快飞，以最快的速度，赶往都穆之野。"

第八章

一

在司泫砍下人头的那一刻，也就是女汨翻开面前木简的那一刻，都穆之野的战场上，发生了一件令人瞠目结舌的事。

两军集结完毕，形成对垒之势。帝丹朱举起了右手，半空之中的凿天见了，立刻大喊一声："死士迎敌，冲！"

死士由老树皮领着，左手持盾右手持刃，冲向敌阵。一夜之间，老树皮就以他的机灵配合，被指定为五百死士的领军人物。

帝丹朱的军队在后面看着，处于第二波的长股军随时准备出动。

原定计划冲在最前面的，应该是歧舌的军队。战前祭祖时，临时安排死士打头阵，于是相应调整部队。兀柝的歧舌军和束亥的长股军对换，长股军被安排在第二波，歧舌军调到右翼顶替原来安排在右翼的长股军。

死士充当肉盾，目的是冲破玄溟的箭阵，为长股军争取一息时间，在玄溟射出第二批箭之前，擅长奔跑的长股军很有可能已经冲破敌军箭阵，还能逼得玄溟后面的部队被动出击。

一阵厮杀之后，长股军就会迅速撤退，将玄溟的部队引向帝丹朱的方向，飞髻军正守候待命。等到玄溟部队进入既定箭距，飞髻军立刻万箭齐发。

第一波攻势就处在帝丹朱方的掌控。

一切能否顺利，有赖于第一批死士以肉躯挡住玄溟的箭矢，为后面的长股军争取片刻冲击时间。帝丹朱的军队知道这一点，他们死死地盯住死士，尤其是长股军的士卒。

他们已经做好了准备，只需要挡住的片刻，他们就能冲入敌阵。长股国的士卒以腿长善跑著称。其所长，也是其弊。如果启动过早，很可能玄溟的第一批箭矢射中的人，就不是死士，而是超前的长股士卒了。要避免这一弊端，他们只能等到死士冲到玄溟的射程内，才会跑动。

老树皮须发飘动、目如闪电，率领死士已经冲到了对方射程的边缘。玄溟方正准备开弓，雨师妾方的长股军正准备起步，全力奔跑的老树皮突然猛地止步，举刃大喊了一声："立！"

数百名奔跑的死士突然立住了。接着，老树皮又大喊了一声："刌！"他举刃往自己的脖子上一抹，五百死士也毫不含糊，一起举刃往脖子上一抹。片刻之间，五百死士倒在了地上。

两边的人都看得瞠目结舌，就在此刻，帝丹朱的手举了起来，凿天一见，大喊一声："冲！"

长股军一跃而起，冲向玄溟的箭阵。

玄溟的箭士还傻着，好像中了什么定术。玄溟部充当箭阵的是穷奇国的军队，他们以打猎为生，所以也擅长箭术。穷奇箭士眼睁睁地看着冲来的长股军，脑子里想着，快举弓，快射，但手就是抬不起来。不一会儿，长股军就冲乱了箭阵，后面的玄溟部队不得不补了上来。

一阵厮杀之后，长股军按照计划撤退，后面跟着潮水般的玄溟部队……

冲在最前面的是犬封国的部队。犬封国的祖先据说是一头猛犬，不知怎么生下来了这帮人形的怪物。除了体型如犬之外，一个个都有一口利牙，善于奔跑，也善于啮咬。每次与人作战，最后一击，往往是纵身一跃，像他的祖先一样，一口咬住对方的脖子。

眼看犬封国的部队已经冲到了飞髯箭阵的射距，帝丹朱又举起了手，凿天马上大喊一声："箭阵！"飞髯的士卒开始走上前拉好弓，瞄准了冲来的犬封军……

帝丹朱放下手，松了一口气，一切都在按照预定计划进行，包括死士自刎在内。

二

坐镇后方的无支祁听到前方异动，一时还搞不清楚是怎么回事。他动了一下身下的马，正想上前去看看。一个士卒飞驰到他的跟前，下马之后，急急把刚才发生的事讲了一遍。无支祁听罢，也是一脸诧异。

"此事当真？"他问。士卒点点头，脸上尽是惶急之色。

"现在战况如何？"无支祁问。

"犬封国的部队冲得最快，结果死得最惨。"

"这么不经杀，我还把希望都寄托在他们的身上呢，特意把他们派去打头阵。"无支祁叹息了一声，又问道，"其他几国呢？"

"穷奇国、塌非国、林氏国、列阳国的部队都堵上去了，杀得难解难分。众部首命我回来禀报战况，请帝立刻派出左右两翼，左右合围夹击。"

"左右合围，这可是帝丹朱擅长的战法。"无支祁笑了一下，"为取一胜，我就得非学他不可吗？"

身边三大家族的人听了士卒的报告，觉得机不可失，是到两翼出动的时候了。巴氏部首就向无支祁请命，自己带人进攻左翼，相氏部带人进攻右翼。

无支祁摇了摇头："我刚才讲过，帝丹朱擅长左右合围，现在左右两翼，可能已经埋伏了重兵。帝丹朱的埋伏圈，各位干吗要去？"

"帝丹朱在左右埋下伏兵，肯定会发起攻击，"巴氏的部首叫巴解，请命道，"为免左右危急，我军应该早做准备。不如左右两翼布兵，等敌军从左右两翼发动进攻，我军正好迎头通击。"

无支祁反问了一句："依你看，帝丹朱的军队能从中路攻破我军吗？"他的意思很简单，要想左右合围，必须有中路突破，才能三管齐下，一击致命。

"我觉得中路可能是佯攻。"相氏的部首相兑说，相兑仔细盘问了几个回报战情的士卒，对情况比较了解，"中路已经形成胶着，但是帝丹朱的后备部队还没有投入。可能他的后备部队被安排到了左右两侧，没有兵力再投入中路了。他的设想，大概就是中路佯攻两翼夹击。我们还是派出左右两翼，先行截击为妙。"

无支祁点点头："有理。不过，有一点不对。其实，从战况来看，不仅中路是佯攻，左右两路也是佯攻。帝丹朱真正依托的是另一支军队。那支军队没有出现，帝丹朱的左右两翼是不会出动的。"

"是危其的部队吗？"羡氏的部首羡木的问。

无支祁哈哈大笑："帝丹朱没那么笨吧。危其的军队不是来帮他的，是来抢地盘。此战败后，危其就将入驻苍梧。那时，帝丹朱身边只有寥寥残兵，与傀儡无异。"

他指着战场说："我不管他中路是不是佯攻，我就全力死攻中路。中路一破，兵势直逼帝丹朱。就算他左右合围，又能怎么样？我回过头来再杀他一遍。"

三大家族跃跃欲试："我们什么时候进攻？"

"等会儿，"无支祁看着战场上，"等这几个小国的人死得差不多再说。记住，此战之后，这几个小国就是你们的囊中之物。"

三大家族心花怒放，回到各自阵营，等着无支祁发动进攻的命令。

女朴站在无支祁的一侧，没有参加谈话。

无支祁转身对着女朴说："我看你也该动身了，最好能把那个女孩给我抓回来。"

女朴冷冷地朝他看了一眼，冷笑了一声，翻身上马离去。几个女刺跟了上去。

雨师妾那边，帝丹朱看着战场。他手下的兵力已经全数投入，左右两翼的兵马也已派出，现在留在他身边的只有几千精卫军，还有后面的危其军。危其的军队只是来壮壮声势，他一点都指望不上。当初要求危其出兵，还是姬月的主意，他是顺水推舟。尽管他推测姬月的意图可能不限于助战，但是他不忍心说穿，还是答应了。

他现在期望的只有一支军队，就是那群死士。

在某个时刻，这群自刎而尽的死士，将会突然复活，成为一支不可战胜的力量——尸军。他的前任，损折大半兵力之后，依然能够取得胜利，靠的就是一群死而复活的尸军。等到这批尸军出现，他的左右两翼就会立刻出动，那时，最后的胜者必定是他帝丹朱无疑。

三

死士成为尸军的方法，是身受天刑的叛臣告诉帝丹朱的。

叛臣说道："首先，你需要一批死人。这批死人必须是自刭而死的。用木简记下他们的姓名、生辰，然后在远离战场的一个地方，用这些木简排成'回'字，四侧各有一人守候。过了一定的时辰，自刭而死的人就会死而复生，成为刀砍不死、一心嗜杀的尸军。"

帝丹朱马上就想起来了那批准备用作祭祀的死士。

"只能自刭吗？"他问，"其他的死法呢？"

"只能自刭。"叛臣说，"成为尸军，必须要有向死的意愿。被逼而死的人，只有逃生的意愿，一旦生还，不可能有再次就死的决心，没有再次就死的决心，怎么可能成为尸军？"

帝丹朱犯难了："让这些人死容易。可是，我怎么才能让他们自刭而死呢？这些贪生怕死之辈，难道会为了一场战事，甘愿舍命？"

"先帝当时也面临这个问题。"叛臣说，"他后来找到了解决的方法。有一种草叫作熏华草，据说朝生夕死，用它为主料制成汤剂。人服下之后，就会神魂尽失，寄托在木简上。在你需要的时候，翻转手上的一块木简，这些人就会自刭而死。"

"我手上的一块木简？"帝丹朱没有听懂。

"我刚才忘了说了，还有一道手续。在饮下汤剂之前，你要先把死士的姓名、生辰分别写在木简上面。记住，负责在木简上记录的人，必须是死士中的一个。等到木简集中到你手上以后，你从中抽出一块。"

"哪一块？"

"就是负责在木简上记录的人的那块。"叛臣说，"这一块，你要浸在熏华草汤剂里面。然后，在战场附近找个不易被人打扰的地方，用木简排出'回'字。浸过汤剂的那块木简要留出来，摆在'回'字的最前端的正中，是朝向玄溟军队的最前端的正中。这块木简，就是决定他们自刭而死的木简。你只需要翻动一下，他们就会自刭而死。"

"我翻起这块木简之后，他们会在什么时候成为尸军？"帝丹朱问。他知道，任何法术都有时间的限制，不是随心所欲，想弄就弄的。

"熏华草香气残留的时辰，"叛臣说，"一般是一个时辰左右。等到香气散尽、神魂回归，那时，你再翻木简，他们会复活成为你的尸军。"叛臣说。

"我的军队必须至少要支撑一个时辰？"帝丹朱自言自语道。

叛臣目光期待地看着他。

帝丹朱突然有一个疑问："先帝此法一定绝密，非先帝本人不能尽知。你是怎么知道的？"

叛臣摇了摇头，说道："这一点并不重要，帝能取胜才是关键。我只愿帝胜之后，莫忘叛臣所托之事，一个名姁的女子。"

事情果然如同预料。老树皮老当益壮冲在最前面。片刻之后，老树皮第一个用刃抹掉了脖子，其他的死士也立刻跟着。现在，五百死士就躺在厮杀的部队与帝丹朱之间……

204　　帝丹朱想，女泪果然没有辜负我对她的嘱托，现在我要等待的，就是死士

"复活"。

他问身边的束亥："开战多久了？"

束亥精于计算日时，他看了一下竖在空地上的木桩的投影，回报："已经开战半个时辰。"

帝丹朱点点头，暗暗为厮杀的部队加劲，他们只需要再扛住半个时辰就行了……

厮杀的队伍慢慢显露出了胜负。雨师妾的部队大量地倒下。玄溟军队的数量毕竟超出一倍，受挫只是一时，后续部队一上，胜势就转到了玄溟这方。

帝丹朱身边的人突然惊叫了一声。

死士中间，有一个人摇摇晃晃地站了起来。等他站直之后，帝丹朱认出来了，他就是叫黔荼的老树皮。黔荼回过头来，看了帝丹朱一眼。

帝丹朱的期待到达了顶点，但是，黔荼的眼神却让他迟疑了。这不是他期望的僵尸的眼神，僵尸的眼神应该是僵硬、呆滞，但是黔荼的眼神，却是活人才有的奸诈阴毒。

站直了身体的黔荼大喊一声："起！"死士们应声纷纷起立，一个个都成了僵尸。

帝丹朱的身后传来一阵马蹄声。他回头一看，司洝正死命地冲了过来。没等到帝丹朱的身边，还在马上的司洝迫不及待地遥指着黔荼大喊："他，地炼门的术士，就是他。快撤！"

帝丹朱听罢，好像突然明白了眼前的异状，心神俱毁。他回过头来，看着纷纷起立的僵尸，神色比僵尸还要僵硬。

黔荼已经转过了身，面对着帝丹朱，把手一挥，大喊一声："转。"

朝着玄溟军队站起来的五百僵尸，立刻转过身来。

"杀！"黔荼再喊了一声。

一声令下之后，帝丹朱一直期待的尸军，手上拿着盾牌、锋刃，一步一步地朝着帝丹朱走来……

四

帝丹朱的洞府里，围着"回"字而坐的四个人，被眼前的景象震惊了。

刚开始的时候，女汨面前，写了"黔荼"二字的木简，突然自动翻了个面，跟着其他木简也齐齐自动翻了个面。陆离俞心想，这是怎么回事？刚才就来过一回，现在怎么又来了一回？还是反过来的……

女汨的表情跟其他几个人不同，她一直期待的就是这个——尸军"复活"。她松了一口气，正想着自己不负帝父所托，但是没过多久，眼前发生的事，却让她脸色惨白。

写了"黔荼"二字的木简又掉转了方向，其他木简的方向也跟着一起掉转，现在的顶端，都向着雨师妾军队的方向。

"不好！"女泪站起来拔腿就往洞外跑去。帝丹朱再三叮嘱过她，必须要注意木简的朝向——顶端对着谁就是攻击谁，现在的情形是尸军要攻击雨师妾部了。

她觉得自己能做的就只有一件事了，尽快赶回到战场，尽自己最大的努力，把帝父从危险中解救出来。

陆离俞和两个侍女在后面紧紧跟着，一路跑出洞府。几个人都不明白是怎么了，但是女泪跑得那么急，脸上的表情又很焦急，是个人都知道出了大事了。陆离俞跑过木简的时候，伸手胡乱抓了几把放进怀里。这个动作是无意识的，他也说不清楚为什么这样。

到了洞口，女泪不得不停下了脚步，因为有人在洞口等着她。

"长宫女泪，女朴在此等候多时。我玄溟大帝正在等你，请随我前往。"

女朴带了几个女刺，就是来抓女泪的。无支祁告诉她，开战之后，女泪肯定会在帝丹朱的山洞。有件很重要的事，帝丹朱只会托付给女泪，而女泪做这件事最放心的地方，就是帝丹朱的洞府。

"闭嘴！"女泪怒骂了一声，拔出开刃就冲了过去，一刃劈了过去。

女朴用刃压住，一声冷笑："早就知道你会这样。今天，我先替大帝断了念想。"

女泪虽然跟着名师学过，也在战场上厮杀过，但女朴身为玄溟女刺的头领，靠的绝不是姿色出众。几下之后，女泪就体会到，对方刃法熟练、招式险恶，绝非自己一人能敌。

两个侍女见长宫吃紧，赶快拔出刃器冲了过去，只把陆离俞落下了。

陆离俞从来没有玩过古代兵器，不知道该怎么办。陆离俞心里倒是想帮长宫，可惜连个插手的空子都没有。更何以他现在的身份，差不多算是跟着牵马的马夫，身上连兵器也没有。

不一会儿，两个侍女就成了女朴的刃下之鬼。

女泪高高跃起，一刃从顶劈下，女朴用刃接住。两支刃就像粘住了一样，不管女泪怎么摆脱，女朴的开刃都没有离开过她的卅刃。女泪把刃一横，把女朴的开刃带到自己身侧，然后用肘挤过去，想挤开女朴的胳膊。没想到，女朴力沉，不仅没有挤开，反而被女朴侧身一压，趁势开刃压了过去，女泪被压到了墙边。女泪的开刃也被横压着，快要抹掉脖子。

女泪求援的眼神飞向了陆离俞。

情急之下，陆离俞想起自己也会飞刃啊，只是一下子没有想起来。但是，自己哪有飞刃？还好刚才出洞府的时候，下意识地捎了几把木简。虽然知道不能毙敌，但是解解危急，还是可以的。

陆离俞急忙掏出木简双手一扬，瞄也不瞄，几块木简立刻脱手而出飞向女朴。

女朴听到脑后劲风，头也不回，抽出一只手往后一抓，木简统统抓到了手上。

不过这样一来，压在女泪脖子上那只手的力量难免减掉一些。女泪猛力一推，把女朴推开了几步。趁此空隙，女泪跑到了陆离俞身边。陆离俞毫不迟疑，又飞出了几块木简，都被女朴用刃挡住了。

"快跑!"陆离俞推了一把女汨,"我先挡住她。"说完,又连射了几块。女朴一时还真攻不上来。

女汨转身就朝洞外飞快跑去,陆离俞挡在女朴前面腾挪躲闪,一块一块密集扔着木简,都被女朴抓到手上。等到手里的木简扔光,陆离俞估算着女汨应该已经跑到了马边。

"还有吗?"女朴问。

"里面还有存货。"陆离俞指着洞里说,"要不,你等一会儿,我去再取一些?"

"何必呢?"女朴搓着手上的几块木简,"我这里就有存货,你先用着吧。"她左手一发力,几块木简就像箭矢分击陆离俞的三个要害,试图一下子除掉这个碍事的家伙。但接下来发生的却让她大吃一惊。

三块木简有一块衔在了陆离俞的嘴里,另外两块分别握在陆离俞的手里。

"不简单啊!"女朴说。陆离俞笑了一下,嘴里的那块吐了出去,手里的两块也同时扔了出去,然后,他也不管有没有击中目标,转身就跑。

女朴一一躲过,本来想着扔出手上的开刃扎死这人算了,刚才的一幕提醒了她还是追上砍了省事。想到这里,她在后面追了起来。

陆离俞发现自己跑得出奇地快,好像一条正在急速滑行的蛇。他想,身上的蛇血又发生作用了?

他跑到山下,远远地看见女汨正站在马的旁边。他想,这么好,还记得等我。

他跑近了才发现,女汨像失魂一样一动不动。他推了一下,女汨虽然眼睛睁着,但是没有任何反应,看样子连知觉都没了。他顾不得多想,赶紧逃离此地才是上策。

陆离俞把女汨抱到马背上坐着,然后自己也爬了上去,坐在女汨身后的位置。以前在内蒙古考古的时候,他跟着牧民学过几天的马术,现在派上用场了。他狠狠地一夹马腹跑了起来。他也不知道该往哪里跑,就是使劲打着马鞭,心想,能跑多远就跑多远。

其实,这匹马是经过训练的军马,不会四处乱跑。如果没有骑手指挥,它跑去的方向只有一个,就是它来的方向。不久,陆离俞就发现,自己回到了出发的小山岗上。几个时辰前,帝丹朱曾经立马此处,检阅一拨一拨开往战场的军队。现在陆离俞站在这里,正好可以俯瞰整个正在激战的战场。

下面的场景真是惨烈,尸体遍布了旷野。陆离俞分不清哪一边的尸体要多一点,但从战场上的形势来看,帝丹朱的军队已经大败。

一个明显的标志,就是帝丹朱身边精卫国的部队。

每次出动的时候,精卫国的部队都是铺天盖地,回来的时候,也是铺天盖地。现在,广阔的战场上,只能看到几个孤零零飞翔的羽人。他们飞行的方向也是远离战场。但是,还没等到他们逃出去,一阵箭雨就射向了他们。羽人像树叶一样,从半空中一片一片地跌下……

五

此时，矗立在战场一端的帝丹朱，知道自己败了，就败在他寄予厚望的尸军身上。

尸军复活以后，就朝着帝丹朱的阵列直扑而来。身边的护卫还不知道厉害，挥刃就冲了过去，结果一交手，个个被吓得手瘫脚软。僵尸根本不在乎劈来的开刃，躲也不躲。即使一刃砍进了肉里，他们连皱眉的停顿都没有，硬生生地扛了，同时，一刃回砍过去。

片刻工夫，帝丹朱的护卫军，就被尸军杀得七零八落。在尸军的后面，是正在与犬封国等交锋的长股军。长股军听到后面有异动，回头一看，一支天不怕地不怕的军队，正冲向帝丹朱的所在，不由队伍大乱。犬封国的军队一下就冲了过来，玄溟部其他部队也蜂拥而上。

司泫急忙率领白民部的部队，和精卫军一起拼命抵抗，结果无异于以卵击石，以薪投火。

精卫军擅长的是空中伏击，但是这种战术只对活人有震慑作用，对僵尸来说，毫无意义。僵尸伸出双手抓住精卫士卒的羽翼，用力一撕，战场上立刻就是连连惨叫。

危其和姬月站在远处的高岗上，战场上发生了什么，看得一清二楚。

危其看了一会儿之后，对姬月说道："那支军队真怪，好像是死人变出来的。这叫人怎么打？"

姬月没有答话。又看了一会儿，危其说："帝丹朱脱不开身了，你觉得我是不是该发兵，至少把我妹夫救出来吧？"

姬月看了他一眼，说道："要出兵你就出吧，我不急，我要再看看。"

危其呵呵一笑，完全明白了她话里的意思。他举了举手，命令队伍再往后退一点，做好撤退的准备。

司泫满脸是血，从战场上撤回来，请求帝丹朱赶快后退，跟危其的军队一起撤回苍梧，司泫自己留着带着剩下的部队，全力迟滞敌人。

帝丹朱神色悲凉地看了他一眼，摇了摇头："该撤的时候，我会撤的。现在事情还没完。"

司泫无奈，只好重新回到战场冲杀。

虽然大厦将倾，但是帝丹朱知道还有一个可能，就是除掉尸军。这样，危其的军队才肯出动。双方都在搏命之时，所有兵力都已投入，谁要能得到一支生力军，谁就有可能夺取最终的胜利。

怎么才能除掉这批僵尸呢？帝丹朱心想。

首先要除掉一个人，帝丹朱透过纷乱的战场，一直在寻找他。

在偏离战场的一个地方，帝丹朱终于看到了他的身影。帝丹朱一策马，就朝他冲了过去。

老树皮一样的脸，已经褪尽了奸猾变得深远。他静静地看着战场上的厮杀，也静静地看着帝丹朱策马从战场中冲了出来，冲到自己面前。

帝丹朱跳下马挥起开刃，劈进了这个叫黔荼的人的肉里。开刃落下的时候，帝丹朱就后悔了。他是僵尸啊，砍他有什么用？意外发生了，伤口竟然有鲜血渗出。

黔荼跌倒在地上苦不堪言，看了看自己的伤口，又看了看帝丹朱。

"怎么灭掉僵尸？"帝丹朱问。

"告诉你制造僵尸的人，难道没有告诉你，怎么灭僵尸？"黔荼用手支撑着往后缩了缩。帝丹朱把开刃拔了出来，一刃又劈了下去，劈到了老树皮的腰腹上，老树皮哎哟地嘶叫了一声。

帝丹朱说道："是我疏忽，当初忘了问，因为没想到会出你这么一个搅局的。快说！"说完，帝丹朱一刃又砍了过去，斜劈向黔荼的脖子。

帝丹朱想，听说尸变是从头开始，要结束这一切，大概也得从头开始吧。

奇怪的是，劈到离黔荼的脖子还有一丝距离，就像有人死死拖住了帝丹朱的双臂，怎么也无法突破这方寸缝隙。

黔荼似乎也不明白这是怎么一回事，他甚至伸出手去，主动捏住开刃，往自己这里压了压，但开刃依旧纹丝不动。

"看来是没办法了。"黔荼收回手，一脸惋惜地对帝丹朱说。

帝丹朱连试了好几次。劈向其他地方没什么问题，唯有劈向脖子时会被定住。这反而让帝丹朱明白了，脖子是关键，只要能劈断他的脖子，一切都解决了。

他决定再试一次，司沄赶到了，拉住帝丹朱的手，请他赶快离开。

"危其的军队呢？"帝丹朱问。

"已经撤了。帝后命我找到帝，赶紧离开。"

"我军左右两翼呢？"帝丹朱又问。

"玄溟部正在派兵掩杀。"司沄后面的话没说，但是帝丹朱明白左右两翼也是一败涂地。

黔荼已经站了起来，一脸同情地看着帝丹朱："我劝你，还是离开吧。不要想着劈断我的头了。我的头已经被劈断过一回，问问这位将军就知道了。"他的身上咕咕血流，但他一点都不在乎。

他朝后面看了看："有人正朝这里赶来，要没搞错的话，应该是无支祁本人。你想现在就成为无支祁的俘虏吗？"

帝丹朱抬眼一望，果然有一队人马正飞驰而来。他叹了一口气跳上马，在司沄的护送下扬尘而去。

黔荼凝神看了看身上正在冒血的伤口，这一看真是神奇，绽开的皮肉很快完好如初。

后面的人马跑了过来，领头的正是无支祁。他勒住马看着黔荼，问："刚才那个人是丹朱？"

黔荼点点头。

"怎么放了他？"无支祁问，"你不是一直就想弄死他吗？"

"我是想弄死他，不过，死在这里，没什么用，你我想要的东西，还是得不到。"

"他得死在哪里？"

"苍梧深泽的神祠里。历代雨师妾帝都是死在那里，然后才能前往悬泽。死在这里，估计就是一具干尸。"

"哦。"无支祁点点头，"接下来怎么办？术士是跟我们一起走，还是另有去处？"

"帝请自便。我要去做些私事。等到帝攻到苍梧城下，我会回来找你。在我来此之前，请帝牢记无支始祖的遗训。"

"切勿触怒水中的女神，"无支祁笑着说，"你也知道这个。"

"我不仅知道，而且相信。"

"我也相信。"无支祁正要多说几句，突然看到从远处的战场慢慢地走过来了一群人，他们移动的姿势非常怪异。

"这就是你打败丹朱的僵尸军队？"无支祁问。

黔荼点点头。

"你怎么处理他们呢？"无支祁好奇地问。

"几天之后，他们就会慢慢地变成一具具干尸。我会尽到自己的义务，雇人挖个大坑把他们埋了，上面立个碑，算是告慰战死之灵。"

无支祁点点头，本想说挖坑的时候，我可以叫几个人帮你一把。后来一想，地炼术士既然能缩地，弄个坑应该不算难事。

"那就再见了。"无支祁说完，拍马离去。

战场上，雨师妾的部队已经撤走，丢下了一地的伤残和死尸，玄溟的部队正在收拾打扫，看到值钱的就剥了下来，看到还有一口气的就送上一刃。

充当前阵的属国部首，疲惫不堪地率领残余的部队向无支祁迎了过来。此战虽胜，但是就他们而言其实是完败。他们携带的部众，已经折了十之六七。看着部众整齐的玄溟军队陆续开进，他们的想法是，老子真不该去抢这个头阵。这下，无支祁更不会把他们当作一回事了。

无支祁安慰了他们几句，然后略带强硬地说："战事紧急，到了苍梧城下，可能还有恶仗，现有的部众暂时整编以便统领。"各部首暗自叫苦不迭，自己一部之首就要成为玄溟三大家族的属下了。不过也没办法，军容整齐的时候，他们都不敢违逆，何况现在军容惨淡。

无支祁布置完毕，朝远处看了看，他在等待一个人。他希望这个人回来的时候，能够带回来另外一个他更想见到的人。

六

此时，陆离俞和昏迷不醒的女汩共骑在一匹马上。

陆离俞不知道该去投奔哪里。雨师妾的军营是没法回去了，肯定已经成为玄溟的囊中之物。跟上雨师妾撤退的部队？那得穿过战场。战场上到处都是玄溟的军队；其他方向，他哪里知道该怎么走？

他正犹豫着，背后传来的马蹄声帮了他一把。女朴骑着马，正在朝这边奔来。

陆离俞想也不用想了，双腿夹了一下马。胯下的马好像也意识到了危险正在接近，立刻狂奔起来。

马的剧烈颠簸好像产生了神奇的效果，一直昏迷着的女汨突然睁开了眼睛，发现自己正坐在一个男人的怀里，不禁满脸绯红。等到她发现这个男人竟然是自己的跟班时，内心的反应是如何强烈，那就可想而知了。

"放开！"她刚从昏迷中醒来，眼神迷离、声音无力，不像是斥责，倒像是哀求。陆离俞鬼使神差，不仅没有松手，反而抱得更紧了。女汨从小到大，除了她的帝父，身体从来没有接触过男人。更何况她是一部之长宫，而对方只是个近乎奴仆的卑贱之辈。

女汨一发狠从腰间拔出短刃，用力朝马头一刺。她本来是打算刺向陆离俞的，但女汨估量了两人现在的实力，觉得短刃可能会被这个轻薄子夺走，最有效的办法还是用尽全身力气刺向马头。

虽然用尽了全部的力气，但是短刃扎入马头并不深，不过把马惊吓得不轻。马惨厉地嘶叫起来，后足蹬地前足腾空。陆离俞和女汨两人立刻就从马上滚落下来。女汨趁势一个翻滚，从陆离俞的双臂里脱了身，手上还握着短刃。

陆离俞一翻身坐起，就看到直逼自己的短刃。他还没反应过来，就听得女汨厉声斥责道："现在，立刻，从我面前滚开。"

陆离俞正想答话，传来一阵马蹄的声音。

他回头一看，女朴骑着马，已经追了过来。

看到眼前的场景，女朴拉住了马，一脸嘲弄地问了一句："怎么，这是做什么？"

一瞬间，陆离俞的感觉还停留在另一个世界，在抱着女汨滚落下马的时候，恍惚间，他竟以为抱住的是郁鸣珂。但是，被他视作郁鸣珂化身的人，却用短刃对着自己，而且脸上流露出来的还是厌恶和憎恨。

他从美梦中惊醒，回到了身处的现实——她是长宫，而他是躲过循难的卑贱死士。

女朴跳下马，走到两人跟前。

这下让女汨难办了。一个是要抓她去见无支祁的人，一个是一心想要轻薄她的奴从，她只有一把短刃，真不知道该对着谁。

女朴一点也不把陆离俞放在眼里，虽然领教过陆离俞的飞器功夫，但是这人的手上连个石块都没有，估计不会有太大威胁。

女朴迈步走向女汨。女汨身体虚弱，刺了她几下，但都被女朴轻而易举地架开，没两下就制伏了女汨。女朴蹲抱起女汨，朝着自己的马走去。

女汨绝望地看着天空，心想：等到自己力气恢复，找块石头一头撞死算了。

女汨挣扎之中，一张帛布从她身上飘落下来，正好飘到陆离俞附近。陆离俞悄

211

悄地伸手把帛布从地上捡了起来,眼前出现了一个他熟悉的符号——一个圆圈,里面有两条缠结在一起S形的蛇。

他抬起头,吃惊地看着被女朴抱着的女汨。女汨正好回看他,眼神里没有了厌恶和憎恨,只剩下了哀求。陆离俞把帛布揣进怀里,脑子里只有一个念头:怎么才能把女汨救出来?

女朴看到女汨不停地回头看着陆离俞,不禁嘲意顿生:"看样子,还舍不得他呢。刚才不是还拿着刀想杀他吗?现在又舍不得了?你一天到晚要变多少念头?可能连自己也不知道。"说到这里,女朴好像勾动了心思,眼神黯淡起来。她脸上的表情会让人误解,她不是挟持着女汨,而是两个闺密在谈心事。

女汨趁她一软,挣脱了她的挟持,说道:"无支祁抓我的目的,是要让我去给他做帝后。"

女朴笑着说:"他是这样跟我讲的。"

"那好,一旦我成为玄溟的帝后,我要做的第一件事是什么,你知道吗?"

"知道,不就想杀了我吗?"女朴笑着说。

"能做的,何止于此。"女汨说,"我要找一个人,一个叫女浸的人。"

女浸这个名字,还是上次女朴来下战书,女汨从姬月的嘴里听见的。她也不知道女浸是何许人,但她猜想应该是女朴最害怕的人,因为这个名字一出姬月之口,女朴立即惨然色变。她需要脱身,提及这个名字或许会有所帮助。

女朴的脸色果然变了,立马揪住女汨的衣领。女汨吓了一跳,感觉对方马上就要杀了自己。

"那就谢谢你了。"女朴狠狠地说,"为了找到这个女人,我也在到处托人。你要能找到,记得一定要带到我的面前。"说完,女朴用力推着女汨往马边走。

"你真的一点都不嫉妒?"被冷落在一旁的陆离俞突然开口。

女朴没理他,继续推着女汨走到自己的马前,掏出绳子准备把女汨双手反捆起来。

陆离俞继续说道:"都说女人是嫉妒心奇重,你倒是一点也不像,这么大度。你就没想过让这样一个女人成为帝后,对你有什么好处?你这么对待她,难道一点都不担心,成为帝后的她会有多想把你整死?"

女朴充耳不闻,一心一意地把女汨捆绑停当,然后腾出手来,走到陆离俞面前。陆离俞还坐在地上。刚才那一下看来摔得不轻,他到现在还起不来。女朴蹲下身,从帛布囊里掏出另一根绳子,把陆离俞也反手捆了起来。在这过程中,陆离俞一直很配合。女朴一点反抗都没遇到,不免有点吃惊。

捆绑紧实之后,女朴取出随身的开刃,刃片搁到陆离俞的脸上:"你刚才说的是什么,我没听清,再说一遍。"

"我说,"陆离俞动了动捆得像粽子一样的身体,"你最好对她好点……"话还没说完,女朴的开刃在他脸上狠狠地一划。陆离俞措手不及,疼得叫了一声。开刃割开的伤口,一丝鲜血渗出,顺着脸颊流了下来。女朴收了一点力,刃尖离开伤口,贴着陆离俞的皮肤,顺着流动的血痕轻轻地向下划动。

"还有吗？"女朴诚恳地问。

"当然还有了，"陆离俞抽搐了一下，"我的意思是……"话一出口，女朴的刃尖立刻刺了进去，然后往下狠狠一拉。这一下的结果，就是血流如注。

"不能我说一句，你就……哎呀！"陆离俞气愤地说道。结果还是同样，话刚说了一半，女朴的刃尖又是一刺，刺得比上一次更深，然后往下用力一拉，几乎要把陆离俞脸上的皮给扯了下来。

陆离俞咧了一下嘴，不说话了，他现在已经满脸是血，更糟糕的是，脸上的血已经流到了脖子，女朴的刃尖也划到了他的脖子。要是在这个位置，一刃下去，那可是致命的。

陆离俞低下眼睛，看着血流已经漫到了肩膀，往下渗流，最后停留到了一个地方，就是他刚才揣入帛布的地方。到了这里，渗流的血，好像改变了轨迹，开始往里渗入一样……

他好像有点扛不住了，动了一下身体。然后，他的眼神一亮。某个夜晚，某个时刻，他的眼神也曾经这样一亮，因为他看到了一条蛇，像一支箭一样，从他眼前飞过……关于蛇，有一个结论，要用绳索捆住一条光滑的蛇，几乎没有可能。

"那块帛布上的蛇……这可能吗？"他脑子飞快地转动着。

女朴没有注意到这些，她的目光没有离开搁在陆离俞脖子上划下的刀刃，要是陆离俞再敢开口，她就从这个部位狠狠地刺进去。

等了片刻，陆离俞还是没有说话，女朴有点意外。她抬起头，陆离俞一脸紧张地看着她，身体微微发抖。

女朴微微一笑，说道："怎么不说了，你这人废话不是挺多的吗？本来想放你一马，没想到你比女人还要叽叽歪歪。能整死我的人有是有，不过，肯定不是捆着的那位。你倒是挺操心这事的。这样吧，我干脆刺死你算了，省得你闲吃萝卜淡操心。"

她把刃尖往陆离俞的脖子里刺了刺，但是没有刺穿皮肤。

陆离俞突然开口了，刚才还发抖的身体，现在已经恢复了平静："我才不爱管谁能整死你。我只是提醒你她像是很喜欢记仇的人，你如果不想以后遇到什么麻烦，现在最好巴结一下，说不定，到了无支祁那里，彼此孤苦无依，你们还能结成姐妹。"

女朴吃惊地看着说了一大堆的陆离俞，一时忘了该做什么。陆离俞见此，又补充了一句："这些话，你肯定也不爱听了……来，再刺我一下，刺深一点？"

"你还真能扯些没用的。"女朴叹了口气，收回了开刃。她平生最不愿意被人支使，现在也是这样。再说，对她而言，这个捆着的男人也是可有可无。刚才只是戏弄一下，她才没兴趣在这种贱材身上找什么杀人的乐趣。

她站了起来，说道："谢谢你的关心。有一点她应该知道，就算她能上到无支祁的床上，也得在我的面前脱光衣服，每个有孔的地方都要被我查过。你想想看，这么一通之后，估计她连跟我说话的勇气都没有了，还想整我？"

一边的女泪听得脸色惨白。

"你还有这爱好?"陆离俞笑着说。

"是啊,我就有这爱好。好啦,我跟你聊得也差不多了。聊得还算高兴,我就不杀你了,赶紧逃命去吧。"

陆离俞没有说话,只是面带微笑地看着她。

女朴心想,别是个傻子吧。她站起身来正想迈步,脚上的感觉有点不一样。她低头一看,自己的一只脚竟然被陆离俞的一只手拽住了。

陆离俞猛地往回一收手,女朴一个趔趄,单腿跪倒在陆离俞前面。

"再聊聊嘛,干吗这么快就走?"陆离俞咧嘴一笑,他现在一脸是血,一笑起来,倒有几分狰狞。

女朴看着陆离俞,两眼发直,一时还弄不明白这是怎么回事。这个男人的手,刚才明明是她亲手紧紧反捆起来的,这只手怎么脱出来的?正在她发愣的时候,陆离俞的另一只手也从背后抽了出来。

陆离俞朝她摆了摆双手,一脸狰狞,一脸得意,然后双手一左一右,捧住了女朴的脸,顺便用力捏了捏。女朴勃然大怒:"贼精啊。"她怒骂一声,把头一甩,来不及起身,手上的开刃就朝陆离俞头上砍去。因为距离太近,开刃还没落下,陆离俞伸手就截住了她的手腕,纵身扑了上去。女朴没办法躲闪,一下子就被扑倒在地上。

陆离俞见一招得手,赶紧使劲压住女朴,伸手去夺她手上的开刃。女朴惶急了一会儿之后,很快就冷静下来。她一只手拽住陆离俞抢刃的手,另一只手挥刃就朝陆离俞的腿上砍去。陆离俞急忙想避,已经来不及了。情急之下,他伸出手去,抓住了开刃。开刃锋利,陆离俞的手马上破皮出血。

陆离俞毫不犹豫,伸出血淋淋的手,就朝女朴脸上抹去,恰巧就抹到了女朴的眼睛上。

女朴吓了一跳,心想,这是干吗?一股浓重的血腥味直冲她的鼻子。她慌了一下神,眼睛一下就闭上了。趁此工夫,陆离俞顺势左右抽脚,两只脚立刻就从绳套里顺顺当当地抽了出来。

他不敢再和女朴纠缠,站起身来就向着女汨跑去,扯着捆着的女汨的绳子发足狂奔起来。

女朴怒气冲冲地从地上站了起来,脸上还有残留的血印。她也是久经沙场的人,但是从未嗅到过如此寒腥的气味。这小子也真邪,这是人血吗?

她拔步追了起来。

陆离俞一边扯着女汨发力狂跑,一边回头看。开始是奔跑如飞,一段时间之后,就像断电一样,扯着女汨的陆离俞逐渐举步维艰。他想,法力好像又快到点没有了。回头一看,女朴的身影又清晰起来。

"快跑,上坡!"女汨急急地催促了一声。陆离俞这才发现。他们跑在一条坡道上。

要是能顺利地跑到坡道顶端,往下一滚,就能加速摆脱女朴了。陆离俞鼓足力气,扯着女汨,跑上了坡道。

"坡顶有人！"女泪突然又叫了一声。陆离俞抬头一看，坡道顶端果然出现了一个人影。

人影看到陆离俞之后，立刻就朝陆离俞跑了下来。远远地看去，对方穿的是玄溟军队的服装。

陆离俞心想，糟了，来的肯定是女朴的帮手，前后夹击，看来是跑不掉了。

这时候，陆离俞突然有了一个最不可能的期盼。

他想起一把枪，自己曾经放在一个抽屉里的枪。要是有那把枪，一枪就能解决一个，前面来的这个，还有后面追的那个……

第九章

一

那日，虚博生的一番魔术表演之后，小李就回到了 G 局，把大致情况向领导汇报了一下。

领导听完，皱了皱眉头，骂了一句："时空消失，都是些什么玩意儿。"

小李请示对刘鼎铭的调查是不是继续。

领导摇了摇头："这件事查到这里，已经神神叨叨了，再查下去，我们就不叫 G 局了，干脆改名叫宗教事务管理局了。神汉巫婆科普这么多年，这帮人渣怎么死不绝！"领导骂了一句，对小李说，"暂时放放。陆离俞失踪的事，还是交给公安部门，我们等结果。"

小李想，大概也只能如此了。像虚博生这样的人，今后还是避开为妙。这种民间人士，最喜欢的就是和官方机构拉上关系，然后四处招摇撞骗，说不定就会惹出什么事来，搞不好最后还会扯上自己。

没想到，这事还没彻底放下，虚博生居然主动找到了小李。虚博生说，他从刘律师那里知道了小李上次找自己的真正目的是什么，一个叫陆离俞的人失踪了。关于这件事，他有些想法可以提供参考，见了面详细谈谈。

小李本来想拒绝，但对方的语气却很恳切，于是他想，见见也无妨，只要自己守住立场就可以了。

在一个空荡荡的咖啡馆里，他和虚博生见了一面。

虚博生给他展示了一张最新出现在网上的图片。

图片是在古埃及的金字塔里发现的一幅壁画，上面竟然出现了现代科技产品的形象——一台笔记本电脑，它被嵌在一个方形的祭台里面。下面的评论，都将这个作为时光隧道，穿越事件的证明。

"但是，你仔细看的话，将图上的这个物件看作是现代人使用的笔记本，是不准确的。严格地来讲，它是一个现代平板电脑的某些部件，与古埃及时期的一个祭台的某些部件合成的一个东西。类似的例子，还有在玛雅人陵墓里的壁画上发现的蓄电池，"虚博生拿出另一张图片，看来是有备而来，"严格来说，也不是完整意义上的蓄电池，而是蓄电池中的某些部件，与玛雅人使用的罐状器皿的混合物……"

小李仔细看了看照片，但是没有说话。虚博生于是继续说下去："有时候，我看着这些东西不禁在想，这些带有现代痕迹的东西，如果真是时空隧道穿越的结果，为什么上面又会有那么多古代社会的器物痕迹？你想一想，假如你有一次时空穿越的机会带了一件东西，等你穿越到之后，东西应该是不会有变化的。平板电脑，应该还是平板电脑；蓄电池，应该还是蓄电池，而不可能是一个与古代器具元件混合在一起不伦不类的东西。"

"你想要表达的是……?"小李问。

"我想要表达的是，这些东西正好能说明，我正在研究的平行世界之间发生接触的可能性。

"合成型物件的出现表明了，平行世界的接触是有可能的。接触的结果，很有可能是两个世界形成一个合成的世界，里面充满着大量的合成物。有些合成物是完美的，完美而且自然，但不可能每件都是，合成也有可能是格格不入的，就像蓄电池与装饮料的罐子，两件根本不同的东西被强行凑在一起。

"后人在回忆这样的经历时，自然会留下大量缺乏自然特性的事物，以及互相碰撞的历史……同样一个人，一会儿是祖先，一会儿又是祖先的后代……"

小李看着虚博生心想，又开始了。他赶忙打断："有这样的回忆吗?"

"有的，"虚博生肯定地说，"甚至我们现在还能查到，在一本流传至今的书里。"

"哪本书?"小李问。虚博生说得这么肯定，小李也来了兴趣。

"《山海经》，"虚博生说，"看一下《山海经》，里面所记录的事物，例如人头蛇身、蛇头人身，还有奇形怪状的动物，例如马头牛身，或者三个人头的人、九条尾巴的狐狸……其实，不过都是在传递一个意思。《山海经》所反映的世界，其实就是一个合成的世界，来自平行世界的会合。一个世界的事物和另一个世界的事物合成在了一起，形成世界上奇奇怪怪的事物；一个世界的历史和另一个世界的历史合成在了一起，形成了最难以辨析的历史。"

"你讲得倒是挺有意思。"小李说。他突然想起去抓捕陆离俞时的一件事。陆离俞提到了《山海经》里的记载，可能是不同民族历史的结合。当时小李仅以为，不同民族是来自同一世界的不同民族，但听虚博生的意思，有可能是来自一个与我们平行的世界的民族。

"可是……"小李不知道该怎么反驳了，太玄、太神汉巫婆……

虚博生目光期待地注视着他。

一个小李自己也不相信的结论，突然脱口而出："你的意思是，陆离俞不是越狱，而是去了一个与我们平行的世界？一个在《山海经》的记载里，与我们这个世界，曾经有过交合的世界?"

虚博生点点头，然后说："我知道你的疑虑，如果不亲眼看到，你怎么也不会相信我所说的这些。也许，应该有这么一个事件，你才会相信，我所讲的一切，很有可能就是真实发生过的一切。"

说到这里，虚博生一改胡侃海扯、沾沾自喜的常态，神色竟然变得惆怅迷惘起来。小李当时没有多想，几天之后，当虚博生的尸体出现在他面前的时候，他才意识到，这样的神色意味着什么。

二

海洋工程研究二所的木简还挂在那里。凶杀案后，消息也不胫而走，一城的人都开始捕风捉影擅自发挥故弄玄虚。

互联网煞有介事地排列了本城十大鬼屋，排名第一的就是海洋工程研究二所，本地人连从它身边经过都会胆战心惊，更不用说深入其中了。不过，有一批人却对它产生了极其强烈的兴趣。

这批人就是由本地各高校大学生组成的一个兴趣团体，自称为"灵异柯南"，专门组队出入本城各处有灵异传说的场所，每次出入都会选在夜深人静鬼气森森的时候。

海洋工程研究二所一直就是他们向往的目标，不过想深入其中，还需要克服一些阻碍。

自从发生了凶杀案之后，海洋工程研究二所就封存起来。大门紧闭，门上的电子密码锁还在，但是和里面的连接已经切断，所以想通过破解密码的方法进入，已经是不可能了。唯一进入的方式，就是想办法翻越十几米高的围墙。

围墙是水泥砌造的，光滑平整，一点可供攀缘的凸起凹陷都没有。旁边也没有一般建筑都会有的绿化带，想要借助树木进去也不可能。

有人提议使用爪绳。上抛爪绳，利用爪绳的爪钩扣住围墙顶端的凸起，然后抓住下垂的绳索向上攀爬。方案看起来很实用，所以柯南帮在一个晚上去试了。

爪绳果然钩住了什么东西，柯南帮的成员一阵欣喜。一个手臂最粗的成员开始攀爬，快到顶端的时候，一点征兆都没有，就突然跌落下来。下面仰头观望的柯南帮成员，就像看到一个面粉袋砸下来。砸到地上的这个人，立刻昏迷不醒。

接下来发生的事，更让柯南帮魂不附体。

爪绳断裂的时候，抓住了墙壁顶端的爪钩，也就顺势掉到了海洋工程研究二所的里面。柯南帮七手八脚地想要扶起伤员的时候，一个队员被从空中掉下来的什么物体砸了一下。被砸的人找了一下，发现砸他的物体正是已经掉落到研究所里的爪钩。

里面有人？这个念头一闪，几个人觉得这个念头比里面有鬼还可怕。几个人带着两个伤员慌忙逃离。自此之后，整个团体就将此地视作畏途。

不肯放弃的人只剩下两个。说来也巧，这两个人之所以还对海洋工程研究二所恋恋不舍，竟然是因为陆离俞。这两个人就是上过陆离俞课的学生，其中一个就是阴沉男，一到陆离俞的课上就要跟他顶一下的那个男生；另一个，就是会在阴沉男的后面帮腔的幽怨女。

陆离俞被抓之后，两个人也终于走到了一起。互诉衷曲的时候，陆离俞就成为他们经常出现的话题。

　"其实，陆离俞人还是不错的。"幽怨女说。

阴沉男点点头："虽然他在学术上有一定的缺陷，但是，他这人还算真诚。"

两人开始为陆离俞的不幸遭遇一再感叹，同时，对导致陆离俞被捕的那幢房子，也产生了强烈的好奇。他们参加柯南帮的目的也是因为这个。

柯南帮失败之后，两个人反而有了重任在肩的责任感，鬼屋之谜的揭晓就看他俩了。虽然心有余而力不足，但是，恋恋之心始终不改。两人互诉衷肠之余，总会到海洋工程研究二所的附近走上一圈。

一天晚上，两人相约外出漫步。一路上，他们讨论了最近看过的网络小说。阴沉男喜欢的是盗墓派，幽怨女喜欢的是青春伤感。鸡跟鸭讲，聊得也是不亦乐乎。不知不觉中，他们到了海洋工程研究二所跟前。

幽怨女想要在恋人面前表现一下自己少女的活泼，直接跑到了一向紧锁的门前。在门前，她还眼神调皮地回看了一下阴沉男。

阴沉男赶紧跟了上去。

"锁上了，进不去的。"看到幽怨女伸出手去想要推开门，阴沉男赶紧叫了一声。幽怨女回头看了他一眼，眼神变得怪异，手却没有离开门。

"门没锁，开着的。"她语调干冷，阴沉男听得毛发直竖。幽怨女用手使劲一推，大门嘎吱地开了一道缝。阴沉男感觉自己的手被幽怨女抓住了。

"进去吧，我们。"幽怨女说完，又使劲推了推，门完全开了。

幽怨女用力抓住阴沉男的手，跨了进去。

他们把目光投向鬼影森森的大楼，然后交换了一下眼神。阴沉男是恐慌，幽怨女是坚定。大楼黑郁郁的身影里，居然有一处亮光，来自一扇玻璃。

"里面有人。"阴沉男想跑了，但是跑不动。除了腿发软，手还紧紧地被幽怨女抓着。

"你想跑啊?"幽怨女嗔怪地看了他一眼。

"情况不对啊。"阴沉男说。

"不对就上去看看啊，跑什么?"幽怨女有点不高兴了，甩开阴沉男的手，举步朝大楼走去。

阴沉男一点主张也没有了。行走在夜色中的瘦弱的少女身影，像一块磁铁，他就像块铁片，不由自主地跟了过去。

两人很快就进到楼里，小心地迈动着脚步，努力不发出一丝声音，生怕惊动了里面的人。

"二楼，左边通道的第三个窗口。"幽怨女轻声地把目的地告诉阴沉男。

大楼里只有模糊的亮光，将幽怨女的脸遮掩得更为鬼魅，只剩一双眼睛，幽亮如同深井。阴沉男脑中一片空白，只知道幽怨女的眼睛是不可抗拒的，他会跟着这双眼睛一直走下去。

他们上了二楼，小心地沿着通道走着，朝着前面的灯光。

楼道里有尘埃，还有说不清的什么气息。常年无人的楼道里该有的细节，这里一点都不缺。他们即使走得非常小心，也控制不住会踩到什么东西，有时候是一块已经松动的木板。木板发出被踩裂的吱吱呀呀，他们就停住脚步，对看一眼。

几步路之外的灯光，却沉稳依旧，没有一点动静传来。他们继续走着剩下的几米路，举步更加小心。

片刻之后，他们站在了光亮的门口。看着里面的景象，阴沉男脸色发白地看着幽怨女，幽怨女还是一脸镇定。

"愣什么呀？"幽怨女推了阴沉男一把，"手机带了吧，报警啊！"

阴沉男赶忙拿出手机，手一直在打战，号码键都按不准。幽怨女一把抢了过去，按了几下之后，拿起手机听了一下，对阴沉男说："这里信号不好，我得到外面去。你在这里守着。"

阴沉男直盯着房间里面，耳朵里传来了幽怨女断断续续的声音："110吗？……我这里是……我们在这里发现了一具死尸……"

三

老张和小李赶到海洋工程研究二所时，门口已经停了好几辆警车。一个派出所的警员正在询问两个大学生模样的男女。派出所的所长站在门口，看到两人的身影赶快走了过来。

"现场怎么样？"老张问。

"还好，问过两个报案的人，他们没进去过。现场应该没有被破坏。"说完，他就带着两个人朝大楼里走去。

"那两个报案的，是什么人？"小李问。

"本地大学的两个大学生，喜欢玩刺激，所以跑到这个鬼地方来了。"所长说。

他们走上了二楼。走到有灯光的那个房间，门口有一个警员。走近以后，老张和小李就迫不及待地朝着房间看去。房间里盘腿坐着一具尸体，没有头。

"头呢？"小李好奇地问。

门口的警员指了指墙的角落："应该是在那里。不过有命令，没有得到进一步的指示之前，我是不能进入的。"

"这么说来，罪犯是用刀行凶的喽。"小李对老张说出了自己的初步判断。

老张不以为然："这事邪门得很，我们先不要下结论，看看再说。"

尸体盘腿坐着。在他的前面，有一块古模古样的大木盘，看上去像一个茶具盘。盘里面摆的是一个缩小的地理模型，有山有平地有河流。

老张和小李对看了一眼，没有表达的意思是，这是什么鬼？他们大致推测：死者面对着木盘盘腿而坐，研究木盘上地理模型的时候，被人从后面砍掉了头。要真是这样，这件案子的开头就很怪异——怎么会有人想到，来这样一个地方摆弄地理模型？

两个人分了一下工，老张去找不知滚到什么地方去了的人头，小李去找一把任何像刀的工具。

小李找了一圈，附近没有找到任何刀具。靠墙的地方有一张桌子，一个抽屉已经拉开，露出里面的一件东西。小李觉得可能是一把枪，走近一看，果然是一把枪。他拿起查看了一下弹夹，里面是空的。

这把枪唤起的不只是惊奇，还有一种很特别的感觉。

"找到了！"老张叫了一声，把小李吸引了过去。在一个墙边，老张发现了人头。他用戴了薄膜手套的手，揪住头发把人头拎起，站了起来。小李看到人头的模样之后，惊叫了一声。老张不明究竟地看着他，又看看拎在眼前的人头。

"这人我认识。"小李说。

"谁？"

"一个下岗的魔术师，叫吴博夏，自己又取了个号，叫什么虚博生。介绍我和他认识的就是刘鼎铭。刘鼎铭，你应该知道，就是替陆离俞辩护的那个律师。"

老张看着人头，问："刘鼎铭现在在哪里？"

小李想了一下："具体住处不知道，上次只去过他的律师事务所。"

老张赶快把所长叫过来："我跟小李得立刻去一个地方，麻烦所长派人协助。另外有一件事，也请你赶快派人去办：你去调查一下，有个叫刘鼎铭的律师，他的住所在哪里。查到之后，立刻派人上门，就说请他协助。"他指了指现场，"这里就交给你们了。随时联系。"

老张和小李带着两个警员，上了一辆警车，朝着天鼎律师事务所飞奔而去。十几分钟后，他们来到了楼下叫醒管理员，打开了大楼的大门。

"天鼎律师事务所的钥匙，你有吗？"老张问。

"有啊。"大楼管理员刚被叫醒，一脸懵懂。

"快拿出来，去开门。"

"可是……"大楼管理员本来想说一两句，但被几个人脸上急切的眼神给镇住了。他连忙拿出钥匙，带着他们，去了天鼎律师事务所的楼层。

门打开之后，眼前是一个空荡荡的套间。

"刚才就想告诉你们，"管理员说，"天鼎律师事务所昨天就退租了，里面的东西都搬走了。"

老张还没来得及回话，手机响了。他拿起手机说了几句，然后放下手机，对小李说："刘鼎铭的住处找到了，里面也是空的。"

四

对刘鼎铭的通缉令发到了各地，一个星期下来都没有消息。凶案现场的搜索持续了几天之后，也以失望告终，没有发现作案的刀具。

又隔了几天，鉴证部门传真了一份吴博夏的尸检报告，报告里引人注目的一点在于对致死凶器的推测：

死者的头是被利器砍下的。在检查死者颈部刀痕的时候，发现了两个特别的痕迹。

第一，头断的地方，竟然能检测到一些细碎的木渣。现在还不能清楚地解释，木渣为什么会出现在这里。

一种猜测是疑犯在砍头之前，可能已经用凶器砍过什么木器；另一种更有可能的猜测是，疑犯一刀砍过去，同时砍掉了一个木器和一个人头。

鉴证部门对这两个猜测都觉得是异想天开，还在想办法寻找其他的解释。

"第二个特别的地方，是发现在死者的颈骨上嵌了一片很小的刀片。我们推测，凶器在与颈骨发生猛烈的撞击时，一小片刀片被撞裂，嵌进了颈骨里。

这一小片刀片被送往相关部门进行检测，结果发现，从其质料来看，它应该来自一把青铜刀具。

青铜的制作需要极高的工艺。现在，只有有限的几家文物研究所知道其制造工艺，普通民用刀具制作厂家都是根据不怎么精确的金属成分配比。

另外，经过核磁共振技术的测试，该青铜刀具的年龄应该有四千多年，大致相当于传说中的尧舜禹时代。问题就在于，一把青铜器经历了四千年，是不可能还能砍断人头的。

还有一些鉴证内容没有写进报告，但是却被私下传播着：

死者的伤口在被发现的时候，竟然没有任何腐化的痕迹，好像刚刚被人砍下。实际情况是，根据身体其他部位的变化情况推断，死者被杀的时间，应该是在被发现之前的72小时，尸体的其他部位都有尸斑出现了，唯独颈部的刀痕却极其新鲜，给人的感觉是这一部位的时间似乎停止了。

此外，还有一个特别的地方，现场及其周围都没有发现嫌犯的痕迹。在现场能够找到的足迹，只有死者本人的，还有两个来探险的大学生的。周围没有任何攀缘的痕迹。同时，窗门紧闭，没有任何破坏的痕迹。

凶手是怎么进入现场的？

小李听到传言，想起虚博生曾提及，平行世界出现的可能性之一，就是时空突然消失，一个世界发生的事就和另一个世界发生的事，重合到了一起，一个世界的鱼，会落到另一个世界装满水的鱼缸里。

所以，他做了一个自己也觉得荒诞的解释：砍下去的一刀并不来自我们的世界，而来自一个与我们平行的世界。刀砍下的时候，正好是时空消失的时候，所以，那一刀既砍了另一世界的一个木器，也砍掉了我们这个世界的一个人头。

同时，由于时空消失，这一刀砍过的痕迹也是没有时间性，所以，痕迹新鲜如初。

他不敢向任何人说出自己的见解，这会让人觉得自己是个精神病。不过，奇怪的是，他竟然觉得在所有的解释中，自己的猜想或许是唯一正确的解释。

突然小李想起了他们最后一次交谈，虚博生最后迷惘起来的眼神，心想，这是不是虚博生一直在期盼的机会，一个能够证明他理论的机会。这代价也太大了点吧？

他又想起了抽屉里的枪。这把枪实在太眼熟了，一时又想不起在哪里见过。

五

经查证，这把枪是陆离俞案子里的那把枪。陆离俞被捕的时候，这把枪作为证据被收缴，先有 G 局代管，小李经过手，所以他才会有眼熟的感觉。

案子转到公安部门的时候，枪作为证据由当地公安部门保管。案子定性之后，作为犯罪证据，枪就封存在证据库里。证据库是专人看管，进出都需要登记。

枪是怎么跑到犯罪现场的？现在成了疑问。

小李就此事进行了调查。证据库的人查阅了出借记录，根本没有发现跟这把枪有关的出借记录。证据库是 24 小时监控的，即使下班之后，依然有监控设备代行职守。很难想象，一个公安部门系统之外的人，能够凭借个人的力量进入证据库内，取走一把封存在证据库里的枪。

小李到达之前，相关部门已经对有关录像进行了排查。重点是最近一段时间的监控录像，从最后一次见到这把枪的时间开始倒查。结果，没有发现有什么异常的动向，能够进入证据库的人，都是登记在册的人。

"那把枪到底是怎么被取走的，我们也不知道，监控方面的程序都没问题，不是我们内部的原因。手枪是放在一个橱柜里的，有编号，里面还有这个案子所有的材料。橱柜是密码锁，即使能进入证据库，不知道密码也是徒劳。

"密码是很难预先获得的。整个证据库里的储物柜密码，都是由本省公安厅掌控的。通过联机的方式，每一个储物柜都相当于一个分机，主机在公安厅的核心机要室里。密码是主机随机设定的，24 小时自动更换一次。更换后的密码，通过公安部门的内部网络，同时传送到每个联机的保管室的电脑里。每天都不一样，保管员也只有当天打开电脑之后，才能知道今天的密码是什么。"

说到这里，负责接待的人看了小李一眼："这些东西一般来讲，是不会对外部门透露的。就是我们内部，也只有相关人员才能知道，而且，知道的人要受保密条例的约束。"

小李点了点头，明白这话里的意思。

负责接待的人继续说："之所以会跟你透露这些，一方面是为了协助兄弟单位的工作，另一方面，领导也指示过，这次枪支失窃案非比寻常，一定要查个水落石出。"

小李又点了点头。他想，对方讲这些话的目的，大概不纯粹是为了推卸责任。话里好像在暗示，这一事件也得到了更高一层的注意，所以，才会特地安排他来和小李谈一些属于绝密的事。

他想，高层之所以会注意到这件事，大概也是因为这件事太诡异了，不查明真相，就有可能流言四起。

"现在该怎么做呢？"小李问。

"唯一能做的，就是收集那个储物柜上的相关指纹，看看能不能找出什么。"

"什么时候会有结果呢？"小李问。

"很快。"

过了大概半刻钟的时间，一个文职人员走了进来，把一份报告递给了负责接待小李的人。他看了一眼就把报告递给了小李，脸上带着困惑。小李看过报告之后，也是默然无声。

报告证明了，排除掉内部人员的指纹，储物柜剩下的指纹就只有来自被砍掉头的魔术师。

小李拿着报告离开了公安部门，往自己的办公室赶。一路上，他都在想一个问题。

现在看来，答案很可能只有一个，就是连他自己也觉得荒唐的答案：虚博生拿走枪，同他被人砍头的过程是一样的，都是利用了所谓时空消失的魔法。这算是一个答案吗？

问题在于，虚博生拿走枪的动机是什么？毁灭罪证？为什么？为谁？为陆离俞洗脱罪名？但在陆离俞的案子里，枪并不是最重要的证据。而且想要毁灭证据的话，为什么又会把枪放在一个如此显眼的地方？想作为自己的凶器？为自己一个蓄谋已久的谋杀计划？使用一把已经被认定为是凶器的手枪，起到转移视线、混淆破案人员思路的目的？

一路上，小李都在东想西想，试图发现虚博生这样做的真正目的。

他知道，就一个案子来讲，最重要的是发现作案动机。两个看似永远无法产生联系的线索，最终的突破口，往往来自对线索背后的动机的发现。动机一旦揭示，两个线索之间就会合乎逻辑地联系在了一起。

这个案子上最让人觉得暧昧不清的，就是动机。动机是什么？

六

回到 G 局之后，他去了自己的办公室，打算填写相关的材料。

他和老张共用一个办公室。一推开门，他看到老张目光专注地盯着桌子上的一件东西。

"你在看什么？"小李问。

老张没有回话，拿起桌上的东西对准了他，就是那把他正在调查的枪。

老张扣动了扳机，小李做了个中枪的样子，跌跌撞撞地倒在了自己的位置上，他的位置正面对着老张。

"枪法准啊，老张。"小李坐直了身，对老张说。

老张把枪递了过来："这把枪在三个地方出现过，陆离俞住处的抽屉，两个神秘团体成员致命的现场，还有虚博生被害的现场。你看看这把枪，有什么问题？"

"我对枪械不是太在行。"小李接过枪仔细看了看，"你知道，我是属于文职系统的，没有持枪资格。除了射靶练习，从来没有接触过枪。这把枪好像挺沉的，感觉式样也挺老旧。"

"这是苏制托卡列夫手枪，"老张说，"生产时间是第二次世界大战期间。二战结束后，20 世纪 50 年代，中苏友好时期，作为军事援助用品进入我国，成为我国部队高级领导人的主要佩枪之一。

"据说，当时由于这批枪支，还差一点引发了中苏之间的外交纠纷。中国方面是以巨额农产品输出来交换这批枪械的。当时双方约定的是，枪应该是新生产的，结果运来之后，上面的生产日期竟然是第二次世界大战期间。中方就此提出抗议，最后怎么协调的我不知道。但我方最终接收了这批枪械，分配给了军队的各级。"

"了解得倒是挺详细。"小李拿起这把有历史感的手枪仔细看了看，心里不太明白，老张怎么会对这把枪了解得这么仔细。

"这批枪最后分到了哪个人的手里，都有档案记录，其中有一批枪被分配到了罗布泊基地。查阅了记录之后，你就会知道这把枪有何玄妙。"说到这里，老张递过来一张复印件，上面是一个表格。

从表格上可以清楚地看到，领取这把枪的人写下的一个潦草的签名：机要 51。

"机要 51。"小李一下想起来了，《罗布泊—5 号》，20 世纪 60 年代的高级干部失踪案。他的秘书，机要 51，最终自缢于新疆 S 监狱，还留下了一句谜，关于那一侧的人的一句谜。

"这是他的用枪。"小李说，"可是，按道理他因为失踪事件被关押的时候，所有军用器械一律应该被收缴。怎么七转八转，到了陆离俞的手里？"

"这说明这里面的水很深，还有更深的呢。你知道那个自缢的机要 51，他的真名是什么吗？陆天宁。有没有发现什么联系？"

"陆天宁？"小李有点不敢相信事情会这么巧，"姓陆，难道他就是陆离俞所认为的父亲？"

"你上次调查时，发现陆离俞的出生时间比他爹死亡的时间要晚上几年。我当时听了之后，就觉得里面有文章，一时也不知如何插手。陆离俞的母亲已经去世，他出生时也没有严格的出生记录。好在有一份陆离俞的中学入学登记表，里面提到陆离俞父亲的名字，就叫陆天宁。"

"这么说来，"小李说，"父亲用过的枪到了儿子的手上。他的儿子是在他死后好几年才出生的，这个儿子和他还根本没有血缘关系。"

"这说明了什么？"老张饶有兴致地听着小李的推理。

"后面有人。"小李说到这里，突然有点毛骨悚然，"这不是灵异事件，这是有人在操作的结果。"

这个人如果真的存在的话，会是一个什么样的存在？

"后面有人，这个说法不准确。应该说，这一侧有人。"老张说着，拿起枪对着房间的空处瞄了一下，然后扣动了扳机。枪膛里是空的，只有空洞的咔嗒一声。

老张收回枪，学着西部电影里的枪手，吹了一下枪口，然后说："你应该记得，机要 51 留下来的那句谜——一个人，一个那一侧的人。我想，他真正想要说的是，一个人，我们这一侧的人。"

老张站了起来，看了看表："到下班时间了，我得回去了。你怎么样？一起走吗？"

"我再待会儿。"小李说。

"那好。"老张把枪往小李前面一推，"这个东西就交给你了。你明天归还给公安部门，我们拿着也没什么用……哎，你这是什么眼神？"

"你刚才说，把枪交给我？"小李好像陷入痴呆了。

"是啊，怎么啦？你不想跑这一趟？那我去办吧。"老张说。

小李赶快否认："不是这个意思。还是我去吧。"

老张离开办公室的时候，还在想，这个破案子，把人都搞得神经兮兮了。

七

小李坐在自己的位置上，被突然冒出的想法搞得激动不已。这个想法特别疯狂，知道的人越少越好。

等到老张的身影消失不见了，小李拿起枪朝着 G 局领导的办公室走去。

G 局领导听完了小李的想法之后，倒不觉得疯狂："你的意思是，虚博生会带着枪出现在海洋工程研究二所，目的是想把枪交给另一个世界的人。他所用的手法，就是他跟你讲过的时空消失的手法？"

"是的。"小李点点头补充道，"这个案子和神秘团体人士被杀的案子，有两个共同点。第一，发生在海洋工程研究二所的同一个房间里；第二，现场都找不到完整的凶器。神秘团体人士被枪杀的案子里，虽然能找到一把枪，但是子弹却失去了踪影。这次的案子也是如此，如果不是死者的颈骨上留下了一片细微的刀片，我们甚至都不清楚砍下人头的凶器是什么。"

"所以，"领导说，好像有点跟上了小李的思路，"你的结论就是，两个案子的凶器都是以同样的方式失去了踪影？"

小李点点头，继续说道："砍死虚博生的凶器还在另一个世界，射死神秘团体人士的两颗子弹也是如此。当我们这边两个人被射死的同时，由于时空消失，平行世界里也有两个人被射死。我们找不到射杀神秘团体人士的子弹，只有一个原因，子弹留在了那个平行的世界，那个平行世界的两个死者的脑袋里。"

说到这里，小李才有点忐忑，略带不安地看着领导，没想到领导的表情却是一副很认真的样子。

领导想了一会儿，问道："姑且认为你说的都是真的。虽然以我仅有的科学知识，我只觉得荒谬，但这几个案子的某些部分，好像又只能用荒谬来解释。有一点，我还搞不清楚，任何荒谬的行为其实都是有不荒谬的动机。我想问你一下，虚博生想把这把枪送到另一个世界，动机是什么？"

"一个跟我们这个世界有关的动机。"小李斩钉截铁地说，"我也说不太清楚，但我想搞清。所以，我才有刚才的建议。这是现在我们唯一能够着手的办法。只有这样，我们才有可能进一步地追踪动机到底是什么。"

领导没有说话，目光停留在枪上。

"我还得想想。"领导终于开口了，"你明天一上班，就到我这里来。我们再讨论一下。这把枪现在就由我保管，如果老张问起，你就这样回答他。"

第二天晚上，小李一个人来到了海洋工程研究二所。

里面还有几个警员，他们负责收尾工作。小李冲他们点点头，说来搜寻被忽略的证据。几个警员一脸疲惫，一点跟进的意思都没有。

大楼里还是很黑，一丝灯光都没有。小李来过一次，借着黑暗里的微光，他还是很顺利地找到了发生凶案的房间。

他掏出打火机，找到了发现手枪的抽屉，拉开，把手枪放了进去。

"我的计划就是——我把手枪放进去。"这就是前一天小李给 G 局领导提的建议，"然后一直守在那里。天明之后，我再去看抽屉。这样重复下去，要多少天的时间，我不知道。如果持续一段时间之后，枪还在里面，证明我是妄想；如果枪不见了，就证明我们会得到线索，能够解决所有问题的线索。这个线索，就是名为海洋工程研究二所的这幢大楼。"

G 局领导想了一夜，第二天上班的时候，小李在他的办公室门口等着了。两人进了办公室关起门，又谈了起来。没费多少工夫，领导就同意了。于是，小李就带着枪做了刚才的事。

小李走到房间门口，席地坐了下来。

他提醒自己：整个晚上，他的目光都不能离开这个房间。

八

"你在想什么？"女汨焦急地问。

她被绳索捆着，一路被陆离俞拉扯着，跌跌撞撞地往坡道上跑。刚刚跑上坡道，前面却出现了一个玄溟士卒。那时，她脑子里唯一的想法就是，快点冲上坡顶，把士卒撞开。没想到一直扯着她狂跑的陆离俞，却突然停了下来，茫然地看着前面。

她克制不住内心的焦急，问："你在干什么？"

陆离俞讲了一句让她莫名其妙的话："我大概能得到一样东西，不知道它藏在哪里。我只知道，有人把它放在了某个地方，等着我去取。"

"什么时候了，你还胡思乱想？"女汨气冲冲地问。

陆离俞回头一看，女朴的身影又越来越近了。坡顶冲下来的那个人影也是如此。

别无选择，陆离俞抓起女汨的手，拔腿就朝坡顶冲去。"撞死他。"陆离俞心想。

迎面来人的身影越来越清晰。陆离俞突然停下了脚步，来人也停下了脚步。两人对视了片刻，不约而同，脸上都露出惊喜。

"季后！"陆离俞大喊了一声。

"末师！"来者正是季后。

陆离俞一阵欣喜。季后的本领，他是知道的，挡住后面的女朴，应该没什么问题。

季后跑到两人跟前说："刚才看见人影，就觉得像是末师，所以赶快跑过来看看，原来真的是你。有人在追你们？"季后说着，朝两人身后望了望。

陆离俞来不及和季后寒暄，急忙说："后面那个女的，你想办法把她赶走，我们待会儿再来叙旧。"

季后点点头："你们先过去吧。沿着坡道往下，有一匹马，旁边有个人。你去的时候，就说季后叫你们来的，你们就先在那儿等我。"

陆离俞答应一声，赶快拉着女泪跑了起来，到了坡顶，朝下一看，果然看到坡下有匹马和一个人，看上去还是个女人。

耳边传来兵刃碰撞的声音。陆离俞转身一看，季后已经和女朴搏杀在了一起。季后身影偏瘦，所以技击的手法以灵动为主。女朴虽然强悍，毕竟也是女流，也以飘逸为主。两人搏杀在一起，就像两片树叶上下翻飞。

陆离俞看了一会儿。虽然判断不出谁胜谁负，但是女朴想要冲过季后这一关，应该不是件容易的事。

他正想着，身边的女泪已经瘫倒在地。刚才一路折腾，一出险境精神一松，她马上就支持不住了。

陆离俞蹲下身想要扶起她，随后又停住了——女泪非常讨厌自己碰她。

正在这时，坡下的女人沿着坡道跑了过来。

等到女人跑近，陆离俞吃了一惊，觉得自己好像在哪里见过她，一时却想不起来。

女人冲着他一笑："久违了，熏华之托，还记得不？"

陆离俞这才想起，在互人时，跟在一个夏人身后，抱着一束熏华草来找他的那个女人。

"当时忘了告诉你我的名字，"女人说，"我叫女姁。这女子被人绑成这样，一定很难受吧？"说着，她从身上掏出利刃，割开女泪身上的绳子，扶起女泪。女泪像是找到了真正的依靠，全身都靠到了女姁的身上。

女姁小心地扶住女泪，慢慢地下了坡道，走到马匹的旁边，拿出一块帛布铺到地上，让女泪躺了下来。

女泪躺下之前，使劲用鼻子嗅了一下，然后问女姁："你身上是什么味道？"

"熏华草的味道。"

"真奇怪！"女泪无力地躺下，缓缓地说，"我记得自己昏迷之前，闻到的也是这种味道。"

"是吗？"女姁想了一下，"这种香味是不会致人昏迷的。我衣服都是用熏华熏过的，从来没有发生过昏厥的事情。"

女泪已经没有力量再说话了，只是点了点头。

女姁安顿好了女泪，站起身来对陆离俞说："上次忘了问你，你叫什么名字？"

"离俞。"陆离俞说。

"哦，你就是那个末师？"女姁笑着说，"季后一路上都在说起你。"

"应该没什么好话吧？"陆离俞打个哈哈。

女姁笑而不语。

陆离俞心想，估计自己的丑事都被季后献出，然后，被女孩一一笑纳了。

"末师？"女汨直起身来，问女姁，"异术各派，执掌一门修行的末师？这个人会是末师？"

陆离俞尴尬地一笑。

女姁看出了端倪，赶快替陆离俞辩解了一句："我也是听季后这样叫，对不对？我也不知道。"

女汨看了看陆离俞，没说话，又躺了下去。

"上次在互人，只见到了你，没有见到季后。后来跟季后聊起才知道，他那时就跟你住在一起。不过，熏华草的事他却不知道。怎么样，所托之事有什么消息吗？"女姁问。她脸上的表情虽然急切，但语调还是非常平和。

陆离俞心想，看来季后没有告诉她后面的事。

他决定撒个谎："实在有负所托。为了逃避兵难，我和季后没有在那里待多长时间。不过，熏华草还挂在那里。如果有缘的话，你希望见的那个人应该会看到。那人是谁？"

女姁听到这里，已掩饰不住脸上的失望："我哥哥。我们已经分离好几年了。"

"你哥哥的名字叫……？"

"宿。我们从小就是孤儿，我是哥哥一手带大的。"女姁说，"我真愿用世间的一切，去换取一个和他见面的机会。可惜，我连他在哪里都不知道。"

陆离俞心想，如果她知道是自己和季后联手杀了氐宿，不知道会作何感想。

"你跟季后是怎么认识的？"陆离俞问。

女姁脸上一红，这种脸色明白地告诉陆离俞她和季后现在的关系。

"你还是去问他吧。"女姁低下头，看着地面说，"当然了，前提是他能活着回来。"

陆离俞想这倒是个暂时脱身的机会，能够躲避躺在地上的女汨。女汨偶尔会看他两眼，都是说不清含义的目光。

他说："我到坡顶看看。这位姑娘，就麻烦姁姑娘照看一下。"

女姁点点头，陆离俞赶快转身朝坡顶跑去。等他跑到坡顶的时候，正好看见两人恶斗的结尾。

女朴败了，匆匆转身。季后也无心追赶，转身朝着坡顶走来。

九

陆离俞上前迎住季后。季后脸上有刃划过的痕迹，身上的衣服也划破了几个口子。陆离俞还没来得及问上一句，手臂就被季后抓住了。

季后问："法衣呢？"

陆离俞心里咯噔一下，心想，糟了，怎么跟他解释呢？他想敷衍几句，但是季后目光却很急切。一时之间，陆离俞觉得在对方的心目中，法衣比自己更重要。

他心想，越敷衍下去，事情也许会越变越糟，不如就把实话告诉对方。他就把分手之后，自己的遭遇讲了一遍，最后一句话作结："就这样，法衣被人烧了。我现在是跟雨师妾部的长宫在一起。在她的心目中，我就是个奴仆，碰她一下，她都会要死要活。"

"被人烧了？"季后嘴里念叨着，看上去倒不怎么担心。就他所知，法衣每年都要被烧上一次，最后会神奇地复原，回到门师的手里。他担心的是，世上还有心邪之人能够从虚无中把法衣复原回来。

"当时，烧掉法衣的时候，在场的人里你有没有发现什么特别的人？"季后问。

"特别？"陆离俞想了一会儿，"这个真的没注意，好像都是一群死士，看着不像是有什么特别的……等等！"陆离俞突然想起了一道目光，这道目光总是在他尝试法衣用途的时候出现。当时，只觉得这人行事怪异，每次都与自己作对，总是迫不及待地让自己处于危险之中。这个人算不算是特别的人？

"倒是有一个人。"陆离俞把老树皮的样子描述了一遍。

季后听了，半天不作声，费力地思索起来。他从小就在箕尾方长大，从来没有出过门。除了箕尾方的人，就不认识几个人。要他去判断陆离俞说的老树皮是不是他所担心的邪人，还真是无从判断。

"这人现在在哪里？"季后问。

"开战之前，这人差点被裹进马皮烤死。后来，雨师妾的帝赦免了他，还有其他死士，命令他们第一批冲向敌阵。后来的事，我就不知道了。我跟着这位长宫离开战场，去做另外一件事。这事以后再跟你谈。"说到这里，陆离俞拉住了季后的胳膊，"没能保护好法衣，这件事怪我。不过，当时那种情况下，实在是有心无力。"

季后点点头，事已至此，自己也没什么办法。

法衣就算到了邪人手里，要想破解法衣上面的秘密，恐怕还得到鬼方。法衣是鬼方宗师所赐，解密恐怕还得依仗鬼方宗师。当务之急还是寻到鬼方宗师，请宗师谋一良策。

想到这里，他转而安慰起陆离俞来了。

"这个女人不太好对付吧。"季后笑着说，"刚才在坡顶，看到你们两人的样子，就想幸亏她手捆着，不然非在你身上划出花来。她是谁？"

陆离俞尴尬地笑了笑，赶快转移话题："你呢？自从上次一别，你好像是境况大变。说来听听，到底是怎么回事？怎么遇到女姁的？"

季后便把自己的经过说了一遍。

那日冲出峡口之后，他被裹挟到了玄溟的部队中。他被当作俘虏关押起来，季后的功力虽然不算顶级，但是要对付几个士卒，还是绰绰有余。不过，季后行事一向就不喜欢张扬，而且也不知玄溟部是否藏有高人，如果过早暴露，或许会有意外。所以，他一直低调地作为俘虏在玄溟部藏着。

直到有一天，一群玄溟士卒抓来了一个女子准备取乐。从这个女子的身上，他似乎闻到了一股久违的气息，那是熏华的气息。他突然有了保护的欲望，三下两下，就把士卒灭了个干净，然后，他扒下两套玄溟士卒的军服，和女子分别穿上，一路蒙混着出了军营。

因为躲避战事，他们走上了这条路，没想到会与陆离俞相遇。

"你问清她是谁了吗？"陆离俞担心地问。

"开始不知道，后来才知道，原来她是氐宿的妹妹。"季后一脸惆怅地说。

"你告诉她了你是谁吗？"

"只说了我是鬼方的方士，但没告诉她氐宿的事，也没说我知道她是氐宿的妹妹。"季后愁眉苦脸地看着陆离俞，"我发现，她不知道她哥哥到了箕尾方，也不知道……所以，我想在没有替她找到一个安定的地方之前，有些事还是不要告诉她。"说到这里，他看着陆离俞。

陆离俞当然明白他的意思。

季后又讲了几句："不是我害怕什么，战事纷起，路上兵荒马乱，她一个弱女子，一路上没人相伴，肯定是灾厄频频。我想，还是等她安定了再说。到了该说的时候，我什么都会告诉她的。"

陆离俞又点了点头。他能听出季后对女姁的关切，所以，想到以后可能会发生的事，不禁为季后难过，担心他这番关切，最终不仅没有回报，反而有可能使他成为女姁最痛恨的对象。

两人朝着坡道下面走去。

女汨还躺着，看样子已经睡着了。女姁坐在她的旁边，编织着什么。

陆离俞问季后："我记得上次见到她的时候，她的身边还有一个独目男子，体型庞大，好像是她的护卫。怎么就只剩下她一个人了？"

季后答道："我问过了。据她说，也被玄溟士卒抓走了。"

这时，两人已经到了马前。

女姁站了起来，一脸笑意："你活着回来了？"

陆离俞心想，能说出这话来，两人的关系得多亲密。

季后也笑着答了一句："是啊，托你的福，我活着回来了。"

十

女汨躺在地上睡着了，其他人围坐在周围闲聊起来。陆离俞把自己和季后分手后发生的事，一件一件讲了起来。季后和女姁这才清楚躺着的女子是谁，又是怎么和陆离俞走在一起的。

正聊着，陆离俞就觉得被人从后面猛力一推，差点摔倒："走开，你挡住我了。"这是女汨的声音。

陆离俞知趣地站起身来，退到一边。女汨坐了起来冲着另两人一笑："你们坐着吧，没事。"

季后和女姁暗自发笑，赶忙说："我们也站会。长宫要不要吃点东西？"

231

女汨点点头。

季后从马背上拿出吃喝的东西，把陆离俞招呼过来，坐在季后旁边。季后坐在女妠身边，女妠身边坐着女汨，这样免了所有可能的争执。

"她怎么这么爱生气？你可算是救了她啊。"季后悄悄地问陆离俞。

"刚才没办法，一不小心，我抱过她几下。"陆离俞没奈何地说。

吃完之后，几个人讨论起了下一步朝哪里走。

女汨知道战局已败，担心的只有一件事，就是帝父丹朱的存亡。她估计帝丹朱败后，肯定会撤军到苍梧死守孤城。她一心想回苍梧。

季后的想法自然没变——找到鬼方的下一个修行之地，借此，前往鬼方大宗师的所在地——招摇方，把箕尾沦丧、法衣已焚的消息告诉宗师，听取宗师的下一步指示。这一路上，他可以先带着女妠，了结了鬼方的事后，他再帮女妠办她要做的事。

现在正在做的这件事，女妠清楚地跟他讲过。不过他还没告诉陆离俞，因为还没聊到这里。

陆离俞则是不知所从。

跟着季后走，就得把女汨扔下。以前是不忍，现在又多了一个原因，就是那张从女汨身上掉下来的符图，正藏在陆离俞的身上。不过，要是跟着女汨走，又担心能不能顺利地走到苍梧。要是遇到女朴，唯一的倚仗似乎还是季后。

季后的心思，看来是在女妠身上，所以，如果能说动女妠，季后自然就会一路跟随。

陆离俞开口就问女妠："妠姑娘，大家好不容易聚在一起，最好能相互帮着。长宫和季后都各有所急，我也不知道该随谁才是。想请妠姑娘拿个主意，到底该跟谁走？"

女妠一脸羞意，欲言又止，经不住大家殷切的期待，终于开口了："我可能得去找一个人。"

大家问她找谁。

她则一脸茫然："不知道，我不认识，我只知道，我要找到这个人。"她一脸歉意地看着季后，似乎在说——你很好，但你不是我要找的那个人。

"你为什么要找到那个人呢？"陆离俞继续问。

季后低下了头，陆离俞想，季后应该知道原因，只是没有告诉自己。

女妠犹豫了半天，终于下定了决心，说了一句话让陆离俞瞠目结舌："我要嫁给他！"

"嫁给他？"陆离俞嘴里问着女妠，心里却很好奇季后会是什么反应。他回头一看，季后的头低着，快要低到尘土里去了。

"你要嫁给一个你不认识的男子？"

"不是不认识。"女妠的脸又红了，一个未经人事的女子，要跟人公开讨论自己要嫁的男人，的确是难以淡然若定，"我知道我要找的那个人是谁，只是我不知道他长什么样子，在哪里，叫什么名字。"

"那人是谁?"女汨也开口催促了。女人一遇到这样的事情都有颗八卦的心,一定要问个水落石出。即使到了另一个世界,几千年前的时空,概莫例外。

女姷看着女汨,眼神亲密,她的心事终于有了一个合适的听众:"大夏国的王位继承人。"

"你找到他的目的是……"女汨紧追不舍。

"嫁给他! 刚才说过了。"女姷说。

"是谁决定的?"女汨好奇地问。她也是待嫁之龄,没想到自己的婚姻,竟然是跟她最讨厌的无支祁扯上了瓜葛,而她一直犹豫着要不要嫁的司泫,却已经娶了妻子。所以,一遇到同龄女子的婚嫁之事,不问个清楚,绝不会放手。

女姷一边抚弄着刚才编成的花环,一边讲起了事情的经过。

十一

她自懂事之日起,一直就和哥哥生活在一起。哥哥比她大个几岁,一直就照顾着她。后来,一个戴着青铜面具的人上门来找哥哥,她不知道发生了什么事。青铜面具离开之后,哥哥就带着她离开了,藏到了互人城。

她整天被锁在一个小房间里,烦得要死,一不顺心就冲着哥哥发脾气。回想起来,真是惆怅不已,因为这竟然就是她和哥哥之间的最后回忆。

有一天,她躺在房间里闷闷不乐地睡着了。

等她醒来,她发现自己所处已经不是自己的房间,而是一座神祠。

她正在惊疑不定,祠门打开了,一批独目残肢的人蜂拥着走了进来。这些怪模怪样的人吓了她一跳,他们殷切的神情好像看到了最可口的食物,她害怕得闭上眼睛。眼前一片漆黑,就听到扑通扑通的声音,她想,咋回事,吃我之前还得弄点动静? 过了好久,耳中只有一片静默,她控制不住好奇心,睁开了眼睛。

独目残肢的人竟然都跪着,看到她睁开眼睛,大家都连声呼她熏华神君。

几天之后,她隐约知道,神君是大夏国王妻子的称呼,可她一直没有见到大夏国国王。每天来瞻仰她的人倒是不少,但是没有一个自称是大夏国国王。这些人一见到她,唯一会做的事,就是扑通跪下,然后叽里咕噜讲上一堆。她什么也听不懂,心里只剩下害怕。

等到她和身边侍女有些熟悉后,侍女才告诉她事情的来龙去脉。

前任大夏国国王膝下除了一个女宫,再也没有其他的子女。大夏的王位,传男不传女,内外倒没要求,只要是男的就行。所以,大夏国国王为了让王位承续,只能忙着给女宫找丈夫,争取早日生下外孙,然后把外孙立为继承人。

一切都在谋划之中,没想到出了意外。

一天,女宫带着几个侍女去野外郊游。一路踏青戏水,不知不觉走到很远的地方。有点累了,几个人在一棵树下小憩,女宫醒来的时候发现自己身上多了一件东西,一件男人的衣服。

之前,女宫睡着的时候,侍女担心她着凉,取出一件衣服盖在了她的身上。侍女记得取出的是一件女装，她一直守在女宫旁边，也没人经过。所以，她也不知道女装是怎么变成男装的。

另一个侍女听了之后，觉得有点邪，劝女宫把它扔掉。

女宫看着男装，倒是想着把男装带回去，准备照着样子给父王做一件。她觉得这衣服来得神奇，于是把它称为神衣。

一个多月之后，宫里突然传来一个不好的消息，女宫怀孕了。

国王得知之后大吃一惊，以为女儿有什么私情，可是周围的人都说女宫一直安静地待在闺房里，即使偶尔出去，也是几个侍女陪着，未见女宫和什么男子有过交往。

国王心想，女儿是个安静的女子，见到男人就脸红，要说背着他跟什么男子有私情，他自己也不会相信。

女儿的肚子越来越大，为掩人耳目，只好把她藏在一个神祠里。临产之前，女宫命一个侍女去取一样东西，就是郊游路上得来的神衣。

女宫拿着神衣轻轻地抚摸着，眼神里充满了爱意。

几个侍女互相看了看，竟然有了一个荒诞至极的想法，难道女宫肚子里的孩子，是神衣造的孽？

女宫交代说，等到孩子生下来，就用神衣裹着他，把他一个人放到郊游的树下。

一个侍女问，这样行吗？生下来的孩子不会冻死、饿死，被经过的野兽咬死，被想吃树上叶子的牛羊踏死？

女宫摇摇头，说不用担心，会有人把他带走。她好像认定了，生下来的会是男孩。

然后，女宫又说："二十年后，我的儿子会重回此地，与一位熏华女子结为夫妻。他不仅将成为我大夏国的王，而且会成为一统河海泽荒的瀛图共主。我以我的身体换取了承诺，这个承诺，来自孩子的父亲。"

说完这句话之后，女宫就因产前的阵痛昏厥过去。侍女都没来得及问孩子的父亲到底是谁。

孩子生下来，女宫就死了。国王悲痛之至，将这个男孩视作不祥之兆，命人赶快扔掉。

侍女非常忠诚，想起女宫临死前的嘱托。她不顾夜黑风高，用神衣包住男孩，连夜把孩子放在了树下。

女宫死后，国王悲伤过度，也死了。这下，大夏国麻烦了。

大夏国是河藏部落的属国，是由河海泽荒四国流落出来的刑余之徒组成的。当初，河海泽荒四部之间有一个盟约，从河藏部落划出一块险恶的地方，安置四国的刑余之徒。河藏部落愿意接受这个盟约，是因为看到了收容这批刑余之徒的好处：平日劳役，战时出征，这批刑余之徒都能派上用场。

随着刑余之人增多，在这片刑余之地，慢慢地开始形成层级，最终产生了一位有权世袭的国王。这位国王是被挖掉了一只眼睛的男子，他连劈了一百八十个挑战的刑余之人，终于，迫使所有刑余之人臣服，并立国名为大夏。

听到这里，陆离俞心想，要是有机会重回我来的世界，把我听到的这些都写下来发到网上，我会不会被爱国分子的唾沫淹死？他们怎么能够接受，大夏民族的"大夏"，竟是独目的意思，所谓大夏的民族，还都是受过残刑的囚犯。

女姁看了一眼陆离俞，陆离俞忙说："没什么，你接着讲。"

女姁点点头，接着讲下去：河藏部知道此事之后，觉得不是坏事，不仅免了管理之责，还能从中渔利。双方约定，河藏承认大夏国是河藏的属国，不仅年年供奉，而且还从事劳役，战时也得出兵。另外还有一条附加的条例，大夏国王的血脉不能中断，万一中断，大夏国王一职就由河藏部派人担任。

国王一死，血脉一断，河藏就以此盟约为据入驻大夏国。

河藏王的第二个儿子须蒙，被任命为大夏国的国王。须蒙性情残暴，对待大夏的国民异常苛刻，又一心想要夺取河藏的王位，所以不停地加重大夏国的徭役、兵役，搞得大夏国民不聊生。

这时，大夏子民想起了曾经的女宫留下的遗言：二十年后，她的私生子会重返大夏，成为大夏国国王。他们掐指一算，二十年的年限就在此时。于是，他们开始派人秘密寻找那位私生的后裔。经历千辛万苦，没有发现一丝关于私生子的踪迹，只得到了一个神示：能够找到那个私生子的人，只能是命中为他妻子的熏华女子。于是，他们又四处开始寻找熏华女子，很快又得到一个神示：熏华女子将于某时某刻，出现在大夏的神祠之中。

于是，在那个时刻来临的前夜，他们聚集在神祠面前，慢慢地等待那个时刻。那个时刻终于到来，他们推开祠门。首先，扑入鼻中的就是熏华的香气，然后，他们看到了端坐在熏华气息里面一脸惶恐的女姁。

十二

"于是，你就被委托去找失落的王子，然后嫁给他，对吧？"陆离俞说。

女姁点了点头，又看了季后一眼，眼神里的含义是，我多想那个人是你，但是可惜，你不是他。

女汨听完后，得到了闺密分享了秘密之后的满足，开始替女姁出谋划策起来："你打算怎么去找呢？像现在这样东问西问、东碰西碰吗？"

女姁说："一切都有赖神示。既然神指示我出现在大夏国的神祠之中，神也会指示我找到命中注定的人。"

"可是，你一个女子，这么走来走去，难道不担心吗？"

"有人护送我，就是最有勇力的启。可是，遇到了乱兵，启为了救我，与一百多个玄溟的士卒搏杀，结果还是寡不敌众被抓了起来。幸好，遇到了他。"

陆离俞觉得有一件事是亘古不变的：一个女子心仪某个男子，最亲密的表达莫过于省去名字，直接称呼一个字——他。

他问女姁："你知道神衣是什么样子吗？"

女娲想了一下，说："我问过，谁都说不清。只能相信神示了。神示告诉过大夏子民，我要嫁的那个人，会随着神衣一起出现。"

陆离俞心想，女娲的故事里有一件衣服，我的故事里也有法衣。可惜法衣已焚，不然倒可以拿出来让女娲看看，是不是她在寻寻觅觅的神衣。

可要是同一件衣服，就该季后倒霉了。裹在神衣里的私生子，才是女娲命定要嫁的人。箕尾方门师告诉季后，法衣之所以具有神力，是因为箕尾方末师出生时，身上就裹着它。法衣难道就是大夏国的神衣，女娲要嫁的人就是还不知道是谁的箕尾方末师？

季后该不会还认为自己就是末师？他想，不太可能，他与季后走过的一路，他都在打消季后的想法。季后总算承认了，他不是末师。虽然开口还叫他末师，不过是改不了口。看季后现在的样子，他唯一期望的应该是陪着女娲，能走多久就算多久。

刚才建立的亲密关系逐渐发酵，女汨开始尽心尽意地替女娲谋划起来："你的神，有没有给你指示，该往哪里走？"

女娲摇了摇头："我不能直接得到神示，能得到神示的只有启，通过他的那只独目，才能看到神示。他被抓了，我就没办法知道下一步该去哪里。"

女汨脱口而出："你先跟我走吧，一起去苍梧。路上到处都是玄溟的士卒。靠一个小方士，对付一两个人还可以，"说到这里，她嬉笑地看了季后一眼，说，"如果遇到一群人，可就难办了。要是被他们捉住，玄溟人荒淫好色，跟他们的主子是一模一样的，到那时，你后悔都来不及。还不如跟我先回苍梧，慢慢地等着神示来临。等我帝父打完仗，再叫他派一队人护送你，想到哪里就到哪里，想找多久就找多久。"

女娲想了半天，还是拿不定主意。她看了看季后，目光里充满了信任："你说呢？"

对季后来说，最重要的是能陪着女娲。

他冲着女娲点点头。于是，女娲也冲着女汨点了点头。

女汨站了起来："出发！去苍梧。"

第十章

一

　　就在陆离俞一行朝着苍梧城进发的时候，另一个人也在行动——地炼门的黔茶。

　　玄溟的部队已经离开战场，黔茶走过尸横遍野的战场，来到了雨师妾荒废的军营。满山的石穴里，只有残破的旗帜、扔下的军械。

　　黔茶走进军营，走到他曾经被关押过的死牢。黔茶可不是来故地重游、追古思今的，而是来找一件东西。

　　黔茶站在死牢的洞口，辨认了一下方位，蹲下身刨开洞口的灰土，地面露出一块烧过什么的痕迹。他掏出一把短小的开刃，在土里挖了几下，一块石头的一角露了出来。他继续挖，直到石头完全被挖出来。

　　如果季后和陆离俞也在现场的话，肯定会觉得惊奇，这块石头的形状，和他们逃出箕尾方时带走的神位石一模一样。只是体量缩小了，和挂在衣服上的饰佩石差不多大小。这块神位石被人拿走的时候，季后和陆离俞都在睡觉，所以，他们自然不会知道，一个女人拿走了它，也不知道那个女人把神位石变成了这般大小。

　　黔茶知道这一切。这块神位石是怎么到了土里，也只有他自己知道。他从怀里掏出一件衣服，平放在那块烧过东西的地上，把神位石放在衣服的中央，然后，他点着衣服下摆，念了一句诀。那件平摊在地上的衣服，就势不可挡地熊熊燃烧起来。腾起的焰火，遮挡了黔茶的视线。他退到一边，眯起眼睛看着。

　　没过多久，最后一缕焰火消失在他的眼前。他低下头，神位石还在原地，下面依然压着一件衣服。

　　如果季后和陆离俞现在也在现场的话，他们会再次感到吃惊。神位石下，现在压着的这件衣服，就是雨师妾士卒从陆离俞身上扒下来，然后当着他的面烧成灰烬的那件法衣……

　　陆离俞当时的注意力，都在自己这件被焚烧的法衣身上，所以根本没有注意到另一件同时发生的事情。老树皮黔茶的衣服也被扒拉下来，扔到同样的一堆火里。他也不可能注意到，在此之前，老树皮一个细微的动作：他把神位石放进了自己衣服的袖袋里面。他不担心衣服烧完之后神位石会被发现，因为神位石有避火的特性，一遇到火，就会缩进土里……

　　利用神位石，他能确认火烧法衣的地方，接下来，利用神位石加上火，还有一

237

件衣服，他就能从灰烬中收回那件被焚烬的法衣。这一切，都是厌火国的一个人，在迫不得已的情况下，告诉他的。

这个人就是箕尾方的门师之一，门余。

他早就听说箕尾方烧衣防邪这事，觉得可能有什么秘密。于是，每年到了烧衣的时候，他都会潜藏到箕尾方里，看看到底会发生什么。

终于有一年，他发现烧衣只是障眼法，真正的目的是利用火浣之术保存法衣。不过，怎么从灰烬中寻回法衣，倒是费了他一番工夫。幸亏，几年之后，他又发现了另外一个秘密，门余的秘密。

门余这个老屎橛，特别迷恋年轻男子。箕尾方一个很有前途的方士就是被他给弄疯了的，还得了个外号叫疯方。黔荼以此威胁门余，门余只好把火浣的方法告诉了黔荼。

门余告诉黔荼："法衣复原的秘诀在神位石上。"

黔荼发现另一个门师门器把神位石看得很紧，他下不了手。箕尾方被毁的那个夜晚，他也在箕尾方，他趁机潜进大殿，正想取下神位石，突然看到一个戴着青铜面具的女子走了进来。

看到女子之后，黔荼就退出来了。他知道不用自己动手，神位石就会送到自己手上。

当晚，他就离开了箕尾方。

事情果然如他所料，神位石、法衣，一前一后都到了他手里。

二

黔荼收起法衣和神位石，离开了帝丹朱的军营，转身朝着十几里之外的狱法之山走去。他要去找到一个人。黔荼之所以要混入雨师妾的死士中，目的之一就是想要确认这个人在不在。一番苦心没有白费，他果然确认了，这个人在。

而且他不用担心帝丹朱败退时，会把这个人一起带走。

第一，帝丹朱还不知道这个人的真实身份。在他心目中，这个人只是先帝时的叛臣。第二，就算帝丹朱仁慈为念，想要带走此人，也是徒劳。此人遭受的是天刑，以帝丹朱的能力是没有办法解除的。所以，即使军队已经撤走，这个人肯定还留在原来的地方。

狱法山也空了，跟所有的战败之地一样，关押的囚犯终于等到了最好的逃走时机。黔荼走进狱法山时，只有零零散散、横七竖八的尸体。他判断了一下方向，选中一条通道往前走去。

他在走的道路，正是帝丹朱走过的道路。不久，他就来到了那个狭长的洞穴前。帝丹朱必须要弯腰，才能走过低矮的前半段，黔荼的身高与帝丹朱相仿，但是，他走进洞穴时，腰板仍然挺直，洞顶始终在他头顶一寸的上方。

对地炼术士来讲，这不过是和缩地术一样的把戏，反其道而行的扩地术。

他很快就走过了洞穴的前半段，前面正是叛臣的身影，蜷缩的身体不时一阵一阵地抽搐痉挛。黔荼走近的时候，正是抽搐痉挛最剧烈的时候，即使是黔荼这等铁石心肠的人，看着也不寒而栗。

不知道过了多久，叛臣终于抽搐得不太剧烈，为了忍受剧痛而闭上的眼睛慢慢睁开了，看到了黔荼。叛臣一点也不吃惊眼前有一个陌生人。他经历过天地之间最酷烈的刑罚，已经没有什么能够让他吃惊的了。

"丹朱败了？"叛臣盯着黔荼半天，先开了口。

"你怎么知道？"黔荼问。

"如果丹朱胜了，到这里来的肯定是丹朱本人。"叛臣慢慢地说。

黔荼点点头。

"你是谁？"叛臣问。黔荼没有回答，只是静静地看着。

"地炼门的术士？"叛臣又问。黔荼点点头。

叛臣说："我想也是。能够破掉尸军的，大概只有地炼门了。当初，地炼术士和我联手作乱，先帝丹玄打败我们，用的就是尸军。地炼门肯定会以此为憾，一心想要找到破解之道。看你的样子，已经是大功告成。"

"你在教给帝丹朱这一异术的时候，没有说过异术会有破招吗？"黔荼问。

"任何异术都有破招，帝丹朱自己应该明白这一点。"叛臣说，"不过，败局已定，谈也无益。现在你是胜者，应该随军进逼苍梧，到这里来做什么？"

"想请你帮个忙。"

"我一受天刑之人，一世都不能离开此地，酷刑之余，只有片刻喘息，我能帮你什么？"

"走进悬泽的方法。"黔荼说。

即使处在酷刑的余波之中，叛臣还是忍不住冷笑一声："你真算找对人了。你当我是谁，雨师妾的帝？我一臣下，怎么会知道这么玄秘的事情？"

"不要回绝得太早。"黔荼一点也不着急，"据我所知，有那么一个人就曾进入过悬泽——这个人就是你。"

"怎么会是我？"叛臣一笑，"能进悬泽的，只有雨师妾的帝。这件事人人都知道。"

"有一件事，就不是人人都知道了，"黔荼说，"你的真实身份。人人都以为，关在这里身受天刑的人，是被镇压的叛臣贰负。真实情况是，贰负早在战场上被杀死了。杀死他的人，得到了贰负的结局，就是天刑加身。"

黔荼走近一步，撩开这个人脸上密布的须发，直视着他的眼睛。叛臣的双眼睁大了，黔荼的话像钉子一样，一个一个地钉入了他的耳朵："这个人，不是别人，就是你，雨师妾先帝——丹玄。"

凝结的空气里，很长时间的沉默，终于，一个声音颤巍巍地传来："你是怎么知道的？"

"这个你别管。先听听我还知道什么。你曾进入悬泽，和悬泽侍妾达成了契约。你愿意失去重回悬泽的机会，化身为叛臣忍受无止境的天刑，就是为了偿还罪孽，你的人间之欢所犯下的罪孽。你与一个凡间的女子之间，不仅有情，而且有了后代。悬泽女侍和雨师始祖有过约定，她们愿意沉泽侍奉，也愿意始祖的化身有云雨之欢，但是绝不能有后代。

"悬泽女侍同意了你的要求，这是能够惩罚你的最严酷的方式。即使这样，她们仍然不能释怀。你是悬泽始祖的化身，所以，你的背叛就等于是悬泽始祖的背叛。于是，她们在始祖尸身上做了手脚，结果，在你之后再生出来的丹朱就成了天阉。

"据说，由于这个原因，帝丹朱的帝后姬月一直郁郁寡欢。这个，你应该知道。"

"你到底是谁？"丹玄问。

"地相门门师黔荼，恭见雨师妾先帝丹玄。"黔荼说着，低头伏身。

两人在沉默中对峙了一会儿之后，帝丹玄惨然言道："我知道，丹朱来找我的时候，我还以为他要问的是这件事呢。此事隐秘，你又从何得知？"

地炼术士说："此事，事涉人神之间，我辈凡人，按理只知凡人之事。既然能知人神之事，肯定是自有其人。"

帝丹玄叹息一声，说："我想也是这样。就不知是哪位高人，能知人神之事？神巫门的巫士？只有神巫门的巫士，才有沟通人神之能。但是，据说，太子长琴死后，神鬼天地不是互不往来吗？你地炼门的炼士怎么会和神巫门的巫士走到一起？"

黔荼没有否认，只是说："这个你就别管了，徒乱心神，你这个样子消耗不起。"

"那我何必告诉你进入悬泽的方法？"

"像你现在这个样子，肯定会恨一些人，那些让你身受天刑的人。"黔荼慢悠悠地说，"说不定，这件事我能帮你一把，不说除掉她们，至少能让她们出手，解除你所受之苦。"

帝丹玄冷笑了一声，意思是你太自信了。黔荼没有理会，他还有更大的杀招。

"如果这样不行，还有一件事，你肯定想知道，比如，你女儿的下落？"

帝丹玄沉默了半天，长叹一声："我想，你大概也只能靠这个。我曾托丹朱去打听她的下落，看来还不如问你。她现在怎样？"

"你怎么不问问，那位替你生下女儿的女子现在怎么样？她没你女儿重要？"

"她不会有事。我和悬泽女侍有约，所有的罪孽到我为止。我心爱的女子，还有我的女儿，都不在其中。悬泽女侍的条件，除我化身叛臣天刑加身，还有一条，就是母女终生不得相见，即使相见，也不得相认。"

"这样的话，你女儿的情况，我现在就告诉你。她在我的手中，我想让她生，她就能生，我想让她死，也就是一句话的事。你想听到的是哪一种情况，一切都取决于你，而不取决于我。"

帝丹玄又冷笑了一声："你的本事倒不小！我会相信？"

"知道你不信，所以特意带了一件东西，让你看看。"说着，黔荼从怀里掏出一束枯草，他把枯草植在地上，然后拿出一把开刃，"借你的血一用。"他在丹玄的脸上划了一刃，丹玄不禁抽搐了一下。

黔茶把血涂在那束枯萎的草上。枯草慢慢开始了逆生长，片刻之后，就变成了一束正在盛开的熏华草。随着熏华草的摇曳，丹玄掩藏在重重伤疤之下的眼睛，好像被什么点亮了。

黔茶说：“你也知道，你的女儿是熏华草转世。这束枯草，就是来自你的女儿。证据就是，只有你的血才能让枯草重新绽放。枯草经你血沃能够重生，就证明你的女儿还活着。我能拿到这束枯草，肯定也能知道如何找到它的主人。”

丹玄没有说话，继续看着那束熏华草，好像看到了女儿在自己面前嬉戏一样。但他记得的女儿，只是一个哭哭啼啼的婴儿。决战前夕，他把婴儿交给一个亲信，命他速速离开。当天晚上，心爱的女人也被他安排送走了。

第二天，战场上，帝丹玄用尸军打败了贰负。他在战场上找到贰负，一刃劈下。就在贰负快要死去的那一刻，帝丹玄附身在上面。帝丹玄本人，则成了一具还能走动的躯壳。

黔茶盯着，满脸同情地说：“帝好像在流泪啊？这么多年的酷刑，血都快被耗尽，眼泪还能源源不断。父女之情，真是让人感佩。我地炼术士，为了修炼尽绝人间之情，看来真是有所不值啊。”

帝丹玄慢慢开口了，眼睛却没有离开脚下的熏华草：“我告诉了你，你一转身，就把我的女儿除掉，我该如何是好？”

地炼术士笑道：“你还是想想如果什么都不告诉我，你的女儿必死无疑。”

“我曾到过一个地方，就在那里，有一个人告诉了我怎么才能走入悬泽。现在，我能告诉你的，只有这么多，想知道余下的，麻烦你先做一件事，把我的女儿带到我这里，没有一丝损伤地带到这里。”

三

帝丹朱的军队已经退回了苍梧城。

都穆之野一战，帝丹朱的军队所剩寥寥，唯一能够依存的力量，只剩下了姬月兄长危其的军队。

玄溟的部队已经包围了苍梧，一直围而不攻。无支祁的部众都觉得好奇，多次向无支祁提出进攻，但是都被无支祁拒绝了。

无支祁担忧的，不是帝丹朱的残余部队和同仇敌忾的苍梧子民，也不是与雨师妾貌合神离的姬月兄长的部队，他担心的是悬泽之中的女侍。

如果苍梧攻破，很可能就是女侍显威的时候。

他的始祖无支忌曾经留下一条遗训，“切勿触怒水中的女神”，虽然不知道此言是否暗示了灭顶之灾，但是无支一族，自此对水中的女神都不免忌惮。

无支忌曾经流落到了荒岛，与一个名为女献的女神，有了同宿之情。无支忌并非儿女情长之人，跟女献一天一次的见面，日复一日，让他失去了兴趣。

直到有一天，情况发生了变化。

那一晚，当女献从海中现身的时候，好像已经知道了无支忌的厌倦，说："男子情尽之时，多有绝情之举。女子情尽之时，反有深情之献。神人之间，概莫例外。现在，正是你我情尽之时。我有一物赠君，聊表深情。"说着，女献用手指着海雾的深处，隐隐约约驶来了一艘船。

等到那艘船驶近，森严鬼魅气息扑面而来。无支忌看得瞠目结舌，他横行海上多年，大小船只见过无数，从未见过如此阴厉瘆人的船只。

"这是什么？"他问。

"隐船。"女献说，"此船集沉船之精华、溺人之幽灵。所取之材，皆是幽隐之物，所以此船也有幽隐之能。郎君漂流海上多年，应该听过这个名字吧。"

无支忌没有说话，只是盯着越来越近的船只。他的全副身心都集中在这艘传说中的隐船上面，眼神里全是阴暗的激情。女献见此，一阵怅然，她和无支忌相处了这么久，从来没有在无支忌那里体会到这样的激情。

"今夜就以隐船相赠，"女献掩饰内心的失望，淡然一笑，说道，"郎君明早可以乘此船离开，明日一别，就成永诀，唯愿郎君今夜，念及女献别后荒凉，多加温存。"

次日，女献醒来的时候，无支忌已不在身边，她的右手腕上多了一条红色的丝线，看上去特别显眼。

郎君还是有情，离别之际，不忘留物相赠。想到这里，女献站起身来，走到孤岛高耸的岸边，眺望着快要隐身在海雾中的隐船。

她想象着，自己心爱的郎君，正站在船头，恋恋不舍地眺望着自己。于是，她高高地举起那只系了红丝线的手，使劲挥舞，期望多情的郎君能够看见。接下来发生的事，让她瞬间变成了复仇女神……嗖的一声，一支箭从海雾中穿透而出，直入她的身体。

海雾之中，远处的箭能够射得如此精准，是因为她手上的红丝线，起了导向的作用。

女献从高岸上摔落到了海里。在下跌中，她终于想明白了这支箭是谁射的。其实，她一开始就该明白了，只是无法相信。接下来的疑问让她困惑终生——无支忌为什么要对自己射出一箭？

等她伤愈之后，她的所有精力都用在追求答案——为什么射我？

送给无支忌的隐船，成了她最大的障碍。时光荏苒，等她终于找到无支忌的时候，无支忌须发斑白，已是弥留之际。他离开隐船，上了一艘普通的船。

女献所有的复仇之心，只剩下了一声叹息："为什么，你要射出那一箭？"

无支忌用了最后一点力气，说了一句让她觉得一生都属虚妄的话："射出那一箭的人，不是我。如果，你随我一起登上隐船，我的亡魂就会带着你，找到当初射你一箭之人。"说完之后，无支忌就永别人世。

女献把无支忌的尸体移到隐船之上，与亡魂一起漂流，消失在玄色深沉的北海尽头。对她来讲，这是最好的结局。她和心爱之人，在没有仇恨的结局里待在了一起。至于是谁射出的那一箭，反而没必要在意了。

无支忌却因为这一箭对水中女神始终有愧疚之情，所以临去之时，留下了一句遗训："切勿触怒水中的女神。"

后人不明白其中的究竟，自然而然地，会把这一句话奉作禁律。

因此，无支祁攻到苍梧城下，距离胜局只有一步之遥，反而变得小心谨慎。即使没有地炼术士的提醒，他也只是打算围而不攻，切断粮草、水源，帝丹朱迟早会派人来求降。

他安慰自己蠢蠢欲动的部下，最好的结局是对方不战而降。如果有一天，双方不得不展开最终的决战，那么，对双方而言，都将是非常艰难的一天。从现在的状况来判断，围困是最好的选择。

无支祁还要去安慰一下女朴。

女朴回到他这里的时候，两手空空，脸上没有一点愧色："看样子，你还得再等上一段时间。我差一点就抓住了她，被一个不知从哪里来的人给救了。这人身上穿着我玄溟的衣服，身边还带着一个也穿着我们衣服的女子。你可以叫人去查查，我觉得这两个人，像是从我们军营里逃出去的。"

说完这，女朴很爽快地把身上的佩刃取下来，扔到一边："没抓住那个女人，你一定很失望吧。今晚我会弥补你的，你想从女汩身上得到的，都能从我身上得到，不会少，只会多……"

四

苍梧城内，司泫待在帝丹朱赐给自己的房间里，等待着妻子的到来。

军中传言，他将妻子带到阵前，以续新婚之乐。这个说法并不全错，也不全对。他的新婚妻子是来到了军中，但是不在司泫这里，而是藏身在帝后姬月的侍女之中。

只要他空闲下来，一到晚上，一纸相约，通过姬月侍女的传递，他的妻子就会穿上军人的甲胄来到他的营中。

那日，他从外寻访先帝士卒回来，前往帝丹朱营中汇报，结果，得到的消息是，帝丹朱正在危其营中宴饮。他赶往危其军营时，只遇到了留在那里的姬月。姬月告诉他，帝丹朱已经回营了。

司泫打算追上帝丹朱，却被姬月拦住了："军情虽急，但也不是急不可缓，今夜莫负了良辰，有人在里面等你。"

司泫本来就是爽快之人，知道姬月说的是什么。他想，到了这时，也没必要忸怩。他谢过姬月，转身跟着姬月指派的侍女走向一处营帐。撩开帐门，他发现里面空荡荡的，一个人也没有。正在诧异，有人已经从身后抱住了司泫。

他转过头，看到一张戴着青铜面具的脸。

司泫笑了笑，是充满爱怜的笑："你怎么喜欢上了这个，每次见面，都要来这么一下？"

"我喜欢你揭开面具时的表情。在我还没有厌倦之前，我一直都会这样。怎么，你不喜欢？"

　　司泫没有说话，用手揭开了面具，妻子如花的颜容就出现在眼前。等到天明，和往常一样，他的妻子早早地起身，戴上了青铜面具，趁着司泫还在熟睡，匆匆离开了。

　　回到苍梧，司泫想这下可告诉帝丹朱真实的情况，得到帝丹朱的谅解之后，就将妻子从姬月的身边接过来。进城之后，情况跟野外作战不同，带上自己的妻子应该不算过分。

　　他把想法告诉了妻子，妻子却说，这样不好，帝丹朱一旦知道自己一直待在姬月那里，肯定会问他一些问题。帝丹朱的身边，已经有人在传言，说姬月有私情。

　　"帝后真有私情吗？"司泫拥住妻子问。

　　妻子调皮地看了他一眼："有啊，据说，帝后一直喜欢的就是你。"

　　"这可不能乱说。"司泫笑着说，"要是有人信了，恐怕你我性命都难保。"

　　"当然不会乱说。"妻子温柔多情地抱紧他，"有也好，没有也好，都不是我们该关心的事。"

　　停了一会儿，妻子忽然说："这样一定很难受吧？"

　　司泫没听明白："难受，什么事难受？"

　　"如果对某人有了一番情意，即使当着这个人的面，却无法表白？"

　　"是很难受。"这句话倒触动了司泫的心事，脑子里想起了女泪的身影。还没来得及细细品味，便被妻子呵斥了一句："想到哪里去了？是不是在想女泪？"

　　司泫连忙笑着说："除了你，现在谁都不想。"

　　他的妻子不依不饶地追问："以后呢？"

　　"以后也只有你。"司泫笑着说，"真奇怪，你以前好像从来没有担心过这些事，今天是怎么了？"

　　妻子想想，好像也觉得自己有点夸张，就笑了笑。停了一会儿，妻子又说："其实这还不是最难受的。"

　　司泫心想，这事还没完啦。

　　"最难受的是，就算你到了他的面前，也是人非其人。人非其人，即使万般表达，也是情非其情，算不上得偿所愿。对方听到的、看到的、一念所系的，都不是你自己，而是另一个人。"

　　司泫听到这里，觉得不明所以："这话从何说起，我听不明白。"

　　妻子只是又紧紧地抱住了他，眼神热烈："自己慢慢想吧。"

　　黎明时分，司泫的妻子从床上起身穿好甲胄，回头就看见司泫半倚在床上，目不转睛地看着自己。

　　"得回去了。晚了，被人发现，就不好了。"妻子解释道。

　　"我觉得你越来越像一个人了。"司泫若有所思地说。

　　"谁？"妻子一脸警觉地问。

　　"有点奇怪，不过，你说话的举止、表情、神态，倒是越来越像姬月了。"

　　"相处久了，难免会有点相互习染。你看着吧，以后还会更像的，说不定连样

244

子都会一模一样。"妻子又抱了一下司泫，"你就慢慢等着吧。"

司泫的妻子戴着青铜面具，离开了司泫的宅邸。出门的时候，她朝左右看了看，天色尚早，门外空荡荡的。

她转身朝着一条僻静的小巷走去，小巷的尽头，一个侍女牵着一匹马，在清晨的寒风里等着。司泫的妻子上了马抽了一鞭，不久就来到了帝丹朱的帝宫。司泫的妻子策马来到了后门，下马在门上轻叩了三下，两重一轻。门开了，几个侍女侧身站在门边。

司泫的妻子下了马，把马交给侍女。

司泫的妻子取下青铜面具，几个侍女跪在地上，齐声说道："恭迎帝后回宫。"

青铜面具摘下后的那张脸，明明白白的是帝后姬月。

"以后不要那么大声。"姬月慢慢地说，"回来就回来了，有什么大惊小怪的？"说完，她抬脚就朝自己的住处走去，手里还拿着那个青铜面具。

"帝来过了吗？"她问一个侍女。

侍女连忙答道："照常，按照帝后的吩咐，说你已经睡了。帝听了就走了。"

姬月停住脚步，略显惆怅地自言自语："一夜一趟，他倒真是尽心。"

姬月回到住处放好青铜面具，坐下定了定神，然后站起身来朝卧房走去。

推开门之后，她走到床边的侧门。打开侧门，里面是一条长长的向下的通道。通道的尽头，是一个圆形的石室。石室的正中，端坐着一个女人。

听到通道上的脚步声，女人抬起头来，分明是司泫妻子的脸。

"你来了？"司泫的妻子说。

姬月没有回答，走到司泫的妻子前，面对面地坐下。

"帝后今天不太高兴啊，司泫的原因吗？"司泫的妻子问。

姬月点了点头。

"怎么会？"司泫的妻子笑着说，"司泫对待女人，一向都很温柔，何况那时，你还是他的妻子。"

"就是这个原因。我突然觉得他很可怜，他还以为身边的是自己的妻子，一旦他发觉是另外一个人，不知道他该怎么承受这一切！"

"所以，你就不要让他发觉这一切喽。"司泫的妻子贴心地说。

"当初，你让我把你许给司泫的时候，真正的目的，就是想让我来代替你？"

"当初并没有这个想法，只是看出你有这个想法，我愿为此而献出自己。帝后每念及此，是否应该感谢我女与？"

一年之前，姬月正困闷烦躁，一个女子登门拜访。女子自称女与，她来拜访姬月，是想请求姬月能让自己嫁给司泫。条件就是，她能生一法，可使姬月与司泫夜夜相见。

女与当场演示了一回。她拿出一个青铜面具让姬月戴上。等姬月摘下之后，姬月的脸，就变为女与的脸。

"你是天符门的人？"姬月说。

女与点点头。

青铜面具是天符门的法器之一，也是天符门与神巫门的区别所在。神巫门也擅长使用符图，不过都是以丹砂涂写在帛布上，天符门的符图却是青铜铸刻而成。

据说，天符门的青铜符图有七十二种之多，每一符图制成一个青铜器具，每一青铜器具都能成就一种异术。女与的面具就是七十二种符图之一——青铜面具上有一个半人半鱼的图形。

姬月看不明白，问女与这是什么意思。

女与解释说："这张青铜面具有个名字，叫鱼妇半枯。据说太子长琴目睹洪水之中，有鱼枯身之后，即化为妇，以此领悟到了万物通化。施之于人，也能以人易人。此术是否灵验，全在此青铜面具。此面具乃取当日不周余火，加以女娲炼石之烘炉煅制，世间唯一，不可能再有第二件了。"

姬月问道："神鬼天地一向隐秘修行，现在却来料理人间私情，意图何在？"

女与笑着说："帝后明鉴，我愿成就帝后，的确是有所图，想必帝后也能清楚，所求何事。"

姬月冷笑一声："不用打哑谜了，大概也离不了'悬泽'二字。"

女与笑着默认了。

姬月说："天符异术，姬月一向久闻，就是无缘尽知其详。你能留在这里也好，有空可以给我多讲讲。至于司泫之事，且请静待时机。"

女与表示感谢，然后提醒姬月："还是尽早促成此事为好。司泫之心，已在一人身上。"

"谁？女汨吗？"姬月问。

女与点点头，然后说："我对司泫部首仰慕至深，不过，我向帝后保证，新婚之夜，躺在司泫身边的女人，非帝后莫属。"

姬月矜持地笑了一下。

"另外，我还有一物相赠。"女与恭恭敬敬地引着姬月走到外面，然后，仰头高呼："毕方。"不久，一只体型巨大的鸟就从远处飞来，在头顶盘旋几下降落下来，落到两人身旁。女与伸出手去，摸了摸鸟身上的羽毛。

她对姬月说："此鸟名为毕方，能够飞行千里。不论司泫部首到了哪里，乘上此鸟，也是咫尺之遥。"日后，司泫在少言山上发愁，怎么以最快的速度，赶回帝丹朱的阵前，眼前出现的那只大鸟，正是毕方，只是，他怎么也不会去想大鸟的真正主人是谁。

几天之后，姬月就将司泫找来，然后将盛装的女与请了出来，姬月称其为自己女和月母国亲眷。司泫一见之下，就觉得目眩神迷。虽然他对女汨已经暗生情愫，但是女汨的心情，总让他揣摩不定。女汨要么是未省人事，要么是意有他属，总之情意渺茫，一时无望。在这样的情绪之下，风神明畅的女与带给他的惊喜就可想而知了。

次日，当姬月提出婚配之事，他当场就答应了。

新婚之日，姬月留意了一下女汨。女汨的脸上出现了一丝失落，她明显地感到了快意。晚上，当众宾客围着司泫起哄的时候，姬月戴着那个青铜面具，走进了司

246

泫的新房。

战事一起，司泫率兵从征。

女与告诉姬月，如果她不愿和司泫长久分离的话，最好能够说服危其出兵。这样，借着督促危其出兵的理由，姬月也可以来到军中。女与则会告诉司泫，她不能忍受新婚分离的寂寞，会以姬月侍女的身份一起来到军中。

青铜面具的魔法，就可以在军中上演了。此后，就有了姬月奔赴女和月母，逼迫危其出兵一事。

战事一败，姬月才发现叫危其出兵竟然另有好处。帝丹朱身边能够依靠的力量，就剩下了危其的军队。她有时候甚至想，把帝丹朱变成傀儡也未必不行。不过，每念及此，她都心有愧疚。

估计帝丹朱对她经常夜出之事，也有所察觉。他来探视的次数好像比以前更多了，好像是提醒自己，不要做得太过分了。

到了今天，她想问女与一个问题："现在，你想做什么呢？帝丹朱已经败了。为了找到通往悬泽之路，你是不是要他死？"

"不，"女与摇了摇头，"我现在期望帝后的，只有一件事。"

"什么事？"姬月问。

"把我安排到帝丹朱的身边。"女与说。

五

地炼门的黔茶在离开帝丹玄之后，又开始了自己的路程。帝丹玄的话说得很明白，要想让他说出进入悬泽的办法，得先见到自己的女儿。地炼术士心想，要找到这个熏华女子，首先得知道她在哪里。

黔茶找了一块四面开阔的空地，拿出一枝染过帝丹玄血的熏华草。那是离开帝丹玄的时候，顺手扯下的，他对帝丹玄说："放心，少一枝不会有什么大碍，你这里剩下的也不少了。"

他把这枝熏华草拈起举到空中，心里默念着地炼门的术诀，然后手松开，熏华草就在空中飘了起来，开始不定，慢慢地就有了一个方向。黔茶顺着熏华草飘去的方向望去，直到消失。

"这么说来，"他自言自语道，"熏华女子要去的地方是苍梧了。既然这样，那件事我先放下吧，等我助无支祁攻下苍梧再说。"

然后，他转身朝着地炼门的大言山走去。

大言山地处僻深，山势险峻，终日云雾遮蔽。非地炼门中人，入之皆迷，基本上成了各种怪兽的腹中之物。大言山，其实就是地炼门炼兽之地。里面的怪兽都非自然而成，而是地炼门的术士用异术炼制而成。

炼兽之法，也是源自太子长琴。

太子长琴修行之时，曾经圈得一兽，名为撒撒。这是一种形状如狐，但是身有双翼的乖兽，日日依偎盘旋左右，深得太子长琴喜爱。后来，撒撒偶染重疾，瞑目

247

不起。临去之时，以太子长琴之能，也莫可奈何。

此兽一去，太子长琴颇为孤苦。他忽生一念，何不取兽炼之，或许可以再得一撒撒。于是，太子长琴取狐之身、鸟之翼炼制。所杀之狐、所灭之禽，不计其数。虽然未能成功，但却意外得到炼兽之术。

此术因为荼毒生灵，太子长琴悔悟之后，便将此术束之高阁，终身不再使用。

太子长琴仙去之后，此术被地炼宗师窃得，成为地炼门的一门邪术。世人皆言，太子长琴之术，地炼得其邪，指的就是这个。

虽然是同门，但黔荼一进大言山，也有点提心吊胆。

他第一眼看到的，就是三个头的长蛇盘踞在通往山顶的路口。三张蛇嘴、三条蛇信，再加上来回摇晃的蛇脖子，下一步就要冲到黔荼的身上。黔荼赶忙掏出一块入山符，这是地炼门人才有的符，持此符可以进入地炼门的各个修行场所。

此符上有朱色砂记，是地炼门的开门宗师地稽子滴指血而成，故而不比寻常。地稽子生前只制成了四符，地炼四山，一山一符，只有成为地炼门师者，才能代代传承。

怪蛇一见此符，便从路边退开了。接下来的情况，大同小异。

黔荼收起符，心想，整天跟这些奇形怪状的东西待在一起，活个什么劲。他爬到半山腰，见到大言山的主人。从对方的一脸索漠，他似乎体会到了同样的乏味。

不过，他可不敢以此来取笑对方，而是恭恭敬敬地向对方施了一个礼："蹙开子门兄，好久不见，一向安好？"

蹙开子用打量怪兽的目光打量着他。整天炼怪兽，估计他看什么都像怪兽："哦，是黔荼子啊，一向可好？听说，你已经扔下少言山，混迹在泱泱凡人中。怎么有空到我这里来？"言语之间，颇有不屑。

黔荼连忙解释："门弟之所为，皆是宗师所命。"

蹙开子点点头："我知道，只是随便问问。你来找我，肯定是因为宗师所命，这个我懂。"

两人聊了几句之后，就朝着山洞里走去。到了蹙开子修行的洞穴，分宾主坐下。

蹙开子吆喝了几句，一个长着马头猩猩身的怪兽捧着一个茶盘走了过来。茶盘里有两杯茶，还有一堆猩猩毛。黔荼不敢有其他表示，接过茶盏赶快喝了一口，心想，蹙开子隐居深山数年，就炼了这么个东西，可真是寒碜得很。

蹙开子好像看出了他的心思，冷冷一笑。两个人原来同门的时候，就相互看不上，现在已经是各掌一山的门师，看样子还是不改旧态。

"黔荼子，既然不畏辛劳来我这里，肯定是已有所成了。不妨说说。"

黔荼就等着蹙开子问这句了。他放下茶盏，从怀里掏出那件法衣抖开。蹙开子的眼睛亮了一下，但很快就恢复了原状。就是这么一瞬间，黔荼敏锐地捕捉到了，不免暗自得意一下。

"门兄，知道这是什么吧？"黔荼说。

蹙开子没有说话，突然把马头猩猩身的怪兽叫到嘴边，吩咐了几句。怪兽迈着猩猩步走到门口嘶吼了几声，是种混合着马鸣与猩猩的声音。

过了一会儿，门口出现了一个怪兽的身影。它走进洞中，抬起两只温和的眼睛，看着黔荼。

黔荼一下子反应过来了。

"撇撇？"他喃喃地说。

看到黔荼的窘态，鹥开子哈哈大笑起来。这头怪兽有着狐狸的身体，还有鸟的双翼，正是传说中的太子长琴欲炼而未炼成，名为撇撇的异兽。

鹥开子招呼了一声，撇撇走到了鹥开子的身边，趴在鹥开子的脚下。鹥开子伸手去抚摸它，它伸长脖子静静地享受着，两只眼睛像温存的水晶一样看着鹥开子。

黔荼站了起来，恭恭敬敬地向鹥开子施了一礼："大宗师毕生未能达成的心愿，门兄竟然做到了。黔荼无话可说，只有敬佩而已。今日上山，本来还有疑虑，现在才知黔荼何等浅陋，竟然妄测门兄。能得门兄相助，宗师之命，指日可成。"

"别说好听的。"鹥开子喜滋滋地说，"这还是个开头，下面再带你看点精彩的。"他带着黔荼开始了一段登山的路程。

山顶是一个巨大的洞穴，洞穴的边缘是焦黑的尘土，可以想见，在更为远古的时期，这里曾经冒出过多么炽热的火焰。

鹥开子和黔荼站在洞穴的边缘向下俯瞰，深处还能看到翻腾的烈焰喷发出毒气，上升到洞穴顶端，遮住了两人的视线。黔荼有点经受不住，鹥开子倒是气定神闲。他每天都要上上下下地来上好几趟，早习惯了。

鹥开子说："利用这里的地循余火，可以炼制各种喷火的怪兽——有飞翔在天空的，有潜藏在水底的，还有能够奔跑如马的……等到炼成之日，从它们嘴里吐出来的、从他们羽翼扇出来的，都是地循余火，非人间凡火可比，也非人间凡术可灭。"

说到这里，鹥开子问黔荼："你应该知道地循是什么。"

"知道，十日竟出，九日坠地，落地之后，就成地循，此处即为地循余火。"

"据说太子长琴曾于此火之前，静修数载，终于悟出离循之法。可惜，他看遍门中之人无一可传，只好将此法写在法衣之上。现在法衣已经在你的手上了，剩下的就是解开法衣之谜。我受宗师之命助你一臂之力，一坑炼兽都可供你驱遣。"

说着，鹥开子用手指着洞穴下面。上升的毒焰略微消散了，黔荼能看到里面的景象。洞穴底部，烈焰如潮，有无数黝黑的形体在里面翻滚。虽然隔着百尺的距离，还能听到惨烈的叫喊声，闻到皮肤熏烤的焦臭、刺鼻的硫黄气味。

黔荼说："想要破解法衣之谜，唯一的办法只能是攻破苍梧城。都穆之野之战，帝丹朱虽然大败，但是回去之后，应该能想明白败在哪里。一旦想到对策，估计我手上的死士就没有什么用了。"

鹥开子眼前一亮："死士，就是你转化的僵尸？"黔荼点点头。

鹥开子喜出望外："我正想别炼一兽，可惜太子长琴当初留下的炼术中，只有一句'死不死，方成事'，我一直在琢磨这是什么意思，现在看来，所谓死不死，指的就是你老兄的僵尸之术。那批死士在哪里？快借我一用。"

"就在我们周围。我走到哪里，他们就会跟到哪里。门兄想要一见吗?"

蹩开子充满期待地看着周围："最好让我见见，我以前开过店，用料之前，总得先验验货。"

黔茶哈哈一笑。这个时候，他们的同门情谊算是达到高潮了，简直有求必应。

黔茶朝手心吐了两口唾沫，一点也不客气，就朝蹩开子眼皮上抹去："麻烦门兄先闭眼。"

等蹩开子睁开眼睛之后，他看见洞穴边围着密密麻麻的僵尸。被烈焰余热烘烤着，僵尸的脸上似乎也有害怕之色。

蹩开子心满意足："好，收下了，静待时日，就有异兽炼成。到时候，就听老弟一声招呼了。"

"门兄且慢。这批僵尸暂时还不能送给门兄。我还得用它们去换一件东西。要攻下苍梧城，这件东西必不可缺。"

"什么东西?"

"请恕黔茶不能相告了。黔茶只能保证，攻下苍梧，我就会将僵尸送到门兄手上。"黔茶看了看天色，"天色不早了，我也该告辞了。临别之际，黔茶还有一言：要想真正破解法衣之谜，苍梧之战绝不是最后一战。等到更大的战事来临，我地炼门能依靠的就只有门兄炼制的异兽了。"

第十一章

一

　　差不多同时，陆离俞一行四人正在赶往苍梧的路上。他们走在战场的边缘，随处可见雨师妾溃败的痕迹，其中之一就是四散逃逸的军马。女汩弄了七匹，加上季后原来的那匹，正好每人一正一副轮换骑着往苍梧走。

　　出发之前，女汩筹划了一下回苍梧的路线。她蹲在地上，摆了一块大石头，当是苍梧城，然后拿根树枝，在石头周围比画起来。

　　"我随帝父从苍梧出来，自然知道哪条道路离苍梧最近。不过，无支祁的军队估计也会顺着这条道路赶往苍梧。周围的道路也不能走，无支祁的军队估计会沿路分兵驻守。能走的，只有一条远道。"女汩用树枝画了一根曲线，起点代表他们出发的地方，终点就是那块大石头。

　　"帝父在教我谋略的行军图上，曾经给我指过这条线路。我没走过，但要回苍梧，只能这样了。"女汩站起身来，辨认了方向，说，"就从这里出发吧。"

　　剩下几个人自然是答应，准备开路。女汩突然又把女娲叫了过来，嘀咕了两句。女娲听着，先是一愣，然后点点头，又哈哈大笑起来，连声说："好的，好的。我去跟他们说。"两个男的站在一边，不知道两个女的在发什么疯，面面相觑。

　　女娲转过身来，指着附近的小树林，对两个男人说："我们要去那里做点事。你们留在这里，不要跟过来。还有，等会儿我们出来的时候，不管看到什么，你们都不许笑。"说着也不管两个男人如何吃惊，拉着女汩就朝树林跑去。经过自己那匹马的时候，还顺手取下一个包裹。

　　季后和陆离俞只好原地坐了下来，背对着树林。两人不知道还要等多久，只好闲聊打发时间。

　　季后说："你在帝丹朱的军队里，好歹待过一段时间，应该知道帝丹朱军队的战力，你说说看，到底会是谁胜谁负？"

　　"帝丹朱这边我看不出特别弱的地方，他们不是输在实力。我听他们的议论，好像玄溟那边有地炼门的术士相助。我觉得也有可能，都穆之野之战刚开始的时候，帝丹朱叫女汩离开战场，去做了一件很奇怪的事。"

　　陆离俞就把他和女汩到丹朱洞府做的事情告诉了季后。

　　季后听罢大惊失色，说："这就更奇怪了！"

　　"怎么奇怪？"

"这是神巫门的异术，叫作尸军术。人死之后，半刻之间，三魂九魄就会离开人的躯体，只留下一具待腐的躯壳。如果在这半刻之内，能够将三魂九魄驱回死者的躯体里面，死者就会成为不死不活的尸军。尸军看上去像人，但是没有了人的身心，刀劈不痛，箭穿不死，又有蛮荒冥灵之力。帝丹朱叫女汨长宫去做的，肯定就是召唤尸军。既然能得到尸军的蛮力，帝丹朱应该是胜者才对。"

陆离俞想了一下，才想起自己忽略了一个细节，写有"黔荼"两个字的木简，它是首先被翻开的，然后又是首先掉转方向。在它之后，所有的木简都跟着掉转了方向，这里会不会有什么蹊跷？

他把这个告诉了季后，季后想了一下，说道："应该是这个原因。写有'黔荼'的木简，就是控制尸军动向的木简。这个叫黔荼的人是谁？"

"就是我跟你说过的，一直阴我的老树皮。"

"哦，这个人……刚才听你讲的时候，就觉得此人奸诈狡狯。帝丹朱之败，十有八九是败在这人手上。帝丹朱的尸军被此人操控，反而成了玄溟部的利器。"

陆离俞突然想起来了："你不是有辨鬼之术，能够辨出鬼灵的行踪吗？能辨鬼，肯定就能治鬼了，有没有法子制住尸军？"

季后听了一笑："我能辨鬼，也非我有此术，而是借用宗师法器，末师应该记得，这件法器已经被你给毁了。"

陆离俞也想起来了，季后说的法器是画在帛布上的一匹马，结果被陆离俞一刃给刺破了。

陆离俞叹了一口气："现在玄溟兵临城下，若无破除尸军之术，雨师妾一部必败无疑。我还真是替女汨长宫担心，无支祁荒淫无道，此次开战就是要抓女汨，如果战败，女汨长宫大概难逃魔手。"

季后听到这里，笑了起来。

"你笑什么？"陆离俞问。

"在女汨长宫的眼里，你就是个跟班。你应该知道我笑什么了吧。"

他这样一说，陆离俞也觉得自己想得太多了。如果被女汨知道，可能不仅不会心生感念，反而会觉得厌恶。想起自己想拉她的手，她的眼里射出来的嫌恶，陆离俞不由得一阵胆寒。

"末师，上次你跟我说，你到瀛图来，是为了找一个女人，一个叫郁鸣珂的女人，流落了这么久，有什么消息没有？"

"没有。现在也顾不上这个了。你看我一路经历的，稍有不慎，就有性命之虞，还是想着先活下来吧。"

"听末师讲，你来到瀛图，是郁鸣珂暗示你来的。既然是暗示，那就不可能没有后续。为什么要你来这里？如果她重生了，现在会在哪里？难道这么重要的事情，反倒没有什么暗示？"

季后这样一说，陆离俞倒想起来了。女汨和女朴厮打的时候，掉下来的那张符图，现在就在他的袖子里掖着。这会不会是一个暗示呢？符图是从女汨身上掉出来的，这是女汨自己的东西，还是别人送给女汨的？如果算是一个暗示的话，暗示着什么？女泪就是郁鸣珂？这个想法一出，就把他自己吓了一跳。以现在的情形，他真是不敢把两个人想成是一个人。

关于这个符图，他也不敢问女泪，就是季后，他也觉得没到告诉季后的时候。

季后见陆离俞半天不说话，正想开口，后背被人轻轻地推了一下。他转过脸，吓了一跳，两个又丑又怪的小乞丐站在了后面。陆离俞听到动静，也转过脸来，同样觉得惊奇。季后正想开口，一个小乞丐先抢了一句："不许笑，刚才说过的。"正是女媧的声音。

两个男人这才明白是怎么回事。

主意自然是女泪出的。女泪待在苍梧的时候，偶尔觉得宫里烦闷想出宫玩玩，为了避免事端，总是乔装一番。于是，女泪装成跛了一条腿的蓬头女丐，女媧装成折了一只胳膊的瘫脸女丐。

季后和陆离俞目睹此景，只能暗暗祈祷，她们一路上千万不要露出马脚。

幸好，一路上，这两位都能尽职尽责。虽然走的是远道，但是，还是会遇到玄溟部的散兵游勇。大部分情况下，连最好色的玄溟士卒，都没有兴趣看两个丑女一眼。偶尔有些意外，季后和陆离俞两人也能应付过去。陆离俞和季后自然挨了不少揍。每次挨踢挨揍的时候，一看两个丑女目光里流露出的关切，两人的感觉都是，值啊，太值了。

二

数日之后，他们离开了平地，进入了一个险峻山脉的边缘地带。当初，帝丹朱指点女泪察看地形的时候，对他们现在走的这条道路，说了这么几句："此路周边险恶，具体情形如何，我也不知。历来商旅都将其视为畏途，不到万不得已，最好不要走上此路。"女泪想，现在就是万不得已，没有其他的路可走了。

入山之时，女泪提醒大家千万小心。女泪难得这么小心谨慎，大家也紧张起来。他们沿着山路走了进去，轻手轻脚，不敢高声。周边的险峻高山，隐隐约约的云雾，增加了一路的险恶气氛。

走了快一天，竟然没有遇到什么，大家也就松了一口气。几个人也走得乏了，找了个可以歇脚的地方，准备弄点吃的，今晚就歇在这里。

四个人之间有分工，分成两批，一男一女，分干杂活。不过，组合下来却是陆离俞和女媧、女泪和季后。这样的组合自然是女泪的主张，好歹也算帝子，这点事还是能决定的。几个人都心领神会，一一照办。

陆离俞带着女媧拿着陶罐，去附近找水。

陆离俞手里拿着陶罐，想起季后手持若木削、力劈陶瓶的举动，觉得能给季后加分，就添油加醋地说了起来。

女媧听得一路都在发笑："你们带着那个插花陶瓶走了一路。后来呢，陶瓶破了，那束熏华草不就枯了吗？"

她这样一提醒，陆离俞想起来了，当初忽略了一件事。陶瓶破了，那束枯草下落如何，他没有捡起来，季后好像也没有。

"好像就留在原地了。"陆离俞说，忽然觉得女姁的表情有点异样，"怎么了？有什么不妥吗？"

"没什么。"女姁说，"一束草，丢了就丢了，不算多大的事。"

"这花哪里能够采到？你好像挺喜欢的，下次叫季后去给你采一大把。"

"这可说不清，好像遇到了才有。具体哪里才有，我真不知道。"

陆离俞忽然又想起，季后当初指挥商旅的那把若木削，自从与季后重逢后，好像一直没有看到。如果有这把若木削，说不定就能破掉尸军。

"季后有把若木削，你见过吗？"

"没有。听他讲，被玄溟军俘虏的时候，被收缴了。"

陆离俞叹息了一下。这把若木削的神奇，他是见识过的，可惜就这么没了。

这时，两个人走到一个水潭边。女姁用陶罐去取水，陆离俞去附近找点枯枝败叶，准备引火。女姁打完水，看到水面清冽如镜，不禁动了闲心，把自己的小瘢脸对着水潭照来照去。主要是想找个角度，让自己能忍受瘢脸。好不容易找到一个角度，正打算细细品味，忽然听到身后有动静，她以为陆离俞回来了，赶快正了身子对着潭水，装作洗手的样子。

当她把手伸向潭水时，潭水上映出的一个影子让她全身都僵硬了。潭面上映出一个巨大的，好像兽头一样的东西，锋利的獠牙就在离她头顶不到一寸的地方。一滴腥臭的液体，从她的头上滑过滴到潭水里，潭水立刻变得浑浊起来，然后，她看到獠牙上扬，一个巨大的黑洞像锅盖一样，朝自己压来……

她闭上了眼睛，眼前一片漆黑。接着，她听到了一声地动山摇的怪吼，好像有激烈厮打的声音。她胆战心惊地睁开眼睛，只见陆离俞缠在怪兽身上，被甩来甩去。她赶快站起身来，打算去报信，树丛中传来脚步声，季后和女汩出现了。

季后拔出开刃，打算冲过去，却被女汩拖住了：

"别急，有点奇怪。"

季后仔细看了看，是有点奇怪。现在的阵势，不像是怪兽在攻击陆离俞，而是怪兽想跑路，但却被陆离俞死死缠住。陆离俞的表情很绝望，好像缠住怪兽并不是他想做的，他也身不由己。

季后再细看那头怪兽，从没见过长相这么怪异的兽。别的兽再怎么怪，也是一头一尾，这头兽长尾巴的地方却长了一个一模一样的头，两个头都同样狰狞。

"并封，这头怪兽的名字叫并封。"季后心想，"门师讲过，天下怪兽，多出地炼一门，我们现在是在地炼门的修炼场所？"季后正想着，陆离俞和怪兽的纠缠已经到了尾声，怪兽轰然倒地，陆离俞站了起来，一脸是汗，使劲喘息着，这辈子都没这么累过。

女汩走到倒下的怪兽身边，查看了一会儿，一脸困惑地站了起来。

"奇怪！"她自言自语道。

"怎么奇怪？"季后过来问。

"我刚才看这个人有点奇怪，"她对陆离俞一向都不称呼名字，也没问过季后为什么管这个人叫末师，"只是一味缠在怪兽身上，手脚并无攻击。但你看怪兽身上的伤痕，都是被什么东西紧紧勒过的痕迹。怪兽体型巨大，最小的部位就是脖子，就算是脖子，大小也超过了他双臂合抱……他是怎么弄出这些遍布全身的勒痕的？"

季后扫了两眼，也觉得诧异。怪兽粗壮如同巨树树干的脖子上，有一个合抱的勒痕，就像戴了一个完整的套环，类似的勒痕遍体都是，而且环环相连，就像被人用一根绳索紧紧捆过，而且，勒痕都很深，一般的力量根本做不到。

"你看他刚才与怪兽纠缠，有没有用过嘴？"女泪问。

季后正想说，没有啊，用嘴干吗？再说，刚才被并封甩来甩去，末师的嘴一直紧闭着……但看女泪的神色，觉得不是开玩笑。他仔细查看起并封的尸体，在脖子下面发现了两个深深的咬痕。要说咬痕是陆离俞咬出来的，实在勉强。陆离俞是人，人牙不可能留下这样的痕迹。

"蛇牙的痕迹。"女泪说，回头看了一眼陆离俞，低声问季后，"这人到底是什么人？"

三

季后还来不及回话，只听到四周隐隐约约、此起彼伏，传来的都是怪状莫名的嘶吼声。几个人都直起身，惊得面色惨白。

季后赶忙说："此地不宜久留，还是趁早离开。我估计这里是地炼门的炼兽之地，这些怪声应该来自炼出来的怪兽。"

大家连忙跑回歇脚的地方，眼前的一切让他们目瞪口呆：刚才还在吃草的马，只剩下一堆皮、几根骨头，还有一摊摊的血迹。他们正在焦急，四处的草丛中传出了动静，好像是什么兽类攒动一样。四个人紧张地注视着，直到一个东西从草丛中探出头来，几个人才松了一口气，那是一个马头。正是他们携带的八匹马中的一匹。

那匹马走了出来，仰天嘶叫了几声，然后又有三匹马从草丛中钻了出来。

"怪兽还算客气啊。"陆离俞喘着气说，他还没从刚才的恶斗中恢复过来，"还给我们剩了几匹，刚好一人一骑。"

"不是客气，这几匹是老马。"女泪毫不客气地说，"能躲过战场的灭顶之灾，自然也能躲过怪兽的攻击。"

"现在怎么办？"女妁看着马匹，还是很紧张。

季后想了一下，就说："顺着来路，先跑出炼兽之地再说。"

他们骑上马，跑了半夜，身后才算彻底清净。几个人累得瘫倒在地，站着的只有季后了。他看了看周围，突然讲了一句话，差点让人绝望："我们好像跑岔路了。"

陆离俞硬撑着站起来，看了看四周，果然是跑到了另一条路上。不过，他觉得这不是什么坏事。他指着前面不远处，对季后说："那里好像有个废掉的屋子，我们先过去歇一个晚上，明天天亮再想想该往哪里走。"季后点点头。

两人转回去，搀起两个女孩。到了这个地步，女泪好像也不反感陆离俞来碰她了，没人搀着，她实在是走不动了。

到了废宅，几个人又累又饿，找了块空地，一躺下就睡着了。

陆离俞睡得正沉，忽然被季后推醒了。季后神色严肃地看着他，他刚想问什么事，季后叫他不要作声。两个人悄悄地来到废宅的门口，蹲在一堵破墙的后面，正好可以看到从门口横过的一条道路。

"怎么回事？"陆离俞得空问了一句。

"你记得我们离开互人的时候，跟着的那队商旅吗？"季后问。也不等陆离俞有所表示，季后接着说："尸阵都有一股奇邪之气。我鬼方所学之一，就是辨气。跟在商旅背后那么久，我总算略懂如何辨别人鬼之气。"

他指了指门口的道路："刚才，我好像感觉到，有一尸阵正在朝这里走来。"

陆离俞不说话了，瞪大眼睛看着外面，想看到季后说的尸阵。他知道这样做只是徒劳，上次一起走的时候，季后就说过自己不能看到尸鬼，能看到尸鬼的是那匹旎马。季后都看不到的东西，他怎么能看到？

夜月照着门口的道路，有点发白，从夜色深处延伸过来。

"奇怪，这阵邪气，好像就是朝着我们这里来的。"季后说。

正在这时，好像有什么东西飘了进来，柔若飞蓬。飞蓬一样的东西通体透着荧光，衬着夜色，清晰可见。陆离俞把它抓到手上，摊开一看。

荧光消失了，躺在手心里的是一根枯草，很眼熟的一根枯草。

"熏华草。"两人同时低声惊叫起来。

发白的道路尽头，一个枯瘦老头隐约出现。他辨别了一下方向，就沿着道路朝废宅走来。两个人目不转睛地看着，等到能看清老头了，陆离俞很是吃惊。

他悄悄地对季后说："这人我认识，就是那个老树皮，他没死。你说得对，破了帝丹朱尸军术的，就是他。"

季后朝空中嗅了一下，点点头："尸鬼之气，就在他的旁边。"

两人对看了一眼，内心都有一个疑问：这人为什么会带着尸阵朝废宅走来？陆离俞握在手心的枯熏华，突然飞了出来。一飞到空中，通体荧光，慢慢地飞向老树皮。

老树皮伸手一把抓住。

"我知道了，"季后说，"他来是要找一个人。"

四

黔荼的确是来找一个人，只是没想到会这么快就找到。他一直以为只有攻下苍梧城，才有机会找到这个人。

辞别蹙开子之后，他还没完全走出大言山，熏华草的异动就告诉他，要找的人就在附近。

他把手中的枯草放了出去，顺手抓了几个萤火虫，捏成虫渣，涂到枯草上面，枯草立刻变得通体莹亮，飞在空中，就像萤火虫一样。然后，他远远地跟在后面。走了一段时间以后，他的面前出现了一座废宅。

废宅的门口，站着一个人。

"老树皮，你还没死啊？"那个人打了个招呼，正是陆离俞。

黔茶定睛一看，有点愕然："你怎么在这里？"

片刻之后，他马上换成了一脸老实人的表情："真没想到你还活着，都穆之野之战，我还以为能够生还的就我一个人呢！没想到你也还在。劫后余生，我们老熟人了，到里面去叙叙旧。"黔茶热情洋溢，朝着门口迈进一步。

熏华草的气息告诉他，他要找的人，就在里面。

他还有一个猜测：开战的时候，他注意到长宫女汨离开了战场，身边跟着的就是陆离俞。长宫女汨会不会也在这里？如果在，那就真是碰上了雨师妾前后两位帝的两个女儿……

"叙什么旧啊，"陆离俞一移脚步，挡住了他，"我跟你，有叙旧的交情吗？"

黔茶本来还想继续装下去，但是发现熏华草的气息正在显示一个迹象，他要找的人正在迅速离开。他懒得跟陆离俞废话了，跟陆离俞处了那么久，觉得这人没多大本事。他伸出手，一把就想把陆离俞推开。

手一推出，陆离俞的手就接了过来顺势握住。两只手一握，黔茶突然感觉异样，好像有什么东西正打着圈，缠到自己手臂上。他一点准备都没有，自然一时手足无措。接下来，这种感觉迅速弥漫到了全身……

"叙旧就免了，先握个手。"

黔茶拼了命要把陆离俞的手甩开，他有一个判断，全身都被缚紧的感觉，就来自陆离俞的手。黔茶上蹿下跳、腾挪闪移，能用上的招数都用上了。有几次，他都把陆离俞甩得离地平飞，却始终没有甩开过陆离俞的手。

"你能不能别这样？"陆离俞哀求道，他被黔茶甩来甩去，五脏六腑都像换了个位置，"这样大家都难受。"

"行啊，你先松手。"

"我也想啊。"陆离俞一脸无奈，"可是这只手，跟你一握，就不是我的了。唉，以后还是只叙旧，别握手了。"

黔茶正想说些什么，刚才在全身扩展束缚的力却变化了，变成收缩的感觉，而且越收越紧。黔茶立刻盘腿坐下，没空跟陆离俞胡扯了，先用法力把这种感觉驱走再说。

"是不是很难受？"陆离俞也被拖得瘫坐在地上，嘴还没闲着，"放心，马上就完了。待会儿，你的脖子上会有被什么东西咬了一下的感觉，这事就算完了，我们都解脱了。你是从生命中解脱，我是从你的手中解脱。被一个老男人拽着手不放，在我们那个世界，是会引发误会的。"

本来还一脸紧张的黔茶，听到这话之后，反而不紧张了。

"是我的脖子吗？"他问了一句，没等回答，就笑着说，"行啊，那我就等着吧。"

陆离俞觉得事情有点不对，片刻之后，有一股凶猛的弹力从两只相连的手迸发出来，不仅弹开了手，还把他弹到几尺开外。

黔荼松了口气，拍拍腿，站了起来："什么地方不选，偏选我的脖子。地炼门人的脖子，你咬得动吗？"

他拔出随身的青铜开刃："你说得对，以后大家还是只叙旧不握手。现在，我就把你的两只手剁了，你想握都握不成了。"

说完，黔荼纵身一跃，打算跃到陆离俞的身后，剁掉他的双手。他不敢从前面出招，刚才的经历告诉他，从前面进攻，开刃很可能会被陆离俞抓住。

黔荼落地后，看准位置用力一挥开刃，眼看陆离俞要少一条胳膊了。一把青铜开刃挡住了黔荼的攻击。

黔荼站住脚，看到陆离俞的身边多了一个人。他辨认了一下，说："你是箕尾方的，叫季后！"

季后有点吃惊，他哪里知道，黔荼曾经在箕尾方出入过多次，里面有些什么人都一清二楚。

"神鬼天地，都出自大宗师门下，到了今天，也算有同宗之义。我是地炼门少言山的门师黔荼子。按礼，你是我的晚辈，应该前来参见才对。不过，现在不是谈礼节的时候，我只想请你让一下路。"黔荼打算快点了结此事，因为熏华草的气息越来越淡了，再这样下去，他今晚就要扑空了。

季后默默施了一礼，然后直起身来，一点让步的意思都没有。黔荼想，看来又得打了。打倒不怕，怕的就是被缠住，抓不住想抓的人。他突然哑然失笑，我有利器在手，干吗还跟这两个小辈纠缠？想到这里，他念了一个尸诀。片刻之间，身边就出现了密密麻麻的僵尸。

"只要一声令下，就是这群尸鬼陪你们玩了。还是让开吧，我不想跟鬼方结怨。"

尸鬼出现，陆离俞有似曾相识之感。片刻之后，他就想起来了，这些人就是跟他一起待在死牢的那群死士。他更确定了，帝丹朱就是败在这个人的手上。

黔荼见两人没有反应，心想，别浪费时间了。他又念了一个尸诀，退到一边。尸军朝着季后两人扑了过去。

接下来发生的一切，却让他瞠目结舌。僵尸逐渐围成一个圆，然后盘腿坐了下来，圆圈的中央，升起了一束蓝白的火焰，定在半空，僵尸们仰起头来，空洞的眼神直直地盯着火焰。

黔荼冲进圈内，里面空荡荡的，季后和陆离俞都没了。他念了几句尸诀，曾经指哪打哪的尸军，却一动不动。

"鬼方门的定尸火。"这是蠡开子的声音，蠡开子不知道什么时候站到了黔荼身边，"幸亏对方没有若木削在手，否则的话，现在这群僵尸撕来撕去的，就是老弟你了。"

258   黔荼转身，看着蠡开子，一脸疑问。

"我有个炼兽，叫并封，"蘷开子解释了一句，"今晚没有回洞，我出来查看究竟，没想到遇到这么一场。"黔荼正想回话，突然意识到了什么。他摊开手掌，那株枯薰华也不见了，大概是刚才跟陆离俞握手的时候，被陆离俞顺走了。

这下可惨了！僵尸定住了，他叫不动；枯薰华丢了，要找回帝丹玄女儿的下落，也是不可能了。

蘷开子走到僵尸面前，打量着成色，赞不绝口："不错，不错，用这些，肯定能炼出上好的异兽。"

黔荼冲着蘷开子长揖及地："门兄，事情紧急，如有唤起僵尸之术，万望助我一臂之力。要想攻下苍梧，找到进入悬泽的方法，破解法衣之谜，完成我地炼宗师的嘱托，没有这群僵尸，万万不行。"他的语调一改往日的狡狯奸邪，变得诚恳急切。

"唤起僵尸，靠你那几个尸诀，当然不行了。"蘷开子一点也不客气，"还是得靠我大言山的地循余火。"

蘷开子伸出手掌轻轻一抖，一把硫黄奇焰就出现在他的掌中。他把焰火往尸军圈中一送，那束蓝白的火焰，一下就显得十分羸弱，很快就被硫黄奇焰吞噬。

蘷开子再一挥手，硫黄奇焰朝自己飘来。尸军也开始起身，一齐走向蘷开子。

黔荼大喜，冲着蘷开子又是一个长揖："多谢门兄，来日攻下苍梧，一定会将尸军一个不少交付门兄。"

蘷开子表情古怪地看着他："我只说唤醒尸军，可没说交到你的手上。既然是被我唤醒的，从此之后，这批尸军就是我大言山的东西了，与你少言山无关。攻不攻得下苍梧城，是你黔荼子的事。宗师既然交给了你，你就自己去想办法吧。哈哈，送君千里，终有一别，我得回去继续修炼了。你可别打什么鬼主意，我认得你，我满山的炼兽就不一定了。"

黔荼目瞪口呆地站在原地，看着蘷开子领着尸军，消失在了夜色之中。

他不知道接下来该怎么办。进攻苍梧的时候，最需要的东西，只有通过尸军才能得到。同这件事相比，没有枯薰华还算不了什么。

更糟糕的还在后面。攻下苍梧获取通入悬泽的方法，是地炼宗师交给他的任务。如果失败了，地炼宗师会是什么反应？他一想起来，就不寒而栗。神鬼天地，四门宗师之中，为人最为狠辣的，就是地炼宗师地剔子。即使到了门师一辈，一旦触怒了地剔子，也难免杀身之祸。

地炼门有气御之法。气御之后，真气环绕的部位，刀劈不进，水火不入。宗师一级，能够气御全身；门师一级，则只能气御要害，一般来讲，都是脖子这个部位。那日都穆之野之战中，帝丹朱劈不掉黔荼的头，原因就是黔荼脖子上的气御所致。因此，对地炼门师而言，气御被卸，就离死不远了。

曾经有一个门师触怒了地剔子，地剔子就卸掉了他脖子上的气御。被卸掉气御的门师，刚一出门，就被自己的门子一刃劈掉了头颅。

黔荼很清楚这件事，因为一刃劈掉这位门师的门子，正是他本人。

劈掉自己的门师之后，黔荼就被地剔子提拔为少言山的门师。黔荼成为门师之后，立下了两条铁律：第一，绝不触怒宗师；第二，少言山自此之后，不再收授门子。司泫上次冲少言山，见到几个充当杂役的门子，其实都是黔荼用木器幻化而成，用来料理修行杂务。

五．

季后他们和黔荼纠缠的时候，女汨、女姁两人已经离开了废宅，骑着马在夜色中疾驰。

她们是从睡梦中被季后唤醒的。季后简单讲了一下情况，有人要来抓女姁，请女汨赶快带着女姁离开。

女姁很吃惊："抓我做什么？"

女汨却很镇定："你们看清楚了，来人是那个叫黔荼的人？"

女汨对黔荼是有印象的。那日开战之前，她印象最深的就是这个呼天抢地、要冲头阵的老死士。后来，施法布字的时候，她翻来翻去的，也是写有"黔荼"两个字的木简。

女汨领着女姁，从废宅的后门出去。两人快马疾驰，一时也来不及思考去处。骑了一会儿之后，身下的两匹马，好像变得不安分起来，挣扎着要离开路边。两人好不容易拉住马，惊异地对看了一眼。两匹马甩头奋蹄，就是挣扎着要离开这条道路。

女汨愣了一会儿，恍然大悟："放开缰绳，让它们跑。"女姁虽然不明究竟，但还是听话地放开了缰绳。

没了束缚的马，开始撒着欢地奔跑在夜色之中，不一会儿，就把两个人带到一片开阔的平原。前方，灯火闪烁，两匹马冲着灯火跑去。

很快，就跑到了一座小神祠前，仰头嘶鸣了几声站定，似乎在说，就这了！

女汨招呼女姁下了马，说："这两匹马都是我帝父军中的识途老马。刚才它们应该是看到回路了，所以才会带着我们往这里跑。这是到了哪里，我也不知道。既然帝父的军马熟悉这里，这里离苍梧城应该不远了。"

女姁好奇地看着眼前的神祠，问："这好像是个神祠，做什么用的？"

女汨说："这是少司祠，是专为我们这样的人准备的。"

看到女姁一脸茫然，女汨就解释了几句：少司祠是为了祭祀悬泽女侍而修建的神祠。悬泽女侍被认为是雨师妾少女的佑神，所以又名少司神。祭祀她们的神祠，就叫少司祠。雨师妾部的女子，尤其是贵族女子，到了待嫁年龄之后，就要别居各地的少司祠，直到嫁人之前。每年一次少司祭仪，就是由这群少女来负责的。

"至于祭仪进行的时候，她们会祈祷些什么，我就不知道了。"女汨笑着说。这些事情上，她倒是一点也不忸怩。

"这样说来，住在里面的人都是些少女？"女姁问。

女汨点点头。

"你呢，你也是待嫁之龄，你也住在这样的地方？"女姁问。

女泪脸有点微红，"待嫁之龄"这个词还是让她有点不好意思，说："是的，我住的少司祠在苍梧城里，我帝父的朱宫旁边。里面很大，就我一个人住着，闷死了。进了苍梧之后，你就跟我一起住吧。"

女妭点点头，盯着面前的神祠，心想，里面住的不知是哪些花样女子。她正想问女泪要不要进去看看，还没等两人迈步，两匹马又仰头嘶鸣起来，叫得甚是欢畅，好像遇到了什么熟悉的东西。伴着嘶鸣的，是神祠门被拉开的声音。

女妭觉得应该是里面的少女，听到声音开了门。她一脸期盼地朝祠门看，想看看里面待嫁的女子是何等的娇容。女孩子对另一个女孩子长相的兴趣，有时候会比男子还要强烈。

门开了，出来的却是一位已至中年的妇人。

六

中年妇人看到门前有两个相貌丑陋的小女丐，也是一脸惊异。正想开口，那两匹马开始闹腾起来，又甩脖子又摆尾。中年妇人走到马边伸出手去——安抚，顺便掀开马鬃看了看脖子上的火印。等到两匹马被安抚得低眉顺眼，她转身对两个小女丐说："没想到过了这么久，它们还记得我。你们是……?"

女泪自然先开了口："我们是两个要饭的，路上遇到了两匹马给它们喂了点草，它们就跟上我们，然后我们就被带到这里。"

妇人点点头，态度娴雅："我想也是。听说前几日，都穆之野有场大战，雨师妾部败阵。这两匹马大概是从那里流落出来的，没想到把你们带到这儿来了。"

"既然到了我这里，那就进来吧。里面也没什么特别的，稍微休息一下还是可以的。"

说着，妇人拍了拍马的脖子，两匹马真是听话，跟着妇人的步子就朝神祠走去。

"你不是说里面都是少女吗?"女妭悄悄地问女泪。

女泪做了个鬼脸："可能是一直没嫁掉，少女就变成了老女。别说了，跟上。"

进门之后，才发现神祠很小，就只有一个正殿，配着左右两个偏殿。妇人先把两匹马安顿好，过了一会儿，她就端着吃的喝的出来了，放到正殿的一张桌子上，招呼两人过去。

两人实在是饿了，赶忙道了谢，就埋头猛吃起来。妇人坐在一旁，饶有兴致地看着，忽然说了一句："好端端的两个女孩，怎么把自己弄成这个样子?"

女妭偷偷地笑了一下，咽下一口饭，没说话。女泪觉得妇人态度可敬，没必要再掩饰了，便回了一句："太长（雨师妾一部，都管年龄大的女子叫太长），怎么看出来的，以前也玩过?"

妇人点点头："那时候顽皮，偶尔也弄下。有人就很不高兴，又不敢发火，就把所有的东西都藏起来了，我怎么找也找不到，只好不弄了。"

"那人是谁?"女泪放下盘盏，"你的夫君?"

"算是吧。"妇人说。

这下轮到女泪惊奇了："那你怎么会在……"她的意思是，你是嫁了人的，怎么会待在这里。这里待着的，应该是没嫁人的。

"后来，他走了。"妇人说，"我就被发落到这里。"

女泪心想，雨师妾好像没这个规矩，夫君离开之后，落单的女子就得进少司祠。

"那他现在在哪里，你知道吗？"

妇人一脸惆怅地说："向东，离此地六百多里。"

"那你可以去找找他啊。"女泪说。她连现在在哪里都搞不清，向东六百多里是什么地方，自然更不清楚。

"我还是在这里等着吧，对他，对我，还有其他人都有好处。"妇人惨然一笑，"好了，别谈这个了。你们说说，为什么会把自己弄成这个样子？"

女泪正思忖着怎么说才合适。她毕竟在帝丹朱身边长大，人心险恶多少还知道些，遇到陌生的人，不要把话说尽。眼前的妇人倒不像是奸诈之人，所以话可以说，但要说到几分，就要先想一下。

她正想着，女姄站了起来，说："我把这里收拾一下，太长，长……丐姐先聊着。"她差点就说出"长宫"二字，幸亏话还没出口，就知道不妥，赶快改口。

妇人好像没注意这个口误，只是看着女姄收拾干净后往正殿后面走去。妇人又是一脸惆怅，说："我要是有个女儿，应该也有这么大了。"

"你有个女儿？"女泪问。

"不知道算不算有。生下来就被人抱走了，抱走的时候，我还昏迷不醒，连长什么样都没见过，只知道是个女儿。"妇人看了看周围，"当初我生下她，就是这个地方。"

"可这里是……"女泪话说了一半就咽下去了，这是少司祠啊，里面应该是待嫁的女子，怎么会有生孩子这种事？

"这里原来还不是少司祠，"妇人看出了女泪的疑惑，担心她会有什么不敬的想法，赶快解释说，"是一座军用的马厩。后来才改成了少司祠。我一个人住在里面已经许愿，终生供奉悬泽女侍。"

"你是在马厩里生下了女儿？"女泪问道，这夫君真过分，让自己的老婆躺在马厩里生孩子。

"他也没办法。我生孩子的时候，周围就几匹马。今天把你们带来的，就是其中两匹。那时候它们也没多大，不过记性还真好。我昏过去的时候，还在担心生下来的孩子会不会被它们踩死。等我睁开眼睛的时候，孩子没了……"妇人说到这里，好像已经说不下去了，赶快收住嘴，"事情就是这样，我生了一个女儿，长相不知道，连名字也不知道。"

"你的夫君呢，也不知道？"女泪有点心酸。

"应该知道吧，孩子就是他抱走的。名字应该也会取一个，却从来没告诉过我，也没法告诉我。"妇人叹了一口气，问女泪，"你呢，刚才问你的话，还没说呢！”

女汩给自己和女姰随便编了两个名字，说自己是被玄溟部抓走的，现在趁乱跑了出来，路上怕出事，所以不得不装成这个样子。

妇人微微一笑：“姑且信你一回，再说，我也不该多问。如果说是躲避玄溟士卒，我这里倒是很安全，你们可以多待几天。”

“为什么?”女汩问。

“玄溟部首代代相传一句遗训，‘切勿触怒水中的女神’。我这里是悬泽女侍的神祠，也是水中的女神神祠。日后，如果苍梧告破，全城上下唯一还能完好无损的，大概只有城里的少司祠了。”

妇人看了女汩一眼，女汩心里一慌，这明显是有所察觉的眼神。正在这时，女姰料理完了，从里面走了出来。妇人站起身来，对两个人说：“你们今晚就住在这里吧。有什么事，过了今晚，明天再说。”

她把女汩和女姰领到偏殿安置下来，随后掩上门走了。两个女孩子入睡之前，话题就离不开这个女人了，聊了半天，也没个结论。女汩把女人在这里生孩子的事，告诉了女姰。女姰听得也很揪心。两人一致的意见是，千万不要嫁给这样的男人。

“嫁”这个字，一下子又触动了两个人的心事。两个人不说话了，默默想了起来。

临睡之前，女姰想的都是季后，她很担心季后找不到这里，永远都找不到。

想到这里，她赶快同女汩商量。两人决定，明天一早就离开这里，寻回昨天的来路，顺着来路，说不定能碰上季后他们。

她们睡熟之后，妇人来看过她们一次。她的目光久久地停留在伪装成瘢脸的女姰身上，有好几次，她都想伸出手去，但是，伸到一半，又收回来了。她退出屋子，走到两匹马的身边，拍着马的脖子，轻声地问：“你们要能开口就好了，我想知道的事情，现在就可以问问你们。”

七

第二天，两人醒来，妇人请她们吃过早饭之后，两人就说起告辞的事。

妇人点点头：“你们既然有事，我就不留你们了。好在这里离苍梧也不远，紧走慢走，也就是一天的路程。”

女汩说了些日后回报之类的客套话，妇人听了只是一笑：“你们要想回报我，做好一件事就可以了。那两匹马，你们可要好好对待。我昨天看了看，缰绳太紧了，你们最好松松。”

两人答应着，就跑到院子里整理起来。妇人看她们笨手笨脚的样子，知道这两人平时根本就没做过，就笑着说：“还是我来吧。”

几个人正在整理，就听到门外有马儿嘶鸣的声音。女姰停下手，听了一会儿，突然兴奋地告诉女汩：“是季后，他们找到这里了。”也不等女汩一起，拔腿就跑了出去。

妇人吃惊地看着，问女泪："这女孩听到什么了，这么激动？"

女泪忍住笑说："待会儿就知道了。"她抬头朝门口看去。过了一会儿，果然看见女娠领着季后和陆离俞走了进来，一路大声说笑。女泪笑着回过头来，正想跟妇人说说是怎么回事。

脸一转过，就被眼前的景象吓了一跳。

刚才还满面和善的妇人已经背转身子，浑身发抖，好像被什么东西气到了不可忍受，接着，她就是一声怒斥："少司神祠，怎么能够容许男人踏入？"

女泪想起来了，刚才一高兴，忽略了一条禁律，少司祠是不允许男人进入的。她赶忙叫两个男人出去，留下女娠一起给妇人道歉。但是，好像已经晚了，不管她们怎么解释，妇人都不肯原谅她们。

"别说了！"妇人依旧背着身，声音发抖，"一点规矩都不懂的女孩子，还留在这里干什么，快点出去，我不想再看到你们了。以后，你们也不要再到我这里来了。叫你们的父母，先教会你们做人的本分。"说到"父母"两字，妇人的声音明显支撑不下去的样子。

一通怒骂下来，女娠和女泪只能交换一下愕然的眼神。两人无奈，只好转身离开。

"记住，把门给我带严，两个男人碰过的门，我不想脏了我的手。两匹马，记得牵走。"

"她怎么这么见不得男人？"女娠问。

女泪开始也很愕然，后来想起昨晚妇人说起生孩子的事，就叹了口气："怪不得这位太长，我要遇到像她那样的经历，我也会痛恨男人一辈子的。"

女娠听了，也没多问。她现在一心想知道的是季后昨晚的经历。搞不清楚状况的季后两人还在发蒙，看到两个女孩出来，就迎了上去。女泪冲着两人点点头，一一问候了，连陆离俞在内。

陆离俞有点吃惊，这位长宫从来都不会这样，今天态度有了变化。

女娠问季后："你们是怎么找到这里的？我们还打算天一亮，就去寻你们呢！"

季后把手里捏着的一根枯草举到女娠眼前："我们一晚上，都在跟着它走，到这里它就停下了，我们想你们应该在这里。"

女娠看看枯草，还以为季后是在开玩笑，正想说，有这种事，别逗了。

妇人的声音从里面传了出来，听起来有点凄厉，几个人心里都是一颤："你们怎么还不走？快点走！"

季后安慰两个一脸茫然的女孩说："我们还是走吧。不知道我们两个怎么得罪这位妇人了。"这一句话是问女泪的。

女泪想，也只能这样了。她看了看前面，说："这种事情多想无益。既然太长说苍梧城已经不远，我们还是赶紧出发吧。有什么事，到了苍梧再做商议。"

几个人上了马，朝着妇人指点的方向跑了起来。

264　　一天工夫，他们看到了苍梧城，也看到了围在苍梧城下的玄溟部队。他们上了一个高地，发现玄溟部队和苍梧城之间，竟然有数十里的空阔地带。

女汩想，大概无支祁还没有真正开始围逼，所以才会有这么一块空地。既然这样，肯定能够找到一个空缺避开玄溟的军队，进入苍梧城。她仔细查看了一下，果然在玄溟的包围圈里，发现了一个缺口。

"我们就从那个缺口闯过去。"她对几个人说。说完，她就带头骑着马，朝着缺口跑去。

玄溟的士卒好像正在休整，即使远远地看到了几匹快马，也没什么反应，只是懒洋洋地吆喝几句："跑啊，跑快点，几天之后，老子就会进城收拾你，女的奸，男的杀。"

进入空阔地带，女汩就兴奋得大叫起来，把身上装乞丐的东西扔了个干净，也叫女姁弄干净。迎面正好来了一队雨师妾的士卒，他们到了近前，发现竟然是一直失踪的长宫。女汩在军队里待过很长的时间，所以士卒们大多都认识她。

女汩立刻恢复了长宫的气派："我要带着这几个人见见帝父，你们带路。"她以为令出必行，没想到几个士卒面面相觑起来。

"怎么回事？"女汩厉声斥责道。

"禀长宫，现在的情况是……"

还没等他把话说完，一匹快马从远处奔来。

女汩看见来人，也是一阵高兴："司浤部首，你来得正好。"

司浤赶紧下马施了一礼，上下看看女汩，好像没什么大碍，说道："长宫安然归来，帝应该放心了。这段时间，可把帝急坏了。"

女汩知道司浤是有了家室的人，对自己的情分应该再无波澜，但是见面之后，还是有点不好意思，为以前一直没有表白过的情意。但这时也顾不了许多，爽快地说："我也一直想念帝父，正想带几个朋友去见他。想叫你的士卒带路，没想到他们还不乐意。"

司浤笑道："这不怪他们，现在的情况……"说到这里，司浤的脸色也纠结了一下，显得很犹豫。女汩心里一紧。她从未看见司浤有过束手无策的时候，现在怎么也是一副吞吞吐吐的样子。

司浤也意识到自己失态，很快就掩饰起来："还是我来给长宫领路吧，帝应该也急着见你！"

他上了马，然后朝女汩身后看看："这几位是……？"

女汩把几个人一一介绍，司浤跟众人一一见礼。看到陆离俞的时候，他有点意外，他记得这人好像是女汩的一个跟班，现在怎么跟长宫并排骑在马上。不过，他对女汩一向都是摸不准的，所以也懒得多想。

陆离俞在雨师妾的军营里待过，司浤的名字是如雷贯耳，但从来没有亲眼见过。今日一见，不禁大为叹服，英姿挺拔、襟怀坦荡，不愧帝丹朱手下第一名将。从女汩对司浤的态度上，他觉得两人之间应该有过什么。

季后也是一脸的赏识，觉得对方应该是个人物。

265

女婳却很淡然，她心里只有季后，其他男人对她而言，也就是个会说话的两腿动物。

一路上，司泫都在和女泪闲谈。每次女泪问到帝丹朱的情况，司泫总是遮掩过去，这让女泪越发觉得不安，于是连声追问，追问到最后，甚至带上了点长宫的骄蛮。

后面跟着的几个人都替司泫担心，女泪的脾气他们是知道的，接下来会不会就是撕破脸皮的臭骂？

司泫长叹一声："我只能跟长宫这样说，如果你看到了什么，请千万不要忧思过度，一切自有其因，也当自有其解。帝会安然无事的。"

女泪完全没听明白，心里却有了一个念头：难道是姬月做了什么？

"司泫部首所说的，难道是暗示帝后有所不轨？"她问。

司泫苦笑一声，说："见过帝，你就什么都知道了。"

女泪更加按捺不住了，一入苍梧城门，也没怎么减速，直奔朱宫而去。帝丹朱的住处是以自己名字的尾字命名，所以叫朱宫。

季后等人紧紧跟在后面，司泫开始也跟着，后来就慢慢落下了。

到了朱宫，女泪急急地下了马，连季后等人都顾不上，直朝帝丹朱的住处跑去。侍卫女仆一看到女泪，都是一脸惊异，但是也不敢拦阻。

女泪一路上都很顺利，奔到了帝丹朱平时休息的寝殿。

她推开门，吓了一跳。

帝丹朱正坐着，一身的病态，正颤颤巍巍地从一个女人手上接过一碗什么东西。

那个女人，女泪开始以为是姬月。女人抬起头来，她才吃惊地发现，竟然是司泫的妻子——女与，她在司泫的婚礼上见过这个女人。

当时的感觉说不清楚是嫉妒还是羡慕，现在一见，只剩下了吃惊：司泫的妻子怎么会到了帝父的身边？

女与一见到女泪，露出惊喜的模样，赶快摇了摇帝丹朱的胳膊："你看，谁回来了？"

帝丹朱回过头来盯着女泪，眼神苍老而陌生，好像隔着一个人世。

女泪心里一寒，她日夜期盼，没想到迎接自己的，竟然是这样一道目光。

帝丹朱的眼珠缓缓转动了几下，好像终于有了意识："哦，是泪儿吧，你回来了？这几天，你去哪里了？"

女泪正想上前倾诉一番，没想到帝丹朱转脸看着女与："与女（雨师妾部从事宫中事务的女人，都是称呼某女），女泪回来了，你安置一下吧。我累了，得去休息了。"说完，帝丹朱借助女与的搀扶站了起来。

女与歉意地看了女泪一眼，扶着帝丹朱进了内室。

女泪站了半天，也没有等到帝丹朱再次出现。

"哟，你回来了。"女泪听到身后有女人的声音，是姬月。

虽然心情还是愕然，但是基本的礼节还是没忘，女泪转身施礼。

姬月上上下下打量了一下女汨："还好，路上应该没遇到什么吧。战事一结束，你就不见了。你帝父派人到处去找你，一直没找到。"

姬月看了看帝丹朱和女与消失的地方，冷冷一笑："刚才的情况你也看到了，你的帝父完全掌握在这个女人的手里。我是搞不明白了，这个女人有什么本事，我做不到的，她却易如反掌。你帝父以前怎么对我的，你是一清二楚，现在碰到这个女人，你帝父一刻都离不开她。"

女汨听到这里，再也忍不住了，劈头盖脸地问了一句："把这个女人送到帝父身边的人，是不是你？"她以为此言一出，姬月会翻脸抵赖。这个她倒不怕，等的就是这个。

没想到姬月语调反而更加柔和："是我。我想你帝父既然不要我了，身边总得有个女人，不为别的，就是照看一下。完全是出于好意，弄成今天这个样子，我也没想到。现在，连我要见你的帝父，都得这个女人同意。"

"好意？我看是为你自己打算吧。帝父病成这个样子，肯定管不了你，你爱做什么，就可以明目张胆地去做了。"女汨愤愤地说。

关于姬月的私情，她早有所闻，只是一直不知其详。现在看姬月的样子，她认为姬月之所以愿意让另一个女人出现在帝父的身边，肯定和自己的私情有关。

姬月还是不生气："你爱怎么想就怎么想吧。现在兵临城下，争这些还有什么意思？我倒是替你着急。你帝父这个样子，看来是带不了兵打不了仗了。我哥的兵马虽然齐全，不过，我哥那个人你也知道，胆小怕事，估计玄溟军队一到，他只会拔腿就跑。苍梧城是守不住了，你要不想被玄溟抓走……"

姬月亲切地拉起女汨的手："就跟我回女和月母吧。好歹也算母女一场，虽然你一直不把我当你娘，但是我还是愿意替你帝父照顾你。"

"跟你走，你再把我送给河藏的元图？"女汨冷笑一声。

姬月撇了撇嘴："我是来看看你帝父的，不是来跟你斗嘴的。话说尽了，我这份心意也就算到了。接下去怎么办，就是你的事了。"说完，姬月转身就想走，又停住了，"刚才这话……你怎么知道我想把你嫁给元图？"

"该知道的，我都会知道，藏多久、藏多深，都没用。"女汨发狠地说。

"真有股狠劲。"姬月赞叹一声，这才转身走了。

女汨又等了半天，帝丹朱还是没有出来的意思，她只好怏怏地转身离开了。

第十二章

一

女泪带着陆离俞三人进了自己的住处，就是朱宫附近的少司祠。自待嫁之龄起，女泪就住在里面。虽然帝丹朱不太乐意，但是女泪却很坚决，她真正的目的就是躲避姬月。在朱宫里住着，整天都得碰面，烦心的事一大堆。

女泪进了少司祠之后，一大批侍女也就跟了进来。女泪平日待这些侍女，就像率领一支军队，杀伐果敢，恩威并重，这批侍女被训练得整齐肃练，唯女泪之命是从。就算女泪随着帝丹朱出征，众人也不敢有一丝懈怠。女泪回来看到的，跟她离开的时候，几乎没有什么差别。

女泪叫来侍女，吩咐替季后几个人安排住处。陆离俞还算是跟班，得住到奴仆的房间，可女泪觉得不太合适，她还记得季后一直管陆离俞叫末师，虽然还没问过原因，但是把季后叫作末师的人送进下房，不是叫季后难堪吗？

她还在犹豫，季后主动开口了："请长宫随便安排。离俞末师住哪里，季后也住哪里。"

女泪正好借此下坡，要不然还不知道怎么安排季后呢。于是，她叫侍女带季后去了一间干净的客房，然后对陆离俞说："你是他的末师，你就跟他住一块儿吧。"

她又亲热地对女姁说："你就住我这里了，我叫她们铺张床。"

安排妥当，大家多日奔波，分头歇息去了。

入睡之前，陆离俞对季后说道："这位长宫去见帝的时候，意气风发，出来的时候，却是意兴阑珊。不知道在里面发生了什么。她本来打算向帝引见女姁，现在又不提这事了。看来是帝出了什么状况。"

季后想了一会儿，道："可能是战事紧迫，帝无心于此，女泪长宫也就只好不提此事。"

因为多日劳累，直到第二天中午，两人还没睡醒。女泪带着女姁，到房间前看了好几回，没有忍心叫醒他们。

直到下午，两人才算睡了个畅快，几乎同时睁开眼睛，然后，几乎同时看到站在门口的两个女子。

"醒啦。"女泪温和地打了个招呼，还露出了少女甜蜜的微笑，差点把陆离俞感动到从床上跌到地上。

"我叫人给你们送点吃的东西。"女泪一脸关切地说，"吃完之后，有人会把你

268

们带到礼乐宫，我和女姁在那里等你们。"

直到侍女把饭菜端到他们跟前，陆离俞才从一直昏眩的状态中醒来。季后则冷静得多，还给了他一个不屑的眼神。

陆离俞匆匆忙忙地吃完了饭。季后倒是不急，吃起饭来也是一副修行者派头，一口一口细嚼慢咽。陆离俞催他，他也不改其态。催得急了，他就慢条斯理地回了一句："你急啊，你就先去啊。我辈修行之人，常思一饭一羹，都是天地之恩，岂能马虎，岂能草率？"

陆离俞只好干等着。季后的事儿还不少，又要来洗脸的家伙，把自己收拾了一遍，然后招呼陆离俞也来洗洗。陆离俞冲上去就是一拳，被季后轻轻巧巧地挡住了，哈哈一笑："好了，不洗就算了，我们走吧。"

礼乐宫是供奉悬泽女侍的正殿。每年到了悬泽女侍归泽之日，苍梧的帝族、贵族，还有各地部首的女子就会聚集在这里举行盛大的祭奠仪式，女姁就是主持祭仪的人。里面庭庑广大，阁拱高深，人一进去，就会肃然起敬。

陆离俞和季后一路上还很放松，到了礼乐宫却连说话也不敢大声。

"神祠里也无可以娱乐之处。今天，就带几位看看我们这里的一些摆设，日后提起，也算异闻。有此异闻，总是没有白来一趟。"女姁居然客客气气地说。

她引导众人朝着殿阁深处走去。虽然是祭祀的神祠，但并没有摆设神像，因为神还居于悬泽之中，供奉任何神像都是亵渎。唯一象征神的东西，是一幅镶嵌在正堂的壁画，据说是始祖某日亲手所画。始祖归去，就移入了少司祠。

女姁告诉几人，壁画上画的是始祖亲眼目睹的异象。大家都很好奇，还以为会看到什么特别的东西。结果，看到壁画时，大家都有点失望。

壁画上只有一横一竖两根朱砂线。横线在中间，横贯整个竖线，看上去就像一个刚刚学会用笔的儿童，随便画出来的两根线。唯一不太一样的地方，就是两根线遒劲有力，不太可能出自儿童之手。

"觉得怎么样？"女姁问众人。

几个人面面相觑，不知道该说什么，毕竟这被对方视作神圣，说什么好像都不太合适。

陆离俞倒有一个想法，不过估计这里的人都不能接受，这不是基督教所信奉的十字架吗？怎么会出现在这个地方？但是全瀛图的人，可能连十字架是什么都没有听过。

他仔细一看，发现这个东西和十字架还是有些不一样。基督教的十字架是横短竖长，两者交会的地方是在竖笔的上方。眼前的十字却是等臂的横竖两条线，交会的地方是在横竖的中间。

他记得选修西方考古史的时候，曾经学习过十字架的起源。一般的理解，都是认为十字架是起源于古巴比伦人对太阳的崇拜。难道他现在看到的，是瀛图的太阳崇拜？

关于十字架来源于太阳崇拜的理论，他一直半信半疑，因为其中有一个部分是难以解释的。太阳是圆形的，出于什么样的考虑，才会把圆形的东西，描绘成一横一竖？

他忍不住问："这画的是什么？"

"我也不知道这是什么。"女汩摇了摇头，"我也问过帝父。帝父说他也不知道。能知道这个的，只有深藏在悬泽的始祖了，这是他亲手画出来的。不过，我请各位来，不是要说这个。大家先坐下吧。"女汩说着，把几个人带到附近的休息室坐下。

女汩说："我将各位请来，是想倾心相诉。我昨天见过帝父，帝父的样子……我也不知道什么原因，我记得离开他的时候他还好好的，现在连喝点东西都得靠着个女人。"

女汩接着说："玄溟部兵临苍梧城下，不日就要攻城。此时，帝父却病入膏肓。我女汩虽然柔弱，但也不忍帝父之城落入玄溟手中。我唯一能够依靠的，只有几位。几位是否愿意和我生死与共，直到城破人亡？"

陆离俞在雨师妾待了那么长的时间，耳闻目睹，自然清楚女汩的困境。雨师妾本部落损失惨重，有生力量只有姬月哥哥危其的军队，苍梧肯定掌控在帝后姬月手里。姬月不怎么关心苍梧的死活，甚至连帝丹朱的死活，她也应该不怎么在意。

来的路上，趁女汩不在，女汩和姬月之间的关系、姬月与帝丹朱的关系，都是他和季后、女娼闲谈的话题。所以，季后和女娼也清楚女汩的困境。

"这个自然。我鬼方季后，还有鬼方末师，都愿意听从长宫调遣。"季后一脸豪迈地说，顺便也拉上了陆离俞。他想陆离俞应该不知道怎么表决心，陆离俞的地位还很模糊，他和女汩之间的关系到底是主仆关系，还是朋友关系，一直还没个决断。

陆离俞赶紧跟了一句："不管长宫以前当我是谁，现在都请放在一边，只把我当作一个有用之人，一个能尽一份心力的有用之人。"

女汩点点头，心想：这人真是不改其性，即使到了这个地步，说话还是这个样子。她把目光投向女娼。考虑到女娼和季后的关系，如果女娼能答应，季后应该更有决心，季后才是她真正想要依靠的人。

女娼没说答应，她觉得没必要。几天下来，她和女汩已经亲如姐妹。她只有一个更现实的疑虑："只是我们几个？绵薄之力，能杀几个玄溟士卒？"

女汩倒是一脸轻松："各位愿意相助，就是女汩最大的期望。至于用什么方法，各位不必担心。到时候，只要听我女汩的派遣就是了。帝父每战之后一定要找出上一战成败的原因，然后才知道下一战如何筹划方有胜算。你们先来帮我找找看看，都穆之野之战我军到底败在哪里？"

二

都穆之野之战雨师妾败在什么地方，其实陆离俞和季后已经讨论过了。季后请陆离俞来说，大概是想改变陆离俞在女汩心中的印象。

陆离俞也就顺水推舟，这样或许女汩会觉得又多了一个可以依靠的人。

陆离俞讲完了之后，女泪又问了几句，陆离俞一一作答。女泪知道了原因：都野之野之战，胜负手是黔荼。他暗算了帝丹朱一把，把帝丹朱依赖的尸军，变成了击败帝丹朱的利器。

"黔荼可能还会再用一次尸军，这该怎么破呢？"女泪问。

"长官不必担心，破尸军的人就在眼前。季后，你说说。"季后就把那晚发生的事说了一遍，他用定尸火定住了尸军，只要火不灭尸军就会一直停在原地。即使被人破除带上战场也无大碍，如法炮制就是了。

"可惜，我的法力还不足以除掉黔荼，不然，就是一了百了，断了这个祸害。没有异术相助，雨师妾和玄溟之间，不是不可一战。自古作战，攻城最难。昨日，进入苍梧的时候，季后看了一下城墙，高耸坚严，令人望而生畏，要想攻破，绝非轻而易举。"季后说。

女泪点点头："我也想到了这点。有城墙为盾，再激励士气，我雨师妾至少不会一战即溃，应该能相持下去。玄溟部众都是荒海蛮勇，喜欢待在海上，陆地作战，本非所长，也非所愿。相持日久，肯定心生厌倦。那时候，就算无支祁如何残虐，恐怕也阻挡不了手下的归海之心。士气一散，离溃败就不远了。所以，我雨师妾应该依托坚城与玄溟相持。"

陆离俞对面前侃侃而谈的女子，满心敬佩，难怪帝丹朱会心疼这个女儿，宁愿举国为战，也不愿意将她许给无支祁。隐约之间，他仿佛看到了郁鸣珂。

陆离俞用力摇了摇头，退一万步讲，她是郁鸣珂转生，现在她也是高高在上的长官女泪，还是不要胡思乱想。

女泪接着说："黔荼肯定不会善罢甘休，如果再有其他的未知邪术，那才叫人无法应对。最好的办法，当然是除掉这个人。这方面有没有什么办法？"

季后摇了摇头，说："地炼术士都有气御之术。"

他解释了什么是气御之术，然后补充说："能够卸掉气御之术的，只有地炼宗师，其他人没有办法。"

"难怪，我能咬死怪兽，就是咬不死他。"

大家都为同样的问题犯难，直到有人急匆匆地走进来。

女泪抬起头，看清进来的人，高兴地喊了一声："凿天，你知道我回来了？"

凿天跑到女泪面前，一脸疲惫，见到女泪单腿跪下，差点就哭起来了："长官，你可回来了。我这几天到处找你，怎么都找不到。得知你平安回来，就赶快来见你了。你怎么不早点回来？帝父他……"

"我知道。"女泪扶起凿天，"你别急。我正在想办法，你来得正好，把情况跟我说说。我现在两眼一抹黑。"

凿天说，帝丹朱完全被司法的老婆给控制了，就想着和司法的老婆鬼混，一点也不操心打仗的事情。军权已经全权委托给了司法。连一向傲慢的姬月也显得很合作。危其本打算撤兵了，但是司法出面之后，危其就留在苍梧城里虚张声势。

女泪听了之后，一阵沉默，然后说："我一直很相信司法，不过我还是得去问问他。凿天，你跟着我。"

陆离俞三人就在原地，等了半天，女汩才带着凿天怏怏地回来，半天不作声。其他人察言观色，不敢问是什么情况。

女汩又站了起来，说："我还是很相信司汯，不过有件事，我必须得去问问他。"她一个人也不带，又走了。

几个人问凿天怎么回事。凿天一脸鄙夷地看着他们，意思是：凭我跟长官的关系，会告诉你们吗？

女汩终于又回来了，不过还是老样子，沉默了半天，说了一句："到底该不该相信司汯，我也不知道。还是去问问吧。"然后，又出去了。

事不过三的定律发生效应，女汩第三次回来时，已经一脸平静。

"我不该怀疑司汯。"她只说了这么一句，把其他人都打发走，说自己要想事情。

此后的几天，女汩都在苍梧城里跑来跑去。她抱歉地对季后说，请季后自己带着女姁到处转转，有什么事情，就说他们是女汩的客人。

三个人结伴在城里逛了几天，看到慌乱的景象，听到慌乱的流言。从中，他们得知女汩处境艰难。

女汩手中没有部众；帝丹朱神志不清地被女与挟持，女汩始终没能见到帝丹朱；女汩拜见其他部首，得到的态度全是模棱两可。

得知情况，几个人不禁为女汩着急起来。

三

一天的深夜，陆离俞和季后两人正在熟睡，被人推醒了。睁开眼睛一看，女汩和女姁就站在床前。

"快起来，"女汩说，"我们一起去做一件事，有可能改变整个战局。"

陆离俞穿衣服的时候，心想，做什么大事，就能改变战局？

门外还有两只长了翅膀的飞禽——乘鸾，陆离俞记得被抓进帝丹朱的军营时，就见到过能飞天的乘鸾。这几个人，加上两只飞禽，看来就是女汩能够调动的全部人马了。

她一指其中一只乘鸾，对陆离俞和季后说："你们两个，上去。"然后拉过女姁亲切地说："我们两个去另外一只。待会儿，你把着我的腰，不管飞得多高，都不要放手。"

等到大家坐稳，女汩拍了拍手，说："凿天，你带路，我们跟着。"

陆离俞一头雾水，不知道是去哪里。不过，坐在乘鸾背上的感觉却很奇妙，他担心自己坐不稳，后来发现担心真是多余。他一坐上去就成了乘鸾身体的一部分，就像一只翅膀，一起运动自如。翅膀会担心自己从鸟的身上落下来吗？

另一个问题曾经让他心悸，就是高空气流的寒冷。自己的凡人体质，升上高空会不会冻成冰棍？结果是高空的空气温暖如春，一点也感受不到想象中的剧寒。

他举目四顾，想起以前读过的《楚辞》，正在陶醉中，前面月光照耀之处，隐约地出现了一座险峻的高山。

女汨说："下面，大家跟着我上山。凿天，你把兵刃发给大家。"

凿天解开身上的包裹，把里面的兵刃一把一把地发到众人的手里。

"这是哪里？"陆离俞拈了拈手中的开刃，觉得杀伤力够强。

"少言山，季后应该知道。"女汨回答说。

季后点点头："少言山是地炼门的一处修行地，这是黔荼的修行地？"女汨点点头。

"我们到这里来干什么？"陆离俞问。

"司泫来过一次，上次是想除掉地炼门的施法之人。虽然砍掉了几个木偶头，但对战场的形势却没什么作用。司泫觉得自己是不是还有什么地方忽略了，忽略的部分或许才是关键。如果能找到地炼异术的关键破解掉，仅凭玄溟一部，是没有办法攻破我苍梧城的。"

女汨急切地看着众人："明天，司泫就要召开军前会议。玄溟的战书已经送来了，约定三日之后开战。最终能否取胜，就看今晚我们能发现什么了。"

"话是不错，可是为什么不飞过去？这样爬，要爬到什么时候？"陆离俞问。

"凿天试过了，飞不进去。"

"凡是神鬼天地的修行之所，都有气御，以抵御任何御气之物。鬼怪神灵比比皆是，大多御气而为。为了抵御御气邪物的骚扰，修行之地也会设置气御。"季后毕竟出身鬼方，讲得头头是道。

爬到半夜，陆离俞担心，如果有残余的地炼术士，是不是就得打上一架。他悄悄地问女汨。

女汨鄙视地看了他一眼，然后告诉他，估计里面没人了，上次司泫就清剿过一次，只砍倒了几块木头。凿天也在远处看过几次，不见有人出入，不然，她不会把女姆一起带来。带上刃器，只是以防万一。

上山之后，女汨指点了一条近道，这是司泫告诉她的。司泫那次下山，是独自一人乘毕方巨鸟离开，他的几个部下却是慢慢走下山来。回来之后，他们告诉司泫，下山的时候，他们发现了一条近道。司泫当时记住了。等到女汨三顾府宅的时候，他跟女汨谈话的内容之一，就是少言山之行，顺便把这个近道告诉了女汨。

那时，女汨就有了上少言山的计划。她选定的上山途径，就是这条近道。

沿着这条近道，几个人总算在黎明来临之前，到了司泫来过的神祠前。

陆离俞突然迈不开脚步了，季后催促着他，他还是在门口犹豫。

"怎么，你害怕了？"女汨问。

陆离俞摇了摇头："不是害怕，是比害怕更奇怪的感觉。我感觉自己好像来过这里。"

"那就好。"季后一推他，"既然你来过这里，那就替我们带路吧。"

陆离俞跨进门槛的时候，那种感觉变得更明晰了，是他踏入某个地方的时候特有的感觉，但他想不起来这种感觉源自哪里。

女汨见他还迟疑在门口，狠狠地瞪了他一眼。他赶快迈开脚步，跟在大家的背后。

女汨率先走进司泫跟她提过的密室，一眼就看到了那个地理模拟沙盘。

司泫告诉她，地炼门的术士用的是以相置相的办法。

例如，想要缩短两军对垒的距离，就造一个和实景一模一样的模型，然后对着模型施法。

司泫上次看到的地貌模型，很像缩小的都穆之野。

如果地炼门的术士想在苍梧之战中暗助玄溟，那么模型应该是苍梧城和周边的地貌。

但是，出现在她眼前的地貌模型，压根不是苍梧城。女汨也看不出来这是瀛图的哪里。

她让季后他们也辨认看看。这几个人当中见识最多的就属凿天，他没事就飞在空中四处游历，河海泽荒，能去的地方基本上都去过了，但是就连他也说，没有见过这样一个地方。

女汨犯难了，难道这个模型和战事一点关系都没有？

陆离俞也看了两眼，但也一样茫然。

女汨只好说："大家都四处搜搜看，看看能发现什么特别的东西。不管什么样的，可能都会与这次战事的成败有关。"

几个人四下分散，陆离俞忽然哎呀了一声，好像撞到什么东西上了。

几个人急忙跑了过去，问他怎么回事。

陆离俞连忙解释说，刚才不小心撞到了石壁上，痛得受不了，所以叫了一声。

大家又搜了一会儿，这时天已经渐渐发亮了。一个晚上忙碌下来，什么收获也没有。

女汨叹了口气，今天大概只能这样了。

她招呼大家赶快下山，司泫还在等着她的消息。

凿天指着沙盘上的模型问，这个东西该怎么办？

女汨开始想把它搬走，后来又放弃了。这么笨重的东西，带着实在是不方便。于是，她吩咐凿天说："把它砸了。说不定是地炼术士施法的工具，砸了比留着好。"

凿天从地上抱起一个大石块朝沙盘砸去。模型还挺硬，连凿天这样的神力，都要砸好几下。

陆离俞在旁边仔细地看着。他不是想帮什么忙，而是要在模型被砸碎之前，看清记住它的模样。虽然不清楚模型为什么出现在他面前，但是，他想说不定这个记在脑子里的东西就会有什么用处。

他之所以会有这样的想法，是因为他刚才藏在袖子里的一件东西。

一把枪。

刚才的哎呀，就是因为他突然摸到枪时，大吃一惊忍不住发出的声音。

四

"那把枪，没了！"小李气喘吁吁地跑进 G 局大楼，推开领导办公室的门，连基本的敲门都疏忽了。

在那幢鬼气森森的破楼里面，他几乎不眠不休待了整整五天。他以为只要一天就有结果，没想到会等这么长的时间。

除了必要的睡眠之外，他的眼睛几乎就没离开过那间房，每一个微小的动静都会引起他的一番搜视。每隔一段时间，他都会拉开抽屉看看枪是否还在。

机械的重复不知道进行了多少遍，搞得他自己都快神经质了。终于，今天早上，他拉开抽屉——枪不见了。

领导听完之后，倒不像小李那么激动，而是要小李再次去确认。那个房间是装了视频监控器的，小李实在撑不住的时候，就只好靠视频监控了。领导要求小李把这五天的视频完完整整地查看一遍，再把结果告诉他。

一天之后，小李再次出现在领导的办公室，这一次，他要平静得多。他说："已经确认过了，没有任何人进入过那个房间。"

"那好。你先出去一下，我打几个电话。"

第二天，小李就率领着一队人马来到了海洋工程研究二所。他们携带着各种设备，开始执行小李和领导商定的计划。

计划第一步就是内部的数据化探测。按照 3D 建模，配以 3D 影像构建的标准，将整幢大楼进行数据化的处理，为下一步的 3D 模型准备基础资料。

计划的第二步就是 3D 建模。建成后的 3D 图像要能包括大楼里的每一个细节，尤其是那套几乎布满了整幢大楼的电子元件，看着最终组成的到底是什么东西。以前，大家都简单地把它看成是一个电子信号发射装置，只是发射的信号令人费解。现在看来，这个想法过于随意，真相或许就在其中。

计划的第三步：3D 模型制作完成之后，所有的电子元件都将编号拆除。大楼一干二净之后，这里的每一件家具、每个摆设、每个布置……种种细节都会被一一勘查，重新审视，以期能够发现一直忽略的东西。

所有参与的人员都是专业人员，不仅有效率，而且出手精准。几天之后，就顺利完成了计划的前两步。当计划进行到第三步时，终于有了一个令大家震惊的发现。

在大楼的一个房间的墙壁上，发现了一个符号，是用天然的朱砂涂抹成的。

开始，大家都以为它是涂抹在墙壁上，后来才发现这个说法不准确。有符号涂抹的石头明显和墙壁整体的材质不同，所以，准确的说法应该是一块涂抹了符号的石块镶嵌在墙壁上。

大家小心地取下石块，力图完整地保留石块的原貌。中国历史上，朱砂作为装饰原料起源很早，应该是在史前时期。从这一点来看，这个符号有可能属于史前时期。但朱砂也是一种常见的颜料，现代人也有可能用朱砂涂抹这样的符号。

唯一的办法，就是将朱砂取下部分送往考古研究所，看看他们能不能确认这些朱砂的年份。

石块也让大家兴趣十足，怎么看都像是陨石，它的色泽、形状、硬度明显地不同于常见的石头。至于是不是陨石，要想证明也很简单，只要把石头运往地质研究所就行了。地质研究所的报告不仅会确认是不是陨石，而且会进一步确认它是来自什么星体，以及它和地球发生撞击的时间。

至于那个符号，开始，大家以为是基督教常见的十字符号。

深入分析之后，大家都觉得这个结论有点勉强。有点宗教学知识的人都会发现，这个十字不是基督教常见的类型，是一个等臂十字。

不过，有人认为基督教流派众多，有些流派或许用过这样的符号。可能哪个基督教流派在中国发展了一批信徒，它们的符号就被信徒画在了墙上。

还有一种可能——现代很多神秘团体都是披着基督教外衣的，能把基督教里的东西，按照自己的需要进行改造。或许，其中有一个神秘团体就把常见的四臂不等长的十字架，改造成等臂的十字架。海洋工程研究二所既然和一个神秘团体的谋杀案有关，出现神秘团体的符号也不奇怪。

等到考古研究所和地质研究所的报告出来之后，关于基督教的推测就没有了。检测报告的结论是：十字并不是朱砂涂抹在陨石上的，而是陨石本身就有的石纹。之所以会给人涂抹的印象，是因为陨石年代久远，其中易风化的部分，例如红色的铁砂石部分，就会随着时间的流逝而成为粉末状，附着在石体上面，看起来就像是有人用朱砂涂抹在陨石上了。

另外，也测出了这块陨石的落地年龄，应该是在距今五六千年，也就是中国历史上的史前传说时期。

五.

关于等臂十字的猜测暂时告一段落，大家的精力都集中到 3D 模型上了，唯一对十字还有兴趣的就只有小李了。电子信号方面的研究，小李不太擅长，所以 3D 模型建模之后，他基本上就成了旁观者，只能等待结论。幸好，还有等臂十字，他才没有无从下手的失落感。

他想起了自己忽略的一份材料，是他从陆离俞的房间里搜索到的。时间有点久了，他不太记得材料的详细情况。于是，他调出这份材料，再一次仔细阅看。

材料的一部分是一张摘录了古文的纸，有郁鸣珂的一个签名。另一部分是陆离俞的审讯记录。陆离俞交代说，纸上的文字是他为郁鸣珂摘录的，都是《山海经》上关于十日竟出的传说。有段时间，郁鸣珂研究这个传说，他就帮她抄了这份材料。

小李又看了一遍陆离俞摘抄的内容：

　　　　女丑之尸，生而十日炙杀之。在丈夫北。以右手鄣其面。十日居上，女丑居山之上。

下有汤谷。汤谷上有扶桑，十日所浴。在黑齿北。居水中，有大木，九日居下枝，一日居上枝。

雨师妾……一曰在十日北，为人黑身人面，各操一龟。

——以上见《山海经·海内外九经》

东海之外，荒月支之中，有山名曰大言，日月所出。

荒月支之中，有山名合虚，日月所出。

——以上见《山海经·荒月支四经》

……

他放下材料，开始琢磨一个问题。

老张走了进来，看他这个样子，就调侃了一句："你又怎么啦？你这个样子，跟失恋了一样。"

小李半侧过身来，对老张说："你真是金口玉言，歪打正着。"

老张坐到自己的位置上，说："我是不是又点醒你啦？那把枪的事，后来领导跟我谈过了，原来真在他手里，不知道他想用来做什么。我问领导，领导居然说，他想做什么得问我自己，因为我的一句话点醒了你。"

"你是点醒我了。"小李说，"一模一样的两个东西，很可能完全不是一回事。你以为我失恋了，其实我想的是另外一回事。只是，从举止上看，我和失恋的人没有区别。"

"能详细谈谈吗？"老张爱理不理地说了一句。

小李哈哈一笑，站起身来出去了。起身的时候，他带走了有十字符号的陨石照片。

他拿着它去了陆离俞被抓走前任教的本城大学。这不是有意的，本城能够上得台面的大学就这么一个，其他叫大学的，其实都是职业技术学校，挂了一个大学的名字而已。

听了小李的来意之后，校长的眉头皱了起来，差点像个婆娘一样噘起了嘴。他半天没说话，心里直犯嘀咕：会不会跟上次一样，说是来问问题，结果问完问题又抓走一个？这样下去，影响多不好啊。我们还想申请211呢。

小李看出了校长的心思，赶快解释说，这次只是纯学术的拜访，不涉及其他的事。

校长听了，也没法拒绝，只好叫秘书去教务处看看，今天有课的教师里有教古代文化的叫一个过来。过了一会儿，一个四十多岁的中年人出现在了校长会客室。一进会客室，白了一眼校长，就坐到小李的对面。校长介绍了一下，就按照惯例带上门出去了。

小李把照片递给中年人，请他解释一下上面"十"字的含义。

"这得看十字出现的时期和地点了。"

四十多岁的教师说，一脸无精打采，大概对未来已经不抱任何希望了。他能捞到的好处，这辈子剩下的时间，都只能局限在这个三流大学。能捞多少，还得看那个娘娘腔的男性校长愿意给出多少。基于这种心态，要他很积极地面对小李的问题，几乎是不可能了。

小李赶忙问："有什么区别吗？"

"如果这个符号出现在中世纪以后的欧洲，或者欧洲的属国及殖民地，那就毫无疑问，就是基督教十字符号的变形。据说在希腊地区，以及地中海沿岸的东正教，使用的就是这种等臂式的十字符号。如果与我们所处的时代更靠近一点，就有可能是红十字符号。这个你随处都可以见到，没必要跑到这里来问我。"

"如果是早于你所说的时期呢？"

"如果它出现在更早一点的时期，例如，几千年前的两河流域地区，也就是古巴比伦时期，那么它的含义有可能有两种：一种说法是太阳崇拜，一种说法则是生殖器崇拜。一横一竖，表达的就是交媾的状态。这个我不用跟你详细去解释了吧？"

四十多岁的教师总算露出了一点笑容，这点小市民的趣味，几乎就是他现在能有的人生乐趣的全部了。

"如果出现在我们国家，几千年前呢？"小李问。

"那得具体来看。'十'这个字，到西周的金文时代，才成为数字符号。更早的甲骨文时期，也就是殷商时期，是有'十'这种形状的字，但它的意思不是数字，而是甲的意思，'甲乙丙丁'的甲，是排序分次的意思，不是数字。"

"那甲骨文里，是用什么表达数字'十'的呢？"

"甲骨文里，表达数字'十'的是一根竖线。你知不知道甲骨文表达数字的方式？从一到九，就是用横线来表示；从十开始，就是用一根竖线来表示。发展到金文阶段，才开始用一横一竖交叉，来表示数字意义的'十'。"

"如果更早呢？出现了'十'这个符号，那它会是什么含义？"

"更早的话，那就是夏朝了。这张照片上的东西是夏朝的？你发现了夏朝的文字遗迹？那可得恭喜你了。这张照片解决了考古学界至今以来，一直都在困惑的一个谜——夏朝在哪里？"

对方一脸夸张的表情，让小李意识到他的拜访是不受欢迎的。

小李有点尴尬，感觉再问下去对方也不可能认真对待了。他只好提出自己的猜测了："是不是可以说，如果在等同于夏朝的一个时期，发现这个符号，它的含义，可以用排除法来确定，它不可能是数字符号，而是另有含义？"

"基本上是这样吧，文字的发展是没有回头的现象的。从殷商到西周，'十'这个符号的含义，从表达次序，发展为表达数字。次序在前，数字在后，这个顺序不可能逆转。也就是说，后面这个数字的含义，不可能比前面次序的含义出现得更早。如果这个符号出现在早于殷商的时期，比如夏朝，它就不可能是数字的含义。"

　　小李马上问了一句："《山海经》里有一句话，叫'十'日竟出。如果是夏朝，或相当于夏朝的时期，'十'的含义，应该也不是我们现在所理解的数字意义上的'十'，对吧？"

小李没头没脑地问了这么一句，对方好奇地看着他。

他自然不知道小李此时的心理。小李想起从陆离俞那里搜来的一本书，书里夹着一张字条，字条上写着"'十'日竟出"。

"应该是吧。神话学界好像没注意到不合理之处，而且，这个神话流传太广，几乎等同于民族记忆，没人想到去质疑。不过，我倒是觉得你这个想法有点意思。"说到这里，中年教师暗淡的眼神里，竟然开始有了激动。

"我可以提供旁证，十日竟出是很奇怪的传说。不是说十日竟出奇怪，而是说就我们的文化模式而言，在设想极其严重的灾难的时候，竟会用到'十'这个数字。远古的思维和表达都具有模式化的特点，我们的文化也是如此。中国本土文化在表达极其严重这个概念的时候，一般采用的数字是九。"中年教师谈兴甚浓。

小李点点头。在中国文化中"九"表示极致，这是一种常识。

"所以，一个以九为极致的文化传统里，怎么会把与浩劫有关联的数字设定为十？按照我们的文化模式，应该说成是九日并出才对。"

"如果十日竟出的传说有问题，后羿射日的传说也是有问题的了？"小李问。

"是的。关于后羿的传说，本身就是矛盾重重。其中最明显的一个矛盾就是，后羿这个人好像有分身术，一会儿出现在尧舜时期，一会儿出现在夏朝，一会儿是尧的功臣，一会儿是夺了夏王权的逆贼。"

说到"逆贼"这个词，中年教师竟然兴奋起来，竟然有了股咬牙切齿的狠劲儿。中年教师盯着刚才校长消失的那道门，把这个词又重复了一遍。

怀才不遇的郁闷，看来找到了一个抒发的机会。现在的他，不再是一个当前教育体制下、饱受冷落的庸碌书生，而是正在颠覆中国陈旧历史观的前瞻巨匠。

他转过脸来对着小李，语气急促地说了起来：

"有可能真的是出现过这种情况，两个时代的确生活着同名的两个人。但更有可能，是后人在编辑《山海经》的时候，看到了十日竟出这句话。这件事，据估计，最早应该发生在西周时期。那时，'十'这个字的含义，已经是数字。'十'日竟出，就理所当然地被理解成十个太阳都出来了。这样就得有个解释，为什么这个世界只剩下了一个太阳？射日的神话就这样诞生了，十日就变成了一日。

"既然是射日，总得有个英雄吧，这个英雄自然是得以善射著称的。从夏朝遗留下来的传说里，正好有个叫羿的射手。羿就这样，由夏朝分身到了尧时期，也就是传说中的'十'日竟出的时期。"

"我理一下老师刚才的思路。从神话的发展学来看，神话往往起源于某个现象，然后再把它英雄化。从这个思路去分析，远古的某个时候，的确出现过某种称之为'十'日竟出的现象，在此后的发展中，再附会衍生出了射日英雄。"

对方点了点头，说："你还懂神话发展学，可以去考研了，就考神话学。"

小李没有理会这番略带挖苦的调侃，继续追问道："现在的问题，就在于'十日竟出'这个词所描述的，究竟是什么样的现象？还是用排除法，根据我们刚才讲的，它不太可能真的是一种灾难性的、十个太阳都出现的现象。"

对方又点点头，同时好奇地看着小李。片刻之间，改变历史的表情回落了，回落到了庸碌中年。他小心谨慎地问："你上次跟我校陆离俞教师谈过一次话。那次谈的，和今天谈的，有没有什么联系？"

小李心想，如果不把话说透，估计这位教师回去之后，一个晚上都会睡不着。翻来覆去都会想着——我是不是被牵连进去了？

小李坦白地说："是有一点关系。这个人已经越狱了，我们正在追查他的下落。今天就是想问一些情况，看看能不能找到追查的线索。"

"他去了哪里，你们现在还不知道？"对方果然放心了。他的判断是，如果我是疑犯，对方是不会跟我这么坦白的。

"不知道。"小李笑着说，"我们估计他去了另一个世界。因为，到目前为止，在我们这个世界，我们还没有发现他的任何踪迹。"

第十三章

一

从少言山回来的第二天，陆离俞找了个僻静的地方仔细地查看手枪。他刚刚摸到枪的时候，就感觉熟悉。翻来覆去地看了又看，他还是不敢相信，这就是那把他从两个尸体旁拿走的手枪。

这件事太荒唐了，像是有人专门为他从另一个世界传送过来的，而且还就送到了他的手上。

他更愿意相信这仅仅是一个巧合，就像他在关押死士的死牢里看到的水泥墙碎片，都是他现在无法解释的巧合。

不过，不管如何，有枪就好办了。这个史前时代，一把枪几乎等于是一把神器，人们要是看到他手一扬，手中的东西喷出致命的铁弹，会不会立刻跪叩，然后拜他为神？

他举起枪做了个瞄准的姿势，空虚的感觉从枪膛传到手上。

他拆下弹匣，一口唾沫吐到地上："没子弹啊，一把没子弹的枪，有鸟用？"

如果枪的确是有人特意从那个世界里传过来想送给他，这个人是谁？肯定不是郁鸣珂。她已经重生到了这个世界，正在这个世界的某个地方等着他。

他可以放弃一切，但绝不会放弃这个念想，这是他在这个世界坚持下去的唯一念想。

那人送他一把空枪的目的是什么？肯定不是为了让他用枪去杀某个人，要是杀人的话，送把高科技锻造的合金刀不是更实用？

当初，指引他进入瀛图的，就是两件东西，一个是枪，一个是一个符图。现在，这两件东西又回到了他的手上，枪在手里，符图掖在袖子里。

这两件东西一起出现，这又是要指引他去哪里？难道是回去的路？

他伸手想把符图摸出来看看，结果让他大惊失色——符图不见了。他记得一直掖在袖袋里的，会是丢在哪里？

他正想着，听到有人在叫："末师，末师……"是季后。他赶快收好枪，答应一声，走了过去。

季后和女媧正在四处找他。这两人，看来是分不开了。每次看到这两人黏在一起，陆离俞就忍不住要想一个问题：要是有一天，女媧发现了真相，她会怎么看眼前曾经如此依赖的男子？

他倒有解决的办法，就是不知道管不管用。到了那个时候，他会告诉女媭，杀死她哥哥的人，不是季后，是自己。

　　"什么事？"他招呼了一句。

　　季后他们走过来说："长宫刚才叫人传话，她要去参加军前商讨，叫我们不要到处乱跑，等她回来，她有事情跟我们商量。"

二

　　几个人回到长宫女汩的住处，也就是女媭的住处，凿天也在。为了打发时间，几人闲聊起来。凿天还是一副很冷傲的样子，两眼看天，好像那里才是他的归属。其他几个人也习惯了，就当他不存在，反正聊着聊着，凿天的眼睛就会从天上回到人间，偶尔还会插上一句。

　　女媭讲起她和女汩经过城外那个小少司祠时遇到的事情。陆离俞和季后也很好奇，他们还记得神祠里的那个妇人古怪的举动。

　　"我听长宫讲，她好像是被男人害过。她生孩子的时候，被男人扔到马厩里，孩子生下之后，她还没见过就被男人抱走了，然后就再也没有见过。长宫问她那个男人在哪里，她说离她正东六百多里的地方。六百多里，又不是远得回不来的地方，生完孩子之后，那个男人竟然再也没有回来过。如果哪个男人这样对我，我也会恨他一辈子的。"说着，她严肃地看了一眼季后，那意思是，你敢这样对我试试！

　　她说这话的时候，好像完全忘了，她还要找到夏国王的私生子，然后嫁给他。

　　陆离俞看着好笑，就问道："说不定她恨的不只是男人，还有女人。你想想看，一个人独守神祠那么多年，最见不得的肯定是一对男女恩恩爱爱。我记得，你跟季后进门的时候，不仅一脸亲热，还手拉着手。我要是像她这样孤苦几十年，看到你们这个样子，我也会受不了的。"

　　"末师，你乱讲。"女媭红着脸说，"你什么时候见我们两个手拉着手了？再说，那天也不可能，季后手里还拿着东西呢，就是什么枯草。人家喜欢的就是这些枯枝败叶，一见就不放手，哪会乱抓他的手？"

　　说完，她和季后两个人都笑了起来，但是没笑多久，就被陆离俞脸上的神色止住了。

　　"末师，你怎么了？"季后问。

　　"没什么。"陆离俞一副沉思的表情，"只是女媭刚才讲的话，让我想起来了一件事。那天，季后进门时，手里的确是拿着一根枯草，我们就是跟着那根枯草找到神祠的。"

　　季后正想问下去，凿天突然闷闷地喊了一声："长宫回来了。"他陪着几个人坐了半天，陆离俞几个人聊得不亦乐乎，他却连一个插话的机会都没有，心里闷得发慌。

　　长宫女汩一脸的沉闷。几个人知道，事情已经到了不妙的地步。

　　"长宫，没有好消息吗？"女媭问。

女汨摇了摇头："我已经做了最坏的打算，没想到还有更坏的。今天的军前商讨，原以为各个部首都会出席。没想到来的只有司法部首，还有危其。我们派人去催，结果得到的回复是，其余的部首已经悄悄地率部离开了。"

几个人一听，大惊失色。季后赶忙说："这么大的动静，难道没人告知长宫？十几部部众，一夜之间就能走得干干净净？"

"不是一夜之间，是分批出城的。自从帝父病倒之后，人心涣散，部首们就开始撤军了。我和司法都在忙着御敌之策，谁也没有注意到。要不是今天军前商讨，估计我们还会蒙在鼓里。"女汨说。

"部众能出城的道路，只有一条。"陆离俞说，"那条路在玄溟的控制之中，部众分批出城，玄溟不会不注意，怎么不派兵掩杀？"

"应该是暗中和玄溟达成了协议。"女汨说，"玄溟允许他们出城，代价是什么我就不知道了。玄溟的目的是攻进苍梧，自然是期望遇到的抵抗越少越好。派兵掩杀，反而会引起我们这边的注意。现在苍梧城里，只剩下了我雨师妾本部残余，还有司法的白民一部……哦，还有危其。奇怪，他怎么不走？姬月也没有要走的意思。"

几个人默默无语，一时也不知道怎么劝慰女汨。他们看着女汨憔悴的脸色，心内一阵惨然。数日之前，面对玄溟围城，女汨还能目光坚定，现在在女汨的眼里，只剩下了疲惫。

女汨抬头看着众人，强颜一笑："本来还想留各位多住几天，这份地主之谊，只能留待以后了。待会儿，我叫侍女帮你们收拾一下，明天你们就离开吧。再晚，可能就出不去了。"

女姁走上前来，握了握女汨的手："长宫，季后和我什么时候走，我们自有打算，不是明天，也不是后天，到底什么时候，"说到这里，她看了看季后，季后点点头，意思是全听你的，"我们自己会决定，长宫就不要替我们安排了。你有点累了，先歇着吧。晚上过来看你。"说完，她又握住了女汨的手，然后，招呼季后一声。

季后站起身来，长揖到底："女姁在哪里，我就在哪里。长宫不要多想了。晚上，我会陪女姁一起过来，到时我们再做商议。"

季后说完，女姁又紧握了一下女汨的手，然后跟着季后离开了。

女汨回头看看陆离俞。陆离俞赶快站起身来，说道："长宫，刚才叫人离开的意思，也包括我在内？"

女汨笑着说："那是自然。你的来历，我问过季后了，原来是鬼方的末师，也算我的客人。以前不知道，多有得罪，抱歉。"

"你对我是不太好，"陆离俞笑着说，"开始最糟，后来好了一点。我一直想问长宫，原因是什么？"

"你先坐下吧。"女汨指了指陆离俞刚才起身的凳子，"这事一会儿也说不完。"随后，她就把离俞和帝丹朱之间的生死关联的预言说了——离俞一死，丹朱帝归泽。

"原来是这样。那怎么放我走了，现在不怕我被人杀了?"

"不怕，你好像死不了。你连怪兽都能杀死，玄溟的士卒应该拿你没办法。还有预言好像不是那么可靠。这几天，我问过一些苍梧神祠的祭司，他们开始不肯说，后来就不得不说了。据他们说，原来的丹玄帝魂归悬泽的时候，他们没有看到过什么奇怪的鸟。祭司都是负责帝的生死，如果真有异鸟出现，他们应该会记录。"

"以前呢? 丹玄帝以前呢?"陆离俞突然急切地问，把女汨弄得莫名其妙，"丹玄帝以前的帝，魂归悬泽的时候，是不是出现过叫离俞的鸟?"

"这得查查神祠里的帛册了。我就问了丹玄帝的，得到的答复让我松了一口气，就没再往上问。"

陆离俞不说话了，半天没作声，好像在考虑什么。

"你如果想走，明天也可以离开。"女汨等了半天，开口提醒他。

"我只能跟着季后，离开了他，我也不知道去哪儿。"

"那样也好。"女汨若有所思地说，"我听季后说，你到这里来，是为了找一个女人，而且找了很久，从一个叫世界的地方，找到我们瀛图。"

陆离俞点点头。

"为什么呢?"

"我有一句话，当初忘了告诉她。"

"你可以先告诉我。"女汨笑着说，"我帮你判断一下，为了说出这句话，值不值得你从一个世界，跑到另一个循?"

陆离俞好像是无意，抬起了头，看着女汨的眼睛:"如果我找到那个女人，我要跟她讲的那句话是:'你那时的眼神，我读懂了……现在，请你告诉我，为了你，我该做些什么?'"

女汨避开陆离俞的眼睛，半天没作声，然后摇了摇头:"我判断不了，我不是那个女人。"

"有一件事，我们倒可以一起研究一下。记得你和女婟经过的小少司祠吗? 那里有个奇怪的妇人。她奇怪举动的背后，到底隐藏着什么?"

陆离俞看了看凿天。自女汨进来之后，凿天就一直站在她身边。女汨坐下的时候，也是如此。

"我想请长宫下令叫凿天去做两件事:第一，找到小少司祠。第二，然后，从小少司祠向东六百多里，去查看一下，那里到底是什么所在?"

"然后，请长宫自己辛苦做两件事:第一，不管用什么样的办法，都要逼迫祭司交出丹玄帝以前的记录，看看丹玄帝之前，历代雨师妾帝魂归悬泽的时候，是否都有离俞异鸟出现。第二，我听说丹玄帝魂归悬泽之前，曾经有过一场平叛之战。此战的过程，尤其是行军路线，也请长宫一一查明。"

"这是……?"女汨困惑地望着陆离俞。

"我有一个想法，突然冒出来的，现在还不敢确认。但请长宫相信离俞，这个想法一旦被确认，雨师妾的危局或许会有解决的办法。"

284

说到这里，陆离俞站了起来："我也不能偷懒，得去查件东西。"

"什么东西？"女汩问。

"几匹马，我们骑回来的几匹马。还有一棵枯草，希望季后还留着。"

三

次日晚上，女汩一行四人趁夜，骑马出了苍梧。趁着夜色，他们避开了玄溟的部队，又骑了一天之后，终于在第二天的夜晚时分赶到了小少司祠那里。

女汩对众人说："我一个人进去，你们在这里守着，留心一下周围的动静。"

女姁想起那天妇人恶言恶语，有点替女汩担心。女汩笑着说："放心，都安排好了。你们在这里等我的消息就是了。"

说是这样说，真走到门前，女汩还是吸了一口气，定定神，然后推开了门。进去之后，她转身把门关紧，这让门外的女姁有点不安。她看了看季后，季后看了看陆离俞。陆离俞没有理会他们，只是一脸深沉地看着女汩消失。

"从没见你这样，"季后说，"这么严肃。"

"那是没到严肃的时候，"陆离俞说，"现在我遇到的，是我横跨两个世界以来，最严肃的事。"

女汩走进灯火隐约的正殿。和上次相比，这里没什么变化，连那个妇人也是，好像自她们离开以后，妇人的姿势一直就是背对着门。唯一的变化，就是那时站着的妇人现在盘腿坐着。女汩站在正殿的门口，看着妇人的背影，没有说话。

不知道过了多长时间，妇人开口了，虽然看不到说话的样子，但是语调恢复到了初次见面时的从容娴雅："你来这里，是不是知道了什么？"

"是的。"女汩说。

"你是怎么知道的？"

"你曾经说过，此地原是马厩。然后，我去查了一下，十几年前，这里的确是个马厩。有人曾经率领一支军队经过这里，他的妻子和他一起。就在这个马厩里，妻子生下了一个女孩。"

"这个率领军队的人是谁？"

"开始以为是雨师妾的哪位部首，后来，有人提醒了我，这个人就是先帝丹玄。我们上次骑的两匹马就是丹玄的军马。军马的鬃毛里，还有一个火烙的'玄'字。那天，你也认出来了。"

"帝丹玄，"女人的声音有些怅然，"他不是魂归悬泽了吗？"

"没有。魂归悬泽的雨师妾先帝，都有离俞引导。但是目睹帝丹玄魂归的人，并没有看到离俞。只能有一个解释，魂归悬泽的那个人不是帝丹玄。帝丹玄还活着，就在雨师妾部的某个地方。"

"哪里？"

"这也是你自己说的。此地向东六百多里，有一座山，叫作狱法之山，帝丹玄就在那里。你在这里，就是为了靠他近一点。为什么只能留在这里，不能再往前一点？或者干脆就走进那座山，见你想见的人？我就不知道了。你愿意告诉我吗？"

"不能。"妇人坚决地说。

"我想，我能猜到一点。"女泪说，"我记得那天，看到一个女孩领着两个男人走进神祠，你变成了另外一个人。当时，我以为是那两个男人冒犯你。后来才知道，冒犯你的不是两个男人，而是其中一个男人手上拿着的一根枯草。"

"枯熏华……"女人喃喃说道，到这个地步，她也不想隐瞒什么了。

"对。你的女儿应该是熏华草转世，所以，枯熏华飘在风中，就会朝着你女儿的方向飘去。你看到枯熏华，立刻意识到了，在你这里住宿的两个女孩，其中有一个就是你的女儿。你不会以为是我，因为另一个女孩差一点脱口而出，叫我长宫。你那时就猜出，我是帝丹朱的女儿，另一个女孩的身份自然不言而喻。"

女泪向前移动了几步，妇人背对着她的身体在颤抖："那时，你转过身去，像现在这样开始发抖。"她把手搭上妇人颤抖的肩膀，"我们以为你是气得发抖，其实不是，你是为了抑制自己的眼泪，抑制自己的激动……"

她把住妇人的肩膀朝自己轻轻地扳转，却猛地松开手，一脸惊愕："你的眼睛……"

那双曾经和善的眼睛不见了，女泪看到的是一双盲人的眼睛。

"我献出了我的眼睛，因为我违反了约定，看到了不应该看到的人。"

女泪说："我知道是谁把你逼成这样！"

"是谁？"

"悬泽女侍。你，还有帝丹玄，今天的遭遇，都是因为你们违背了悬泽女侍与始祖的约定，有了人间骨血。你和你的女儿能够存活下来，但是却不能相见，你的女儿一生下来就被带走。如果没有枯熏华，你永远都不会知道，出现在你面前的那个女孩，是你的女儿。"

妇人转过身去，又背对着女泪："她装扮成乞丐，就是我唯一能记得的样子。人人都说帝丹朱收养的女儿聪明过人，此言果然不假。你知道这些，又把这些告诉我，肯定是有所图。你想从我这里知道什么？"

"我想，有了此番经历，太长肯定知道骨血之情何等至深。我虽然不是帝父的亲生女儿，但是彼此之情，犹甚骨血。现在，我帝父困在苍梧城里危在旦夕，我想救他，所以才来求你。"

"我能做些什么？一个盲眼的妇人，连亲生女儿都不能见上一面。"

"你能，你能告诉我怎样才能找到拯救苍梧的人？"

"悬泽女侍？女侍深居悬泽之中，能够见到她们的，只有魂归悬泽的雨师妾诸帝。你不会连这个都不知道？"

"我知道。那晚，你给我讲了一件事。你看出我和那个女孩都是伪装的，所以你说自己原来也喜欢伪装，但有一个人很生气，把你用来伪装的东西藏了起来，你再也找不到了。我想，这个故事里应该还有一个故事，不是找不到了，而是你在寻找的过程中，找到了一件东西，就是这件东西，让你意外地见到了悬泽女侍，然后，你才会被深居悬泽的女侍发现有了身孕，才有了后来的一切。"

女汩伸出手去，又放到了妇人的肩膀上面："请你告诉我，那是什么东西，现在在哪里？"

陆离俞几人在门外等着，抬头仰望星空，繁星渐渐高远，他们不知道还要等多久。

门开了，女汩一个人走了出来，回身把门拉严实。几个人本来想迎上去，但是一看女汩的脸色又停住了。女汩比起她进去的样子似乎年长了一辈，没有一丝少女的痕迹。几个人有点惊异地站住了。

女汩对女妠招招手，示意她过来："前几天，没事干的时候，我教你唱过一首祭歌，你记得不？"

"记得。"女妠觉得有点奇怪。

"那你现在唱一遍吧。"女汩说。

"这里，现在？"女妠看了看两个男人，有点不好意思。但不知为什么，女妠觉得自己无法拒绝女汩的要求。

"好啊，那我就唱了。你，还有你，"她指着季后，还有陆离俞，"都不准笑！"两个男人点了点头，一脸严肃。

然后，她就开始唱起来了。

> 陟彼悬泽兮，我心窈折，匪心窈折兮，子意未决。
> 陟彼河源兮，不能旋还，女子善怀兮，我思尚远。
> 陟彼高岗兮，我马离殇，匪马离殇兮，我意无往。
> 噫哉汪洋兮，一灯浩茫，携之云门兮，与子徜徉。

唱到一半的时候，她唱不下去了："长宫，你哭了？我唱得有这么好吗？"

"我不是自己哭，"女汩抹了一下眼睛，"我是替一个人哭。我认识一个人，她看不到自己想看到的。我跟她说，没关系，虽然看不到，但是你可以听到，只要你愿意，你想听到的，我就能让你听到。"

女妠本来想问，你说的那个人，是不是里面的太长。但是一个女人抽泣的声音让她无须再问。她想应该是那位太长。衬着静寂的夜色，抽泣声特别清楚、特别凄凉。

女汩拉住她的手："以后，我会告诉你的，现在，我们走吧。"

路上，陆离俞骑马靠近了女汩，问："她说了吗？"

女汩点点头。

陆离俞松了一口气，说道："这下，苍梧城应该能保住了。"

四

地炼术士黔荼走进无支祁的军营，看到的是懒散。玄溟士卒三五成群，七零八落，或躺或坐，连像个人样站着的都没有。黔荼小心地走在大腿、胳膊的空隙，不过，再怎么小心，还是免不了一个失足，踩到一只胳膊上。

胳膊的主人立刻翻身站起，揪住黔荼的衣领，挥拳猛击。黔荼没有招架，也没有还手，任凭士卒攻击。

士卒很快就停下来了，因为痛得受不了。每当他凶狠的拳头击打老头时，他自己承受重重的拳击，位置、力度，和他击打老头的一致。砰砰的声音，更像是从自己的身上发出来的。

"我自己在打我自己。"玄溟士卒脑子里闪过一个念头。

士卒不信邪，又朝着老头儿猛力挥了几拳，结果是他自己跌倒在地，像被什么人狠狠击倒一样。其他士卒开始还一旁看戏，看到这里都觉得有点不对劲。大家纷纷站了起来拿起刃器，把老头儿围了起来。

这时，有人大喊一声："让开，帝在此。"声音一落，士卒赶快散开肃立两边。无支祁带着几个女刺，穿过中间走到黔荼面前。

无支祁蹲在地上，看了看跌倒在地上的士卒，摇了摇头，然后站起身来，冲着黔荼打招呼："术士以前都是深夜才会光临，今天怎么回事，大白天就到我这里，还把我的士卒揍得半死？"

黔荼鞠了一躬："想亲眼敬睹帝的军容。"

无支祁笑了笑，拉起黔荼的胳膊："恐怕让术士失望了。这几天，歇得有点大了。你看到了，结果就是军容不整、士气散乱。再不攻城，估计这帮人都快忘了自己是来打仗的。术士来得正好，我们找个地方聊聊。"

无支祁把他带到一艘矗立地上的船边，这就是他围住苍梧城之后歇脚的地方。

无支祁虽然已经深入陆地，但还是住不惯陆地的房子。于是，一艘船就被运到了苍梧城下。当然，这艘船不是无支祁平日起居的那艘仿隐船。那艘船太大了，根本搬不动，无支祁选了一艘比较轻便的、易于拆卸的，一千多个士卒携带船的部件到苍梧城下，然后组装起来。无支祁的军令是三日之内，他就得住到船上去。

黔荼上船之前，仔细查看了各个构件连接的部位，不禁大为赞赏："从北海之地，漂流到此，还是紧密无损。玄溟之舟，果然坚如磐石。"

"可惜这里是陆地，看不出这些船的优势。到了海上，才是我玄溟舟舰的天下。"

黔荼点点头，随着无支祁进入中舱。这是无支祁平日议事的地方，女朴正跪坐在一端，好像在想着什么心事，看到无支祁领人进来，也不起身恭迎。黔荼看到女朴，停住了脚步。

"女朴是我心腹之人，术士尽管安心，请落座。"

黔荼在另一端坐下，正对着无支祁，无支祁的身边是女朴。等到大家都坐好之后，无支祁问："上次临别之时，术士提醒我警惕水中的女神。所以，我现在只敢围住苍梧，不知是否该进攻。今天，术士光临，又有什么指教？"

"黔荼此番前来，是有一事相问。帝若进攻苍梧，所惧者，除了水中的女神，是不是还有其他？帝的军队离城二十余里，这不叫围城，而是望城。是否还有其他原因？"

"倒真让你说着了，其实不是我怕，是我手下的士卒，一想到要面对此物，就心生畏惧，我也无可奈何。"

"所惧何物？"

"你是真不知道，还是明知故问？"无支祁问。

"我是明知，然后故问。"黔荼说，"就是想看看帝对这件事到底了解了多少，是不是和我知道的一样？"

玄溟的士卒所惧的就是苍梧的城墙，城墙高耸坚硬，体量巨大，远远高于他们见过的所有城墙。如果光是高耸坚硬，士卒们也不会怕到不敢靠近，毕竟都搏杀过多年。让他们对城墙心生畏惧的，是攻到苍梧时发生的一件事。

最先到达苍梧的是相氏部族，帝丹朱刚刚退回苍梧关上城门，他们就追到了城墙下。那时，天色刚刚昏黑，城墙上还来不及布防。

相氏部首相兕觉得自己建头功的时候到了，连忙命令几个士卒骑马绕城查探，看看哪里防备最为薄弱。士卒发现西边的城墙布防最为薄弱。相兕一听大喜，马上分兵，一路留在原地佯攻吸引守军，另外一路，他亲自率领赶到西边薄弱处。

相兕观望了一下，发现城墙上露出一个带飞檐的屋顶，他判断这个地方可能是守卫用来供奉神灵的，难怪守备薄弱。他马上叫士卒备好攻城的器械，这些器械都是随身携带的，只需要组装起来就行了。不到片刻，几架攻城的梯子就准备好了。

相兕下令悄悄地爬上城，不要惊动了另外一处的主力。眼看不少士卒就要攀上城墙，周围一点异常都没有，相兕一阵欣喜，只要第一批部队登上城墙，就等于成功一半了。正在这时，爬上城墙的士卒像下锅的饺子一样，一个接着一个地跌落下来。

相兕大惊。他是个有勇力的人。他马上跳下马跑到梯子边爬了起来。片刻之后，他爬到了梯子上端，再跨一步，就到了城墙里面。

但是这一步，他跨不出去。城墙里正对着他，静静地站着一个神色惨白的男孩。他还没来得及看清男孩的模样，男孩伸手朝他一指，他就往下跌落。在跌下去的那一会儿，他下意识地朝两边看看——每架梯子的对面，都有一个一模一样的男孩站着……

"后来，我才知道，"无支祁总结说，"这道城墙有一个名字，叫作婴墙。据说城墙修筑的时候，总是不断地坍塌。后来修建城墙的人想了一个办法，在城墙的底部活埋了一个男孩。此后，借着男童精魂的保佑，城墙修好了，而且坚固异常。为了告慰男童，在城墙的西面，修了一座神祠。相兕倒霉，就选了那个地方攻城，到现在还躺着，好像全身的骨骼都碎了。"

无支祁说得一脸痛心，相兕是他最得力的手下："我听到这个消息之后，就下令离城二十里驻军。此后，我一心盼着术士到来。"

"谢帝眷念。"

"我记得都穆之野，你是用了尸军，正好可以以邪制邪。尸军呢？术士还没埋吧？"无支祁想起黔荼说过几天之后就会埋掉尸军。

黔荼叹了口气："本来想用尸军为帝换一件攻城利器，没想到走到半路，被我

289

门兄给截了。只好两手空空，就来见帝，实在不好意思。"

"没关系。"无支祁安慰道，"我手下也有几个愿意舍命的士卒，选几个给你，你如法炼制就是了。"

黔荼摇了摇头："即使炼出来了也无济于事。苍梧城里，可能有一个鬼方的方士，此人会厌火国的定尸火诀，我就算炼出尸军，也会被他定住，如果再有若木削，尸军反而会被他控制来进攻我方。"

"那可怎么办？"无支祁看着黔荼，意思是，那你还留在这儿做什么？

"后来一想，何必外求，帝自有利器，有此一物，何愁苍梧不破？"黔荼说着，从自己的怀里掏出一件东西，是一个器械的模型，放到桌上，轻轻推到无支祁面前。

无支祁一眼就看出来了这是何物，只是有点不敢相信能够靠这个攻下苍梧。他沉吟了一会儿，终于开口问道："抛石机？这就是我的利器？"

黔荼的脸上露出了莫测高深的微笑。

五

女娲自从从小少司祠归来之后，一直想找女汩问个明白。

女汩却忙得脚不沾地，她把雨师妾的残部召集在一起，把季后和陆离俞都安插在里面，告诉他们："我把你们安排进去的时候，是多少人，等到玄溟攻城的时候，也应该是多少人。如果有什么异动，一定要尽快通知我。"

临走之前，女汩又问了季后一个问题："季后，你是鬼方门的方士？神鬼天地，你应该都知道一些，用青铜面具做法器的，是哪一门？"

季后想了想，说："应该是天符门。"

女汩点点头。

从此，季后和陆离俞基本上就待在雨师妾的军中，这下，女娲想要跟季后聊聊的机会也没有了。

雨师妾残部日夜守护在城墙之上，观望着城外的动静。

一天晚上，季后发现城下有异动，就把陆离俞叫过来。两人站在城墙上面，朝玄溟的军营看去，一列列的灯火，正在玄溟阵营的后方来回移动。

撤军了？陆离俞心想，感觉不太可能。接下来的两天晚上也是同样，一列列灯火，沿着相同的轨迹来回移动。

"可能是缺粮了，派出一部分军队去输送军粮了。"季后说，"这样吧，我留在这里，继续观望，末师去把情况告诉长宫，请她也过来看看。"

女汩现在不在少司祠，就在城墙附近。陆离俞赶到女汩住处的时候，看到她正站在门口，在对司泫说着什么，司泫一脸犹豫。

过了一会儿，司泫点点头，离开了，陆离俞赶快退到门口隐蔽处。随后，陆离俞进去向女汩通报了玄溟的异动。

女汩想了一下，说："输送军粮没有必要在晚上进行，可能是比军粮更重要的东西……难道是准备攻城的利器？我苍梧城墙高耸，一般的云梯是攻不上来的，难道是搬运抛石机去了？"

女汩在房间里边踱步边说："抛石机一到，城墙就等于虚设，也就是说攻城之日迫在眉睫。"

过了一会儿，女汩似乎下定了决心，对陆离俞说："你跟我去趟朱宫。"

"长宫已经查明了？"陆离俞从女汩的神色，判断出了女汩的意图，从小少司祠回来之后，女汩一直在找一件东西。陆离俞不知道是什么，女汩也没说，他只知道是小少司祠的太长告诉女汩的。

女汩点点头："那件东西，就在帝父的宫里。司泫会负责引开女与，你跟我进宫查找。有了这件东西，什么样的攻城利器都不用担心。"

在路上，女汩把为什么引开女与的原因告诉了陆离俞，她已经把陆离俞当作一个可靠的人。

"我一直不知道女与进宫的目的，她曾经和司泫那么恩爱。想取代姬月？这不太可能，姬月有危其做后盾，现在去撼动她的地位，等于是自找死路。我帝父一向光明磊落，绝不可能和其他女人有什么苟且，更何况这个女人还是他最信任的部首的妻子。"

"你没问过司泫？"

"问过，司泫也很困惑自己的妻子为什么会这样落人口实。后来司泫被我逼问不过，才说他妻子有一个奇怪的爱好，喜欢戴青铜面具。我问过季后，青铜面具据说是天符门的法器，所以，我有一个推测，司泫的妻子说不定是天符门的人。"

这时，他们来到宫门前，凿天已经等着了。

女汩问凿天："怎么样？"

凿天点点头，说："人已经走了。"

女汩吩咐道："你在这里守着，一有什么动静，赶快通知我。"凿天还是点点头，拉住两匹马的缰绳。

女汩领着陆离俞走进宫里，一边走一边说："她进宫的真正目的，或许和我进朱宫的目的一样，是为了同一件东西。我不敢把这个推测告诉司泫，只是请他今晚无论如何，都要把妻子引开。"

沿路遇到几个宫女，看到女汩领着一个陌生的男子闯了进来，正想开口，但是被女汩的脸色给镇住了。女汩对陆离俞说："刚才忘了跟你讲，如果有人拦路，你就替我解决。带你进来，为的就是这个。"女汩的脸上杀气腾腾。

宫里巡防的士卒早就被调入雨师妾残部，宫里只剩下宫女。陆离俞没看到一般历史书都会提到的阉人，便问起女汩。没想到女汩差点发火："以后，这个词，绝对不要从你的嘴里说出来。"陆离俞愕然，后来一想，阉人留守王宫里，大概要晚至西周。女汩毕竟是个女孩，对此心生厌恶，也是自然而然。

他们走到一个独立的殿阁面前，殿门紧闭。女汩停住脚步，一脸犹豫，这大概是帝丹朱的休憩之所。

里面突然传出一阵动静，陆离俞急忙拉着女汩躲到一边，这个举动让女汩有点意外，陆离俞指了指门。门开了，出来了一个女人。

"女与。"女泪轻声地叫了起来，司泫不是把女与引开了吗？陆离俞没见过女与，但听到女泪的叫声，也就明白了怎么回事。两人屏住呼吸看着。女与站在门外一会儿，又转身进去了，顺手关紧了门。

女泪说："女与没走。先别管这个了。我们得赶快，被她发现就糟了。"说着，她就领着陆离俞绕到殿阁的后面，陆离俞眼前出现了一个更小的，好像废弃已久的殿阁。女泪指着废弃殿阁说："我们要找的东西，就在里面。"

"现在可以告诉我是什么东西吗？"

"一块石头，一块镶嵌在墙壁上的石头。有了这块石头，我就能见到悬泽女侍。这是城外小少司祠的那个女人告诉我的。"

他们推开门走了进去，里面有一盏灯，照映着周围。

女泪走过去取下灯，说："这是长明灯，点着之后，永远不会熄灭。"她走到一面墙壁前，用灯照着辨认起来。

"这是什么地方？"陆离俞问。

"雨师妾有一个惯例。新任帝即位之后，就要将前任帝住过的殿阁推倒，重建一座祭奠先帝的神祠，供奉着一盏灯象征着魂归悬泽的前任。这里就是帝丹玄的神祠，每一块石头、每一根木头，都是来自帝丹玄原来的住处。"

陆离俞明白了，也凑在女泪的身边开始寻找。他的心神有点乱，因为第一次靠女泪这么近，不仅能听到细微的呼吸，甚至还能看到灯火隐约中，女泪飘动的鬓影。女泪全身心都集中在墙壁上面，根本没有注意。陆离俞为了不胡思乱想，赶快问了一个问题："这块石头有什么特征，太长没说吗？"

"说了，她说是来自悬泽的一块石头。"

从来没人到过悬泽，悬泽的石头什么样，谁又能知道？"没说别的？"他问。

女泪摇了摇头，眼睛盯着墙壁，一副孤注一掷的表情。陆离俞感觉如果找不到石头，她就会把自己变成石头。

墙上的石头实在看不出哪一块会是来自悬泽，即使有一块特别的，怎么去判断石头的特别之处，就是因为来自悬泽？陆离俞正想着，突然听到门外的台阶上有脚步声。

女泪也听到了，她凝神听了片刻，对陆离俞说："是女与。我出去拦住她，你留在这里继续找。灯给你。"灯交到陆离俞手上的时候，女泪似乎无意地碰了陆离俞一下。但陆离俞相信这不是无意的，因为碰手的一刻，女泪看他的眼神。

"这把开刃，也给你。"女泪从身上取下配刃，递给陆离俞，"你找到之后，就用它挖出来。开刃是猛火锻炼的，削石如泥。"这下，陆离俞切切实实地感到，连同开刃一起递到手上的，还有女泪的手。

陆离俞从刚才的眼神里清醒过来，看着眼前的墙壁。

门外果然是女与，她正要推门，看到女泪从帝丹玄的神祠里出来，一脸惊奇。

两人默不作声地对峙了半天。女与终于开口了："长宫，你在这里做什么？"

"这是我帝父的宫殿，我爱做什么，就做什么！"女汨说，"我倒想问问你，你是司法的妻子，漫漫长夜，不去陪伴你夫君，留在我帝父的宫殿里做什么？"

女与难为情地一笑："这事，姬月帝后最清楚了，我也是迫于无奈。以后，等你帝父清醒了，你可以去问他。"

"有你这么尽心伺候，我帝父还会有清醒的一天吗？"

"你这样说，就不对了，"女与叹了口气，"不是女儿该说的话。"

"你现在做的事，是一个部首妻子该做的事？"

两人就这样扯了起来，跟街边的妇人互别苗头那样，别的就是尖酸刻薄。妇人之间遇到这种场合，无论如何嘴上都是不肯认输的。女与就这样落入了女汨的圈套，两人口舌伶俐地扯起来。

过了好一阵子，女与好像明白了什么，说："停住，别争了。长宫这样争，是不是想拖住我？里面……"

她朝女汨身后的帝丹玄的神祠看了看："不好意思，我得进去看看。"说着，她就迈步想从女汨身边经过。

女汨急忙抓住女与的袖子，往后一扯，没想到自己也跟着退了几步，一直退到台阶下面。她不知道女与玩了什么邪，心想，我就这样跟着，你也别想靠近神祠一步。女与的身影却沿着台阶，朝着神祠移动起来，她也不由自主地跟着。

"你这样扯着我干吗？"女与笑着说，"里面有什么见不得人的？"说着，她带着女汨已经到了门前，只要伸手一推，就能把门推开。女汨打算用尽全身力气也不让她再往前一步。但是，她根本无法止住女与的脚步，女与把衣袖轻轻一抽，女汨的手就空了。

女与正要去推门，门却开了。

陆离俞走了出来。

女与虽有准备，但还是意外地后退了半步。

陆离俞赶快冲着女汨长揖到底，说："禀长宫，里面的长明灯并无异象。"他抬起头，给女汨递了个眼神。

"你是谁？"女与好奇地问。

"鬼方末师，专能辨阴显邪。"女汨赶快说："我请他来查勘丹玄神灯是否还长明如旧？宫人流言，似有妖孽，长明将灭。"

女与冷笑了一声："怎么样，你这个鬼方的末师，在里面看到什么妖孽没有？"

陆离俞恭敬地一低头："刚才没有，可能是我没看清，麻烦你进去看看，说不定就有了。"说完，他也不管女与的反应，走到女汨的身边，"长宫可以安心回去了。"

女汨点头，两人一起离开了。

"你找到了？"女汨问。陆离俞点点头。

"你确定？"女汨又问。陆离俞还是点点头，伸手将一块石头递到女汨手上。

女汨领着陆离俞急急地出了宫门，凿天还木然站着。

"你看到女与回来了？"女汨问。

凿天摇了摇头："没有，一直守在这里，没有看到女与回来。"

女汨虽然觉得奇怪，也来不及多想，叫凿天把马拉过来。她和陆离俞骑上马，朝着外城的城墙驰去。

苍梧城分为宫城、外城两个部分，之间相隔数里。宫城是朱宫，周围也有一道城墙，但是比较矮小，只能稍作防御，一旦玄溟军队攻破外城，宫城就等于囊中之物。

站在外城城墙上的季后看到他们过来的身影，早就等着他们了。

"怎么样？"女汨问。

"下面好像在搭建什么东西，长宫过来看看。"季后朝着玄溟军营指了指。几十处密集的灯火映照下，是上上下下搭建什么巨型器械的景象。

"抛石机看样子今天晚上就会完工，明天也许就会攻城。那件事不能再拖了，现在就得去办！"

她转身问陆离俞："你能确认，这块石头就是我们要找的那块？"

"能！"陆离俞肯定地说。

"原因？"

"一个最简单的原因，墙壁上的所有石块，这是唯一一块我伸手就能取下的。"

"没有其他原因？"女汨有点不高兴了。

"还有一个原因，但不知道你能听进去多少。"

"你说吧。"

"每次听人说起悬泽的时候，我总会想起一个地方，我来的那个世界的一个地方，那个地方叫罗布泊。"陆离俞看了看女汨，女汨一脸认真，于是他继续说下去，"刚才站在神祠里的时候，有一件事提醒了我，也许悬泽就是罗布泊。来自悬泽的石头，就是来自罗布泊的石头。补充一句，我来到瀛图，出发的地方，就是罗布泊。"

女汨的眉头皱了起来。陆离俞不管了，继续说下去："我站在神祠中央，暗暗祈祷：我张开我的手掌闭上眼睛，如果我想得没错，等我睁开眼睛的时候，石头就会出现在我的掌中。"

"石头就这样到了你的手里？"女汨看了看手上的石块。

"现在不是信不信的时候。"陆离俞伸出手合上女汨摊开的手，他的手就这样合在女汨握起的拳头上，他一点也不担心这样的行为会换来女汨什么样的反应，"现在是只能一试的时候，你想做什么，也只有这一个机会了。"

"好吧。还有一个问题，你刚才说，有一件事提醒了你，什么事？"女汨说。

"一个人的眼神。"陆离俞说。女汨听了就转身走了。

等到女汨走远了，季后开口："长宫好像信了？"

"我自己都信了。"陆离俞说。

"长宫要去哪里？手里拿着你用眼神换来的石头？"

陆离俞摇了摇头："我们还是看看城外的情况。玄溟连夜搭建抛石机，明天就该攻城了。你不去跟女姁说说？"

"刚才她来过了。我叫她回去准备，万一城破，赶快退回宫城，我会去那里找她。"季后朝城墙外面看了看，"我看了半夜，有一件事看不明白。"

"什么事？"

"城墙绵延数十里，但是你看，玄溟搭建的抛石机只有七八架，靠着这七八架抛石机，就能击破数十里的城墙，无支祁是不是太狂妄了？"

"不可能只有这么几座。"陆离俞招呼季后朝远处看。远处，玄溟的灯火又变得密集起来。

"你看那个地方，肯定是在搭建什么，我估计也是抛石机。我们墙下的七八架，只是打头阵，后面搭建的才是主力。明天开战的时候，墙下这几架会把城墙守军的大多数兵力吸引过来，其余部分的守卫估计非常薄弱，后面的抛石机陆续运到阵前选择薄弱的位置攻击。"

他转身对季后说："我倒有个主意，说不定能破掉这个战术。我们派一支部队连夜出城，绕道赶到后面搭建抛石机的位置，明天开战的时候，先下手毁掉这些东西。这个过程很简单，一把火的事情。放火这种事，最好能找个会放火的人去做。"

季后听到这里，笑了起来："那就是我了。好，我现在就带人出发。"

他又想起了什么："末师懂得不少啊。你在那个叫世界的地方，做的事好像是叫老师。据你自己说，还是个挺心酸的活路？"

"我研究过很多我们那个世界的古代战术。"陆离俞不好意思地说，"不多懂点不行。一听说你是老师，我们那个世界里的人，就会找你东问西问。也不管你学没学过，什么都敢问。要是被人问住了，得到的就会是双倍鄙视，还要附送一句：'你不是老师吗，连这个都不懂？'"

六

女汨拿着石块沿着城墙，朝城墙西面的神祠走去。西面的神祠一般都没人敢去，因为那里是传说中的婴童所在，婴童是不会允许别人踏入自己的神域的，更不允许兵伐相侵，所以，他们一点也不担心玄溟会从这里进攻，那是自找死路。

女汨走到神祠下面。这个神祠的体量更小，因为祭奠的是一个还未成年的男婴。神祠的门紧闭着，自从建成之日门就是紧闭的。延续下来的神祠的传说，就是筑城之时活埋过一个男童。但是直到那晚，从小少司祠的太长嘴里，她才知道传说后面隐藏的真相。

"你要想见悬泽女侍，"那晚，盲眼妇人说，"就必须找到来自悬泽的一块石头。当初，丹玄帝将我伪装的东西藏起来，我就在他的房间里乱翻，结果，我就翻到了那块石头。通过那块石头，我来到了悬泽女侍的面前。"

"找到那块石头，我就能见到悬泽女侍？"女汨问。

"这只是第一步。第二步，你要去一个地方，就是苍梧城的婴墙上。为什么叫婴墙，你肯定知道原因。婴墙的西段，有一座祭奠男婴的神祠。那个神祠，就是你要去的地方。"

"然后呢？"

"你拿着石头走进神祠时，那个男孩就会在里面等着你。没有石头，他是不会出现的。"

"石头、男婴、悬泽女侍，之间有什么瓜葛？"女泪问。

"我不知道。"盲眼妇人摇了摇头，"我只知道，照我说的去做，你就能见到悬泽女侍。之后会是什么结果，我只能猜测，不会比我现在的样子更好，或许更糟……你进婴祠之前，先要想清楚这个。"

现在，女泪就站在婴祠的面前。她吸了一口气，推开了门。门里漆黑，连一盏长明灯都没有。

女泪正在发愁，一团光亮从她的手里出现了，是那块石头。她把石头举起四处照了照，一个男童惨白的脸出现在远处。

他被光亮吸引，走了过来，仿佛从悬浮的空中慢慢下降，等他走到女泪面前时，女泪不得不蹲了下来。

男童五六岁的样子，他伸出手来，女泪把发光的石头递了过去："这是你的东西？"

男童点点头，从她的手中接过石头，小心地抱着转身朝里面走去。女泪默默地跟在后面。她发现神祠的里面，好像和外面看起来的完全不一样。外面看起来，神祠里面的空间应该非常逼仄，但是她跟在男童的后面走了很久，似乎都没有走到尽头。

他们越往前走，眼前就越亮。一种奇异的亮，好像是潜入水底，隔着水流照进来的亮光。

女泪心想，难道我已经进入了悬泽？一时又不敢相信，因为周围空荡荡的，连一滴水珠都没有。

女泪停下了脚步，男童消失了，面前出现了两位站立的女人。她们衣着华贵，体态婀娜，注视着女泪。

女泪低头跪了下来，这两位肯定就是悬泽女侍。

"你就是丹朱领养的女儿，叫女泪？"年龄较大的一位问。女泪想，年龄较大的应该是霄明神君，另外一位就是妹妹烛光神君。

女泪点点头。

"你来这里做什么？"霄明神君继续问，"你不知道这样做的后果吗？"

"女泪知道，但是女泪顾不上了。"女泪将苍梧的危急匆匆说了一遍，最后抬起头来，"女泪所惜者，是我帝父的安危；所不惜者，是我自己。恳求两位神君出手保住苍梧，女泪就算身受无尽天刑，也会心甘情愿。"

"我能做些什么呢？"霄明神君问。

"将悬泽之水，引向玄溟……"女泪满怀期望地说。

霄明神君一笑："这倒不难。不过，我也有一所惜，和有一所不惜。我所惜者，已经荡然无存，我所不惜者，正是苍梧城。这是他的城，不是我的城，存亡荡毁，与我何干？"

女汩听到"他"字的时候一愣，还以为说的是帝丹朱，后来才恍然大悟。

这个他，指的是悬泽深处的雨师始祖。

她脑子里有点乱了——这是怎么回事？悬泽女侍不是自愿沉泽，陪伴雨师始祖吗？怎么提到悬泽始祖时，竟然隐含怨念？

那团亮光又出现了，像大了几倍的萤火虫，男童追在后面嬉闹，随着亮光，穿过悬泽女侍和女汩之间。霄明神君神态哀伤："你知道他是谁吗？"

"听故老传说，当日修建苍梧城的时候，城墙总是坍塌，为免此事再次发生，在城墙基底埋了一个男童，应该就是此童吧？"女汩不禁心里一颤，难道这个男童会是……

霄明神君说："他，就是我的儿子，我和悬泽始祖的儿子，还未成年，就被埋进了土里。我和你一样，只能看到精魂。我不能去抱他，也不能亲耳听到他叫我一声。"

女汩睁大了眼睛，谁敢去埋雨师始祖的儿子？难道，除非……这就更不可能了？这怎么可能？

"我当初也和你一样，怎么也不敢相信。直到有一天，我的桌子上出现了一块石头。当那个人走进我房间的时候，石头上开始渗出血迹。不敢相信的事，也不得不相信了。埋了我的儿子的，就是他的生身之父、我姐妹共同侍奉的夫君、你们祭祀的始祖……这块石头，就是埋我儿子的时候，砸死他的那一块石头。"

"可是……"女汩被惊得差点说不出话来。究竟是什么，会让始祖下此毒手？

"我没问过他为什么这样做，"霄明神君说，"没有这个必要。我想不外乎几个原因。他想修筑一座万世长立的城，这是其一。另外一个，他想死之后，我们姐妹能够守在身旁，和他生前一样。后面这个也许才是最主要的，因为儿子一死，我对人世再无留恋。还有一个原因，也许他想，能够统治这个雨师妾国度的，只能是他，还有他的化身……"

男童又追着亮光跑了过来，当霄明神君谈起他的死因时，他停下来，好像在倾听，但是片刻之后，他的兴趣又回到了发亮的石头，继续追逐起来，消失在黑暗里。

霄明神君说："现在你应该知道我所惜者是什么，我所不惜者是什么。我会去救一座害死儿子的孽城吗？你回去吧，我感你至诚，不会降刑于你，只是今日之事，你不得对任何人提起。我愿意跟你说这些，只是因为我也有过你这样的年龄。"

两个女人的身影消失了，男童的身影也没有再出现。女汩发现所处的地方，变成了一个逼仄狭小的房间。

她站起身来，万念俱灰，剩下的只有死拼了。明天玄溟攻城的时候，她会带上两把开刃，一把用来杀人，一把用来自刎。她绝不会让自己落到无支祁的手里。

一阵响动打断了她的绝望，是石头滚动的声音。她带来的石头，看来是要还给她。

她低下头，因为太黑看不到石头，只感到石头滚到脚边就停下了。她蹲下身

297

子，用手在脚边摸索着。结果，手刚一伸出去，就被接下来发生的事给惊呆了……

黑暗中，一只手拽住了她的手，一个女人在低低地耳语："别怕。明日，玄溟攻城之后，悬泽之水一定会如你所愿，凭空而降。条件是，现在你得答应我一件事。"

虽然看不到说话的人是谁，但女汨的脑子里浮现出一个女人的形象。

霄明神君旁边，默默站立的女人——翥光神君。

七

"咚"，一块巨石从空中落下，砸到离司泫五尺的地方。司泫的旁边站着女汨、陆离俞，司泫看着巨石砸出的坑，若有所思地说："幸亏昨天晚上连夜拆除了周围的房屋，不然，现在我们看到的，肯定是瓦砾遍地。"

季后出城后，陆离俞赶紧找到司泫说了几件事：第一，季后出城去放火了；第二，赶快拆除抛石机攻击范围内的房屋，里面的人全都移入宫城；第三，士卒沿墙根分布。他解释说，巨石是以抛物线的方式行进的，最安全的地方，就是巨石起飞和落地之间的距离。这段距离有多长，只有等第一批巨石落地之后，才能测算出来。

他正和司泫商量着，女汨两手空空地走了进来，那块石头不见了。她示意陆离俞不要多话，然后就问司泫怎么应对明天的抛石机，司泫转述了陆离俞的建议。

女汨点点头，说："能扛多久就扛多久，其他的就等待天命了。"这话听起来很是绝望。

陆离俞想，难道石头没有带给她想要的结果？

第二天凌晨，玄溟开始攻击。第一批巨石落下，陆离俞大致测算出了巨石运动的轨迹。他有这样的本领，还是来自考古发掘中的测算经历。那时候，他要根据遗址地基的数据，大致推算出整个宫殿的模样。他告诉司泫一个安全的范围。在这个范围，可以稍稍将部队沿着墙根分布，等着从云梯上来的玄溟部队。

但是让他们惊异的是，玄溟的士卒并没有借着云梯发起进攻，只是不断地抛出巨石。三人冒险登上墙头观望。整个玄溟的阵营似乎集体骚动，但是就是看不到一点准备进攻的迹象。在骚乱背景衬托之下，几架抛石机看上去有点孤零零的感觉。

"危其部首的军队呢？"女汨问。

"分布在宫城里面。我和他约定，如果我们能扛住玄溟的头一波进攻，他就会出兵。"

"姬月呢？"女汨本来想问问女与的事情，后来又怕司泫难堪，就转而问起了姬月。

"在宫城。"

他们突然感到脚下的城墙正在震动，赶忙朝城墙外面看去，第二批抛石机运到第一批抛石机附近，与第一批平行分散。这一批抛石机抛掷的角度要低，抛出来的石块几乎与地面平行，全砸在城墙面上。

接下来，又上来了一批抛石机，抛掷的角度要稍高一点，石块正好砸在女汨等人落脚处。

司泫赶忙命令士卒沿墙分散，接下来肯定是要云梯进攻了。然后，他叫女汨赶快下去。玄溟的士卒携带着云梯，潮水般地涌向城墙。

季后怎么没有放火烧了抛石机？陆离俞想。

季后这时正被眼前的景象震撼了。

昨晚，他领着一支小部队，远远地绕着玄溟军营前。他们走得非常隐蔽，速度也不快。一路都能听到从玄溟军营里传出的巨大动静。季后相信自己和陆离俞的判断是对的，玄溟军的确在连夜搬动巨型装置。

一路上，他都以为巨型装置就是抛石机。

天快亮的时候，他终于率队走到了动静最大的那一块地方。他观察了周围的情况，玄溟布阵很严，不可能整队人大张旗鼓地攻进去。

放火的事，自己一个人就能做。季后吩咐其他士卒在附近找地方隐蔽起来，自己一个人伪装成玄溟士兵悄悄潜入。

他走进喧闹的玄溟军营，周围的玄溟士兵密集成群。他越过玄溟士兵密密麻麻的头顶，看到了不远处，像树木一样矗立的高大木桩，正在玄溟士兵的簇拥之下，缓缓行进。他想，这些直插上空的高大木桩，应该是抛石机竖起来的抛石杆。

朝着木桩，季后找了一个可以接近的路线走了过去。在玄溟当过几天俘虏，为了避免被认出，他一路上都低着头。玄溟的士卒忙忙碌碌，无人注意到有一个人混了进来。

季后顺利地走到了最适合放火的位置，就是最靠近木桩处。他抬起头来，眼前的景象吓了他一跳。

那不是抛石机，而是一艘一艘的巨型船只。他刚才看到的，认为是抛石机顶端的木桩，是没有升帆的桅杆。

玄溟部队这几天不停搬运的原来是船。无支祁把船运到陆地上来做什么？还有，无支祁的船队一直是在几百里远的水上，现在是怎么到了陆地上？眼前的船好像突然滑动了一下，片刻之间，就滑到几十米开外。

缩地术！他脑子一下反应过来了，只要把船移到岸上，剩下的就交给地炼术士黔荼。

一时之间，季后真是没法搞懂另外一件事，费这么大的劲，把船拖上陆地，有什么用？他横下心一想：管他船还是抛石机，烧完了都是灰。

他念了一个火诀，一团火在掌上出现。他正想抛出去，手却被抓住了。他回头一看，抓住他的是一个玄溟的士卒，女朴就站在旁边，后面还有一大帮人。

"你不回头，我还真是不敢认呢！"女朴说，"上次打得热闹，忘了问你叫什么名字。开打之前，我们先补上，你叫什么名字？"

季后没有回话，挥起开刃就冲了过去，女朴把手一挥，一大群玄溟士兵就围了过来。女朴退到一边，背着双手看着。她上次败给了季后，这次不想重蹈败局，反正现在手下士兵多，不如靠着人多灭了他。

季后在玄溟士兵群里左挡右杀，一段时间之后，也有点扛不住了。他连挥几刃，劈开一个缺口，直奔出去，然后纵身一跃，跳上了旁边的一艘大船。大船上的士兵赶忙围了过来，一时之间，就将季后困在了船上。

女朴见状，心想，看这样子，应该是跑不了了。她没有兴趣看到结局，就转身走了。

八

苍梧城下，抛石机暂时停止了攻击，以免误伤爬着云梯进攻的己方士卒，刚才龟缩在墙根的雨师妾士卒赶快站直身子，一时间，厮杀声震耳欲聋。

此时，女汩已登上宫城的城头，陆离俞跟在后面，姬月和危其正在那里，朝着远处观望。看到女汩上来，姬月问了一句："司法呢？"女汩朝外墙的某个地方指了指，司法正领着白民部的士卒，拼命防御着。

玄溟士卒冲到城墙上的数量开始多过雨师妾的士卒，幸亏司法勇猛，他连着劈杀了几个玄溟士卒，暂时稳定住了局面。他正想喘口气，一把开刃就到了眼前。

"你就是那个叫司法的？"开刃的主人问。

司法抵住了开刃，回问道："你就是那个叫巴解的？"两人惺惺相惜，因为都是各自部落的第一勇士。

乘个空当，司法一刃划开了了巴解的大腿，连里面的骨头都露了出来。巴解惨叫一声，痛得坐到地上。司法举刃顺势，朝着巴解的头部劈去，劈到一半的时候，忽然减弱了力量，变成一个重击，把巴解敲晕了。

"这样的死法，对你这样的勇士来说，太可惜了。"司法说完，转身朝着东边跑去，那边告急。

女汩站在宫墙上面，看得很清楚。虽然司法杀得勇猛，但是仍然抵挡不住潮水一样涌上城头的玄溟士卒。城墙上面，玄溟的士卒已经越来越多。她朝姬月那里看了一眼，姬月的神情也很专注，就是不知道她在看什么。危其站在姬月旁边，也在看着，他手下的士卒现在都龟缩在宫城里面，全副整装，要进攻，还是要跑路，就是危其一句话的事。

看着危其脸上的表情，女汩知道指望不上了。她抬起头，看着高悬在厮杀的战场之上的天空，那里一点异动的景象都没有，心想：我也已经支撑到了现在，你为什么还不出现？……

陆离俞也看着，两腿有点发颤。虽然也曾经历过几次性命之危，但是他还没有亲眼看过这样惨烈的厮杀，眨眼之间，就有一颗人头抛离到城墙上空，惨烈的叫声，几乎就没有停止过……这场景，他什么时候亲身领略过？

外城上的司法已经在尽最后的力气，他是带着绝望的情绪在厮杀。他杀得越多，身边的玄溟士卒也越多，雨师妾的士卒就越少。他想，这样下去，肯定完了，外城守不住了，宫城也跟着会被攻破，然后就是帝丹朱的朱宫……这时，他的脑子里想起一件事，就是自己的妻子就在朱宫里……她能不能安全地度过这场战事，就看他现在还能撑多久了。

伴着惨烈的战事，天色暗了下来，浓云密布，劲风鼓吹，像是要下暴雨的前奏。

司泫突然感到脚下的城墙在颤动，起初，他还以为是玄溟又开始抛石了，后来，才发觉不对，颤动是来自城墙。里面有什么东西正在不停地鼓涌，力道巨大，使得城墙都在摇晃。

就听到城墙上有士卒大声喊着："水，水……城墙出水了。"

话音未落，就听到轰然一声巨响，什么东西从城墙里挣脱出来了……

只见巨大的水流像瀑布一样，从城墙的表面轰然而出，瞬间就把数十架巨型抛石机冲了个散架，然后迅速冲向玄溟阵营。

不一会儿，玄溟阵营就成了一片汪洋河泽，刚才还喧哗鼓动的玄溟大军大多沉到了水底，连一点挣扎的痕迹都没有。城墙里的水似乎没有停止的迹象，水平面不停地上升，眼看就要与城墙齐平了。

司泫则兴奋得大叫："这是悬泽之水，士卒们，始祖显灵了，杀啊！"疲惫不堪的雨师妾士卒一下振奋起来，喊叫着冲向敌人……

宫城高于外城，所以，刚才发生的一切，宫城上的几个人都看到了。危其一脸惊异，看着姬月，问："这真是悬泽之水？……"姬月默不作声，但是也是松了一口气的样子。

女汨倒有点惊异，她一直以为悬泽之水会像雨一样，从天而降，没想到竟是从城墙里出来的。

等到她缓过神来，兴奋得仰天大叫起来："我苍梧城，有救了。"

随后，她走到危其和姬月身边，果断地说："现在，立刻出兵。苍梧城保住之后，危其母舅就是头功。"

危其有点动心了，他又问了一遍："这是悬泽之水？"他问的是姬月，姬月还没回答，女汨就肯定地说："是的。"

陆离俞也惊住了。但他想起的倒是另一件事：那些他和季后商量着要去烧毁的抛石机……一地汪洋的水似乎提示着他，这个计划出了什么差错，到底错在哪里？他极目朝着汪洋的尽头看去，暝色连天及地，瞬间劲风鼓动，浪潮汹涌，直到汪洋的极端……就在汪洋的极端之处，一样东西慢慢出现了……

船舰，陆离俞一下判断出来了。

他扯了一下正在竭力劝说危其的女汨，指点着远处，然后轻声说："那是玄溟的船队，乘着悬泽之水，正在朝城墙这边开来……"

九

几十艘船乘着悬泽之水，朝着苍梧城冲去。曾经需要仰望的城墙，现在成了河边的堤岸。

无支祁站在最大的那条船的船头，身边是地炼术士黔荼。

"那天，术士提到攻城利器，我还以为你说的是抛石机呢！"无支祁说。

"抛石机攻不下苍梧的城墙，对方肯定会去寻求悬泽之水。"黔荼说。

"你那时就想到，悬泽女侍会引悬泽之水淹没我军？"

"是的，所以我才会请帝将船移到岸上，悬泽之水一出，正好将帝的船变成攻城利器。"

无支祁忽然问："城墙不会倒吧？"

"不会，"黔荼说，"悬泽女侍不会让城墙倒塌的。"

"为什么？"

"因为里面埋着一个婴童。"

"婴童什么来历，能保城墙不倒？"

"他的来历，就是这场大水的来历。"

无支祁无奈："术士说话，大概都喜欢这样，云山雾罩，就是不让人听个痛快。这场水会一直这样吗？"

黔荼摇了摇头："天地奇幻，也难逃一个'数'字。数者，时也。估计数个时辰之后，汪洋就会荡然无迹。"

无支祁点点头："我部攻下苍梧，用不了那么长的时间。"

这时，船逼近了城墙，城垛中间，肃立着的雨师妾残部愈来愈清晰。刚才冲上城墙的玄溟士卒，已经被他们杀了个干净。

无支祁赞叹了一声："这才是勇士，临危不惧。我很佩服他们，会给他们一个体面。我派上城墙的士卒，绝不会比他们多出一个。"他命令身边的一个亲信点数。

等到亲信报上数字之后，他又说："领头的好像是叫司沰，他应该在里面。传令下去，司沰这个人，由我亲自解决。"

这时船头离城墙只有数步的距离。船舰上的水工抬出锚石，打算船头一撞上城墙，就抛入水中。

等到锚石入水，无支祁抽出开刃，从船头纵身一跃，落下的时候，已经是城墙上面了。几个雨师妾士兵朝他扑来，他随手撂倒了一个，逼退了其余，然后说道："谁是司沰？叫他出来。"

女洰站在宫城的城墙上面，绝望地看着眼前的一切，脑子里一片空白。她求来的悬泽之水，竟然成就了玄溟的船舰……这中间发生了什么？她面色沉静地想着，好像已经置身到了战场之外。陆离俞站在一旁，看着女洰冷静到了可怕的表情，也不敢开口解释。他抽出开刃，心想，以前在我身上发生过的法力，不知道现在还有没有用？那把枪，里面怎么会一颗子弹都没有了？

宫城里还有白民的部队，是司沰留作预备队的，到了这个时候，也开始冲出来，阻击着从城墙上面像潮水一样泄下的玄溟士兵。宫城和外城之间，是一片开阔的空地，长宽数里，白民部的士兵和玄溟部的士兵就在那里开始了绞杀。

雨师妾的残部还在城墙上面，和无支祁亲自率领的士兵杀在一起。因为无支祁有令，人数不能多出一个，所以，除了无支祁亲率的那支之外，其余的士兵上了城墙之后，都朝着城墙下面杀去。

无支祁的另一个命令是，如果雨师妾残部的士兵倒下一个，玄溟士兵就要退出一个，玄溟士兵倒下一个，则不依此例……结果，到了最后，城墙之上，只剩下了他和司泫两个人了，一时之间，还分不出胜负……不过，即使从很远的地方看起来，也能看出，无支祁似乎没有使出全力……司泫已经开始脚步踉跄，身形混乱……

宫城的墙上，姬月的眼睛始终没有离开过城墙上搏杀的两个人，她叫危其："你赶快派一支兵出去。"

危其摇了摇头："这种局面，派多少兵也没用了，你还是赶紧跟我走吧。"

"不行！"姬月突然激动起来，"别人我不管，司泫一定要救出来！你不出兵，那我就自己去。"说完，她转身就朝宫城下面跑去。

危其一脸愕然，毕竟是帝后，怎么会对一个部首表达出这样的关切？

他担心地看了看女汨，刚才的话，会不会被女汨听见？女汨只是回了他一个绝望冷漠的眼神，似乎根本没有注意到发生了什么。危其转身追上姬月拉住了她，眼神充满了关切："慢着。我会把司泫给你带回来的，我保证！但是，你也得向我保证，你会留在这里，等着我回来？"

姬月点了点头。恍惚之间，两个人又回到了少年哥哥保护稚龄妹妹的时光。危其冲下宫城，一队士卒跟着他冲了出去。

大概过了小半个时辰，危其终于把一身血迹的司泫带到姬月面前。

姬月和女汨赶快围了过来，姬月差一点就扑到司泫身上了，还是司泫惊异的目光，让她好不容易克制住了自己。

"怎么样了？"姬月赶忙问。

"彻底败了。"司泫喘了口气，"估计只能再坚持片刻了。帝后请随着危其部首走吧，我能撑多久就算多久。"

"不行，"姬月顾不了许多了，一把抓住司泫的手，"你也要跟我一起走。"

她满腔热诚地看着司泫，得到的却是司泫诧异的眼神。

司泫轻轻地挣脱姬月的手："帝后还是跟着着丹朱帝一起离开吧。你是帝后，应该在他的身边。"

姬月一下就呆住了。

这一句话，提醒了一直冷眼旁观的女汨。

"帝父，得把帝父带走！"她赶快跑下宫城。

陆离俞早就有了预案，已经在宫城下准备好了马匹。女汨从陆离俞的手里接过一匹马，跨了上去，急忙吩咐："一起去把我帝父接走。"

马匹刚要策动，就被人拉住了，女汨一看，司泫站在眼前。

"长宫，"千言万语都在司泫的眼神里，"帮我一个忙，记得带女与一起走。"

女汨抬头看了看城墙上呆呆地站立着的姬月的身影，她点了点头："放心，一定不负所托。"

司泫扔掉碍事的盔甲，重新跨上了战马，大喊一声："雨师妾勇士，跟我冲。"

姬月在宫城上呆呆地看着，两眼含泪，脑子里一片空白。

危其走过去拍了拍她的肩膀："我不知道发生了什么。估计，你是等不回他了，还是跟我走吧。再待下去，我们都要成为玄溟的俘虏了。"

姬月抹了抹眼泪，强笑着说："好啊，就请大哥引路。"说完，就瘫倒在地。

危其小心地扶起姬月，就像孩童时期一样，半抱着浑身发抖的姬月，一路哄着走下城墙，上了马。

十

朱宫里早已乱成一团。女泪也顾不得这些了，直奔帝丹朱的寝宫。里面空荡荡的，一个人影也没有。

帝父病入膏肓，不可能自己出去，肯定是被女与带走了。

她连忙四处去找女与，碰到一个侍女，就揪住责问。侍女赶忙回答，战事一开女与就带着帝丹朱悄悄离开了。

女泪急忙问，朝哪里走的？侍女还来不及回答，就被人一箭穿心。

女泪抬头一看，女朴就站在不远处。女朴开弓又射了一箭，然后一脸茫然地收起了弓，因为箭已经到了陆离俞的手上。

"怎么又忘了？"女朴笑着说，"你就是专干这个的。"

她拔出开刃："这个你好像还不会吧。"说着，就冲了过来。

陆离俞心想：这个我的确不会，怎么办？他扯起女泪，想带着女泪一起跑，竟然扯不动。女泪眼里有女朴，脑子里根本就没有女朴。女朴冲过来的时候，她立在原地，四处焦急地扫视，脑子里一直想的还是一个问题，帝父会被带到哪里？

陆离俞只好挡在女泪身前，截住女朴。这次可不比上次，上次中了陆离俞的圈套，女朴施展不开。这次女朴身形灵活，几下就把陆离俞撂倒在地。陆离俞的法力好像又不灵了，他倒地之前，想要抓住女朴的手，被女朴轻而易举地甩掉了。女朴举起开刃，心想：拉拉扯扯，这个时候了，还有心思玩这个，一刃先劈了你这个烂人。

一把从远处飞来的开刃撞向女朴的手腕。女朴回头一看，季后正朝这边飞跑过来。

"还没死啊？你！"女朴气急败坏地说。她记得季后是被牢牢困在船上，当时以为重重包围之下，小方士肯定会完了，所以，也没看个结局，转身就走了，完全也没想到，攻入苍梧之后，季后却会出现在自己面前。

"没死，还得谢谢你把我逼上了那条船。"季后说着，冲到了女朴眼前。

季后被逼上那条船之后，腾挪闪躲，挡砍劈刺，就在船上跑来跑去。最后眼看情况紧急，他只好拼尽全力，纵身一跃，攀上了高耸的桅杆，然后爬到了顶端。到了那个位置，他才暂时喘息了一会儿。下面的玄溟士兵仰头看着，一时也没什么办法，人不敢上去，射箭又距离太远，只好在下面穷嚷嚷。

季后喘息片刻之后，正想着下一步该怎么办，忽然感到下面的船身剧烈摇晃起来，几乎片刻之后，船下的空地就成了一片汪洋，他所在的这艘船也浮了起来。然后，乘风借浪，船直冲苍梧城墙而去。

季后这才明白了一直困扰他的一个问题，为什么会把船运上陆地？原来全是为了这场洪水。他还不知道水是怎么来的，明白无误的只有一件事：苍梧危急。

想到这里，他从桅杆顶端向下一滑，然后纵身一跃，再次跳入到了玄溟士兵丛中。等到船冲到苍梧城墙的时候，他纵身一跃，就从船上跳到了城墙上面。

外墙，内墙，一路厮杀，他都没看到女汨和陆离俞的身影。幸好遇到一个受伤的士兵，他才知道两人的去向，于是赶快追了过来，正好碰上了刚才的一幕。

女朴估量了一下，觉得小方士比自己厉害，暂时避开再说。她虚挡了几下，转身就跑。

女汨这时清醒了，知道现在这样乱糟糟的，要找回帝父不太可能了。她上了马，突然问了季后一句："女姁呢？"

季后回了一句："我们现在就去她那里，然后，我们一起离开。司法部首被无支祁俘虏了，玄溟部已经攻入宫城了。"

玄溟部忌惮水中的女神，不会进攻一座祭奠水中女神的神祠，这是帝丹玄的帝后告诉女汨的。所以开战之前，女姁就被安排在少司祠里。

此时，苍梧城里到处都是玄溟的士卒。三个人左右冲杀，好不容易冲到了少司祠前。

眼前的惨状让他们大为震惊。女姁坐在祠门外的空地上，身边是七八个玄溟士卒的尸体。女姁眼神发直地呆坐着，手里拿着一把开刃，身上的衣服被扯破了。季后急忙下了马，冲到女姁的身边。

季后扶住女姁，伸手想从她手下取下开刃。女姁两眼发直，全身还在发抖，死命握住开刃，季后一时还取不下来。

"是我，季后。"季后轻声地说。女姁好像这才认清了，点点头靠在了季后身上。季后从她手上拿过开刃，上面浸满了血。

躺在地上玄溟士卒的身体，有一具体型特别庞大。陆离俞觉得好像在哪里见过，他蹲下身，仔细查看起来，然后叫了一声："这不是那个叫什么……"

"启，"女姁说，"他为了保护我，被杀了。"

陆离俞想起来了，女姁说过，在遇到季后之前，启就是她的引路人，和女姁一起被玄溟俘虏。女姁后来被季后救了，此人却一直关在玄溟的营中。大概战事一起，这个叫启的人，不知什么时候，趁乱跑出来了，仗着神示，去找他的女主人。结果，找到的时候，他的女主人却正被几个玄溟士兵出手凌辱。于是，他就冲上前去，和玄溟士兵搏杀起来，最后寡不敌众，死在玄溟士兵的开刃之下。

女汨看着尸体，好像想起来了什么，拔腿就朝祠内冲去。祠内到处都是侍女的尸体。她来不及一一查看，径直跑到了礼乐宫。

礼乐宫的墙壁上，曾经画过一个十字的地方，现在什么也没有了，连它周围的石块，一起被人取走了，留下一个四四方方的坑。季后扶着女姁，还有陆离俞也跟了进来。

"谁干的？"女汨看着墙壁问。

"一个女人，戴着青铜面具。"女姁说，"她杀光了侍女，我朝门外跑，遇到了路过的玄溟士卒，然后……我就不知道了。"

"青铜面具、女人。"季后心想，氐宿临死的时候，也说了同样的人。这个戴青铜面具的女人，到底是谁？

女泪的目光没离开那个方形的浅坑，喃喃地说："我什么也保不住，苍梧、帝父还有我的礼乐宫……"

四处的杀伐声已经越来越逼近了。陆离俞想，如果玄溟士卒发现了少司祠周围的尸体，会不会还守着那条禁令就难说了。他朝季后递了个眼色。季后点点头，扶住女娲就出去了。

陆离俞伸手扯住女泪，女泪回过头来望着他。

"我们走吧。"陆离俞说。

女泪点点头："好，走吧。"

他们四个人冲出了兵火弥漫的苍梧，一直狂奔了几十里路，直到马蹄发软。几个人累得瘫在地上，一直躺到夕阳惨淡。

女泪坐了起来，目光远远地望着夕阳。其他三个人也坐了起来，看着一日之内就失去了家国帝父的女泪，不知道该怎么安慰她。

迎面而来，直到夕阳半沉，夜风从大地深处刮起。

"我要去一个地方。"女泪突然开口了，既像是对着自己，也像是对着几个同伴，更像是对着正在扑来的空旷夜色。

"长宫想去哪里？"女娲怯生生地问，感觉女泪的眼神坚定得让人害怕。

"河藏。"女泪说。

"去那里干吗？"女娲问。

"找到元图，然后，嫁给他。"女泪说着站了起来，唤过正在吃草的马，跨了上去，然后一策动，马匹向前奔起来。

"我们呢？"女娲问季后。

季后看了看陆离俞。

陆离俞没有说话，也唤过自己的马跨了上去，朝着女泪的身影追了过去。

"我们呢？"季后问女娲。

女娲笑了一下："你去哪里，我就跟到哪里，至少，现在是这样……"

季后于是抱着女娲上了马，自己也跨上了一匹。

"从现在起，你就是我的启。"骑在马上的女娲说。

"什么？启，那个独目人的名字？"季后没听明白。他一直以为启是一个名字，那个曾经守在女娲身边的独目大汉的名字。

"它不是一个人的名字，它是夏国神君身边的一个职官。"女娲脸色微红地说。

"什么职官？"季后好像有点明白了，他骑上了马，和女娲齐头并进。

"一个保护我、陪着我，一起走上很久的职官。从现在开始，我就叫你——启。"

季后觉得到了这个时候，不需要点头了。他用力一拍女娲的马，自己也一夹马紧紧跟上。

　　　前面，就是骑马向前的女泪，以及跟在后面的陆离俞。

第十四章　尾声

苍梧城外，数十里之外的一座高山上，站立着一个人，正是昆仑虚的女使漪渺。

她曾经和女汩道别，说是青鸟来信召她回归昆仑虚。其实，昆仑虚女主要她留在苍梧观察战局。

等到玄溟攻占苍梧之后，漪渺乘着女汩送她的凫奚，朝着昆仑虚飞去。

凫奚日行千里，果然不虚，数日之后，漪渺就到达了昆仑虚顶。昆仑虚顶上，是九头开明神兽驻守的昆仑虚宫。漪渺将凫奚交给前来相迎的昆仑女侍，这批女侍都是符图相招，进入昆仑虚里，终身不得离开。看到漪渺归来，都是一脸羡慕。

"女主呢？"漪渺问。

"在宫里，老地方。女使快进去吧。"

漪渺点点头，走进虚宫。虚宫的深处，女主在等她。漪渺施礼完毕，就将自己所见所为一一讲了起来。

讲完之后，女主问她："苍梧城里，有一座少司祠，墙壁上有一异象，你见到了吗？"

"见到了。我到苍梧城不久，女汩就领我观瞻神祠，还特意指点我去看墙壁上的异象。"

"她说了那是什么吗？"

"她说她不知道。她说，能知其物的人，只有真正看到过这样一个东西的人，他画下他看到的，然后传给了雨师始祖，雨师始祖就把它镶嵌在神祠里。"

"你呢，你想过它会是什么？"

漪渺沉默了一会儿，开口说："悬灯。"

女主点点头："对，这就是我河海泽荒四地，一直都在寻找的——悬灯。可惜，看过的人都不知道这两根线到底表示的是什么意思。"女主说到这里，自嘲地笑了笑。

"瀛图之地，自远古之时起，就有一个传说。"女主继续说，"瀛图的存在，是一个循的存在。所谓循，就是指每过一段时期，瀛图就要毁灭一次。然后，瀛图就会重新开始，从一片蛮荒再到今日繁花似锦，然后又是一次毁灭。如此循环不断。据说，只有一种办法，可以帮助人们逃出循难。"

女主把目光投向远处，好像那个东西，就在她的前方："就是一盏悬灯。悬灯据说会在末日之时，出现在两座高耸的云阙之间，所以，又叫云门悬灯。自从有了这个传说，瀛图的战争都是为了寻找云门悬灯。没有云门悬灯的指引，瀛图的一切，无论是人、神、怪，一切的一切，都会走向毁灭。

"我们这个循开始以来，只有一个人领悟到了悬灯的秘密。这个人，就是太子长琴。太子长琴的来历，你应该知道。因为是感一琴声而生，所以太子长琴从生至死，一直都在寻找琴声的始处。可惜，他始终未能如愿，但在寻找中，他却发现了找到云门悬灯的方法。

"方法据说分为两个部分，称为悬灯两部。一部藏在神鬼天地的隐修之所，外人莫能得知；一部就藏在河海泽荒四地之中，称为始祖四地，都是四部始祖魂归之地。两者互为参照，需要合在一起，才能领悟其中奥妙所在。

"藏在隐修之所的那一部，实际上就是藏在一件法衣里面，所以称为法衣部。神鬼天地，一直相传，太子长琴里的法衣部有无上之法，其实就是悬灯的寻找之法。"

"我明白了。"漪渺说，"玄溟的无支祁之所以要强娶雨师妾长宫女汨，真正的目的其实是想从泽国开始，穷遍河海泽荒，找出隐藏在始祖四地的另一半方法，然后与神鬼天地的一方，能够找到法衣的一方联手，将悬灯两部合在一起，最终破解悬灯之谜，他就能脱离循难。"

"是的。"女主一笑，"这人要是一心想娶女汨，说不定女汨就答应了。可恨的是，他真正的目的，不过是以娶女汨为借口破解悬灯之谜。女汨一清白女子，真不知触犯了哪条，一生的姻缘，竟然只是无支祁的一个借口。"

"雨师泽国的遗迹，是不是那个少司祠的异象？"漪渺问。

"怎么会是那个？"女主笑着说，"如果是这个，那还打什么仗，请无支祁过来做次客就可以了。他作为客人，进了雨师妾，肯定会被邀请观瞻礼乐宫。他爱看多久就看多久，就算想把这块东西带回家去，帝丹朱也许会答应。虽然于国体有损，但是为了一国安宁，恐怕也不会舍此求战。秘密不在那里，而在悬泽里面。所以，他才非要攻进苍梧不可。"

漪渺点点头，继续问道："河海泽荒四地，泽是雨师妾，雨师妾的始祖魂归悬泽，所以悬灯遗迹是藏在悬泽里，那么河藏之地、玄溟之地，还有我荒月支之地，遗迹何在呢？"

女主说："其他几个地方，连我荒月支在内，也是始祖魂归之地。河藏的遗迹就藏在一个叫离木的地方，我荒月支国的遗迹就藏在昆仑山中，玄溟遗迹藏在一个叫归虚的地方，都是难以到达的所在。无支祁想要进入归虚，只能借助隐船，可惜，隐船据说随着他的始祖一起消失不见。河藏离木据说浴火方能重现。试问，世上的哪一根木头能在火中重现，不被火烧成灰才怪。至于我昆仑虚，你应该知道是什么情况。"

漪渺知道，荒月支的悬灯遗迹肯定藏在昆仑里面。自从女魃再造昆仑、魂归昆仑之后，昆仑就随着女魃始祖消失无踪了。现在她们所在的昆仑，其实只是昆仑虚而已。

女主接着说："太子长琴将悬灯半部分散置放在四个始祖魂归之地，几乎就断绝了常人求进之心。唯一的方法，就是来自那件法衣。无支祁敢于进攻雨师妾，大概是他已经有了把握，能够得到那件法衣了。"

"漪涟有一事不明，"漪涟说，"太子长琴是修行之人，与世间之事无涉，怎么可能将寻找悬灯的方法分藏在始祖四地？"

女主回答道："据说，太子长琴获得悬灯之谜以后，河海泽荒四位始祖曾经联合出兵，攻打太子长琴的修行之地，逼迫他交出悬灯之谜。太子长琴担心杀戮过甚，不愿与人间开战，所以与四位始祖达成了协议，将悬灯之谜分散在四祖死后的藏身之地。并且告慰四位始祖，循难之事，他们有生之年都不会发生，所以不须为此大动干戈。

"太子长琴还说，循难之时，自有两界之人降临此地，破解悬灯之谜，带着四部后裔齐出险境。悬灯之谜分在四地，就是不让一家独占，而是要四部齐心协力才能破解悬灯之谜。没想到，到了今天，却是这样一个局面，真是辜负了太子长琴的一番苦心。"

漪涟开口问："太子长琴悟出此法，显然是有济世之心。既然有济世之心，为什么不全盘托出，反而又要故设难关，让人代代徒劳不说，还会因此频起争端，生灵涂炭？"

女主笑道："看来你是离开昆仑虚的日子太久了，已有济世之心。"

漪涟赶快否认，说是一时执念，望女主恕其妄言。

"你我情同姐妹，说说无妨。"女主显然没当回事，继续说，"我想，大宗师此举肯定是有原因的。人人都能得到的东西，最后很可能只有一个人才能得到，就是集世间所有邪恶于一身的人。大宗师的悬灯之术，若被这一人得到，后果如何，可想而知。那时，即使生灵涂炭，也无法挽回万一。他会杜绝所有的获得的道路，甚至，不惜以所有人的性命为代价，来换取他自己一人脱离循难的机会。即使没有悬灯，战争恐怕也是难以避免。为了一个女人，甚至为了女人身上的一件首饰，战争都有可能发生。"

"两界之人，又是怎么回事？"漪涟问道。

女主说："这个人，就是能够领悟太子长琴悬灯之术的人。有人揣摩了太子长琴的一个遗训，发现这条遗训实际上隐藏了一个字，暗示能将两部合一，最终领悟太子长琴的悬灯之术的人，应该是一个两界之人。关于两界的具体含义，就是众说纷纭，有人说是阴阳两界，有人说是神鬼两界，有人说是天地两界……"

说到这里，女主问漪涟："那个符图，你给了女汩没有？"

女汩点点头。

女主看样子是彻底放心了："这个符图，就是能帮助我们找到两界之人的符图。之所以会叫你交给女汩，跟女汩的来历有关，她是唯一能帮助我们找到两界之人的人。"

"女主当初吩咐我的时候，我还以为就是女汩。"

"不是，"女主摇了摇头，"符图灵性，遇到两界之人，就会符身合一。女汩没有，你去和女汩告别的时候，应该留意到了符图还在她的身上，没有与她相合。我们要找的是另外一个人。"

　　女主站了起来："接下来，我们要做的，就是找到这个人，这个符身合一的两界之人。"

微信扫码，加入《山海经·瀛图纪》书迷圈，了解山海经原型故事和作者写作背景